Le chat passe-muraille

ROBERT A. HEINLEIN | ŒUVRES

UNE PORTE SUR L'ÉTÉ	J'ai lu 510**
L'HOMME QUI VENDIT LA LUNE	
LES VERTES COLLINES DE LA TERRE	
RÉVOLTE EN 2100	
LES ENFANTS DE MATHUSALEM	J'ai lu 519**
LES ORPHELINS DU CIEL	
PODKAYNE, FILLE DE MARS	J'ai lu 541**
MARIONNETTES HUMAINES	
EN TERRE ÉTRANGÈRE	
DOUBLE ÉTOILE	J'ai lu 589**
SIXIÈME COLONNE	
L'ENFANT DE LA SCIENCE	
ROUTE DE LA GLOIRE	
LA PLANÈTE ROUGE	
RÉVOLTE SUR LA LUNE	
TRANSFUGE D'OUTRE-CIEL	
LE JEUNE HOMME ET L'ESPACE	
POMMIERS DANS LE CIEL	
D'UNE PLANÈTE À L'AUTRE	
ÉTOILES, GARDE-À-VOUS !	J'ai lu 562***
L'ENFANT TOMBÉ DES ÉTOILES	
L'ÂGE DES ÉTOILES	
CITOYENS DE LA GALAXIE	
LE VAGABOND DE L'ESPACE	
VENDREDI	J'ai lu 1782****
JOB : UNE COMÉDIE DE JUSTICE	J'ai lu 2135*****
LE CHAT PASSE-MURAILLE	J'ai lu 2248******

ROBERT A. HEINLEIN

Le chat
passe-muraille

traduit de l'américain par Jean-Paul MARTIN

ÉDITIONS J'AI LU

A Jerry, Larry et Harry,
à Dean, Dan et Jim,
à Poul, Buz et Serge.
(Mieux vaut les avoir avec soi)
                                    R.A.H.

Ah, mon amour! si nous pouvions, toi et moi,
avec lui nous entendre pour appréhender en son tout
ce désolant canevas des choses,
comme nous le mettrions en pièces — pour le refaçonner
comme le souhaitent nos cœurs!
                            Robâïates d'Omar Khayyam
                        Quatrain XCIX, cinquième édition
                    (d'après l'adaptation d'Edward FitzGerald)

Ce roman a paru sous le titre original :

THE CAT WHO WALKS THROUGH WALLS

© Robert A. Heinlein, 1985

Pour la traduction française :
© Éditions J'ai lu, 1987

LIVRE UN

FRANCHEMENT INDIFFÉRENT

1

« Quoi que vous fassiez, vous le regretterez. »
Allan McLeod Gray, 1905-1975

– Vous devez tuer un homme : voilà ce que nous voulons.

L'étranger jetait des regards inquiets autour de nous. À mon sens, un restaurant bondé ne convient guère à ce genre de conversation, d'autant moins que le bruit intense ne laisse place qu'à une intimité limitée.

– Je ne suis pas un assassin, dis-je en secouant la tête. Tuer est plutôt un passe-temps, pour moi. Avez-vous dîné ?

– Je ne suis pas ici pour dîner. Je voudrais seulement...

– Je vous en prie, j'insiste.

Il venait m'importuner au beau milieu d'une soirée que je passais en compagnie d'une femme délicieuse; je lui rendais la monnaie de sa pièce. Il n'est pas bon d'encourager les mauvaises manières; il faut même les réprimer, avec courtoisie mais fermeté.

La dame en question, Gwen Novak, avait souhaité s'isoler un instant et avait quitté la table, sur quoi Herr Inconnu était apparu et s'était assis sans y avoir été invité. J'allais lui demander de se retirer quand il avait cité un nom : Walker Evans.

« Walker Evans » n'existe pas.

Mais ce nom est, ou devait être, un message émanant d'une des six personnes possibles, cinq hommes et une femme, un code destiné à me rappeler une dette. Un acompte à régler sur cette ancienne dette pourrait en effet exiger que je tue quelqu'un; c'est possible, mais peu probable.

Mais il n'était guère concevable que je doive tuer quelqu'un sur l'ordre d'un étranger pour la simple raison qu'il citait ce nom devant moi.

Si je me sentais obligé de l'écouter, je n'avais nullement l'intention de le laisser gâcher ma soirée. Puisqu'il était là, assis à ma table, il pouvait foutrement bien se comporter en invité.

– Si vous ne voulez pas faire un dîner complet, monsieur, essayez du moins les suggestions pour un petit souper après le spectacle. Le ragoût de lapin sur toast est peut-être du rat, mais le chef l'accommode divinement.

– Mais, je ne veux pas...

– Je vous en prie.

J'appelai Morris, notre serveur, qui arriva aussitôt.

– Trois ragoûts de lapin, Morris, et demandez à Hans de me choisir un vin blanc.

– Oui, docteur Ames.

– Ne servez pas avant le retour de la dame, s'il vous plaît.

– Certainement, monsieur.

J'attendis que le garçon ait disparu et demandai :

– Mon invitée ne va pas tarder à revenir. Vous disposez de quelques minutes pour vous expliquer. Commencez donc par me dire votre nom, voulez-vous ?

– Mon nom n'a pas d'importance. Je...

– Allons, monsieur ! Votre nom, s'il vous plaît.

– On m'a dit de vous dire simplement « Walker Evans ».

– Parfait ! Mais *vous* ne vous appelez pas Walker Evans, et je ne veux rien avoir à faire avec un homme qui ne me dit pas son nom. Dites-moi qui vous êtes, et il serait préférable qu'une carte d'identité le confirme.

– Mais... colonel, il est bien plus urgent de vous expliquer qui doit mourir et pourquoi vous êtes l'homme qui doit le tuer ! Vous *devez* bien l'admettre !

– Je n'ai rien à admettre du tout. Votre nom, monsieur ! Et votre carte d'identité. Et je vous prie de ne pas m'appeler « colonel »; je suis le Dr Ames.

Il me fallut élever la voix pour me faire entendre par-dessus un roulement de batterie; le spectacle de fin de soirée commençait. Les lumières baissèrent et un projecteur épingla le présentateur.

– D'accord, d'accord ! dit mon hôte importun en portant sa main à sa poche d'où il tira un portefeuille. Mais Tolliver doit être mort dimanche à midi, ou nous serons tous morts nous-mêmes.

Il ouvrit le portefeuille pour me montrer une carte d'identité. Une petite tache sombre apparut sur le plastron de sa chemise blanche. Il parut surpris, me dit d'une voix douce qu'il était vraiment désolé, puis tomba en avant. Il tenta d'ajouter autre chose mais le sang jaillit de sa bouche, et il s'effondra, la tête sur la nappe.

Je bondis aussitôt de ma chaise et me retrouvai à sa droite. Presque aussi vite que le rapide Morris se retrouva à sa gauche. Peut-être Morris essaya-t-il de lui porter secours; pas moi : il était trop tard. Un projectile de quatre millimètres fait un tout petit trou à l'entrée et aucune plaie à la sortie; il explose à l'intérieur du corps. Lorsque c'est la poitrine qui est atteinte, la mort intervient instantanément. Moi, je fouillai la foule des yeux en même temps que je me livrai à une petite corvée.

Tandis que j'essayais de repérer le tueur, Morris était rejoint par le chef de rang et par un aide-serveur. Ils agirent avec une promptitude et une efficacité telles qu'on aurait pu croire qu'ils avaient une grande habitude de la chose : à croire qu'ils se trouvaient confrontés tous les soirs avec l'assassinat d'un client à une table ! Ils firent disparaître le cadavre avec la célérité et la discrétion de machinistes chinois; un quatrième homme retira la nappe, emporta les couverts, revint aussitôt avec une nouvelle nappe et mit la table pour deux.

Je me rassis sans avoir pu repérer un éventuel tueur; je ne remarquai même personne qui témoignât d'un manque bizarre de curiosité pour ce qui s'était passé à ma table. Les gens avaient regardé mais, une fois le corps enlevé, ils avaient cessé d'observer pour reporter leur attention sur le spectacle. Ni cris ni manifestations d'horreur; on aurait pu croire que ceux qui avaient remarqué quelque chose d'anormal pensaient qu'un client avait soudain été pris d'un malaise ou peut-être, victime d'une trop grande soif, qu'il avait tout simplement trop bu.

Le portefeuille du mort se trouvait maintenant dans la poche gauche de ma veste.

Quand Gwen Novak revint, je me levai et l'aidai à prendre place. Elle m'adressa un sourire de remerciement et demanda :

– J'ai raté quelque chose ?

– Pas grand-chose. Des plaisanteries qu'on faisait déjà avant ta naissance. D'autres qui étaient éculées avant même la naissance de Neil Armstrong.

– J'aime bien les vieilles blagues, Richard : je sais quand il faut rire.

– Tu as choisi le bon endroit pour ça !

Moi aussi, j'aime bien les vieilles blagues; j'aime

bien toutes sortes de vieilles choses : les vieux amis, les vieux livres, les vieux poèmes, les vieilles pièces. Nous avions commencé la soirée par un vieux succès : *Le Songe d'une nuit d'été*, présenté par le Hallifax Ballet Theater, avec Luanna Pauline dans le rôle de Titania. Grâce au ballet à faible gravité, à des acteurs en direct et à des hologrammes magiques, nous avions eu une féerie qu'aurait adorée Will Shakespeare en personne. Nouveauté n'est pas vertu.

Bientôt, la musique engloutit les bons mots un peu usés de notre hôte; les danseuses arrivèrent en ondulant sur la piste, avec une grâce sensuelle dans la faible gravité. Le ragoût suivit et, avec lui, le vin. Après que nous eûmes dîné, Gwen me demanda de la faire danser. J'ai une patte un peu folle mais, à gravité réduite, je peux me débrouiller dans les danses classiques lentes : valse, glissé, tango, etc. Gwen est une cavalière au corps tiède, vivant et parfumé; danser avec elle ressortit au sybaritisme.

Ce fut le point final voluptueux d'une heureuse soirée. Restait la question de l'étranger qui avait eu le mauvais goût de se faire tuer à ma table. Mais, du fait que Gwen ne paraissait pas s'être rendu compte de ce désagréable incident, je l'avais rejeté au fond de mon esprit pour m'en occuper plus tard. À vrai dire, je m'attendais à chaque instant à recevoir une tape sur l'épaule... mais, en attendant, je savourais la bonne cuisine, le bon vin et l'agréable compagnie d'une femme. La vie est toute tragédie; si on se laisse abattre, il devient impossible de goûter aux plaisirs innocents de l'existence.

Gwen sait que ma jambe ne supporte pas de trop danser; à la première pause dans la musique, elle nous ramena à notre table. Je fis signe à Morris de m'apporter l'addition. Il la produisit instantanément; j'y composai le code de ma carte de crédit, y ajoutai le pourboire normal augmenté de cinquante pour cent et y apposai l'empreinte de mon pouce.

– Un dernier verre, monsieur ? Ou un brandy ? demanda Morris après m'avoir remercié. Madame souhaiterait peut-être une liqueur ? Avec les hommages du Rainbow's End.

Le propriétaire du restaurant, un vieil Égyptien, était partisan de faire bonne mesure, du moins avec les habitués; je n'étais pas certain qu'on reçoive aussi bien les touristes venus de la surface de la vieille Terre.

– Gwen ? lui demandai-je, m'attendant à ce qu'elle refuse : pour ce qui est de la boisson, Gwen se limite en effet à un verre de vin pendant les repas. Un seul.

– Je prendrais bien un Cointreau. Je voudrais rester encore un moment pour écouter la musique.

– Cointreau pour Madame, nota Morris. Docteur ?

– Larmes-de-Marie et un verre d'eau, Morris, s'il vous plaît.

Quand Morris eut disparu, Gwen m'annonça tranquillement :

– Il me fallait un instant pour te parler, Richard. Tu ne veux pas dormir chez moi ce soir ? Pas de coquetteries; tu ne peux dormir seul.

– Je déteste dormir seul.

Je me mis à réfléchir. Elle avait commandé un verre dont elle n'avait pas envie pour me faire une proposition qui ne collait pas avec le personnage. Gwen est une femme directe; j'avais le sentiment que, si elle avait voulu coucher avec moi, elle me l'aurait dit sans ambages.

Elle m'avait invité à aller coucher chez elle parce qu'elle jugeait peu sage ou peu prudent pour moi d'aller dormir dans mon lit. Donc...

– Tu as vu ?

– De loin. Et j'ai attendu que les choses se

tassent avant de revenir à table. Richard, je ne sais pas très bien ce qui s'est passé. Mais si tu as besoin d'un coin tranquille... je t'invite !

– Eh bien, je te remercie, ma chère ! dis-je, songeant qu'un ami qui propose de vous aider sans poser de questions est un trésor inestimable. Que j'accepte ou pas, je suis ton débiteur. Hum, Gwen, moi non plus je ne sais pas très bien ce qui s'est passé. Un étranger qui se fait tuer pendant qu'il essaie de te dire quelque chose... c'est un cliché usé, un cliché éculé. Si je ficelais une pareille histoire de nos jours, je serais renié par tous mes confrères. (Je lui souris et ajoutai :) Et, classiquement, c'est toi qui serais l'assassin... un fait se révélerait peu à peu tandis que tu feindrais de m'aider dans mon enquête. Le lecteur avisé saurait, dès le premier chapitre, que c'est toi, tandis que moi, le détective, je ne parviendrais pas à découvrir ce qui se voit comme le nez au milieu de ta figure. Pardon : de ma figure.

– Oh, mon nez est des plus ordinaires; c'est de ma bouche que les hommes se souviennent. Richard, je ne vais pas t'aider à me coincer, dans cette affaire; je t'ai simplement offert une planque. L'a-t-on vraiment tué ? Je n'en suis pas si sûre.

– Tu dis ?

L'arrivée de Morris avec nos liqueurs me dispensa de poursuivre. Lorsqu'il se fut retiré, je dis à Gwen :

– Je n'avais pas envisagé d'autre possibilité. Gwen, il n'était pas blessé. Ou il a été tué presque sur le coup... ou tout était truqué. Est-ce possible ? Certainement ! Projeté en holo, on pourrait le faire en temps réel avec un minimum d'accessoires.

Je réfléchis à la question. Pourquoi le personnel du restaurant s'était-il montré si rapide, si efficace pour régler l'incident ? Pourquoi n'avais-je pas reçu cette tape sur l'épaule ?

– Gwen, j'accepte ton offre. Si les surveillants

me veulent, ils me trouveront. Mais j'aimerais discuter de tout cela avec toi un peu plus dans le détail. Or, ici, nous ne pouvons le faire, même à voix basse.

– Parfait. Je n'en ai pas pour longtemps, dit-elle en se levant pour se rendre aux toilettes.

Lorsque je me levai, Morris me tendit ma canne. Je m'y appuyai et suivit Gwen vers les toilettes. Je n'ai pas vraiment besoin d'une canne – j'arrive même à danser, comme vous le savez – mais cela permet à ma patte folle de ne pas se fatiguer.

En sortant des toilettes des hommes, je passai dans le hall et j'attendis.

J'attendis.

Après avoir attendu plus qu'il n'était raisonnable, je demandai au maître d'hôtel :

– Tony, voulez-vous envoyer quelqu'un voir si Mme Novak se trouve bien aux toilettes des dames ? Je pense qu'elle a pu avoir un malaise, ou autre.

– La dame qui vous accompagnait, docteur Ames ?

– Oui.

– Mais elle est partie il y a vingt minutes. Je l'ai reconduite moi-même.

– Ah ? J'ai dû mal comprendre. Merci et bonsoir.

– Bonsoir, docteur. Nous souhaitons avoir le plaisir de vous revoir bientôt.

Je quittai le Rainbow's End, restai quelques instants dans le hall public devant l'établissement – anneau trente, niveau demi-gravité, dans le sens des aiguilles d'une montre à partir du radius 270 à Petticoat Lane, un quartier très animé, même à une heure du matin. Je m'assurai qu'aucun surveillant n'était là pour moi, m'attendant presque à voir Gwen déjà arrêtée.

Rien de tel. Un flot constant de jeunes, des « marmottes » en vacances, pour la plupart, à en

12

juger par leurs vêtements et leur comportement, sans compter les racoleurs pour les boutiques, les guides et les badauds, les pickpockets et les prêtres. Dans tout le système, la Règle d'Or est connue comme le coin où l'on peut acheter n'importe quoi, et Petticoat Lane ajoute à cette réputation pour tout ce qui concerne les boîtes et la galanterie. Pour trouver des boîtes plus sérieuses, il suffit de prendre à 90° dans le sens direct jusqu'à Threadneedle Street.

Aucun surveillant, et pas trace de Gwen.

Elle m'avait dit qu'on se retrouverait à la sortie. Était-ce bien là ce qu'elle m'avait dit ? Non, pas tout à fait. Elle avait dit, exactement : « Je ne serai pas longue. » J'en avais déduit qu'elle pensait me retrouver à la sortie du restaurant.

J'ai entendu toutes les vieilles rengaines sur les femmes et le temps, *La donna è mobile*, etc. et je n'en crois aucune. Pour une raison quelconque – une *bonne* raison – elle était partie sans moi et devait attendre que je la rejoigne chez elle.

C'est du moins ce que je me dis.

Si elle avait pris un scooter, elle y était déjà; si elle était partie à pied, elle ne tarderait pas à y être – « il y a vingt minutes », avait dit Tony. Il y avait une station de scooters à l'angle de l'anneau trente et de Petticoat Lane. J'en trouvai un de libre, composai anneau 1-0-5, radius 1-3-5, gravité six dixièmes, ce qui m'amènerait aussi près qu'il est possible d'arriver par scooter public du compartiment de Gwen.

Gwen habite Gretna Green, juste à l'endroit où la Voie Appienne coupe Yellow Brick Road, ce qui ne dit pas grand-chose à qui n'a jamais mis les pieds dans l'habitat de la Règle d'Or. Quelque « expert » en relations publiques avait décidé que les habitants se sentiraient davantage chez eux si les noms de lieux étaient empruntés à l'extérieur. Ce que j'avais composé, c'étaient les coordonnées du cylindre principal : 105, 135, 0,6.

Le cerveau du scooter, situé quelque part près de l'anneau dix, accepta ces coordonnées et attendit; je composai le code de ma carte de crédit et m'installai, accroupi contre les coussins d'accélération.

Il fallut à cette andouille de cerveau un temps fou, injurieux pour moi, pour décider que ma carte de crédit était bonne. Après quoi il m'enveloppa d'un filet de sécurité, le boucla et *wouf!* *bing! bang!* c'était parti pour un rapide flottement de trois kilomètres séparant l'anneau trente de l'anneau cent cinq et *bang! bing! wouf!* j'étais à Gretna Green. Le scooter s'ouvrit.

Pour moi, le service rendu vaut bien le prix de la course. Mais, depuis deux ans, le Directeur nous répète que le système n'est pas rentable; ou il faut qu'on l'utilise davantage, ou il faut augmenter le prix des courses, sans quoi il faudra récupérer le matériel et mettre l'espace en location. J'espère qu'on trouvera une solution; certains ont l'utilisation d'un tel service. (Oui, je sais, la théorie de Laffer propose toujours deux solutions à ce genre de problème : une bonne et une moins bonne – sauf lorsque la théorie montre que les deux solutions sont identiques... et imaginaires. Ce qui pourrait bien être le cas. Il se pourrait qu'un système de scooter se révèle trop onéreux pour un habitat spatial en l'état actuel de l'ingénierie.)

Il est assez facile de gagner le compartiment de Gwen : on descend jusqu'à sept dixièmes de gravité, on « avance » de cinquante mètres. Je sonnai.

Sa porte me répondit : « Ceci est un enregistrement de la voix de Gwen Novak. Je suis allée me coucher et, du moins je l'espère, je suis en train de dormir béatement. Si votre visite est vraiment urgente, déposez cent couronnes par l'intermédiaire de votre carte de crédit. Si je conviens qu'il était justifié qu'on me réveille, je vous rendrai votre argent. Dans le cas contraire – riez, gloussez ! – je me paierai une bonne bouteille de gin avec et vous resterez dehors. S'il ne s'agit pas d'une urgence, vous pourrez laisser un message au moment où vous m'entendrez crier. »

Suivit un cri aigu qui s'acheva brutalement, comme si on venait d'étouffer une infortunée jeune femme.

S'agissait-il d'une urgence ? D'une urgence à cent couronnes ? Je décidai que ce n'était pas urgent du tout et laissai le message suivant :

« Gwen chérie, c'est Richard, ton fidèle soupirant. Nous nous sommes quelque peu emmêlé les pédales. Mais nous pourrons arranger cela dans la matinée. Veux-tu m'appeler à ma piaule à ton réveil ? Je t'embrasse, Richard Cœur-de-Lion. »

J'essayai de ne pas laisser ma voix trahir ma déception. Je me sentais assez abattu mais convaincu tout de même que Gwen ne me traiterait pas délibérément ainsi. Il devait s'agir d'une sérieuse salade, même si, pour l'instant, je n'y comprenais rien.

Et puis je rentrai chez moi *Wouf ! bing ! bang !... bang ! bing ! wouf !*

Je possède un compartiment de luxe avec chambre séparée de la salle de séjour. J'entrai, regardai s'il y avait des messages sur le terminal – il n'y en avait pas –, réglai sur le sommeil la porte et le terminal, accrochai ma canne et allai dans ma chambre.

Gwen dormait dans mon lit.

Elle paraissait dormir paisiblement. Je battis sans bruit en retraite, me déshabillai de même, passai au rafraîchisseur, fermai la porte – insonorisée; j'ai déjà précisé qu'il s'agissait d'un compartiment de luxe. Néanmoins, je fis le moins de bruit possible en me rafraîchissant pour aller au lit car l'insonorisation est davantage un vœu pieux qu'une réalité. Lorsque je fus aussi propre et désodorisé que peut l'être un grand singe mâle sans poils, sauf intervention chirurgicale, je retournai doucement dans ma chambre et me glissai dans mon lit avec précaution. Gwen remua faiblement sans se réveiller.

Lorsque je me réveillai, en pleine nuit, je coupai l'alarme. Mais je me réveillai néanmoins à mon heure habituelle car je ne peux couper l'alarme de ma vessie. Je me levai donc, m'occupai de ma vessie, me rafraîchis pour la journée, décidai que j'avais envie de vivre, passai une salopette, me rendis en silence dans la salle de séjour et ouvris mon garde-manger. Un hôte spécial mérite un petit déjeuner spécial.

Je laissai la porte de communication ouverte pour pouvoir garder un œil sur Gwen. Je crois que c'est le parfum du café qui la réveilla.

— Bonjour, beauté, dis-je quand je vis qu'elle avait ouvert les yeux. Lève-toi et va te brosser les dents; le petit déjeuner est prêt.

— Je me suis brossé les dents il y a une heure. Viens te recoucher.

— Nymphomane ! Jus d'orange, cerises noires ou les deux ?

— Euh... les deux. Mais ne change pas de sujet. Viens ici et affronte ton destin comme un homme.

— Manger d'abord.

— Lâche ! Richard est une mauviette, Richard est une mauviette !

— Foncièrement lâche. Combien de gaufres peux-tu avaler ?

— Euh... Tu ne peux pas les décongeler une par une ?

— Elles ne sont pas congelées. Il y a à peine quelques minutes, elles étaient vivantes et elles gazouillaient; je les ai tuées et plumées moi-même. Décide-toi ou je mange tout.

– Oh, quelle pitié et quelle honte ! Être plaquée pour des gaufres. Je n'ai plus qu'à entrer au monastère. Deux.

– Trois. Tu veux dire « au couvent ».

– Je sais parfaitement ce que je dis.

Elle se leva, passa au rafraîchisseur, en sortit rapidement, drapée dans une de mes robes de chambre. D'agréables paysages de Gwen s'en échappaient par-ci par-là. Je lui tendis un verre de jus de fruits; elle s'arrêta pour en avaler deux gorgées, puis déclara :

– Glou, glou ! Ce que c'est bon. Richard, quand nous serons mariés, est-ce que tu me prépareras le petit déjeuner tous les matins ?

– Sous cette question se cachent d'implicites affirmations que je ne souhaite pas voir se...

– Après t'avoir fait confiance et tout donné !

– ... mais indépendamment de toute concession, je reconnais que je pourrais tout aussi bien préparer le petit déjeuner pour deux que pour un. Pourquoi penses-tu que je vais t'épouser ? Quels avantages offres-tu ? Qu'est-ce que tu dirais d'une gaufre ?

– Dites-moi, monsieur, tous les hommes ne font pas tant d'embarras pour épouser une grand-mère ! J'ai eu des propositions. Oui, je veux bien une gaufre.

– Envoie ton assiette, lui dis-je en souriant. Grand-mère mon œil ! Même si tu avais commencé au berceau pour ton premier enfant, tes rejetons n'auraient pu se reproduire aussi vite.

– C'est comme ça. Richard, je voudrais préciser deux points. Non, trois. D'abord, je suis sérieuse quand je dis que j'ai envie que tu m'épouses, si tu y tiens toujours... sans quoi je te garderai comme animal de compagnie et je préparerai ton petit déjeuner. Deuxièmement, je suis vraiment grand-mère. Troisièmement, si malgré mon grand âge tu veux des enfants de moi, les merveilles de la microbiologie m'ont conservée tout aussi féconde que relativement sans rides. Si tu veux me mettre enceinte, ça ne devrait pas être trop difficile.

– Je pourrais me forcer. Sirop d'érable sur celle-ci, sirop d'airelle sur celle-là. Ou est-ce déjà fait depuis la nuit dernière ?

– Erreur de date; d'une semaine au moins... mais quelle tête aurais-tu faite si je t'avais dit « gagné » !

– Cesse de plaisanter et finis ta gaufre. En voilà une autre toute prête.

– Tu es un monstre sadique. Et difforme.

– Pas difforme, protestai-je. Ce pied a été amputé; je ne suis pas né sans pied. Mon système immunitaire refuse résolument toute transplantation, voilà tout. C'est une des raisons pour lesquelles je vis en faible gravité.

Gwen cessa soudain de plaisanter.

– Mon pauvre chéri ! Je ne parlais pas de ton pied. Grand Dieu ! C'est sans importance, ton pied... sauf que je veillerai plus que jamais à ne pas le fatiguer, maintenant que je connais la raison.

– Désolé. Reprenons. Qu'ai-je donc de « difforme » ?

– Tu devrais le savoir ! dit-elle, enjouée de nouveau. Alors que tu m'as mise à plat ct plus bonne pour aucun homme normal. Et maintenant tu refuses de m'épouser. Retournons au lit.

– Finissons d'abord de prendre notre petit déjeuner et de laisser les choses se mettre en place... Tu n'as donc aucune pitié ? Je n'ai pas dit que je ne voulais pas t'épouser... et je ne t'ai *pas* mise à plat.

– Oh, l'affreux mensonge ! Tu veux me passer le beurre, s'il te plaît ? Tu es resté difforme toute la nuit ! Quelle taille fait cette tumeur avec l'os à l'intérieur ? Vingt-cinq centimètres ? Plus ? Et sa grosseur ? Si je l'avais vue avant, jamais je n'aurais essayé.

— Foutaises ! Il ne fait même pas vingt centimètres. Je ne t'ai pas mise à plat; je suis simplement de taille moyenne. Tu devrais voir mon oncle Jock. Encore du café ?

— Oui, merci. Et comment que tu m'as mise à plat ! Euh... ton oncle Jock est vraiment plus costaud que toi ? Localement ?

— Beaucoup.

— Euh... où habite-t-il ?

— Finis ta gaufre. Tu veux toujours de moi pour retourner au lit ? Ou veux-tu que je te fasse un mot pour l'oncle Jock ?

— Pourquoi pas les deux ? Oui, encore un peu de bacon, merci. Richard, tu es un excellent maître queux. Je ne veux pas épouser ton oncle Jock; simple curiosité...

— Ne lui demande pas de te montrer quoi que ce soit si tu n'as pas d'intentions... parce que lui en a toujours. Il a séduit la femme de son chef scout quand il avait douze ans. Il s'est enfui avec elle. Ça a fait pas mal de foin dans le sud de l'Iowa parce qu'elle ne voulait plus le lâcher. Il y a plus de cent ans de cela, à une époque où l'on prenait ce genre de choses au sérieux, du moins en Iowa.

— Richard, est-ce que tu veux dire que l'oncle Jock a plus de cent ans et qu'il est toujours actif et viril ?

— Cent seize ans et il saute toujours les femmes, les filles, les mères et le bétail de ses amis. Et il a trois femmes bien à lui, conformément aux lois de l'Iowa concernant le concubinage des personnes du troisième âge. L'une d'elles — ma tante Cissy — va encore au lycée.

— Richard, j'ai parfois l'impression qu'on ne

peut pas toujours te faire confiance. Tu ne serais pas légèrement porté à l'exagération ?

– Femme, on ne parle pas ainsi à son futur mari. Tu as un terminal, derrière toi. Compose le code de Grinnell, Iowa; l'oncle Jock habite tout près. Veux-tu qu'on l'appelle ? Tu lui fais ton beau baratin et il te montrera peut-être ce qui fait son orgueil et sa joie. Alors, chérie ?

– Tu essaies seulement de me baratiner pour ne pas retourner au lit.

– Une autre gaufre ?

– Cesse de tenter de m'acheter. Euh, une demie peut-être. On partage ?

– Non. Une entière chacun.

– Ave, César ! Tu es le mauvais génie dont j'ai toujours rêvé. Une fois mariée je vais grossir.

– Je suis heureux que tu en parles. J'hésitais à te le dire, mais tu *es* un peu maigre. Des angles aigus. Des bleus. Un peu de rembourrage ne te ferait pas de mal.

Passons sur ce que me répondit Gwen. Coloré, lyrique même, mais (à mon avis) très peu digne d'une dame. Pas digne d'elle, donc nous l'oublierons.

– Vraiment, c'est tout à fait déplacé, répondis-je. Je t'admire pour ton intelligence. Et pour ton esprit angélique. Et ta belle âme. Ne tombons pas dans le trivial.

Là encore, j'ai le sentiment qu'il faut censurer.

– D'accord, dis-je. Si c'est là ce que tu veux. Retourne au lit et commence à penser à des trivialités. J'éteins le gaufrier.

Un peu plus tard, je lui demandai :

– Tu veux qu'on se marie à l'église ?

– *Ouh !* En blanc ? Richard, es-tu pratiquant ?

– Non.

– Moi non plus. Et je ne crois pas vraiment appartenir à une religion.

– D'accord. Mais comment veux-tu qu'on se

marie ? Pour autant que je sache, il n'y a guère moyen de faire autrement à la Règle d'Or. Rien n'est prévu dans les lois du Directeur. Légalement, l'institution du mariage n'existe pas, ici.

— Mais, Richard, des tas de gens se marient.

— Oui, mais comment, chérie ? Je suis bien conscient qu'ils se marient, mais s'ils ne passent pas par une église, je ne vois pas comment ils font. Je n'ai jamais eu l'occasion de voir ça. Est-ce qu'ils se rendent à Luna City ? Ou est-ce qu'ils vont en surface ? Comment ?

— Comme ils veulent. Ils louent une grande salle et font venir quelque VIP pour nouer la corde en présence d'une foule d'invités, avec de la musique et une grande réception après... ou bien à la maison, simplement entre amis. Ou n'importe quoi entre ces deux extrêmes. À toi de choisir, Richard.

— Non, non, ce n'est pas à moi. C'est à toi. Moi, je suis d'accord. Mais, à mon avis, rien ne vaut une femme un peu inquiète quant à l'incertitude de son sort. Ça l'empêche de s'endormir. Tu n'es pas d'accord ? *Aïe !* Arrête !

— Arrête de m'énerver, toi, si tu ne veux pas avoir une voix de soprano à ton mariage.

— Si tu recommences une seule fois, il n'y aura pas de mariage. Quel genre de mariage veux-tu, très chère ?

— Richard, je ne veux pas de cérémonie de mariage, je n'ai pas besoin de témoins. Je veux seulement te promettre tout ce qu'une femme doit promettre.

— Tu en es sûre, Gwen ? Tu ne vas pas un peu vite ?

Pas de confusion, promesses faites au lit par une femme ne sont pas serments.

— Je ne vais pas vite du tout. J'ai décidé de t'épouser il y a plus d'un an.

— Vraiment ? Eh bien, je veux bien être... Hé !

Il n'y a pas un an qu'on s'est rencontrés. Au Bal du Premier Jour. Le 20 juillet. Je m'en souviens.

– Exact.

– Et alors ?

– Et alors quoi, chéri ? J'ai décidé de t'épouser avant même qu'on se rencontre. Qu'est-ce qui te gêne ? Moi ça ne me gêne pas. Ça ne m'a pas gênée.

– Hum. Il vaut mieux que je t'avoue certaines choses. Il y a, dans mon passé, certains épisodes dont je ne me vante pas. Pas exactement de quoi rougir, mais quelque peu louches. Et Ames n'est pas mon vrai nom.

– Richard, je serais fière qu'on m'appelle « Mme Ames ». Ou... « Mme Campbell »... Colin.

– Que sais-tu d'autre ?

Elle me regarda droit dans les yeux, sans sourire.

– Tout ce que j'ai besoin de savoir. Colonel Colin Campbell, surnommé « Tueur » Campbell par ses hommes... et dans les dépêches. L'ange qui s'est porté à la rescousse des étudiants de l'Académie Percival Lowell. Richard, ou Colin, ma fille aînée était parmi ces étudiants.

– Je serai damné pour l'éternité.

– J'en doute.

– Et c'est pour cela que tu veux m'épouser ?

– Non, mon cher. C'était une raison suffisante il y a un an. Mais j'ai eu, depuis, plusieurs mois pour découvrir l'homme sous le héros de roman. Et... je t'ai engagé à coucher avec moi hier soir, mais ni toi ni moi ne nous marierions pour cette unique raison. Tu veux que je te parle de mon horrible passé ? Je veux bien.

– Non, dis-je en la regardant en face et en lui prenant les mains. Gwendolyn, je veux que tu sois ma femme. Veux-tu de moi pour mari ?

– Oui.

– Moi, Colin Richard, je te prends, Gwendolyn,

pour légitime épouse, pour t'aimer et te chérir, jusqu'à ce que la mort nous sépare.

— Moi, Sadie Gwendolyn, je te prends, Colin Richard, pour légitime époux, pour t'aimer et te chérir jusqu'à ce que la mort nous sépare.

— Ouh ! Je crois que ça fait l'affaire.

— Oui, mais embrasse-moi.

Ce que je fis.

— D'où sors-tu le « Sadie » ?

— Sadie Lipschitz, c'est mon nom. Je ne l'aimais pas, alors j'en ai changé. Richard, il ne reste plus qu'à le publier pour que ce soit officiel. Pour le sceller. Et je veux le sceller pendant que tu es toujours groggy.

— D'accord, on le publie maintenant ?

— Puis-je utiliser ton terminal ?

— *Notre* terminal. Et tu n'as plus à demander mon autorisation.

— « Notre terminal. » Merci, chéri.

Elle se leva, alla au terminal, demanda l'annuaire, puis appela le *Golden Rule Herald* – l'un des journaux de la Règle d'Or – et demanda le rédacteur en chef.

— Voulez-vous prendre note ? Le Dr Richard Ames et Mme Gwendolyn Novak sont heureux de vous annoncer leur mariage à la date d'aujourd'hui. Ni cadeaux ni fleurs. Prière de confirmer.

Elle coupa la communication. Ils rappelèrent immédiatement; je répondis et confirmai.

Elle poussa un soupir.

— Richard, je t'ai un peu forcé. Mais il le fallait. Maintenant, on ne peut plus me demander de témoigner contre toi, sous quelque juridiction que ce soit. Je veux t'aider dans toute la mesure du possible. Pourquoi l'as-tu tué, chéri ? Et comment ?

2

« Pour réveiller un tigre, utilise un long bâton. »
MAO TSÉ-TOUNG, 1893-1976

Je regardai pensivement mon épouse.

— Tu es une noble dame, mon amour, et je te suis reconnaissant de ne pas vouloir témoigner contre moi. Mais je ne suis pas certain que le principe de droit que tu viens d'évoquer s'applique à cette juridiction.

— Mais il s'agit d'un principe constant, Richard. Une femme ne peut être contrainte de témoigner contre son mari. Tout le monde sait cela.

— La question est de savoir si le Directeur le sait, lui. La Compagnie prétend que l'habitat ne connaît qu'une seule loi, la Règle d'Or, et que les règlements édictés par le Directeur ne constituent que des interprétations pratiques de cette loi, de simples lignes directrices sujettes à modifications, et cela même en plein milieu d'un procès, et avec effet rétroactif, si le Directeur en décide ainsi. Gwen, je n'en sais rien, mais le Procureur du Directeur pourrait bien décider que tu es le témoin numéro un de la Compagnie.

— Personne ne pourra m'y contraindre ! Je ne le ferai pas !

— Merci, mon amour. Mais voyons tout de même ce que serait ton témoignage si tu devais témoigner dans... comment appeler ça ? Eh bien, suppose que l'on m'accuse d'avoir injustement provoqué la mort de... euh... M. X... M. X étant l'inconnu qui est venu à notre table hier soir

24

lorsque tu t'es excusée pour te rendre aux toilettes. Qu'as-tu vu, exactement ?

— Richard, je t'ai vu le tuer. Je l'ai vu !

— Un procureur exigerait davantage de détails. L'as-tu vu venir à notre table ?

— Non, je ne l'ai vu qu'au moment où je sortais des toilettes et me dirigeais vers notre table... j'ai été surprise de voir quelqu'un assis à ma place.

— D'accord, reviens un peu en arrière et souviens-toi de ce que tu as vu.

— Je suis sortie des toilettes des dames et j'ai tourné à gauche vers notre table. Tu me tournais le dos. Tu sais...

— Ne t'occupe pas de ce que je sais, c'est à toi de me dire ce dont tu te souviens. À quelle distance étais-tu ?

— Oh, je ne sais pas. Dix mètres, peut-être. Je pourrais y aller et mesurer. Est-ce si important ?

— Si par hasard ça l'est, tu iras mesurer. Tu m'as vu à une distance de dix mètres environ. Qu'est-ce que je faisais ? J'étais debout ? Assis ? Immobile ?

— Tu étais assis, le dos tourné.

— Je te tournais le dos; la salle n'était pas très bien éclairée. Comment as-tu su que c'était moi ?

— Mais... Richard, tu compliques les choses à plaisir.

— Oui, parce que les procureurs compliquent les choses à plaisir. Comment m'as-tu reconnu ?

— Euh... c'était *toi*. Richard, je connais ta nuque aussi bien que ton visage. Et puis, quand tu t'es levé et que tu as bougé, j'ai *vu* ton visage.

— Qu'est-ce que j'ai fait ensuite ? Je me suis levé ?

— Non. Je t'ai repéré, à notre table, et je me suis arrêtée net quand j'ai vu quelqu'un assis en face de toi, à ma place. Je suis restée là et j'ai regardé.

— L'as-tu reconnu ?

— Non, je ne pense pas avoir jamais vu ce type.

— Décris-le-moi.

— Je ne peux pas... pas très bien.

— Petit ? Grand ? Quel âge ? Une barbe ? Quelle race ? Comment était-il habillé ?

— Je ne l'ai jamais vu debout. Ce n'était pas un jeune homme mais il n'était pas très âgé non plus. Je ne pense pas qu'il portait la barbe.

— Une moustache ?

— Je n'en sais rien. (Moi, je savais. Pas de moustache. La trentaine environ.)

— Quelle race ?

— Blanche. La peau claire en tout cas, mais pas blond comme un Suédois. Richard, je n'ai pas eu le temps de saisir tous ces détails. Il t'a menacé avec une sorte d'arme et tu l'as abattu; ensuite tu as bondi quand le serveur est arrivé; j'ai reculé et attendu qu'on l'emmène.

— Où l'a-t-on emmené ?

— Je ne peux le dire avec certitude. Je suis retournée aux toilettes des dames et j'ai laissé la porte se fermer. Ils l'ont peut-être emmené dans les toilettes des hommes, juste en face. Mais il y a une autre porte au bout du couloir, où est écrit « Réservé au personnel ».

— Tu dis qu'il m'a menacé avec une arme ?

— Oui. Et tu l'as abattu, tu as bondi, tu as saisi l'arme et tu l'as fourrée dans ta poche, au moment où le serveur arrivait de l'autre côté. Oh ! Écoute, je...

— Dans quelle poche l'ai-je mise ?

— Attends que je réfléchisse. Il faut que je revoie cela dans ma tête. Ta poche gauche. La poche extérieure gauche de ta veste.

— Qu'est-ce que je portais, hier soir ?

— Tenue de soirée, nous revenions du ballet. Nœud blanc, veste marron, pantalon noir.

— Gwen, pendant que tu dormais dans la chambre, je me suis déshabillé dans la salle de séjour, hier soir, et j'ai suspendu les vêtements que je portais dans cette armoire, avec l'intention de les en sortir plus tard. Veux-tu aller ouvrir l'armoire et tirer de la poche gauche « l'arme » que tu m'as vu y glisser ?

— Mais... commença-t-elle avant de faire ce que je lui demandais.

Elle revint un instant plus tard et me tendit le portefeuille de l'inconnu.

— Voilà tout ce qu'il y avait dans cette poche.

— C'est l'arme avec laquelle il m'a menacé, dis-je, ajoutant en lui montrant mon index : Et voici l'arme dont je me suis servi pour le tuer quand il a braqué son portefeuille sur moi.

— Je ne comprends pas.

— Chérie, voilà la raison pour laquelle les criminologues accordent davantage de crédit aux preuves matérielles qu'aux témoignages visuels. Tu es le témoin idéal : intelligente, sincère, coopérative et honnête. Tu as rapporté un mélange de ce que tu as effectivement vu, de ce que tu penses avoir vu, de ce que tu n'as pas remarqué bien que ce fût devant tes yeux, et de ce que ton esprit logique juge comme devant être ce qui s'est passé, reliant ce que tu as vu avec ce que tu crois avoir vu. Et ce mélange se trouve maintenant solidement ancré dans ta mémoire comme un véritable souvenir, le souvenir d'un témoin oculaire direct. Mais cela ne s'est pas passé ainsi.

— Mais, Richard, j'ai *vu*...

— Tu as vu ce pauvre type se faire tuer. Tu ne l'as pas vu me menacer; tu ne m'as pas vu l'abattre. Quelqu'un d'autre l'a tué avec un projectile explosif. Puisqu'il te faisait face et qu'il a été touché en pleine poitrine, le projectile a dû te frôler. As-tu remarqué quelqu'un debout ?

— Non. Oh, il y avait des serveurs, et des garçons, et le maître d'hôtel, et des gens qui se levaient et s'asseyaient. Je veux dire que je n'ai remarqué personne en particulier, en tout cas personne avec une arme. Quel genre d'arme ?

– Gwen, ça ne ressemble peut-être pas à une arme. Une arme d'assassin, dissimulée, capable de tirer un projectile à courte distance... Cela pourrait ressembler à n'importe quoi d'une quinzaine de centimètres de long. Un sac de femme. Un appareil photo. Des jumelles de théâtre. Une foule d'objets apparemment inoffensifs. Cela ne nous mène nulle part vu que je tournais le dos à ce qui se passait et que tu n'as rien remarqué d'insolite. Le projectile a probablement été tiré derrière toi. Donc, laissons tomber. Voyons qui était la victime. Ou qui il prétendait être.

Je vidai toutes les poches du portefeuille, y compris une « poche secrète » assez mal dissimulée. Cette dernière contenait des certificats valant or délivrés par une banque de Zurich, pour un montant de quelque dix-sept mille couronnes : son fric pour filer, selon toute apparence.

Il y avait une carte d'identité, comme la Règle d'Or en délivre à quiconque arrive au noyau de l'habitat. Elle prouve uniquement que la personne « identifiée » a un visage, prétend s'appeler Untel, a décliné sa nationalité, son âge, son lieu de naissance, etc. et a déposé à la Compagnie un billet de retour ou l'équivalent en liquide et a réglé quatre-vingt-dix jours d'avance : ces formalités constituent le plus important pour la Compagnie.

Je me demandais si la Compagnie balancerait dans l'espace un homme qui n'aurait ni billet de retour ni argent. Peut-être lui permettrait-on de vendre ses contrats d'assurance-vie. Mais je n'y compterais pas trop. Je ne tiens pas à bouffer du vide spatial.

Selon la carte d'identité de la Compagnie, le détenteur s'appelait Enrico Schultz, trente-deux ans, citoyen du Bélize, né à Ciudad Castro, profession : comptable. La photo était celle du pauvre diable qui s'était fait tuer pour être venu me parler dans un lieu trop public... et pour la énième fois je me demandai pourquoi il ne m'avait pas d'abord téléphoné pour me parler ensuite en privé. Sous le nom de « Dr Ames », je suis dans l'annuaire... et en invoquant « Walker Evans », je l'aurais reçu, reçu en privé.

— C'est ton bonhomme ? demandai-je à Gwen en lui montrant la photo.

— Je crois. Je n'en suis pas sûre.

— Moi, j'en suis sûr. Je lui ai parlé en face pendant plusieurs minutes.

Ce qu'il y avait de plus curieux, dans le portefeuille de Schultz, c'est ce qu'il ne contenait pas. Outre ses certificats suisses en valeur or, il contenait huit cent trente et une couronnes, ainsi que cette carte d'identité de la Règle d'Or.

Et c'était tout.

Pas de carte de crédit, pas de permis de conduire un véhicule, pas de carte d'assurance, pas de carte syndicale ou professionnelle, pas de carte de club, rien. Les portefeuilles d'hommes sont comme les sacs de femmes; on y fourre tout un tas de saletés : photos, coupures de journaux, listes d'achats, etc. Il faut y faire le ménage de temps en temps. Mais, en faisant le ménage on y laisse toujours la douzaine de trucs bizarres dont un homme moderne a besoin dans la vie quotidienne. Mon ami Schultz, lui, n'avait rien.

Conclusion : il n'était pas follement désireux de faire connaître sa véritable identité. Corollaire : il y avait, planqués quelque part dans l'habitat de la Règle d'Or, ses papiers personnels... une autre carte d'identité à un autre nom, un passeport qui n'avait certainement pas été délivré au Bélize, d'autres papiers susceptibles de m'indiquer qui il était, ce qu'il voulait et (peut-être) la raison pour laquelle il avait invoqué « Walker Evans ».

Pouvait-on les trouver ?

Un autre détail me tracassait : ces dix-sept mille couronnes en valeur or. Ce n'était peut-être pas le fric destiné à assurer son retour pour une destination inconnue de moi. Il avait peut-être eu l'intention de me proposer cette somme pour tuer Tolliver. Dans ce cas, je me sentais vexé. Je préférais penser qu'il avait espéré me persuader de le tuer en me présentant cela comme un service public.

– Veux-tu que nous divorcions ? me demanda Gwen.

– Pardon ?

– Je t'ai bousculé pour nous marier. Mes intentions étaient pures, sincèrement ! Mais il semble que j'aie été idiote.

– Oh ! Gwen, jamais je ne me marie pour divorcer le même jour. Jamais. Si tu veux vraiment faire vite, attendons demain. Encore que, pour être sincère, je crois que tu devrais prolonger l'essai pendant trente jours. Ou au moins deux semaines. Et me permettre de faire de même. Jusqu'à présent, je suis assez satisfait de toi, à la fois horizontalement et verticalement. S'il arrivait que ça ne marche pas, dans un sens ou un autre, je te le ferais savoir. C'est honnête, non ?

– C'est honnête. Encore que je pourrais te battre à mort pour tes sophismes.

– C'est là le privilège de toute épouse... tant que cela se passe en privé. Tais-toi, veux-tu, chérie, j'ai des soucis. Vois-tu une seule bonne raison de tuer Tolliver ?

– Ron Tolliver ? Non. Bien que je ne voie pas davantage de raisons pour le laisser vivre. C'est un rustre.

– Tout à fait d'accord. S'il n'était l'un des associés de la Compagnie, il y a longtemps qu'on lui aurait demandé de ramasser son billet de retour et de filer. Mais je n'ai pas dit « Ron Tolliver », j'ai seulement dit « Tolliver ».

– Y en a-t-il d'autres ? J'espère que non.

– C'est ce que nous allons voir.

Je m'approchai du terminal, demandai l'annuaire, puis la lettre « T ».

– Ronson H. Tolliver, Ronson Q. – c'est son fils – et voilà sa femme : Stella M. Tolliver. Ah ! ça dit aussi : voir Taliaferro.

– C'est l'orthographe originale, dit Gwen. Mais ça se prononce aussi « Tolliver ».

– Tu en es sûre ?

– Tout à fait. Du moins au sud de la ligne Mason-Dixon, là-bas, sur la croûte. Quand on dit Tolliver, ça fait pauv' Blanc qui ne sait pas écrire. En prononçant toutes les lettres, ça fait foutu Yankee frais débarqué dont l'ancien nom était peut-être « Lipschitz » ou quelque chose comme ça. Un authentique planteur du Sud, bouffeur de nègres et aristocrate coureur de jupons, l'écrirait en toutes lettres et le prononcerait en avalant toutes les lettres.

– Désolé d'apprendre cela.

– Pourquoi, chéri ?

– Parce qu'il y a là trois hommes et une femme qui l'écrivent en toutes lettres : Taliaferro. Je n'en connais aucun. Je ne sais donc pas lequel tuer.

– Faut-il que tu en tues un ?

– Je n'en sais rien. Hum, il est temps que je te mette au parfum. Si tu as l'intention de demeurer mariée avec moi pendant au moins deux semaines. Est-ce le cas ?

– Bien sûr ! Deux semaines plus le reste de ma vie ! Et tu es un cochon de macho.

– Hélas, je suis membre à vie de l'association.

– Et taquin, avec ça.

– Je pense que tu n'es pas mal, toi non plus. Tu veux retourner au lit ?

– Pas avant que tu n'aies décidé qui tu dois tuer.

– Ça risque de prendre un moment.

Je fis de mon mieux pour retracer à Gwen le

récit détaillé, basé sur les seuls faits, dépouillé, de ma brève rencontre avec l'homme qui s'était présenté sous le nom de « Schultz ».

– Et voilà tout ce que je sais. Il est mort trop vite pour que j'en apprenne davantage. Il a laissé derrière lui des tas de questions sans réponses.

Je retournai au terminal, passai à la fonction « traitement de textes » et créai un nouveau fichier, comme si j'étais assis sur des charbons ardents.

L'AVENTURE D'UN NOM MAL ORTHOGRAPHIÉ

Questions appelant des réponses
1. Tolliver ou Taliaferro ?
2. Pourquoi T. doit-il mourir ?
3. Pourquoi « serions-nous tous morts » si T. n'est pas mort dimanche à midi ?
4. Qui est ce cadavre prétendument appelé « Schultz » ?
5. Pourquoi suis-je le bourreau logique de T. ?
6. Ce meurtre est-il nécessaire ?
7. Qui, dans la Walker Evans Memorial Society, m'a envoyé cette espèce de cervelle de moineau ? Et pourquoi ?
8. Qui a tué « Schultz » et pourquoi ?
9. Pourquoi le personnel du Rainbow End est-il intervenu pour camoufler le crime ?
10. (Éventuelle.) Pourquoi Gwen est-elle partie avant moi et pourquoi est-elle venue ici au lieu d'aller chez elle et comment est-elle entrée ?

– Est-ce qu'on les prend dans l'ordre ? demanda Gwen. Je ne peux répondre qu'à la question 10.
– Celle-là, je viens de l'annuler. Quant aux neuf autres, je crois que si je trouve la réponse à l'une quelconque des trois premières je pourrais en déduire toutes les autres.

Je continuai à afficher sur l'écran :

CE QU'ON PEUT FAIRE

« En cas de danger ou si vous êtes pris par le doute, tournez en rond et gueulez sur la route. »

– Ça t'aide ? demanda Gwen.

– À tous les coups ! Demande à n'importe quel militaire. Maintenant, voyons les questions l'une après l'autre.

Q.1 – Appeler chacun des Taliaferro de l'annuaire. Voir comment il prononce son nom. Rayer ceux qui prononcent toutes les lettres.

Q.2 – Fouiller le passé de ceux qui restent. Commencer par les archives du *Herald*.

Q.3 – En traitant la Q.2, voir tout ce qui peut être prévu pour dimanche midi.

Q.4 – Si vous étiez nouveau venu dans l'habitat spatial de la Règle d'Or et que vous vouliez dissimuler votre identité tout en gardant la possibilité de récupérer votre passeport et autres documents pour le départ, où les cacheriez-vous ?

Indications : Voir quand ce cadavre est arrivé à la Règle d'Or. Voir ensuite les hôtels, consignes, poste restante, etc.

Q.5 – Renvoyée à plus tard.

Q.6 – Renvoyée à plus tard.

Q.7 – Contacter par téléphone autant de membres du groupe « Walker Evans » que possible. Insister jusqu'à ce que l'un d'eux vende la mèche. *Nota :* Peut-être un étourdi a-t-il trop parlé sans s'en rendre compte.

Q.8 – Morris, ou le maître d'hôtel, ou le garçon ou tous à la fois, ou deux d'entre eux, savent qui a tué Schultz. Un, ou plusieurs d'entre eux, s'y attendait. Voir quel est le point faible de chacun – alcool, drogue, fric, sexe (*comme ci ou comme ça*) – et voyons un peu quel était ton nom sur la Terre, l'ami. Des papiers sur toi, quelque part ? Trouver le point sensible. Appuyer dessus. Faire la même chose pour les trois et voir ensuite si leur histoire tient debout. On trouve un squelette dans *tous* les placards. C'est une loi naturelle, donc il faut le trouver, dans tous les cas.

Q.9 – Le fric. (Hypohèse à retenir, jusqu'à preuve du contraire.)

(Question : Combien tout cela va-t-il me coûter ? En ai-je les moyens ? Contre-question : Ai-je les moyens de *ne pas* poursuivre l'enquête ?)

– C'est la question que je me posais, dit Gwen. Quand j'ai fourré mon nez là-dedans, j'ai pensé que tu avais de sérieux ennuis. Mais tu es apparemment sans attaches. Pourquoi, mon cher mari, dois-tu t'en mêler ?

– Il faut que je le tue.

– *Quoi ?* Mais tu ne sais pas de quel Tolliver il s'agit ! Ni pourquoi il faut qu'il meure. Ni s'il doit mourir.

– Non, non, pas Tolliver. Encore qu'il apparaîtra peut-être que Tolliver doit mourir. Non, chérie, l'homme qui a tué Schultz. Il faut que je le trouve et que je le tue.

– Oh ! Euh… je comprends qu'il faille qu'il meure; c'est un assassin. Mais pourquoi faut-il que ce soit *toi* qui le tues ? Les deux sont des inconnus pour toi : et la victime et son assassin. En fait, cette affaire ne te regarde pas, non ?

– Elle *me* regarde. Schultz, ou quel que soit son nom, a été tué alors qu'il se trouvait à ma table comme invité. C'est d'une intolérable grossièreté. Je ne laisserai pas passer cela. Gwen, ma chérie, si l'on tolère les mauvaises manières une fois, ça ne fait qu'empirer. Notre agréable habitat pourrait dégénérer et devenir un taudis du genre de Ell-Cinq, envahi par une populace sans savoir-vivre, inutilement bruyante et usant d'un langage fort peu châtié. Il faut que je trouve le malotru qui a fait cela, que je le convainque de son incongruité, que je lui laisse une chance de s'excuser, et que je le tue.

3

« Il faut pardonner à ses ennemis, mais
pas avant qu'ils ne soient pendus. »
Heinrich HEINE, 1797-1856

Ma charmante épouse me regarda.

— Tu *tuerais* un homme ? Pour sa grossièreté ?

— Vois-tu une meilleure raison ? Préférerais-tu
que je passe sur la muflerie ?

— Non, mais... je comprends que l'on exécute
un homme pour un meurtre; je ne suis pas contre
la peine de mort. Mais ne devrais-tu pas laisser
cela aux surveillants et à la Direction ? Pourquoi
faut-il que ce soit toi qui fasses respecter la loi ?

— Gwen, je ne me suis pas bien fait comprendre.
Mon intention n'est pas de punir mais d'éliminer...
sans parler de la satisfaction esthétique de châtier
les mauvaises manières. Cet assassin inconnu avait
peut-être d'excellentes raisons de tuer l'homme
qui se faisait appeler Schultz... mais le fait de le
tuer en présence de personnes qui sont en train
de dîner est aussi inconvenant que le fait de se
quereller en public pour un couple marié. Et ce
mufle a encore ajouté à son offense en la commet-
tant alors que sa victime était mon hôte... ainsi
le châtiment est-il pour moi à la fois une obligation
et un privilège. Peu m'importe l'offense putative
que constitue le meurtre. Quant à laisser les surveillants et la Direction se charger de l'affaire...
Crois-tu que le meurtre soit interdit ?

— Quoi ? ! Richard, il *doit* exister quelque chose
à ce sujet.

— Je ne vois rien. Je suppose que le Directeur

pourrait considérer le meurtre comme une violation de la Règle d'Or...

– Oh, très certainement !

– Et pourquoi ? On n'est jamais certain de ce que peut penser le Directeur. Mais, Gwen chérie, tuer quelqu'un n'est pas forcément un meurtre. Souvent, ce n'est absolument pas le cas. Si par hasard le Directeur entendait parler de cette histoire, il pourrait décider qu'il s'agit d'un homicide justifié à cause d'une offense aux bonnes manières, mais non pas à la morale. (Je restais le dos tourné au terminal.) Le Directeur a peut-être déjà réglé la question. Voyons ce qu'en dit le *Herald*.

Je composai de nouveau le code du journal, demandant les informations puis les événements de la journée.

Le premier article qui s'afficha fut « Mariage-Ames-Novak ». Je l'arrêtai, réglai le terminal sur « agrandissement », demandai une sortie sur papier, déchirai le listing et le tendis à mon épouse.

– Envoie cela à tes petits-enfants pour leur montrer que grand-maman ne vit plus dans le péché.

– Merci, chéri. Tu es tout à fait charmant, je crois...

– Je sais aussi faire la cuisine.

Je fis défiler les avis de décès. D'ordinaire, je commence toujours par là car, avec un peu de chance, il y en a un qui peut faire le bonheur de ma journée.

Mais pas ce jour-là. Aucun nom connu. Et, notamment, pas le moindre « Schultz ». Pas d'inconnu non identifié. Pas de mort dans un « restaurant célèbre ». Rien que la triste liste habituelle des inconnus, morts de mort naturelle et non par accident. Je demandai donc le menu des nouvelles générales de l'habitat.

Rien. Oh, on y trouvait l'interminable liste des banalités quotidiennes : depuis les arrivées et départs des vaisseaux jusqu'à l'annonce (la nouvelle la plus importante) qu'allaient être mises en place les toutes récentes constructions des anneaux 130-140, si tout se passait comme prévu, et que le rattachement au cylindre principal se ferait le six du mois, à huit heures.

Mais rien concernant « Schultz », aucune mention d'un quelconque Tolliver ou Taliaferro, aucun cadavre non identifié. De nouveau, je consultai l'index du journal, demandai la liste des manifestations prévues pour dimanche, découvris que n'était programmé pour dimanche midi qu'un débat par holo depuis La Haye, Tokyo, Luna City, Ell-Quatre, la Règle d'Or, Tel-Aviv et Agra sur le thème « La crise de la foi. Le monde moderne à un carrefour ». Les coprésidents en étaient le président de la Société Humaniste et le Dalaï Lama. Je leur souhaitai bonne chance.

— Jusque-là, nous n'avons rien, zéro, nib, quedalle et des clous. Gwen, comment pourrais-je demander poliment à des inconnus comment se prononce leur nom ?

— Laisse-moi faire, chéri. Je dirai : « Miz Tollivuh, ici Gloria Meade Calhoun, de Savannah. Avez-vous une cousine, à Charleston, qui s'appelle Stacey Mae ? » Si elle me reprend sur la prononciation de son nom, je m'excuse et je raccroche. Mais si il – ou elle – se contente de déclarer ne pas connaître Stacey Mae, qu'est-ce que je fais, Richard ? Je demande un rendez-vous ou je coupe « accidentellement » la communication ?

— Essaie d'obtenir un rendez-vous.

— Un rendez-vous pour toi ? Ou pour moi ?

— Pour toi. Et j'irai avec toi. Ou j'irai à ta place. Mais il faut d'abord que j'achète un chapeau.

— Un *chapeau* ?

— Une de ces drôles de boîtes qu'on pose à plat sur la tête. Du moins c'est ce qu'on fait sur la Terre.

– Je sais ce qu'est un chapeau ! Je suis née là-bas tout comme toi. Mais je me demande si on a jamais vu un chapeau en dehors de la Terre. Où l'achèterais-tu ?

– Je n'en sais rien, mon cœur, mais je peux te dire pourquoi j'en ai besoin. Pour le retirer poliment et dire : « Excusez-moi, monsieur, ou madame, voulez-vous avoir l'amabilité de me dire pourquoi quelqu'un souhaite vous voir mort dimanche à midi ? » Gwen, c'est cela qui m'ennuie : comment aborder une telle question ? Il existe une manière polie de demander pratiquement n'importe quoi, que ce soit pour proposer l'adultère à une épouse jusque-là chaste et pure, ou pour solliciter un pot-de-vin. Mais comment aborder un *tel* sujet ?

– Ne pourrais-tu pas dire, simplement : « Ne vous retournez pas, mais quelqu'un essaie de vous tuer » ?

– Non, tu prends les choses à l'envers. Je n'essaie pas de prévenir ce type que quelqu'un veut l'abattre ; j'essaie de savoir *pourquoi*. Quand je saurai pourquoi, je serai peut-être si heureux de l'apprendre que je resterai assis là, à m₁ délecter... à moins que cela ne m'inspire au point d'exécuter la dernière volonté de feu M. Schultz comme un service rendu à l'humanité. D'autre part, il se peut que je désapprouve totalement les raisons de l'assassinat et que je m'engage, pour la durée des hostilités, et offre ma vie et mes services à la cause sacrée consistant à empêcher l'assassinat. C'est peu probable, si la cible est Ron Tolliver. Mais il est encore trop tôt pour choisir le parti que je prendrai ; je dois d'abord comprendre ce qui se passe. Gwen, mon amour, quand il s'agit de tuer il ne faut jamais passer aux actes avant de poser les questions. Cela risquerait d'agacer les gens.

Je me tournai vers le terminal et le regardai sans y toucher.

— Gwen, avant de passer aux communications locales, je crois qu'il faut lancer un avis d'appel à chacun des Amis de Walker Evans. Mon seul indice est la mention de ce nom par Schultz. L'un des six à dû le prononcer... et celui-là devrait savoir pourquoi Schultz était si pressé.

— Est-ce qu'ils sont loin ?

— Je ne sais pas. L'un d'eux est probablement sur Mars et deux autres sans doute dans la Ceinture. Il y en a peut-être même un ou deux sur la Terre et, dans ce cas, sous des noms bidons, tout comme moi. Gwen, la catastrophe qui m'a fait renoncer au joyeux métier des armes et qui a amené six de mes camarades à devenir mes frères de sang... eh bien, pour le commun des mortels, ça sentait mauvais. Je dirais que les gens des médias qui n'ont pas vu comment les choses se sont passées n'ont pas pu comprendre pourquoi c'était arrivé. Je pourrais affirmer, en toute honnêteté, que notre action a été fondamentalement morale dans le contexte où nous l'avons accomplie : l'époque, le lieu, les circonstances. Je pourrais... Peu importe, chérie, disons simplement que mes frères se cachent. Ce sera long et fastidieux de les retrouver tous.

— Mais tu ne veux parler qu'à un seul d'entre eux, non ? À celui qui était en contact avec Schultz.

— Oui, mais je ne sais pas lequel c'est.

— Richard, ne serait-il pas plus facile de remonter la piste de Schultz pour retrouver l'intéressé que de retrouver six personnes qui se cachent, sous des noms d'emprunt, aux quatre coins du système solaire, ou même ailleurs ?

— Peut-être, dis-je après avoir réfléchi. Mais comment remonter la piste de Schultz ? Aurais-tu une inspiration, mon amour ?

— Aucune. Mais je me souviens qu'à mon arrivée ici, à la Règle d'Or, on m'a non seulement demandé, au noyau, où j'habitais – et on a vérifié avec mon passeport – mais on m'a aussi demandé la raison de ce voyage, et on a également vérifié mon visa. Non pas simplement parce que j'arrivais de Luna – presque tout le monde arrive de Luna – mais comment j'avais gagné Luna. On ne t'a pas demandé la même chose ?

– Non. J'avais un passeport de l'État libre de Luna indiquant que j'étais né sur la Lune.

– Je pensais que tu étais né sur la Terre ?

– Gwen, Colin Campbell est né sur la Terre. « Richard Ames » est né à Hong Kong de Luna : c'est écrit là.

– Oh !

– Mais, effectivement, il faudrait que j'essaie de remonter la piste de Schultz avant de retrouver mes six amis. Si j'étais sûr que Schultz ne soit jamais allé bien loin, je commencerais par les environs : Luna et la surface de tous les habitats balistiquement couplés à Terra ou à Luna. Pas la ceinture des astéroïdes. Ni même Mars.

– Richard ? Et si le but était de… Non, c'est idiot.

– Qu'est-ce qui est idiot, chérie ? Dis-le-moi quand même.

– Eh bien, suppose que cette – comment dire ? – conspiration n'est pas dirigée contre Ron Tolliver ni aucun autre Tolliver, mais contre toi et tes six amis, les gens de « Walker Evans ». On souhaiterait donc que tu fasses tout ton possible pour prendre contact avec les autres. Et tu les mènerais ainsi, qui qu'ils soient, à votre groupe des sept. Pourrait-il s'agir d'une vengeance ? Est-il possible que ce qui s'est passé motive une vengeance contre vous ?

Je ressentis comme un grand froid au creux de l'estomac.

– Oui, c'est possible. Mais pas dans ce cas, je crois. Cela n'expliquerait pas pourquoi on a tué Schultz.

– Je t'ai dit que c'était idiot.

– Attends un peu. A-t-on vraiment tué Schultz ?

– Mais, nous l'avons vu l'un et l'autre, Richard.

– Vraiment ? J'ai cru voir cela. J'ai néanmoins admis que ce pouvait être truqué. Ce que j'ai vu m'a semblé être un meurtre par projectile explosif, mais... avec deux accessoires assez simples, Gwen, on peut en avoir l'illusion parfaite. Un : on fait apparaître une petite tache sombre sur la chemise de Schultz. Deux : il a une petite poche de caoutchouc dans la bouche qui contient un liquide ressemblant à du sang. À l'instant choisi, il crève la poche d'un coup de dent; le « sang » sort de sa bouche. Le reste est pure mise en scène... y compris le curieux comportement de Morris et des autres membres du personnel. Il faut enlever rapidement le « cadavre »... par cette porte « réservée au personnel »... où on lui passe une chemise propre avant de le faire filer par la porte de service.

– Tu penses que c'est ainsi que les choses se sont passées ?

– Euh... non, bon Dieu; je n'en crois rien ! Gwen, j'ai vu pas mal de gens mourir. Celui-ci est mort aussi près de moi que tu l'es en ce moment. Je ne crois pas que c'était du bluff; je crois que j'ai réellement vu mourir un homme.

J'étais furieux contre moi-même. Avais-je pu me tromper sur un point aussi essentiel ?

Mais oui, bien sûr ! Je ne suis pas un supergénie doté de pouvoirs *psi;* j'avais pu me tromper tout comme Gwen avait pu se tromper, elle aussi témoin oculaire. Je soupirai :

– Gwen, je ne sais plus rien. Pour moi, j'ai assisté à une mort par projectile explosif... mais si quelqu'un avait monté un truc et s'il avait été bien préparé, il est évident que ça ressemblait point par point à un meurtre. S'il s'agit d'un coup monté, je comprends mieux le rapide camouflage de l'affaire. Sans cela, le comportement du personnel du Rainbow's End est presque incroyable. Mon ange, je ne suis sûr de rien. Est-ce que quelqu'un essaie de me rendre fou ?

Elle considéra ma question comme pure rhétorique, ce qui était le cas, je l'espère.

— Alors, qu'est-ce qu'on fait ? demanda-t-elle.

— Euh... on essaie de découvrir quelque chose sur Schultz. Après quoi on s'inquiétera de la suite.

— Comment va-t-on faire ?

— Nous allons employer la corruption, mon amour. Mensonges et fric. Généreux avec les mensonges et parcimonieux avec l'argent. À moins que tu ne sois riche. Je n'ai jamais songé à te le demander avant de t'épouser.

— *Moi* ? Mais, Richard, c'est *moi* qui t'ai épousé pour *ton* argent.

— Vraiment ? Ma pauvre dame, vous avez été roulée. Tu veux consulter un avocat ?

— Je pense, oui. N'est-ce pas là un viol, tel que le définit la loi ?

— Non, le viol qualifié est la « connaissance » au sens biblique du terme... encore que je n'aie jamais compris pourquoi on s'en inquiéterait. Je ne crois pas que ce soit contraire à la réglementation locale. (Je me tournai vers le terminal.) Veux-tu un avocat ? Ou préfères-tu qu'on recherche Schultz ?

— Euh... Richard, c'est une curieuse lune de miel que nous passons là. Retournons au lit.

— Le lit attendra. Mais tu peux toujours prendre une autre gaufre pendant que j'essaie de repérer Schultz.

De nouveau, je branchai le terminal sur l'annuaire et cherchai à « Schultz ».

J'en trouvai dix-neuf mais aucun « Enrico Schultz ». Rien de surprenant. Je trouvai un Hendrik Schultz et demandai davantage de détails :

« Le Révérend Docteur Hendrik Schultz,

licencié ès sciences, docteur ès lettres, D.D., D.H.L., K.G.B., ancien Grand Maître de la Société Royale d'Astrologie. Horoscopes scientifiques à prix modérés. Mariages solennels. Conseil familial. Thérapies en tous genres. Conseils en placements. Paris sur les courses acceptés à toute heure. Petticoat Lane, anneau 95, à côté de Madame Pompadour. » Et, au-dessus de tout cela, sa photo en holo, répétant son slogan : « Pas de trop gros problèmes, pas de trop petits problèmes. Je suis le père Schultz, votre ami dans la détresse. Garantie sur tous travaux. »

Quelle garantie ? Hendrik Schultz ressemblait au Père Noël sans sa barbe et pas du tout à mon ami Enrico. Je l'effaçai donc, à regret, car je me sentais très proche du révérend docteur.

— Gwen, il n'est pas dans l'annuaire, du moins pas sous le nom de sa carte d'identité de la Règle d'Or. Est-ce que cela signifie qu'il n'y a jamais figuré ? Ou que son nom a été retiré hier soir avant que son cadavre soit froid ?

— Est-ce que tu attends une réponse ? Ou penses-tu seulement à haute voix ?

— Ni l'un ni l'autre, je crois. Maintenant, on se renseigne auprès du noyau, d'accord ?

Je consultai l'annuaire puis appelai le bureau de l'immigration, dans le noyau.

— Docteur Richard Ames à l'appareil. Je voudrais retrouver un habitant du nom d'Enrico Schultz. Pouvez-vous me donner son adresse ?

— Pourquoi ne consultez-vous pas l'annuaire ? me demanda la fille d'une voix qui me rappela celle de mon institutrice du cours moyen — ce qui n'est pas une référence...

— Il ne figure pas à l'annuaire. Il s'agit d'un touriste, pas d'un abonné. Je voudrais seulement son adresse à la Règle d'Or. Hôtel, pension ou autre.

— Hé là ! Vous savez parfaitement que l'on ne

fournit aucun renseignement d'ordre personnel. S'il ne figure pas à l'annuaire, c'est qu'il a payé pour ne pas y figurer. Ne faites pas à autrui, docteur, ce que vous ne voudriez pas qu'on vous fît, ajouta-t-elle avant de raccrocher.

— Où s'adresse-t-on maintenant ? demanda Gwen.

— Même endroit, même personne – mais fric en main et directement. C'est commode, les terminaux, Gwen, mais pas pour graisser la patte au-dessous de cent cinquante couronnes. Pour une petite somme, mieux vaut payer comptant et de la main à la main. Tu viens avec moi ?

— Tu crois pouvoir me laisser en arrière ? Le jour de notre mariage ? Essaie un peu, mon mignon !

— Tu pourrais peut-être t'habiller...

— Tu as honte de moi; c'est ça ?

— Pas du tout. Allons-y.

— Je cède. Une seconde, le temps de trouver mes chaussures. Richard, on peut passer à mon compartiment ? Je me sentais très chic au ballet, hier soir, mais ma robe fait trop habillée pour les couloirs à cette heure de la journée. Je voudrais me changer.

— Désir légitime, madame. Mais cela pose une autre question. Veux-tu venir vivre ici ?

— Tu le veux ?

— Gwen, selon mon expérience le mariage peut parfois survivre à des lits séparés mais quasiment jamais à des domiciles séparés.

— Ce n'est pas une réponse.

— Tu as remarqué ? Gwen, je traîne une mauvaise habitude qui ne rend pas facile la cohabitation. J'écris.

La pauvre fille parut surprise.

— C'est ce que tu m'as dit. Mais pourquoi considères-tu que c'est une mauvaise habitude ?

— Euh... Gwen, mon amour, je ne vais pas

m'excuser parce que j'écris... pas plus que je ne m'excuserais parce qu'il me manque un pied... et, en fait, ceci explique cela. Lorsque je n'ai plus pu continuer le métier des armes, il m'a fallu faire quelque chose pour gagner ma vie. Je ne savais rien faire d'autre. Écrire constitue un moyen légal d'éviter de travailler sans être obligé de voler et, de plus, ça ne nécessite aucun talent ou formation particuliers. Mais c'est tout à fait anti-social. C'est un comportement aussi solitaire que la masturbation. Si l'on dérange un écrivain quand il est plongé dans les affres de la création, il risque de se retourner et de mordre... sans même se rendre compte de ce qu'il fait. Ainsi que l'apprennent à leurs dépens les époux et épouses des écrivains. Et... il faut bien prendre soin de moi, Gwen ! Il est *impossible* d'apprivoiser et de civiliser les écrivains. Ni même de les soigner. Dans une famille comportant plus d'une seule personne, dont l'une est écrivain, la seule solution connue de la science est de doter le patient d'une chambre d'isolement, où il puisse affronter les crises aiguës tout seul; on lui passe la nourriture au bout d'un bâton, car si l'on dérange le patient en crise, il peut fondre en larmes ou devenir violent. À moins qu'il n'entende rien... et si on le secoue dans ce cas, il vous mord.

Je lui adressai mon plus beau sourire.

– Ne t'inquiète pas, chérie. Je ne suis sur aucune histoire en ce moment et j'éviterai d'en commencer une avant qu'on se soit procuré une chambre d'isolement pour que je puisse y travailler. Ici, ce n'est pas assez grand, et chez toi non plus. Hum, avant même qu'on se rende au noyau, je vais appeler le bureau du Directeur pour voir ce qu'il y a de disponible comme compartiments plus grands. Il nous faut aussi deux terminaux.

– Pourquoi deux, chéri ? Je ne m'en sers pas souvent.

– Mais quand tu t'en sers, il t'en faut un. Quand j'utilise celui-ci en traitement de textes, on ne peut s'en servir pour autre chose – ni journaux, ni courrier, ni courses, ni programmes, ni appels personnels, rien. Crois-moi, chérie; ça fait des années que je traîne la maladie, je sais comment la traiter. Laisse-moi disposer d'une petite pièce et d'un terminal, laisse-moi m'y enfermer, et ce sera exactement comme si tu avais un mari normal et en bonne santé, qui se rend à son bureau tous les matins pour y faire ce que font tous les hommes à leur bureau : ce que j'ignore, et que je n'ai jamais cherché à savoir.

– Oui, chéri. Richard, tu aimes écrire ?

– Personne n'aime écrire.

– Je me demandais... Et puis, il faut que je t'avoue que je ne t'ai pas dit tout à fait la vérité en prétendant t'avoir épousé pour ton argent.

– Je ne t'ai pas non plus tout à fait crue. Nous sommes quittes.

– Oui, chéri. Je peux vraiment me permettre de t'entretenir. Oh, je ne pourrais pas t'offrir un yacht. Mais nous pourrions vivre relativement à l'aise, ici, à la Règle d'Or... qui n'est pas l'endroit le meilleur marché du système solaire. Tu ne seras pas obligé d'écrire.

Je m'arrêtai pour l'embrasser, sérieusement et avec application.

– Je suis heureux de t'avoir épousée. Mais je dois écrire.

– Mais, tu n'aimes pas cela et nous n'avons pas besoin d'argent. Vraiment !

– Merci, mon amour. Je ne t'ai pas encore parlé des autres aspects insidieux de la création littéraire. On ne s'arrête pas comme ça. Les écrivains sont contraints de continuer à écrire, bien après que c'est devenu financièrement inutile... parce qu'ils souffrent moins en écrivant qu'en s'arrêtant.

– Je ne comprends pas.

– Moi non plus je ne comprenais pas, lorsque j'ai fait ce premier pas fatal : c'était une petite nouvelle et, honnêtement, je pensais pouvoir m'arrêter quand je voudrais. Peu importe, chérie, dans une dizaine d'années, tu auras compris. Ne fais pas attention à moi quand je pleurnicherai. Ça ne signifie rien; c'est seulement ce vice, ce singe sur mon dos.

– Richard ? La psychanalyse t'aiderait-elle ?

– Je ne peux m'y risquer. J'ai connu un écrivain qui a essayé, une fois. Ça l'a guéri d'écrire. Mais ça ne l'a pas guéri de l'envie d'écrire. La dernière fois que je l'ai vu, il se tenait accroupi dans un coin, tout tremblant. Ça, c'était quand il était bien. Mais la seule vue d'une machine à traitement de textes le plongeait dans une crise affreuse.

– Euh… toujours cette tendance à exagérer ?

– Allons, Gwen ! Je pourrais te conduire chez lui, te montrer sa tombe. Laisse tomber, chérie; je vais appeler le bureau du Directeur.

Je me tournai vers le terminal…

… au moment même où ce foutu engin s'éclairait comme un arbre de Noël et que se déclenchait la sonnerie d'appel d'urgence. Je poussai le bouton de réponse.

– Ici Ames ! Vous m'entendez ?

Des mots retentirent tandis que des lettres s'affichaient et que l'imprimante se mettait en route sans qu'on lui ait rien demandé. Je déteste ça.

« Communication officielle au Dr Richard Ames : La Direction a un besoin urgent de récupérer le compartiment que vous occupez, référence : 715301 au 65-15-0,4. Il vous est demandé de le libérer immédiatement. Le loyer payé d'avance a été reversé à votre compte, augmenté d'une prime de cinquante couronnes à titre de dédommagement. Signé : Arthur Middlegaff, adjoint au Directeur pour le Logement. Nous vous souhaitons bonne journée !

4

« *Je continue à travailler pour la même raison qu'une poule continue à pondre.* »
H.L. Mᴇɴᴄᴋᴇɴ, 1880-1956

– Oh, bon Dieu de bon sang de bois ! dis-je en écarquillant les yeux. Cinquante couronnes, pas un sou de moins ! Gwen ! Maintenant tu peux m'épouser pour mon argent !

– Tu te sens bien, chéri ? Tu as payé plus cher une bouteille de vin, hier soir. Je pense que c'est parfaitement dégoûtant, injurieux.

– Mais, bien sûr, chérie. C'est destiné à me faire mettre en colère, outre l'inconvénient de me contraindre à partir. Je ne ferai donc ni l'un ni l'autre.

– Tu ne partiras pas ?

– Ce n'est pas ça. Je vais partir sur-le-champ. Il existe d'autres moyens de lutter contre l'administration que de refuser de déménager. L'adjoint du directeur peut nous couper l'électricité, l'aération, l'eau, le système sanitaire. Non, chérie, le but est de me rendre furieux, d'aveugler mon jugement et de me contraindre à proférer des menaces que je ne pourrai pas mettre à exécution. (Je souris et ajoutai :) Donc, je ne vais pas me mettre en colère et je vais filer d'ici immédiatement, doux comme un agneau... et je vais garder en moi l'intense fureur que je ressens, pour qu'on ne la voie pas, jusqu'à ce qu'elle me soit utile. En outre, ça ne change rien, étant donné que j'allais demander un compartiment plus grand –

une pièce de plus au moins – pour nous deux. Je vais donc rappeler ce cher M. Middlegaff.

De nouveau, je composai le code de l'annuaire, ignorant le numéro du service du logement. J'appuyai sur le bouton « exécution ».

Et j'obtins, sur l'écran, la phrase « Le terminal ne fonctionne plus ».

Je fixai l'écran en comptant jusqu'à dix, à l'envers, et en sanskrit. Ce cher M. Middlegaff, ou le Directeur lui-même, ou quelqu'un d'autre, essayait de me faire sortir de mes gonds. Il ne fallait surtout pas que je me laisse aller. Il me fallait nourrir des pensées calmes, apaisantes, comme il convient à un fakir sur un lit de clous. Ce qui ne m'empêchait pas de penser au plaisir que j'aurais à me faire frire ses gonades pour le déjeuner une fois que je connaîtrais le responsable. Avec une sauce au soja ? Ou simplement avec un hachis d'ail et une pointe de sel ?

Ces pensées culinaires me calmèrent quelque peu. Je ne fus guère surpris et pas plus ennuyé qu'un instant plus tôt quand, sur l'écran, le « Terminal ne fonctionne plus » se changea en « L'électricité et les appareils électriques seront coupés à 13 h 00 ». Ce qui fut remplacé par l'affichage numérique de l'heure : 12 : 31, qui bascula bientôt à 12 : 32.

– Richard, qu'est-ce qu'ils font ?

– Ils essaient de me rendre fou, je présume. Mais nous ne les laisserons pas faire. Nous allons consacrer les vingt-huit minutes – non, vingt-sept – qui nous restent à débarrasser cinq ans de saletés diverses.

– Oui, m'sieur. En quoi puis-je être utile ?

– Brave fille ! Il y a ce petit placard, là, et un grand dans la chambre. Balance tout sur le lit. Sur l'étagère, dans le grand placard, tu trouveras un grand sac de paquetage, un grand sac de saut. Fourre tout dedans, aussi tassé que possible. Ne trie rien. Sors cette robe de chambre que tu portais au petit déjeuner et sers-t'en pour faire un balluchon de tout ce que tu n'auras pas réussi à fourrer dans le sac de paquetage; attache le tout avec la ceinture.

– Tes affaires de toilette ?

– Ah, oui ! Prends un sac en plastique dans l'office, fourre-les simplement dans un sac et fiche-les dans le paquet. Mon chou, tu vas faire une merveilleuse épouse.

– Tu as tout à fait raison, chéri. J'ai une longue expérience. Les veuves font toujours les meilleures épouses. Tu veux que je te parle de mes précédents maris ?

– Oui, mais pas maintenant. Garde ça pour les longues soirées où tu auras la migraine et où je serai trop fatigué.

Après m'être déchargé de quatre-vingt-dix pour cent de mon déménagement sur Gwen, je m'occupai des dix pour cent les plus délicats : mes enregistrements et mes dossiers professionnels.

Les écrivains ont des tas de choses à trimbaler, pour la plupart, tandis que les militaires apprennent à voyager léger, pour la plupart, là aussi. Cette dichotomie aurait pu faire de moi un schizoïde sans la plus merveilleuse des inventions pour les écrivains depuis la gomme au bout du crayon : les fichiers électroniques.

J'utilise des Megawafers Sony, d'une capacité d'un demi-million de mots et faisant chacun deux centimètres de large et trois millimètres d'épaisseur, avec les renseignements tassés à un degré impensable. Je m'assis devant le terminal, retirai ma prothèse (ma jambe de bois, si vous préférez) et l'ouvris. Je sortis alors toutes mes « puces » de mémoire du sélecteur du terminal, les glissai dans le trou constituant le « tibia » de ma prothèse, le refermai et y replaçai le couvercle.

Je disposais maintenant des fichiers nécessaires

à mon travail : contrats, lettres, copies des copyrights, correspondance générale, fichiers d'adresses, notes pour mes futurs bouquins, impôts, etc. jusqu'à la nausée. Avant qu'existent les fichiers électroniques, j'en aurais eu pour une tonne et demie de papier dans une demi-tonne d'acier, le tout mesurant plusieurs mètres cubes. Maintenant, cela ne pesait que quelques grammes, et n'était guère plus envahissant que mon majeur – pour vingt millions de mots.

Les puces se trouvaient entièrement casées dans cet « os » et donc à l'abri du vol, de la perte ou d'éventuels dégâts. Qui irait voler une prothèse à un invalide ? Comment ledit invalide oublierait-il son pied artificiel ? Peut-être le retire-t-il pour la nuit, mais c'est la première chose sur laquelle il met la main en sortant du lit. Même un gangster se livrant à un hold-up ne prête aucune attention à une prothèse. En ce qui me concerne, la plupart des gens ne se rendent pas compte que j'en porte une. Une fois seulement, j'en ai été privé. Un associé (pas un ami) l'a emportée après m'avoir bouclé pour la nuit – nous avions eu un différend d'ordre professionnel. J'ai réussi à m'échapper en sautant sur un pied. Après quoi je lui ai fait la raie au milieu avec le tisonnier de sa cheminée, et j'ai récupéré mon second pied, divers papiers et je suis parti. La vie d'un écrivain, d'ordinaire sédentaire, connaît des moments d'intense activité.

Le terminal affichait 12 : 54 et nous en avions presque terminé. Il ne me restait qu'une poignée de livres – des livres reliés, avec des mots imprimés sur du papier – à ranger. Gwen les fourra dans le paquet qu'elle avait fait avec ma robe de chambre.

– Quoi d'autre ? me demanda-t-elle.

– Je pense que c'est tout. Je fais une dernière inspection rapide et nous balancerons dans le couloir tout ce que j'aurais pu oublier. Nous verrons quoi en faire une fois qu'ils auront coupé le courant.

– Et cet arbre bonsaï ? demanda Gwen, considérant mon petit érable, vieux de quelque quatre-vingts ans pour à peine trente-neuf centimètres de haut.

– Impossible de l'emballer, chérie. De plus, il faut l'arroser plusieurs fois par jour. Le plus raisonnable est de le laisser au prochain occupant.

– Des clous, chef. Tu le porteras jusqu'à mon compartiment tandis que je traînerai les bagages derrière moi.

(J'avais failli ajouter que « le plus raisonnable » ne m'emballait guère.)

– Nous allons à ton compartiment ?

– Que faire d'autre, chéri ? Certes, il nous faut un endroit plus spacieux, mais il nous faut surtout, et d'urgence, un toit sur notre tête. Il va neiger avant ce soir.

– Oui, bien sûr ! Gwen, rappelle-moi de te dire que je suis heureux d'avoir pensé à t'épouser.

– Tu n'y as pas pensé. Les hommes n'y pensent jamais.

– Vraiment ?

– Vraiment. Mais je te le rappellerai quand même.

– Je suis heureux que tu aies pensé à m'épouser. Je suis heureux que tu m'aies épousé. Veux-tu me promettre de m'empêcher désormais de faire ce qui paraît le plus raisonnable ?

Elle n'eut pas le temps de répondre car les lumières clignotèrent par deux fois et nous fûmes soudain très occupés. Gwen à tout jeter dans le couloir tandis que je donnais un dernier coup d'œil. De nouveau, les lumières clignotèrent, je saisis ma canne et passai la porte à l'instant même où elle se contractait derrière moi.

– Ouf !

– Du calme, patron. Respire lentement. Compte jusqu'à dix avant de souffler et vas-y doucement, me dit Gwen en me tapotant le dos.

– Nous aurions dû aller à Niagara Falls. Je te l'avais dit. Je te l'ai dit.

– Oui, Richard. Ramasse le petit arbre. À ce niveau de g, je peux prendre à la fois le sac et le balluchon, un dans chaque main. Tout droit vers l'accélération zéro ?

– Oui, mais je prends le sac et l'arbre. Je peux glisser ma canne dans les courroies du sac.

– Je t'en prie, ne sois pas *macho*, Richard. Pas quand on est si occupés.

– « *Macho* » est un mot aboli, Gwen. Si tu l'emploies encore, tu auras une fessée; une troisième fois et je te battrai avec cette canne. Je serai *macho* quand ça me plaira.

– Oui, m'sieur. Moi Jane, toi Tarzan. Ramasse le petit arbre. S'il te plaît.

Nous conclûmes un compromis. Je portai le sac et utilisai ma canne pour l'équilibre. Gwen prit le balluchon dans une main et le bonsaï dans l'autre. Déséquilibrée, elle changeait sans cesse de main. Je dois admettre que la proposition de Gwen était plus raisonnable : elle n'aurait pas eu à se plaindre du poids avec cette accélération qui diminuait régulièrement, tandis que nous grimpions vers zéro g. Je me sentais penaud et un peu honteux… mais il existe une tentation, chez l'infirme, de prouver – surtout aux femmes – qu'il peut faire tout ce qu'il faisait « avant ». C'est idiot, car tout le monde se rend compte que c'est impossible. Je ne cède pas souvent à la tentation.

Une fois en flottement libre dans l'axe, nous continuâmes tout droit, nos paquets collés au corps, tandis que Gwen tenait le petit arbre à deux mains. Quand nous arrivâmes à son anneau, Gwen prit les deux bagages et je ne discutai pas. Il nous fallut moins d'une demi-heure. J'aurais pu demander une cage de transport, mais nous l'attendrions encore. Un engin destiné à économiser les forces n'économise souvent rien du tout.

Gwen posa ses paquets et s'adressa à la porte.

Elle ne s'ouvrit pas.

Elle se contenta de répondre : « Madame Novak, voulez-vous appeler immédiatement le service du logement du Directeur. Le terminal public le plus proche se trouve à l'anneau 105, radius 135 degrés, accélération six dixièmes de gravité, à côté de l'arrêt de transport en commun. Ce terminal relaiera votre appel gratuitement, avec les hommages de la Règle d'or. »

Je ne peux pas dire que je fus très surpris. Mais je dois reconnaître que je fus horriblement déçu. Se trouver sans toit, c'est un peu comme avoir faim. Pis, peut-être.

Gwen fit comme si elle n'avait pas entendu cette sinistre annonce.

– Assieds-toi sur le sac, Richard, et repose-toi. Je n'en aurai pas pour longtemps.

Elle ouvrit son sac, fouilla dedans, en sortit une lime à ongles et un morceau de fil de fer, un trombone, je crois. Tout en fredonnant un petit air monotone, elle se mit à l'ouvrage sur la porte du compartiment.

Je me rendis utile en me taisant. Pas un mot. Ce ne fut pas facile, mais j'y parvins.

Gwen cessa de fredonner et se redressa.

– Là ! annonça-t-elle au moment où la porte s'ouvrit toute grande.

Elle ramassa mon érable bonsaï – notre érable bonsaï – et m'invita à entrer.

– Allons, viens, chéri. Il vaut mieux laisser le sac en travers de la porte pour l'empêcher de se refermer. Il fait sombre, là-dedans.

Je la suivis à l'intérieur où la seule lumière était celle de l'écran de son terminal qui annonçait :

Elle l'ignora, fouilla de nouveau dans son sac et en tira une lampe-bâtonnet, s'éclaira jusqu'à un tiroir de l'office. Elle en sortit un long tournevis mince, une paire de pinces autobloquantes, un outil inconnu, peut-être de fabrication maison et une paire de gants montants et isolants.

– Richard, veux-tu me tenir la lampe, je te prie ?

La trappe d'accès à l'intérieur de l'appareil se trouvait au-dessus de l'engin à micro-ondes, bien fermée et assortie de toutes les mises en garde habituelles conseillant de ne pas regarder l'intérieur, fût-ce en louchant, et moins encore d'y toucher. On pouvait y lire, notamment : « Danger ! Ne pas toucher – Appeler un spécialiste », etc. Gwen grimpa, s'assit sur le four et ouvrit la trappe d'accès en y touchant à peine; apparemment, on avait déjà détraqué la serrure.

Et puis elle se mit tout tranquillement au travail en fredonnant toujours le même petit air monotone, me demandant de temps à autre d'orienter la torche. À un moment, elle déclencha un spectaculaire feu d'artifice qui la fit murmurer d'un ton de reproche :

– Méchant, méchant. Il ne faut pas faire cela à Gwen.

Après quoi elle travailla plus lentement. Les lumières du compartiment revinrent, accompagnées de l'agréable ronronnement d'une pièce qui vit : aération, micromoteurs, etc.

– Veux-tu m'aider à descendre, chéri ? me demanda-t-elle après avoir refermé la trappe.

Je la soulevai, la retins, réclamai un baiser pour paiement de mes services. Elle me sourit.

– Merci bien, monsieur ! Bon sang de bon sang, j'avais oublié combien il est agréable d'être mariée. On devrait se marier plus souvent.

– Maintenant ?

– Non. C'est l'heure du déjeuner. Nous avons eu un copieux petit déjeuner mais il est deux heures passées. Ça te dit de manger ?

– C'est un bon exercice. Qu'est-ce que tu dirais du Sloppy Joe qui se trouve sur la Voie Appienne, près de l'anneau 105 ? À moins que tu ne souhaites une cuisine plus raffinée ?

– Va pour un Sloppy Joe; je ne suis pas difficile, chéri. Mais je ne pense pas que nous devrions aller déjeuner dehors; on ne pourrait peut-être plus rentrer.

– Comment ça ? Tu ne t'en tires pas mal quand il s'agit de crocheter une porte dont on a changé la combinaison.

– Richard, ce ne sera peut-être pas aussi facile la prochaine fois. Ils n'ont pas encore remarqué que leur tentative de me mettre à la porte n'a pas marché. Mais quand ils s'en rendront compte… ils pourraient bien installer un blindage à la place de la porte, si c'est nécessaire. Non que ça le soit car je ne lutterai pas plus que toi. Déjeunons; ensuite je ferai mes bagages. Qu'est-ce qui te ferait plaisir ?

Il apparut que Gwen avait sauvé de mon garde-manger divers excellents plats que j'avais au congélateur ou en sachets stériles. J'ai souvent chez moi des mets sortant de l'ordinaire. Comment savoir à l'avance, quand on travaille sur un bouquin en plein milieu de la nuit, qu'on ne va pas soudain être pris d'une envie folle de manger une glace aux clams ? Il est prudent d'avoir les ingrédients sous la main. Sans quoi vous pourriez être tenté d'arrêter le travail et d'abandonner votre solitude monacale pour partir à la recherche de ce dont vous avez envie. C'est comme ça qu'on se retrouve ruiné.

Gwen composa un buffet de son ravitaillement et du mien – du nôtre, devrais-je dire – et nous déjeunâmes tout en discutant de ce que nous allions faire... car il fallait faire quelque chose. Je lui dis que j'avais l'intention d'appeler le cher M. Middlegaff dès que nous aurions fini de déjeuner.

— Il vaudrait mieux que je fasse mes bagages d'abord, dit-elle, l'air pensif.

— Si tu veux. Mais pourquoi ?

— Richard, nous avons la lèpre; c'est évident. Je crois que c'est en rapport avec le meurtre de Schultz. Mais nous n'en savons rien. Quelle qu'en soit la raison, mieux vaut que j'aie mes affaires prêtes, tout comme toi, quand nous passerons la tête dehors; nous pourrions bien nous trouver dans l'impossibilité de rentrer.

D'un signe de tête, elle montra le terminal qui affichait toujours son message « TOUS LES SERVICES SONT SUSPENDUS » et poursuivit :

— Pour remettre ce terminal en service, il faudrait bien davantage que des caresses à quelques solénoïdes, étant donné que l'ordinateur central se trouve ailleurs. On ne peut donc braver M. Middlegaff à partir de ce compartiment. Il nous faut par conséquent faire ici tout ce que nous avons à y faire avant de passer cette porte.

— Pendant que tu fais tes bagages, je pourrais m'arranger pour l'appeler.

— Il faudra passer sur mon cadavre.

— Hein ? Gwen, sois raisonnable.

— Je suis tout à fait raisonnable. Richard Colin, tu es pour moi un mari tout neuf et je voudrais bien que tu me fasses de nombreuses années d'usage. Tant que ces ennuis ne sont pas terminés, je ne te quitte pas des yeux. Tu pourrais disparaître comme M. Schultz. Mon bien-aimé, s'ils t'abattent, il leur faudra m'abattre d'abord.

Je tentai de la raisonner; elle se couvrit les oreilles de ses mains.

— Je ne veux pas discuter, je ne t'entends pas,

je ne t'écoute pas! Viens m'aider à faire mes bagages, s'il te plaît.

— Oui, chérie.

Il lui fallut moins de temps qu'à moi bien que mon aide se limitât à éviter de la gêner. Je n'ai pas l'habitude de vivre avec des femmes; la vie de soldat ne favorise guère la vie de famille et j'avais été enclin à éviter le mariage, mis à part des contrats à court terme avec des camarades amazones – contrats automatiquement annulés par les nécessités du service. Une fois arrivé à un certain grade, j'avais eu des ordonnances femmes, cinq ou six fois – mais je ne pense pas que cela ait grand-chose à voir, non plus, avec un mariage entre civils.

Ce que j'essaie de préciser, c'est que, bien qu'ayant écrit plusieurs milliers de mots d'histoires d'amour autobiographiques sous divers noms de plume féminins, je ne connais pas grand-chose aux femmes. Alors que j'apprenais le métier d'écrivain, c'est ce que j'ai fait observer à l'éditeur qui m'achetait ces histoires de péché, souffrance et repentir. L'éditeur, c'était Evelyn Fingerhut, un morne bonhomme entre deux âges, affligé d'une calvitie, d'un tic et d'un éternel cigare.

— N'essayez pas d'apprendre quoi que ce soit à propos des bonnes femmes, a-t-il grommelé. Ce serait pour vous un handicap.

— Mais je suis censé écrire des histoires vraies, ai-je objecté.

— Ce *sont* des histoires vraies, toutes sont accompagnées d'une déclaration sur l'honneur : « Cette histoire est fondée sur des faits », a-t-il annoncé avec un geste du pouce vers les manuscrits que je venais de lui remettre. C'est ce qu'indique l'épigraphe. Vous allez me dire que ce n'est pas le cas? Vous voulez qu'on ne vous paie pas?

Je voulais être payé. Pour moi, rien ne témoigne mieux de la grandeur de la prose que ces simples

mots pleins de grâce : « Payez à l'ordre de… »
Je me hâtai de répondre :

– Eh bien, en fait cette histoire ne pose aucun problème. Je ne connaissais pas personnellement la femme mais ma mère m'a tout raconté : il s'agit d'une camarade de classe à elle. Elle a épousé le plus jeune frère de sa mère. Elle était déjà enceinte quand on a découvert le pot aux roses… et elle s'est trouvée devant le cruel dilemme que je rapporte : le péché d'avortement ou la tragédie d'un enfant de l'inceste avec le risque qu'il ait deux têtes et pas de menton. Tout cela est vrai, Evelyn, je n'ai fait qu'enjoliver. En fait, il est apparu que Beth Lou n'avait aucun lien de parenté avec son oncle – et c'est ce que j'ai écrit – mais également que le bébé n'avait aucun lien de parenté avec son mari. Ce que j'ai laissé de côté.

– Dans ce cas, il faut le récrire en laissant ceci et en faisant disparaître cela. Pour plus de sûreté, changez les noms et les lieux; je ne veux pas de procès.

C'est ce que je fis un peu plus tard et je lui vendis également cette version, mais jamais je ne parvins à avouer à Fingerhut que jamais cette histoire n'était arrivée à une copine de classe de ma mère ni que j'avais piqué l'idée dans un bouquin appartenant à ma tante Abby : les livrets de la *Tétralogie* de Richard Wagner, qui aurait dû s'en tenir à la musique et se trouver un W.S.Gilbert pour ses livrets; Wagner fut un effroyable écrivain.

Mais ses intrigues grotesques convenaient parfaitement pour le commerce des authentiques confessions… légèrement édulcorées, ce qui n'est pas très difficile – et, bien sûr, en changeant les noms et les lieux. Je ne plagiais pas. Enfin, pas tout à fait. Tout cela est dans le domaine public, aujourd'hui, les droits ont expiré et, en outre, Wagner lui-même a commencé par plagier.

J'aurais pu vivre confortablement avec les seules intrigues wagnériennes. Mais cela finit par m'ennuyer. Quand Fingerhut prit sa retraite pour faire de l'élevage de dindes, je laissai tomber les histoires vraies et me mis à écrire des récits de guerre. Là, ce fut plus difficile – j'ai presque crevé de faim pendant une certaine période – parce que les questions militaires, je connais. Et ça (comme me l'avait fait observer Fingerhut), c'est un véritable handicap.

Après un certain temps, j'appris à faire abstraction de ce que je connaissais, de ne pas le mêler à mon intrigue. Mais je n'ai jamais connu ce genre d'ennuis avec les histoires vraies, car ni Fingerhut, ni moi, ni Wagner ne connaissions rien aux femmes.

Et, pour ce qui me concerne, notamment à Gwen. J'avais la conviction, je ne sais d'où, qu'il faut au moins une demi-douzaine de mulets de bât aux femmes pour voyager. Ou l'équivalent en grosses valises. Et, bien sûr, les femmes sont, par nature, très mal organisées. C'est du moins ce que je croyais.

Gwen sortit de son compartiment avec une seule grosse valise de vêtements, plus petite que mon sac de paquetage, le tout bien plié, et une valise plus petite avec, eh bien, pas des vêtements. Des trucs.

Elle aligna nos biens : sac de paquetage, ballot, grosse valise, petite valise, son sac, ma canne, le bonsaï, et les considéra.

– Je crois que je pourrais trouver un moyen pour qu'on emporte tout à la fois, dit-elle.

– Je ne vois pas comment, avec seulement deux mains chacun. J'aurais mieux fait de commander une cage de transport.

– Si tu veux, Richard.

– C'est ce que je vais faire, dis-je, me tournant vers le terminal et m'arrêtant. Euh...

Gwen reporta toute son attention sur notre érable en miniature.

– Euh, répétai-je... Gwen, il va falloir lâcher du lest. Je vais me glisser dehors, trouver ce terminal public, revenir et...

– Non, Richard.

– Hein ? À peine le temps de...

– Non, Richard.

– Quelle est ta solution ? demandai-je après un gros soupir.

– Richard, je suis d'accord sur tout ce que tu voudras à condition qu'on ne se sépare pas. Nous pourrions tout laisser dans ce compartiment et espérer revenir. C'est une solution. Tout mettre devant la porte et le laisser là pendant que nous irions commander une cage de transport – et appeler M. Middlegaff. C'est une autre solution.

– Et que tout disparaisse pendant notre absence ! À moins qu'il n'y ait pas de rats à deux pattes dans le quartier ? demandai-je ironiquement.

Tout habitat spatial a ses oiseaux de nuit, ses habitants invisibles qui ne peuvent se permettre de demeurer dans l'espace mais qui évitent de se faire renvoyer sur la Terre. À la Règle d'Or, j'avais l'impression que la Direction les balançait dans l'espace quand elle mettait la main dessus... encore que couraient des bruits, plus sinistres encore, des bruits qui me faisaient éviter de consommer du porc.

– Reste une troisième solution, monsieur, qui nous permettrait d'arriver jusqu'à ce terminal. C'est-à-dire aussi loin qu'on peut aller tant que le bureau du logement ne nous a pas attribué une autre résidence. Une fois que nous connaîtrons notre nouvelle adresse, nous pourrons demander une cage de transport et attendre son arrivée. La cabine n'est pas très loin d'ici. Tu as dit, il y a un instant, que tu pouvais porter et ton sac et le balluchon, avec la canne attachée au sac. Sur une aussi courte distance, je suis d'accord. Je peux porter mes deux valises, une dans chaque main, et mon sac en bandoulière. Le seul problème, c'est ce petit arbre. Richard, tu as vu dans *National Geographic* des photos de femmes indigènes portant des fardeaux sur la tête ?

Sans attendre ma réponse, elle ramassa le petit arbre dans son pot, le posa sur sa tête, le lâcha, me sourit et descendit doucement sur ses talons, ne pliant que les genoux, le dos bien droit, et elle ramassa ses deux valises.

Elle traversa le compartiment, se retourna, me fit face. J'applaudis.

– Merci, monsieur. Encore une chose. Il y a souvent du monde sur les trottoirs. Si l'on me bouscule, voilà ce que je ferai.

Elle fit semblant de trébucher sous le choc, lâcha les deux valises, rattrapa le bonsaï dans sa chute, le replaça sur sa tête et ramassa les valises.

– Et voilà !

– Et moi je laisserai tomber mes bagages, je saisirai ma canne et je frapperai le maladroit, l'abruti qui t'aura bousculée. Pas à mort. Simple réprimande. À supposer que le mécréant soit un mâle d'âge adulte. Sans cela, j'ajusterai la punition au criminel.

– J'en suis sûre, chéri. Mais vraiment, je ne pense pas qu'on me bousculera car tu marcheras devant moi, pour me frayer la voie. D'accord ?

– D'accord. Sauf que tu devrais te mettre torse nu.

– Vraiment ?

– Sur toutes les photos de ce genre, dans *National Geographic,* les femmes ont toujours les seins nus. C'est pour ça qu'on les montre.

– D'accord, puisque tu le dis. Bien que je ne sois pas très douée pour cela.

– Cesse de mendier des compliments, face de

singe; tu es très bien. Beaucoup trop bien pour les gens du commun, donc tu gardes ton chemisier.

— Ça m'est égal. Si tu y tiens.

— Tu es trop bonne. Fais comme tu voudras, mais je ne t'oblige pas. Je répète : je ne t'oblige pas à le faire. Est-ce que toutes les femmes sont exhibitionnistes ?

— Oui, sans exception.

La sonnerie de la porte mit fin à la discussion. Elle parut surprise.

— Laisse, lui dis-je. (J'allai à la porte, appuyai sur le bouton de réponse et annonçai :) Oui ?

— Un message du Directeur.

Je lâchai le bouton, regardai Gwen et lui demandai :

— J'ouvre ?

— Je crois qu'il vaut mieux.

J'appuyai sur le bouton dilatateur; la porte s'ouvrit. Un homme en uniforme de surveillant se glissa à l'intérieur; je laissai la porte se refermer. Il me brandit un bloc sous le nez.

— Signez ici, sénateur, dit-il avant de le retirer et de demander : Vous êtes *bien* le sénateur de la Standard Oil, non ?

5

« *C'est une de ces personnes que la mort améliorerait beaucoup.* »

H.H. MUNRO, 1870-1916

— C'est à moi de poser la question, dis-je. Qui êtes-*vous* ? Votre identité ?

— Hein ? Si vous êtes pas le sénateur, laissez tomber; je me suis trompé d'adresse.

Il recula et cogna des fesses contre la porte; il parut surpris, tourna la tête, chercha à atteindre le bouton dilatateur.

– Je vous ai demandé de me dire qui vous étiez, dis-je en lui tapant sur la main. Ce costume de clown que vous portez ne signifie rien; je veux voir vos papiers. Gwen ! Tenez-le en respect !

– D'accord, sénateur !

Il porta la main à sa poche d'un mouvement vif. Gwen, d'un coup de pied, lui fit tomber ce qu'il en avait tiré. Je lui filai une manchette sur le côté gauche du cou. Son bloc-notes fit un vol plané et atterrit avec la gracieuse douceur que confère la faible gravité.

– Continue à le surveiller, Gwen, dis-je en m'agenouillant à côté de lui.

– Une seconde, sénateur... attention ! (Je me reculai, elle poursuivit :) C'est bon, mais ne vous placez pas dans ma ligne de mire, s'il vous plaît.

– Compris.

Je gardai l'œil sur notre hôte effondré. Cette posture bizarre paraissait indiquer qu'il avait perdu connaissance. Mais peut-être feignait-il; je ne l'avais pas cogné si fort. J'appliquai donc le pouce sur le point de pression cervical le plus bas et poussai ferme pour le faire gueuler et se débattre s'il était conscient. Il ne bougea pas.

Je le fouillai donc, derrière d'abord, puis je le retournai. Son pantalon n'était pas assorti à sa veste et il lui manquait la bande latérale des uniformes de surveillant. La veste n'allait pas. Dans ses poches, je trouvai quelques couronnes en billets, un billet de loterie et cinq cartouches. Des Skoda 6,5 mm de long, non blindées, à ogives expansives, utilisées dans les pistolets, les pistolets-mitrailleurs et les fusils, et illégales à peu près partout. Pas de porte-feuille, pas de carte d'identité, rien d'autre.

Il avait besoin d'un bain.

Je me retournai et me redressai.

– Garde ton arme pointée sur lui Gwen, je crois que c'est un oiseau de nuit.

– Moi aussi : Voulez-vous jeter un coup d'œil là-dessus pendant que je le tiens en respect, dit-elle en montrant un pistolet par terre.

Mais pouvait-on appeler cela un pistolet ? Une arme mortelle, oui, bricolée, une arme de truand. Je l'examinai aussi à fond que possible sans la toucher. Le canon était un tube de métal léger, d'une section si faible que je me demandai si on s'en était jamais servi. Une crosse en plastique, meulée ou taillée pour une meilleure prise en main. Le mécanisme de percussion était caché sous une plaque métallique maintenue en place (je ne blague pas !) par des élastiques. Ça ressemblait assez à une arme à un coup. Mais, avec ce canon léger, ce premier coup aurait bien pu être également le dernier; elle me parut aussi dangereuse pour l'utilisateur que pour sa cible.

– Sale petit truc, dis-je. Je ne veux pas y toucher; c'est un piège.

Je regardai Gwen. Elle le tenait en respect avec une arme tout aussi mortelle mais représentant ce qu'on faisait de mieux dans le domaine de l'armurerie : un Mikayo à neuf coups.

– Pourquoi ne l'as-tu pas abattu quand il a braqué une arme sur toi ? demandai-je. Au lieu de prendre le risque de le désarmer ? Tu pourrais te faire tuer, comme ça.

– Parce que.

– Parce que quoi ? Si quelqu'un te menace d'une arme, tue-le aussitôt. Si tu peux.

– Je ne pouvais pas. Quand tu m'as demandé de le tenir en respect, mon sac était là-bas. Je l'ai donc menacé avec *ça*.

Quelque chose brilla soudain dans son autre main, qui me parut être un petit pistolet à deux coups. Elle le remit dans sa poche intérieure : c'était un stylo.

— Désolée, patron, j'ai été prise de court.

— Oh, quand je t'ai crié de le tenir en respect, j'essayais simplement de distraire son attention. Je ne savais pas que tu étais armée.

— Je t'ai dit que j'étais désolée. Quand j'ai pu me saisir de mon sac, j'ai pris cet argument plus convaincant. Mais il fallait d'abord le désarmer.

Je me surpris à évaluer ce qu'un colonel pourrait tirer, sur le terrain, d'un millier de Gwen. Elle pèse une cinquantaine de kilos et culmine à guère plus d'un mètre cinquante; disons un mètre soixante pieds nus. Mais la taille n'a pas grand-chose à voir dans l'affaire, comme l'a appris Goliath naguère.

D'autre part, il n'existe pas un millier de Gwen. Nulle part. Ce n'est peut-être pas plus mal.

— Tu avais ce Mikayo dans ton sac hier soir ?

— Si cela avait été le cas, me répondit-elle en hésitant, les résultats auraient pu être fâcheux, ne crois-tu pas ?

— Je retire ma question. Je crois que notre ami reprend ses sens. Garde ton arme braquée sur lui, je vais m'en assurer.

De nouveau, j'appuyai mon pouce. Il se mit à gueuler.

— Assieds-toi, dis-je. N'essaie pas de te lever; contente-toi de t'asseoir et mets tes mains sur ta tête. Ton nom ?

Il m'invita à aller me livrer à un jeu obscène et guère dans ma nature.

— Allons, allons, du calme, je vous prie. (Je m'adressai à Gwen :) Madame Hardesty, voulez-vous lui tirer dessus, juste un peu ? Une simple éraflure ? Simplement pour lui apprendre la politesse.

— Si vous voulez, sénateur. Tout de suite ?

— Ma foi... nous allons lui pardonner pour cette fois. Mais c'est la dernière. Essayez de ne pas le tuer; nous voulons qu'il parle. Pouvez-vous le toucher dans le gras de la cuisse ? Sans atteindre l'os ?

— Je peux essayer.

— On ne peut rien demander de plus. Si vous touchez l'os, ce ne sera pas malveillance. Maintenant, reprenons. Ton nom ?

— Euh… Bill.

— Bill, et le reste de ton nom ?

— Oh, juste Bill. Je n'en ai pas d'autre.

— Une petite blessure, sénateur ? demanda Gwen. Simplement pour lui rafraîchir la mémoire ?

— Peut-être. La jambe gauche, Bill ? Ou la droite ?

— Aucune ! Écoutez, sénateur, Bill, c'est vraiment mon seul nom… et dites-lui de ne pas braquer cette arme sur moi, s'il vous plaît.

— Tenez-le toujours en respect, madame Hardesty. Bill, elle ne tirera pas si vous collaborez. Qu'est-ce qui est arrivé à votre nom de famille ?

— Je n'en ai jamais eu. J'étais « Bill Numéro Six » à l'orphelinat du Saint-Nom. Sur la Terre. À La Nouvelle-Orléans.

— Je vois. Je commence à comprendre. Mais quel nom figurait sur votre passeport, en arrivant ici ?

— J'avais pas de passeport. Juste une carte de travail. Avec « William Pas-d'autre-Prénom Johnson ». Mais c'est simplement ce qu'avait écrit le type qui m'avait embauché. Regardez, elle est en train d'agiter son arme dans ma direction !

— Dans ce cas, ne faites rien qui puisse l'énerver davantage. Vous savez comment sont les femmes.

— Sûr ! On ne devrait pas les *autoriser* à porter des armes !

— Intéressant. À propos d'armes… celle que vous portiez : je voulais la décharger mais je crains qu'elle ne m'explose dans la main. Nous allons donc risquer la vôtre. Sans vous lever, voulez-vous tourner le dos à Mme Hardesty. Je vais pousser votre arme vers vous. Quand je vous le dirai – et pas avant ! – vous baisserez les mains, vous déchargerez l'arme et remettrez vos mains sur votre tête. Mais écoutez bien ce que je vais dire : Madame Hardesty, quand Bill se tournera, visez-le, à la nuque. S'il fait le moindre mouvement suspect… tirez ! N'attendez pas que je vous le dise, ne lui laissez pas une chance, ne le blessez pas superficiellement. Tuez-le sur-le-champ.

– Avec plaisir, sénateur.

Bill laissa échapper un gémissement.

– C'est bon, Bill, tournez-vous. Sans les mains.

Il pivota sur son derrière, s'appuyant sur ses talons. Je remarquai avec plaisir que Gwen était passée à la prise de la crosse à deux mains, plus stable. À l'aide de ma canne, je poussai le pistolet devant Bill.

– Pas de mouvement brusque. Baissez les mains. Déchargez le pistolet. Laissez-le ouvert, avec sa cartouche à côté. Ensuite, vous remettrez les mains sur la tête.

Je fis reculer Gwen avec ma canne et retins mon souffle pendant que Bill faisait exactement ce que je lui avais ordonné. Je n'aurais eu aucun scrupule à le tuer et j'étais sûr que Gwen l'abattrait sur-le-champ s'il essayait de tourner son arme improvisée contre nous.

Je m'inquiétais néanmoins de ce que nous ferions du cadavre. Je ne voulais pas d'un mort. À moins de se trouver sur un champ de bataille ou dans un hôpital, un cadavre constitue une gêne dont la présence est difficilement explicable. Et la Direction se montrerait sûrement vieux jeu à cet égard.

Je poussai donc un soupir de soulagement quand il en eut terminé avec sa corvée et remit les mains sur sa tête.

À l'aide de ma canne, j'attirai à moi l'horrible

petite arme et son unique cartouche, fourrai la cartouche dans ma poche, écrasai du talon le canon et le mécanisme de percussion puis dis à Gwen :

– Vous pouvez vous détendre. Inutile de le tuer pour l'instant. Revenons-en à la menace d'une blessure.

– Bien, sénateur. Puis-je le blesser ?

– Non ! Pas s'il se tient correctement. Bill, vous allez vous tenir correctement, n'est-ce pas ?

– N'est-ce pas ce que je fais ? Sénateur, dites-lui de mettre le cran de sûreté, au moins !

– Allons, allons ! Le vôtre n'avait même pas de dispositif de ce genre. Et vous n'êtes pas en situation d'insister. Bill, qu'avez-vous fait du surveillant que vous avez liquidé ?

– Hein ?

– Allons, voyons. Vous arrivez ici avec une veste de surveillant qui n'est pas à votre taille. Et le pantalon n'est pas assorti. Je vous demande vos papiers et vous sortez une arme – une arme bricolée, grand Dieu ! Et vous n'avez pas pris de bain depuis… depuis combien de temps ? Dites-le-moi. Mais dites-moi d'abord ce que vous avez fait du propriétaire de cette veste. Est-il mort ? Ou simplement assommé et fourré dans un placard ? Répondez vite, sinon Mme Hardesty se fera un plaisir de vous rafraîchir la mémoire. Où est-il ?

– Je ne sais pas ! Ce n'est pas moi.

– Allons, mon garçon, ne me mentez pas.

– C'est la vérité ! Sur ma mère !

Je nourrissais quelques doutes quant à la nature de sa mère, mais il n'eût pas été décent de les exprimer, notamment avec un tel spécimen.

– Bill, dis-je gentiment, vous n'êtes pas gardien. Dois-je vous dire pourquoi j'en suis sûr ?

(Franco, le chef surveillant, est intraitable en matière de discipline et de présentation. Si l'un de ses sbires s'était présenté à l'appel avec l'allure

– et l'odeur – de ce pauvre diable, le coupable aurait pu s'estimer heureux si on s'était contenté de le renvoyer sur Terre.) Je repris :

– Je le ferai si vous insistez. Vous a-t-on déjà glissé une épingle sous un ongle ? Et a-t-on chauffé l'autre extrémité de l'épingle ? Ça rafraîchit la mémoire.

– Ça marche mieux avec une épingle à cheveux, sénateur, dit joyeusement Gwen. Il y a une plus grande surface pour conserver la chaleur. J'en ai une. Voulez-vous que je commence ? Est-ce que je peux commencer ?

– Vous voulez dire : « Me le permettez-vous ? » Non, ma chère, je veux que vous continuiez à garder l'œil sur Bill. S'il devient nécessaire de recourir à de telles méthodes, je ne demanderai pas à une dame de le faire à ma place.

– Ah, sénateur, vous allez vous attendrir et lâcher la bride au moment où il est prêt à chanter. Pas moi ! Laissez-le-moi... s'il vous plaît.

– Ma foi...

– Interdisez à cette garce sanguinaire de m'approcher ! hurla Bill dans l'aigu.

– *Bill !* Voulez-vous présenter vos excuses à cette dame immédiatement. Sans quoi je la laisse vous faire ce qu'elle a dit.

– Madame, je m'excuse, gémit-il. Je suis désolé. Mais vous me foutez les jetons. Je vous en *prie*, pas l'épingle à cheveux... J'ai vu un mec, une fois, à qui on avait fait ça...

– Oh, on peut faire mieux, lui assura plaisamment Gwen. Le fil de cuivre de douze conduit encore mieux la chaleur et le corps d'un homme offre d'intéressants replis où en faire l'expérience. C'est plus efficace. Les résultats sont rapides. (Elle ajouta, songeuse :) Sénateur, j'ai du fil de cuivre dans ma petite valise. Si vous voulez bien tenir ce pistolet un instant, je vais aller le chercher.

– Merci, ma chère, mais ça ne sera peut-être

pas utile; je crois que Bill veut nous dire quelque chose.

— Ce sera vite fait, monsieur. Voulez-vous que je le prépare ?

— Peut-être. Voyons voir. Bill ? Qu'avez-vous fait de ce surveillant ?

— Rien ! Je ne l'ai jamais vu ! Deux mecs m'ont offert un boulot payé cash. C'est tout. Je ne les connais pas, je ne les ai jamais vus, ils ne sont pas avec moi. Mais il y a toujours de nouvelles têtes et Fingers a dit qu'ils ne faisaient que passer. Il...

— Un instant. Qui est « Fingers » ?

— Le maire de notre ruelle. Vous pigez ?

— Un peu plus de détails, je vous prie. Votre ruelle ?

— Faut bien coucher quelque part, non ? Un VIP comme vous a son compartiment avec son nom écrit dessus. Moi, j'ai pas cette veine ! J'habite où je peux, vu ?

— Je crois comprendre que votre ruelle est votre domicile. Où est-ce ? Anneau, radius et accélération ?

— Euh... c'est pas exactement comme ça.

— Soyez rationnel, Bill. Si cette ruelle est située dans le cylindre principal et non dans l'une des annexes, vous devez pouvoir donner ses coordonnées.

— Peut-être, mais je ne peux pas vous les donner comme ça parce que ce n'est pas comme ça qu'on y va. Et je ne vous dirai pas comment on y va, parce que... (Son visage se tordit de désespoir et il parut vieillir de dix ans.) Ne la laissez pas faire avec son épingle à cheveux et ne la laissez pas me tuer par petits morceaux. Je vous en prie ! Balancez-moi dans l'espace et qu'on n'en parle plus, d'accord ?

— Sénateur ?

— Oui, madame Hardesty ?

– Bill craint que, si vous lui faites assez mal, il ne résiste pas à vous dire où il va se cacher pour dormir. Il y a d'autres oiseaux de nuit; voilà. Je crains que la Règle d'Or ne soit pas assez vaste pour qu'il puisse fuir les autres. S'il vous dit où ils dorment, ils le tueront. Très doucement, sans doute, très lentement.

– Bill, est-ce pour cette raison que vous vous entêtez ?

– J'ai déjà trop parlé. Virez-moi dans l'espace.

– Pas tant que vous êtes vivant, Bill; vous savez des choses qu'il faut que je sache et j'ai l'intention de vous les arracher, même s'il faut pour cela faire appel au fil de cuivre et aux lubies de Mme Hardesty. Mais je n'aurai peut-être pas besoin de la réponse à la question que je vous ai posée. Que va-t-il vous arriver si vous me dites où se trouve votre ruelle ?

Il lui fallut du temps pour répondre; je lui laissai le prendre. Il finit par souffler à voix basse :

– Des flics ont piqué un truand il y a dix-sept mois. Ils l'ont fait causer. Pas un mec de ma ruelle, grâce à Dieu ! Sa ruelle, c'était une soute d'entretien, près du 110 et à plein g. Les fouinards de surveillants ont gazé le coin et des tas de truands sont morts... mais le mec qui avait parlé, ils l'ont relâché. Ça ne l'a pas beaucoup aidé. Il n'était pas dehors depuis vingt-quatre heures qu'on l'a coincé et bouclé avec des rats. Des rats affamés.

– Je vois, dis-je en jetant un regard à Gwen.

Elle déglutit et murmura :

– Pas les rats, sénateur. Je n'aime pas les rats. S'il vous plaît.

– Bill, je retire ma question quant à votre ruelle. Votre planque. Et je ne vous demanderai pas de me donner d'autres oiseaux de nuit. Mais je veux que vous répondiez vite et complètement à mes autres questions. Plus d'atermoiements, plus de temps perdu. D'accord ?

– D'accord.

– Allons-y. Ces deux étrangers vous ont offert un boulot : racontez-moi ça.

– Oh, ils m'ont baratiné quelques minutes; rien de terrible. Ils voulaient que je mette cette veste pour ressembler à un flic. Je sonne à la porte, ici, et je demande après vous. « Un message du Directeur », c'est tout ce que j'ai à dire. La suite, vous connaissez. Quand je dis : « Quoi ? Vous êtes le sénateur ou vous êtes pas le sénateur ? » ils sont censés entrer et vous arrêter.

Bill me jeta un regard de reproche et poursuivit :

– Mais *vous* avez tout fait foirer. C'est vous, pas moi. Vous avez *rien* fait comme vous deviez. Vous avez refermé la porte et il ne fallait pas. Et puis vous étiez vraiment le sénateur... et vous étiez avec *elle*.

Une grande amertume perçait dans son ton quand il parlait de Gwen.

Je pouvais comprendre son ressentiment. Comment un honnête criminel, faisant de son mieux, pouvait-il exercer sa profession si sa victime refusait de coopérer ? Presque tous les crimes dépendent du consentement de la victime. Si celle-ci refuse de jouer son rôle, le criminel n'est plus à son avantage; il se trouve même si sévèrement lésé qu'il faut d'ordinaire un juge compréhensif et plein de compassion pour rétablir l'ordre des choses. J'avais violé la règle; je m'étais défendu.

– Vous avez sans aucun doute manqué de chance, Bill. Voyons ce « message du Directeur » que vous étiez censé me remettre. Tenez-le en respect, madame Hardesty.

– Je peux baisser les mains ?

– Non.

Le bloc-notes se trouvait toujours sur le bureau, entre Gwen et Bill mais plus proche de moi; je

pouvais l'atteindre sans couper sa ligne de mire.
Je le ramassai.

Épinglé au bloc se trouvait un accusé de réception de messages, avec un coin où apposer ma signature, ou celle d'un autre. À côté, se trouvait la familière enveloppe bleue de Mackay Trois Planètes; je l'ouvris.

Le message était codé en groupes de cinq lettres, une cinquantaine. Même l'adresse était codée. À la main, au-dessus de l'adresse, était écrit : « Sen. Cantor, Standard Oil ».

Je le fourrai dans ma poche, sans commentaire. Gwen m'interrogea du regard; je m'arrangeai pour ne pas le remarquer.

— Madame Hardesty, qu'allons-nous faire de Bill ?

— Le décrasser !

— Quoi ? Vous voulez dire le récurer ! À moins que vous ne vous offriez à lui frotter le dos ?

— Mon Dieu, non ! Il n'en est pas question. Je suggère qu'on le fourre dans le rafraîchisseur et que l'on ne l'en sorte pas avant qu'il soit parfaitement récuré et désinfecté. Un bain, de l'eau chaude et beaucoup de mousse. Shampooing. Ongles des mains et des pieds. Tout. Et on ne le sortira de là que propre comme un sou neuf.

— Vous allez le laisser se servir de *votre* rafraîchisseur ?

— Les choses étant ce qu'elles sont, je ne compte pas m'en resservir. Sénateur, je ne peux plus supporter la puanteur de cet homme.

— Oui, bien sûr. On dirait le relent des patates pourries par un jour de grande chaleur dans le Gulf Stream. Bill, déshabillez-vous.

La classe criminelle constitue le groupe le plus conservateur de toute société; Bill se révéla aussi hostile à l'idée de se dévêtir devant une dame qu'il l'avait été de divulguer la planque de ses compagnons d'infortune. Il se montra choqué de ma suggestion et horrifié qu'une dame puisse formuler une proposition aussi indécente. Sur ce dernier point, j'aurais pu partager son avis hier... mais j'avais appris entre-temps que Gwen ne se laissait pas facilement décourager. En réalité, je crois que l'idée l'amusait.

Tandis qu'il se dépouillait de son faux uniforme, Bill remontait dans ma sympathie; il avait tout du poulet plumé; son air abattu ajoutait encore à la ressemblance. Quand il fut en caleçon (gris de crasse), il s'arrêta et me regarda.

– Complètement, dis-je froidement. Après quoi vous plongez dans le rafraîchisseur et au boulot ! Si le travail est mal fait, on recommence. Si vous pointez le nez dehors dans moins de trente minutes, je ne me donnerai même pas la peine de vérifier; je vous y renverrai purement et simplement. Maintenant, à poil, et vite !

Bill tourna le dos à Gwen, retira son caleçon puis se glissa latéralement dans le rafraîchisseur pour conserver au moins un semblant de dignité. Il boucla la porte derrière lui.

Gwen rangea son pistolet dans son sac puis plia les doigts, les repliant, les dépliant.

– Je commençais à m'ankyloser. Mon amour, puis-je avoir ces cartouches ?

– Pardon ?

– Celles que tu as prises à Bill. Il y en avait bien six ? Cinq et une ?

– Certainement, si tu veux.

Devais-je lui dire que moi aussi j'en avais l'utilisation ? Non, on ne doit partager les renseignements de cette nature que si c'est vraiment nécessaire. Je les sortis et les lui tendis.

Gwen les considéra, hocha la tête et tira de nouveau son mignon petit pistolet. Elle sortit le chargeur, y glissa les six balles confisquées, remit le chargeur en place, manœuvra la culasse pour en faire monter une dans la chambre, mit le cran de sûreté et fourra de nouveau l'arme dans son sac.

– Reprends-moi si je me trompe, dis-je lentement. La première fois que je t'ai demandé de m'aider, tu l'as tenu en respect avec un stylo. Ensuite, après que tu l'as eu désarmé, tu l'as tenu en respect avec un pistolet vide. C'est bien ça ?

– Richard, j'ai été surprise. J'ai fait de mon mieux.

– Ce n'était pas une critique. Au contraire !

– Apparemment, je n'ai jamais eu l'occasion de te le dire. Chéri, pourrais-tu renoncer à un de tes pantalons et à une de tes chemises ? Ils sont juste sur le dessus du sac...

– Pour notre enfant à problèmes ?

– Oui, je voudrais jeter ses vêtements puants au vide-ordures, pour qu'ils soient recyclés. On ne se débarrassera pas de l'odeur tant qu'on ne se débarrassera pas des vêtements.

– Eh bien, allons-y, dis-je en jetant les vêtements de Bill au vide-ordures sauf ses chaussures. (J'allai ensuite me laver les mains au robinet du cellier.) Gwen, je ne pense pas que ce rigolo ait davantage à m'apprendre. Nous pourrions lui laisser quelques vêtements et filer. Ou... nous pourrions filer *sans* rien lui laisser du tout.

– Mais il se ferait aussitôt piquer par les surveillants, dit Gwen, surprise.

– Exactement. Ma chère enfant, ce garçon est un éternel perdant; de toute façon, les surveillants ne tarderont pas à l'épingler. Que fait-on des oiseaux de nuit, de nos jours ? As-tu entendu des bruits à ce sujet ?

– Non. Rien qui ne semble vrai, en tout cas.

– Je ne crois pas qu'on les renvoie sur Terre. Cela reviendrait trop cher à la Compagnie, ce qui serait en contradiction avec la Règle d'Or telle qu'on la conçoit ici. Il n'existe pas de prison ni de lieu de détention à la Règle d'Or; ce qui limite les possibilités. Alors ?

– Je crois que je n'aime pas beaucoup ce que tu me dis là, observa Gwen, troublée.

– Il y a pire encore. Derrière cette porte, pas très loin, se trouve une paire de voyous qui ne nous veulent pas de bien. Tout au moins à moi. Si Bill reste ici après avoir complètement foiré dans le boulot pour lequel il a été payé, que va-t-il lui arriver ? Est-ce qu'on va le donner à bouffer aux rats ?

– Berk !

– Oui, « berk ». Mon oncle avait coutume de dire : « N'adopte jamais un chaton perdu... si tu n'as pas déjà admis que tu vas être sa chose. » Alors, Gwen ?

Elle soupira.

– Je crois que c'est un brave garçon, dit-elle. Du moins ce pourrait être un brave garçon si on s'en était jamais soucié.

– Il n'y a qu'un seul moyen de le savoir, dis-je, faisant écho à son soupir.

6

« Inutile de boucler la grange après qu'on l'a cambriolée. »
Hartley M. BALDWIN

Il est difficile de boxer un homme par l'intermédiaire d'un terminal.

Même si l'on n'a pas l'intention d'en arriver à une telle extrémité, la discussion par ordinateur peut se révéler rien moins que satisfaisante. En appuyant simplement d'un doigt léger sur une touche, votre interlocuteur peut se débarrasser de vous ou vous renvoyer à un sous-fifre. Mais si vous êtes physiquement présent dans son bureau, vous pouvez contrer la plupart de ses arguments les plus sensés simplement en vous montrant plus stupidement entêté que lui. Restez fermement assis et dites : « Non. » Ou ne dites rien. Vous pouvez ainsi le plonger dans le dilemme suivant : ou faire droit à vos revendications (oh, si raisonnables !) ou vous faire jeter dehors.

Cette dernière solution n'ajoutera rien à sa réputation.

C'est pour cela que je décidai de ne pas appeler M. Middlegaff, ni quiconque au bureau du logement, mais de me rendre directement au bureau du Directeur en personne. Je ne pouvais espérer influencer M. Middlegaff, à qui on avait manifestement demandé de suivre une politique précise, ce qu'il faisait maintenant avec une indifférence toute bureaucratique. (« Bonne journée », hein !) Je n'avais guère d'espoir d'obtenir satisfaction du Directeur mais, en cas de refus de sa part, je n'aurais pas, du moins, à perdre mon temps à aller taper plus haut. La Règle d'Or est une société privée, ne dépendant d'aucun État souverain (c'est-à-dire qu'elle est elle-même souveraine) et ne connaît donc aucune autorité supérieure au Directeur; Dieu le Père lui-même n'est pas même associé minoritaire.

La décision prise par le Directeur peut être tout à fait arbitraire... mais du moins est-elle définitive. Pas de litiges qui traînent pendant des années, pas d'autorité supérieure susceptible de revenir sur la décision prise. Les « lenteurs de la justice », qui entravent tellement la bonne marche de ladite « justice » dans les états démocratiques, ne pouvaient avoir cours ici. Je n'avais le souvenir que de quelques cas importants au cours des cinq ans que j'avais passés ici... mais chaque fois le Directeur s'était érigé en magistrat et la question avait été réglée le jour même.

Dans un tel système, l'éventualité d'une erreur judiciaire n'est même pas envisageable. Si l'on ajoute à cela que la profession d'avocat, tout comme celle de prostituée, n'est ni réglementée ni interdite, on obtient un système judiciaire qui ne s'apparente que de très loin à la folle complexité que l'on nomme « justice » à la surface de la Terre. À la Règle d'Or, la justice est peut-être myope, sinon totalement aveugle, mais jamais elle ne peut être lente.

Nous laissâmes Bill dans la salle d'attente des bureaux du Directeur, avec nos bagages : mon sac de paquetage, les valises de Gwen, l'érable bonsaï (arrosé avant notre départ du compartiment de Gwen) avec pour instructions de s'asseoir sur le sac, de veiller sur le bonsaï, sur sa vie (je cite Gwen) et de surveiller le reste. Nous entrâmes.

Après avoir laissé l'un et l'autre nos noms à la réception, nous nous assîmes. Gwen ouvrit son sac et en tira un jeu Casio :

– À quoi veux-tu jouer, chéri ? Aux échecs, aux cartes, au jacquet, au go ?

– Tu penses qu'on va attendre longtemps ?

– Oh, oui ! À moins de faire un feu sous le mulet.

– Tu as raison. As-tu une idée, pour le feu ? Sans incendier la voiture, veux-je dire. Au diable ! Qu'importe si on fiche le feu à la voiture. Mais comment ?

– Peut-être une variante du vieux classique : « Mon mari sait tout. » Ou : « Ta femme a tout découvert. » Mais il faut que notre variante soit tout à fait originale, car le truc est usé jusqu'à la corde. Je peux aussi faire semblant d'accoucher. Ça marche toujours pour attirer l'attention.

– Mais tu n'as pas l'air d'attendre un enfant.

– Tu veux parier ? Personne ne m'a encore

regardée. Laisse-moi aller passer cinq minutes aux toilettes des dames, là, en face, et je reviens enceinte de neuf mois. Richard, j'ai appris ce truc voilà des années quand j'enquêtais pour le compte d'une compagnie d'assurances. Ça marche toujours, n'importe où.

– C'est assez tentant; ce serait amusant de te voir faire. Mais le truc ne doit pas seulement nous permettre d'entrer. Il doit nous permettre d'y rester assez longtemps pour que le type entende nos arguments.

– Docteur Ames...

– Oui, madame Ames ?

– Le Directeur n'écoutera pas nos arguments.

– Précise, je t'en prie.

– J'ai applaudi à ta décision d'aller directement à la tête parce que je me suis rendu compte que nous gagnerions du temps et économiserions nos larmes en apprenant toutes les mauvaises nouvelles d'un seul coup. Nous avons la lèpre; c'est évident d'après ce qu'on nous a déjà fait subir. Le Directeur n'a pas seulement l'intention de nous faire déménager; il veut nous virer de la Règle d'Or. J'en ignore la raison, mais nous n'avons pas à la connaître; c'est ainsi, un point c'est tout. Cela admis, ça m'est égal. Une fois que *toi* tu l'auras également admis, nous pourrons tirer des plans. Pour aller sur la Terre, sur Luna, sur la Terre Promise, à Ell-Quatre, Cérès, Mars... où tu voudras, mon chéri.

– Sur Luna.

– Pardon ?

– Pour l'instant du moins. Il n'est pas mal, l'État libre de Luna. En ce moment, il passe de l'anarchie à la bureaucratie, mais dans des limites raisonnables. On peut y être encore assez libre quand on sait prendre les choses avec pragmatisme. Et il y a encore pas mal de place sur Luna. Et à l'intérieur de Luna. Oui, Gwen, il nous faut partir; je m'en doutais déjà, maintenant j'en suis sûr. À un détail près, nous pourrions filer tout droit au spatioport. Je veux toujours voir le Directeur. Bon Dieu, je veux entendre cela de sa propre bouche de menteur ! Après quoi, la conscience tranquille, je pourrai servir le poison.

— Tu as l'intention de l'empoisonner, chéri ?

— C'est une image. J'ai l'intention de le mettre sur ma liste et le rapide Karma s'en chargera.

— Oh ! Je pourrais peut-être trouver une meilleure solution.

— Inutile. Une fois sur la liste, ils ne font pas long feu.

— Mais ça me plairait. « La vengeance m'appartient, dit le Seigneur. » Mais la nouvelle version précise : « La vengeance appartient à Gwen... et ensuite à Moi, si Gwen m'en a laissé. »

— *Qui* me disait que je ne devais pas me charger moi-même d'exercer la justice ?

— Mais c'est de *toi* que je parlais; je n'ai rien dit en ce qui *me* concerne. Je me réjouis à l'idée de rendre plus rapide encore le rapide Karma; c'est ma petite faiblesse.

— Chérie, tu es une méchante petite fille. J'ai la joie de te l'annoncer. Vas-tu le tuer à l'urticaire ? Aux envies ? Peut-être au hoquet ?

— J'ai l'intention de l'empêcher de dormir jusqu'à ce que mort s'ensuive. Le manque de sommeil est pire que tout ce que tu viens de citer, chéri, si on pousse la chose assez loin. La victime perd les pédales longtemps avant de cesser de respirer. Elle a des hallucinations. Y compris toutes ses pires phobies. Elle meurt au milieu de son petit enfer personnel et ne s'en sort jamais.

— Gwen, à t'entendre on dirait que tu as déjà pratiqué la méthode.

Gwen ne répondit rien. Je haussai les épaules.

— Quoi que tu décides, fais-moi savoir en quoi je puis t'être utile.

– D'accord, monsieur. Hum ! Je suis très tentée de le noyer au milieu des chenilles. Mais je ne vois pas comment récolter autant de chenilles si ce n'est en les faisant venir de la Terre. Sauf... ma foi, on peut toujours s'en arranger grâce à l'insomnie. Vers la fin, on peut en arriver à ce que le condamné crée ses propres chenilles, simplement par suggestion. (Elle frissonna.) *Schrecklich !* Mais je n'utiliserai pas de rats, Richard. Jamais. Pas même des rats imaginaires.

– Ma douce et tendre épouse, je suis heureux de constater que *certaines choses* ont des limites, pour toi.

– Évidemment ! Mon amour, tu m'as appris que les mauvaises manières pouvaient constituer une offense mortelle. Moi, je me soucie davantage du mal que des mauvaises manières. Je pense qu'il ne faut jamais laisser une mauvaise action impunie. Les dispositions divines visant à punir le mal sont trop lentes à mon goût : je veux que ce soit fait *tout de suite*. Prends le cas des pirates de l'espace. Il faudrait les pendre sur-le-champ, dès qu'ils sont pris. Il faudrait brûler les incendiaires sur les lieux mêmes de leur crime, si possible avant que les cendres soient refroidies. Pour les violeurs, il faudrait...

Je ne pus apprendre quelle mort complexe Gwen préconisait pour les violeurs car un bureaucrate très poli (de sexe masculin, gris de poil, plein de pellicules, avec un *risus* incorporé) se planta devant nous et demanda :

– Docteur Ames ?

– Je suis le Dr Ames.

– Je suis Mungerson Fitts, sous-administrateur adjoint aux Statistiques Super-rogatoires. Je donne un coup de main. Je suis certain que vous comprenez combien les services du Directeur sont occupés avec l'annexe que l'on doit bientôt ajouter – tous ces relogements provisoires qu'il convient de régler et tous ces cas particuliers dont il convient de s'occuper au sein d'une Règle d'Or plus vaste et aux importantes améliorations. (Il me fit un large sourire.) Vous vouliez voir le Directeur, n'est-ce pas ?

– C'est exact.

– Parfait. Étant donné l'urgence, j'apporte ma collaboration pour maintenir la haute qualité des services de la Règle d'Or auprès de nos hôtes pendant cette période agitée. J'ai tout pouvoir d'agir aux lieu et place du Directeur; vous pouvez me considérer comme son alter ego... car à tous égards je *suis* le Directeur. Cette dame est... avec vous ?

– Oui.

– Mes hommages, madame. Très honoré. Maintenant, mes amis, si vous voulez bien me suivre...

– Non.

– Pardon ?

– Je veux voir le Directeur.

– Mais, je viens de vous expliquer...

– J'attendrai.

– Je pense que vous ne m'avez pas bien compris. Je vous prie de me...

– Non.

(Arrivé à ce stade, Fitts aurait dû m'empoigner par le collet et me faire lever mon cul de ma chaise. Non que ce soit facile avec moi; j'ai un solide entraînement. Mais c'est ce qu'il aurait dû faire. Le fait est qu'il se trouvait inhibé par les coutumes, les habitudes et la politesse.)

Fitts s'arrêta et parut déconcerté.

– Euh... mais il le faut, voyez-vous.

– Non, je ne vois pas.

– J'essaie de vous dire...

– Je veux voir le Directeur. Vous a-t-il précisé comment il convenait de traiter le sénateur Cantor ?

– Le sénateur Cantor ? Voyons voir, c'est le sénateur de... euh... de...

– Si vous ne savez pas qui il est, comment pouvez-vous savoir ce qu'il convient de faire en ce qui le concerne ?

– Si vous voulez bien patienter un instant, je vais voir.

– Mieux vaut qu'on vous accompagne car vous ne paraissez pas avoir « tout pouvoir », en l'occurrence.

– Je vous prie de bien vouloir attendre ici.

– Non, dis-je en me levant. Il est préférable de revenir. Le sénateur est peut-être en train de me chercher. Voulez-vous dire au Directeur que je suis désolé. (Je me tournai vers Gwen :) Venez, madame. Ne le faisons pas attendre.

(Je me demandai si Fitts remarquerait que « le » était un pronom ne visant personne en particulier.)

Gwen se leva et me prit le bras. Fitts se hâta d'intervenir.

– Je vous en prie, mes amis, ne partez pas ! Euh, suivez-moi, proposa-t-il en nous conduisant devant une porte sans plaque, ajoutant : Si vous voulez bien attendre un petit instant !

Son absence dura plus qu'il n'avait dit mais fut cependant de courte durée. Il revint tout sourires. (Je crois que c'est l'expression consacrée.)

– Par ici, s'il vous plaît, dit-il en nous faisant franchir la porte sans plaque et un petit couloir, avant de nous introduire dans le bureau du Directeur en personne.

Le Directeur leva les yeux de son bureau et nous inspecta, arborant non pas la traditionnelle expression toute paternelle de l'annonce accompagnant sur tous les terminaux le trop fréquent « Mot du Directeur ». Non, on aurait plutôt dit que M. Sethos venait de découvrir un cafard dans son porridge.

Je fis mine de ne pas remarquer son attitude glaciale. Au contraire, j'entrai, Gwen toujours à mon bras, et j'attendis. J'ai eu naguère un chat très tatillon (en existe-t-il qui ne le soient pas ?); lorsqu'on lui offrait quelque nourriture pas tout à fait à son goût, il demeurait immobile et, plein de dignité, prenait un air offensé : remarquable prouesse d'acteur pour un être au visage tout entier couvert de fourrure; il y parvenait surtout par l'expression corporelle. C'est ce que je manifestai pour M. Sethos, surtout en pensant au chat. Je restai là... et j'attendis.

Il nous regarda... et finit par se lever, s'inclinant légèrement et disant :

— Madame... si vous voulez bien vous asseoir.

Sur quoi nous nous assîmes tous les deux. Premier round, aux points. Je n'y serais pas parvenu sans Gwen. Mais j'avais son soutien et, maintenant que j'avais mon derrière vissé sur la chaise, il n'allait pas m'en chasser avant que j'aie obtenu ce que je voulais.

Je demeurai parfaitement immobile, silencieux, attendant.

Lorsque la tension artérielle de M. Sethos atteignit la cote d'alerte, il me demanda :

— Eh bien ? Vous êtes parvenu à forcer ma porte. Qu'est-ce que cette ineptie à propos du sénateur Cantor ?

— J'espère que vous allez m'éclaircir. Avez-vous attribué le compartiment de ma femme au sénateur Cantor ?

— Quoi ? Ne soyez pas ridicule. Mme Novak occupe un studio, le plus petit compartiment en première classe. Le sénateur de la Standard Oil, s'il venait ici, se verrait attribuer une suite de luxe. Évidemment.

— La mienne, peut-être ? Est-ce la raison pour laquelle vous m'en avez chassé ? Pour le sénateur ?

— Quoi ? Ne me faites pas dire ce que je n'ai pas dit; le sénateur n'est pas à bord. Nous avons été contraints de demander à un certain nombre de nos hôtes de déménager, dont vous. À cause de l'annexe, voyez-vous. Avant qu'on puisse l'arrimer, il faut évacuer tous les compartiments et espaces jouxtant l'anneau 130. Il nous faut donc provisoirement trouver de la place pour nos hôtes qui ont dû quitter leur logement. Dans votre compartiment, nous allons mettre trois familles, si je me souviens bien. Du moins pour quelque temps.

— Je vois. Ce n'est donc qu'à la suite d'un oubli qu'on ne m'a pas dit où aller loger.

— Oh, je suis certain qu'on vous l'a dit.

— Je suis certain du contraire. Voulez-vous m'indiquer ma nouvelle adresse ?

— Docteur, vous ne pensez tout de même pas que j'ai ce détail en tête ? Allez attendre dehors. Quelqu'un va s'en charger et vous le dira.

J'ignorai sa suggestion… ou son ordre.

— Il y a, sur cet habitat, plus de cent quatre-vingt mille personnes, grogna-t-il. J'ai des collaborateurs et des ordinateurs pour ces questions.

— J'en suis convaincu. Mais j'ai de bonnes raisons de croire que vous avez de tels détails en tête… quand ils présentent un intérêt pour vous. Je vais vous donner un exemple. On ne vous a pas dit le nom de ma femme. Mungerson Fitts l'ignorait et il n'a donc pu vous le dire. Mais *vous* le saviez. Vous connaissiez son nom et son adresse. Son ancienne adresse, devrais-je dire, car vous l'en avez chassée. Est-ce là votre façon d'appliquer la Règle d'Or, monsieur Sethos ? En jetant vos hôtes à la porte sans avoir la courtoisie de les en informer auparavant ?

— Docteur, me chercheriez-vous querelle ?

— Non, j'essaie de connaître la raison pour laquelle vous nous traitez ainsi. Vous nous tyrannisez. Vous nous persécutez. Vous et moi savons parfaitement que cela n'a rien à voir avec la gêne provisoire due à l'arrimage et à la soudure de la nouvelle annexe; c'est incontestable... car voilà trois ans que la construction de la nouvelle annexe a commencé et voilà bien un an que vous connaissez la date de son arrimage... et malgré cela, vous m'avez éjecté de mon compartiment avec un préavis de moins de trente minutes. Ma femme a été plus maltraitée encore; vous l'avez simplement empêchée d'entrer, sans le moindre préavis. Sethos, il ne s'agit pas d'un déménagement dû à l'accrochage de la nouvelle annexe. Si c'était le cas, nous aurions été avisés il y a un mois au moins, et on nous aurait indiqué notre nouveau logement et les dates d'emménagement dans de nouveaux quartiers permanents. Non, vous nous virez simplement de l'habitat de la Règle d'Or... et je veux savoir pourquoi !

— Sortez de mon bureau ! Je vais demander à quelqu'un de vous conduire par la main à vos nouveaux quartiers... provisoires.

— C'est inutile. Donnez-moi simplement les coordonnées et le numéro du compartiment. J'attendrai.

— Bon Dieu, vous voulez donc qu'on vous *vire* de la Règle d'Or !

— Non, je suis très bien ici. Je serais heureux d'y rester... si vous voulez bien me dire où nous allons passer la nuit... et nous donner notre adresse permanente, c'est-à-dire les coordonnées de là où nous habiterons une fois la nouvelle section fixée et pressurisée. Nous avons besoin d'un trois pièces pour remplacer mon deux pièces et le studio de Mme Ames. Et de deux terminaux, un pour chacun, comme avant. Et d'une faible gravité. Quatre dixièmes de g, de préférence, mais pas plus d'un demi-g.

— Voulez-vous aussi un œuf dans votre bière ? Qu'avez-vous à faire de deux terminaux ? Cela exige des câblages supplémentaires.

— Effectivement, et je paierai. Parce que je suis

écrivain. J'en utiliserai un pour le traitement de textes et la bibliographie. Mme Ames a besoin d'un autre pour la maison.

— Oh ! Vous avez l'intention d'utiliser un logement résidentiel à des fins professionnelles. Dans ce cas c'est le tarif commercial qui sera appliqué, et non pas le résidentiel.

— Cela fait combien ?

— Il faut voir. Il existe un facteur de majoration pour chaque type d'usage commercial. Les magasins de détail, restaurants, banques, etc., paient environ trois fois plus par mètre cube que les résidences. Les usines paient moins cher que les petits commerces mais peuvent payer des suppléments de prime pour les risques et autres. Pour les entrepôts, le tarif est à peine un peu plus élevé que pour les résidences. Je pense que vous devrez payer le même tarif que les bureaux – soit un coefficient de 3,5 –, mais il faudra que je voie cela avec le chef comptable.

— Monsieur le Directeur, ai-je bien compris ? Avez-vous l'intention de nous faire payer trois fois et demie plus cher que nos deux loyers réunis ?

— Environ. Ça ne dépassera peut-être pas trois fois.

— Eh bien, je n'ai jamais caché que j'étais écrivain; c'est inscrit sur mon passeport et c'est sous cette profession que je figure dans l'annuaire depuis cinq ans. Dites-moi ce que cela change soudain pour vous que j'utilise mon terminal pour écrire des lettres chez moi… ou des romans ?

Sethos fit entendre ce qu'il voulait être un rire.

— Docteur, la Règle d'Or est une entreprise commerciale à but lucratif. C'est à cette fin que j'en assure la direction pour mes associés. Personne n'est obligé d'y vivre, personne n'est obligé d'y travailler. Le montant que je fais payer pour y résider ou pour y travailler vise seulement à maximaliser les bénéfices de la société, et il m'appartient d'en juger. Si cela ne vous plaît pas, vous pouvez aller voir ailleurs.

J'allais changer mon fusil d'épaule dans cette discussion (je sais parfaitement quand je suis coincé) quand Gwen prit la parole :

– Monsieur Sethos ?

– Hein ? Oui, madame Novak ? Madame Ames.

– Avez-vous commencé, dans la vie, en faisant le maquereau avec vos sœurs ?

Sethos prit une délicate teinte aubergine. Il parvint toutefois à se maîtriser assez pour demander :

– Madame Ames, est-ce que vous voulez délibérément m'insulter ?

– Cela me paraît évident, non ? J'ignore si vous avez des sœurs; il me semble seulement que ce genre d'activité vous conviendrait parfaitement. Vous n'avez aucune raison de nous traiter ainsi. Nous venons vous voir pour que vous fassiez droit à nos doléances; vous répondez par des faux-fuyants, des mensonges délibérés, des prétentions injustifiées... et un nouveau vol manifeste. Vous justifiez cette nouvelle indécence par un méchant discours sur la libre entreprise. Quel prix demandiez-vous pour vos sœurs ? Et combien preniez-vous de commission ? La moitié ? Davantage ?

– Madame, je vous demanderai de quitter mon bureau... et cet habitat. Nous ne souhaitons pas votre présence ici.

– Je serai ravie de partir, dit Gwen sans broncher, dès que vous aurez réglé mon compte. Et celui de mon mari.

– SORTEZ !

– L'argent d'abord, espèce d'escroc déplumé, répondit Gwen avec un geste de la main, paume en avant. L'apurement de notre compte, plus le dépôt de garantie versé à notre arrivée. Si nous quittons cette pièce sans être réglés, jamais vous ne serez quitte avec nous. Payez et nous partirons.

Par la première navette pour Luna. Si vous appelez vos sbires, espèce de baratineur, je ferai crouler les murs sous mes cris. Vous voulez un échantillon ?

Gwen rejeta la tête en arrière et poussa un cri qui me fit mal aux dents.

Le cri eut apparemment le même effet sur Sethos; je le vis flancher.

Il la regarda un long moment puis appuya sur quelque bouton de son bureau.

– Ignatius, voulez-vous clore les comptes du Dr Richard Ames et de Mme Gwendolyn Novak. (Après une seconde d'hésitation, il indiqua le numéro exact de mon compartiment et de celui de Gwen.) Apportez-les-moi immédiatement. Avec de quoi régler en liquide. Et des reçus. Pas de chèques. Quoi ? Écoutez-moi bien. Si le tout vous prend plus de dix minutes, nous ordonnerons une inspection exhaustive de votre service pour voir qui doit être renvoyé ou simplement rétrogradé.

Il coupa la communication sans nous regarder.

Gwen sortit son petit jeu, le régla sur le tic-tac-toe, ce qui me convenait parfaitement du fait du niveau intellectuel de cette distraction. Elle me battit quatre fois de suite bien que j'eusse eu deux fois l'occasion de jouer le premier. J'avais encore la tête douloureuse de son cri supersonique.

Je n'ai pas regardé l'heure, mais il n'a pas dû s'écouler plus de dix minutes avant qu'un homme apparaisse avec nos notes. Sethos y jeta un coup d'œil et nous les passa. La mienne paraissait exacte et j'allais signer le reçu quand Gwen demanda :

– Et les intérêts sur mon dépôt de garantie ?

– Quoi ? De quoi parlez-vous ?

– Du montant de mon billet de retour sur la Terre. Il m'a fallu le régler en liquide, on n'acceptait pas les chèques. Votre banque prête à 9 %

et elle devrait donc servir des intérêts au taux des comptes d'épargne. Encore qu'il serait plus équitable de servir les mêmes intérêts que pour les placements. Voilà plus d'un an que je suis ici, donc... voyons... (Gwen sortit la calculette qui nous avait servi pour jouer.) Vous me devez huit cent soixante et onze couronnes et – faisons un compte rond – huit cent soixante et onze couronnes d'intérêts. Ce qui fait, en or suisse...

– Nous payons en couronnes, pas en argent suisse.

– Très bien. En couronnes.

– Et nous ne servons pas d'intérêts sur le montant des billets de retour; il s'agit simplement d'un dépôt.

– Vraiment ? dis-je, soudain en éveil. Chérie, puis-je voir ce billet ? Voyons... cent quatre-vingt mille personnes... et un aller simple en classe touriste pour Mavi par la Pan Am ou la Qantas, ça fait...

– Soixante-douze mille, dit Gwen. Sauf les week-ends et les jours fériés.

– Donc, dis-je en entrant le chiffre, hum, plus d'un milliard de couronnes ! Un, deux, neuf, six et six zéros derrière. Intéressant ! Et enrichissant. Sethos, mon vieux, vous devez vous faire plus de cent millions par an, exempts d'impôts, simplement en plaçant tout ce fric que vous conservez pour des poires comme nous en obligations de Luna City. Mais je ne crois pas que ce soit là ce que vous en faites. Je crois que vous faites marcher toute votre boîte avec le fric des autres... sans qu'ils le sachent et qu'ils soient d'accord. C'est ça ?

Le dégonflé (Ignatius ?) qui avait apporté nos notes écoutait, témoignant du plus vif intérêt.

– Signez ces reçus et fichez le camp, gronda Sethos.

– Oh, bien sûr !

– Mais réglez-nous d'abord les intérêts, précisa Gwen.

– Non, Gwen, dis-je en secouant la tête. Nous pourrions le poursuivre n'importe où mais pas ici. Ici, il est à la fois la loi et le juge. Mais ça ne me gêne pas, monsieur le Directeur, car vous m'avez donné une merveilleuse et lucrative idée pour un article – dans le *Reader's Digest,* probablement, ou *Fortune.* Euh, je vais l'intituler « Comment faire son beurre dans la Voie lactée, ou Comment s'enrichir avec l'argent des autres : La rentabilité des habitats spaciaux privés ». Cent millions par an escroqués au public pour le seul habitat de la Règle d'Or. Quelque chose comme ça.

– Publiez ça et je vous ruinerai en dommages et intérêts.

– Vraiment ? Rendez-vous au tribunal, mon vieux. Mais je ne crois pas que vous vouliez laver votre linge sale devant aucun tribunal où vous n'êtes pas également juge. Hum, il me vient une idée folle. Vous venez de terminer un agrandissement très coûteux, et je me souviens d'avoir lu dans le *Wall Street Journal* que vous n'avez lancé aucun emprunt pour cela. Combien de ce prétendu argent en dépôt a été investi entre les anneaux 130 à 140 ? Et combien faudrait-il de gens comme nous partant le même jour pour faire un trou dans votre trésorerie ? Pouvez-vous payer à la demande, Sethos ? Ou est-ce que ce compte de dépôt est aussi bidon que vous ?

– Révélez cela publiquement et je vous poursuis devant tous les tribunaux du système ! Signez ce reçu et fichez le camp.

Gwen refusa de signer tant qu'on n'eut pas compté notre argent devant nous. Sur quoi, elle signa et moi aussi.

Tandis que nous encaissions l'argent, le terminal de Sethos se mit à bourdonner. Il était le seul à voir l'écran mais je reconnus l'intervenant à sa voix : Franco, le chef de la Surveillance.

– Monsieur Sethos !

– Je suis occupé.

– Il s'agit d'une urgence ! Ron Tolliver a été abattu et...

– *Quoi ?*

– À l'instant ! Je suis dans son bureau. Il est grièvement blessé, il ne s'en sortira pas. J'ai des témoins. C'est le faux docteur le coupable : Richard Ames...

– Fermez-la !

– Mais, patron...

– La FERME ! Triple idiot ! Venez me voir immédiatement. (Sethos se tourna vers nous et ajouta :) Maintenant, filez.

– Il vaudrait peut-être mieux que je reste pour voir les témoins en question.

– Sortez. Filez de cet habitat.

J'offris mon bras à Gwen.

7

> « *On ne peut duper un honnête homme.
> Il faut qu'il ait d'abord le vol dans son
> cœur.* »
> Claude William DUKENFIELD, 1880-1946

Dehors, nous retrouvâmes Bill, toujours assis sur mon sac de paquetage, le petit arbre dans les bras. Il se leva, arborant un air incertain. Mais lorsque Gwen lui sourit, il sourit à son tour.

– Des ennuis, Bill ? demandai-je.

– Non, patron. Euh, un mec a voulu m'acheter le petit arbre.

– Pourquoi ne l'avez-vous pas vendu ?

– Hein ? (Il parut choqué.) Mais c'est à *elle*.

– Exact. Si vous l'aviez vendu, savez-vous ce qu'elle aurait fait ? Elle vous aurait noyé dans des chenilles. Vous avez donc eu tout à fait raison. Mais pas de rats. Tant que vous ne la doublez pas, vous n'avez pas à avoir peur des rats. Exact, madame Hardesty ?

– Exact, sénateur. Pas de rats. Jamais. Bill, je suis fière de vous, parce que vous n'avez pas succombé. Mais je voudrais que vous cessiez de parler argot – en vous entendant, on pourrait croire que vous êtes un oiseau de nuit, et ce n'est pas souhaitable, n'est-ce pas ? Ne dites pas « un mec a essayé de m'acheter l'arbre », dites simplement « un homme ».

– Euh, en fait ce mec, c'était une nana, une sauterelle. Vu ?

– Oui, mais essayons encore. Dites « une dame ».

– D'accord, cette nana, c'était une dame, dit-il avec un sourire timide. Vous parlez comme les bonnes sœurs qui nous faisaient la classe au Saint-Nom, là-bas sur la croûte.

– Je prends ça comme un compliment, Bill... et je vous reprendrai sans cesse pour votre grammaire, votre prononciation et votre vocabulaire. Plus encore qu'elles ne le faisaient. Jusqu'à ce que vous parliez aussi bien que le sénateur. Et cela parce qu'il y a de nombreuses années, un homme à la fois sage et cynique a montré que la façon dont s'exprime un individu est ce qu'il y a de plus important quand il s'agit de s'en sortir dans la vie. Vous comprenez ?

– Euh... un peu.

– Vous ne pouvez tout apprendre d'un coup et je n'y compte pas. Bill, si vous prenez un bain tous les jours et parlez correctement, tout le monde en déduira que vous êtes un gagneur et vous traitera comme tel. Nous allons donc essayer.

— En attendant, dis-je, il est urgent de se sortir de cette salade.

— Sénateur, il est vrai que c'est urgent, mais l'éducation de Bill ne l'est pas moins.

— Oui, oui, la vieille règle : « Comment bien élever un chiot. » Je comprends. Mais allons-y.

— D'accord. Tout droit au spatioport ?

— Pas encore. On descend El Camino Real en cherchant un terminal public qui marche avec des pièces. As-tu des pièces ?

— Quelques-unes. Assez pour une brève communication, peut-être.

— Parfait. Mais regarde aussi si tu aperçois une boutique de change. Maintenant que nous avons fait annuler nos cartes de crédit il va nous falloir des pièces.

Nous reprîmes nos bagages et nous mîmes en route. Gwen me dit à voix basse :

— Je ne voudrais pas que Bill m'entende, mais il n'est pas difficile de convaincre un terminal public qu'on utilise une carte de crédit parfaitement valable même quand ce n'est pas le cas.

— Nous ne nous y résoudrons que si l'honnêteté ne paie pas, répondis-je sur le même ton. Ma chérie, combien de ces petits talents as-tu encore dans ta manche ?

— Je ne vois pas ce que vous voulez dire, monsieur. À cent mètres d'ici... est-ce que cette cabine porte une bande jaune ? Pourquoi y a-t-il si peu de cabines publiques qui acceptent les pièces ?

— Parce que Big Brother préfère savoir qui appelle qui... et avec une carte de crédit on lui sert pratiquement nos secrets sur un plateau. Oui, celle-ci porte une bande jaune. Sortons nos pièces.

Le révérend docteur Hendrik Hudson Schultz répondit aussitôt à son terminal. Son visage de Père Noël me scruta, m'évalua, compta les billets de mon portefeuille.

– Père Schultz ?

– En personne. Que puis-je pour vous, monsieur ?

Au lieu de répondre, je tirai un billet de mille couronnes que je tins devant moi. Le Dr Schultz le regarda, haussant ses sourcils touffus.

– Vous m'intéressez, monsieur.

Je me tapotai l'oreille tout en regardant à droite et à gauche puis fis les gestes des trois célèbres petits singes – ne rien voir, ne rien entendre, ne rien dire.

– Euh, oui, bien sûr, répondit-il. J'allais prendre une tasse de café. Voulez-vous faire comme moi ? Un instant...

Peu après, il brandit une feuille où il avait écrit, en belles majuscules : LA FERME DU VIEUX MAC-DONALD.

– Voulez-vous qu'on se retrouve au Sans-Souci ? C'est sur Petticoat Lane, juste en face de mon bureau. Dans dix minutes, ça vous va ?

Pendant tout ce temps il me montrait du doigt la feuille de papier.

– D'accord ! répondis-je avant de raccrocher.

Il n'est pas dans mes habitudes d'aller à la campagne où la gravité normale ne convient guère à ma jambe tandis qu'elle est obligatoire dans les fermes. Non, ce n'est pas tout à fait exact; il existe davantage d'habitats dans le système qui fonctionnent, pour les fermes, avec n'importe quelle gravité réduite que d'habitats fonctionnant à la lumière solaire et à pleine gravité. Pour autant que je le sache, la Règle d'Or a adopté la lumière solaire naturelle et la pleine gravité pour un grand nombre de ses produits frais. Dans d'autres endroits de la Règle d'Or, on utilise la lumière artificielle et d'autres accélérations pour l'agriculture – j'ignore au juste combien il y en a. Mais l'immense espace qui s'étend entre l'anneau 50 et l'anneau 70 se trouve à l'air libre, sans discontinuité, si ce n'est pour les étançons, les amortisseurs de vibrations et les passages pour piétons reliés aux principaux couloirs.

Sur cette travée de vingt anneaux – huit cents mètres – les radius (ou rayons) 0 à 60, 120 à 180 et 240 à 300 sont agricoles. Et sur 180 à 240, anneau 50 à 70, se trouve la Ferme du Vieux MacDonald.

Cela fait beaucoup. Un homme pourrait s'y perdre, notamment dans les champs où le maïs est plus haut qu'en Iowa. Mais Doc Schultz m'avait fait la grâce de croire que je saurais où le retrouver : au populaire restaurant et bar en plein air appelé la Cuisine de Campagne, en plein milieu de la ferme, anneau 60, radius 210 et – bien sûr – pleine gravité.

Pour parvenir au restaurant, il nous fallait descendre et avancer jusqu'à l'anneau 50 puis continuer à pied (à plein g, bon Dieu !) jusqu'à l'anneau 60, soit quatre cents mètres. Certes, ce n'était pas long – environ quatre pâtés de maisons – mais essayez donc avec un pied artificiel et un moignon qui a déjà été bien trop sollicité pour marcher et porter des bagages en une seule journée.

Gwen le devina, à ma voix, à mon visage, à ma démarche ou autre – peut-être lut-elle dans mes pensées; je ne suis pas certain qu'elle n'y réussit pas. Elle s'arrêta. Je m'arrêtai aussi.

– Quelque chose qui ne va pas, chérie ?

– Oui, sénateur. Pose ton ballot. Je vais prendre le bonzaï en équilibre sur ma tête. Donne-moi le ballot.

– Ça va.

– Oui, je sais que ça va. Et je veux que ça continue. C'est ton droit d'être *macho* quand il te plaira… et le mien de jouer les bonnes femmes faibles et écervelées. Pour l'instant, je crois que je vais me trouver mal. Et ça va durer jusqu'à ce que tu me passes le ballot. Tu me battras plus tard.

– Hum. Quand aurai-je le droit de l'emporter dans une discussion ?

– Pour ton anniversaire. Et ce n'est pas le jour. Passe-moi le ballot, veux-tu ?

Je ne souhaitais pas l'emporter dans cette discussion; je lui passai le ballot. Bill et Gwen partirent devant moi, Bill en tête pour tracer la piste. Jamais le fardeau qu'elle portait sur la tête ne risqua de choir, bien que la route ne fût pas aussi plane qu'un couloir – une route de terre, de la vraie terre –, une épate tout à fait inutile.

Je clopinais derrière, m'appuyant lourdement sur ma canne en ne pesant presque pas sur mon moignon. Le temps qu'on arrive à la porte du restaurant, je me sentais tout à fait requinqué.

Le Dr Schultz était accoudé au bar. Il me reconnut mais ne le montra pas avant que j'arrive à lui.

– Docteur Schultz ?

– Ah, oui ! (Il ne me demanda pas mon nom.) Voulez-vous qu'on trouve un endroit tranquille ? J'aime bien la quiétude du verger de pommiers. Voulez-vous que je demande à notre hôte de nous mettre une table et deux chaises là-bas sous les arbres ?

– Oui. Mais trois chaises, pas deux.

– Pas quatre ? demanda Gwen qui nous avait rejoints.

– Non. Je voudrais que Bill surveille nos affaires, comme il l'a déjà fait. Je vois une table libre, là. Il pourrait mettre nos bagages dessus et à côté.

Nous nous retrouvâmes bientôt assis à une table que l'on nous avait assis dans le verger. Après leur avoir demandé ce qu'ils voulaient boire, je commandai une bière pour le révérend et moi et un Coke pour Gwen. Je dis à la serveuse d'aller servir au jeune homme aux paquets ce qu'il voulait – bière, Coke, sandwiches – car je me rendis soudain compte que Bill n'avait peut-être rien mangé de la journée.

Lorsqu'elle eut disparu, je tirai de ma poche le billet de mille couronnes que je remis au Dr Schultz.

– Voulez-vous un reçu, monsieur ? demanda-t-il après l'avoir fait disparaître.

– Non.

– Entre gentlemen, n'est-ce pas ? Parfait. Maintenant, que puis-je faire pour vous ?

Quarante minutes plus tard, le Dr Schultz en savait autant que moi sur nos ennuis car je ne lui cachai rien. Il pouvait nous aider, à ce qu'il me sembla, dans la mesure où il serait au courant de tout – pour autant que je le sache moi-même –, de ce qui s'était passé.

– Vous dites qu'on a abattu Ron Tolliver ? me demanda-t-il enfin.

– Je ne l'ai pas vu de mes yeux. J'ai entendu le Chef Surveillant le dire. Rectification : j'ai entendu un homme qui m'a paru être Franco et que le Directeur traitait comme tel.

– Ça suffit. Quand on entend des bruits de sabot, c'est en général des chevaux, pas des zèbres. Mais je n'ai rien entendu là-dessus en venant ici. Et je n'ai remarqué aucune agitation dans ce restaurant – alors que l'assassinat ou la tentative d'assassinat du deuxième plus gros actionnaire du coin *aurait dû* provoquer une certaine agitation. J'étais au bar depuis quelques minutes quand vous êtes arrivé. Pas un mot. Cependant, un bar constitue notoirement l'endroit où les nouvelles arrivent en premier; il y a un écran branché en permanence sur le canal des informations. Hum... le Directeur pourrait-il étouffer la chose ?

– Ce serpent est capable de tout.

– Je ne parlais pas de sa moralité, sur laquelle

99

je partage votre avis, mais seulement de la possibilité qu'il aurait de le faire. On n'étouffe pas un assassinat aussi facilement. Il y a du sang. Du bruit. Un mort ou un blessé. Vous avez évoqué des témoins. Franco en a parlé. Mais le juge Sethos a le contrôle de l'unique journal, et des terminaux, et des surveillants. Oui, s'il voulait s'en donner la peine, il pourrait conserver la nouvelle sous l'éteignoir assez longtemps. Nous verrons – et c'est là une autre affaire pour laquelle je vous tiendrai au courant quand vous serez arrivés sur Luna.

– Nous ne serons peut-être pas sur Luna. Je vous téléphonerai.

– Colonel, est-ce bien raisonnable ? À moins que quelqu'un qui nous connaît l'un et l'autre ne nous ait remarqués pendant les quelques instants passés au bar ensemble, il est possible que notre alliance soit demeurée secrète. Il est heureux que nous n'ayons eu aucun rapport dans le passé; on ne peut probablement pas remonter à vous par moi, ni à moi par vous. Certes, vous pouvez me téléphoner… mais nous devons considérer que mon terminal est sur écoute, ou qu'on a placé des micros dans mon bureau, ou les deux : on a déjà fait l'un et l'autre dans le passé. Je suggère plutôt le courrier… sauf en cas d'extrême urgence.

– Mais on peut ouvrir le courrier. Au fait, je suis le Dr Ames, pas le colonel Campbell, s'il vous plaît. Eh, oh oui !... ce jeune homme qui est avec nous. Il me connaît sous le nom de « sénateur » et Mme Ames sous celui de « Mme Hardesty », pour ce que je vous ai dit.

– Je m'en souviendrai. On est appelés à jouer de nombreux rôles au cours d'une longue existence. Croiriez-vous qu'on m'a jadis connu sous le nom de « caporal Finnegan, des Fusiliers Marins Impériaux » ?

– Je le crois sans peine.

– C'est vous dire ! Je n'ai jamais été fusilier marin. Mais j'ai fait des choses plus étranges. Oui, on peut ouvrir le courrier, mais si je confie une lettre à une navette pour Luna City juste avant son départ du spatioport, il est peu probable qu'elle tombera entre les mains de quelqu'un qui souhaite l'ouvrir. En sens inverse, une lettre adressée à Henrietta van Loon, aux bons soins de Madame Pompadour, 20012, Petticoat Lane, m'arrivera en un minimum de temps. C'est une vieille dame sûre, qui se charge depuis des années des secrets d'autrui avec discrétion. Je crois qu'on peut lui faire confiance. Tout l'art consiste à savoir à qui l'on peut se fier.

– Doc, je pense que je peux me fier à vous.

– Mon cher monsieur, gloussa-t-il, je vous vendrais volontiers votre propre chapeau si vous le laissiez sur mon bureau. Mais vous êtes foncièrement correct. Du fait que je vous ai accepté comme client, vous pouvez me faire totalement confiance. On risque des ulcères, à jouer les agents doubles... et je suis un incorrigible gourmand qui ne ferait rien pour gâcher le plaisir de son coup de fourchette. (Il parut réfléchir un instant et ajouta :) Pourrais-je voir de nouveau ce portefeuille ? Celui d'Enrico Schultz ?

Je le lui tendis. Il en sortit la carte d'identité.

– Vous dites que c'est une bonne imitation ?

– Excellente, je pense.

– Docteur Ames, vous vous rendez bien compte que ce nom de « Schultz » appelle aussitôt mon attention. Vous ignorez peut-être que la diversité de mes activités me conduit à noter chaque nouvelle arrivée sur cet habitat. Je lis le *Herald* tous les jours, passant tout au crible et notant soigneusement tous les détails personnels. Je peux affirmer que cet homme n'est pas arrivé à l'habitat de la Règle d'Or sous ce nom. Tout autre nom aurait pu m'échapper. Mais le mien ? Impossible !

– Il semble avoir donné ce nom à son arrivée.

– « Il semble avoir », comme vous dites. (Il examina la carte.) En vingt minutes, à mon bureau – non, donnez-moi une demi-heure –, je pourrais vous fabriquer une carte d'identité avec cette photo dessus – d'aussi bonne qualité – et qui attesterait que le nom de l'intéressé est Albert Einstein.

– Vous dites qu'on ne peut retrouver sa piste par cette carte d'identité ?

– Une minute ! Je n'ai pas dit cela. Vous affirmez que c'est assez ressemblant. Et une bonne ressemblance constitue un meilleur indice qu'un nom. De nombreuses personnes ont dû voir cet homme. Plusieurs doivent savoir qui il est. Quelques-unes doivent savoir pourquoi on l'a tué. S'il a été tué. Vous avez envisagé cette éventualité ?

– Eh bien... surtout à cause de cette incroyable danse du sombrero à laquelle on s'est livré immédiatement après qu'on l'eut abattu. S'il l'a été. Ces quatre hommes ont agi sans aucune confusion mais plutôt comme s'ils avaient répété la scène.

– Bon. Je vais continuer à voir cela, jouant de la carotte et du bâton. Lorsqu'un homme a quelque chose sur la conscience, ou qu'il est cupide – et, pour la plupart, c'est souvent les deux –, on peut trouver un moyen de lui faire dire ce qu'il sait. Eh bien, je crois qu'on a fait le tour de la question. Mais il faut s'en assurer car il est peu probable que nous aurons l'occasion de nous revoir. Vous continuerez avec la piste Walker Evans tandis que je m'occuperai des autres questions de votre liste. Chacun tiendra l'autre au courant de l'évolution de ses recherches, notamment de celles qui mènent à la Règle d'Or ou à l'extérieur. Autre chose ? Ah oui, ce message codé... Aviez-vous l'intention de suivre cette piste ?

– Avez-vous une idée sur la question ?

– Je propose que vous le conserviez et que vous l'apportiez au siège de Mackay, à Luna City. S'ils peuvent déchiffrer le code, ce ne sera qu'une question d'argent et vous aurez la traduction en clair. Vous verrez alors si j'en ai besoin ou pas, ici. S'ils ne peuvent le faire chez Mackay, vous pourriez le soumettre au Dr Jacob Raskob, à l'université Galilée. Il est cryptographe au département informatique… et s'il ne sait quoi en faire, je ne peux que vous conseiller la prière. Puis-je conserver cette photo de mon cousin Enrico ?

– Oui, bien sûr. Mais faites m'en parvenir une copie. J'en aurai peut-être besoin pour suivre la piste Walker Evans – en fait, j'en aurai certainement besoin. Docteur, nous avons un autre problème dont je ne vous ai pas parlé.

– Oui ?

– Le jeune homme qui est avec nous : c'est un fantôme, révérend; il marche la nuit. Et il est nu. Nous voulons l'habiller. Voyez-vous quelqu'un qui puisse s'en charger… et tout de suite ? Nous voudrions prendre la prochaine navette.

– Un instant, monsieur ! Dois-je en déduire que votre porteur, le jeune homme avec vos bagages, est le malfrat qui se prétendait surveillant ?

– Ne l'ai-je pas dit clairement ?

– Peut-être n'avais-je pas compris. Très bien, j'accepte le fait… bien qu'il me surprenne. Vous voulez que je lui fournisse des papiers ? Pour qu'il puisse se promener dans la Règle d'Or sans avoir à craindre les surveillants ?

– Pas exactement. Je voudrais un peu plus. Un passeport. Pour le faire sortir de la Règle d'Or et l'amener dans l'État libre de Luna.

– Qu'y fera-t-il ? demanda le Dr Schultz après une moue. Non, je retire ma question. C'est vous que cela regarde – ou lui –, mais pas moi.

– Je vais le remettre dans le droit chemin, avec des fessées s'il le faut, Père Schultz, dit Gwen.

Il a besoin qu'on lui apprenne à se nettoyer les ongles et à ne pas badiner avec les principes. Et qu'on s'occupe un peu de lui. Je vais m'en charger.

Schultz considéra pensivement Gwen.

— Oui, je pense que vous avez assez de poigne pour deux, si je puis dire, madame. Bien que je ne brûle pas de vous imiter, je suis plein d'admiration pour vous.

— Je n'aime pas voir gâcher quoi que ce soit. Bill a dans les vingt-cinq ans, mais il agit et parle comme s'il en avait dix ou douze. Cependant, il n'est pas idiot. (Elle sourit et ajouta, avec un fort accent du Sud :) Je vais lui apprendre, même s'il faut le lui enfoncer dans la tête !

— Je vous souhaite bonne chance, dit gentiment Schultz. Mais supposez qu'il se révèle vraiment idiot ? Qu'il ne puisse pas devenir adulte ?

— Dans ce cas, dit Gwen avec un soupir, je pense que je pleurerai un peu et que je lui trouverai quelque endroit protégé, où il pourra faire ce qu'il est capable de faire et être ce qu'il peut être, dans la dignité et le confort. Révérend, je ne pourrai le renvoyer retrouver la Terre, la faim et la peur – et les rats. Une telle vie, c'est pire que la mort.

— C'est exact. Car il n'y a pas lieu de craindre la mort... c'est l'apaisement final. Comme nous finissons tous par l'apprendre. Parfait, un authentique passeport pour Bill. Il va me falloir aller trouver une certaine dame... voir si elle veut bien accepter un rendez-vous d'urgence. (Il fronça les sourcils.) Ce ne sera pas facile avant le départ de la prochaine navette. Et il me *faut* une photo de lui. Le diable l'emporte ! Cela signifie qu'il faut aller à mon bureau. Encore une perte de temps, encore un risque pour vous deux.

Gwen fouilla dans son sac et en tira un Mini Helvetia – illégal à peu près partout sans autorisation mais probablement pas interdit ici par les règlements du Directeur.

– Docteur Schultz, je sais que ça ne donne pas une photo assez grande pour un passeport... mais ne pourrait-on pas l'agrandir pour la circonstance ?

– Certainement. Hum, voilà un appareil impressionnant.

– Je l'aime bien. J'ai travaillé jadis pour la... pour une agence qui utilisait de tels appareils. Lorsque j'ai démissionné, je me suis aperçue que je l'avais égaré... (Elle eut un sourire espiègle.)... et j'ai dû le payer. Plus tard, je l'ai retrouvé – il n'avait pas quitté mon sac... mais il se trouvait perdu tout au fond. Je vais prendre une photo de Bill.

– Sur un fond neutre, dis-je vivement.

– Pour qui me prends-tu ? Excusez, je reviens tout de suite.

Elle revint quelques instants plus tard; la photo se développait doucement. Une minute après c'était terminé. Elle la passa au Dr Schultz.

– Est-ce que ça fera l'affaire ?

– Excellent ! Mais qu'y a-t-il en arrière-plan, si je puis me permettre ?

– Une serviette du bar. Frankie et Juanita l'ont tenue bien tendue derrière la tête de Bill.

– Frankie et Juanita, répétai-je. Qui sont-ils ?

– Le chef barman et la gérante. Très gentils.

– Gwen, j'ignorais que tu connaissais du monde, ici. Cela pourrait être gênant.

– Je ne connais personne, chéri; je ne suis jamais venue ici. J'avais coutume de fréquenter le Chariot des Pionniers, au Lazy Eight Spread, dans le radius 90. On y dansait le quadrille.

Gwen leva les yeux, qu'elle plissa sous la lumière du soleil juste au-dessus; l'habitat, dans son tournoiement majestueux, passait juste l'arc qui plaçait le Soleil au zénith par rapport à la Ferme du Vieux MacDonald. Elle désigna un point, à quelque soixante degrés.

— Là, tu vois le Chariot des Pionniers; la piste de danse est juste au-dessus, en direction du Soleil. Est-ce qu'ils dansent ? Tu les vois ? Il y a un étançon qui gêne un peu.

— Ils sont trop loin pour moi.

— Ils dansent, dit le Dr Schultz. La Texas Star, je crois. Oui, c'est bien ça. Ah, jeunesse, jeunesse ! Je ne danse plus guère, mais j'ai fréquenté le Chariot des Pionniers, de temps en temps. Comme présentateur. Est-ce que j'ai pu vous y rencontrer, madame Ames ? Je ne crois pas.

— Moi, je crois que oui, répondit Gwen. Mais j'étais masquée, ce jour-là, et je crois que vous m'avez présentée.

— Heureux que vous vous en souveniez. Masquée, hein... ne portiez-vous pas une robe rayée vert et blanc, comme un bonbon ? À crinoline ?

— C'était plus qu'une crinoline; elle se soulevait chaque fois que mon cavalier me faisait tourbillonner; certains se sont plaints que ça leur donnait le mal de mer. Votre mémoire est excellente !

— Et vous, vous dansiez excellemment, madame.

Je les interrompis, quelque peu agacé :

— Ne pourrait-on remettre les souvenirs à plus tard ? Il y a plus urgent et il subsiste encore un espoir d'attraper la navette de vingt heures.

— Vingt heures ? Impossible, monsieur, dit Schultz en hochant la tête.

— Pourquoi impossible ? Il reste plus de trois heures. Je n'aime pas trop l'idée d'attendre une des navettes suivantes; Franco pourrait décider de lancer ses sbires après nous.

— Vous avez demandé un passeport pour Bill. Docteur Ames, il faut plus de temps que cela, même pour une très médiocre imitation, dit Schultz qui ressemblait moins, maintenant, au Père Noël qu'à un vieil homme las. Mais votre premier souci est bien de sortir Bill d'ici et de l'emmener sur la Lune ?

– Oui.

– Et si vous l'y emmeniez comme esclave ?

– *Quoi ?* On ne peut faire entrer d'esclave dans l'État libre de Luna.

– Oui et non. Vous pouvez emmener un esclave *sur* la Lune… mais il est automatiquement libre, et pour toujours, dès qu'il y pose le pied; c'est une des lois décrétées par les bagnards locaux quand ils se sont libérés. Docteur Ames, je peux vous fournir un certificat de vente relatif au contrat de Bill. Et à temps pour la navette du soir, j'en suis sûr. J'ai sa photo, tout un jeu de papiers officiels – authentifiés – et il reste assez de temps pour « vieillir » le document et le friper un peu. Vraiment, c'est plus sûr que de se hâter pour fabriquer un passeport.

– Je m'en remets à votre expérience professionnelle. Comment, quand et où pourrai-je récupérer le document ?

– Hum. Pas à mon bureau. Connaissez-vous le petit bistro voisin du spatioport, à un dixième de g, au radius 300 ? Chez la Veuve de l'Astronaute ?

Je m'apprêtais à dire non mais que, peu importait, je trouverais bien, quand Gwen intervint :

– Je connais. C'est derrière les entrepôts de Macy's. Aucun signe particulier.

– Exact. En fait, c'est un club privé, mais je vous donnerai une carte. On ne vous fera aucun ennui. Les clients se mêlent en général de ce qui les regarde.

(« Parce qu'il s'agit de contrebande et de choses aussi louches », pensai-je, mais je me gardai de le dire.)

– Cela me convient.

Le révérend docteur sortit une carte, commença à écrire et s'arrêta.

– À quels noms ? demanda-t-il.

– Mme Hardesty, répondit vivement Gwen.

– D'accord, dit Schultz sans autre commentaire. Bonne précaution. Docteur, votre nom ?

– Ce ne peut être « Cantor »; je pourrais tomber sur quelqu'un qui connaîtrait la tête du sénateur du même nom. Euh... Hardesty ?

– Non, c'est votre secrétaire, pas votre femme. « Johnson. » C'est le nom le plus répandu parmi les sénateurs, donc pas de soupçons – et c'est le même nom que Bill... ce qui pourrait se révéler utile. (Il remplit la carte, me la tendit.) Le patron s'appelle Tiger Kondo et il enseigne toutes sortes de techniques de morts rapides, à temps perdu. Vous pouvez lui faire confiance.

– Merci, dis-je, empochant la carte après y avoir jeté un coup d'œil. Docteur, voulez-vous que je vous verse une provision plus importante ?

– Allons, allons ! dit-il avec un sourire jovial. Je ne sais pas encore jusqu'où je peux vous saigner. Ma devise est « Tout rapporte », mais il ne faut jamais saigner le client à blanc.

– C'est raisonnable. À plus tard, donc. Il vaut mieux que nous ne partions pas ensemble.

– D'accord. À dix-neuf heures, à mon avis. Mes chers amis, ce fut un plaisir et un privilège. Et n'oublions pas l'événement le plus important de la journée. Félicitations, madame. Compliments, monsieur. Puisse votre vie commune être longue, paisible et pleine d'amour.

Gwen se dressa sur la pointe des pieds et le remercia d'un baiser. L'un et l'autre avaient les larmes aux yeux. Et moi aussi.

8

« Jamais le nombre de biscuits ne colle avec la quantité de sirop. »
                                    Lazarus LONG, 1912-

Gwen nous conduisit tout droit au lieu-dit Chez la Veuve de l'Astronaute, blotti derrière les entrepôts de Macy's, exactement comme elle l'avait décrit, dans un de ces bizarres petits recoins dus à la forme cylindrique de l'habitat : à peu près impossible à repérer à moins de connaître la boîte. C'était agréablement calme après la foule que nous avions croisée à l'extrémité du spatioport de l'axe.

D'ordinaire, cette extrémité est réservée au trafic voyageurs, les cargos étant regroupés à l'autre bout de l'axe giratoire. Mais la mise en place du dispositif de rotation de la nouvelle annexe avait conduit à dérouter tout le trafic à l'extrémité Lune ou « avant ». « Avant », parce que la Règle d'Or a une longueur telle qu'on y ressent un léger effet de marée, qui sera plus sensible encore une fois l'annexe accrochée. Je ne dis pas qu'on y ressent des marées quotidiennes; ce n'est pas le cas. En fait...

(Je parle peut-être trop; tout dépend de votre connaissance des habitats. Vous pouvez sauter ce passage, vous ne perdrez pas grand-chose.)

En fait, l'habitat est lié à Luna par un effet de marée; l'extrémité avant est toujours pointée droit sur la Lune. Si la Règle d'Or était de la taille d'une navette spatiale, ou aussi éloignée qu'Ell-Cinq, un tel phénomène ne se produirait pas.

Mais la Règle d'Or mesure plus de cinq kilomètres de long et tourne en orbite autour d'une masse située à deux mille kilomètres à peine de là. Certes, le rapport n'est que de un à quatre cents, mais c'est une règle absolue, il n'existe pas de friction et l'effet s'exerce sans cesse; le mécanisme est pour ainsi dire bloqué. L'effet de marée de la Terre sur la Lune est quatre fois plus important : beaucoup moins si l'on pense que Luna est ronde comme une balle de tennis tandis que la Règle d'Or a plutôt la forme d'un cigare.

La Règle d'Or présente une autre particularité orbitale. Elle orbite de pôle à pôle (d'accord, tout le monde sait cela, excusez-moi). Mais cette orbite, à peine elliptique, presque un cercle parfait, s'ouvre complètement sur le Soleil, c'est-à-dire que le plan de son orbite fait face au Soleil, toujours, tandis que Luna tourne autour, mais dessous. Comme le pendule de Foucault. Comme les satellites espions qui surveillent la Terre.

En d'autres termes, la Règle d'Or suit simplement le méridien, la ligne de séparation du jour et de la nuit sur Luna, tournant et tournant sans cesse, jamais dans l'ombre. (D'accord, dans l'ombre lors des éclipses de Lune, si vous vous attachez à des broutilles. Mais seulement dans ce cas.)

Cette configuration n'est que métastable et non pas « bloquée ». Tout exerce une attraction, même Saturne et Jupiter. Mais il existe sur la Règle d'Or un petit ordinateur pilote dont le seul rôle est de s'assurer que l'orbite de l'habitat fait toujours face au Soleil : c'est ce qui donne à la Ferme du Vieux MacDonald ses abondantes récoltes. Et ça ne bouge pratiquement pas, à part d'infimes corrections des infimes déviations.

J'espère que vous avez sauté ce passage. La balistique n'intéresse que ceux qui la pratiquent.

M. Kondo était de petite taille, apparemment d'ascendance japonaise, très poli, et musclé comme un jaguar : il se déplaçait comme un jaguar. Même sans le renseignement fourni par le Dr Schultz, j'aurais deviné que je n'aurais pas aimé rencontrer Tiger Kondo dans un coin sombre, sauf s'il était là pour *me* protéger.

Il n'ouvrit complètement sa porte que lorsque je lui eus montré la carte du Dr Schultz. Après quoi son accueil fut poli mais chaleureux. La boîte était petite, à moitié pleine, la clientèle était surtout composée d'hommes. Quant aux femmes, elles n'étaient pas leurs épouses; c'est du moins ce qu'il me sembla. Mais elles n'étaient pas des prostituées non plus. Des professionnelles, comme les hommes, disais-je. Notre hôte nous jaugea, décida que la grande salle, avec ses habitués, n'était pas pour nous. Il nous installa dans un petit salon à part, un box plutôt, assez grand pour nous trois et nos bagages, mais tout juste. Ensuite il prit nos commandes. Je lui demandai si l'on pouvait dîner.

— Oui et non, répondit-il. Vous pouvez avoir des sushis. Et du sukiyaki cuit à table par ma fille aînée. Vous pouvez avoir des hamburgers et des hot dogs. Il y a aussi de la pizza, mais elle est congelée; nous ne la faisons pas. Ni ne la recommandons. Ici, c'est surtout un bar; nous servons à manger mais nous n'exigeons pas que nos clients mangent. Vous pouvez jouer au go, aux échecs ou aux cartes toute la nuit sans rien commander.

— Puis-je ? me demanda Gwen, posant sa main sur mon bras.

— Je t'en prie.

Elle lui parla quelques instants sans que je comprenne un seul mot. Mais le visage de Kondo s'illumina. Il s'inclina et disparut.

— Eh bien ? demandai-je.

– Je lui ai demandé si nous pouvions avoir ce que j'ai pris la dernière fois... et il ne s'agit pas d'un plat particulier mais d'une invitation à Mama-San de faire de son mieux avec ce qu'elle a. Je lui ai également laissé entendre que j'étais déjà venue... ce qu'il n'aurait pas révélé si je n'en avais pas parlé, car j'y suis venue avec un autre homme. Il m'a dit aussi que notre petit arbre est le plus beau spécimen d'érable de roche qu'il ait jamais vu en dehors du Nippon... et je lui ai demandé de l'arroser avant notre départ. Il va le faire.

– Lui as-tu dit que nous étions mariés ?

– Inutile. Le terme utilisé pour parler de toi l'impliquait.

Je voulais lui demander où et quand elle avait appris le japonais mais je n'en fis rien. Gwen me le dirait si elle le voulait. (Combien de mariages ont-ils été gâchés par ce désir forcené de « tout savoir » sur son conjoint ? En ma qualité de vétéran des histoires vraies, je puis vous assurer que cette curiosité effrénée quant au passé de votre femme ou de votre mari constitue le moyen le plus sûr d'arriver à une tragédie domestique.)

Je jugeai préférable de m'adresser à Bill :

– Bill, c'est votre dernière chance. Si vous voulez rester à la Règle d'Or, c'est le moment de filer. Après que vous aurez dîné, veux-je dire. Après dîner, nous partons pour la Lune. Vous pouvez venir avec nous ou rester ici.

– Est-ce qu'*elle* a dit que j'avais le choix ? demanda Bill, surpris.

– Mais bien sûr ! dit sèchement Gwen. Vous pouvez venir avec nous... et dans ce cas je vous demanderai de vous comporter en être humain civilisé à tout instant. Vous pouvez aussi rester sur la Règle d'Or, retourner à votre fange, et dire à Fingers que vous avez bousillé le boulot qu'il vous avait filé.

– C'est pas moi qui l'ai bousillé ! C'est *lui*. C'est-à-dire moi.

– C'est bon, Gwen, dis-je. Il m'en veut. Moi, je ne veux pas de lui dans mes jambes... et moins encore l'entretenir. Un soir, il versera du poison dans ma soupe.

– Oh, Bill ne ferait pas cela. N'est-ce pas, Bill ?

– Vraiment ? dis-je. Tu remarques comme il est pressé de répondre ? Gwen, il y a quelques heures, il a tenté de me tuer. Pourquoi devrais-je m'accommoder de ses mauvaises manières ?

– Richard, je t'en prie ! Nous ne pouvons exiger de lui qu'il s'amende d'un seul coup.

Cette inepte discussion fut interrompue par le retour de M. Kondo venu s'occuper de notre dîner... et apportant, en outre, des pinces de fixation pour notre petit arbre. Une gravité égale à un dixième de la pesanteur terrestre suffit à maintenir la nourriture dans une assiette et les pieds d'un homme au sol, mais tout juste. Ici, les chaises étaient fixées au plancher et pourvues de ceintures, si on voulait les boucler – ce que je ne fis pas, mais une ceinture est bien utile si on veut couper un steak un peu dur. Les verres et les tasses avaient des couvercles et des becs verseurs, ces derniers étant les plus utiles. On peut facilement s'ébouillanter en prenant une tasse de café brûlant à un dixième de g. Le poids est négligeable mais l'inertie n'est en rien diminuée... et vous vous renversez le café dessus.

M. Kondo me glissa à l'oreille, tout en disposant les assiettes et les baguettes :

– Sénateur, est-il possible que vous ayez fait partie du largage de Solis Lacus ?

– Et comment que j'y étais, l'ami ! répondis-je, tout heureux. Vous aussi ?

– J'ai eu cet honneur, dit-il en s'inclinant.

– Quelle unité ?

– Go for Broke, Oahu, Hawai.

— Ce vieux « Go for Broke », dis-je, plein de respect. L'unité la plus décorée de toute l'histoire. De quoi être fier, mon gars !

— Au nom de mes camarades, je vous remercie. Et vous-même, monsieur ?

— J'ai sauté avec... les Tueurs de Campbell.

— Ah ! Glorieux, vraiment, dit M. Kondo après avoir sifflé entre ses dents et avant de s'incliner à nouveau puis de filer à la cuisine.

Je fixai lugubrement mon assiette. Kondo m'avait reconnu. Mais s'il arrive un jour qu'après me l'être vu demander à brûle-pourpoint je renie mes camarades, ne vous souciez pas de tâter mon pouls ni même de vous occuper de ma crémation : balancez-moi seulement avec les eaux usées.

— Richard ?

— Hein ? Oui, chérie ?

— Veux-tu m'excuser ?

— Certainement. Tu te sens bien ?

— Très bien, merci, mais j'ai quelque chose à régler.

Elle se leva, se dirigeant vers le couloir conduisant aux toilettes et à la sortie, se mouvant avec cette légèreté qui s'apparente davantage à la danse qu'à la marche — à un dixième de g, on ne peut vraiment marcher qu'avec l'aide de crampons, magnétiques ou autres, ou grâce à une longue pratique; M. Kondo ne portait pas de crampons : il glissait comme un chat.

— Sénateur ?

— Oui, Bill.

— Elle est furieuse contre moi ?

— Je ne crois pas.

J'allais ajouter que je serais fâché contre lui s'il persistait... mais je ne dis rien. Menacer de laisser Bill derrière nous, c'était un peu comme battre un bébé : il était sans défense.

— Elle veut simplement que vous vous comportiez en grand garçon, sans blâmer les autres pour vos propres actes. Pas d'excuses.

Après avoir débité ma platitude favorite, j'en revins à mon triste cas personnel. *Moi,* je m'excuse. Oui, mais pas à haute voix, simplement pour moi. C'est tout de même une excuse, l'ami; quoi que tu aies fait, quoi que tu aies été, tout est ta faute, entièrement, totalement, à cent pour cent. Tout.

Ou à porter à mon crédit. Oui, mais si foutrement peu. Allons, sois honnête.

Mais voyez où j'ai commencé... et j'ai grimpé jusqu'au grade de colonel.

Au milieu de la pire bande de fils de putes de bandits qu'ont ait connus depuis les croisades.

Ne parle pas comme ça du régiment !

Bon, d'accord. Mais ce ne sont pas les Coldstream Guards, non ?

Ces gommeux ! Une seule section des Tueurs de Campbell et...

Merde.

Gwen revint, après... oh, après pas mal de temps. Je n'avais pas regardé l'heure lorsqu'elle avait quitté la table, mais il n'était maintenant pas loin de dix-huit heures. J'essayai de me lever : pas très pratique avec la chaise et la table fixées au sol.

— Ai-je retardé le dîner ? demanda-t-elle.

— Pas du tout. Nous avons mangé, et jeté les restes aux cochons.

— Très bien. Mama-San ne me laissera pas partir le ventre vide.

— Et Papa-San ne servirait pas sans toi.

— Richard, j'ai fait quelque chose sans te consulter.

— Je ne vois rien dans le code qui t'y oblige. On peut arranger ça avec les flics ?

— Il ne s'agit pas de ça. Tu as remarqué le

nombre de gens portant des fez qu'on a croisés dans la ville toute la journée ? Ce sont des excursionnistes de la convention des Shriners – une sorte de franc-maçonnerie qui se donne le genre oriental – à Luna City.

– Ah, c'est ça ! Je pensais que la Turquie nous avait envahis.

– Si tu veux. Mais tu les as vus parcourir Petticoat Lane et El Camino Real, achetant tout ce qui ne mord pas. Je crains que la plupart ne restent pas pour la nuit; ils ont leur programme à Luna City et des chambres d'hôtel déjà retenues et payées. Les dernières navettes seront bourrées...

– ... de Turcs ivres, vomissant dans leurs fez. Et sur les coussins.

– Sans aucun doute. J'ai pensé que même dans celle de vingt heures, toutes les places seraient retenues. J'ai donc pris des billets et réservé des couchettes.

– Et tu voudrais que je te rembourse ? Adresse une réclamation à mon service du contentieux.

– Richard, je craignais qu'on ne puisse pas partir ce soir.

– Madame Hardesty, vous continuez à m'impressionner. Cela fait combien ?

– Nous réglerons nos comptes une autre fois. J'ai seulement eu le sentiment que je dînerais de meilleur cœur si j'étais sûre que nous pourrions partir rapidement ensuite. Et, euh... (Elle regarda Bill.) Bill !

– Oui, madame ?

– Nous allons dîner. Allez vous laver les mains.

– Hein ?

– Ne râlez pas. Faites ce que je vous dis.

– Oui, madame, répondit Bill qui se leva docilement et disparut.

– Ça me démangeait, j'étais nerveuse, dit Gwen en se tournant vers moi. À cause du camembert.

– Quel camembert ?

– Ton camembert, chéri. Il faisait partie de ce que j'ai sauvé de ton garde-manger, et je l'avais mis sur le plateau de fromages et de fruits pendant que nous déjeunions. Il y en avait un d'une centaine de grammes, pas encore entamé, encore dans son emballage quand nous avons fini. Plutôt que de le jeter, je l'ai mis dans mon sac. J'ai pensé que ça ferait un bon en-cas... C'est bon, c'est bon ! Je l'ai gardé exprès... parce que je m'en suis déjà servi comme arme. C'est beaucoup mieux que certains articles de la liste. On ne croirait pas que ce truc puant...

– Gwen, c'est moi qui ai fait la liste. Revenons à tes moutons.

– Dans le bureau de Sethos, tu te souviens que j'étais assise presque contre la cloison, juste à côté de la ventilation. J'avais un courant d'air dans les jambes et l'air était désagréablement chaud. Je me suis dit...

– Gwen...

– Ils sont tous pareils, dans tout l'habitat, on chauffe à fond. Et la trappe claquait. Tandis que le comptable était occupé avec notre dernier reçu, le Directeur faisait de son mieux pour nous ignorer. J'ai baissé la ventilation et réglé le chauffage sur zéro. Et j'ai ouvert la trappe. J'ai frotté le fromage partout sur les lames du radiateur et jeté le reste du paquet aussi loin que j'ai pu au fond de la gaine d'arrivée. Et j'ai refermé la trappe. Ensuite, avant notre départ, j'ai réglé le thermostat sur « froid » et j'ai monté l'intensité. Est-ce que tu as honte de moi ? demanda-t-elle, inquiète.

– Non, mais je suis content de t'avoir de mon côté. Euh... c'est *bien* le cas, hein ?

– Richard !

– Mais je suis plus content encore que nous ayons des places sur la prochaine navette. Je me demande combien de temps va s'écouler avant que Sethos trouve qu'il fait frisquet dans son bureau et branche le chauffage.

Ce que nous eûmes pour dîner fut délicieux, mais comme j'ignore le nom des plats, je n'en parlerai pas. Nous en étions au stade des éructations discrètes quand arriva M. Kondo qui se pencha pour me souffler à l'oreille :

– Voulez-vous venir, s'il vous plaît.

Je le suivis à la cuisine. Mama-San leva à peine les yeux de ses fourneaux et ne fit plus attention à nous. Le révérend docteur Schultz était là, l'air inquiet.

– Des ennuis ? demandai-je.

– Un instant. Voici votre photo d'Enrico; j'en ai pris une copie. Voici les papiers pour Bill; voulez-vous y jeter un coup d'œil ?

Dans une enveloppe usée se trouvaient des papiers froissés, quelque peu jaunis et plus que quelque peu souillés par endroits. Hercules Manpower Inc. avait embauché William Pas-d'autre-Prénom Johnson, de La Nouvelle-Orléans, duché du Mississippi, République de l'Étoile Solitaire, et avait à son tour cédé son contrat à la Bechtel High Construction Inc. qui l'avait cédé au Dr Richard Ames, habitat de la Règle d'Or, circum Luna, etc. assorti du baratin juridique habituel. Agrafé au contrat était joint un extrait d'acte de naissance à l'aspect tout à fait officiel indiquant que Bill était un enfant trouvé, abandonné à Metairie Parish, présumé né trois jours avant sa découverte.

– Il y a beaucoup de vrai là-dedans, me précisa le Dr Schultz. J'ai pu obtenir par la douceur et la persuasion de vieux enregistrements de l'ordinateur central.

– Quelle importance, que ce soit vrai ou pas ?

– Aucune. Tant que c'est assez vraisemblable pour sortir Bill d'ici.

Gwen, qui m'avait suivi, prit les papiers et les lut.

– Je suis convaincue. Père Schultz, vous êtes un artiste.

– L'artiste est une dame que je connais. Je lui transmettrai vos compliments. Mes amis, maintenant les mauvaises nouvelles. Tetsu, voulez-vous leur montrer ?

M. Kondo revint dans la cuisine; Mama-San (Mme Kondo, veux-je dire) dégagea le passage. M. Kondo alluma un terminal. Il pianota le code du *Herald* et demanda quelque chose : les flashes d'information, je suppose. Et je me retrouvai en train de fixer ma propre image.

À côté de moi, sur une moitié de l'écran, Gwen, pas très ressemblante, il faut dire. Je ne l'aurais pas reconnue sans la bande son qui répétait : « ... Ames. Mme Gwendolyn Novak. La femme est un escroc notoire qui a fait de nombreuses victimes, surtout masculines, dans les bars et restaurants de Petticoat Lane. Le prétendu « docteur » Richard Ames, sans moyens de subsistance connus, a disparu de son domicile situé à l'anneau 65, radius quinze, 0,4 g. Le meurtre a eu lieu à 16 h 20 dans le bureau de M. Tolliver, l'un des associés de la Règle d'Or... »

– Hé, ça ne colle pas pour l'heure, dis-je. Nous étions...

– Oui, avec moi à la Ferme. Écoutez la suite.

« ... selon les témoins, les deux meurtriers ont tiré. On pense qu'ils sont armés et dangereux; la plus grande prudence est recommandée pour procéder à leur arrestation. Le Directeur, particulièrement ému par la perte de son vieil ami, a offert une récompense de dix mille couronnes pour... »

Le Dr Schultz se pencha et éteignit.

– C'est une nouvelle diffusion. L'enregistrement est en boucle. C'est également transmis en flash sur tous les canaux. À cette heure, la plupart des habitants ont dû le voir et l'entendre.

– Merci de nous prévenir. Gwen, tu n'as rien de mieux à faire que de tirer sur les gens ? Tu es une méchante fille.

– Désolée. Ce sont mes mauvaises fréquentations.

– Encore toutes mes excuses. Révérend, qu'allons-nous faire, bon Dieu ? Avec cette saleté, nous allons nous retrouver dans le vide spatial avant ce soir.

– C'est ce que j'ai pensé moi aussi. Tenez, essayez cela, dit Schultz en tirant un fez de sous sa volumineuse personne.

– Ça me va assez bien, dis-je après m'en être coiffé.

– Maintenant ceci.

Il s'agissait d'un bandeau de velours noir à mettre sur un œil. Je le passai, décidai que ça ne me plaisait guère d'être borgne mais n'en soufflai mot. Papa Schultz avait manifestement déployé beaucoup d'efforts et d'imagination pour m'éviter d'aller respirer le vide spatial.

– Seigneur ! s'exclama Gwen. Ça fait l'affaire !

– Oui, convint le Dr Schultz. Un bandeau capte l'attention de la plupart des observateurs à un point tel qu'il faut un effort conscient de volonté pour remarquer les traits. J'en ai toujours un sous la main. Heureuse coïncidence que la présence de ce fez et celle des Nobles Shriners...

– Vous aviez un fez sous la main ?

– Pas exactement. Il appartenait à quelqu'un. À qui il pourra manquer quand il se réveillera... mais je ne crois pas qu'il se réveillera de sitôt. Grâce à mon ami Mickey Finn. Mais vous avez intérêt à éviter les Shriners du Temple Al Mizar. Vous pourrez peut-être les reconnaître à leur accent ; ils sont de l'Alabama.

– Docteur, j'essaierai d'éviter *tous* les Shriners ; je pense que je devrais embarquer à la dernière minute. Mais qu'allons-nous faire pour Gwen ?

– Essayez-le, chère madame, dit le révérend docteur en lui tendant un autre fez.

Gwen l'essaya. Il lui allait comme un éteignoir sur une chandelle. Elle le retira.

– Je ne pense pas que ça puisse m'aider; ça ne me va pas au teint. Qu'en pensez-vous ?

– Je crains que vous n'ayez raison.

– Docteur, dis-je, les Shriners font deux fois Gwen, en hauteur comme en largeur. Et leurs rondeurs ne sont pas situées aux mêmes endroits. Il faut autre chose. Un fard gras ?

– Le fard gras a toujours l'air d'un fard gras, dit Schultz.

– La photo du terminal ne lui ressemble pas. Personne ne la reconnaîtrait avec ça.

– Merci, mon amour. Malheureusement, il y a pas mal de gens sur la Règle d'Or qui savent à quoi je ressemble... et il suffirait d'un seul à la porte de départ ce soir pour réduire radicalement mon espérance de vie. Hum, avec un petit effort et sans fard gras je pourrais paraître mon âge. Papa Schultz ?

– Quel âge avez-vous, chère madame ?

Elle me jeta un coup d'œil en coin, se hissa sur la pointe des pieds et murmura quelque chose à l'oreille de Schultz. Il parut surpris.

– Je ne peux le croire, dit-il. Non, ça ne marchera pas. Il nous faut mieux que ça.

Mme Kondo échangea rapidement quelques paroles avec son mari; il parut soudain tout guilleret; ils reprirent leur rapide échange dans ce qui devait être du japonais. Il revint à l'anglais :

– Vous permettez ? Ma femme m'a fait observer que Mme Gwen fait à peu près la même taille que notre fille Naomi et, en tout état de cause, les kimonos sont très amples.

– C'est une idée, dit Gwen qui cessa de sourire. Je vous remercie l'un et l'autre. Mais je n'ai rien d'une Japonaise. Mon nez. Mes yeux. Ma peau.

Nouvel échange rapide, à trois cette fois, dans cette langue bizarre, puis Gwen dit :

– Voilà qui pourrait prolonger ma vie. Si vous voulez bien m'excuser, dit-elle avant de sortir avec Mama-San.

Kondo retourna dans la salle. Depuis plusieurs minutes, des lampes s'étaient allumées, indiquant qu'on le demandait; il ne s'en était guère soucié.

– Vous avez déjà prolongé nos vies, dis-je au bon docteur, simplement en nous permettant de nous réfugier chez Tiger Kondo. Mais pensez-vous que cela pourra durer jusqu'à ce que nous embarquions sur la navette ?

– Je l'espère. Que puis-je vous dire d'autre ?

– Rien, je le crains.

– J'ai eu l'occasion d'emprunter une carte de touriste au gentleman qui vous a prêté ce fez... et j'ai effacé son nom, dit Schultz en tirant une carte de sa poche. Quel nom voulez-vous que j'y inscrive ? Ce ne peut être « Ames », bien sûr... mais lequel ?

– Oh, Gwen nous a déjà réservé des places.

– À vos véritables noms ?

– Je ne sais pas.

– J'espère que non. Si elle les a réservées aux noms de « Ames » et « Novak », le mieux que vous puissiez faire est de tenter d'être les premiers sur la liste d'attente. Mais je cours au comptoir vous réserver des places au nom de « Johnson » et...

– Doc !

– Pardon ? Sur la prochaine navette, si c'est complet dans celle-ci.

– Vous ne pouvez pas. Si *vous* réservez pour *nous*... pfuit ! Vous allez vous retrouver dans l'espace illico. Ça leur prendra peut-être jusqu'à demain. Mais ils le feront.

– Mais...

– Attendons de voir ce qu'a fait Gwen. Si elles

ne sont pas de retour dans cinq minutes, je demanderai à M. Kondo d'aller les chercher.

Quelques instants plus tard, une dame entra. Le père Schultz s'inclina et demanda :
– Vous êtes Naomi ? Ou êtes-vous Yomiko ? Peu importe, enchanté de vous revoir.

La petite chose gloussa, fit un bruit de bouche et s'inclina. On aurait dit une poupée : luxueux kimono, petites chaussures de soie, maquillage blanc, incroyable coiffure japonaise.
– Mon ang'ais pas tlès bon, dit-elle.
– Gwen !
– Pardon ?
– Gwen, c'est merveilleux ! Mais dis-nous vite à quels noms tu as réservé nos places.
– Ames et Novak. Comme sur nos passeports.
– C'est fichu. Que fait-on, docteur ?

Le regard de Gwen passait de l'un à l'autre.
– Voulez-vous me dire ce qui cloche ?
– On arrive à la porte d'embarquement, ainsi déguisés, et on présente nos billets aux noms d'Ames et Novak. Rideau. Pas de fleurs.
– Richard, je ne t'ai pas tout dit.
– Gwendolyn, tu ne me dis jamais tout. Encore un camembert ?
– Non, chéri. Je me suis doutée que ça pouvait tourner ainsi. Eh bien, je pense que tu pourras faire observer que c'est beaucoup d'argent gaspillé. Mais je... euh, après avoir pris nos billets... dont on ne peut se servir et qui sont perdus... je suis allée à Rental Row et j'ai retenu un véhicule de location. Une navettine Volvo.
– À quel nom ? demanda Schultz.
– Combien ? dis-je.
– À mon nom...
– Dieu nous protège ! dit Schultz.
– Un instant ! Mon vrai nom est Sadie Lipschitz... et Richard est le seul à le savoir. Et vous

maintenant. Je vous prie de le garder pour vous car je ne l'aime pas. En qualité de Sadie Lipschitz, j'ai réservé une Volvo pour mon patron, le sénateur Richard Johnson, et j'ai versé une avance. Six mille couronnes.

– Pour une *Volvo* ? demandai-je après un sifflement de surprise. À ce prix, on peut l'acheter.

– Je l'ai achetée, chéri; il le fallait. J'ai dû payer en espèces car je n'avais pas de carte de crédit. Oh, j'en ai, personnellement, j'ai même assez de cartes pour faire une patience. Mais *Sadie Lipschitz* n'en a aucune. J'ai dû verser six mille couronnes simplement pour la réservation, disons pour la louer, mais en location-vente. J'ai essayé de marchander mais, avec tous ces Shriners en ville, il était sûr de faire l'affaire.

– Il avait raison.

– Je le crois aussi. Si nous prenons cette navettine, il va nous falloir verser le complément, soit dix-neuf mille couronnes de plus...

– Mon Dieu !

– ... plus l'assurance et les frais. Mais on nous remboursera la différence si on la restitue ici, ou à Luna City, ou à Hong Kong de Luna, dans les trente jours. M. Dockweiler m'a expliqué les raisons de ce contrat. Des mineurs d'astéroïdes, des nouveaux venus plutôt, louaient des véhicules sans versement de garantie, ils les emmenaient dans quelque planque sur Luna et les transformaient pour s'en servir dans les mines.

– Une *Volvo* ? La seule façon d'emmener une Volvo sur les astéroïdes, ce serait de l'expédier dans une Hanshaw. Mais dix-neuf, non, vingt-cinq mille couronnes ! Plus l'assurance et les frais... C'est du vol pur et simple.

– Ami Ames, me dit Schultz plutôt vivement, je souhaiterais que vous cessiez de vous comporter comme l'Écossais de l'histoire qui tombe sur un rafraîchisseur à pièces. Acceptez-vous la solution de Mme Ames ? Ou préférez-vous le grand air offert par le Directeur ?

– Désolé, dis-je avec un gros soupir. Vous avez raison. Je ne peux survivre en respirant de l'argent. Je déteste me trouver coincé. Gwen, excuse-moi. C'est bon, où se trouve Hertz par rapport à ici ? Je m'y perds.

– Pas Hertz, chéri. Budget Jets. Il ne restait plus rien chez Hertz.

9

> « *Murphy était un optimiste.* » (Commentaires d'O'Toole de la Loi de Murphy, cités par A. Bloch)

Pour parvenir au bureau de Budget Jets, il nous fallait traverser la salle d'attente du spatioport, passer dans l'axe et franchir directement la porte de Budget. La salle d'attente était remplie de monde – le lot habituel –, plus les Shriners et leurs épouses, la plupart ayant bouclé leur ceinture, d'autres flottant librement. Et des surveillants, beaucoup trop de surveillants.

Peut-être devrais-je préciser que la salle d'attente, comme le bureau des réservations, la porte d'accès au tunnel des passagers ainsi que les bureaux et installations de Rental Row se trouvent en apesanteur; ils ne font pas partie du système giratoire qui donne à l'habitat sa pseudo-gravité. La salle d'attente et les services annexes sont situés dans un cylindre à l'intérieur d'un autre cylindre beaucoup plus vaste, l'habitat lui-même. Les deux cylindres ont un axe commun. Le grand cylindre tourne; le plus petit ne tourne pas, comme une roue tournant sur son axe.

Ce dispositif nécessite une protection hermétique de l'enveloppe externe de l'habitat, à l'endroit où les cylindres se touchent; cette protection est au mercure, je crois, mais je ne l'ai jamais vue. L'important, c'est que, bien que l'habitat tourne, le spatioport de l'habitat ne tourne *pas,* car il faut à une navette (ou à un appareil de ligne, ou à un cargo, ou même à une Volvo) un endroit stable et en apesanteur pour s'amarrer. Les niches d'amarrage de Rental Row sont en rosace autour de l'installation principale.

En traversant la salle d'attente, j'évitai de croiser les regards curieux et me rendis tout droit à une porte, à une extrémité de la salle, Gwen et Bill derrière moi. Gwen avait passé son sac en bandoulière et protégeait le bonsaï d'un bras tout en agrippant ma cheville de son autre main; Bill était accroché à l'une de ses chevilles et traînait un paquet de chez Macy, frappé du logo de Macy's, bien visible. J'ignore ce qu'il y avait dedans à l'origine, mais pour l'instant il dissimulait la plus petite des valises de Gwen, celle qui ne contenait pas ses vêtements.

Le reste de nos bagages ? Considérant qu'il fallait d'abord sauver notre peau, nous les avions balancés. Ils nous auraient immédiatement dénoncés car, pour une excursion d'une journée, les Shriners en vacances ne sont pas surchargés de bagages. Nous pouvions sauver la plus petite valise de Gwen parce que, camouflée sous un emballage de chez Macy, elle pouvait passer pour le genre d'emplettes qu'avaient manifestement faites bon nombre de Shriners : cette sorte d'achats bizarres et un peu idiots dont les touristes sont friands. Mais il nous avait fallu abandonner le reste de nos bagages.

Ou peut-être pourrait-on nous les envoyer un jour, si l'on parvenait à trouver un moyen sûr. Mais j'y avais déjà renoncé, Doc Schultz, en me réprimandant pour avoir râlé contre le marché passé par Gwen, m'avait remis dans le droit chemin. Je m'étais laissé amadouer, raisonner... il m'avait contraint à voir les choses en face, à redescendre sur un monde où n'existent que deux sortes de gens : les vifs et les morts.

Vérité dont je pris tout à fait conscience en traversant la salle d'attente : le chef Franco entra derrière nous. Il ne parut pas nous remarquer et je m'efforçai d'en faire autant. Il semblait seulement désireux de rejoindre un groupe de ses sbires qui gardaient l'entrée du tunnel des passagers; il plongea droit vers eux tandis que je traînais ma petite famille le long d'une ligne de vie ou de mort, allant de l'entrée au coin que je voulais atteindre.

J'y parvins, passai la porte de Budget Jets qui se contracta derrière nous. De nouveau, je respirai et ravalai mon estomac.

Dans le bureau de Budget Jets, nous trouvâmes le directeur, M. Dockweiler, attaché à son siège, fumant le cigare et lisant l'édition de Luna du *Quotidien des Courses*. Il leva les yeux et déclara :

— Désolé, les amis, je n'ai plus rien à louer ni à vendre. Pas même un balai de sorcière.

Je me persuadai que j'étais le sénateur Johnson, représentant le syndicat des renifleurs de sassafras, dont la puissance était reconnue dans tout le système et le laissai s'exprimer par ma voix :

— Mon brave, je suis le sénateur Johnson. Je crois que l'une de mes collaboratrices a réservé un véhicule à mon nom aujourd'hui : une Hanshaw Superb.

— Oh ! Enchanté, sénateur, dit-il en fixant son journal à son bureau et en débouclant sa ceinture. Oui, j'ai votre réservation. Mais ce n'est pas une Superb, c'est une Volvo.

— *Quoi ? !* Mais j'ai bien dit à cette fille... Peu importe ! Changez-la, je vous prie.

– Je voudrais pouvoir vous satisfaire, monsieur, mais je n'ai rien d'autre.

– Fâcheux... Voulez-vous avoir l'amabilité de consulter vos confrères et de me trouver...

– Sénateur, il ne reste pas le moindre véhicule à louer dans toute la Règle d'Or. Morris Garage, Lockheed-Volkswagen, Hertz, Interplanet : voilà une heure qu'on se téléphone. Rien à faire. Rien à louer. Plus rien !

– Dans ce cas, il vaut mieux que je prenne la Volvo, n'est-ce pas, mon brave ? dis-je, jugeant que l'heure était à la philosophie.

Le sénateur se montra grincheux quand on lui réclama le prix fort pour ce qui était manifestement un véhicule ayant beaucoup servi; je me plaignis des cendriers sales et demandai qu'on les nettoie... puis j'ordonnai de laisser tomber (quand le terminal, derrière Dockweiler, eut cessé de parler d'Ames et Novak) et demandai :

– Faites vérifier la masse et le delta V; je voudrais partir.

Pour les mesures de masse, Budget Jets n'utilise pas un système centrifuge mais le tout récent inertiomètre élastique, plus rapide, moins cher et plus pratique; je me demandai s'il était précis. Dockweiler nous fit tous grimper dans le filet (tous, sauf le bonsaï, qu'il soupesa et inscrivit pour deux kilos, ce qui était peut-être assez juste), nous demanda de nous accrocher les uns aux autres avec le paquet de chez Macy fermement coincé entre nous puis libéra la détente du support élastique – qui faillit nous arracher les dents –, puis il annonça la masse totale : 213,6 kilos.

Quelques minutes plus tard, nous nous sanglions aux coussins et Dockweiler fermait le nez puis la porte intérieure de la niche. Il ne nous avait demandé ni carte d'identité, ni carte touristique, ni permis de conduire. Mais il avait recompté deux fois les dix-neuf mille couronnes. Plus l'assurance. Plus « divers ».

J'entrai « 213,6 kg » dans mon ordinateur de pilotage puis vérifiai le tableau de bord. La jauge de carburant indiquait « plein » et toutes les lampes étaient au vert. J'appuyai sur le bouton « prêt » et attendis. La voix de Dockweiler nous arriva par le haut-parleur pour nous souhaiter bonne route.

– Merci !

Ouf ! fit la charge d'air et nous nous retrouvâmes hors de la niche, sous un soleil brillant. Devant nous, tout proche, l'extérieur du spatioport. J'appuyai sur le bouton pour un changement de cap à 180°. Nous oscillâmes et l'habitat apparut dans mon hublot de gauche; en face arrivait une navette – je ne fis rien pour l'éviter; c'était à elle de dégager car nous décollions – et apparut alors dans mon hublot droit l'un des spectacles les plus impressionnants du système : Luna toute proche, à trois cents kilomètres à peine : je pouvais presque la toucher.

Je me sentais merveilleusement bien.

Nous laissions derrière nous ces fieffés assassins et nous étions à jamais hors d'atteinte de la capricieuse tyrannie de Sethos. La vie sur la Règle d'Or m'avait d'abord semblé agréablement décontractée et insouciante. Mais j'avais fait mon éducation. On devrait toujours passer un nœud coulant au cou d'un monarque : ça l'aide à se tenir correctement.

Je me trouvais sur le siège du pilote; Gwen, à ma droite, dans celui du copilote. Je me tournai vers elle et me rendis compte que je portais toujours ce stupide bandeau sur l'œil. Non. Je retire le « stupide » : il m'avait peut-être sauvé la vie. Je l'ôtai et le fourrai dans ma poche. Je retirai ensuite le fez, cherchai des yeux un endroit où le mettre et le glissai sous ma ceinture de poitrine.

— Voyons si tout est en ordre pour un voyage spatial.

— N'est-il pas un peu tard pour cela, Richard ?

— Je fais toujours ma check-list après mon départ. Je suis du genre optimiste. Tu as un sac et un gros paquet de chez Macy; comment sont-ils arrimés ?

— Ils ne le sont pas pour le moment. Si tu veux bien éviter de balancer cet appareil pendant que je le fais, je vais les déboucler et les mettre sous filet, dit-elle en commençant à les détacher.

— Holà ! Il faut d'abord demander la permission au pilote.

— Je pensais l'avoir.

— Maintenant tu l'as. Mais ne recommence plus. Monsieur Christian, le *Bounty,* navire de Sa Majesté, est un navire bien tenu et j'entends qu'il le demeure. Bill ! Comment ça va, là derrière ?

— Ça va.

— Tout est assuré ? Quand je vais virer, je ne veux pas voir des objets divers se promener dans la cabine.

— Il est bien attaché, m'assura Gwen. J'ai vérifié. Il tient Bonsaï-San contre lui et il a ma promesse que s'il le lâche nous l'enterrerons sans les sacrements de l'Église.

— Je ne suis pas sûr qu'il résistera à l'accélération.

— Moi non plus, mais il n'y a aucun moyen de l'emballer. Du moins sera-t-il en bonne position pour l'accélération. Je suis en train de réciter quelques formules magiques. Mon cher, que vais-je faire de cette perruque ? C'est celle qu'utilise Naomi pour les représentations publiques; elle a de la valeur. C'était gentil de sa part d'insister pour que je la prenne. Elle est au moins aussi sensible à l'accélération que Bonsaï-San.

– Du diable si je sais ! Et c'est là mon opinion officielle. Mais je ne pense pas avoir besoin de pousser ce tas de ferraille au-delà de deux g. (Je réfléchis à la question.) Et la boîte à gants ? Sors tous les kleenex du distributeur, froisse-les et mets-les autour. Et un peu dedans. Ça ira ?

– Je crois. Nous serons à l'heure ?

– Tout à fait. J'ai fait une rapide estimation au bureau de Dockweiler. Pour nous poser à Hong Kong de Luna et au jour, je devrai commencer à descendre sur une orbite plus basse vers 21 h 00. Nous avons tout le temps. Alors, vas-y, fais ce que tu as à faire... pendant que j'indique à l'ordinateur de pilotage ce que je veux. Gwen, est-ce que tu peux lire tous les instruments de ton côté ?

– Oui, commandant.

– Okay, c'est ton boulot, avec le hublot tribord. Moi, je m'occupe de la puissance, de l'altitude et de ce bébé ordinateur. Au fait, tu as bien une licence ?

– Ça ne sert à rien de me le demander maintenant. Mais ne t'inquiète pas, chéri ; je m'intéressais à tout ce qui venait du ciel avant même de quitter le lycée.

– Parfait !

Je ne lui demandai pas de voir sa licence ; comme elle me l'avait fait observer, il était trop tard pour m'en inquiéter.

J'avais remarqué néanmoins qu'elle n'avait pas répondu à ma question.

(Si la balistique vous ennuie, voici un nouveau passage à sauter.)

Une orbite au ras des pâquerettes autour de Luna (à supposer qu'il y ait des pâquerettes sur Luna, ce qui est peu probable) s'accomplit en une heure, quarante-huit minutes et quelques secondes. La Règle d'Or étant située à trois cents kilomètres au-dessus de la plus haute pâquerette, elle doit dépasser la circonférence de Luna (10 919 km), c'est-à-dire se situer à 12 805 km. Près de deux mille kilomètres plus loin; elle doit donc aller plus vite. D'accord ?

Faux. (J'ai triché.)

L'aspect le plus alambiqué, contraire au sens commun et difficile de la balistique autour d'une planète est le suivant : pour accélérer, on ralentit; pour ralentir, on accélère.

Désolé. C'est comme ça.

Nous nous trouvions sur la même orbite que la Règle d'Or, à trois cents klicks au-dessus de Luna, flottant avec l'habitat à un kilomètre et demi à la seconde (j'entrai le chiffre de 1,5477 k/s dans l'ordinateur de pilotage parce que c'est ce qui était indiqué sur la feuille de route que j'avais prise dans le bureau de Dockweiler). Pour descendre vers la surface, il me fallait passer sur une orbite plus basse (et plus rapide)... et pour cela il fallait ralentir.

Mais l'affaire était encore plus complexe. Un atterrissage dans le vide exige qu'on passe à l'orbite la plus basse (et la plus rapide)... mais il faut annihiler cette vitesse de façon à arriver au contact du sol à zéro de vitesse relative. Il faut la réduire sans cesse pour que le contact s'effectue d'un seul coup et sans heurt (ou très peu) et sans déraper (ou à peine); c'est ce que l'on appelle une orbite « synergistique » (difficile à écrire et plus encore à calculer).

Mais on peut le faire. Armstrong et Aldrin ont parfaitement réussi du premier coup. (On n'a pas le droit à deux coups !) Mais, malgré toutes leurs savantes mathématiques, il est apparu que se trouvait sur leur chemin un foutrement gros caillou. Il a fallu toute leur virtuosité et un reste de carburant pour qu'ils trouvent un lieu d'atterrissage d'où ils pourraient redécoller. (S'il ne leur était pas resté l'équivalent d'un bidon de carburant, les voyages spatiaux n'en auraient-ils pas été retardés d'un siècle environ ? Nous ne rendons pas assez hommage à nos pionniers.)

Il existe un autre moyen de se poser. S'arrêter net, juste au-dessus de l'endroit choisi. Et tomber comme une pierre. Et freiner votre réacteur avec une précision telle que vous effleuriez à peine le sol, comme un jongleur rattrapant un œuf dans une assiette.

Une seule difficulté, mineure : les virages à angle droit constituent peut-être ce qu'on fait de pire en matière de pilotage. C'est un gaspillage scandaleux de delta V. Votre engin n'a probablement pas assez de carburant pour cela. (« Delta V », en jargon de pilotes, c'est la « modification de la vélocité » parce que, dans les équations, la lettre grecque delta symbolise une différence et « V » est le symbole de la vitesse, de la vélocité. Et je vous prie de vous souvenir que la « vélocité » est tout autant une direction qu'une vitesse. C'est la raison pour laquelle les fusées ne font pas de demi-tours.)

Je programmai le petit ordinateur de pilotage de la Volvo pour un atterrissage synergistique voisin de celui d'Armstrong et Aldrin, mais en moins complexe. Il me fallut surtout demander à l'ordinateur de pilotage de puiser dans sa seule mémoire morte son programme banalisé d'atterrissage depuis une orbite circum Luna... et il voulut bien admettre qu'il le connaissait... après quoi il me fallut entrer les données concernant cet atterrissage particulier en utilisant la feuille de route fournie par Budget Jets.

Cela terminé, je demandai à l'ordinateur de pilotage de vérifier ce que je venais d'entrer; il admit à regret qu'il possédait tout ce qu'il lui fallait pour se poser à Hong Kong de Luna à vingt-deux heures, dix-sept minutes et quarante-huit secondes virgule trois.

Sa montre indiquait 19 : 57. À peine vingt heures plus tôt, un inconnu prétendant s'appeler « Enrico Schultz » s'était assis sans y être invité à ma table du Rainbow's End, et cinq minutes plus tard, il était mort. Depuis lors, Gwen et moi nous étions mariés, avions été chassés, avions adopté une bouche inutile, avions été accusés de meurtre avant de nous enfuir. Rude journée ! – et pas encore finie...

J'avais trop longtemps vécu dans une monotone sécurité. Rien ne pimente une vie comme la nécessité de fuir pour la conserver.

– Copilote !
– Copilote, à vos ordres !
– On s'amuse bien ! Merci de m'avoir épousé.
– Roger, commandant chéri ! De même pour moi.

C'était mon jour de chance, sans aucun doute ! Un léger accroc dans le déroulement des opérations nous avait sauvé la vie. À cet instant, le chef Franco devait procéder au contrôle de tous les passagers embarquant dans la navette de vingt heures, attendant que le Dr Ames et Mme Novak viennent chercher leurs billets, tandis que nous avions déjà filé par la petite porte. Mais pendant que ce timing critique nous sauvait la vie, Madame la Chance continuait à distribuer ses lots.

Comment ? Depuis l'orbite de la Règle d'Or, notre atterrissage le plus simple sur Luna impliquait qu'on se pose quelque part sur le méridien : consommation plus faible de carburant, plus faible delta V. Pourquoi ? Parce que nous nous trouvions déjà sur cette ligne de méridien qui va d'un pôle à l'autre, du sud au nord, du nord au sud, si bien que la manière la plus simple d'atterrir était de descendre en gardant la même direction sans en dévier.

Pour atterrir dans le sens est-ouest, il aurait fallu renoncer à notre route actuelle et augmenter davantage encore le delta V pour ce virage à angle droit, et programmer ensuite l'atterrissage. Peut-être votre compte en banque vous permet-il un tel gaspillage, mais pas votre véhicule spatial : vous vous retrouveriez là-haut, avec votre carburant à sec, et rien d'autre au-dessous de vous que le vide et des rochers. Peu séduisant.

Pour nous éviter de nous casser le cou, je me serais contenté de n'importe quel point d'atterrissage sur Luna... mais ce lot que nous réservait Madame la Chance nous offrait un atterrissage sur mon terrain favori (Hong Kong de Luna), à l'aube d'ici, avec à peine une heure en orbite, à attendre que je demande à l'ordinateur de pilotage de nous faire descendre. Que souhaiter de plus ?

À cet instant précis, nous passions au-dessus du derrière de la Lune, aussi ridé que celui d'un alligator. Les pilotes amateurs ne se posent jamais sur la face cachée de Luna pour deux raisons : 1) les montagnes – à côté de la face cachée de la Lune, les Alpes sont aussi plates que le Kansas; 2) les habitations – autant dire qu'il n'y en a pas. Sans parler de celles dont mieux vaut ne pas parler car cela pourrait rendre furieux quelques habitants qui ne méritent pas qu'on en parle.

Dans quarante minutes, nous allions nous trouver au-dessus de Hong Kong de Luna, à l'heure du lever du soleil. Avant cela, je demanderais l'autorisation d'atterrir et passerais la direction des opérations au contrôle au sol pour la dernière phase de l'atterrissage, la plus délicate – après l'autorisation, je consacrerais deux heures à repasser derrière Luna et à réduire doucement l'altitude de la Volvo. Le contrôle au sol prendrait alors le relais mais je me promis de rester aux commandes, simplement à titre d'entraînement. Depuis quand ne m'étais-je pas posé en apesanteur avec moi-même aux commandes? Était-ce sur Callisto? En quelle année était-ce? Il y avait trop longtemps!

À 20 : 12, nous passâmes au-dessus du pôle Nord de Luna où nous eûmes droit à un lever de terre... un spectacle saisissant, quel que soit le nombre de fois qu'on l'ait déjà vu. Notre Mère la Terre était à demi visible (puisque nous nous trouvions nous-mêmes sur le méridien polaire de Luna) avec la partie éclairée sur notre gauche. Le solstice d'été n'étant passé que depuis quelques jours, la calotte polaire nord étincelait sous le soleil. L'Amérique du Nord était presque aussi brillante, sous une épaisse couverture nuageuse, à l'exception d'une partie de la côte ouest du Mexique.

Je me surpris à retenir mon souffle. Gwen me serrait la main. J'avais presque oublié d'appeler le contrôle au sol d'HKL.

– Volvo B.J.17 appelle HKL contrôle. M'entendez-vous ?

– B.J.17 affirmatif. À vous.

– Demande autorisation d'atterrir à environ vingt-deux dix-sept quarante-huit. Demande atterrissage par contrôle depuis le sol avec maintien du manuel. Je viens de la Règle d'Or et je me trouve toujours en orbite de la Règle d'Or à environ six klicks à l'ouest. Terminé.

– Volvo B.J.17. Autorisation d'atterrir à Hong Kong de Luna à vingt-deux dix-sept quarante-huit. Passez sur canal satellite treize avant vingt et un quarante-neuf et soyez prêt à céder le contrôle au sol. Attention : Vous devez entamer votre programme de descente de cette orbite à vingt et un zéro six dix-neuf et le suivre exactement. Si, à l'introduction de l'atterrissage par contrôle au sol votre déviation vectorielle est de trois pour cent ou de quatre klicks en altitude, prévoir de remonter. Contrôle HKL.

– Roger Wilco. (Et j'ajoutai :) J'espère que

vous savez que vous vous adressez au commandant Midnight, le plus fameux pilote du système solaire.

Mais j'avais coupé le micro avant cette dernière phrase. Du moins, le croyais-je. On me répondit sur le même ton :

– Et ici, c'est le commandant Hemorrhoïd Hives, le plus mauvais contrôleur au sol de tout Luna. Vous me paierez un litre de Glenlivet une fois que je vous aurai amené au sol. Si jamais j'y arrive.

Je vérifiai l'interrupteur du micro; il semblait qu'il fonctionnait parfaitement. Je décidai de ne pas répondre. Chacun sait que la télépathie marche beaucoup mieux dans le vide... mais un pékin ordinaire devrait pouvoir se protéger des surhommes.

(Savoir, par exemple, quand il est préférable de la fermer.)

Je réglai l'alarme sur vingt et une heures, la descente prête à être entamée et, pendant l'heure qui suivit, goûtai le plaisir de la balade tout en tenant entre les miennes les mains de mon épouse. Les incroyables montagnes de la Lune, plus élevées et plus acérées que celles de l'Himalaya et tragiquement désolées, glissaient devant et au-dessous de nous. Le seul bruit était le doux murmure de l'ordinateur et le soupir de l'épurateur d'air, ainsi que le reniflement régulier et gênant de Bill. Je fis abstraction de tout bruit et en appelai à mon âme. Ni Gwen ni moi n'avions envie de parler. C'était là un heureux intermède, paisible comme un vieux moulin.

– Richard ! Réveille-toi !
– Hein ? Je ne dormais pas.
– Oui, chéri. Il est plus de vingt et une heures.
... C'était bien le cas. Passées d'une minute, et le temps continuait à s'écouler. Que s'était-il passé avec l'alarme ? Peu importait maintenant;

j'avais cinq minutes et quelques secondes pour m'assurer que nous entamions le programme de descente dans les temps. J'inversai le gros réacteur et passai sur le ventre; plus commode pour la descente, encore qu'une inversion sur le dos fait tout aussi bien l'affaire. Ou même sur le côté. Peu importe, le bec du réacteur *doit* être pointé en sens inverse de la direction pour réduire la vitesse en vue de l'insertion dans le programme d'atterrissage – c'est-à-dire « en sens inverse » par rapport au pilote, comme l'oiseau-mouche. (Mais je me sens mieux quand l'horizon paraît « droit » par rapport au sens dans lequel je suis sanglé; c'est pourquoi je préfère passer en inversion sur le ventre.)

Dès que je sentis la Volvo commencer à ralentir, je demandai à l'ordinateur s'il était prêt à entamer le programme d'atterrissage, en utilisant le code standard de la liste fixée à la console.

Pas de réponse. Écran blanc. Pas un bruit.

J'eus des mots désobligeants pour ses ascendants.

– Tu as appuyé sur le bouton « exécution » ? me demanda Gwen.

– Évidemment ! dis-je en appuyant de nouveau.

L'écran s'alluma et le son s'éleva à un niveau à vous briser les dents : « Pour le citoyen moderne de Luna, surchargé de travail, de stimuli, de stress, le mot confort s'écrit C.O.M.F.I.E.S. : Comfies; les thérapeutes du confort le recommandent pour les brûlures d'estomac, les ulcères gastriques, les spasmes intestinaux ou le simple mal de tête. Comfies fait plus pour vous ! Comfies est fabriqué par les Laboratoires Pharmaceutiques Tiger Balm à Hong Kong de Luna. Faites confiance à Comfies : C.O.M.F.I.E.S., *Comfies !* Parlez-en à votre thérapeute. »

Quelques effraies se mirent à chanter les louanges de Comfies.

– Ce foutu truc ne s'arrêtera pas !
– Cogne dessus !
– Quoi ?
– Cogne dessus, Richard.

Je ne voyais pas bien la logique de la proposition mais elle était en harmonie avec mon humeur. Je cognai dessus, assez fort. L'engin continua à débiter ses inepties sur le prix et la qualité d'une levure.

– Chéri, il faut cogner plus fort. Les électrons sont de timides petites choses mais assez fantasques; il faut leur montrer qui commande. Attends, laisse-moi faire un instant.

Gwen lui assena un grand coup; je crus qu'elle allait casser la console.

Vivement, l'engin afficha :

Prêt pour la descente : heure zéro = 21-06-17,0

La montre indiquait 21.05.42,7

Ce qui me laissait à peine le temps de jeter un coup d'œil à l'altimètre radar (qui indiquait 298 klicks au-dessus du sol, constants) et au lecteur Doppler indiquant que nous étions orientés beaucoup trop proches du sol... et je n'avais pas la moindre idée de ce que je pouvais y faire en quelque dix secondes. Au lieu de petits réacteurs groupés par paires pour modifier l'altitude, une Volvo utilise des gyros avec lesquels elle rétrograde : c'est moins cher qu'une douzaine de petits réacteurs et toute une plomberie complexe. Mais c'est plus lent.

Et puis, tout d'un coup, la pendule en arriva à l'heure zéro, le réacteur cracha, nous balançant contre les coussins et l'écran afficha un programme dont le bouquet était :

        21 - 06 - 17,0 - 19 secondes
        21- 06 - 36,0

Merveilleusement, le réacteur s'arrêta dix-neuf secondes plus tard sans même s'éclaircir la gorge.

– Tu vois, dit Gwen. Il faut seulement se montrer ferme.

– Je ne crois pas à l'animisme.

– Vraiment ? Comment fais-tu pour... Désolée, chéri. Peu importe; Gwen se charge de ces choses.

Le commandant Midnight ne répondit pas. On ne peut avouer qu'on boude. Mais, bon Dieu, l'animisme est pure superstition. (Sauf en ce qui concerne les armes.)

J'étais passé sur le canal treize et nous en arrivions à la cinquième mise à feu. Je m'apprêtais à passer le contrôle à HKL CS (commandant Hives) quand ce cher petit idiot électronique bousilla sa RAM – sa mémoire vive – où figurait notre programme de descente. La table des combustions s'estompa sur l'écran, vacilla, se réduisit à un point et disparut. Frénétiquement, je poussai le bouton de remise à zéro; rien ne se produisit.

Le commandant Midnight, calme comme d'habitude, savait exactement quoi faire.

– Gwen ! Il a perdu le programme !

Elle se pencha et lui donna un grand coup de poing. Le tableau des mises à feu ne reparut pas : une RAM, une fois qu'elle est bousillée, est à jamais perdue, comme une bulle de savon éclatée. Un témoin apparut dans le coin supérieur gauche de l'écran et se mit à clignoter, interrogateur.

– Notre prochaine mise à feu est à quelle heure, chéri ? Et pour combien de temps ?

– Vingt et un quarante-sept, je crois. Pendant, euh, onze secondes. Je suis tout à fait sûr des onze secondes.

– Je vérifie les deux chiffres. Fais-le à la main et demande-lui de recalculer ce qui est perdu.

– Okay. Après ça je serai prêt à céder le contrôle à Hong Kong.

– Nous sommes donc sortis du bois, chéri : une mise à feu à la main et ensuite le contrôle au sol prend le relais. Mais nous allons recalculer, pour plus de sécurité.

Elle paraissait plus optimiste que moi. Je ne pouvais me souvenir du vecteur et de l'altitude que j'étais censé atteindre pour la prise en main par le contrôle au sol. Mais j'avais le temps de m'en inquiéter; il me fallait m'occuper de cette mise à feu.

J'entrai les données suivantes :

        21 - 47 - 17,0 - 11,0 secondes
        21 - 47 - 28,0

Je surveillai la montre et comptai en même temps. Exactement dix-sept secondes après 21 : 47, j'appuyai sur le bouton de mise à feu. Le réacteur réagit. Je ne sais si ce fut moi ou l'ordinateur qui provoqua l'allumage. Je conservai le doigt sur le bouton tandis que les secondes défilaient et je le relâchai au bout de onze secondes exactement.

Le réacteur continuait de brûler.

(« ... tournez en rond et gueulez sur la route ! »)

Je remuai le bouton de mise à feu. Non, il n'était pas coincé. Je cognai sur la console. Le réacteur continuait de rugir, nous plaquant contre les coussins.

Gwen se pencha et coupa l'alimentation de l'ordinateur. Le réacteur s'arrêta brusquement.

Je m'arrêtai de trembler.

— Merci, copilote, dis-je.

— Merci, commandant.

Je jetai un regard à l'extérieur, en conclus que le sol était bien trop proche à mon goût. Je vérifiai sur l'altimètre radar. Quatre-vingt-dix et quelques... Le troisième chiffre était en train de changer.

— Gwen, je ne crois pas que nous allions à Hong Kong de Luna.

— Moi non plus.

— Le problème est donc maintenant de sortir cette casserole du ciel sans la bousiller.

— À vos ordres, commandant.

— Où sommes-nous ? À vue de nez, veux-je dire. Je n'attends pas un miracle.

Le terrain devant nous – derrière, plutôt; nous étions toujours en position de freinage – me parut aussi accidenté que la face cachée. Pas l'idéal pour un atterrissage d'urgence.

– On ne pourrait pas se retourner ? demanda Gwen. Si nous pouvions voir la Règle d'Or, cela nous dirait peut-être quelque chose.

– Okay, voyons s'il répond, dis-je en essayant de faire basculer l'engin de cent quatre-vingts degrés.

Le sol était sensiblement plus proche. Notre véhicule se stabilisa avec l'horizon à droite et à gauche, mais avec le ciel « en bas ». Ennuyeux... mais nous voulions seulement apercevoir notre ancienne résidence. L'habitat de la Règle d'Or.

– Tu le vois ?

– Non, Richard.

– Il doit être quelque part à l'horizon. Rien d'étonnant, il était assez loin la dernière fois que nous avons regardé, et cette dernière mise à feu a été une catastrophe. Où sommes-nous donc ?

– En passant ce grand cratère... Aristote ?

– Pas Platon ?

– Non, monsieur. Platon serait à l'ouest pour nous, et encore dans l'ombre. Ce pourrait être un anneau quelconque que je ne connais pas... mais c'est mou – très mou, même. Ce que je vois au sud me dit que ce pourrait être Aristote.

– Gwen, c'est sans importance; il faut que j'essaie de poser cet engin sur ce terrain mou. Ce terrain très mou. À moins que tu n'aies une meilleure idée ?

– Non, je n'en ai pas. Nous tombons. Si nous pouvions accélérer suffisamment pour nous maintenir sur une orbite circulaire à cette altitude, nous n'aurions probablement pas assez de carburant pour descendre, plus tard. À vue de nez.

Je consultai la jauge de carburant : ce long allumage intempestif m'avait coûté pas mal de mon delta V disponible. La marge de manœuvre était des plus réduites.

— Je crois que, même à vue de nez, tu ne t'es pas trompée. Donc, on se pose. Nous allons voir si notre petit ami est capable de calculer une descente parabolique pour cette altitude, car j'ai l'intention d'annihiler la vitesse directionnelle et de laisser simplement tomber l'engin une fois que nous serons au-dessus d'un sol qui paraîtra mou. Qu'en penses-tu ?

— J'espère que nous aurons assez de carburant.

— Moi aussi. Gwen ?

— Oui, commandant ?

— Mon chou, on a bien rigolé.

— Oh, Richard ! Oui.

— Euh, je crois que je ne peux plus... dit Bill d'une voix étouffée.

— La paix, Bill, nous sommes occupés ! dis-je tandis que j'essayais de passer en position de freinage.

L'altimètre indiquait quatre-vingts et des poussières. Combien de temps fallait-il pour perdre quatre-vingts klicks à un sixième de g ? Allais-je demander cela à l'ordinateur de pilotage ? Ou le calculer de tête ? Pouvais-je espérer que si je rallumais l'ordinateur il n'allait pas de nouveau déclencher le réacteur dès que je mettrais le jus ?

Mieux valait ne pas risquer le coup. Pouvais-je avoir une idée approximative de la question ? Voyons : l'accélération est égale à un demi de g multiplié par le carré du temps, le tout en centimètres et en secondes. Quatre-vingts klicks, ça fait donc... euh... quatre-vingt mille, non, huit cents... non, huit millions de centimètres. Était-ce exact ?

Un sixième de g. Non, la moitié de un soixante-deux. Donc, on prend la racine carrée...

Cent secondes ?

– Gwen, combien de temps avant l'impact ?

– Environ dix-sept minutes. Approximative-ment. J'ai arrondi le chiffre, mentalement.

Je jetai un nouveau coup d'œil dans mon crâne, me rendis compte qu'en négligeant le vecteur d'avancée – le « facteur de chute » – mon « ap-proximation » ne tenait même pas de la devinette.

– À peu près. Surveille le Doppler ; je vais réduire notre vitesse. Mais pas complètement ; il faudra qu'on puisse choisir où se poser. Dans la mesure du possible.

– Bien, commandant !

Je remis le contact à l'ordinateur ; aussitôt, le réacteur se mit à cracher. Je le laissai faire cinq secondes puis coupai le contact. Le réacteur san-glota et s'arrêta.

– Tu parles d'une façon de manier les gaz ! Gwen ?

– On est en rase-mottes. On peut balancer pour voir où on va ?

– Bien sûr.

– Sénateur...

– Bill... *la ferme !* (Je fis de nouveau basculer l'engin de cent quatre-vingts degrés.) Tu vois ce terrain bien lisse, là devant ?

– Ça paraît tout mou, Richard, mais nous sommes toujours à près de soixante-dix klicks. Il faudrait descendre bien davantage avant de sup-primer toute vitesse directionnelle, non ? Comme cela tu pourras voir d'éventuels rochers.

– C'est raisonnable. Quelle distance ?

– Euh, ça fait quoi, un klick ?

– Ça ressemble assez aux ailes de l'Ange de la Mort. Combien de secondes avant l'impact ? Pour une altitude d'un kilomètre, veux-je dire ?

– Euh, racine carrée de douze cents. Disons trente-cinq secondes.

– C'est bon. Continue à surveiller l'altitude et le terrain. À environ deux klicks, je veux couper toute la vitesse directionnelle. Il me faut le temps de virer encore de quatre-vingt-dix degrés après cela, pour descendre l'arrière en avant. Gwen, nous aurions mieux fait de rester au lit.

— C'est ce que j'ai essayé de te dire. Mais j'ai confiance en toi.

— Qu'est-ce que la foi si on ne l'aide pas ? Je voudrais être à Paducah. Le temps ?

— Six minutes, environ.

— Sénateur...

— Bill, la ferme ! On coupe la moitié de la vitesse restante ?

— Trois secondes ?

De nouveau, je fis une mise à feu de trois secondes, en utilisant la même méthode idiote d'allumage et d'extinction.

— Deux minutes, commandant.

— Surveille le Doppler. Annonce, dis-je en allumant le réacteur.

— *Maintenant !*

Je coupai brutalement et procédai à l'inversion, l'arrière vers le bas, le « pare-brise » vers le haut.

— Qu'est-ce que ça dit ?

— Nous sommes aussi près qu'on peut l'être en procédant de cette manière, je crois. Et je n'essaierais pas de traficoter ; regarde la jauge de carburant.

Je la regardai et ce que j'y vis ne me plut guère.

— C'est bon, plus d'allumage tant que nous ne serons pas tout près, dis-je.

Nous nous stabilisâmes en position « museau en l'air ». Rien d'autre que le ciel, devant nous. Par-dessus mon épaule gauche, je pouvais voir le sol, à quarante-cinq degrés environ. Du côté de Gwen, je pouvais également le voir par le hublot tribord, mais à bonne distance, sous un mauvais angle, inutile.

— Gwen, quelle est la longueur de cet engin ?

– Je n'en ai jamais vu en dehors de leurs niches. Est-ce important ?

– C'est très important quand j'essaie d'évaluer par-dessus mon épaule à quelle distance du sol nous sommes.

– Oh, je croyais que tu voulais la longueur exacte. Disons trente mètres. Attends un instant.

J'allais lancer un bref jet quand ce fut Bill qui en lança un. Ainsi, le pauvre diable avait le mal de l'espace, mais à cet instant j'aurais souhaité le voir mort. Son dîner passa entre nos deux têtes et alla frapper le hublot avant où il s'étala.

– *Bill !* criai-je. Assez !

(Inutile de me préciser que ce que je demandais était tout à fait déraisonnable.)

Bill fit de son mieux. Il tourna la tête à gauche et lâcha sa seconde volée sur le hublot gauche, me laissant totalement sans visibilité.

J'essayai. Le regard fixé sur l'altimètre radar, je donnai un bref coup de réacteur. Et ratai également. Je suis sûr qu'un jour on résoudra le problème du relèvement précis à faible échelle à travers un jet de réacteur et trompé par l'« herbe » du sol. Je suis né trop tôt, voilà tout.

– Gwen, je ne vois *rien !*

– Je l'ai, commandant, me dit-elle d'une voix calme, posée; un parfait adjoint pour le commandant Midnight.

Par-dessus son épaule gauche, elle regardait le sol lunaire; sa main gauche était posée sur le bouton des « gaz » de l'ordinateur de pilotage, notre « accélérateur » de secours.

– Quinze secondes, commandant... dix... cinq, annonça-t-elle avant de couper le contact.

Un jet bref du réacteur, un tout petit choc et nous avions retrouvé notre gravité.

Gwen se tourna et annonça en souriant :

– Copilote au pilote...

Et son sourire s'effaça; elle eut l'air toute surprise et nous sentîmes l'engin qui se mettait à tourner.

Vous avez joué à la toupie, étant gosse ? Vous voyez ce que fait une toupie au moment où elle va s'arrêter ? Elle tourne, elle tourne, penchant de plus en plus, lentement, jusqu'à ce qu'elle tombe et s'arrête. C'est ce que fit cette foutue Volvo.

Jusqu'à ce qu'elle s'étale de tout son long sur la surface, et roule. Nous roulâmes, toujours sanglés, sains et saufs, sans contusions... et la tête en bas.

– ... nous avons atterri, commandant, termina Gwen.

– Merci, copilote.

10

> « Il est tout à fait inutile, pour les moutons, de voter une motion en faveur du régime végétarien tant que les loups seront d'une opinion différente. »
> William Raph INGE, D.D., 1860-1954

> « On compte une naissance par minute. »
> P.T. BARNUM, 1810-1891

– Merveilleux atterrissage, Gwen, ajoutai-je. Jamais la Pan Am n'a posé un appareil plus doucement.

– Ça ne vaut rien. Je suis simplement tombée en panne sèche, dit Gwen en tirant sur le bas de son kimono.

– Ne sois pas modeste. J'ai tout spécialement admiré cette dernière petite gavotte qui a posé l'engin à plat. C'est très commode car nous n'avons pas d'échelle de descente.

— Richard, qu'est-ce qui a provoqué cela ?

— J'hésite. C'est peut-être lié au gyro de traitement... qui a pu faire la cabriole. Pas de données, pas d'opinion. Chérie, tu es charmante dans cette position. Tristram Shandy avait raison; une femme n'est jamais aussi à son avantage que ses jupes sur la tête.

— Je ne crois pas que Tristram Shandy ait jamais dit cela.

— Dans ce cas, il aurait dû. Chérie, tu as de jolies jambes.

— Merci. Je le crois, oui. Maintenant, veux-tu avoir l'amabilité de me tirer de là ? Mon kimono est emmêlé dans la ceinture et je ne peux pas la déboucler.

— Tu permets que je prenne d'abord une photo ?

Gwen répond parfois de façon tout à fait indigne d'une dame; dans ce cas, mieux vaut changer de sujet. Je débouclai ma ceinture de sécurité, fis une rapide et efficace descente au plafond en tombant sur la tête, je me relevai, farfouillai et réussis à libérer Gwen. La boucle de sa ceinture ne constitua pas vraiment un problème; elle ne pouvait pas la voir, c'est tout. Je la débouclai et m'assurai que Gwen ne tombait pas, une fois libre – je la posai sur ses pieds et réclamai un baiser. Je me sentais euphorique; quelques minutes plus tôt, je n'aurais pas parié un sou sur nos chances de nous poser vivants.

Gwen paya le prix demandé et fit bonne mesure.

— Maintenant, allons délivrer Bill.

— Est-ce qu'il ne peut pas...

— Il n'a pas les mains libres, Richard.

Je lâchai mon épouse, regardai et compris ce qu'elle voulait dire. Bill, pendu la tête en bas, arborait un air de patiente souffrance. Il serrait sur sa poitrine mon – *notre* – bonsaï qui n'avait pas souffert, lui.

– Je ne l'ai pas lâché, dit-il à Gwen d'un ton solennel.

Je lui donnai silencieusement l'absolution pour avoir vomi à l'atterrissage. On ne peut être tout à fait mauvais quand on réussit à s'acquitter d'une tâche (même toute simple) au cours d'une crise aiguë de mal de l'espace. (Mais il lui fallait nettoyer cela; l'absolution n'impliquait pas que j'allais le faire pour lui. Ni Gwen. Si elle se proposait de le faire, j'allais me montrer macho et jouer les maris déraisonnables.)

Gwen prit l'érable et le posa sur le dessous de l'ordinateur. Bill se déboucla tandis que je le tenais par les chevilles puis je le déposai sur le plafond et le laissai se relever.

– Gwen, passe le pot à Bill et qu'il continue à s'en occuper. Je ne le veux pas au milieu... Il faut que j'accède à l'ordinateur et au tableau de bord.

Devais-je dire tout haut ce qui m'inquiétait ? Non, cela pouvait rendre Bill à nouveau malade... et Gwen l'avait compris d'elle-même.

Je m'allongeai sur le dos et allai tâtonner sous l'ordinateur et le tableau. J'allumai l'ordinateur.

Je reconnus la voix claironnante qui appelait :

– ... dix-sept, m'entendez-vous ? Volvo B.J.17, parlez. Ici Contrôle au Sol de Hong Kong Luna, j'appelle Volvo B.J.17...

– Ici B.J.17, commandant Midnight. Je vous reçois, Hong Kong.

– Pourquoi ne restez-vous pas sur le canal treize, bon Dieu, B.J. ? Vous avez raté votre point de contrôle. Remontez. Je ne peux vous poser.

– Personne ne le peut, commandant Hives; je *suis* posé. Atterrissage d'urgence. Panne d'ordinateur. Dysfonctionnement du gyro. Dysfonctionnement radio. Dysfonctionnement du réacteur. Perte de visibilité. Nous avons paumé nos jacks à l'atterrissage. Plus de carburant et impossible de décoller, de toute façon. Et maintenant, l'épurateur d'air vient de s'arrêter.

Suivit un assez long silence avant que la voix me demande :

– Tovaritch, vous êtes-vous mis en paix avec Dieu ?

– Pas eu le temps !

– Ouais, ça se comprend. Comment est la pression dans votre cabine ?

– Ce foutu témoin est au vert. Il n'y a pas de jauge.

– Où êtes-vous ?

– Je n'en sais rien. Les choses ont tourné à l'aigre à vingt et un quarante-sept, juste avant de vous passer le contrôle. Depuis, j'ai été occupé à me poser sur les fesses. Nous devrions nous trouver quelque part sur la trace orbitale de la Règle d'Or; nos jets ont été soigneusement orientés. Nous sommes passés au-dessus de ce que je crois être Aristote à, euh...

– Vingt et un cinquante-huit, me souffla Gwen.

– Vingt et un cinquante-huit; mon copilote l'a relevé. Je me suis posé dans une mer au sud du lieu. Le lac des Songes ?

– Une seconde. Vous êtes resté sur le méridien ?

– Oui. Nous y sommes toujours. Le soleil est juste à l'horizon.

– Dans ce cas, vous ne pouvez être bien loin à l'est. Quelle heure, l'atterrissage ?

Je n'en avais pas la moindre idée.

– Vingt-deux zéro trois quarante et un, me souffla Gwen.

Je répétai.

– Hum. Attendez que je vérifie. Dans ce cas

vous devez vous trouver au sud d'Exodus, dans la partie la plus septentrionale de la mer de la Sérénité. Des montagnes, à l'ouest ?

– Des grandes.

– La chaîne du Caucase. Vous avez de la veine; vous vivrez peut-être assez vieux pour qu'on vous pende. Il y a deux stations habitées, pas très loin; ça pourra peut-être intéresser quelqu'un de venir vous sauver... pour la livre de chair la plus proche de votre cœur, plus dix pour cent.

– Je paierai.

– Et comment que vous paierez ! Et si vous êtes secourus, n'oubliez pas de nous demander votre facture; vous pouvez avoir besoin de nous une autre fois. D'accord ? Je passe le mot. Ne quittez pas. Est-ce que ce ne serait pas encore une de vos blagues dans le genre du commandant Midnight ? Si c'est ça, je vous arracherai le foie et je le ferai frire.

– Commandant Hives, je suis désolé, vraiment. C'était une simple plaisanterie avec mon copilote et je pensais que mon micro était coupé. Il aurait dû l'être; j'avais basculé l'interrupteur. Encore un de mes innombrables problèmes avec ce tas de ferraille.

– Vous ne devriez pas plaisanter pendant les manœuvres.

– Je le sais. Mais... oh ! au diable. Mon copilote est ma femme; nous nous sommes mariés aujourd'hui. J'ai eu envie de rire et de blaguer toute la journée; il y a des jours comme ça.

– Si c'est vrai, okay. Et félicitations. Mais il faudra le prouver, plus tard. Et je m'appelle Marcy, pas Hives. Commandant Marcy Choy-Mu. Je vais transmettre les données et nous allons essayer de vous repérer depuis l'orbite. En attendant, vous avez intérêt à passer sur le canal onze – les urgences – et commencer à chanter Mayday. Je dois m'occuper du trafic, alors...

– Commandant Marcy ! appela Gwen, à quatre pattes à côté de moi.

– Oui ?

– Je suis vraiment sa femme et nous nous sommes vraiment mariés aujourd'hui. Et si ce n'était pas un excellent pilote, je ne serais plus en vie à cet instant. Tout a mal tourné, comme vous l'a dit mon mari. On aurait dit qu'on pilotait un tonneau sur les chutes du Niagara.

– Je n'ai jamais vu les chutes du Niagara, mais je vous suis. Mes meilleurs vœux, madame Midnight. Je vous souhaite une longue et heureuse vie ensemble, et des tas d'enfants.

– Merci, commandant. C'est ce que nous ferons, si quelqu'un nous trouve avant qu'on manque d'air.

Gwen et moi nous relayâmes pour lancer nos « Mayday, Mayday ! » sur le canal onze. Quand j'eus fini d'appeler, je fis le tour des ressources et de l'équipement de cette bonne vieille ferraille de Volvo B.J.17. Aux termes du protocole de Brasilia, cet engin aurait dû être doté de réserves d'eau, d'air et de nourriture, d'une trousse médicale de classe deux, d'un minimum d'équipements sanitaires et de combinaisons pressurisées (UN-SN spec 10007A) pour un maximum d'occupants (quatre personnes, y compris le pilote).

Bill passa son temps à nettoyer les hublots et le reste, utilisant les kleenex de la boîte à gants; la perruque de Naomi n'avait pas souffert. Mais il attendit que sa vessie soit au bord de l'explosion avant d'oser me demander ce qu'il fallait faire. Je dus lui apprendre à se servir d'un ballon… du fait que les « installations sanitaires minimales » se limitaient à un paquet de grossiers expédients et à une notice indiquant comment s'en servir, si c'était vraiment indispensable.

Les autres équipements de secours étaient du même tonneau.

Il y avait de l'eau dans un petit réservoir de deux litres, à la place du pilote – presque plein. Pas de réserve. Mais il était inutile de s'inquiéter car il n'y avait pas de réserve d'air, et nous allions suffoquer dans l'atmosphère polluée avant de mourir de soif. L'épurateur d'air ne marchait toujours pas mais il existait un dispositif pour le faire fonctionner à la main; tout y était, sauf la manivelle permettant de le faire tourner. La nourriture ? Ne plaisantons pas. Gwen avait une barre de Hershey dans son sac; elle la partagea en trois. Délicieux !

Des combinaisons pressurisées et des casques occupaient presque tout le coffre, derrière les couchettes des passagers : quatre, comme prévu. Des surplus militaires, encore emballés dans leurs cartons d'origine. Sur chaque carton, le nom du fabricant (Michelin, S.A.) et la date (il y avait vingt-neuf ans).

Mis à part le fait que tous les plastiques avaient perdu depuis lors leurs plastomères et leurs élastomères – tuyaux, joints, etc. – et que quelque sinistre farceur avait négligé d'y adjoindre des bouteilles d'air, ces combinaisons étaient parfaites. Pour un bal masqué.

Je n'en étais pas moins prêt à confier ma vie à l'un de ces costumes de clown pendant cinq minutes, ou même dix, plutôt que de m'exposer au vide sans rien sur moi.

Mais s'il s'agissait simplement de faire face à un grizzly, je préférais affronter l'ours.

Le commandant Marcy nous appela pour nous dire qu'une caméra de satellite avait indiqué que nous nous trouvions à 35,17° nord et 14,07° ouest.

– J'ai signalé votre position à Dry Bones Pressure et à Broken Nose Pressure; ce sont les plus proches. Bonne chance.

J'essayai d'obtenir de l'ordinateur un annuaire

de Luna, mais il boudait toujours. J'essayai donc de lui faire faire quelques opérations. Il soutint que 2+2= 3,999999999... Quand je tentai de lui faire admettre que 4=2+2, il se fâcha et prétendit que
4=3,14159265358979323846264338327950288419716939937511... et j'abandonnai.

Je quittai le canal onze, passai sur l'ensemble des fréquences et quittai le plafond. Je trouvai Gwen vêtue d'une combinaison bleu acier, une écharpe couleur feu autour du cou. Très seyant.

— Chérie, je pensais que tous tes vêtements se trouvaient encore à la Règle d'Or.

— J'avais fourré ceci dans la petite valise quand nous avons décidé d'abandonner nos bagages. Je ne peux continuer à jouer les Japonaises maintenant que je me suis lavé la figure... ce que tu auras remarqué, j'en suis sûre.

— Ma foi, ce n'est pas un succès. Notamment pour les oreilles.

— Tatillon que tu es ! Je n'ai utilisé qu'un mouchoir humecté à notre précieuse eau de boisson. Chéri, je n'ai pu glisser dans la valise un costume de safari – ou autre – pour toi. Mais j'ai à ta disposition un slip et une paire de chaussettes propres.

— Gwen, tu n'es pas seulement précieuse; tu es efficace.

— « Précieuse ! »

— Mais tu l'es, chérie. C'est pourquoi je t'ai épousée.

— Hum ! Quand je songe à tes injures et à leur fréquence, je me dis que tu vas me payer ça, et le payer très cher !

La radio interrompit cette discussion futile :

— Volvo B.J.17, c'est vous qui lancez un Mayday ? À vous.

— Oui, bien sûr !

— Ici Jinx Henderson, de la Société de Sauvetage Happy Chance, à Dry Bones Pressure. De quoi avez-vous besoin ?

Je brossai un tableau de notre situation, annonçai notre latitude et notre longitude.

– C'est chez Budget que vous avez eu ce tacot, non ? me dit Henderson. Ce qui signifie que vous ne l'avez pas loué mais acheté avec possibilité de reprise – je connais bien ces filous. Donc, maintenant il est à vous. Exact ?

Je reconnus qu'il était à nous.

– Vous avez l'intention de décoller et de l'emmener à Hong Kong ? Dans ce cas, qu'est-ce qu'il vous faut ?

Je réfléchis intensément pendant environ trois secondes.

– Je ne crois pas que cet engin pourra jamais décoller d'ici. Il a besoin d'une révision complète.

– Ce qui signifie qu'il faudra le transporter jusqu'à Kong. Ouais, je peux le faire. Long voyage, gros boulot. Pour les secours, en attendant, deux personnes, c'est ça ?

– Trois.

– Okay, trois. Vous êtes prêt à signer un contrat ?

– Arrête, Jinx, coupa une voix de femme. B.J.17, ici Maggie Snodgrass, chef opérateur et directeur général des services d'Incendie, Police et Secours Red Devil, à Broken Nose Pressure. Ne faites rien avant d'avoir entendu mes propositions... Jinx se prépare à vous filouter.

– Salut, Maggie ! Comment va Joel ?

– Au poil, et plus radin que jamais. Comment va Ingrid ?

– Plus jolie que jamais, et avec un autre polichinelle dans le tiroir.

– Félicitations ! C'est pour quand ?

– Noël ou peut-être le jour de l'an, à peu près.

– J'ai l'intention de lui rendre visite avant. Maintenant, veux-tu te tirer et me laisser m'occuper honnêtement de ce gentleman ? Ou je fais plein de trous dans ta coquille de noix et je laisse filer tout l'air ? Ouais, je te vois venir à l'horizon; je suis partie en même temps que toi, dès que Marcy a indiqué la position. J'ai dit à Joel : « C'est notre territoire... mais ce vaurien de menteur de Jinx va essayer de nous piquer ça sous le nez. » Et je ne me suis pas trompée; te voilà.

– Et j'ai bien l'intention de rester, Maggie, et de te balancer un petit souvenir non nucléaire dans les chenilles si tu ne te tiens pas comme il faut. Tu connais les règles : sur la surface, rien n'appartient à personne... à moins de s'installer dessus... ou de bâtir quelque chose dessus ou dessous.

– Ça, c'est ton interprétation, pas la mienne. C'est l'idée de ces avocats de Luna City... mais moi, je ne veux pas les connaître. Maintenant, on passe sur le canal quatre, à moins que tu ne veuilles que tout le monde à Kong t'entende demander grâce et pousser ton dernier soupir.

– C'est bon pour le canal quatre, Maggie, espèce de garce.

– Canal quatre. Qui as-tu payé pour faire ce gosse, Jinx ? Si ta proposition de sauvetage était sérieuse, tu serais ici avec un transporteur, comme moi, et pas avec ton clou de rolligon.

J'étais passé sur le canal quatre en même temps qu'eux; maintenant, je me taisais. Ils étaient apparus à l'horizon au même instant. Maggie venant du sud-ouest, Jinx du nord-ouest. Comme notre hublot principal était orienté vers l'ouest, nous pouvions parfaitement les voir. Un camion rolligon (celui d'Henderson, d'après la conversation) apparut au nord-ouest, un peu plus proche. En avant de sa cabine, il me sembla distinguer un affût de bazooka. Le transporteur était un très long véhicule, avec des chenilles à chaque extrémité et une solide grue à l'avant. Je ne distinguai pas d'affût de bazooka mais de ce qui me parut être un Browning de 25,4 mm semi-automatique.

— Maggie, je suis arrivé vite fait dans le rolly pour des raisons humanitaires... c'est quelque chose que tu ne peux pas comprendre. Mais mon gars, Wolf, amène le transporteur avec sa sœur Gretchen dans la tourelle. Ils ne devraient pas tarder. Tu veux que je les appelle pour leur dire de rentrer ? Ou de se dépêcher pour venir venger leur papa ?

— Jinx, tu ne crois quand même pas que je ferais des trous dans ta cabine ?

— Que si, Maggie. Je suis persuadé que tu le ferais. Ce qui me laisserait juste le temps de t'en filer un sous tes chenilles, que je suis en train de viser à cet instant même. Avec déclenchement de tir automatique. Donc, moi je serais mort... et toi arrêtée là, incapable de bouger, à attendre de voir ce que mes gosses vont faire à ceux qui ont abattu leur papa... mon canon de tourelle a à peu près trois fois la portée de ta sarbacane. Raison pour laquelle je l'ai pris... après que Howie a eu la malchance de mourir.

— Jinx, tu veux me scandaliser avec cette vieille fable ? Howie était mon *associé*. Tu devrais avoir honte.

— Je ne t'accuse de rien, ma chère. Simple précaution. Alors ? On attend mes gosses et je prend tout ? Ou on partage bien gentiment et poliment ?

Je souhaitais simplement que ces enthousiastes entrepreneurs en arrivent à un accord. Le témoin de notre pression d'air avait viré au rouge et la tête me tournait un peu. Je suppose que cette cabriole, après l'atterrissage, avait dû provoquer une petite fuite. Je me tâtai, entre l'envie de leur dire de se hâter et le sentiment que la triste position dans laquelle je me trouvais pour marchander allait devenir nulle, ou même négative, si je le leur demandais.

— Écoute, Jinx, dit Mme Snodgrass sérieusement, c'est idiot de tirer cette ferraille jusqu'à ta station — au nord de la mienne — alors que ça prendrait environ trente klicks de moins de l'emmener à Kong en passant par ma station, au sud de la tienne. D'accord ?

— Simple arithmétique, Maggie. Et j'ai toute la place qu'il faut dans ce véhicule pour trois autres passagers... tandis que je ne suis pas sûr que tu pourrais prendre trois personnes, même en les tassant comme des crêpes.

— Je pourrais m'en accommoder, mais je reconnais que tu as davantage de place. C'est bon, tu prends les trois réfugiés et tu les saignes autant que ta conscience te le permettra... et je prends la ferraille abandonnée pour en tirer ce que je pourrai. Si je peux en tirer quelque chose.

— Oh, non, Maggie ! Tu es trop généreuse. Je ne voudrais pas te rouler. On partage. Par écrit. Confirmé.

— Jinx, tu ne crois pas que je voudrais te filouter ?

— Ne nous fâchons pas, Maggie, ça me ferait de la peine. Ce véhicule n'est pas abandonné; son propriétaire se trouve à l'intérieur en ce moment même. Avant de pouvoir le récupérer, il te faut son accord... selon un contrat en bonne et due forme. Si tu ne veux pas te montrer raisonnable, il peut attendre l'arrivée de mon transporteur sans jamais abandonner son bien. Pas de sauvetage, simple camionnage... plus le transport du propriétaire et de ses amis.

— Monsieur Machin, ne vous laissez pas rouler par Jinx. S'il vous emmène vous et votre véhicule à sa station, il va vous peler comme un oignon, jusqu'à ce qu'il ne reste plus de vous que l'odeur. Je vous propose mille couronnes cash, tout de suite, pour ce tas de ferraille.

– Deux mille, contra Henderson. Et je vous emmène à ma station. Ne la laissez pas vous escroquer; il y a davantage à tirer, rien que dans votre ordinateur, que ce qu'elle vous offre.

Je gardai le silence pendant que ces deux vampires discutaient de la façon dont ils allaient nous saigner. Lorsqu'ils tombèrent d'accord, je tombai d'accord... après une résistance de pure forme. J'objectai que le prix avait trop monté.

– C'est à prendre ou à laisser, dit Mme Snodgrass.

– Je suis pas sorti de mon lit bien chaud pour perdre de l'argent avec un boulot, dit Jinx Henderson.

Je pris.

Nous portions donc ces combinaisons usées, à peu près aussi étanches que des paniers d'osier. Gwen fit observer que Bonsaï-San ne devait pas être exposé au vide. Je lui dis de se taire et de ne pas se montrer stupide; ce n'était pas une exposition de quelques instants qui allait tuer le petit érable; en outre, nous n'avions pas le choix, l'air étant épuisé. Dans ce cas, elle allait le porter. Puis elle décida de le confier à Bill; elle avait trop à faire par ailleurs – avec moi.

Voyez-vous, je ne peux porter de combinaison pressurisée qui n'ait été faite spécialement pour moi... tout en conservant ma prothèse. Il me fallut donc la retirer. Il me fallut donc sautiller sur un pied. Ce n'est pas grave, j'en ai l'habitude, et avec un sixième de g ce n'est pas un problème. Mais il fallut que Gwen me materne.

Nous partîmes donc – Bill en tête avec Bonsaï-San et les recommandations de Gwen de se mettre rapidement à l'abri et de demander de l'eau à M. Henderson pour l'arroser, Gwen et moi suivions, comme deux siamois. Elle portait sa petite valise dans sa main gauche et avait passé le bras droit autour de ma taille. Je portais mon pied artificiel à l'épaule et je me servais de ma canne et sautillais, assurant mon équilibre avec mon bras gauche autour de ses épaules. Comment lui dire que j'aurais été beaucoup plus d'aplomb sans aide ? Je me tus et la laissai m'aider.

M. Henderson nous amena jusqu'à son véhicule, bloqua l'étanchéité et ouvrit généreusement une bouteille d'air; il s'était déplacé dans le vide, vêtu d'une combinaison. J'appréciai sa généreuse distribution de mélange d'air – l'oxygène péniblement tiré de la roche lunaire, l'azote amené par la lointaine Terre – jusqu'à ce que j'en lise le prix exorbitant sur ma facture, le lendemain.

Henderson resta pour aider Maggie à faire grimper le vieux B.J.17 sur son transporteur, actionnant la grue pour elle tandis qu'elle jouait des boutons. Après quoi il nous conduisit à Dry Bones Pressure. Je passai une partie du voyage à tenter d'imaginer ce que cela allait me coûter. Il m'avait fallu signer pour l'enlèvement de l'engin, un peu moins de vingt-sept mille couronnes, net. Je leur avais versé trois mille couronnes pour les secours apportés à chacun de nous, total gentiment arrondi à huit mille... plus cinq cents couronnes par tête pour la chambre et le petit déjeuner... plus (je l'appris plus tard) mille huit cents couronnes le lendemain pour nous conduire à Lucky Dragon Pressure, l'arrêt le plus proche pour attraper un rolligon à destination de Hong Kong de Luna.

Sur Luna, il vaut mieux mourir, c'est moins cher.

Je n'en étais pas moins heureux de vivre, à n'importe quel prix. J'avais Gwen et, pour ce qui est de l'argent, on peut toujours en avoir davantage.

Ingrid Henderson était une hôtesse des plus gracieuses – souriante, jolie et rondelette. (Elle attendait manifestement un enfant.) Elle nous accueillit chaleureusement, réveilla sa fille, la fit descendre coucher avec eux tandis qu'elle nous installait dans la chambre de Gretchen et mettait Bill avec Wolf; et je compris alors que les menaces de Jinx envers Maggie ne pouvaient être mises à exécution par la force... et je compris également que cela ne me regardait pas.

Notre hôtesse nous souhaita bonne nuit, nous dit que la lumière du rafraîchisseur demeurait allumée la nuit, au cas où... et nous laissa. Je jetai un coup d'œil à ma montre avant d'éteindre.

Vingt-quatre heures plus tôt, un inconnu nommé Schultz était venu s'asseoir à ma table.

LIVRE DEUX

UNE ARME MORTELLE

11

> « *Seigneur, donnez-moi la chasteté et la modération... mais pas encore, ô Seigneur, pas encore !* »
> SAINT AUGUSTIN. 354-430

Ce foutu fez !

Ce stupide couvre-chef oriental bidon avait constitué cinquante pour cent du déguisement qui m'avait sauvé la vie. Mais, une fois utilisé, la chose la plus froidement pragmatique à faire aurait été de le détruire.

Ce que je ne fis pas. Je ne me sentais pas de le porter, d'abord parce que je n'ai rien d'un franc-maçon et moins encore d'un Shriner, ensuite parce qu'il ne m'appartenait pas; il avait été volé.

On peut voler le trône ou la rançon d'un roi, ou une princesse martienne et se sentir tout guilleret. Mais un couvre-chef ? Voler un chapeau était plus que méprisable. Oh, ce n'est pas ce que j'en déduisis; je me sentais simplement mal à l'aise en ce qui concernait M. Clayton Rasmussen (j'avais découvert son nom à l'intérieur du fez) et j'avais bien l'intention de lui restituer son original couvre-chef. Un jour – d'une manière ou d'une autre. Quand je le pourrais – quand il cesserait de pleuvoir.

En quittant l'habitat de la Règle d'Or, je l'avais glissé sous ma ceinture et oublié. Après notre atterrissage sur Luna, lorsque je m'étais détaché, il était tombé au plafond; je n'y avais pas prêté attention. Tandis que nous nous glissions dans ces combinaisons mitées, Gwen l'avait ramassé et me l'avait remis; je l'avais fourré dans ma combinaison que j'avais refermée.

Une fois arrivés chez les Henderson, à Dry Bones Pressure, et après qu'on nous eut indiqué où nous allions coucher, j'avais retiré ma combinaison alors que je tombais de sommeil, si fatigué que je savais à peine ce que je faisais. Je suppose que le fez a glissé, à cet instant. Je n'en sais rien. J'allai me blottir contre Gwen, m'endormis aussitôt... et consacrai ma nuit de noces à huit heures de sommeil ininterrompu.

Je crois que mon épouse dormit tout aussi bien. Peu importe; nous avions fait une grande répétition la veille.

À la table du petit déjeuner, Bill me tendit ce fez.

– Sénateur, vous avez fait tomber votre chapeau sur le sol du rafraîchisseur.

Se trouvaient à la même table, Gwen, les Henderson – Ingrid, Jinx, Gretchen, Wolf – et deux hôtes, Eloïse et Ace, avec trois petits enfants. C'était le moment ou jamais que j'improvise un brillant petit speech justifiant que je sois en possession de ce curieux couvre-chef.

– Merci, Bill, me contentai-je de dire.

Jinx et Ace échangèrent des regards; et Jinx se mit à me faire les signes de reconnaissance maçonniques.

Du moins c'est ce que je pense qu'il fit. Sur l'instant, je crus simplement qu'il se grattait. Après tout, tous les Luniens se grattent parce que ça les démange. Ils n'y peuvent rien : pas assez de bains, pas assez d'eau.

Jinx me prit à part après le petit déjeuner et me dit :

– Noble...

– Pardon ?

– Je n'ai pu m'empêcher de voir que vous avez refusé de me reconnaître, à table. Et Ace l'a remarqué aussi. Est-ce que vous penseriez, par hasard, que le marché conclu hier soir n'était pas d'équerre ?

– Pas du tout. Je ne me plains pas. (Jinx, tu m'as roulé copieusement. Mais ce qui est dit est dit, cochon qui s'en dédit.)

– Vous êtes sûr ? Je n'ai jamais roulé un frère de loge, ni un étranger, d'ailleurs. Mais je réserve un traitement particulier à tout fils de la veuve comme s'il était de ma propre famille. Si vous pensez avoir trop cher payé les secours, payez ce que vous pensez devoir régler. Ou rien, si vous voulez. Je ne peux pas m'engager pour Maggie Snodgrass, mais nous ferons les comptes et ce sera honnête; il n'y a rien de mesquin chez Maggie. Mais il ne faut pas espérer tirer grand-chose de ce sauvetage. Peut-être même perdra-t-elle dessus avant qu'elle puisse vendre l'engin. Vous savez d'où Budget sort ces rossignols qu'il loue, non ?

J'admis que je l'ignorais et il poursuivit :

– Chaque année, les loueurs de qualité, comme Hertz et Interplanet, vendent leurs vieux véhicules. Les plus corrects sont achetés par des particuliers, surtout des Luniens. Ceux qui ont besoin de sérieuses révisions sont pris par les nouveaux venus. Et Budget achète le reste de la ferraille à bas prix. Ils bricolent cette camelote dans leur usine voisine de Luna City, tirant peut-être deux véhicules pour trois qu'ils ont achetés et vendant le reste à la ferraille. Ce vieux tacot qui vous a amenés ici, et qu'ils vous ont fait payer vingt-six mille... mais si Budget l'a eu seulement pour cinq mille, je vous offre la différence et je vous paie un verre. Maggie va le retaper. Mais ses réparations seront honnêtes, son travail garanti, et elle le revendra pour ce que c'est : du bricolé, du retapé. Elle en tirera peut-être dix mille, brut. Une fois déduits le travail et le prix des pièces détachées, je serais surpris que ma part dépasse trois mille. Sans compter que ce sera peut-être une perte sèche. Un coup de dés.

Je lui débitai toute une série de mensonges parfaitement sincères, essayant de le convaincre que nous n'étions pas frères de loge et que je ne demandais aucune remise, que je n'avais eu ce fez que par accident, à la dernière minute, que je l'avais trouvé dans la Volvo.

(Sous-entendu : M. Rasmussen avait loué ce véhicule à Luna City et y avait oublié son couvre-chef quand il avait rendu la Volvo sur la Règle d'Or.)

J'ajoutai que le nom du propriétaire se trouvait à l'intérieur et que j'avais l'intention de le lui restituer.

– Vous avez son adresse ? demanda Jinx.

J'avouai que je ne l'avais pas; il n'y avait que le nom de son temple brodé dans le fez.

– Donnez-le-moi, dit Jinx; je peux vous éviter ce souci... et vous faire économiser le prix de l'envoi d'un paquet sur la Terre.

– Comment ?

– Il se trouve que je connais quelqu'un qui amène un tacot à Luna City samedi. La convention des Shriners se termine dimanche, tout de suite après l'inauguration de l'hôpital de Luna City pour les enfants handicapés. Il y aura un bureau des objets trouvés; il y en a toujours un dans chaque convention. Du fait que son nom est dans le fez, on essaiera de le lui faire parvenir – avant samedi soir, parce que c'est le soir du défilé... et tout le monde sait qu'un Shriner sans son fez

166

dans un défilé est aussi nu qu'une danseuse de bar sans son string.

Je lui passai le couvre-chef rouge.

Et pensai ne plus en entendre parler.

Encore des embêtements avant de pouvoir partir pour Lucky Dragon Pressure : pas de combinaisons pressurisées.

– Hier soir, dit Jinx, j'étais d'accord pour que vous mettiez ces trucs tout percés parce que c'était ça ou la mort pour vous. On pourrait les utiliser de la même façon, aujourd'hui, ou même amener le véhicule dans le hangar et vous y embarquer sans combinaison. Bien sûr, ça ferait gaspiller une masse d'air considérable. Et puis on recommencerait à l'arrivée... et ça coûterait encore plus cher en air; leur hangar est plus vaste.

Je lui dis que je paierais. (Comment faire autrement ?)

– Là n'est pas la question. Hier soir, vous êtes restés vingt minutes dans la bagnole... et il a fallu une pleine bouteille d'air. Hier soir, le soleil se levait à peine; ce matin, il a grimpé de cinq degrés. Le soleil va taper sur la carrosserie jusqu'à Lucky Dragon. Oh, Gretchen va conduire à l'ombre autant qu'elle le pourra; nos gosses ne sont pas idiots. Mais l'air qui pourrait se trouver dans la cabine va chauffer et se dilater et sortir par les fissures. Donc, normalement, c'est votre combinaison qu'il faut pressuriser, pas la cabine. Celle-ci ne sert qu'à se mettre à l'ombre. Je ne vais pas vous raconter de blagues : si j'avais des combinaisons à vendre, j'insisterais pour que vous en achetiez trois neuves. Mais je n'en ai pas. Personne, dans cette station, n'a de combinaisons à vendre. Nous sommes moins de cent cinquante; je le saurais. Nous achetons les combinaisons à Kong et c'est ce que vous devriez faire.

– Mais je ne suis *pas* à Kong.

Voilà plus de cinq ans que je n'avais pas eu de combinaison. Pour la plupart, les résidents permanents de la Règle d'Or n'en possèdent pas; ils n'en ont pas besoin, ils ne sortent pas. Bien sûr, il y a des tas d'employés et de préposés à la maintenance qui ont toujours une combinaison sous la main, un peu comme les Bostoniens ont des caoutchoucs pour la neige. Mais l'habitant normal, âgé et riche, n'en a pas, n'en a pas besoin et ne saurait qu'en faire.

Les Luniens, c'est autre chose. Même aujourd'hui, avec Luna City qui compte plus d'un million d'habitants qui sortent rarement ou même jamais, chaque Lunien a sa combinaison. Même un habitant de cette grande ville sait depuis l'enfance que son vêtement pressurisé, sûr, chaud et léger, peut être percé par un météore, une bombe, un terroriste, une secousse ou quelque événement imprévisible.

S'il est du genre pionnier, comme Jinx, il est aussi habitué à sa combinaison qu'un mineur d'astéroïde. Jinx n'a même pas travaillé à sa propre ferme-tunnel; c'est le reste de la famille qui s'en est chargé. D'ordinaire, Jinx travaillait à l'extérieur, dans une boîte pressurisée de construction mécanique lourde; « Happy Chance Salvage », sa société de sauvetage n'était que l'une de sa demi-douzaine de casquettes. « Dry Bones Ice Company » (une fabrique de glace), « Henderson's Overland Cartage Company » (une société de transport), « John Henry Drilling, Welding and Constructing Company » (recherches et constructions minières), c'est également lui. Demandez-lui ce que vous voulez et Jinx vous crée une société.

(Sans parler de « Ingrid's Swap Shop » où l'on peut acheter tout ce que l'on veut depuis des poutrelles d'acier jusqu'à des petits gâteaux maison. Mais pas de combinaisons pressurisées.)

Jinx trouva néanmoins un moyen de nous emmener à Lucky Dragon : Ingrid et Gwen avaient à peu près la même taille, sauf qu'Ingrid se trouvait provisoirement épaissie du côté de l'équateur. Elle possédait une combinaison de grossesse avec un corset externe amovible. Elle en avait également une autre, normale, qu'elle portait quand elle n'était pas enceinte, et qu'elle ne pouvait mettre maintenant – mais Gwen si.

Jinx et moi étions également à peu près de la même taille et il avait deux combinaisons, l'une et l'autre d'excellentes Goodrich Luna. Je voyais bien qu'il était tout aussi enclin à m'en prêter une qu'un ébéniste de talent est disposé à prêter ses outils. Mais il lui fallait rapidement trouver une solution, sans quoi nous allions nous installer comme hôtes payants... puis comme hôtes non payants quand nous n'aurions plus d'argent. Et ils n'avaient pas vraiment assez de place pour nous loger, même pour le temps où je pouvais payer.

Il était plus de dix heures, le lendemain, quand nous nous habillâmes et grimpâmes dans le rolligon : moi revêtu de la seconde combinaison de Jinx, Gwen de celle d'Ingrid non enceinte, et Bill d'une antiquité retapée qui avait appartenu au fondateur de Dry Bones Pressure, un M. Soupie McClanahan, lequel était arrivé sur Luna bien avant la Révolution, en qualité d'hôte forcé de l'administration.

L'idée était de trouver d'autres combinaisons provisoires à Lucky Dragon Pressure, de les porter jusqu'à HKL d'où nous les renverrions par le transport public tandis que Gretchen rapporterait ces combinaisons à son père après nous avoir laissés à Lucky Dragon. Le lendemain, nous serions à Hong Kong de Luna où nous pourrions acheter tout ce qu'il nous fallait.

Je parlai argent à Jinx. Je pus presque entendre le cliquetis des chiffres dans son crâne.

– Sénateur, me dit-il finalement, ces combinaisons ne valent pas grand-chose. Mais il reste quelques sous à tirer des casques et des armatures métalliques. Renvoyez-moi les trois combinaisons dans l'état où vous les avez eues et nous serons quittes. Si vous considérez que tel est le cas.

C'était tout à fait mon avis. Ces combinaisons Michelin avaient été parfaites... vingt ans plus tôt. Pour moi, aujourd'hui, elles ne valaient rien.

Restait un seul problème à résoudre : Bonsaï-San.

Je m'étais dit que j'allais devoir me montrer ferme avec mon épouse, ce qui n'était pas facile. Mais j'appris que, tandis que Jinx et moi discutions des combinaisons, Gwen avait discuté de la question de Bonsaï-San... avec Ace.

Je n'ai aucune raison de penser que Gwen séduisit Ace. Mais je suis sûr que c'est ce que pensa Eloïse. Quoi qu'il en soit, les Luniens ont leurs coutumes concernant la sexualité, qui remontent à l'époque où l'on comptait six hommes pour une femme; selon les coutumes luniennes, ce sont les femmes qui décident en ce domaine, pas les hommes. Eloïse ne parut pas fâchée mais simplement amusée, et cela ne me regarde donc pas.

Quoi qu'il en soit, Ace trouva un ballon de caoutchouc-silicone avec une fente par laquelle il glissa Bonsaï-San, avec son pot et tout, avant de le refermer à la chaleur, en y adjoignant une bouteille d'un litre d'air. Il n'y eut rien à payer, pas même pour la bouteille. Je proposai de régler les dépenses mais Ace se contenta de sourire à Gwen en faisant non de la tête. Donc, je n'en sais rien. Et je n'ai pas envie de savoir.

Ingrid nous embrassa tous, nous faisant promettre de revenir. C'était peu vraisemblable. Mais cela partait d'un bon naturel.

Gretchen ne s'arrêta pas de poser des questions pendant tout le voyage et parut ne jamais regarder où elle allait. Blonde, avec une queue de cheval et des fossettes, elle était un peu plus grande que sa mère et encore un peu enveloppée. Elle se montra très impressionnée par nos voyages. Elle-même était allée deux fois à Hong Kong de Luna et une fois jusqu'à Novylen, où les gens avaient un drôle d'accent. Mais l'année prochaine elle aurait quatorze ans et irait à Luna City voir les étalons locaux.

– Maman ne veut pas que je me fasse faire des enfants par les hommes de Dry Bones, ou même de Lucky Dragon. Elle dit que je dois à mes enfants d'aller chercher des gènes plus frais. Vous vous y connaissez là-dedans ? En gènes frais, je veux dire.

Gwen lui assura que nous nous y connaissions et lui dit qu'elle partageait l'opinion d'Ingrid : les croisements lointains étaient à la fois sages et nécessaires. Je ne fis aucun commentaire mais j'étais d'accord; cent cinquante personnes, ce n'est pas assez pour constituer une banque de gènes tout à fait sains.

– C'est comme ça que maman a eu papa; elle est allée le chercher. Papa est né en Arizona; ça fait partie de la Suède, là-bas. Il est venu sur Luna avec un sous-entrepreneur de la Picardy Transmutation Plant, et maman l'a trouvé à un bal masqué; elle lui a donné notre nom de famille quand elle a été sûre – pour Wolf, je veux dire. Elle l'a ramené à Dry Bones et l'a embauché.

Ses fossettes se creusèrent. Nous bavardions par l'intermédiaire des micros de nos combinaisons mais je pouvais distinguer ses fossettes sous son casque par un caprice de l'éclairage.

– Et je vais faire de même pour mon homme, grâce à la part d'argent qui me revient. Mais maman dit que je ne dois pas sauter sur le premier venu – comme si c'était mon genre ! – et que je ne dois pas me presser ni m'inquiéter, même si je suis encore vieille fille à dix-huit ans. Je ne vais pas m'en faire. Il faudra qu'il soit aussi bien que papa.

Je pensai, en moi-même, que cela pourrait prendre du temps. Jinx Henderson, né John Aigle-Noir, est un sacré bonhomme.

Le soleil se couchait presque quand nous aperçûmes enfin le parking de Lucky Dragon, à Istanbul du moins, ainsi que chacun pouvait le constater de visu. La Terre se trouvait presque plein sud par rapport à nous, et très haute, soixante degrés environ; son méridien coupait le désert du nord de l'Afrique, les îles de la Grèce et la Turquie. Le Soleil, encore bas dans le ciel – neuf ou dix degrés –, était en train de monter. Nous allions avoir encore près de quatorze jours de lumière solaire à Lucky Dragon avant la prochaine longue période d'obscurité. Je demandai à Gretchen si elle avait l'intention de rentrer tout de suite.

— Oh, non. Maman ne serait pas contente. Je vais passer la nuit – j'ai un sac de couchage, là derrière – et je repartirai demain, bien reposée. Une fois que vous aurez pris votre bus.

— Ce n'est pas la peine, Gretchen, dis-je. Une fois que nous serons dans cette station et que nous vous aurons restitué les combinaisons, il sera inutile d'attendre.

— Monsieur Richard, vous voulez que je reçoive une fessée ?

— Vous ? Une « fessée » ? Votre père ne ferait pas cela. À *vous* ?... Vous êtes presque une femme.

— Il faudrait dire cela à maman. Non, papa ne le ferait pas; cela fait des années et des années

172

qu'il ne l'a pas fait. Mais, pour maman, j'y ai droit jusqu'à mon mariage. C'est une vraie terreur, une descendante directe d'Hazel Stone. « Gret, m'a-t-elle dit, occupe-toi de leurs combinaisons. Amène-les chez Charlie, pour qu'on ne les vole pas. S'il ne peut pas les dépanner, qu'ils gardent les nôtres jusqu'à Kong et tu t'arrangeras avec Lilybet pour qu'elle les récupère plus tard. Et tu iras leur dire au revoir au bus. »

– Mais, Gretchen, dit Gwen, votre père nous a bien précisé que le bus ne part pas tant qu'il n'y a pas assez de voyageurs. Ce qui peut prendre un jour ou deux. Ou même plus.

– Ce ne serait pas chouette ? gloussa Gretchen. Ça me ferait des vacances. Rien d'autre à faire que de rattraper les vieux épisodes de *L'autre mari de Sylvia*. Que tout le monde soit désolé pour Gretchen ! Madame Gwen, vous pouvez appeler maman si vous le voulez... mais j'ai eu des consignes tout à fait fermes.

Gwen se laissa convaincre. Nous nous arrêtâmes à une cinquantaine de mètres de la prise d'air de Lucky Dragon, à flanc de colline. Lucky Dragon est situé au pied des contreforts sud de la chaîne du Caucase, à 32 degrés 27 minutes nord. J'attendis, sur un pied, appuyé sur ma canne tandis que Bill et Gwen apportaient leur aide tout à fait inutile à une jeune femme très efficace qui jeta une bâche sur le rolligon pour l'abriter du rayonnement direct du soleil au cours des prochaines vingt-quatre heures environ.

Après quoi Gretchen appela sa mère sur la radio du rolly pour lui annoncer notre arrivée et lui dire qu'elle rappellerait dans la matinée. Nous passâmes la prise d'air, Gwen portant sa valise et son sac tout en s'occupant de moi, Bill avec Bonsaï-San et le paquet contenant la perruque de Naomi et Gretchen transportant un énorme sac de couchage. Une fois à l'intérieur, chacun aida l'autre à se débarrasser; je remis mon pied tandis que Gretchen suspendait ma combinaison et la sienne et que Bill et Gwen faisaient de même avec les leurs à de longs portemanteaux face à la prise d'air.

Gwen et Bill prirent leurs affaires et se dirigèrent vers un rafraîchisseur public situé à droite de la prise d'air. Gretchen allait les suivre quand je l'arrêtai.

— Gretchen, est-ce qu'il ne vaut pas mieux que j'attende ici que vous reveniez ?

— Pourquoi cela, monsieur le sénateur ?

— Cette combinaison appartient à votre père et, comme celle de Gwen, elle a une certaine valeur. Tout le monde est peut-être honnête, ici... mais les combinaisons ne m'appartiennent pas.

— Oh, tout le monde est *peut-être* honnête, mais n'y comptez pas trop. C'est ce que dit papa. Je ne laisserais pas cet amour de petit arbre sans surveillance, mais ne vous inquiétez pas pour les combines; personne ne touche jamais une combine qui ne lui appartient pas. Sans quoi, c'est l'élimination automatique à la prochaine prise d'air. Sans excuses.

— Comme ça, hein ?

— Oui, monsieur. Sauf que cela n'arrive jamais, parce que tout le monde s'en garde bien. J'ai entendu parler d'un seul cas, avant ma naissance. Un nouveau, peut-être, qui ne savait pas. Mais il n'a jamais recommencé, parce qu'un petit groupe s'est mis après lui et a rapporté la combinaison. Sans lui. Ils l'ont simplement laissé se dessécher, là, sur les rochers. J'ai vu ce qu'il en restait. Horrible. (Elle plissa le nez et ses fossettes se creusèrent.) Maintenant, si vous voulez bien m'excuser... Sans quoi je vais mouiller mes dessous.

— Excusez-moi !

(Quel idiot je suis ! La « plomberie » fonctionne à peu près bien dans une combinaison d'homme.

Mais ce qu'ont trouvé les grands cerveaux pour les femmes n'est pas du tout satisfaisant. J'ai l'impression que la plupart des femmes préfèrent souffrir en silence plutôt que de l'utiliser. J'ai entendu une fois une femme qui appelait cela « le bac à sable ».)

À la porte du rafraîchisseur, mon épouse m'attendait. Elle me tendit une pièce d'une demi-couronne.

— Je n'étais pas certaine que tu en aies une, chéri.

— Pardon ?

— Pour le rafraîchisseur. Je me suis occupée de l'air; Gwen a payé pour une journée et je l'ai remboursée. Nous voilà revenus à la civilisation, mon chéri : plus rien de gratuit.

Plus rien de gratuit. Je la remerciai.

— Merci beaucoup, répondit Gretchen à mon invitation à dîner avec nous. Maman a dit que je pouvais accepter. Mais voulez-vous prendre des cornets de crème glacée en attendant ? Maman m'a donné de quoi vous les offrir. Parce que nous avons plusieurs choses à faire avant le dîner.

— Certainement. C'est à vous de jouer, Gretchen; c'est vous l'idoine; nous créchons avec vous.

— Qu'est-ce que c'est, « crécher » ?

— Dormir.

— Oh ! Pour cela il nous faut d'abord aller au tunnel des Doux Rêves et y poser nos sacs de couchage pour retenir nos places...

C'est là que j'appris pourquoi le sac de couchage de Gretchen était si énorme : là encore, sa mère avait tout prévu.

— ... mais avant, il vaut mieux aller vous inscrire auprès de Lilybet pour le bus... et avant, avalons ces crèmes glacées si vous avez aussi faim que moi. Enfin, dernière chose avant le dîner, il faut aller voir Charlie pour les combinaisons.

Les cornets de crème glacée se trouvaient tout

près, dans le même tunnel que les portemanteaux : des Doubles-Cônes de Borodine, servis par Kelly Borodine lui-même, qui proposa de me vendre, en outre, des vieux magazines de la Terre, des magazines à peine usagés de Luna City et Tycho Under, des bonbons, des billets de loterie, des horoscopes, la *Lunaya Pravda*, le *Luna City Lunatic*, des cartes de vœux (authentiques imitations des Hallmark), des pilules pour la virilité (garanties!) et un remède radical contre la gueule de bois composé selon une vieille formule de Bohémiens. Après quoi il me proposa de jouer le prix des cornets de glace à quitte ou double aux dés. Du coin de l'œil, je vis que Gretchen me faisait non de la tête.

— Kelly a deux jeux de dés, m'expliqua-t-elle après notre départ, un pour les étrangers et un autre pour les gens qu'il connaît. Mais il ne sait pas que je le sais. Vous avez payé les cornets, mais si vous ne me laissez pas vous rembourser je vais avoir la fessée. Parce que maman va me poser la question et il faudra que je le lui dise.

— Gretchen, j'ai du mal à croire que votre mère vous donnerait une fessée pour quelque chose que *j'ai* fait.

— Bien sûr qu'elle le ferait ! Elle dirait que j'aurais dû avoir mon argent tout prêt. Et elle aurait raison.

— Est-ce qu'elle frappe vraiment fort ? Les fesses nues ?

— Oh, oui ! Très fort.

— J'ai une pensée bizarre. Votre petit derrière devenant tout rose, tandis que vous pleurez.

— Je ne pleure pas ! Enfin, pas beaucoup.

— Richard ?

— Oui, Gwen.

— Arrête, veux-tu.

— Écoute-moi, femme. Ne t'occupe pas de mes rapports avec une autre femme. Je...

— Richard !

– Maman *donne* la fessée.

J'acceptai de Gretchen l'argent des cornets. C'est ma femme qui porte la culotte.

L'enseigne annonçait :

SOCIÉTÉ DE BUS DE L'APOCALYPSE
ET DU ROYAUME
DES CIEUX
Services réguliers vers Hong Kong de Luna
Minimum de passagers : douze (12)
Charters à forfait pour toutes directions
Prochain départ pour HKL :
Demain 3 juillet à midi

Assise sous l'enseigne, une vieille dame noire se balançait dans un rocking-chair tout en tricotant.

– Salut, tante Lilybet ! lui dit Gretchen.

Elle leva les yeux, posa son tricot et sourit.

– Gretchen, mon chou ! Comment va ta mère, chérie ?

– Bien. Elle s'arrondit de jour en jour. Tante Lilybet, je te présente nos amis, le sénateur Richard et Mme Gwen, et Bill. Ils veulent aller avec toi à Kong.

– Enchantée, mes amis, et heureuse de vous conduire à Kong. J'ai l'intention de partir demain à midi parce qu'avec vous ça me fait dix passagers. Si je n'en ai pas deux de plus demain à midi, je m'en tirerai avec de la marchandise. Ça vous va ?

Je lui assurai que cela nous convenait et que nous serions là avant midi, avec nos combinaisons et prêts à partir. Sur quoi elle suggéra que nous payions comptant sur-le-champ, faisant observer qu'il restait encore des places à l'ombre car des passagers avaient réservé mais pas encore payé. Je payai donc : douze couronnes pour nous trois.

Ensuite, nous nous rendîmes au tunnel des Doux Rêves. Je ne sais s'il faut appeler cela un hôtel ou un « asile de nuit ». C'était un tunnel d'un peu plus de trois mètres de large qui s'enfonçait d'une cinquantaine de mètres dans le roc et se terminait en cul-de-sac. Au milieu et à gauche du tunnel, une banquette rocheuse s'élevait, cinquante centimètres au-dessus du passage, sur la droite. On y avait délimité, à la peinture blanche, des places pour recevoir les dormeurs, avec de grands chiffres sur la paroi. La place la plus proche de l'allée portait le numéro 50. Sur environ la moitié des places se trouvaient des matelas ou des sacs de couchage.

Au milieu du tunnel, sur la droite, l'habituelle lumière verte indiquait le rafraîchisseur.

À l'entrée du tunnel, assis à un bureau en train de lire, se trouvait un gentleman chinois vêtu d'un accoutrement qui devait déjà être démodé avant le « petit pas » d'Armstrong. Il portait des lunettes aussi démodées que ses vêtements et paraissait être âgé de quatre-vingt-dix ans de plus que Dieu le Père, et deux fois plus digne.

En nous voyant arriver, il posa son livre et sourit à Gretchen.

— Gretchen, quelle joie de te voir ! Comment vont tes estimés parents ?

— Très bien, docteur Chan, dit-elle avec une révérence. Ils me prient de vous transmettre leur bon souvenir. Puis-je vous présenter nos hôtes, le sénateur Richard, Mme Gwen et Bill ?

Il s'inclina sans se lever et nous serra la main.

— Les hôtes des Henderson sont les bienvenus chez moi.

Gwen fit une révérence, je m'inclinai et Bill fit de même après que je lui eus enfoncé mon pouce dans les côtes, ce que remarqua le Dr Chan sans paraître le voir. Je grommelai une vague formule de politesse. Gretchen poursuivit :

— Nous voudrions dormir chez vous, docteur Chan, si vous voulez bien de nous. Dans ce cas, n'est-il pas trop tard pour avoir quatre places côte à côte ?

178

– Oui, bien sûr… car votre aimable mère m'a appelé, un peu plus tôt. Vous avez les lits quatre, trois, deux et un.

– Oh, merci bien, grand-père Chan.

Je payai pour trois, non quatre : je ne sais pas si Gwen avait du liquide, un compte ou autre chose; je ne vis pas d'argent changer de main. Cinq couronnes par personne et par nuit, pas de supplément pour le rafraîchisseur, mais deux couronnes si nous voulions prendre une douche : de l'eau à gogo. Savon en plus : une demi-couronne.

– L'arbre bonsaï n'a pas besoin d'eau ? demanda le Dr Chan après avoir fait ce qu'il avait à faire.

Presque d'une seule voix, nous convînmes que si. Notre hôte examina le film de plastique qui le recouvrait puis l'ouvrit et en retira l'arbre et le pot avec précaution. Avec le vase qui se trouvait sur son bureau – une carafe d'eau, en fait – il emplit un verre et, du bout des doigts, il l'aspergea plusieurs fois. Pendant cet arrosage, je jetai un coup d'œil en coin sur son bouquin : je ne peux résister à cette espèce de curiosité. C'était *La Marche des dix mille,* en grec.

Nous lui confiâmes Bonsaï-San et la valise de Gwen.

Notre halte suivante fut pour Jake's Steak House. Jake était aussi chinois que le Dr Chan mais d'une autre génération et d'un autre style. Il nous accueillit avec un :

– Salut les poteaux ! Qu'est-ce que ce sera ? Hamburgers ? Œufs brouillés ? Café ou bière ?

Gretchen s'adressa à lui dans une langue tonale – du cantonais, je suppose. Jake répondit, l'air ennuyé. Gretchen insista. L'échange se poursuivit. Jake finit par lui dire, écœuré :

– Okay, quarante minutes.

Sur quoi, il tourna les talons et disparut.

– Venez, nous dit Gretchen. Il nous faut encore voir Charlie Wang pour les combinaisons. (Elle ajouta à voix plus basse :) Il essayait de couper à la préparation de sa meilleure cuisine, parce que c'est beaucoup de travail. Mais nous avons surtout discuté pour le prix. Jake voulait que je ne dise pas qu'il vous compte le prix touristes. Je l'ai prévenu que s'il vous prenait davantage qu'à papa, mon papa lui couperait les oreilles à sa prochaine visite et les lui ferait manger toutes crues. Et Jake sait que papa le ferait. (Elle arbora un sourire plein de fierté et précisa :) Mon papa est très respecté à Lucky Dragon. Quand il était jeune, il a éliminé d'ici un blanc-bec qui voulait obtenir gratuitement d'une fille quelque chose qu'il avait été d'accord pour payer. Tout le monde s'en souvient. Les chanteuses de Lucky Dragon nous ont faites membres d'honneur de leur profession, maman et moi.

Wang Chai-Lee, Tailleur pour Hommes et Dames, Spécialiste dans la réparation des combinaisons, annonçait l'enseigne. Là encore, Gretchen nous présenta et expliqua ce qu'il nous fallait. Charlie Wang opina.

– Le bus part à midi ? Soyez ici à dix heures et demie. À Kong, vous rendrez les combinaisons à mon cousin Johnny Wang, au rayon combinaisons de Sears Montgomery. Je vais l'appeler.

Et nous retournâmes au restaurant de Jake. Ce ne fut ni du steak, ni du chop suey ni du chow mein, mais c'était merveilleusement bon. Nous nous en fourrâmes jusqu'aux yeux.

À notre retour au tunnel des Doux Rêves, les lumières du plafond étaient éteintes et bon nombre de places occupées par des dormeurs. Un tube lumineux courait le long de la banquette; la lumière ne gênait pas les occupants mais elle permettait aux nouveaux venus de trouver leur chemin. Au bureau du Dr Chang, une lampe de lecture brillait, masquée à la vue des dormeurs. Apparemment, il était en train de faire ses comptes, faisant fonctionner un terminal d'une main et comptant sur un boulier de l'autre. Il nous salua silencieusement; nous lui murmurâmes un « bonne nuit » discret.

Sous la conduite de Gretchen, nous nous préparâmes pour la nuit : nous nous dévêtîmes, pliâmes nos effets et les glissâmes avec nos chaussures sous le sac de couchage pour en faire un oreiller. J'y ajoutai ma prothèse en liège. Mais je gardai mon caleçon, ayant remarqué que Gwen et Gretchen avaient conservé leur culotte – et Bill remit le sien quand il vit, un peu tard, ce qu'avaient fait les autres. Et nous nous rendîmes tous au rafraîchisseur.

Mais même ce sacrifice tout relatif à la pudeur ne dura pas; nous prîmes une douche tous ensemble. Il y avait trois hommes dans le rafraîchisseur quand nous y pénétrâmes; nus tous les trois. Nous suivîmes l'antique précepte selon lequel « on voit souvent la nudité, on ne la regarde jamais ». Et les trois hommes suivaient rigoureusement la règle : nous n'étions pas là, nous étions invisibles. (Je suis cependant certain qu'aucun mâle ne peut totalement ignorer Gwen et Gretchen.)

Je ne pouvais moi-même totalement ignorer Gretchen et je n'essayai pas. Nue, elle paraissait quelques années plus âgée et délicieusement séduisante. Je crois qu'elle devait posséder une lampe à bronzer. Je vis qu'elle avait des fossettes que je n'avais pas encore aperçues. Je ne vois pas ici la nécessité d'entrer dans les détails; toutes les jeunes filles sont belles à l'âge où s'épanouit leur féminité et Gretchen avait, en plus de la beauté, de magnifiques proportions et un beau bronzage. Elle aurait été très bien dans *La Tentation de saint Antoine*.

— D'accord, chéri, me dit Gwen en me passant le savon; tu peux lui frotter le dos, mais pour la partie face elle se débrouillera toute seule.

— Je ne vois pas ce que tu veux dire, répondis-je, très digne. Je n'ai pas l'intention de frotter le dos de quiconque puisqu'il me faut une main de libre pour conserver mon équilibre. Tu oublies que je suis une future maman.

— Mais oui, bien sûr.

— Qui est une future maman ? Je vous serais obligée de rester polis.

— Richard, ce serait indigne de moi. Gretchen, vous lui frotterez le dos, c'est plus sûr. Moi, je surveille.

Chacun se mit à frotter celui qu'il ou elle pouvait avoir sous la main – même Bill –, ce qui fut plus drôle qu'efficace, au milieu de nombreux glousse-ments.

Vers vingt-deux heures, nous étions installés pour la nuit, Gretchen contre le mur, Gwen à côté d'elle, puis moi, puis Bill. À un sixième de g, une banquette de roc est plus moelleuse qu'un matelas de mousse en Iowa. Je m'endormis rapi-dement.

Un peu plus tard – une heure ? deux heures ? – je me réveillai car un corps tiède venait se blottir contre moi. Je murmurai « Maintenant, chérie ? » puis me réveillai un peu plus.

— Gwen ?

— C'est moi, monsieur Richard. Vous voudriez *vraiment* voir mes fesses devenir toutes roses ? Et m'entendre pleurer ?

— Mon chou, retournez donc contre le mur, répondis-je d'une voix tendue.

— S'il vous plaît !

— Non, mon chou.

— Gretchen, dit doucement Gwen, retournez dans votre coin… avant de réveiller les autres. Là, je vais vous aider à passer par-dessus moi.

Elle prit la femme-enfant dans ses bras et lui parla. Elles restèrent ainsi et (je crois) s'endormirent.

Il me fallut pas mal de temps pour retrouver le sommeil.

12

« *Nous sommes trop fiers pour combattre.* »
Woodrow WILSON, 1856-1924

« *La violence n'a jamais rien réglé.* »
GENGIS KHAN, 1162-1227

« *Les souris votèrent pour qu'on attache le grelot au chat.* »
ÉSOPE, c.620-c.560 AC

Faire ses adieux en embrassant quelqu'un alors qu'on porte une combinaison pressurisée est d'une antisepsie déprimante. Je suis sûr que ce fut également l'avis de Gretchen. Mais c'est ainsi que cela se passa.

La nuit précédente, Gwen m'avait sauvé « d'un sort pire que la mort » et je lui en suis reconnaissant. Enfin, modérément reconnaissant. Certes, un homme mûr en train de faire un faux pas avec une jeune fille à peine nubile (Gretchen n'aurait quatorze ans que dans deux mois) est un spectacle ridicule, un sujet de mépris pour tout être bien pensant. Mais, à l'instant où, la nuit précédente, Gretchen m'avait manifestement fait comprendre qu'elle ne me jugeait pas trop vieux, je m'étais senti soudain de plus en plus jeune. Vers la tombée de la nuit, je devrais en être au stade terminal de l'adolescence sénile.

Disons donc, pour l'histoire, que j'étais plein de reconnaissance. C'est la version officielle.

Gwen fut soulagée, j'en suis sûr, quand, à midi, Gretchen nous fit au revoir de la main depuis le rolligon de son père. Nous roulions déjà vers le sud à bord du bus de tante Lilybet, baptisé *Entends-moi, Jésus*.

L'*Entends-moi* était beaucoup plus grand que l'engin de Jinx, et beaucoup plus curieux, avec ses couleurs vives, ses peintures représentant la Terre sainte et ses citations bibliques. Il pouvait transporter dix-huit passagers, plus des marchandises, le conducteur et un gros fusil – fixé dans une tourelle, au-dessus du conducteur. Le bus avait des pneus énormes, deux fois plus hauts que moi; ils culminaient bien au-dessus des passagers car le plancher reposait sur les essieux, à hauteur de ma tête. Des échelles, de chaque côté, permettaient d'accéder aux portes situées entre les roues avant et arrière. Ces énormes pneus ne permettaient pas de voir grand-chose sur les côtés. Mais les Luniens ne s'intéressent guère au paysage, car le paysage lunaire n'est intéressant que vu d'orbite. Depuis le Caucase jusqu'aux montagnes de Haemus – notre route – le sol de la mer de la Sérénité possède des charmes cachés. Bien cachés. Dans l'ensemble, il est aussi plat qu'une crêpe et aussi intéressant qu'une vieille crêpe sans beurre ni sirop.

Malgré cela, j'étais content que tante Lilybet nous ait placés au premier rang à droite : Gwen contre la fenêtre, moi à côté et Bill à ma gauche. Nous pouvions voir ainsi tout ce que voyait le chauffeur devant lui et également un peu de ce qui se passait sur la droite car nous étions en avant de l'essieu avant et pouvions donc jouir du spectacle au-delà du pneu. Nous ne distinguions pas grand-chose sur notre droite du fait que le plastique de la fenêtre était vieux, craquelé et jauni. Mais, vers l'avant, tante Lilybet avait relevé son grand hublot bâbord; la vue était aussi nette que le permettaient nos casques, excellents; l'équipement loué par Charlie Wang empêchait que le soleil nous gêne sans nuire à la vision, comme de bonnes lunettes de soleil.

Nous ne parlions pas beaucoup car les radios des combinaisons des passagers étaient toutes sur la même fréquence, dans un tohu-bohu tel que nous avions coupé les nôtres. Gwen et moi pouvions nous parler en approchant nos casques à les toucher, mais ce n'était pas facile. Je m'amusais à essayer de suivre notre route. Les compas magnétiques ou les gyrocompas sont inutiles sur la Lune. Le magnétisme (généralement nul) traduit un gisement de minerai plus qu'une direction, et la rotation de Luna, bien qu'existant (une révolution par mois !) est trop faible pour affecter un gyrocompas. Un détecteur à inertie fait l'affaire mais les bons sont très chers : j'en ignore la raison; voilà bien longtemps que l'on a perfectionné la technique pour le guidage des missiles.

Sur cette face de Luna, on a toujours la Terre pour se guider, et le Soleil la moitié du temps. Les étoiles ? Certainement, les étoiles sont toujours présentes : pas de pluie, pas de nuages, pas de smog. Oh, bien sûr ! Écoutez, j'ai une bonne nouvelle pour tout Terrien à l'écoute : on voit mieux les étoiles depuis l'Iowa que depuis Luna.

Vous êtes revêtu d'une combine, non ? Avec un casque équipé de lentilles et d'une visière destinés à vous protéger les yeux – ce qui revient à avoir une couche de smog devant soi. Si le Soleil est là, inutile de penser aux étoiles; vos lentilles ont foncé pour protéger vos yeux. Si le Soleil n'est pas dans votre ciel, on distingue la Terre –

de la moitié à sa totalité – et c'est éblouissant; avec huit fois plus de surface réfléchissante et un albédo cinq fois supérieur, la Terre est au moins quarante fois plus brillante qu'un clair de lune.

Oh, les étoiles sont bien là, nettes et brillantes; Luna constitue un merveilleux observatoire astronomique. Mais pour *voir* les étoiles à « l'œil nu » (c'est-à-dire à travers le casque de votre combinaison), prenez un ou deux mètres de tuyau de poêle – holà ! il n'y a pas de poêle sur Luna ! Prenez donc environ deux mètres de tuyau d'air et regardez à travers; cela évite d'être ébloui et les étoiles brillent « comme une bonne action dans un bien vilain monde ».

Devant moi, on voyait la Terre, à un peu plus de la moitié de sa phase brillante. Sur ma gauche, le Soleil levant était à un jour et demi d'altitude, vingt degrés ou un peu moins; il faisait briller le sol désertique, avec des ombres très longues qui soulignaient tout ce qui n'était pas parfaitement plat, ce qui facilitait la conduite pour tante Lilybet. D'après une carte obtenue à la station de Lucky Dragon, nous avions quitté un endroit situé à 32°27' de latitude nord et 6°56' de longitude est, pour nous diriger vers un lieu proche de Menelaus, par 14°11' est et 17°32' nord. Soit à peu près vers le sud (environ 25° un peu plus près à l'est, pour autant que je puisse le voir d'après cette carte) et à quelque 550 kilomètres de là. Rien d'étonnant, donc, que notre montre indique trois heures du matin, le jour suivant !

Il n'y avait pas de route et tante Lilybet ne paraissait avoir ni traceur ni autre instrument de navigation à part un compteur de distance et de vitesse. Elle paraissait piloter de la même façon que les vieux pilotes du Mississippi se dirigeaient : simplement en connaissant la route. Peut-être bien mais, au cours des premières heures, j'avais remarqué quelque chose : toute la route était semée de balises. Lorsqu'on en atteignait une, on apercevait la suivante à l'horizon.

Je n'avais pas remarqué de tels repères la veille et je ne crois pas qu'il y en avait; je pense que Gretchen pilotait vraiment comme Mark Twain sur le Mississippi. En fait, tante Lilybet devait faire de même : j'observai que le plus souvent elle ne s'approchait guère des balises en les dépassant. On avait probablement planté ces repères à l'intention de conducteurs occasionnels ou pour les remplaçants de l'*Entends-moi*.

Je me mis à essayer de repérer chaque balise, par jeu : si j'en ratais une, c'était un mauvais point pour moi. Deux ratés successifs égalaient une « mort » car j'étais « perdu sur la Lune », ce qui se produisait bien trop fréquemment jadis... et qui se produit encore aujourd'hui; Luna est très vaste, plus vaste que l'Afrique, presque aussi vaste que l'Asie, et chaque mètre carré est mortel si l'on se trompe ne serait-ce qu'une seule fois.

Définition d'un Lunien : un être humain, de quelque couleur, taille ou sexe qui ne se trompe *jamais* quand c'est important.

À notre premier arrêt, j'étais déjà « mort » deux fois pour avoir raté les repères.

À 15 h 15, tante Lilybet arrêta notre bus et alluma un voyant qui disait : VINGT MINUTES D'ARRÊT et, au-dessous : « une couronne d'amende par minute de retard ».

Nous descendîmes tous. Bill prit tante Lilybet par le bras et rapprocha son casque du sien. Elle le repoussa d'abord puis écouta. Je ne tentai pas de voir combien de temps il restait; ce n'est pas beaucoup, vingt minutes d'arrêt, quand il s'agit de s'accommoder d'une combinaison. Bien sûr, c'est encore plus difficile pour les femmes, et cela prend davantage de temps. Nous avions une passagère avec trois enfants... et son bras droit s'arrêtait sous le coude pour se terminer par un crochet. Comment faisait-elle ? Je décidai de l'attendre et de revenir auprès d'elle, de telle sorte que ce serait à moi que l'on imputerait la pénalité, et non à elle.

Ce « rafraîchisseur » était horrible. C'était une prise d'air conduisant à un trou dans le rocher, jouxtant la maison d'un colon qui faisait à la fois de l'agriculture en tunnel et de l'exploitation d'une mine de glace. Peut-être y avait-il eu de l'oxygène dans le gaz sous pression qui nous accueillit mais, avec la puanteur, c'était difficile à dire. Cela me rappela les gogues d'un château où j'avais été cantonné au cours de la Guerre des Trois Semaines, sur le Rhin, près de Remagen : un trou profond, creusé dans la pierre et dont on disait qu'il n'avait jamais été nettoyé en plus de neuf cents ans d'existence.

Aucun de nous ne dut payer de pénalité de retard car notre chauffeur fut encore plus en retard. Tout comme Bill. Le Dr Chan avait réemballé Bonsaï-San en y ajoutant un système de fermeture par pince facilitant l'arrosage. Bill avait demandé l'aide de tante Lilybet. Ensemble, ils s'en étaient tirés, mais pas facilement. Je ne sais pas si Bill eut le temps de faire pipi ou pas. Tantine, bien sûr, avait pris le temps; et notre *Entends-moi* ne pouvait partir sans elle.

Nous nous arrêtâmes pour dîner aux environs de 19h15 à une petite station composée de quatre familles, du nom de Rob Roy. Après l'arrêt précédent, celui-ci nous parut être le sommet de la civilisation. L'endroit était propre, l'air avait une odeur correcte et les gens étaient sympathiques et hospitaliers. Le menu ne laissait pas le choix – poulet, boulettes et tarte aux baies de Lune – et le prix était élevé. Mais qu'attendre de mieux, au milieu de nulle part, sur la surface de la Lune ? Il y avait un stand de souvenirs – des objets faits main – dont s'occupait un jeune garçon. J'achetai un porte-monnaie brodé dont je ne savais que faire, simplement parce que ces gens se montraient gentils avec nous. On y lisait : « Rob Roy City, capitale de la mer de la Sérénité ». Je l'offris à mon épouse.

Gwen aida la femme amputée d'un bras avec ses trois enfants et apprit qu'ils rentraient chez eux à Kong, après être allés rendre visite à Lucky Dragon aux grands-parents paternels des enfants. La mère s'appelait Ekaterina O'Toole et les enfants – huit, sept et cinq ans – Patrick, Brigid et Igor. Il apparut que nos trois autres passagers étaient Lady Diana Kerr-Shapley et ses maris – riches et peu enclins à sympathiser avec des plébéiens comme nous. Les deux hommes portaient des armes de poing à l'intérieur de leurs combinaisons. À quoi cela rimait-il ?

À partir de là, le sol était moins plat et il me sembla que tantine roulait beaucoup plus près des repères de la piste. Mais elle conduisait toujours aussi vite, fonçant sans répit, nous faisant cahoter sur ces énormes beignets faiblement gonflés. Je me posai des questions quant à l'estomac sensible de Bill. Du moins n'avait-il plus à tenir Bonsaï-San ; tantine l'avait aidé à le fixer dans le compartiment à bagages, devant. Je lui souhaitai bonne chance car il est vraiment affreux d'être malade dans un casque : cela m'est arrivé une fois, il y a une génération. Ouf !

Nous nous arrêtâmes de nouveau, un peu avant minuit. Bien à propos. Le soleil avait grimpé de quelques degrés et continuait. Tantine nous dit qu'il nous restait cent quinze klicks à parcourir et que nous serions à peu près à l'heure à Kong, avec l'aide de Dieu.

Dieu n'apporta pas à tantine l'aide qu'elle méritait. Nous roulions depuis une heure environ quand, surgi de nulle part (de derrière une éminence rocheuse ?) apparut un autre rolligon, plus petit et plus rapide, qui nous coupa la route en diagonale.

Je tapai sur le bras de Bill, saisis Gwen aux épaules et nous plongeâmes, sous le hublot du conducteur, plus ou moins à l'abri de l'acier des parois. Je vis partir un éclair de l'étrange véhicule.

Notre bus cahota jusqu'à s'arrêter, l'autre véhicule se trouvant droit devant nous. Tantine se leva.

Ils la descendirent.

Gwen eut l'homme qui avait tiré sur tantine, appuyant son mikayo sur le rebord du hublot; elle le toucha dans les lentilles de son casque, le meilleur endroit où atteindre un homme qui porte une combinaison quand on utilise des balles, et pas un laser. J'abattis le chauffeur, visant soigneusement, car ma canne n'a que cinq coups... et que les munitions les plus proches se trouvaient à la Règle d'Or (dans mon sac de paquetage, bon Dieu). D'autres silhouettes revêtues de combinaisons jaillirent sur les côtés du véhicule agresseur. Gwen se releva légèrement et continua à tirer.

Tout cela dans le silence fantomatique du vide.

Je commençais à ajouter ma puissance de feu à celle de Gwen quand apparut un autre véhicule. Pas un rolligon mais quelque chose de voisin qui ne ressemblait à aucun bidule que j'aie déjà vu. Il n'avait qu'une seule roue, un beignet supergéant de huit mètres de haut au moins. Dix peut-être. Dans le trou du beignet apparaissait ce qui pouvait être (ou devait être ?) son moteur. Et, sortant de part et d'autre de ce moyeu, une plateforme cantilever. En haut de chacune des plates-formes, sur bâbord et sur tribord, se tenait un tireur sanglé sur une selle. Au-dessous du tireur, on apercevait le pilote, ou le conducteur, ou le chauffeur – un de chaque côté –, et ne me demandez pas comment ils coordonnaient leurs mouvements.

Je ne jurerais de rien pour ce qui est des détails; j'étais occupé. J'avais ajusté le tireur qui se présentait de mon côté et j'allais lui lâcher l'un de mes précieux pruneaux quand je vis que son arme était baissée. Il attaquait nos assaillants. Il devait utiliser une arme à énergie – laser, rayon à particules, je ne sais car, à chacun de ses coups, je ne distinguais que l'éclair… et le résultat.

Le gros beignet vira d'un quart de tour; je vis deux autres hommes, le conducteur et le tireur, de l'autre côté. Et c'était *nous* que visait ce tireur ! Je vis l'éclair de son arme.

Je le touchai en pleine tête.

Après quoi je m'attaquai à son conducteur que je touchai (je crois) à la jointure du cou. Ce n'est pas aussi efficace que de perforer la plaque du visage, mais à moins d'avoir sous la main de quoi coller rapidement une pièce, il n'allait plus avoir grand-chose à respirer dans quelques secondes.

Le beignet fit un tour complet. À l'instant où il s'arrêtait, j'eus le deuxième tireur une nanoseconde avant qu'il nous ait. J'essayai de viser le conducteur, mais la cible était trop mobile et je n'avais pas de munitions à gaspiller. Le beignet se mit à rouler, s'éloignant de nous, vers l'est; il prit de la vitesse, heurta une éminence rocheuse, rebondit et disparut à l'horizon.

Je revins à l'autre rolligon. Outre les deux hommes que nous avions abattus lors du premier échange, et encore étalés dans le véhicule, je vis cinq corps par terre, deux à tribord et trois à bâbord. Aucun d'eux ne paraissait en état de jamais pouvoir se relever.

– Ils sont tous là ? demandai-je à Gwen en pressant mon casque contre le sien.

Elle me cogna vigoureusement les côtes. Je me

tournai. Une tête casquée pointait à la porte gauche. D'un coup de canne je perforai sa visière; il disparut. Je marchai sur les pieds de quelqu'un et regardai – plus rien à gauche – puis, en me tournant, j'en vis un autre qui grimpait par la porte de droite. Je lui tirai dessus...

Rectification : *j'essayai* de lui tirer dessus. Plus de munitions ! Je tombai sur lui, frappant avec ma canne. Il saisit le bout de la canne et ce fut son erreur car, en tirant, il mit à nu vingt centimètres d'acier de Sheffield que je lui enfonçai dans la combinaison et entre les côtes. Ce stylet, à la lame triangulaire de trois centimètres à peine de large, ne tue pas forcément très vite, mais mon second coup l'occuperait en attendant sa mort; et il ne tenterait plus de m'occire.

Il s'effondra, la moitié du corps à l'intérieur de notre véhicule, et lâcha le fourreau de ma canne. Je le récupérai, et le replaçai sur la lame. Après quoi je le balançai dehors, m'agrippai au siège le plus proche et me relevai, sautillai jusqu'à mon fauteuil et m'assis. J'étais fatigué, bien que toute cette bagarre n'ait pas dû durer plus de deux ou trois minutes. C'est l'adrénaline : je me sens toujours exténué après.

C'était terminé et ce n'était pas un mal car Gwen et moi avions totalement épuisé nos munitions et je ne peux faire plus d'une fois le coup de la lame cachée : ça ne marche que si l'on peut persuader l'adversaire d'empoigner la virole de la canne. Ils étaient neuf dans ce rolligon et tous étaient morts. Gwen et moi en avions abattu cinq à nous deux; les tireurs du beignet géant avaient eu les quatre autres. Impossible de se tromper dans le décompte car on ne peut confondre le trou d'une balle et une simple brûlure.

Je ne compte pas les deux ou trois que j'avais abattus parmi l'équipage du super-beignet... car ils n'avaient laissé aucun cadavre; ils avaient disparu quelque part à l'horizon.

Quant à nos pertes : quatre personnes…

D'abord notre propre tireur, dans sa tourelle, au-dessus du conducteur. Je grimpai pour jeter un coup d'œil – à un sixième de g, je peux escalader une échelle verticale aussi facilement que vous. Notre tireur était mort, probablement abattu par ce premier éclair. S'était-il endormi au cours de sa garde ? Qui sait, et quelle importance maintenant ? Il était mort.

Mais tante Lilybet n'était pas morte, et ce, grâce à Bill. Il avait rapidement collé deux pièces sur sa combinaison, l'une au bras gauche et l'autre au sommet de son casque. Il s'était montré assez avisé, ce faisant, pour couper l'air et compter soixante secondes avant d'ouvrir la valve pour regonfler la combinaison. Ainsi lui avait-il sauvé la vie.

Je tenais là la première preuve que Bill pouvait se montrer assez futé pour réinventer l'eau tiède. Il avait repéré la trousse de secours, près du siège du conducteur, et s'était mis rapidement à l'œuvre, sans geste inutile et sans se préoccuper de la bataille qui faisait rage autour de lui.

Peut-être n'aurais-je pas dû être surpris; je n'ignorais pas que Bill avait travaillé dans des conditions difficiles – pour un habitat spatial; ce qui implique le port d'une combinaison ainsi qu'une formation et un entraînement à la sécurité. Mais il ne suffit pas d'être entraîné; placé dans les conditions réelles, il faut de la jugeote et du sang-froid pour passer à l'application, même avec la meilleure formation du monde.

Bill nous montra ce qu'il avait fait, non pas pour en tirer gloire, mais parce qu'il avait compris qu'il était peut-être allé un peu vite. En obturant en vitesse la combinaison de tantine, il n'avait pu accéder à la blessure de son bras pour arrêter

193

l'hémorragie et il ignorait si la brûlure l'avait cautérisée ou pas. Si elle perdait son sang, il fallait rouvrir la combinaison, appliquer un pansement compressif sur la blessure et refermer la combinaison – et vite ! Étant donné la situation de la blessure (un bras) la seule façon aurait été de couper le tissu de la combinaison pour y faire un gros trou, accéder à la blessure et arrêter l'hémorragie, mettre une pièce sur le trou et attendre une interminable minute avant de remettre la combinaison sous pression.

Un patient ne peut supporter le vide que dans des limites assez étroites. Tantine était âgée et blessée et elle venait de subir l'épreuve. Pourrait-elle la supporter une seconde fois ?

Pas question d'ouvrir son casque. L'éclair qui l'avait frappée avait entamé le sommet du casque mais pas la tête, sans quoi la question de savoir s'il convenait de couper sa manche ne se poserait pas.

Gwen mit son casque contre celui de tantine et parvint à la réveiller pour capter son attention. Est-ce qu'elle saignait ?

Tantine ne le pensait pas. Son bras était engourdi mais ne lui faisait pas très mal. Est-ce que les bandits l'avaient pris ? Avaient pris quoi ? Quelque chose dans les marchandises. Gwen lui donna l'assurance qu'ils n'avaient rien pris; ils étaient morts. Ce qui sembla satisfaire tantine. Elle ajouta : « Taddie sait conduire » et parut retomber dans son sommeil.

Notre troisième victime était l'un des maris de Lady Diana. Mort. Mais victime d'aucune des deux bandes d'agresseurs. Il s'était tiré dans le pied.

Je crois avoir dit qu'il était armé – avec son arme *à l'intérieur* de sa combinaison, Dieu du Ciel ! Quand les ennuis avaient commencé, il avait tenté de dégager son arme, n'avait pas pu, et il avait ouvert le devant de sa combinaison pour s'en saisir.

Il est possible, dans le vide, d'ouvrir une combinaison puis de la refermer. Je crois que le légendaire Houdini aurait pu apprendre à le faire. Mais ce rigolo était encore en train de farfouiller à la recherche de son arme quand il avait perdu connaissance et s'était noyé dans le vide. Son comari était un poil plus futé. Au lieu de tenter de saisir sa propre arme, il avait tenté de prendre celle de son associé une fois celui-ci décédé. Il était parvenu à y accéder et à la sortir, mais trop tard pour être d'une quelconque utilité dans la bataille. Il se redressait à l'instant même où je me relevais sur mon pied après avoir poignardé le dernier bandit.

Et je trouvai cette andouille en train de me brandir son arme sous le nez.

Je n'avais pas l'intention de lui casser le poignet; je voulais simplement le désarmer. Je frappai de ma canne pour éloigner l'arme de sa ligne de mire et lui brisai le poignet. Je pris l'arme, la glissai à ma ceinture, me baissai et m'effondrai sur mon siège. Je ne pensais pas lui avoir fait mal, à part un hématome peut-être.

Mais je n'ai pas le moindre remords. Si vous ne voulez pas qu'on vous casse le poignet, ne me brandissez pas une arme sous le nez. Pas quand je suis fatigué et excité.

Je me repris et essayai d'aider Gwen et Bill.

Il m'est pénible de parler de notre quatrième victime : Igor O'Toole, le petit garçon de cinq ans. Le gosse étant sur un siège à l'arrière, avec sa mère, il est certain qu'il n'avait pas été tué par quelqu'un du rolligon; l'angle était impossible. Seuls les deux tireurs du super-beignet étaient en position assez élevée pour tirer à travers le hublot bâbord du conducteur de l'*Entends-moi* pour atteindre quelqu'un à l'arrière. En outre, ce devait être le second tireur; le premier avait été trop occupé à tirer sur les assaillants. Et puis le beignet avait tourné, j'avais vu l'arme pointée sur nous, et son éclair à peu près à l'instant où j'avais tiré et l'avais tué.

Je pensais qu'il nous avait ratés. Si c'était moi qu'il visait, il avait effectivement manqué sa cible. Je ne suis pas certain qu'il visait vraiment, car qui irait viser la cible la plus invraisemblable ? Un gosse, un bébé presque, tout au fond du bus. Mais l'éclair que j'avais vu *devait* être celui qui avait tué Igor.

Sans la mort d'Igor, j'aurais ressenti pour l'équipage du beignet géant des sentiments partagés; nous n'aurions sans doute pas pu l'emporter sans leur aide. Mais, avec ce dernier coup, j'ai la conviction qu'ils se débarrassaient de rivaux avant de passer à leur action essentielle, capturer l'*Entends-moi*.

Mon seul regret est de n'avoir pas tué le quatrième homme du beignet.

Mais, tout cela, je ne me le dis qu'après. Sur l'instant, nous ne vîmes qu'un enfant mort. Nous cessâmes de nous occuper de tantine pour jeter un coup d'œil tout autour. Ekaterina était assise, tranquillement, tenant le corps de son enfant. Il me fallut y regarder à deux fois pour comprendre ce qui s'était passé. Mais une combinaison ne peut contenir un enfant vivant quand la visière du casque a fondu. Je sautillai jusqu'à elle; Gwen arriva la première. Je m'arrêtai derrière elle; Lady Diana m'agrippa par la manche et me dit quelque chose.

J'approchai mon casque du sien.

– Que dites-vous ?

– Je vous ai dit de demander au chauffeur de rouler ! Vous ne comprenez pas l'anglais ?

J'aurais voulu qu'elle dise cela à Gwen; ses

répliques témoignent de plus d'imagination que les miennes et sont plus poétiques. Fatigué comme je l'étais, je ne pus que lui répondre :

– Oh, la ferme et restez tranquille, espèce de stupide bécasse.

Je n'attendis pas sa réponse.

Lady Dee s'avança et Bill l'empêcha de déranger tantine. Je ne vis pas la scène car à cet instant, tandis que je me penchais pour m'enquérir de ce qui était arrivé au consort qui s'était tué tout seul avec sa combinaison (je l'ignorais encore), son comari tenta de me reprendre l'arme du mort.

Dans la bagarre, j'empoignai son poignet (cassé). Je ne pus l'entendre crier ni voir son expression, mais il se livra à un stupéfiant numéro de mime improvisé qui m'apprit à quel point il devait souffrir.

Je ne puis que répéter : n'agitez pas une arme sous mon nez. Cela réveille mes pires instincts.

Je retournai auprès de Gwen et de la pauvre mère, touchai de mon casque celui de Gwen et lui demandai :

– Est-ce qu'on peut faire quelque chose pour elle ?

– Non. Rien tant que nous ne serons pas à la station. Et pas grand-chose après.

– Et les deux autres gosses ?

Je suppose qu'ils devaient pleurer, mais comment le savoir quand on n'entend ni ne voit rien ?

– Richard, je crois que le mieux est de laisser cette famille tranquille. Jusqu'à ce qu'on arrive à Kong.

– Oui... Kong. Qui est Taddie ?

– Quoi ?

– Tante Lilybet a dit : « Taddie sait conduire. »

Oh, je crois qu'elle voulait parler du tireur dans la tourelle. Son neveu.

C'est pourquoi je grimpai pour aller voir à la tourelle. Il me fallait sortir pour grimper là-haut.

Ce que je fis prudemment. Nous ne nous étions pas trompés : tous morts. De même que notre tireur de tourelle, Taddie. Je redescendis, regagnai le compartiment des passagers et annonçai aux trois autres que nous n'avions pas de chauffeur de rechange.

— Bill, vous savez conduire ? demandai-je.

— Non, sénateur, je ne sais pas. C'est la première fois de ma vie que je monte dans un de ces engins.

— C'est ce que je craignais. Voilà quelques années que je n'en ai pas conduit un, mais je sais. Donc... Oh, Seigneur ! Gwen, je ne *peux pas !*

— Des ennuis, chéri ?

— Cet engin se conduit avec les pieds, dis-je en soupirant. Et il m'en manque un; il est rangé là-bas, sur mon siège. Et je ne peux absolument pas le mettre dans ces conditions... et encore moins conduire avec un seul pied.

— Cela ne fait rien, chéri, me dit-elle de sa voix apaisante. Tu t'occuperas de la radio; je crois qu'il nous faudra lancer quelques Maydays. Et moi je conduirai.

— Tu sais conduire ce monstre ?

— Certainement. Je ne m'étais pas proposée puisque vous étiez deux hommes. Mais je peux le faire. Encore deux heures environ. Facile.

Trois minutes plus tard, Gwen vérifiait le tableau de bord; j'étais assis à côté d'elle, essayant de voir comment brancher ma combinaison sur la radio du bus. J'avais consacré deux minutes à convaincre Bill de veiller à ce que Lady Dee reste sur son siège. De nouveau, elle s'était avancée, avec des instructions très strictes quant à la façon de mener les choses. Elle paraissait pressée : une conférence des directeurs à Ell-Quatre. Il fallait faire vite, ne pas perdre une minute, rattraper le temps perdu, etc.

Cette fois, je parvins à entendre les commentaires de Gwen. Cela vous réchauffait le cœur. Lady Dee en resta bouche bée, notamment quand Gwen lui dit où elle pouvait se mettre ses procurations, après les avoir pliées à angles aigus.

Gwen embraya, l'*Entends-moi* vibra, recula, avança, évitant l'autre rolligon en tanguant, et nous partîmes. Je finis par enfoncer la bonne touche de la radio que je réglai sur ce que je pensais être le bon canal :

– ... O, M, F, I, E, S c'est *COMFIES* ! l'idéal contre les stress de la vie moderne ! Ne ramenez pas chez vous les soucis de votre vie professionnelle. Optez pour le confort avec Comfies, recommandé par tous les spécialistes de l'estomac...

J'essayai de passer sur un autre canal.

13

« La vérité est la seule chose que personne ne veut croire. »
George Bernard SHAW, 1856-1950

Au petit bonheur, je cherchai le canal onze, celui des urgences; il y avait des repères sur la radio, mais le chiffre des canaux n'était pas indiqué; tantine avait ses codes personnels. Le repère « Assistance » ne correspondait pas aux urgences ou aux secours, comme je l'avais cru tout d'abord, mais à une assistance spirituelle. Lorsque je réglai la radio dessus, j'entendis : « Ici le révérend Herold Angel qui du fond de son cœur parle à votre cœur, depuis le Tabernacle de Tycho-Under, la maison du Christ sur Luna. Écoutez-nous, à huit heures dimanche matin, pour apprendre le véritable sens des prophéties de l'Écriture... et faites parvenir, dès aujourd'hui, vos offrandes à l'adresse suivante : Boîte 99, Angel Station, Tycho Under. Voici le thème de notre Bonne Nouvelle de ce jour : Comment Nous Reconnaîtrons le Maître quand il Viendra. Et maintenant, retrouvons les chœurs du Tabernacle dans *Jésus me tient dans Ses...* »

Ce genre d'assistance nous arrivait avec près de quarante minutes de retard, et je passai sur un autre canal. Là, je reconnus la voix et j'en conclus que je devais être sur le canal treize.

— Commandant Midnight appelle commandant Marcy, annonçai-je. Parlez, commandant Marcy.

— Marcy, contrôle au sol de Hong Kong de Luna. Midnight, à quoi jouez-vous maintenant, bon Dieu ? À vous.

Je tentai d'expliquer, en vingt-cinq mots maximum, comment je me trouvais sur sa fréquence. Il écouta un instant puis m'interrompit :

— Midnight, qu'est-ce que vous avez fumé ? Passez-moi votre femme; je la croirai plus volontiers.

— Elle ne peut pas vous parler pour le moment; elle conduit ce bus.

— Un instant. Vous me dites que vous êtes passager à bord du rolligon *Entends-moi, Jésus.* C'est le bus de Lilybet Washington; pourquoi est-ce votre femme qui conduit ?

— J'ai essayé de vous le dire. On lui a tiré dessus. Sur tante Lilybet, pas sur ma femme. Nous avons été attaqués par des bandits.

— Il n'y a pas de bandits dans cette région.

— Exact, nous les avons tués. Commandant, *écoutez-moi* et cessez de tirer vos propres conclusions. Nous avons été attaqués. Nous avons trois morts et deux blessés... et ma femme conduit parce que c'est la seule personne valide qui *sache* conduire.

– Vous êtes blessé ?

– Non.

– Mais vous venez de dire que votre femme est la seule personne valide qui sache conduire.

– Oui.

– Laissez-moi comprendre. Avant hier vous pilotiez un engin spatial... ou était-ce votre femme ?

– C'était moi qui pilotais. Qu'est-ce qui vous chagrine, commandant ?

– Vous pouvez piloter un vaisseau spatial... mais vous ne pouvez pas conduire un vieux rolly. C'est dur à avaler.

– C'est pourtant simple. Je ne peux me servir de mon pied droit.

– Mais vous avez dit que vous n'étiez pas blessé.

– Je ne le suis pas. J'ai perdu un pied, c'est tout. Enfin, pas « perdu » – je l'ai là, sur les genoux. Mais je ne peux pas m'en servir.

– Pourquoi ne *pouvez-vous* pas vous en servir ?

Je pris une longue inspiration et tentai de me rappeler les lois empiriques de Siacci concernant la balistique sur les planètes à atmosphère.

– Commandant Marcy, y a-t-il quelqu'un chez vous – ou quelque part à Hong Kong de Luna – que pourrait intéresser le fait que des bandits ont attaqué un transport public desservant votre ville, à quelques klicks seulement des limites de la ville ? Et y a-t-il quelqu'un qui puisse recevoir les morts et les blessés quand nous arriverons ? Et qui ne se souciera pas de savoir qui conduit ce bus ? Et qui ne juge pas incroyable qu'un homme ait été amputé d'un pied voilà quelques années ?

– Pourquoi ne l'avez-vous pas *dit* ?

– Nom de Dieu, commandant, ce n'est pas vos oignons !

Suivit un silence de quelques secondes, puis le commandant Marcy reprit, plus calme :

– Vous avez peut-être raison, Midnight. Je vais

vous passer le commandant Bozell. Il est commerçant en gros, de profession, mais c'est également lui qui commande nos Vigiles Volontaires, et c'est à ce titre que je vous le passe. Ne bougez pas.

J'attendis, regardant Gwen conduire. Au départ, elle avait un peu manqué de souplesse, comme quiconque devant s'habituer à un véhicule bizarre. Maintenant, sa conduite était plus coulée, bien qu'elle fonçât moins que tantine.

– Ici Bozell. Vous me recevez ?

Je répondis... et tombai presque aussitôt dans une impression cauchemardesque de *déjà vu,* quand il me coupa pour me dire :

– Il n'y a pas de bandits dans cette région.

– Puisque vous le dites, commandant, soupirai-je. Mais il y a dans les parages neuf cadavres et un rolligon abandonné. Peut-être cela intéresserait-il quelqu'un de venir fouiller les corps, récupérer leurs combinaisons et leurs armes ainsi que ce rolligon abandonné... avant que quelques paisibles colons, qui n'auraient jamais eu l'idée de devenir des bandits, viennent tout ramasser.

– Hum. Choy-Mu me dit qu'il est en train de prendre une photo satellite des lieux où s'est déroulée cette prétendue attaque. S'il y a vraiment un rolligon abandonné...

– Commandant !

– Oui ?

– Je me fous de ce que vous croyez. Et je me fous des récupérations. Nous serons à la prise d'air nord à environ trois heures et demie. Pouvez-vous nous envoyer une assistance médicale, avec une civière et des brancardiers ? C'est pour Mme Lilybet Washington. Elle est...

– Je sais qui elle est; elle fait ce trajet depuis que je suis môme. Passez-la-moi.

– Elle est blessée, je vous dis. Étendue, et j'espère qu'elle dort. Si ce n'est pas le cas, je ne vais quand même pas la déranger; cela pourrait déclencher une nouvelle hémorragie. Envoyez-nous simplement quelqu'un à la prise d'air qui s'occupera d'elle. Et de trois morts également, dont un petit enfant. Sa mère est avec nous, en état de choc, elle s'appelle Ekaterina O'Toole et son mari habite votre ville. Nigel O'Toole. Quelqu'un pourrait peut-être l'appeler pour qu'il vienne chercher sa famille et qu'il s'en occupe. C'est tout, commandant ! Quand je vous ai appelé, je me sentais un peu nerveux à cause des bandits. Mais puisqu'il n'y en a pas dans cette région, nous n'avons aucune raison de demander la protection des vigiles, ici, sur la mer de la Sérénité, par une belle journée ensoleillée, et je suis désolé de vous avoir dérangé dans votre sommeil.

– C'est bon ; nous sommes là pour vous aider. Vos railleries sont inutiles. J'ai noté. Déclinez vos nom, prénoms et adresse légale, et répétez après moi : « En ma qualité de représentant de Lilybet Washington, de Lucky Dragon, travaillant pour la Société de Bus de l'Apocalypse et de l'Avènement du Royaume, j'autorise le commandant Kirk Bozell, officier commandant et directeur des Vigiles Volontaires de Hong Kong Luna, à... »

– Un instant. Qu'est-ce que c'est que ça ?

– Le contrat standard concernant les services relatifs à la protection personnelle et la conservation des biens, et assurant la garantie de paiement. Vous n'espérez tout de même pas tirer du lit, en pleine nuit, une section de gardes sans avoir à payer pour ça ? ! On n'a rien pour rien...

– Hum. Commandant, auriez-vous sous la main une préparation contre les hémorroïdes ? La Préparation H ? Pazo ? Ce genre de truc ?

– Hein ? J'utilise le Baume du Tigre. Pourquoi ?

– Vous allez en avoir besoin. Prenez ce contrat type, pliez-le en quatre et...

Je restai branché sur le canal treize et ne cherchai plus le canal des urgences. Je ne voyais plus l'utilité de gueuler « *M'aidez* » sur le canal onze, puisque j'avais déjà eu la seule source possible de secours. J'approchai mon casque de celui de Gwen, lui fis un résumé de la situation et ajoutai :

– Ces deux idiots affirment contre toute évidence qu'il n'y a pas de bandits dans cette région !

– Ce n'étaient peut-être pas des bandits, mais simplement des partisans de la réforme agraire qui faisaient une déclaration politique. J'espère qu'on ne va pas tomber sur des extrémistes de droite ! Richard, il vaut mieux que je ne parle pas en conduisant. Un véhicule curieux, une route bizarre... enfin... si on peut appeler ça une route.

– Excuse-moi, chérie ! Tu t'en tires magnifiquement. En quoi puis-je t'être utile ?

– En essayant de repérer les jalons.

– D'accord !

– Comme cela je pourrai surveiller la route devant moi. Il y a des nids-de-poule qui sont pires que ceux de Manhattan.

– Impossible !

Nous mîmes au point un système qui l'aidait tout en la gênant le moins possible. Dès que je repérais un jalon, je le lui montrais du doigt. Quand elle l'avait également aperçu – et pas avant – elle me frappait sur le genou. Nous ne parlions pas, car mettre nos casques l'un contre l'autre la gênait pour conduire.

Environ une heure plus tard, un rolligon rouge apparut devant nous et nous fonça droit dessus à vive allure. Gwen tapa sur son casque, à hauteur de l'oreille; j'approchai mon casque du sien.

– Encore des partisans de la réforme agraire ? dit-elle.

– Peut-être.

– Je n'ai plus de munitions.

– Moi non plus, soupirai-je. Il ne nous reste

plus qu'à les persuader de s'asseoir à une table de négociations quelque part. Après tout, la violence n'a jamais rien résolu.

Gwen fit un commentaire très peu convenable pour une dame et ajouta :

– Et cette arme que tu as prise à sire Galahad ?

– Oh, chérie ! Je ne l'ai même pas regardée. Je mérite le bonnet d'âne.

– Tu n'es pas idiot, Richard, simplement du genre intellectuel. Regarde-la.

Je tirai de ma ceinture l'arme confisquée et l'examinai. Et je repris le contact par casque.

– Chérie, tu ne vas pas le croire. Il n'est pas chargé.

– Hein !

– Eh oui, « hein » ! Je n'ai rien à ajouter. Et tu peux citer mes paroles.

Je balançai cette arme inutile dans un coin du bus et jetai un coup d'œil sur le rolligon qui approchait rapidement. Pourquoi porter une arme non chargée ? Folie pure !

Gwen me fit de nouveau signe. Nouveau contact par casques.

– Oui ?

– Les munitions de cette arme sont sur le corps, tu peux parier.

– Je ne parie pas; j'y ai pensé. Gwen, si je devais tenter de fouiller ce cadavre, il me faudrait d'abord refroidir les deux autres. Ce n'est pas une bonne idée.

– J'en conviens. Et de toute façon on n'a plus le temps. Les voilà.

Mais ils n'arrivèrent pas; enfin, pas tout à fait. L'autre rolligon, alors qu'il se trouvait à deux cents mètres à peine, vira sur sa gauche, manifestant clairement qu'il voulait éviter une collision. Lorsqu'il passa devant nous, je pus lire sur son côté : Vigiles Volontaires – Hong Kong de Luna.

Marcy m'appela :

– Bozell dit qu'il vous a trouvé mais qu'il ne peut vous joindre par radio.

– Je ne vois pas pourquoi. Vous y arrivez bien, vous.

– Parce que j'ai pensé que vous ne seriez pas sur le bon canal. Midnight, quoi que vous devriez faire, on a l'absolue certitude que vous allez faire autre chose...

– Vous me flattez ! Qu'est-ce que j'aurais dû faire, cette fois ?

– Vous auriez dû passer sur le canal deux. Celui qui est réservé aux véhicules de surface.

– J'apprends tous les jours quelque chose. Merci.

– Quand on ignore ça, on ne devrait pas piloter un véhicule à la surface de cette planète.

– Tout à fait d'accord, commandant.

Nous aperçûmes Hong Kong de Luna à l'horizon plusieurs minutes avant d'y être : le pylône d'atterrissage d'urgence, les grosses antennes paraboliques utilisées pour parler avec la Terre, les énormes antennes pour Mars et la Ceinture, les panneaux destinés à capter l'énergie solaire... et cela devenait plus impressionnant encore en approchant. Bien sûr, tout le monde vit sous terre... mais on est tenté d'oublier tout ce que Luna possède en surface en matière d'industrie lourde; et il est parfaitement illogique que je l'oublie puisque la plus grande partie de la richesse de Luna est liée au fort rayonnement solaire, aux nuits glaciales et au vide infini. Mais, comme le faisait observer ma femme, je suis du genre intellectuel.

Nous passâmes devant le nouveau complexe Nissan-Shell, des hectares et des hectares de tuyaux et de cheminées de craquage, de raffineries à l'envers, de valves, de pompes, de pyramides Bussard. Les longues ombres découpées par le

Soleil levant en faisaient un tableau de Gustave Doré, revu par Pieter Bruegel et orchestré par Salvador Dali. Juste après, nous trouvâmes la prise nord.

Grâce à tante Lilybet, ils nous permirent d'utiliser le petit Kwiklok : la petite porte. Bill sortit avec tantine – il l'avait bien gagné –, puis suivirent Lady Dee et son mari survivant, puis Ekaterina et les gosses. Cette chère Diana s'était encore distinguée en demandant qu'on la conduise au spatioport. Bill et moi ne lui avions pas permis d'embêter Gwen avec ses ordres royaux mais cela nous l'avait rendue moins sympathique encore, si c'était possible. Je fus heureux de les voir disparaître dans la prise d'air. Et tout se passa bien, car le mari d'Ekaterina passait la porte principale au moment où nous perdions notre VIP. Nigel O'Toole refit le même chemin avec sa famille (y compris le pathétique petit corps) après que Gwen eut serré Ekaterina dans ses bras et promis de l'appeler.

Et puis ce fut notre tour... et nous vîmes que Bonsaï-San ne pouvait pas passer par le Kwiklok. Nous fîmes donc le tour pour passer par la grande porte, plus lente. Je vis que quelqu'un descendait le cadavre de la tourelle de l'*Entends-moi, Jésus* tandis que d'autres déchargeaient sa cargaison sous les yeux de quatre gardes armés. Je me demandai ce que nous avions bien pu transporter. Mais cela ne me regardait pas. (Ou peut-être que si : peut-être était-ce là la cause de ce carnage.) Nous passâmes le sas principal : nous, le bonsaï, la petite valise, le sac, la perruque emballée, la canne et ma prothèse.

Passé la porte, nous parcourûmes un long couloir en pente puis traversâmes deux sas de pressurisation. Devant la seconde porte, un distributeur vendait des contrats de courte durée pour de l'air. Mais une pancarte annonçait : EN DÉRAN-GEMENT. Prière de déposer une demi-couronne pour 24 heures. Je rajoutai une couronne pour Gwen et moi aux quelques pièces qui se trouvaient dans une soucoupe sur l'appareil.

À l'extrémité du tunnel, un autre sas s'ouvrait sur la ville.

Des bancs étaient disposés, juste à l'intérieur, pour les personnes qui enfilaient ou retiraient leurs combinaisons. Avec un soupir de soulagement, je me dévêtis et fixai rapidement mon pied artificiel.

Dry Bones est un village, Lucky Dragon une petite ville, Hong Kong de Luna une métropole qui ne le cède qu'à Luna City. À cette heure-ci, il paraissait ne pas y avoir tellement de monde, mais nous étions en pleine nuit; seuls traînaient dans le coin les gens qui travaillaient de nuit. Les lève-tôt avaient encore deux heures de sommeil devant eux, même s'il faisait grand jour dehors.

Mais ce couloir presque désert sentait déjà la grande ville; un panonceau, au-dessus du porte-manteau destiné aux combinaisons, disait : PORTE-MANTEAU À VOTRE DISPOSITION À VOS RISQUES ET PÉRILS – VOIR JAN AU VESTIAIRE – AGRÉÉ ET ASSURÉ – Une couronne par combinaison.

Au-dessous, une autre pancarte où était inscrit à la main : *Soyez plus malins – Une demi-couronne chez Sol – Ni agréé ni assuré, simplement honnête.* Chaque pancarte portait une flèche, l'une pointant vers la droite, l'autre vers la gauche.

– Où, chéri ? me demanda Gwen. Chez Sol ? Ou chez Jan ?

– Ni l'un ni l'autre. Ce coin ressemble assez à Luna City pour que je sache comment m'y débrouiller. (Je jetai un coup d'œil autour de moi, repérai une lumière rouge.) Voilà un hôtel. Avec mon pied en place, je peux prendre une combinaison sous chaque bras. Tu peux te débrouiller avec le reste ?

– Certainement. Et ta canne ?

– Je la glisserai dans la ceinture de ma combinaison. Pas de problème.

Nous nous dirigeâmes vers l'hôtel. À la réception, une jeune femme était assise et lisait : un texte de Sylvester sur la transgénique, un classique. Elle leva les yeux.

– Vous feriez mieux de vous occuper de ces combinaisons d'abord, dit-elle. Voyez Sol, à côté.

– Non, je veux une grande chambre, avec un immense lit. Nous poserons cela dans un coin.

Elle jeta un coup d'œil à son diagramme des chambres.

– J'ai des chambres à un lit. À deux lits. Des suites. Mais pas ce que vous voulez. Non. Tout est occupé.

– C'est combien, la suite ?

– Ça dépend. J'en ai une avec deux grands lits et rafraîchisseur. J'en ai une sans lit mais avec sol capitonné et des tas de coussins. Et là…

– Combien pour les deux grands lits ?

– Quatre-vingts couronnes.

– Écoutez, citoyenne, je suis moi-même lunien. Mon grand-père a été blessé sur les marches du Bon Marché. Son père a été expédié ici pour syndicalisme criminel. Je connais les prix de Loonie City ; ça ne peut être plus cher à ce point à Kong. Combien prendriez-vous pour ce que je vous ai demandé ? S'il y en avait une de libre ?

– Ça ne m'impressionne pas, l'ami ; n'importe qui peut prétendre avoir des ancêtres qui ont fait la Révolution, et la plupart des gens ne s'en privent pas. Mes ancêtres ont accueilli Neil Armstrong à son arrivée. Vous pouvez faire mieux ?

– Non, et j'aurais dû me taire, dis-je en souriant. Quel est votre véritable prix pour une

chambre double avec un grand lit et un rafraîchisseur ? Pas votre prix pour touristes.

— Une chambre standard double avec un grand
lit et un rafraîchisseur, c'est vingt couronnes. Je
vais vous dire, l'ami : je n'ai pas grande chance
de louer mes suites à cette heure de la nuit – ou
du matin. Je vous laisse une suite « orgie » pour
vingt couronnes et vous la libérez à midi.

— Dix couronnes.

— C'est du vol. Dix-huit. Au-dessous, je perds
de l'argent.

— Oh, non. Comme vous l'avez fait observer,
à cette heure vous ne pouvez espérer la louer à
aucun prix. Quinze couronnes.

— Faites voir votre argent.Mais il faut être parti
à midi.

— Disons une heure. Nous avons été debout
toute la nuit et la journée a été rude, dis-je en
comptant les billets.

— Je sais, fit-elle avec un geste du menton vers
son terminal. Le *Hong Kong Gong* a diffusé plusieurs bulletins à votre sujet – d'accord pour une
heure – mais si vous restez plus tard, vous payez
plein tarif ou vous passez dans une chambre ordinaire. Vous avez vraiment rencontré des bandits ?
Sur la route de Lucky Dragon ?

— On m'a déjà affirmé qu'il n'y a pas de bandits
dans cette région. Disons que nous sommes
tombés sur des étrangers peu amicaux. Nous avons
eu trois morts et deux blessés. Nous les avons
ramenés.

— Oui, j'ai vu. Vous voulez une facture pour
votre note de frais ? Pour une couronne je vous
en établis une tout à fait officielle pour le montant
que vous voulez. Et j'ai trois messages pour vous.

— Comment cela ? demandai-je, surpris. Personne ne sait que nous descendons à votre hôtel.
Nous ne le savions pas nous-mêmes.

— Il n'y a rien de sorcier, l'ami. Quand un

étranger arrive par la prise nord tard dans la nuit, il y a sept chances contre deux pour qu'il tombe dans mon lit; enfin, dans l'un de mes lits, et pas de plaisanterie facile, s'il vous plaît. (Elle jeta un regard à son terminal.) Si vous n'aviez pas pris vos messages dans les dix minutes, ils auraient fait le tour de tous les hôtels. Si, malgré ça, on ne vous avait pas trouvés, le chargé de la sécurité publique aurait commencé ses recherches. Ce n'est pas si souvent qu'on a de séduisants étrangers tout droit sortis d'une aventure romanesque.

— Inutile de frétiller devant lui, mon chou, lui dit Gwen. Il est fatigué. Et déjà pris. Passez-moi les messages, voulez-vous ?

La directrice de l'hôtel regarda froidement Gwen et se tourna vers moi :

— L'ami, si vous ne l'avez pas encore payée, je peux vous garantir quelque chose de mieux, de plus jeune et de plus joli, pour un prix honnête.

— Votre fille ? demanda doucereusement Gwen. Les messages, s'il vous plaît.

La femme haussa les épaules et me tendit les messages. Je la remerciai et dis :

— À propos de cette autre chose, plus jeune, c'est possible. Plus jolie, j'en doute. Et ça ne peut être meilleur marché; j'ai épousé celle-ci pour son argent.

Elle me regarda, regarda Gwen.

— C'est vrai ? Il vous a épousée pour votre argent ? Il faut le lui faire gagner !

— Il dit qu'il le gagne, répondit pensivement Gwen. Je n'en suis pas si sûre. Voilà seulement trois jours que nous sommes mariés. Nous sommes en pleine lune de miel.

— Moins de trois jours, chérie, rectifiai-je. Ça semble plus long, c'est tout.

— L'ami, ne parlez pas comme ça à votre épouse ! Vous êtes un mufle et une brute, et probablement en fuite.

— Oui. Je suis tout cela à la fois.

Elle m'ignora, s'adressant à Gwen.

— Mon chou, je ne savais pas que vous étiez en pleine lune de miel, sans quoi je n'aurais pas proposé ce « quelque chose » à votre mari. Je m'excuse humblement. Mais, un peu plus tard, quand vous serez fatiguée de ce beau parleur, je pourrai vous trouver la même chose, mais en masculin. Prix honnête. Jeune. Beau. Viril. Résistant. Affectueux. Appelez ou téléphonez et demandez Xia : c'est moi. Garanti : satisfaite ou remboursée !

— Merci. Pour le moment, tout ce que je veux, c'est le petit déjeuner. Et, après cela, un lit.

— Le petit déjeuner, derrière vous à l'autre bout du couloir. Le New York Café, chez Sing. Je vous recommande son Spécial Gueule de Bois à une couronne cinquante. (Elle prit deux cartes dans son tableau.) Voici vos clés. Mon chou, vous voulez demander à Sing de m'envoyer un croque-monsieur au cheddar et du café ? Et ne le laissez pas vous prendre plus d'une couronne cinquante pour son Spécial Gueule de Bois. Il triche pour le plaisir.

Nous laissâmes nos bagages à Xia et traversâmes le couloir pour prendre notre petit déjeuner. Le Spécial Gueule de Bois valait bien ce que Xia en avait dit. Et, enfin, nous gagnâmes notre suite, la suite matrimoniale; là encore, Xia avait bien fait les choses. Elle nous conduisit dans nos appartements et nous regarda nous extasier : champagne dans un seau à glace, couvre-lit rabattu, draps parfumés, fleurs (artificielles mais ressemblantes) éclairées par une unique lumière.

La mariée embrassa Xia et Xia embrassa la mariée. Elles reniflèrent un peu l'une et l'autre; ce qui était aussi bien car il s'était passé tant de choses, et si vite, que Gwen n'avait pas eu le temps de pleurer. Les femmes ont besoin de pleurer.

Et puis Xia embrassa le marié et le marié ne pleura pas et ne se fit pas prier. (Xia est du type oriental, avec d'aimables rondeurs, comme Marco Polo en a trouvé, dit-on, à Xanadou.) Et elle m'embrassa avec beaucoup de conviction.

– Wou ! dit-elle en reprenant son souffle.

– Oui, wou ! En effet. Combien prenez-*vous* pour ce que vous m'avez proposé il y a un instant ?

– Grossier, dit-elle en me souriant, mais sans se dégager. Mufle. Vaurien. Je distribue des échantillons gratuits. Mais pas aux jeunes mariés, précisa-t-elle en se dégageant cette fois. Reposez-vous bien, mes chéris. Oubliez cette histoire d'avoir à libérer la chambre à une heure. Dormez autant que vous voudrez; je vais prévenir le gérant de jour.

– Xia, deux de ces messages me demandaient de rencontrer des gens aux aurores. Voulez-vous empêcher qu'on nous dérange ?

– J'y ai déjà pensé; j'ai lu les messages avant vous. Laissez tomber. Même si Bully Bozell se pointe avec tous ses boy-scouts, le gérant fera semblant d'ignorer où est votre chambre.

– Je ne veux pas vous créer d'ennuis avec votre patron.

– Je ne vous l'ai pas dit ? C'est moi le patron. Avec la BancAmerica.

Elle me donna un baiser rapide et disparut.

– Richard, dit Gwen tandis que nous nous déshabillions, elle attendait qu'on lui demande de rester. Et ce n'est pas le genre de petite vierge aux grands yeux innocents comme Gretchen. Pourquoi ne l'as-tu pas invitée ?

– Oh, zut ! Je ne savais pas comment faire.

– Tu aurais pu défaire son cheong-sam pendant qu'elle tentait de t'étouffer; cela aurait fait l'affaire. Il n'y avait rien dessous. Rectification : il n'y avait que Xia dessous. Mais elle est assez abondante, j'en suis sûre. Donc, pourquoi ne l'as-tu pas fait ?

– Tu veux savoir la vérité ?

– Euh... je n'en suis pas sûre.

– Parce que c'est avec *toi* que je voulais coucher, fille, sans autre distraction. Parce que je ne suis pas encore fatigué de toi. Il ne s'agit ni de ton esprit ni de tes qualités intellectuelles, dont tu es quasiment dépourvue, mais de ton doux petit corps. Et j'en ai envie.

– Oh, Richard !

– Avant le bain ? Ou après ?

– Euh... les deux ?

– Brave fille !

14

> « *La démocratie peut résister à n'importe quoi sauf aux démocrates.* »
> J. HARSHAW, 1904-

> « *Tous les rois sont surtout des vauriens.* »
> Mark TWAIN, 1835-1910

– J'ai été surpris que tu saches conduire un rolligon, dis-je pendant que nous prenions notre bain.

– Pas autant que tu m'as surprise quand j'ai vu que ta canne était un fusil.

– Ah, oui, ça me rappelle... Cela te gênerait-il qu'on n'en sache rien ?

– Bien sûr que non, Richard, mais comment ?

– Ma canne truquée cesse d'être une protection

quand on sait de quoi elle est faite. Mais si on pense que tu es la seule à avoir tiré, on ne l'apprendra jamais.

– Je ne vois pas. Ou plutôt je ne comprends pas. Tout le monde, dans le bus, t'a vu te servir d'un fusil.

– Tu crois, vraiment ? Toute la bataille s'est déroulée dans le vide, et dans un silence total. Donc personne n'a entendu mes coups de feu. Qui m'a vu tirer ? Tantine ? Elle était blessée avant que j'intervienne. Quelques secondes à peine, mais il s'agit bien de secondes. Bill ? Occupé avec tantine. Ekaterina et ses gosses ? Je doute que les gosses aient compris quoi que ce soit, et leur mère était sous le choc le plus terrible qu'une mère puisse subir; quel témoin pourrait-elle faire ? La chère Diana et ses gigolos ? L'un est mort et l'autre était si retourné qu'il m'a pris pour un bandit. Quant à Lady Dee elle-même, elle est si égocentrique qu'elle n'a jamais compris ce qui se passait. Pour elle, il ne s'est agi que de quelque ennuyeuse stupidité qui contrariait sa royale humeur. Tourne-toi que je te frotte le dos.

Gwen se tourna et je poursuivis :

– Nous allons faire mieux encore. Je vais prendre tout cela à mon compte.

– Comment ?

– Ma canne et ton petit Mikayo utilisent des cartouches de même calibre. Donc, tous les coups sont partis du Mikayo – tirés par moi, pas par toi – et ma canne n'est qu'une canne. Et tu es ma douce et innocente épouse, qui ne ferait jamais quelque chose d'aussi grossier que de riposter au tir d'inconnus. Ça te va ?

Gwen mit un tel temps à répondre que je commençai à croire que je l'avais offensée.

– Richard, peut-être n'avons-nous tiré sur personne. Ni toi ni moi.

– Oh ? Tu m'intéresses. Dis-moi comment.

– Je suis tout aussi peu enthousiaste à l'idée de reconnaître que je porte une arme que toi à l'idée qu'on découvre que ta canne possède des talents cachés. Certaines villes sont très vieux jeu sur la question de la dissimulation des armes... mais plus d'une fois j'ai eu la vie sauve grâce à un pistolet dans mon sac – ou sur moi – et j'ai la ferme intention de continuer à en porter un. Richard, si personne ne sait que tu t'es servi de ta canne, personne ne sait non plus que j'ai utilisé mon Mikayo. Tu es plus large que moi et j'avais le siège près de la fenêtre. Quand nous nous sommes baissés, je ne pense pas qu'on ait pu bien me voir : tes épaules ne sont pas transparentes.

– Hum. Peut-être. Et les corps avec ces pruneaux dedans ? Six millimètres cinq de calibre, pour être précis.

– Tués par les bouchers, dans cette grande roue.

– Ils lançaient des éclairs, pas des balles.

– Richard, Richard ! Est-ce que tu *sais* s'ils n'avaient pas d'armes à feu avec leurs armes à énergie ? Moi pas.

– Hum. Mon amour, tu as l'esprit aussi tortueux qu'un diplomate.

– Je *suis* diplomate. Passe-moi le savon, veux-tu ? Richard, il ne faut rien dire. Nous ne sommes que des passagers, des spectateurs innocents et un peu idiots. Nous ne sommes pas responsables de la mort de ces partisans de la réforme agraire, ni de la façon dont ils sont morts. Mon père m'a toujours dit de tenir mes cartes verticales et face à moi et de ne jamais rien reconnaître. Le moment est venu de le mettre en application.

– Mon papa m'a toujours dit la même chose. Gwen, pourquoi ne m'as-tu pas épousé plus tôt ?

– Il m'a fallu du temps pour te polir, chéri. Ou vice versa. Prêt pour le rinçage ?

216

Tandis que je l'essuyais, je me souvins d'une question à laquelle je n'avais pas eu de réponse.

— Mon épouse idéale, où as-tu appris à piloter un rolligon ?

— Où ? Sur la mer de la Sérénité.

— Hein ?

— J'ai appris en regardant Gretchen et tantine. J'ai piloté aujourd'hui pour la première fois.

— Eh bien ! Pourquoi ne l'as-tu pas *dit* ?

— Mon bien-aimé, répondit-elle en m'essuyant, si tu l'avais su, tu te serais inquiété. Inutilement. Chaque fois que j'ai été mariée, j'ai toujours eu pour règle de ne jamais rien dire à mon mari qui puisse l'inquiéter si je pouvais raisonnablement faire autrement. (Elle me fit un sourire angélique.) C'est mieux ainsi. Les hommes sont des inquiets; pas les femmes.

Je fus tiré d'un profond sommeil par des coups violents frappés à la porte.

— Ouvrez, là-dedans !

Je ne vis aucune bonne raison de répondre et m'en dispensai donc. Je bâillai largement, en prenant garde de ne pas laisser échapper mon âme, puis tâtonnai sur ma droite. Et me réveillai brutalement et d'un seul coup; Gwen n'était pas là.

Je sortis du lit si vite que la tête m'en tourna; je faillis tomber. Je secouai la tête pour m'éclaircir les idées puis sautillai jusqu'au rafraîchisseur. Gwen n'y était pas. On frappait toujours à la porte.

Ne buvez jamais de champagne au lit juste avant de vous endormir; je dus vidanger un litre de champagne usagé avant de pouvoir pousser un soupir de soulagement et de penser à autre chose. On continuait à cogner en gueulant de l'autre côté de la porte.

Glissé au bout de mon pied se trouvait un mot de ma bien-aimée. Quelle femme futée ! C'était encore mieux que de le fixer à ma brosse à dents. Le mot disait :

Mon chéri,

J'ai été prise d'une crise de lève-tôt. Je me lève donc et je vais faire quelques courses. D'abord chez Sears Montgomery pour rapporter nos combines et régler le montant de la location. Pendant que j'y serai, je prendrai des chaussettes et des caleçons pour toi et des culottes pour moi et diverses autres choses. Je vais laisser un mot à la réception disant à Bill de rapporter également sa combinaison; eh oui, il est arrivé après nous, et Xia l'a mis dans une chambre seul, arrangé avec elle. Après cela, j'irai voir tantine au Wyoming Knott Memorial Hospital et j'appellerai Ekaterina.

Tu dors comme un bébé et j'espère être de retour avant ton réveil. Sinon — et si tu sors — laisse un mot à la réception. Je t'aime.

Gwendolyn

On continuait à cogner à la porte. Je mis mon pied, remarquant que nos combinaisons ne se trouvaient plus où je les avais laissées, c'est-à-dire dans leur pose romanesque sur le sol, selon une idée de ma paillarde de femme. Je passai les seuls vêtements que j'avais, arrosai le petit érable et découvris qu'il n'avait guère besoin d'eau; Gwen avait dû s'en occuper.

— Ouvrez !

— Allez vous faire foutre ! répondis-je poliment.

Un grattement remplaça bientôt les coups. Je m'approchai, me plaçai un peu de côté. Il ne s'agissait pas d'une porte à dilatation mais d'une porte traditionnelle, munie de gonds.

Elle s'ouvrit en grand et violemment; mon bruyant visiteur se rua à l'intérieur. Je le saisis au passage et le balançai à travers la pièce. À un sixième de g, il faut faire attention : il faut prendre soin de caler un pied contre quelque chose, sans quoi on perd toute force de traction et ça ne marche pas.

Il rebondit contre le mur d'en face et s'étala sur le lit.

— Retirez vos pieds sales de mon lit ! dis-je.

Il descendit du lit en hâte. Je poursuivis, furieux :

— Maintenant, expliquez-moi pourquoi vous avez fait irruption dans ma chambre... et vite, sans quoi je vous arrache le bras pour vous taper sur la tête. Pour qui vous prenez-vous ? Réveiller un citoyen qui a mis la pancarte « Ne pas déranger » bien en évidence ! Répondez !

Je voyais bien qui il était : une sorte de clown urbain; il portait un uniforme qui puait le flic. Sa réponse, mi-indignation, mi-arrogance, me confirma dans mon idée.

— Pourquoi n'avez-vous pas ouvert quand je vous l'ai ordonné ?

— Pourquoi l'aurais-je fait ? C'est *vous* qui payez cette chambre ?

— Non, mais...

— Eh bien, voilà. Sortez d'ici !

— Maintenant, vous allez m'écouter. Je suis un agent de la sécurité de la Cité Souveraine de Hong Kong de Luna. Il vous est demandé de vous présenter devant le Modérateur du Conseil Municipal de ladite ville pour fournir des renseignements nécessaires à la paix et à la sécurité de cette cité.

— Vraiment ? Montrez-moi votre mandat.

— Je n'ai pas besoin de mandat. Je suis en uniforme et en service; vous êtes tenu de m'apporter votre collaboration. Ordonnance municipale deux cent dix-sept, tiret, quatre-vingt-deux, page quarante et une.

— Avez-vous un mandat vous permettant d'enfoncer la porte de ma chambre ? Ne me dites pas que vous n'en avez pas besoin. Je vous poursuivrai et vous piquerai jusqu'à votre dernière couronne, et ce costume de singe avec.

Je vis les muscles de sa mâchoire se crisper mais il se borna à répondre :

— Venez sans faire d'histoires, ou faut-il que je vous traîne ?

— On fait cela en deux manches gagnantes ? proposai-je en souriant. J'ai gagné la première. Approchez. (Je vis que nous avions du monde à la porte.) Bonjour, Xia. Vous savez qui est ce clown ?

— Monsieur Richard, je suis désolée. Mon gérant de jour a tenté de l'en empêcher; il n'a rien voulu savoir. Je suis venue aussi vite que j'ai pu.

Je vis qu'elle était nu-pieds et pas maquillée; on l'avait donc tirée de son sommeil, elle aussi. Je lui dis gentiment :

— Ce n'est pas votre faute, ma chère. Il n'a pas de mandat. Est-ce que je le jette dehors ?

— Eh bien... dit-elle, l'air ennuyé.

— Oh, je vois. Je crois comprendre. Tout au long de l'histoire, les hôteliers ont dû collaborer avec les flics. Et tout au long de l'histoire, les flics ont toujours eu un cœur de voleur et des manières brutales. Très bien, pour vous être agréable je vais le laisser vivre. (Je me tournai vers le flic.) L'ami, vous pouvez retourner auprès de votre patron pour lui dire que j'arrive. Après avoir avalé au moins deux tasses de café. Xia, ça vous dit ? Allons voir ce que Sing a à nous offrir.

À cet instant, Joe-le-Dur m'obligea à lui prendre son arme. On peut me tirer dessus – on l'a déjà fait, et plus d'une fois – mais il ne suffit pas de braquer une arme sur moi et de croire que tout est réglé.

Je ne voulais pas de son pistolet : une camelote de bazar... Je me contentai d'en retirer les balles, m'assurai qu'elles n'étaient pas du calibre que j'utilisais, les jetai dans le vide-ordures et lui restituai son arme.

À la perte de ses cartouches, il se mit à gueuler, mais je lui expliquai patiemment que son pistolet demeurait assez bon pour l'usage qu'il en faisait et que, si je lui avais laissé ses munitions, il aurait pu se blesser.

Il continua à brailler et je le priai d'aller brailler auprès de son patron. Et je lui tournai le dos. Je suis certain qu'il était ennuyé. Mais je l'étais aussi.

Quarante minutes plus tard, je me sentais mieux, bien qu'ayant encore un peu sommeil. Donc, après avoir bavardé avec Xia devant un café et des beignets à la confiture, je me présentai au bureau de l'Honorable Jefferson Mao, Modérateur du Conseil des Choisis de la Cité Souveraine de Hong Kong de Luna, d'après ce qu'annonçait la plaque à sa porte. Je me demandai ce que le Congrès de l'État libre de Luna pensait de cette utilisation du mot « souverain », mais cela ne me regardait pas.

Une dame pétillante, les yeux bridés et les cheveux roux (des gènes intéressants, je crois), me demanda mon nom.

– Richard Johnson. Le Modérateur veut me voir.

– Vous êtes en retard, dit-elle après un coup d'œil sur son moniteur. Il va vous falloir attendre. Vous pouvez vous asseoir.

– Et peut-être ne le puis-je pas. Je vous ai dit que le Modérateur voulait me voir; je ne vous ai pas dit que je voulais voir le Modérateur. Pianotez sur cette boîte et faites-lui savoir que je suis là.

– Il ne m'est pas possible de vous caser avant deux heures au moins.

– Dites-lui que je suis ici. S'il ne veut pas me voir, je m'en vais.

– Très bien, revenez dans deux heures.

– Vous ne m'avez pas compris. Je *m'en vais*. Je quitte Kong. Je ne reviendrai pas.

Je bluffais mais, au moment où je le dis, je sus que je ne bluffais pas. Mes projets, pas très précis pour l'instant, prévoyaient un séjour d'une durée indéterminée à Kong. Je compris soudain que je ne demeurerais pas dans une ville qui s'était si profondément enracinée dans les habitudes constitutives de la civilisation qu'un flic pouvait faire irruption dans la chambre d'un citoyen pour l'unique raison que quelque officieux officiel décidait de le convoquer. Non, vraiment ! Un soldat de deuxième classe, dans une unité militaire bien tenue et disciplinée, a plus de liberté et de droit à l'intimité qu'ici. Hong Kong de Luna, chantée dans l'histoire et les chansons comme le berceau de la Liberté de Luna, n'était plus un endroit vivable.

– Monsieur Johnson ! me rappela-t-elle alors que j'arrivais presque à la porte.

– Oui, dis-je, m'arrêtant sans me retourner.

– Revenez !

– Pourquoi donc ?

– Le Modérateur va vous recevoir, dit-elle, l'air peiné.

– Très bien.

La porte s'effaça en roulant quand je m'en approchai, mais je ne me retrouvai pas dans le bureau du Modérateur; encore trois portes à franchir, chacune gardée par un fidèle chien de garde, ce qui m'en apprit plus qu'il n'en fallait sur le gouvernement actuel de Hong Kong de Luna.

Le garde de la dernière porte m'annonça et m'introduisit. M. Mao leva à peine les yeux sur moi.

– Asseyez-vous, dit-il.

Je m'assis, ma canne posée contre mon genou.

J'attendis cinq minutes que le patron de la ville feuillette des papiers et continue à m'ignorer. Après quoi je me levai, me dirigeant lentement vers la porte en m'appuyant sur ma canne. Mao leva les yeux.

– Monsieur Johnson ! Où allez-vous ?

– Je m'en vais.

– Vraiment. Vous n'allez *pas* faire ça, n'est-ce pas ?

– J'ai à faire. Pourquoi devrais-je y renoncer ?

– Si vous insistez, me dit-il, le regard vide, je peux vous citer une ordonnance municipale qui vous fait obligation de m'apporter votre collaboration quand je le demande.

– S'agit-il de l'ordonnance deux cent soixante-dix, tiret, quatre-vingt-deux ?

– Je vois que vous connaissez... vous pouvez donc difficilement invoquer l'ignorance pour justifier votre comportement.

– Je ne connais *pas* cette ordonnance, mais seulement sa référence. Elle m'a été indiquée par une espèce de brute clownesque qui a fait irruption dans ma chambre. Cette ordonnance prévoit-elle ce genre d'intrusion ?

– Oh, oui. Entraves à un agent de la sécurité dans l'exercice de ses fonctions. Nous en reparlerons. Cette ordonnance que vous avez citée est le fondement de notre liberté. Les citoyens, les résidents, les visiteurs même, sont libres de leurs mouvements, sous réserve du devoir civique qui leur est fait de coopérer avec tout officiel élu, nommé ou désigné, dans l'exercice de ses fonctions.

– Et qui décide de la nécessité d'une coopération, et dans quelle mesure elle est nécessaire ?

– Eh bien, l'officiel en cause, bien entendu.

– C'est ce que je pensais. Désirez-vous autre chose de moi ? demandai-je en faisant mine de me lever.

– Asseyez-vous. Oui, j'ai encore besoin de vous. Et *j'exige* votre collaboration. Désolé de vous présenter les choses ainsi mais vous semblez ne pas comprendre quand on se montre poli.

– En enfonçant ma porte, par exemple ?

– Vous me fatiguez. Asseyez-vous et taisez-vous. Je vais vous interroger... dès qu'arriveront les deux témoins.

Je m'assis et me tus. Je pensais comprendre le nouveau régime maintenant : liberté absolue... sauf que le premier attrapeur de chiens du potentat suprême pouvait imposer n'importe quoi à tout citoyen, et à n'importe quelle heure.

C'était la « liberté » telle que définie par Orwell et Kafka, la « liberté » telle que garantie par Staline et Hitler, la « liberté » de parcourir votre cage en long et en large. Je me demandai si l'interrogatoire à venir serait appuyé sur quelque appareil mécanique ou électrique, des drogues ou autres et je sentis mon estomac se nouer. Lorsque j'étais encore en activité et fréquemment confronté à l'éventualité de me voir capturé alors que je détenais des renseignements secrets, j'avais toujours sur moi un ultime ami, une « dent creuse ». Mais je ne portais plus une telle protection.

J'avais peur.

Peu après, deux hommes entrèrent. Mao répondit à leur bonjour et leur fit signe de s'asseoir; un troisième homme arriva peu après.

– Oncle Jeff, je...

– Tais-toi et assieds-toi.

Ce dernier arrivant était le clown dont j'avais vidé le pistolet; il se tut et s'assit. Je le surpris à me regarder; il détourna les yeux.

– Commandant Bozell, dit Mao en repoussant ses papiers, je vous remercie d'être venu. Vous aussi, commandant Marcy. Commandant, vous avez des questions à poser à un certain Richard Johnson. Il est là. Allez-y.

Bozell était un petit homme qui se tenait très droit, aux cheveux blonds coupés en brosse et aux mouvements brusques.

– Bien. Allons droit au but ! Pourquoi m'avez-vous envoyé à une chasse aux canards sauvages ?

– Quelle chasse aux canards sauvages ?

– Ah ! Allez-vous nier que vous m'avez raconté une histoire à dormir debout à propos d'une attaque de bandits ? Dans une région où il n'y a jamais eu de bandits ! Niez-vous que vous m'avez pressé de vous envoyer une équipe de secours et sauvetage ? Sachant que je ne trouverais rien ! Répondez !

– Cela me rappelle, dis-je... Quelqu'un peut-il me dire comment va tante Lilybet ce matin ? Parce qu'on m'a dit de venir ici et que je n'ai pas eu le temps de passer à l'hôpital.

– Ah ! Ne changez pas de sujet. Répondez !

– Mais, c'est bien *là* la question, dis-je d'une voix douce. Au cours de cette histoire à dormir debout, comme vous dites, une vieille dame a été blessée. Est-elle encore vivante ? Quelqu'un le sait-il ?

Bozell allait répondre, mais Mao le coupa.

– Elle est vivante. Elle l'était il y a une heure. Johnson, vous avez intérêt à prier pour qu'elle le reste. J'ai là une déposition, dit-il en tapotant son terminal, d'une citoyenne dont la parole ne peut être mise en doute. L'une de nos plus importantes actionnaires, Lady Diana Kerr-Shapley. Elle déclare que vous avez abattu madame Lilybet Washington...

– *Quoi ?*

– ... en faisant régner une véritable terreur au cours de laquelle vous avez provoqué la mort par asphyxie de son mari, l'Honorable Oswald Progant, cassé le poignet de son mari l'Honorable Brockman Hogg, et terrorisé Lady Diana elle-même, que vous avez, en outre, insultée plusieurs fois.

– Hum. Est-ce qu'elle a dit qui avait tué l'enfant O'Toole ? Et le tireur de la tourelle ? Qui l'a tué, *lui* ?

– Elle a déclaré ne pas avoir tout vu au milieu de cette confusion. Mais vous êtes sorti alors que le bus était arrêté et vous êtes grimpé dans la tourelle – c'est là, sans doute, que vous avez achevé le pauvre garçon.

– C'est de vous, ça, ou c'est elle qui l'a dit ?

– C'est de moi. Forte présomption. Lady Diana a bien pris soin de ne rien affirmer qu'elle n'ait vu de ses propres yeux. Y compris ce rolligon fantôme bourré de bandits. Elle ne l'a absolument *pas vu*.

– C'est bien cela, monsieur le Modérateur, ajouta Bozell. Ce pirate a détourné le bus, tué trois personnes et en a blessé deux autres... et il a inventé l'histoire des bandits pour cacher ses crimes. Il n'y a pas de bandits dans cette région; tout le monde le sait.

– Un instant, s'il vous plaît, monsieur le Modérateur, dis-je, essayant de revenir à la réalité. Le commandant Marcy est ici. Je crois qu'il a une photo du rolligon des bandits.

– C'est moi qui pose les questions, monsieur Johnson.

– Mais... l'a-t-il prise ou pas ?

– Ça suffit, Johnson ! ou je vous fais boucler. Vous troublez l'ordre.

– En quoi est-ce que je trouble l'ordre ?

– Vous perturbez le déroulement de cette enquête par des commentaires qui n'ont rien à voir avec la question. Attendez qu'on vous interroge. Et répondez à la question posée.

– Oui, monsieur. Quelle est la question ?

– Je vous ai dit de vous taire !

Je me tus. Et les autres aussi.

M. Mao, qui pianotait sur son bureau, demanda :

– Commandant, avez-vous d'autres questions ?

– Ah ! Il n'a jamais répondu à ma première question. Il l'a esquivée.

– Johnson, répondez !

Je pris l'air idiot : mon meilleur rôle.

– Quelle est la question ?

Mao et Bozell se mirent à parler tous les deux à la fois; Bozell se tut, laissant Mao poursuivre :

– Résumons-nous : pourquoi avez-vous fait cela ?

– Qu'ai-je fait ?

– Je viens de vous le dire !

– Mais, je n'ai rien fait de ce que vous avez dit. Monsieur le Modérateur, je ne vois pas en quoi cela vous intéresse. Vous n'y étiez pas. Ce bus n'est pas de votre ville. Moi non plus. Tout s'est déroulé en dehors de votre ville. Qu'avez-vous à y voir ?

Mao s'enfonça dans son siège, l'air suffisant.

– Ah ! dit Bozell qui ajouta : Dois-je le lui dire, monsieur le Modérateur ? Ou voulez-vous vous en charger ?

– Je vais le lui dire. Et avec grand plaisir. En fait, Johnson, il y a moins d'un an de cela, le Conseil de cette cité souveraine a pris une sage décision. Il a décidé d'étendre sa juridiction à cent kilomètres des limites de la ville, en surface et en sous-sol.

– Et, ajouta Bozell, ravi, il a fait des Vigiles Volontaires l'arme officielle du gouvernement, chargée du maintien de l'ordre à l'intérieur de cette limite de cent kilomètres. Là, vous êtes coincé, assassin !

– Voyez-vous, Johnson, poursuivit Mao, ignorant l'interruption, vous pensiez probablement vous trouver dans un désert livré à l'anarchie, à l'abri des rigueurs de la loi, mais ce n'est *pas* le cas. Vos crimes seront punis.

(Je me demande quand quelqu'un tentera d'exercer un tel pouvoir dans la Ceinture.)

– Mes prétendus crimes ont-ils eu lieu à moins de cent kilomètres de Hong Kong de Luna ? Ou plus loin ?

– Hein ? Moins. Beaucoup moins.

– Qui a mesuré la distance ?

Mao se tourna vers Bozell.

– À quelle distance était-ce ?

– Environ quatre-vingts kilomètres. Un peu moins.

– *Qu'est-ce* qui se situait à un peu moins ? demandai-je. S'agit-il de l'attaque du bus par les bandits, commandant ? Ou de ce qui s'est passé *à l'intérieur* du bus ?

– Ne me faites pas dire ce que je n'ai pas dit ! Marcy, dites-le-lui.

Bozell afficha alors un visage sans expression. Il faillit dire quelque chose, mais se ravisa.

Je gardai soigneusement le silence. Mao demanda :

– Eh bien, commandant Marcy ?

– Que voulez-vous savoir, monsieur ? Le directeur du spatioport, en me priant de venir ici, m'a demandé de vous apporter ma pleine collaboration… mais de ne répondre qu'à vos questions.

– Je veux savoir tout ce qui se rapporte à cette affaire. Avez-vous indiqué ce chiffre de quatre-vingts kilomètres au commandant Bozell ?

– Oui, monsieur. Soixante dix-huit kilomètres.

– Comment avez-vous obtenu ce chiffre ?

– Je l'ai mesuré sur un moniteur de ma console. D'ordinaire, nous ne tirons pas de photos des satellites, nous les observons simplement sur écran. Cet homme – vous dites qu'il s'appelle Johnson; je le connais sous le nom de « Midnight » – si c'est le même homme. Il m'a appelé la nuit dernière à zéro vingt-sept pour me dire qu'il se trouvait dans le bus de Lucky Dragon et que des bandits avaient attaqué le bus...

— Ah !

— ... et que cette attaque avait été repoussée mais que le pilote, tante Lilybet — Mme Washington — était blessée et que le tireur de la tourelle...

— Nous savons cela, commandant. Parlez-nous de la photo.

— Oui, monsieur le Modérateur. D'après ce que Midnight m'avait dit, j'ai dû pointer la caméra du satellite sur l'objectif. J'ai photographié le rolligon.

— Et vous situez le bus à soixante-dix-huit kilomètres de la ville ?

— Non, monsieur, pas le bus. L'autre rolligon.

Suivit alors un silence que d'aucuns qualifieraient de « lourd de sens ». Puis Bozell dit :

— Mais c'est idiot ! Il n'y avait pas...

— Un instant, Bozell. Marcy, vous avez été trompé par les mensonges de Johnson. C'est le bus que vous avez vu.

— Non, monsieur. Je n'ai pas vu le bus; je l'avais sur moniteur. Mais j'ai tout de suite vu qu'il roulait. J'ai donc remonté les traces sur environ dix klicks avec la caméra... et j'ai vu le deuxième rolligon, comme Midnight l'a dit.

— Mais... dit Bozell au bord des larmes. Il n'y avait rien, là, je vous dis ! Mes gars et moi avons fouillé tout le coin. Rien ! Marcy, vous perdez l'esprit !

Je ne sais combien de temps Bozell aurait continué à souhaiter la disparition d'un rolligon qu'il n'avait pu trouver, mais il fut interrompu par l'arrivée de Gwen. Et mon cœur fit un bond; tout allait s'arranger !

(J'étais malade de peur depuis que j'avais vu la triple défense de Mao contre quiconque voulait accéder à son bureau. Une protection contre une tentative d'assassinat ? Je n'en sais rien; je craignais simplement que Gwen ne puisse passer. Mais j'aurais dû faire davantage confiance à mon petit géant.)

Elle sourit, m'envoya un baiser puis se tourna pour tenir la porte.

— Par ici, messieurs !

Deux des policiers de Mao poussèrent un fauteuil roulant, au dossier baissé pour que tantine puisse s'allonger. Elle jeta un regard circulaire, me sourit puis dit au Modérateur :

— Salut, Jefferson. Comment va ta maman ?

— Elle va bien, je vous remercie, madame Washington. Mais vous...

— Qu'est-ce que c'est que ce « madame Washington » que tu me sers, gamin ? J'ai changé tes couches; appelle-moi donc « tantine », comme tu l'as toujours fait. Bon, j'ai entendu dire que tu avais l'intention de décorer le sénateur Richard pour m'avoir sauvée des bandits... et quand j'ai appris ça, je me suis dit : « Jefferson n'a pas entendu parler des deux autres qui méritent tout autant une médaille »; je vous demande pardon, sénateur.

— Oh, vous avez tout à fait raison, tantine, dis-je.

— Alors, je les ai amenés. Gwen, mon chou, dites bonjour à Jefferson. C'est le maire de cette station. Gwen est la femme du sénateur Richard, Jefferson. Et Bill... Où est Bill ? *Bill !* Entre, fiston ! Ne sois pas timide. Jefferson, si le sénateur Richard a tué deux de ces bandits de ses mains nues...

— Pas de ses mains nues, tantine, corrigea Gwen. Il avait sa canne.

— Assez, mon chou. De ses mains nues et avec sa canne, mais si Bill n'avait pas été là – vite et bien – je ne serais pas ici moi non plus; Jésus m'aurait prise. Mais le Seigneur a décidé que mon heure n'était pas encore venue, et Bill a collé des pièces sur ma combine et m'a sauvée pour me permettre de servir Jésus encore un jour. (Elle prit Bill par la main.) Je te présente Bill, Jefferson. Tu veilleras à ce qu'il ait une médaille, lui aussi. Et Gwen, venez Gwen. Cette petite fille nous a sauvé la vie à tous.

Je ne sais quel âge a mon épouse, mais je suis sûr que ce n'est pas une « petite fille ». Quoi qu'il en soit, ce fut là la moindre entorse à la vérité que j'entendais depuis quelques minutes. Pour dire les choses brutalement, tantine venait de proférer un tas de mensonges. Et Gwen qui hochait la tête et l'approuvait d'un air angélique.

Non point tant que les faits fussent erronés, mais tantine venait d'affirmer des choses qu'elle ne pouvait avoir vues. Gwen avait dû lui faire une sérieuse leçon.

Deux groupes de bandits nous avaient attaqués mais ils s'étaient entre-combattus; ce qui nous avait sauvés, car seuls deux d'entre eux avaient réchappé à cette lutte fratricide. Et ces deux-là, je les avais tués de mes mains, et avec ma canne, contre des pistolets laser. Je fus stupéfait d'un tel héroïsme.

Pendant que se déroulaient ces actions d'éclat, je *sais* que tantine était inconsciente une partie du temps, et couchée sur le dos pendant tout le temps, ne pouvant voir que le plafond du bus. Et, cependant, elle semblait croire – je suis sûr qu'elle le croyait vraiment – ce qu'elle racontait. Au temps pour les témoignages.

(Non pas que je m'en plaigne !)

Tantine expliqua ensuite comment Gwen nous avait ramenés. Je me vis remonter la jambe de mon pantalon pour faire voir ma prothèse; ce que je ne fais jamais mais que je fis cette fois, pour expliquer pourquoi j'avais été dans l'impossibilité de la porter avec une combinaison pressurisée et, de ce fait, incapable de conduire.

Mais ce fut Gwen qui cassa la baraque quand tantine eut terminé son récit coloré. Gwen réussit ce tour de force à l'aide de photos.

Écoutez bien cela. Ses munitions épuisées – six coups – elle avait remis le Mikayo dans son sac, en avait tiré son Mini Helvetia et avait pris deux photos.

Elle avait quelque peu penché l'appareil car on y voyait non seulement les deux véhicules des agresseurs mais aussi trois cadavres à terre et un bandit debout. Le second cliché montrait quatre morts et le super-beignet qui faisait demi-tour.

Je ne peux préciser combien de temps s'était écoulé entre les deux, mais il n'avait dû guère passer plus de quatre secondes entre l'instant où elle s'était trouvée à cours de munitions et celui du départ de la roue géante. Avec un appareil rapide, il faut à peu près autant de temps pour prendre un cliché que pour lâcher un projectile avec un pistolet semi-automatique.

La question est donc la suivante : Qu'a-t-elle fait des deux secondes supplémentaires ? Les a-t-elle purement et simplement gaspillées ?

15

« Syndrome prémenstruel : Les femmes se comportent, juste avant leurs règles, comme se comportent les hommes tous les jours. »
Lowell STONE, docteur en médecine, 2144.

Nous ne nous mîmes pas à courir, mais nous sortîmes de là aussi vite que possible. Certes, tantine avait contraint M. Mao à me considérer

comme un « héros » et non plus comme un criminel, mais ce n'est pas pour autant qu'il m'aimait,
et je le savais.

Le commandant Bozell ne se donna même pas
la peine de feindre de m'aimer. La « défection »
du commandant Marcy l'avait rendu furieux; les
photos de Gwen montraient effectivement des
bandits (là où il ne pouvait y en avoir !), ce qui
lui brisa le cœur. Ensuite de quoi, son patron lui
porta le coup le plus cruel en lui ordonnant de
rassembler ses troupes, de se rendre sur place et
de *les trouver !* Et tout de suite !

— Si vous en êtes incapable, commandant, je
trouverai quelqu'un d'autre qui puisse y parvenir.
C'est vous qui avez eu l'idée de cette limite de
cent kilomètres. C'est le moment de justifier vos
rodomontades.

Mao n'aurait pas dû faire cela à Bozell devant
des tiers; notamment pas devant *moi*. Ça, je le
sais d'expérience professionnelle... pour m'être
trouvé dans les deux rôles.

Je crois que Gwen fit quelque signe à tantine.
Quoi qu'il en soit, tante Lilybet dit à Mao qu'il
lui fallait prendre congé.

— Ma petite infirmière va me gronder pour être
restée trop longtemps. Et je ne veux pas qu'elle
me gronde trop fort. C'est Mei-Ling Ouspens-
kaya; tu la connais, Jefferson ? Elle connaît ta
maman.

Les deux mêmes agents reconduisirent tantine
à travers toute la série de bureaux, et jusque dans
le couloir public; la place, plutôt, car les bureaux
administratifs de la ville se trouvaient en face de
la place de la Révolution. Elle nous dit au revoir
et les agents l'emmenèrent sur son fauteuil roulant jusqu'au Wyoming Knott Memorial Hospital,
deux niveaux au-dessous et au nord d'où nous
nous trouvions. Je ne crois pas qu'ils pensaient
devoir s'en charger; je sais seulement que Gwen

les embaucha dans le bureau du Modérateur –
mais, pour tantine, ils devaient l'accompagner
jusqu'à l'hôpital et c'est ce qu'ils firent.

– Non, Gwen, mon chou, il est inutile de vous
déranger, ces charmants messieurs savent où c'est.

(Si l'on tient une porte à une dame, c'est parce
qu'elle *s'attend* à ce qu'on la lui tienne. Et Gwen
et tante Lilybet avaient ce principe solidement
ancré dans leur esprit.)

Face à l'hôtel de ville, une grande banderole
annonçait :

LUNA LIBRE !
4 juillet 2076-2188

Était-ce vraiment la fête nationale ? Déjà ? Je
comptai mentalement. Oui, Gwen et moi nous
étions mariés le 1er. Nous étions donc bien le 4
juillet. Voilà qui était de bon augure !

Assise sur un banc autour d'une fontaine au
centre de la place de la Révolution, Xia nous
attendait.

J'avais espéré Gwen; je ne m'attendais pas à
Xia. En bavardant avec elle, je lui avais demandé
d'essayer de retrouver Gwen et de lui dire où
j'étais et pourquoi :

– Xia, je n'aime pas que les flics viennent me
chercher pour me poser des questions, surtout
dans une ville bizarre dont j'ignore l'environne-
ment politique. Si l'on me « retient », pour dire
les choses poliment, je veux que ma femme sache
où me chercher.

Je ne soufflai pas à Gwen ce qu'elle devait
faire. En trois jours de mariage à peine, j'avais
appris que rien de ce que je pouvais suggérer ne
valait ce qu'elle allait inventer, avec son seul
esprit tortueux; ce n'était pas triste d'être marié
à Gwen !

Je fus ravi de trouver Xia qui nous attendait,

234

mais surpris de ce qu'elle avait apporté avec elle.

— Quelqu'un a loué la suite matrimoniale ? demandai-je.

Sur le banc, à côté de Xia, je vis la petite valise de Gwen, un paquet contenant une perruque, un érable bonsaï et un bagage qui ne me disait rien, mais néanmoins révélateur à cause du sac de chez Sears Montgomery.

— Je parie que ma brosse à dents est restée pendue dans le rafraîchisseur.

— Combien et à quelle cote ? répondit Xia. Vous perdriez. Richard, vous allez me manquer, tous les deux. J'irai peut-être à L-City vous rendre visite.

— Mais bien sûr ! dit Gwen.

— Absolument, confirmai-je. Si toutefois nous allons à Luna City. Est-ce le cas ?

— Sur-le-champ, dit Gwen.

— Bill, étiez-vous au courant ?

— Non, sénateur. Mais *elle* m'a envoyé en vitesse chez Sears pour rendre ma combinaison. Et je suis prêt.

— Richard, dit Gwen sérieusement. Nous ne sommes pas en sécurité, ici.

— Oh, non ! confirma une voix derrière moi. (Ce qui prouve qu'il ne faut pas discuter de questions personnelles en public.) Plus tôt vous filerez et mieux ce sera. Salut, Xia. Vous fréquentez ces dangereux individus ?

— Salut, Choy-Mu. Merci pour la dernière fois.

— Commandant Marcy ! Je suis heureux de vous voir, dis-je ; je voudrais vous remercier !

— Il n'y a pas de quoi, commandant Midnight. Ou dois-je dire « sénateur » ?

— Eh bien… en fait, c'est « docteur ». Ou « monsieur ». Mais pour vous, ce sera Richard, si vous le voulez bien. Vous m'avez sauvé.

— Moi, c'est Choy-Mu, Richard. Mais je ne vous ai pas sauvé. Je vous ai suivi pour vous le dire. Vous croyez peut-être avoir gagné, là-bas. Mais vous n'avez pas gagné. Vous avez perdu. Vous avez fait perdre la face au Modérateur : vous leur avez fait perdre la face à tous les deux. C'est une bombe à retardement que vous transportez. (Il fronça les sourcils.) Ce n'est pas très sain pour moi non plus, de m'être trouvé là quand ils ont perdu la face... après avoir commis la première erreur « d'apporter de mauvaises nouvelles au roi ». Vous comprenez ?

– Je le crains.

– Choy-Mu, est-ce que notre numéro un a vraiment perdu la face ? demanda Xia.

– Vraiment, mon chou. À cause de tante Lilybet Washington. Mais, bien sûr, il ne peut rien contre *elle*. Ça retombe donc sur le commandant... sur Richard. C'est comme ça que je vois les choses.

– Gwen, filons tout droit à la station, dit Xia en se levant. Il ne faut pas perdre une seconde ! Oh, bon Dieu ! J'aurais tant aimé que vous restiez quelques jours.

Vingt minutes plus tard, nous étions à la station Sud du métro et prêts à nous embarquer dans le tube balistique pour Luna City. Ce fut la possibilité pour nous d'avoir des places dans la capsule pour L-City qui décida de notre destination. Choy-Mu et Xia nous avaient accompagnés et, le temps d'arriver à la station par le métro local, ils m'avaient convaincu – ou, plus exactement, ils avaient convaincu Gwen – qu'il nous fallait sauter dans le premier moyen de transport quittant la ville, quelle que soit sa destination. Au départ de cette même station, on peut prendre des tubes ordinaires (non balistiques) pour Platon, Tycho-Under et Novy Leningrad; si nous étions arrivés six minutes plus tôt, nous nous serions retrouvés dans les labyrinthes de Platon, ce qui aurait changé bien des choses.

Cela aurait-il vraiment changé grand-chose, s'il existe une Destinée qui nous guide ? Nous eûmes à peine le temps de nous dire au revoir avant d'attacher nos ceintures. Xia nous embrassa tous et je fus heureux de constater que Gwen ne laissait pas partir Choy-Mu sans un baiser. En bon Lunien, il hésita un long moment pour se convaincre que la dame voulait bien, puis il lui rendit son baiser avec enthousiasme. Je regardai Xia embrasser Bill qui, lui, n'hésita pas. Je me dis que la tentative de Gwen de jouer les Pygmalions avec cette impossible Galatée était en passe de réussir, mais que Bill devrait apprendre quelques bonnes manières luniennes s'il ne voulait pas perdre deux ou trois dents.

Nous attachâmes nos ceintures, la capsule fut bouclée et Bill serra de nouveau le petit érable sur son cœur. Les filets se tendirent pour prévenir l'accélération – un g, ce qui fait *beaucoup* pour les Luniens qui composaient le reste des voyageurs. Deux minutes et cinquante et une secondes de propulsion, et nous avions atteint la vitesse orbitale.

C'est bizarre de se retrouver en apesanteur dans un métro. Mais c'est amusant !

Je prenais le métro balistique pour la première fois. On l'a construit avant la Révolution mais, d'après ce que j'ai lu, il n'allait alors que jusqu'à Endsville. La ligne a été rallongée depuis mais jamais ce principe n'a été adopté pour d'autres réseaux de transports souterrains. Guère économique, m'a-t-on dit, sauf pour des lignes très fréquentées et de longs parcours pour lesquels on peut aller « tout droit » de bout en bout – « tout droit » signifiant, en l'espèce, « une ligne exactement conforme à la courbe balistique à vélocité orbitale ».

Ce métro est le seul « vaisseau spatial » souterrain connu. Il fonctionne comme les catapultes à induction qui expédient les marchandises sur Ell-Quatre, Ell-Cinq et Terra... à cela près que la station de lancement, la station d'arrivée et toute la trajectoire sont souterraines... à quelques mètres sous terre sur la plus grande partie du parcours, et à environ trois klicks lorsque le métro passe sous les montagnes.

Deux minutes et cinquante et une secondes de propulsion à un g, douze minutes et vingt-sept secondes d'apesanteur, deux minutes et cinquante et une secondes de freinage à un g, ce qui donne une vitesse moyenne de plus de cinq mille kilomètres à l'heure. Aucun autre moyen de transport « de surface », nulle part, n'approche une telle vitesse. C'est cependant tout à fait confortable : trois minutes pendant lesquelles on a l'impression de se trouver dans un hamac sur la Terre, et puis douze minutes et demie d'apesanteur, et de nouveau trois minutes dans ce hamac de jardin. Comment faire mieux ?

Oh, on pourrait aller plus vite en multipliant les g. Mais guère. À supposer que l'accélération puisse être instantanée (tuant tous les passagers !) et qu'il en soit de même pour la décélération (*splatch !*), on pourrait porter la vitesse moyenne à un peu plus de six mille kilomètres à l'heure à peine, ce qui se traduirait par un gain de temps de *près de trois minutes !* Mais c'est le maximum.

C'est également le meilleur temps possible par fusée entre Kong et L-City. En pratique, il faut d'ordinaire une demi-heure pour un saut de puce en fusée, selon l'altitude de sa trajectoire.

Mais une demi-heure, ce n'est pas très long. Pourquoi un tunnel sous mers et montagnes alors qu'une fusée peut faire l'affaire ?

La fusée est le moyen de transport le plus somptueusement coûteux jamais inventé. Lors d'une mission ordinaire, la moitié de l'effort exercé est consacré à vaincre la gravitation au cours de l'ascension et l'autre moitié à la vaincre à la descente – étant admis que si la fusée s'écrase le résultat n'est pas jugé satisfaisant. Les catapultes géantes de Luna, Terra ou Mars et dans l'espace témoignent à l'évidence que les engins à fusée sont pur gaspillage.

À l'inverse, le métro balistique est le moyen de transport le plus économique jamais conçu : aucune masse brûlée ni éjectée, et l'énergie utilisée pour le départ est récupérée à l'autre extrémité pour ralentir.

Il n'y a là rien de magique. Une catapulte électrique est un moteur-dynamo. Peu importe qu'elle n'en ait pas l'air. Dans sa phase d'accélération, c'est un moteur; l'électricité est transformée en énergie cinétique. Dans sa phase de décélération, c'est une dynamo; l'énergie cinétique de la capsule est récupérée comme énergie électrique et stockée dans une énorme pile. Après quoi, cette même énergie est empruntée à la pile pour réexpédier la capsule à Kong.

C'est gratuit !

Enfin, pas tout à fait. Il y a des pertes d'hystérèse : retard de l'effet sur la cause dans le comportement des corps soumis à une action élastique ou magnétique croissante, puis décroissante, et autres insuffisances. L'entropie augmente sans cesse; impossible de faire fi de la deuxième loi de la thermodynamique. Ce qui s'en rapproche le plus est le freinage avec récupération. Il fut un temps, il y a bien des années de cela, où le freinage des véhicules de surface se faisait par friction, une friction fortement appliquée. Jusqu'à ce qu'un petit futé se rende compte qu'on pouvait arrêter une roue en train de tourner en la considérant comme une dynamo et en lui faisant payer le privilège de pouvoir s'arrêter : on pouvait récupérer le moment angulaire et l'emmagasiner dans une « batterie de stockage » (l'ancêtre de nos grosses piles).

C'est à peu près ce que fait la capsule de Kong; en coupant les lignes magnétiques de force au terminus de L-City, elle engendre une fantastique force électromotrice qui arrête la capsule et transforme son énergie cinétique en énergie électrique, laquelle est alors stockée.

Mais le passager se moque de cet équilibre. Il est simplement là, confortablement installé dans son « hamac » pour un voyage le plus paisible possible.

Nous avions passé la plus grande partie des trois jours précédents à parcourir sept cents kilomètres en roulant. Là, nous fîmes quinze cents kilomètres en dix-huit minutes.

Il nous fallut quelque peu bousculer des gens pour sortir de la capsule et de la station, car des Shriners attendaient impatiemment de pouvoir embarquer pour Kong. J'en entendis un dire « qu'ils (ce « ils » anonyme qui est responsable de tout) devraient mettre davantage de véhicules ». Un Lunien tenta de lui expliquer l'impossibilité de la chose : un seul tube, ne pouvant contenir qu'une seule capsule se trouvant à un terminus ou à l'autre, ou en vol libre entre les deux. Mais jamais deux capsules dans le tube : impossible, suicidaire !

Son explication se heurta à une totale incrédulité. Le visiteur paraissait avoir du mal, également, à admettre que le tube balistique appartenait à une société privée... question qui vint sur le tapis quand le Lunien finit par dire :

– Vous voulez un autre tube ? Allez-y ! Construisez-le ! Vous êtes libre de le faire; personne ne vous en empêche. Si vous n'êtes pas content, retournez à Liverpool !

Voilà qui n'était pas gentil de sa part. Les vers de Terre ne peuvent s'empêcher d'être des vers de Terre. Tous les ans, un certain nombre trouve la mort faute d'avoir réussi à comprendre que Luna n'est *pas* Liverpool, Denver ou Buenos Aires.

Nous passâmes le sas séparant la station de l'Artemis Transit Company de la ville. Dans le tunnel, juste au-delà du sas, une pancarte disait : PRENEZ VOTRE BILLET D'AIR ICI. Assis à une table, sous la pancarte, se tenait un homme deux fois plus handicapé que moi, les deux jambes amputées au-dessous des genoux. Ce qui ne paraissait pas réduire son activité; il vendait des magazines, des bonbons et de l'air et il offrait ses services pour des visites touristiques et des guides. Enfin, il arborait la pancarte omniprésente : PARIS SUR LES COURSES.

La plupart des gens passaient devant sans s'arrêter. C'est ce que s'apprêtait à faire Bill quand je le rappelai.

– Hé, Bill ! Attendez.

– Sénateur, il faut que je trouve de l'eau pour le petit arbre.

– Attendez tout de même. Et cessez de m'appeler « sénateur ». Appelez-moi « docteur ». Dr Richard Ames.

– Hein ?

– Peu importe; faites-le, c'est tout. Pour l'instant, il nous faut acheter de l'air. N'avez-vous pas acheté d'air à Kong ?

Bill n'en avait pas acheté. Il était entré dans la station pressurisée de la ville en s'occupant de tantine et personne ne lui avait demandé de payer.

– Eh bien, vous auriez dû. Avez-vous remarqué que Gretchen avait payé pour nous tous à Lucky Dragon ? Et maintenant nous allons payer ici, mais je vais en prendre pour davantage qu'une journée. Attendez-moi là. (J'allai jusqu'à la table et demandai :) Salut, vous vendez de l'air ?

Le vendeur leva les yeux de son billet de tiercé et me regarda.

– Pas à vous. Vous avez payé l'air en prenant votre billet.

– Pas tout à fait, dis-je. Je suis un Lunien qui rentre chez lui. Avec une épouse et une personne à charge. Il me faut donc de l'air pour trois personnes.

– Bien joué. Mais rien à faire. Écoutez, ce n'est pas avec un papier de résident de cette ville qu'on vous fera des prix de résident : dès qu'on vous regardera, on vous fera payer un prix de touriste. Si vous voulez faire prolonger votre visa, vous le pouvez. À la mairie. Et ils vous feront payer l'air pour la durée de votre visa. Maintenant, laissez tomber avant que je décide de vous escroquer.

– Vous n'êtes pas facile à convaincre, l'ami, dis-je en tirant mon passeport et en y jetant un coup d'œil pour m'assurer que c'était bien celui de « Richard Ames ». J'ai été absent plusieurs années. Si, à vos yeux, mon absence m'a fait ressembler à un Terrien, c'est fâcheux. Mais je vous prie de voir où je suis né.

Il l'examina, me le rendit et s'excusa.

– C'est bon, je m'étais trompé. Trois personnes, hein ? Pour combien de temps ?

– Je n'ai encore rien décidé. Quel est le minimum de temps pour être considéré comme résident permanent ?

– Un trimestre. Oh, et cinq pour cent de réduction supplémentaire si vous en prenez pour cinq ans d'un coup... mais avec un taux d'intérêt à sept virgule un c'est un marché de dupes.

Je payai quatre-vingt-dix jours pour trois adultes et lui demandai s'il savait où on pourrait se loger.

– Cela fait si longtemps que je suis parti, expliquai-je, que non seulement je n'ai pas de logement mais que j'ignore tout de la tendance du marché et je ne m'en ressens pas pour aller pieuter à l'asile de nuit ce soir.

— Vous vous réveilleriez sans vos chaussures, la gorge tranchée et avec des rats qui vous cavaleraient sur la figure. Hum, pas facile comme question, l'ami. Vous voyez ces drôles de chapeaux rouges ? C'est la plus grande convention jamais tenue à L-City; entre ça et la fête nationale, il n'y a plus une place en ville. Mais si vous n'êtes pas trop difficiles...

— Nous ne le sommes pas.

— Vous pourrez trouver mieux après le week-end; en attendant il y a le Raffles, un vieux truc situé au niveau six, en face de...

— Je sais où c'est. Je vais essayer.

— Il vaut mieux que vous appeliez d'abord, pour dire que c'est moi qui vous envoie. Je suis le Rabbi Ezra ben David. Ça me fait penser... « Ames, Richard ». Êtes-vous le Richard Ames qui est recherché pour meurtre ?

— Ça alors !

— Ça vous surprend ? C'est vrai, l'ami. J'ai là une copie de la notice, quelque part. (Il chercha au milieu de ses magazines, notes et problèmes d'échecs.) La voilà. C'est l'habitat de la Règle d'Or qui vous recherche; on dirait que vous avez refroidi un VIP. C'est ce qu'ils disent.

— Intéressant. Est-ce qu'on me recherche, par ici ?

— Sur Luna ? Je ne crois pas. Pourquoi vous rechercherait-on ? Rien n'a changé; pas de relations diplomatiques avec la Règle d'Or tant qu'ils n'ont pas signé la Convention d'Oslo. Ce qu'ils ne peuvent pas faire tant qu'ils n'ont pas de Déclaration des Droits. Et ce n'est pas demain la veille.

— Je le crois, oui.

– Mais… si vous avez besoin d'un avocat, venez me voir. C'est aussi un de mes boulots. Vous pouvez me trouver ici tous les jours après midi, ou laisser votre nom au Marché au Poisson casher, en face la bibliothèque Carnegie. Seymour est mon fils.

– Merci, je m'en souviendrai. Au fait, qui suis-je censé avoir tué ?

– Vous ne le savez pas ?

– Comment le saurais-je, puisque je n'ai tué personne ?

– Passons sur l'illogisme de la question. On prétend, là-dessus, que votre victime s'appelait Enrico Schultz. Ça vous rappelle quelque chose ?

– « Enrico Schultz. » Je ne crois pas avoir jamais entendu ce nom. Inconnu. La plupart des victimes de meurtre sont assassinées par des amis ou des proches, pas par des inconnus. Et, en l'occurrence, pas par moi.

– Bizarre, vraiment. Cependant, les proprié-taires de la Règle d'Or ont offert une importante récompense pour votre mort. Ou, pour être précis, si on vous ramène, mort ou vif, sans insister sur le « vif ». Simplement votre corps, l'ami, tiède ou froid. Puis-je vous faire observer que si j'étais votre avocat, l'éthique professionnelle me ferait obligation de ne pas profiter de l'occasion ?

– Rabbi, je ne pense pas que vous le feriez, de toute façon; vous êtes trop lunien pour ça. Vous êtes simplement en train de me pousser à vous prendre pour avocat. Hum. Je demande le délai de Trois Jours, selon la tradition.

– Va pour les trois jours. Vous voulez un cachet sur la peau attestant que vous avez payé ou est-ce que vous vous contenterez d'un reçu ?

– Comme je n'ai plus l'air d'un Lunien, il vaut mieux les deux.

– C'est bon. Une couronne ou deux pour que ça vous porte chance ?

Le révérend Ezra nous timbra l'avant-bras, y indiquant la date d'expiration, dans trois mois, imprimée à l'encre indélébile seulement visible à la lumière noire. Il nous montra ce que cela donnait avec sa lampe spéciale et nous dit que désormais nous pouvions légalement respirer pendant trois mois partout où nous le voulions dans les limites de L-City, et bénéficier également des avantages y afférents tels que passer dans les cubiques publiques. Je lui offris trois couronnes en plus du prix que j'avais payé pour l'air; il en accepta deux.

Je le remerciai et lui souhaitai bonne journée; nous descendîmes le tunnel, quelque peu bizarrement chargés. Cinquante mètres plus loin, le tunnel débouchait sur un couloir principal. Nous allions sortir et j'essayais de m'orienter, pour savoir s'il fallait prendre à droite ou à gauche quand j'entendis un coup de sifflet et une voix de soprano me dire :

– Holà ! Pas si vite. L'inspection d'abord.

Je m'arrêtai et me retournai. Elle avait une tête de fonctionnaire... et ne me demandez pas pourquoi. Je sais seulement, d'après mon expérience personnelle sur trois planètes, plusieurs planétoïdes et davantage d'habitats encore, qu'après un certain nombre d'années qui les rapprochent de la retraite, tous les fonctionnaires ont ce même air. Elle portait un uniforme qui n'était ni celui de la police ni celui de l'armée.

– Vous arrivez de Kong ?

Nous convînmes que nous en arrivions à peine.

– Vous êtes ensemble, tous les trois ? Mettez tout sur la table. Ouvrez tous vos bagages. Avez-vous des fruits, des légumes, de la nourriture ?

– Qu'est-ce que c'est ? demandai-je.

– J'ai une barre chocolatée Hershey. Vous en voulez un morceau ? proposa Gwen.

– Je crois qu'on peut considérer cela comme

une tentative de corruption. Bien sûr, pourquoi pas ?

– Évidemment que j'essaie de vous corrompre. J'ai un petit alligator dans mon sac. Ce n'est ni un fruit ni un légume; je suppose qu'on pourrait le considérer comme nourriture. En tout cas, c'est certainement contraire à vos règlements.

– Un instant; il faut que je voie les listes. (L'inspecteur consulta un volumineux paquet de listings d'ordinateur.) Poires alligators, peaux d'alligators, traitées ou tannées; alligators empaillés... Le vôtre est-il empaillé ? Bourré ?

– Seulement quand il mange trop; il est gourmand.

– Est-ce que vous voulez dire que vous avez un alligator *vivant* dans ce sac ?

– Glissez-y la main à vos risques et périls. Il est dressé comme alligator de garde. Comptez vos doigts avant de glisser la main et recomptez-les à la sortie.

– Vous plaisantez ?

– Vous pariez ? Combien ? Mais n'oubliez pas, je vous ai prévenue.

– Foutaises ! dit l'inspecteur qui glissa la main dans le sac de Gwen, poussa un cri et retira vivement sa main. Il m'a mordu !

– Il est fait pour ça. Je vous avais prévenue. Il vous a fait mal ? Faites voir.

Les deux femmes examinèrent la main, convenant que les dommages n'allaient pas au-delà d'une rougeur sur les doigts.

– Parfait, dit Gwen, j'essaie de lui apprendre à saisir fermement mais sans léser la peau. Et à ne jamais, jamais, arracher les doigts. Il apprend, il est encore jeune. Mais vous n'auriez pas dû pouvoir ressortir votre main aussi facilement. Alfred est censé ne pas lâcher, comme un bouledogue, tant que je n'arrive pas, alertée par la radio-alarme.

– J'ignore tout des bouledogues, mais il a sans aucun doute essayé de m'arracher les doigts.

– Oh, certes pas ! Avez-vous jamais vu un chien ?

– Seulement des carcasses dépouillées chez le boucher. Non, ce n'est pas tout à fait exact; j'en ai vu un au zoo de Tycho quand j'étais petite. Une grosse brute très laide. J'ai eu peur.

– Il y en a de petits et d'assez mignons. Les bouledogues sont laids mais pas très gros. Ils sont surtout réputés pour ne pas lâcher leur prise une fois qu'ils ont mordu. C'est ce que je tente d'enseigner à Alfred.

– Sortez-le et montrez-le-moi.

– Non, impossible ! C'est un animal de garde; je ne veux pas que les gens se mettent à le caresser et à le cajoler; je veux qu'il morde. Si vous voulez le voir, glissez la main et sortez-le vous-même. Peut-être qu'il ne lâchera pas, cette fois. Je l'espère.

Cela mit fin à toute tentative de fouille. Adèle Sussbaum, Fonctionnaire Inutile de Première classe, convint que Bonsaï-San ne faisait pas partie des marchandises prohibées, l'admira et s'enquit de sa floraison. Quand elle se mit à échanger des recettes avec Gwen, je m'empressai de dire qu'il nous fallait partir, si l'inspection phytosanitaire était terminée, bien sûr.

Nous traversâmes le Pont Extérieur; je retrouvai la Chaussée et parvins à m'orienter. Nous descendîmes d'un niveau et, après avoir passé le Vieux Dôme, nous engageâmes dans un tunnel qui devait nous conduire au Raffles, si ma mémoire était bonne.

En chemin, Bill me fit part de ses opinions profondes.

– Sénateur...

– Pas « sénateur », Bill. Docteur.

– Docteur, oui, monsieur. Docteur. Je crois que ce n'est pas bien, ce qui s'est passé là-bas.

– Tout à fait d'accord. Cette prétendue inspection était inutile. C'est le genre de travail coûteux et inutile que toutes les administrations accumulent au cours des âges, comme des bernaches sur les vieux rafiots.

– Oh, non ! pas *ça*. C'est très bien; ça protège la ville et fournit des emplois honnêtes.

– Vous pouvez rayer le mot « honnête ».

– Hein ? Non, je parlais du fait qu'on doive payer l'air. Ça, c'est *mal*. L'air devrait être gratuit.

– Comment cela, Bill ? Nous ne sommes pas à La Nouvelle-Orléans mais sur la Lune. Il n'y a pas d'atmosphère. Comment voulez-vous respirer si vous n'achetez pas d'air ?

– Mais c'est bien ce que je dis ! Tout le monde devrait avoir le droit de respirer. Le gouvernement devrait fournir l'air.

– Il le fournit, dans les limites de la ville. C'est ce que nous venons de payer. (Je brassai l'air devant lui, de ma main.) C'est ça.

– C'est bien ce que je dis ! Personne ne devrait avoir à payer pour respirer afin de pouvoir vivre. C'est un droit naturel et le gouvernement devrait le fournir gratuitement.

– Un instant, chérie, dis-je à Gwen; il faut régler ça. Peut-être devrons-nous éliminer Bill pour lui faire plaisir. Nous ne bougerons pas d'ici tant que cela ne sera pas parfaitement clair. Bill, j'ai payé l'air que vous respirez parce que vous n'avez pas d'argent. D'accord ?

Il ne répondit pas tout de suite.

– Je lui donne de l'argent de poche. Tu y vois une objection ? demanda calmement Gwen.

– Je crois qu'on aurait dû me le dire, constatai-je pensivement. Mon amour, si je dois assumer la responsabilité de cette famille, il faut que je sache ce qui se passe. (Je me tournai vers Bill :)

Quand j'ai payé pour votre air, là-bas, pourquoi n'avez-vous pas proposé de payer votre écot avec votre argent de poche ?

– Mais c'est *elle* qui me l'a donné. Pas vous.

– Et alors ? Rendez-le-lui.

Bill parut très surpris.

– Richard, est-ce bien utile ? demanda Gwen.

– Je le crois, oui.

– Moi pas.

Bill ne dit rien, ne fit rien, se contentant d'observer. Je lui tournai le dos pour glisser à l'oreille de Gwen :

– Gwen, j'ai besoin que tu me soutiennes.

– Richard, tu fais toute une histoire pour rien du tout !

– Je ne pense pas qu'il s'agisse de « rien du tout », chérie. C'est très important, au contraire, et il faut que tu me soutiennes. Donc soutiens-moi. Sans quoi...

– « Sans quoi », quoi, chéri ?

– Tu le sais parfaitement. Décide-toi. Vas-tu me soutenir ?

– Richard, c'est ridicule ! Je ne vois aucune raison de le faire.

– Gwen, je te demande de me soutenir. (J'attendis un temps interminable puis soupirai.) Ou de partir sans te retourner.

Elle redressa la tête comme si je l'avais frappée. Et elle ramassa sa valise et se mit en route.

Bill, un instant bouche bée, se hâta de la rattraper, Bonsaï-San toujours dans les bras.

16

> « *Les femmes sont faites pour être*
> *aimées, pas pour être comprises.* »
> Oscar WILDE, 1854-1900

Je les regardai disparaître puis me mis lentement
en route. Il m'était plus facile de marcher que
de rester debout immobile et on ne pouvait s'asseoir nulle part. Mon moignon me faisait mal et
toute la lassitude des jours précédents m'envahit.
J'avais l'esprit engourdi. Je continuai à avancer
vers l'hôtel Raffles parce que c'était par là que
je me dirigeais, comme programmé.

Le Raffles était plus minable encore que dans
mon souvenir. Mais Rabbi Ezra devait savoir
ce qu'il disait, pensai-je. C'était ça ou rien. En
tout cas, je ne voulais pas rester à la vue de
tout le monde; j'aurais accepté plus minable
encore pour pouvoir me retrouver derrière une
porte fermée.

Je dis à l'employé de la réception que j'étais
envoyé par Rabbi Ezra et lui demandai ce qu'il
avait à me proposer. Il m'offrit, je crois, la plus
chère de ses chambres encore libres : dix-huit
couronnes.

Je me livrai au marchandage rituel, mais sans
conviction. On fit affaire à quatorze couronnes,
je payai et on me donna ma clé; l'employé me
présenta un gros registre.

— Signez ici et montrez-moi le reçu attestant
que vous avez payé votre air.

— Hein ? À quand remonte cette idiotie ?

— À la nouvelle administration, l'ami. Ça ne

me plaît pas plus qu'à vous mais, ou bien je m'exécute ou bien on boucle mon hôtel.

Qu'allais-je inscrire ? me demandai-je. Étais-je « Richard Ames » ? Pourquoi faire saliver un flic à la perspective d'une récompense ? Colin Campbell ? Quelqu'un ayant bonne mémoire pourrait reconnaître le nom et penser à Walker Evans.

J'écrivis « Richard Campbell, Novylen ».

— Merci, gospodine. Chambre L, au bout du couloir, à gauche. Nous n'avons pas de salle à manger mais la cuisine prépare des repas et il y a des monte-plats. Si vous voulez dîner ici, notez que la cuisine boucle à vingt et une heures. Le service des chambres aussi, sauf pour l'alcool et la glace. Mais il y a un Sloppy Joe ouvert toute la nuit au bout du couloir et à cinquante mètres vers le nord. Pas de cuisine dans les chambres.

— Merci.

— Vous voulez de la compagnie ? Normale, conduite à gauche ou marche arrière, tous âges et tous sexes, de tout premier choix.

— Merci encore. Je suis très fatigué.

Pour ce que je voulais faire, la chambre suffisait; minable ou pas, cela m'était égal. Un lit à une place et un canapé-lit, un rafraîchisseur, petit mais avec tout ce qu'il fallait et sans restriction d'eau. Je me promis un bain chaud... plus tard, plus tard ! Une étagère, dans la chambre-salon, semblait destinée à recevoir un terminal de communication mais, pour l'instant, elle était vide. À côté, dans le roc de la paroi, une plaque de cuivre disait :

Dans cette chambre, le mardi 14 mai 2075
Adam Selene, Bernardo de la Paz,
Manuel Davis et Wyoming Knott
ont mis au point le plan qui a donné l'essor à
une Luna libre.

C'est ici qu'ils décidèrent de faire la Révolution !

Ce qui ne m'impressionna pas. Oui, ces quatre personnes furent bien les héros de la Révolution, mais l'année où j'avais enterré Colin Campbell et créé Richard Ames, j'avais vécu dans une bonne douzaine de chambres d'hôtel plus ou moins bizarres; et dans la plupart on trouvait ce genre de plaques. C'était un peu comme le « George Washington a couché ici » que l'on rencontre dans mon pays : des pièges à touristes, tout rapport avec la réalité ne pouvant être que fortuit.

Et je m'en fichais. Je retirai mon pied, m'allongeai sur le canapé et essayai de faire le vide dans mon esprit.

Gwen ! Oh, bon Dieu de bon Dieu... de *bon Dieu !*

M'étais-je conduit comme un idiot borné ? Peut-être. Mais, bon sang de bois, il y a des limites ! Peu m'importaient les fantaisies de Gwen dans la plupart des domaines. C'était très bien qu'elle décide pour nous deux, et je ne m'étais pas plaint, même quand elle avait décidé des choses sans même me consulter. Mais elle n'aurait pas dû encourager ce fruit sec à me braver. Impossible de tolérer cela. Un homme ne peut vivre ainsi.

Mais je ne peux vivre sans elle !

Faux, faux ! Jusqu'à cette semaine – il y a à peine trois jours encore – tu vivais sans elle... eh bien, tu peux donc continuer maintenant.

Je peux aussi me passer de mon pied. Mais ça ne me plaît pas tellement qu'il m'en manque un, et jamais je ne m'habituerai à cette perte. Bien sûr que tu peux te passer de Gwen; tu ne vas pas en mourir, mais il faut le reconnaître, triple idiot : au cours des trente dernières années tu n'as été heureux que pendant ces brefs instants, depuis que Gwen est arrivée et t'a épousé. Des instants pleins de danger, d'injustices criantes, de luttes, d'épreuves, mais tout cela nous était complètement égal; tu débordais de bonheur simplement parce qu'elle était avec toi.

Et voilà que tu l'as chassée.

Tu peux te coiffer du bonnet d'âne. Et te le visser sur la tête; jamais plus tu n'auras à le retirer.

Mais j'avais *raison* !

Et alors ? Quel rapport, si l'on veut rester marié ?

J'ai dû dormir (j'étais horriblement fatigué) car je me souviens de choses qui ne se sont pas vraiment produites, de cauchemars : Gwen violée et assassinée dans une ruelle. Mais le viol est aussi rare à Luna City qu'il est banal à San Francisco. Le dernier en date remonte à quatre-vingts ans et le Terrien qui en fut l'auteur n'a pas vécu assez longtemps pour être éliminé; les hommes accourus aux cris de la fille l'ont mis en pièces.

Plus tard, on devait apprendre qu'elle criait parce qu'il ne l'avait pas payée. Aucune importance. Pour un Lunien, une pute est tout aussi sacrée dans sa personne que la Vierge Marie. Je ne suis Lunien que d'adoption mais je suis d'accord, au plus profond de mon cœur. Le *seul* châtiment qui convienne, pour le viol, est la mort, immédiate et sans appel.

Dans le temps existaient sur la Terre des circonstances atténuantes ou même des motifs de non-lieu. On parlait « d'altération des facultés mentales » ou de « non-culpabilité pour cause d'aliénation mentale ». Voilà qui stupéfierait un Lunien. À Luna City, il faudrait nécessairement souffrir d'une altération des facultés mentales pour seulement songer au viol; quant à passer à l'acte, ce serait la preuve la plus manifeste de l'aliénation mentale; mais chez les Luniens, ces troubles mentaux ne vaudraient pas la moindre indulgence à un violeur. Les Luniens ne psychanalysent pas les violeurs; ils les *tuent*. Sur-le-champ. Vite. Brutalement.

San Francisco devrait en prendre de la graine. De même que toute ville où il n'est pas prudent pour une femme de se promener seule. Sur Luna, nos femmes n'ont jamais peur des hommes, parents, amis ou étrangers; sur Luna, les hommes ne font pas de mal aux femmes... ou ils *meurent* !

Je me réveillai en sanglotant irrépressiblement de chagrin. Gwen était morte, Gwen avait été violée et assassinée, et c'était ma faute !

Même une fois suffisamment réveillé pour revenir à la réalité, je braillai encore; je savais qu'il ne s'agissait que d'un rêve, d'un affreux cauchemar... mais cela ne diminuait en rien mon sentiment de culpabilité. Je m'étais montré incapable de la protéger. Je lui avais dit de me quitter : « ... pars sans te retourner. » Quelle insondable folie !

Qu'y puis-je ?

La retrouver ! Peut-être me pardonnera-t-elle. Il semble que les femmes possèdent une faculté de pardon illimitée. (Du fait que c'est l'homme, d'ordinaire, qui a besoin de se faire pardonner, il doit s'agir d'un caractère de survie de la race.)

Mais il me fallait d'abord la retrouver.

Je me sentais pris d'un irrépressible besoin de partir à sa recherche, de sauter sur mon cheval et de filer au galop dans toutes les directions. Mais c'est là l'exemple classique, donné dans tous les manuels de mathématiques, de la meilleure manière de *ne pas* retrouver la personne perdue. Je n'avais aucune idée de l'endroit où rechercher Gwen, mais peut-être allait-elle chercher à savoir si je me trouvais au Raffles... si elle avait quelque regret. Dans ce cas, il me fallait être *là*, et non pas parti à sa recherche au hasard.

Je pouvais néanmoins augmenter mes chances. En appelant le *Daily Lunatic*; en y faisant paraître une annonce – plus d'une annonce, même : une annonce classée, un encadré et, mieux encore ! faire diffuser une sorte de pub sur tous les terminaux en même temps que les bulletins d'informations horaires du *Lunatic*.

Et si ça ne marche pas, que faire ?

Oh, la ferme et écris !

Gwen, appelle-moi au Raffles. Richard.

Gwen, *je t'en prie*, appelle-moi ! Je suis au Raffles. Je t'aime. Richard.

Gwen chérie, en souvenir de ce que nous avons connu, *je t'en prie,* appelle-moi. Je suis au Raffles. Je t'aime à jamais. Richard.

Gwen, j'avais tort. Reprenons. Je suis au Raffles. Avec tout mon amour. Richard.

Je réfléchis fiévreusement et décidai finalement que la deuxième version était la meilleure. Et puis je changeai d'avis; il y avait davantage de ferveur dans la quatrième. De nouveau je changeai d'avis; mieux valait la simplicité de la deuxième. Ou même de la première. Oh, au diable, idiot, passe l'annonce, c'est tout ! Demande-lui d'appeler; si tu as la moindre chance de la voir revenir, elle n'ira pas ergoter sur la formulation.

Passer la communication depuis la réception ? Non, laisser un mot pour dire à Gwen où tu vas et pourquoi, et à quelle heure tu seras de retour et la *prier* d'attendre... et foncer jusqu'au journal et faire passer cela immédiatement sur les terminaux, et dans leur prochaine édition. Et revenir en vitesse.

Je passai donc ma prothèse, écrivis le mot à laisser à la réception, saisis ma canne... et se déclencha cette fraction de seconde que j'ai si souvent remarquée dans ma vie et qui, plus que toute autre chose, me conduit à penser que ce monde fou est planifié et non chaotique.

On frappa à la porte…

Je me hâtai d'aller ouvrir. C'était *elle* ! Alléluia !

Elle paraissait encore plus petite que je ne pensais dans mon souvenir, avec ses grands yeux au regard solennel. Elle avait dans les bras le petit érable dans son pot, comme un présent d'amour. Peut-être en était-ce un ?

— Richard, tu veux bien que je revienne ? S'il te plaît ?

D'un seul mouvement, je pris le petit arbre, le déposai à terre, la saisis dans mes bras, refermai la porte et la déposai près de moi sur le canapé et nous nous mîmes à pleurer, à sangloter, à bafouiller, à parler tous les deux à la fois.

Après quelques instants, nous nous calmâmes et je me tus assez longtemps pour entendre ce qu'elle me disait :

— Je suis navrée, Richard, j'avais tort; j'aurais dû te soutenir mais j'étais trop blessée, fâchée et stupidement fière pour revenir et te le dire et quand je l'ai fait tu étais parti et je ne savais plus *quoi* faire. Oh, mon Dieu, chéri, ne me laisse plus te quitter; oblige-moi à rester ! Tu es plus fort que moi; si jamais je me remets en colère et que j'essaie de partir, empoigne-moi, ramène-moi, mais ne me *laisse pas* partir !

— Je ne te laisserai plus jamais partir. J'avais tort, chérie; je n'aurais pas dû en faire toute une histoire; ce n'est pas une façon d'aimer. Je me rends, pieds et poings liés. Tu peux dresser Bill comme tu voudras; je ne dirai plus un mot. Vas-y, gâte-le, pourris-le.

— Non, Richard, non ! J'avais tort. Bill avait besoin d'une bonne leçon et j'aurais dû te soutenir et te laisser le moucher. Mais…

Gwen se dégagea, prit son sac et l'ouvrit.

– Attention à l'alligator ! dis-je.

– Adèle a avalé l'hameçon, la ligne et le bouchon, à ce propos, dit-elle en souriant pour la première fois.

– Tu veux dire qu'il n'y a *pas* d'alligator làdedans ?

– Mon Dieu, chéri, tu me crois excentrique à ce point ?

– Oh, non ! Dieu m'en garde !

– C'est simplement un piège à souris et son imagination. Tiens... (Gwen déposa à côté d'elle une somme d'argent, en billets et en pièces.) J'ai demandé à Bill de me le rendre. Du moins ce qu'il en restait; il devait avoir trois fois cette somme à l'origine. Je crains que Bill ne soit un de ces faibles qui ne peuvent avoir de l'argent sur eux sans le dépenser. Il faut que je trouve le moyen de le punir jusqu'à ce qu'il s'amende. Mais, en attendant, il n'aura que l'argent qu'il gagnera.

– Et dès qu'il en aura gagné assez il faudra qu'il me rembourse quatre-vingt-dix jours d'air. Gwen, je suis très fâché à ce propos. Contre lui, pas contre toi. À propos de son attitude quant au fait qu'il faut payer l'air. Mais je suis sincèrement désolé d'avoir fait retomber cela sur toi.

– Mais tu avais *raison*, chéri. L'attitude de Bill à cet égard traduit bien ses fausses conceptions des choses en général. C'est ce que j'ai découvert. Nous nous sommes assis dans le Vieux Dôme et nous avons discuté de choses et d'autres. Richard, Bill est atteint de la plus grave forme de socialisme possible; il pense que le monde lui doit tout. Il m'a dit en toute sincérité – et avec suffisance ! – que, bien sûr, tout un chacun avait le droit aux meilleurs soins médicaux et hospitaliers, gratuitement, bien sûr, et sans aucune limitation, et, bien évidemment, que la charge en incombait au gouvernement. Il n'a même pas réussi à comprendre que ce qu'il demandait était matériellement impossible. Mais il ne s'agit pas seulement de la gratuité des soins ou de l'air. Bill croit sincèrement que tout est possible dès lors qu'*il* le souhaite... et gratuit, bien sûr. (Elle frissonna.) Je n'ai absolument pas pu ébranler sa conviction sur *aucun point*.

— La Chanson de Route du Bandarlog.

— Pardon ?

— Il s'agit d'un poète qui vivait il y a deux siècles, Rudyard Kipling. Les Bandarlogs – des singes – croyaient que tout était possible simplement parce qu'on le souhaitait.

— Bill est comme ça. Avec beaucoup de sérieux, il t'explique comment les choses *devraient* être... qu'il appartient tout simplement au gouvernement de les rendre possibles. Il suffit de voter une loi. Richard, il voit le « gouvernement » comme un sauvage voit ses idoles. Ou... non, je ne sais pas, je ne comprends pas comment fonctionne son esprit. Nous nous sommes parlé, mais sans nous comprendre. Il *croit* à ces absurdités. Richard, nous avons commis une erreur : j'ai commis une erreur. Nous n'aurions pas dû sortir Bill de là.

— C'est faux, chérie.

— Non. Je pensais que nous pourrions parvenir à le réadapter. J'avais tort.

— Ce n'est pas là ton erreur. Tu te souviens des rats ?

— Oh !

— Ne sois pas si malheureuse. Nous avons pris Bill avec nous parce que nous craignions, l'un et l'autre, qu'il ne soit tué si nous ne le faisions pas, peut-être dévoré tout vif par des rats. Gwen, nous connaissions toi et moi les risques que comporte le fait de ramasser un chaton abandonné, nous comprenions le concept de « l'obligation chinoise ». Et nous l'avons tout de même fait. (Je lui

258

soulevai le menton et l'embrassai.) Et nous le referions, à cet instant même. En sachant parfaitement quel est le prix à payer.

– Oh, je t'adore !

– Moi aussi, vulgairement, physiquement parlant.

– Euh… maintenant ?

– J'ai besoin de prendre un bain.

– Nous nous baignerons plus tard.

J'avais à peine récupéré les autres bagages de Gwen, momentanément oubliés devant la porte – et auxquels, heureusement, on n'avait pas touché – et nous nous apprêtions à prendre un bain quand Gwen se baissa, ramassa le petit arbre et le posa sur l'étagère près du monte-plats pour pouvoir mieux y accéder.

– Un cadeau pour toi, Richard.

– Chouette. Des filles ? Ou de l'alcool ?

– Ni l'un ni l'autre. Encore que je pense qu'on peut avoir les deux. Le gars de la réception m'a fait une réduction quand j'ai pris une chambre pour Bill.

– Bill est ici ?

– Pour la nuit. Dans la chambre la moins chère. Richard, je ne savais pas quoi faire pour Bill. Je lui aurais bien dit de se débrouiller tout seul pour trouver un lit à Bottom Alley si je n'avais entendu le Rabbi Ezra parler de rats. Bon sang, il n'y avait pas de rats ici, dans le temps. Luna City est en train de se transformer en taudis.

– Je crains que tu n'aies raison.

– Je l'ai fait manger, aussi. Il y a un Sloppy Joe dans le coin. Il mange comme quatre; tu as peut-être remarqué ?

– J'ai remarqué.

– Richard, je ne pouvais abandonner Bill à jeun et sans un endroit sûr pour dormir. Mais demain, c'est autre chose. Je lui ai dit que je voulais constater des progrès avant le petit déjeuner.

– Hum. Bill raconterait n'importe quoi pour un œuf au plat. Il est lamentable, Gwen. Ce qu'on fait de plus lamentable.

– Je ne le crois pas capable d'un mensonge convaincant. Du moins lui ai-je donné à réfléchir. Il sait que je suis fâchée contre lui, que je n'ai que du mépris pour ce qu'il pense et que l'Armée du Salut va fermer ses portes. J'espère que ça l'empêchera de dormir. Tiens, chéri. (Elle avait fouillé la terre du pot, sous le petit érable.) C'est pour Richard. Il vaudrait mieux les laver.

Elle me tendit six cartouches, des Skoda de calibre 6,5 mm de long ou de bonnes imitations. J'en pris une, l'examinai.

– Wonder Woman, tu continues à m'étonner. Où ? Quand ? Comment ?

Elle rayonnait de fierté, comme une gamine de douze ans.

– Ce matin. À Kong. Au marché noir, bien sûr, c'est-à-dire qu'il suffit de savoir sous quel comptoir regarder, chez Sears. J'ai caché mon Mikayo sous Bonsaï-San avant d'aller faire mes courses, et j'ai ensuite caché les munitions avant de partir de chez Xia. Chéri, je ne savais pas quel genre de fouille il allait nous falloir subir si les choses tournaient au vinaigre à Kong – et c'est ce qui s'est passé, mais tantine nous a sortis de là.

– Sais-tu faire la cuisine ?

– Je cuisine très bien.

– Tu sais tirer, conduire un rolligon, piloter un vaisseau spatial, tu sais faire la cuisine. Okay, tu es embauchée. Mais, as-tu d'autres talents ?

– Ma foi, quelque talent d'ingénieur. J'étais un très bon juriste, dans le temps, mais je manque de pratique dans ces deux domaines. Et je sais cracher entre mes dents.

– Fantastique ! Appartiens-tu ou as-tu jamais

appartenu au genre humain ? Fais attention à ce que tu vas dire, ta réponse sera enregistrée par écrit.

– Je ne répondrai qu'en présence de mon avocat. Commandons à dîner avant qu'ils ferment la cuisine.

– Je pensais que tu voulais prendre un bain.

– Exact. Ça me démange. Mais si nous ne passons pas rapidement notre commande, il va falloir nous habiller et aller au Sloppy Joe... peu m'importe d'aller dîner au Sloppy Joe, je n'ai pas envie de m'habiller. Ce sont là les premiers instants de détente complète et de tranquillité que j'ai avec mon mari depuis, oh ! des siècles. Depuis chez toi, à la Règle d'Or, avant qu'on nous en éjecte.

– Trois jours.

– Pas plus ? Vraiment ?

– Quatre-vingts heures. Des heures bien remplies, je te l'accorde.

La cuisine du Raffles n'est pas mauvaise, tant qu'on s'en tient au plat du jour; ce soir, c'étaient des boulettes de viande avec des crêpes suédoises à la sauce au miel et à la bière, un curieux mélange, assez réussi. Salade fraîche, assaisonnée à l'huile et au vinaigre de vin. Fromage et fraises fraîches. Thé noir.

Tout cela nous plut, mais un vieux soulier, convenablement mitonné, aurait tout aussi bien fait l'affaire, depuis le temps que nous n'avions pas mangé ! On nous aurait servi du putois que je ne l'aurais pas remarqué; la compagnie de Gwen me suffisait, en matière d'assaisonnement.

Nous avions agréablement passé la première demi-heure, sans prétention, quand Gwen remarqua la plaque de cuivre dans le roc. Jusque-là, elle avait été trop occupée. Cela se comprend.

Elle se leva, la regarda puis dit d'une voix étouffée :

— Tu te rends compte, Richard, que nous nous trouvons dans le berceau même de la Révolution ! Et moi qui suis assise là, à éructer et à me gratter comme s'il s'agissait d'une banale chambre d'hôtel.

— Assois-toi et finis de dîner, chérie. À Luna City on retrouve ce genre de plaques dans trois hôtels sur quatre.

— Pas des plaques comme *celle-ci*. Richard, quel est le numéro de cette chambre ?

— Elle n'a pas de numéro mais une lettre. C'est la chambre L.

— La chambre L ! Oui ! C'est bien ça ! Richard, dans n'importe quel pays, là-bas sur la croûte, un haut lieu historique d'une telle importance nationale verrait brûler une flamme éternelle. Avec une garde d'honneur devant, probablement. Mais ici... quelqu'un a mis cette plaque de cuivre et on l'a oubliée. Même en ce jour de fête nationale. Mais c'est ça, les Luniens. Les gens les plus bizarres de tout l'univers connu. Je t'assure !

— Chérie, s'il te plaît de croire que cette chambre est vraiment ce qu'annonce cette plaque, parfait ! En attendant, tu peux te rasseoir et manger. Ou veux-tu que je mange tes fraises ?

Gwen ne répondit pas; elle se rassit et garda le silence. Elle chipota simplement dans les fruits et le fromage. Je finis par lui demander :

— Quelque chose te travaille ?

— Je n'en mourrai pas.

— Heureux de te l'entendre dire. Ma foi, quand tu auras envie de parler, je suis tout ouïe.

— Richard... dit-elle d'une voix cassée, et je fus surpris de voir des larmes glisser lentement sur ses joues.

— Oui, chérie ?

— Je t'ai raconté un tissu de mensonges. Je...

— Ne va pas plus loin. Mon amour, mon cher

et désirable amour, j'ai toujours pensé que les femmes devaient avoir le droit de mentir autant que nécessaire sans qu'on leur en veuille jamais. Le mensonge constitue peut-être leur seule défense face à un monde hostile. Je ne t'ai rien demandé à propos de ton passé, non ?

— Non, mais...

— Je te le répète : arrête. Je ne t'ai rien demandé. Tu as bien voulu tenter de me donner quelques détails. Mais j'ai réussi à te faire taire les deux ou trois fois où tu as été saisie d'une attaque pernicieuse d'autobiographite. Gwen, je ne t'ai pas épousée pour ton argent, ni pour tes antécédents familiaux, ni pour ton intelligence, ni même pour tes talents au lit.

— Pas même pour cela ? Il ne reste plus grand-chose.

— Oh, que si ! J'apprécie tes talents et ton enthousiasme au plan horizontal. Mais les championnes du matelas ne sont pas si rares. Regarde Xia, par exemple. Je suis persuadé qu'elle est très douée et qu'elle aime ça.

— Probablement deux fois plus douée que moi, mais je veux bien être pendue si elle aime ça davantage que moi.

— Tu t'en sors très bien quand tu as eu ton temps de repos. Mais ne me distrais pas. Veux-tu savoir ce qui fait de toi quelqu'un de très spécial ?

— *Oui !* Enfin, je crois. S'il n'y a pas de piège.

— Il n'y en a pas. Ma chère madame et maîtresse, ta qualité unique et particulière est la suivante : quand je suis avec toi, je suis heureux.

— Richard !

— Cesse de chialer. Je ne peux supporter les femmes qui reniflent.

— Brute ! Je pleurerai si j'en ai envie, nom de Dieu... et j'en ai envie. Richard, je t'aime.

— Moi aussi, figure de singe. Je disais que si ton tissu de mensonges commence à s'user, ne va pas t'enquiquiner à en fabriquer un autre tissé de la solennelle assurance que celui-ci est pure vérité, toute la vérité et rien que la vérité. Laisse tomber. L'ancien tissu est peut-être usé jusqu'à la trame, mais je m'en fiche. Je veux seulement vivre avec toi, te tenir la main et t'entendre ronfler.

— Je ne ronfle *pas* ! Euh... est-ce que je ronfle ?

— Je n'en sais rien. Nous n'avons pas assez dormi au cours des quatre-vingts dernières heures pour que ce soit gênant. Repose-moi la question dans cinquante ans. (Par-dessus la table je taquinai le bout de son sein, le regardai durcir.) Je veux te tenir la main, t'écouter ronfler et à l'occasion... oh, une ou deux fois par mois...

— Une ou deux fois par mois !

— C'est trop ?

— Je crois qu'il faut me contenter de ce qu'on m'offre, soupira-t-elle. Ou aller faire le trottoir.

— Le trottoir ? Quel trottoir ? Je disais qu'une ou deux fois par mois nous pourrions aller dîner dehors, voir un spectacle ou aller dans une boîte. Je t'achèterai une fleur pour mettre dans tes cheveux. Oh, plus souvent, je crois, si tu insistes... mais une vie nocturne trop intense est gênante pour un écrivain. J'ai l'intention de t'entretenir, mon cœur, malgré ces sacs d'or que tu as pu engranger. Un problème, chérie ? Programme nul et non avenu ? Pourquoi cet air ?

— Richard Colin, tu es incontestablement l'homme le plus énervant que j'aie jamais épousé. Ou même avec qui j'aie jamais dormi.

— Tu les laissais dormir ?

— Oh, espèce de... ! Je n'aurais pas dû te sauver des griffes de Gretchen. « Une ou deux fois par mois », hein ? Tu m'as fait accepter cela. Et tu as refermé le piège.

— Madame, je ne vois pas ce que vous voulez dire.

– Vraiment ! Tu me prends pour une douce petite nymphomane.

– Pas *trop* petite.

– Continue. Vas-y ! Si tu me pousses suffisamment, je vais ajouter un deuxième conjoint à notre mariage. Choy-Mu m'épouserait. Je sais qu'il le ferait.

– Choy-Mu est un pote, d'accord. Et je suis sûr qu'il t'épouserait; il n'a pas un petit pois à la place de la cervelle. Si c'est cela que tu veux, j'essaierai de lui faire bon accueil. Encore que je n'aie pas remarqué que tu étais si bien avec lui. Parlais-tu sérieusement ?

– Non, bon Dieu. Jamais je n'ai pratiqué plusieurs maris; avec un seul à la fois, c'est déjà assez difficile. Le commandant Marcy est sans aucun doute charmant mais beaucoup trop jeune pour moi. Oh, je ne dis pas que je refuserais de passer une nuit avec lui s'il me le demandait gentiment. Mais simplement à titre de distraction, rien de sérieux.

– *Je* ne dis pas, moi non plus, que tu refuserais. Mais dis-le-moi suffisamment à temps, pour que je fasse gentiment semblant de ne rien voir. Ou que je tienne la chandelle. Ou que je passe les serviettes. Au choix de la dame.

– Richard, tu es vraiment trop bon.

– Voudrais-tu que je sois jaloux ? Mais nous sommes sur Luna et je suis un Lunien. D'adoption seulement, mais Lunien tout de même. Et pas un ver de Terre qui se tape la tête contre les murs. (Je m'arrêtai pour lui baiser la main.) Ma charmante maîtresse, tu es petite mais ton cœur est immense. Tout comme les pains et les poissons, tu représentes une riche manne pour autant de maris et d'amants qu'il te plaira. Je suis heureux d'être le premier – si je suis le premier – parmi mes pairs.

– Est-ce une dague que je vois là devant moi ?

– Non, un glaçon.

– Vraiment ? Profitons-en avant qu'il fonde.

Ce que nous fîmes, mais tout juste; j'étais fatigué.

– Gwen, lui demandai-je après, pourquoi ces sourcils froncés ? N'ai-je pas été à la hauteur ?

– Non, mon chéri. Mais j'ai toujours ces mensonges en tête... et cette fois je te prie de ne pas changer de sujet. Je sais que cette inscription, là sur la plaque de cuivre, est authentique, parce que je connaissais trois de ces quatre personnes. Je les connaissais bien; deux d'entre elles m'ont adoptée. Mon amour, je suis Père Fondateur de l'État libre de Luna.

Je ne dis rien parce qu'il est des circonstances où l'on n'a rien à dire. Peu après, Gwen s'agita et me dit, presque furieuse :

– Ne me regarde pas ainsi ! Je sais à quoi tu penses; 2076, ce n'était pas hier. C'est exact. Mais si tu veux bien t'habiller, je t'emmènerai au Vieux Dôme et je te montrerai ma signature et l'empreinte de mon pouce sur la Déclaration d'Indépendance. Pour la signature, on peut douter... mais comment falsifier une empreinte digitale ? Veux-tu venir voir ?

– Non.

– Pourquoi ? Tu veux savoir mon âge ? Je suis née le jour de Noël de 2063, et j'avais donc douze ans et demi quand j'ai signé la Déclaration. Ce qui indique clairement mon âge.

– Chérie, quand j'ai décidé de devenir un authentique Lunien, ou un fac-similé raisonnable, j'ai étudié l'histoire de Luna pour pouvoir m'y connaître un peu. Il n'y avait aucune Gwendolyn parmi les signataires. Un instant, je ne prétends pas que tu mens, je dis que tu devais avoir un autre nom à l'époque.

– Oui, bien sûr. Hazel. Hazel Meade Davis.

– « Hazel ». Qui devait épouser plus tard

quelqu'un du Stone Gang. La chef de file des jeunesses auxiliaires. Hum, Hazel était rousse.

— Oui. Je vais pouvoir cesser de prendre ces foutues pilules et laisser mes cheveux retrouver leur teinte naturelle. À moins que tu ne les préfères ainsi ?

— C'est sans importance, la couleur des cheveux. Mais... Hazel, pourquoi m'as-tu épousé ?

— Par amour, chéri, dit-elle avec un soupir, et c'est la pure vérité. Pour venir à ton aide quand tu aurais des ennuis... cela aussi, c'est vrai. Parce que c'était inévitable, et cela est encore exact. Car il est écrit dans les livres d'histoire, en d'autres lieu et époque, qu'Hazel Stone est revenue sur Luna et a épousé Richard Ames, alias Colin Campbell... et que le couple a volé au secours d'Adam Selene, président du Comité Révolutionnaire.

— Déjà écrit, hein ? Prédestiné ?

— Pas tout à fait, mon chéri. Dans d'autres livres d'histoire il est écrit que nous avons échoué... et que la tentative nous a été fatale.

17

> *« L'âge ne peut la flétrir, ni l'usage gâter la fraîcheur de son infinie diversité : d'autres femmes finissent par rassasier les appétits; tandis que plus elle satisfait, plus elle rend insatiable. »*
> William SHAKESPEARE, 1564-1616

Mon frère se prend pour une poule, dit la fillette au docteur. Et le docteur lui demande : Mon Dieu ! Et que fait-on pour le soigner ? Et la fillette répond : Rien. Maman dit que les œufs nous rendent bien service.

Faut-il se soucier le moins du monde des fantasmes d'une femme, si elle est heureuse ainsi ? Était-il de mon devoir d'emmener Gwen chez un psy pour tenter de la guérir ?

Bon Dieu, non ! Les psy sont des aveugles qui mènent les aveugles ; même les meilleurs n'y connaissent pas grand-chose. Quiconque consulte un psy devrait se faire examiner.

En y regardant de plus près, Gwen pouvait avoir un peu plus de la trentaine, moins de quarante ans probablement ; en tout cas moins de cinquante. Comment donc pouvait-on décemment croire qu'elle était née voilà plus d'un siècle ?

Chacun sait que les Luniens vieillissent moins vite que les vers de Terre qui ont grandi avec un champ de gravité de un g. Dans son fantasme, Gwen paraissait croire qu'elle était Lunienne et non pas la Terrienne qu'elle avait prétendu être. Mais les Luniens vieillissent, même s'ils vieillissent lentement, et les centenaires (j'en ai connu plusieurs) n'ont pas l'air d'avoir trente ans ; ils ressemblent à des vieillards.

J'allais devoir m'efforcer de laisser croire à Gwen que j'avalais tout ce qu'elle me racontait... alors que je n'en croyais pas un traître mot et que je me disais que c'était sans importance. J'ai, jadis, connu un homme qui, tout à fait sain d'esprit, avait épousé une femme qui croyait fermement à l'astrologie. Sans arrêt elle coinçait les uns et les autres pour leur demander sous quel signe ils étaient nés. Cette sorte de folie asociale devait être plus difficile à supporter que l'innocent fantasme de Gwen.

Cependant, cet homme paraissait heureux. Son épouse était une excellente cuisinière, une femme agréable (à part ce courant d'air dans la tête) et pouvait égaler les meilleures au plan horizontal.

Pourquoi donc s'inquiéter de son syndrome ? Elle en était heureuse, même si elle ennuyait les autres. Je crois que peu importait au mari de vivre dans un vide intellectuel chez lui, du moment qu'il y trouvait son confort physique.

Après avoir vidé sa mignonne poitrine de ce qu'elle avait sur le cœur, Gwen s'endormit aussitôt et je ne tardai pas à en faire de même pour une bonne, longue et paisible nuit de sommeil. Je me réveillai requinqué et gai, tout prêt à affronter un serpent à sonnettes et même à lui permettre de mordre le premier.

Ou prêt à bouffer un serpent à sonnettes. Lundi, il allait me falloir nous trouver un logement; d'ordinaire, je veux bien aller prendre mes repas dehors, mais pas le petit déjeuner qui doit être prêt avant toute obligation d'aller affronter le monde. Ce n'est pas la seule raison qui plaide en faveur du mariage, mais c'en est une excellente. Certes, il y a d'autres moyens de prendre son petit déjeuner chez soi, mais la stratégie la plus courante consiste, à mon sens, à se marier et à persuader sa femme de le préparer.

Et puis je m'éveillai un peu plus et me rendis compte que nous pouvions prendre notre petit déjeuner sur place. Enfin, peut-être. Quelles étaient les heures d'ouverture de la cuisine ? Quelle heure était-il ? Je jetai un coup d'œil sur l'avis placardé à côté du monte-plats et en fus tout déprimé.

Je m'étais brossé les dents, j'avais mis mon pied et je passai mon pantalon (prenant note d'avoir à acheter des vêtements car ce pantalon frisait la masse critique) quand Gwen s'éveilla.

— Est-ce que nous nous connaissons ? demanda-t-elle en ouvrant un œil.

— À Boston, nous ne dirions pas qu'il s'agit d'une présentation dans les règles. Mais je veux bien t'offrir le petit déjeuner; tu étais pleine d'allant. Que prendras-tu ? Cet hôtel borgne ne propose que ce qu'ils appellent un « café complet »; ce qui me paraît pour le moins bien austère. Ou préfères-tu t'habiller décemment pour que nous nous traînions jusqu'au Sloppy Joe ?

— Reviens te coucher.

— Femme, tu essaies de rafler mon assurance sur la vie. Sloppy Joe ? Ou dois-je commander une tasse de Nescafé tiède, un croissant rassis et un verre de jus d'orange synthétique pour un somptueux petit déjeuner au lit ?

— Tu m'as promis des gaufres tous les matins. Tu me l'as promis.

— Oui. Chez Sloppy Joe. J'y vais. Tu viens avec moi ? Ou veux-tu que je commande la spécialité de la maison ?

Gwen continua à grogner, à gémir, à m'accuser de crimes innommables et à me mettre en demeure de venir mourir comme un homme tout en se levant vivement, allant faire sa toilette et s'habillant. Elle finit par avoir l'air tirée à quatre épingles malgré ces trois jours dans les mêmes vêtements. Certes, nous avions l'un et l'autre des dessous flambant neufs, nous avions pris l'un et l'autre un bain chaud, nos ongles étaient aussi nets que notre conscience... mais elle paraissait sortir d'une boîte tandis que j'étais attifé comme un pourceau. J'avais toutes les chances et elle n'en avait aucune; Gwen était merveilleuse. Je me sentais béat de bonheur.

— Merci, monsieur, pour votre invitation à prendre le petit déjeuner, me dit-elle en me serrant le bras.

— Tout le plaisir est pour moi, petite fille. Dans quelle chambre se trouve Bill ?

— Richard, me dit-elle en redevenant instantanément sérieuse, je n'ai pas l'intention de te faire rencontrer Bill avant le petit déjeuner. C'est mieux ainsi, non ?

– Euh... au diable, je n'aime pas attendre mon petit déjeuner et je ne vois aucun avantage à laisser Bill attendre le sien. Nous n'avons pas besoin de le regarder; je vais prendre une table pour deux et Bill pourra s'asseoir au comptoir.

– Richard, tu es un plouc au cœur tendre. Je t'aime.

– Ne me traite pas de plouc au cœur tendre, espèce de plouc au cœur tendre. Qui s'est montré prodigue avec lui ?

– Moi, et c'était une erreur. Je lui ai repris l'argent et cela ne se reproduira plus.

– Tu as repris une partie de l'argent.

– Ce qu'il en restait. Et cesse de m'asticoter avec ça. J'ai été idiote, Richard. C'est exact.

– N'en parlons plus. C'est là, sa chambre ?

Bill n'était pas dans sa chambre. On nous apprit, à la réception, qu'il était sorti depuis une demi-heure. Je crois que Gwen fut soulagée. Moi, je le fus. Notre enfant à problèmes était devenu un vrai poison. Je dus me souvenir qu'il avait sauvé tantine pour trouver quelque chose à porter à son crédit.

Quelques minutes plus tard, nous pénétrions dans le Sloppy Joe du coin. Je cherchai des yeux une table pour deux libre quand Gwen me serra le bras. Je levai les yeux et vis ce qu'elle voyait.

Bill réglait une note à la caisse. Avec un billet de vingt-cinq couronnes.

Nous attendîmes. Lorsqu'il se retourna, il nous vit et parut tout près de filer en courant. Mais il n'y avait nul endroit où filer, sauf vers nous.

Nous l'emmenâmes tranquillement dehors. Dans le couloir, Gwen le regarda, écœurée.

– Bill, d'où sortez-vous cet argent ?

– C'est à moi, dit-il, fuyant le regard de Gwen.

– Ridicule. Vous avez quitté la Règle d'Or sans un sou. Cet argent ne peut être qu'à moi. Vous

271

m'avez menti hier en prétendant me rendre la totalité de ce qui vous restait.

L'air buté, il persistait à ne rien dire.

— Bill, retournez dans votre chambre, lui dis-je. Nous vous y retrouverons après le petit déjeuner. Et vous nous direz la vérité.

— Sénateur, ce n'est pas vos oignons ! cracha-t-il avec une fureur à peine contenue.

— Nous verrons. Retournez au Raffles. Viens, Gwen.

— Je veux que Bill me rende mon argent. Tout de suite !

— Après que nous aurons déjeuné. Cette fois, nous allons faire ce que je dis. Tu viens ?

Gwen ne dit plus rien et nous retournâmes au restaurant. Je veillai à éviter de parler de Bill; certains sujets figent les sucs gastriques.

— Une autre gaufre, chérie ? proposai-je une demi-heure plus tard.

— Non, merci, Richard. Cela suffit. Elles ne sont pas aussi bonnes que les tiennes.

— Parce que je suis un petit génie de naissance. Finissons et rentrons nous occuper de Bill. Est-ce qu'on va l'écorcher vif ou simplement l'empaler ?

— J'avais l'intention de l'interroger. Richard, la vie a perdu beaucoup de son charme quand le sérum de vérité a remplacé les écrase-pouces et les fers chauffés à blanc.

— Ma bien-aimée, tu es une petite misérable assoiffée de sang. Encore un peu de café ?

— Tu veux me flatter. Non, merci.

Nous retournâmes au Raffles, passâmes dans la chambre de Bill, ne pûmes nous en faire ouvrir la porte. À la réception, le misanthrope qui m'avait accueilli avait repris son service.

— Avez-vous vu William Johnson, chambre KK ? demandai-je.

— Oui, il y a environ une demi-heure, il a

récupéré le montant de la consigne de sa clé et il est parti.

– Mais c'est *moi* qui ai payé pour la clé ! dit Gwen, d'une voix plutôt aiguë.

– Je le sais, gospazha. Mais nous restituons le montant de la consigne à qui restitue la clé. Peu importe qui a loué la chambre. (Il se tourna vers son tableau et y prit la carte-clé KK.) Le montant de la consigne couvre à peine les frais de changement du code magnétique quand on ne rend pas la clé; ça ne paie pas les embêtements. Si vous faites tomber votre carte dans le couloir et que quelqu'un la ramasse et nous la rend, nous lui payons la consigne… et il vous faudrait repayer pour pouvoir entrer dans votre chambre.

– Ça me semble équitable, dis-je en prenant fermement Gwen par le coude. S'il revient, faites-nous-le savoir, voulez-vous ? Chambre L.

– Vous ne voulez pas la chambre KK ? demanda-t-il à Gwen.

– Non.

– Vous avez payé pour une seule personne pour la chambre L, dit-il en revenant à moi. Pour deux personnes, il y a un supplément.

Soudain, j'en eus ma claque. Toutes ces histoires, tous ces gens qui en prenaient à leur aise, toutes ces stupidités : c'en était trop.

– Si vous essayez de me piquer encore une seule couronne, je vous traîne à Bottom Alley et je vous dévisse la tête. Tu viens, chérie ?

J'étais encore furieux quand nous arrivâmes dans la chambre.

– Gwen, ne restons pas à Luna. Le coin a changé. En pire.

– Où veux-tu aller, Richard ? me demanda-t-elle, apparemment affligée.

– Euh… je serais d'avis d'émigrer, de sortir du Système Botany Bay, Proxima, ou autre – si j'étais plus jeune et si j'avais mes deux jambes, dis-je en soupirant... Parfois je me fais l'effet d'être orphelin.

– Chéri...

– Oui, mon amour ?

– Je suis là, toute prête à te materner. J'irai où tu iras. Je te suivrai au bout de la Galaxie. Mais je préfère ne pas quitter Luna pour le moment... si tu veux bien. Nous pourrions aller à la recherche d'un autre endroit où habiter – Rabbi Ezra a peut-être raison –, ne peut-on s'accommoder de ce pisse-vinaigre de la réception jusqu'à lundi ? Ensuite nous trouverons certainement quelque chose.

Je m'appliquai à réduire mon rythme cardiaque et y parvins.

– Oui, Gwen. Nous pourrions chercher un endroit où aller habiter après le week-end, après que les Shriners seront partis, si nous ne pouvons trouver tout de suite un logement convenable. Je me ficherais pas mal de ce zozo à la réception si nous étions sûrs de trouver un bon cubique après le week-end.

– D'accord. Puis-je te dire maintenant pourquoi il faut que je reste quelque temps à Luna City ?

– Hein ? Oui, certainement. En fait, il me faudrait demeurer quelque temps dans le même coin, moi aussi. Pour écrire et gagner un peu d'argent afin de compenser les dépenses plutôt lourdes de cette semaine.

– Richard, j'ai déjà essayé de te le dire. Nous n'avons pas d'inquiétudes à avoir pour l'argent.

– Gwen, il y a toujours des inquiétudes à avoir pour l'argent. Je ne vais pas dilapider tes économies. Traite-moi de *macho* si tu veux, mais j'ai l'intention de t'entretenir.

– Oui, Richard. Merci. Mais tu n'as pas à te sentir pressé par le temps. Je peux obtenir rapidement tout l'argent dont nous aurons besoin.

– Déclaration bien présomptueuse, me semble-t-il.

– C'était mon intention. Richard, j'ai cessé de te mentir. Nous voilà à l'heure des grosses vérités.

– Gwen, dis-je, avec un geste des deux mains indiquant que cela ne m'intéressait pas, ne t'ai-je pas clairement fait comprendre que je me fichais des blagues que tu avais pu me raconter, ou de ton âge, ou de ce que tu avais pu être ? On repart de zéro, toi et moi.

– Richard, cesse de me traiter comme une enfant !

– Gwen, je ne te traite pas comme une enfant. Je dis que je t'accepte telle que tu es. Là. Maintenant. Ton passé, ça te regarde.

– Chéri, tu ne crois pas que je sois Hazel Stone, n'est-ce pas ? me dit-elle, le regard triste.

Le moment était venu pour moi de mentir. Mais un mensonge ne sert à rien s'il n'est pas cru (à moins qu'on ne le dise pour qu'il ne soit pas cru, ce qui n'était pas le cas).

– Mon chou, j'ai essayé de te dire que ça n'avait aucune importance que tu sois Hazel Stone. Ou Sadie Lipschitz. Ou Pocahontas. Tu es mon épouse bien-aimée. Inutile d'assombrir cela par des futilités.

– Richard, Richard ! Écoute-moi. Laisse-moi parler. (Elle soupira.) Sans cela...

– Sans cela ?

– Tu sais très bien ce que je veux dire; tu me l'as dit toi-même. Si tu ne m'écoutes pas, il va me falloir rentrer et expliquer que j'ai échoué.

– Rentrer où ? Expliquer à qui ? Que tu as échoué en quoi ?

– Si tu ne veux pas écouter, c'est sans importance.

– Tu m'as dit de ne pas te laisser partir !

– Je ne te quitterai pas; je vais juste aller faire une course et je rentre te rejoindre. Tu peux venir avec moi... Oh, j'aimerais que tu viennes ! Mais il me faut rendre compte de mon échec et démissionner... après quoi je serai libre de te suivre au bout de l'univers. Mais je dois démissionner et non pas simplement déserter. Tu es un soldat, tu comprends cela.

– Tu es soldat ?

– Pas exactement. Je suis un agent.

– Euh... une *agent provocatrice* ?

– Quelque chose d'assez voisin, dit-elle avec un sourire timide. Une « *agent amoureuse* », peut-être. Bien qu'on ne m'ait pas demandé de tomber amoureuse de toi. Simplement de t'épouser. Mais je suis tombée amoureuse de toi, Richard, et cela m'a peut-être perdue en tant qu'agent. Veux-tu venir avec moi pendant que j'irai rendre compte ? S'il te plaît !

– Gwen, je suis de plus en plus perdu, dis-je, car j'étais de plus en plus perdu.

– Dans ce cas, pourquoi ne pas me laisser t'expliquer ?

– Euh... Gwen, on ne *peut* expliquer cela. Tu as prétendu être Hazel Stone.

– Je suis Hazel Stone.

– Bon Dieu, je sais compter. Hazel Stone, si elle vit encore, a bien plus de cent ans.

– C'est exact. J'ai bien plus de cent ans. (Elle sourit.) Je t'ai pris au berceau.

– Oh, pour l'amour de Dieu ! Écoute, chérie, j'ai passé les cinq dernières nuits au lit avec toi. Tu es exceptionnellement dynamique pour une grand-mère !

– Merci, chéri. Tout le mérite en revient au Composé Végétal de Lydia Pinkham.

– Vraiment ? Une quelconque panacée a débarrassé tes articulations de leur calcium pour le réinjecter dans tes os, elle a passé un coup de fer sur tes rides, rétabli ton équilibre hormonal et débouché tes artères ? Veux-tu en commander un tonneau pour moi ? Je sens que je baisse.

– Mme Pinkham avait des experts pour collaborateurs. Richard, si tu voulais seulement me laisser te prouver qui je suis, par mon empreinte digitale sur la Déclaration d'Indépendance, ton esprit s'ouvrirait à la vérité, si étrange qu'elle puisse être. Je voudrais pouvoir te proposer de vérifier mon identité par le dessin rétinien... mais on ne m'a pas photographié les rétines à l'époque. Mais cette empreinte digitale *existe*. Et il y a également les caractéristiques sanguines.

Je commençais à paniquer. Qu'allais-je faire si tout le fantasme de Gwen s'écroulait ?

Et puis je me souvins d'un détail.

– Gwen, Gretchen a parlé d'Hazel Stone.

– C'est exact. Gretchen est mon arrière-arrière-arrière-petite-fille, Richard. J'ai épousé Slim Lemke, du Stone Gang, quand j'ai eu quatorze ans. J'ai eu mon premier enfant de lui pour l'équinoxe d'automne de Terra de 2078 : un garçon; je l'ai appelé Roger, comme son père. En 2080, j'ai eu ma première fille...

– Un instant. Ta fille aînée était étudiante à Percival Lowell quand j'ai commandé l'opération de secours. C'est ce que tu as dit.

– Cela fait partie des mensonges, Richard. J'avais effectivement une descendante à la faculté : une petite-fille. Je te suis donc sincèrement reconnaissante. Mais il m'a fallu faire cadrer les détails avec l'âge que je semblais avoir. Ma première fille s'appelait Ingrid, comme la mère de Slim... et Ingrid Henderson porte le prénom de sa grand-mère : ma fille, Ingrid Stone. Richard, tu n'as pas pu te rendre compte, sur le moment, combien il m'a été pénible à Dry Bones Pressure de rencontrer pour la première fois mes descendants et de ne pouvoir le leur dire. Mais je ne pouvais être grand-mère Hazel alors que j'étais Gwen Novak. Je n'ai pu l'avouer... et ce n'était pas la première fois que cela m'arrivait. J'ai eu beaucoup d'enfants : il s'est écoulé quarante-quatre ans entre ma puberté et ma ménopause. J'ai donné naissance à seize enfants, de quatre maris et de trois inconnus, et j'ai pris le nom de Stone après la mort de mon quatrième mari. Parce que j'ai vécu avec mon fils Roger Stone. J'ai élevé quatre des enfants que Roger avait eus de sa deuxième épouse; elle est médecin et avait besoin d'une grand-mère à demeure. J'en ai vu trois se marier, tous sauf le plus jeune, qui est maintenant chirurgien-chef à l'hôpital général de Cérès et qui ne se mariera peut-être jamais car il est très beau garçon, très égocentrique et qu'il croit au vieil adage : « Pourquoi avoir une vache à l'étable ? » Et puis j'ai commencé à prendre le composé végétal, et me voilà, de nouveau féconde et toute prête à avoir une nouvelle famille. (Elle sourit et se tapota le ventre.) Retournons au lit.

— Nom de Dieu, fille ! cela ne résoudrait rien.

— Non, mais c'est une façon agréable de passer le temps. Et cela permet d'arrêter de temps en temps les ennuis menstruels. Ce qui me rappelle... Si par hasard on revoit Gretchen, je n'interviendrai pas une deuxième fois. Je n'avais simplement pas envie de voir mon arrière-arrière-arrière-petite-fille venir s'immiscer dans ma lune de miel : une lune de miel déjà bien trop envahie et bien trop agitée.

— Gretchen n'est qu'une enfant.

— Tu crois ? Elle est physiquement aussi mûre que je l'étais à quatorze ans... quand je me suis mariée. J'ai été aussitôt enceinte. Vierge au mariage, Richard; cela arrive plus souvent ici que nulle part ailleurs. Maman Mimi était très stricte et Maman Wyoh m'avait à l'œil; elle n'était guère encline à plaisanter car la famille Davis était d'un rang social aussi élevé qu'on pouvait l'être à Luna City à cette époque, et j'ai été très heureuse qu'ils m'aient adoptée. Chéri, je ne te dirai pas un mot de plus me concernant tant que tu ne seras pas venu voir ma signature et mon empreinte digitale sur la Déclaration. Je vois bien que tu ne me crois pas... et c'est humiliant pour moi.

(Que faites-vous quand votre femme insiste ? Le mariage est le plus grand des arts humains... quand ça marche.)

— Mon chou, je ne veux pas te faire de peine. Mais je ne connais rien aux empreintes digitales. Et il y a d'autres moyens. Cette deuxième femme de ton fils Roger, est-ce qu'elle vit toujours ?

— Mais bien sûr. C'est le Dr Edith Stone.

— Dans ce cas, il existe probablement ici, sur Luna, un enregistrement de son mariage avec ton fils et... s'agit-il du Roger Stone qui était maire ?

— Oui. De 2122 à 2130. Mais on ne peut le joindre; il a quitté Luna en 2148.

— Où se trouve-t-il maintenant ?

— À plusieurs années-lumière. Edith et Roger ont émigré, à Fiddler's Green. Il n'y a plus personne de cette branche de ma famille par ici. Ça ne marchera pas, chéri; tu cherches quelqu'un qui puisse m'identifier comme étant Hazel Stone, c'est ça ?

— Eh bien... oui. J'ai pensé que le Dr Edith Stone ferait l'affaire et serait un témoin indiscutable.

— Hum... elle peut toujours l'être.

— Comment cela ?

— Par le groupe sanguin, Richard.

— Écoute, Gwen, je m'y connais un peu en groupes sanguins, du fait de la chirurgie de campagne. J'ai veillé à ce que tous les hommes de mon régiment connaissent leur groupe sanguin. Le groupe sanguin peut témoigner de ce que tu n'es pas; il ne peut pas prouver ce que tu es. Même avec un nombre d'individus aussi réduit que dans un régiment on rencontre plus d'une fois le groupe rarissime A B négatif; on en trouve un sur deux cents. Je m'en souviens parce que c'est mon cas.

Elle eut un hochement de tête approbateur.

– Et moi, je suis O positif, le plus courant de tous. Mais ce n'est pas tout. Si on se livre à une analyse complète, un sang est tout aussi unique qu'une empreinte digitale ou un dessin rétinien. Richard, pendant la Révolution, beaucoup des nôtres sont morts parce qu'on ignorait leur groupe sanguin complet. Oh, on savait faire une transfusion, mais on ne pouvait trouver de donneurs totalement compatibles que par tâtonnements. C'était souvent trop long; un grand nombre de nos blessés – non, la plupart – qui avaient besoin de sang mouraient parce qu'on ne pouvait trouver à temps un donneur compatible. Après la paix et l'indépendance, Maman Wyoh – Wyoming Knott Davis, l'hôpital de Kong – tu vois ?

– J'ai remarqué.

– Maman Wyoh était mère d'accueil à Kong et elle était au courant de ces choses. Elle a fondé la première banque du sang, grâce à de l'argent collecté par le commandant Watenabe, un autre père fondateur. Il y a peut-être bien un demi-litre de mon sang conservé à Kong, encore maintenant... mais une chose est certaine : ils ont dans leurs dossiers une analyse complète de mon sang, parce qu'Edith a veillé à ce que ce soit fait pour chacun de nous avant que nous nous lancions tous dans une *Wanderjahr* en 2148. Donc, Richard, tu peux envoyer un prélèvement de mon sang au centre médical de l'université Galilée pour une analyse complète; je paierai. Après quoi on le comparera avec les résultats de l'analyse faite en 2148 et qui se trouvent à l'hôpital Wyoming Knott. Il suffira de savoir lire pour dire s'ils correspondent ou pas; il est inutile de s'y connaître autant qu'en matière d'empreintes digitales. Si cela ne confirme

pas mon identité, envoyez une camisole de force ;
je serai bonne à enfermer.

— Gwen, nous ne retournerons pas à Kong.
Pour rien au monde.

— C'est inutile. Nous paierons à la banque du
sang de Galilée pour obtenir, sur leur terminal,
les résultats envoyés depuis Kong. (Soudain, elle
se rembrunit.) Mais je serais grillée en tant que
Mme Novak. Une fois ces deux enregistrements
côte à côte ils sauront que grand-mère Hazel est
revenue sur les lieux de ses crimes. J'ignore quelles
en seront les répercussions sur ma mission ; cela
ne devait pas se produire. Mais je sais qu'il est
absolument indispensable, pour le succès de ma
mission, que j'arrive à te convaincre.

— Gwen, disons que tu m'as convaincu.

— Vraiment, chéri ? Tu n'irais pas me mentir ?

(Mais si, je te mentirais, mon cher amour. Mais
je dois reconnaître que ce que tu me dis est très
convaincant. Tout ce que tu m'as raconté recoupe
ce que j'ai soigneusement appris de l'histoire de
la Lune... et, par d'infimes détails, on dirait bien
que tu étais là. Tout est convaincant, sauf l'impossibilité physique : tu es *jeune*, chérie ; tu n'es pas
une vieille taupe de plus d'un siècle.)

— Mon chou, tu m'as fourni deux moyens irré-
futables de t'identifier. Disons donc que j'en ai
vérifié l'un ou l'autre, ou les deux. Disons que
tu es bien Hazel. Préfères-tu que je t'appelle
Hazel ?

— Je réponds aux deux noms, chéri. Fais comme
tu voudras.

— D'accord. L'ennui, c'est ton aspect. Si tu
étais vieille et toute desséchée et non pas jeune
et appétissante...

— Est-ce que tu t'en plains ?

— Non, je dis ce que je vois, c'est tout. En
admettant que tu sois bien Hazel Stone, née en
2063, comment justifies-tu ton apparence juvé-

nile ? Et ne va pas me raconter des sornettes à propos d'une vieille recette de remède miracle.

— Tu vas avoir du mal à me croire, Richard. J'ai suivi un rajeunissement. Deux, plus précisément. Une première fois pour me restituer l'apparence d'une femme entre deux âges... tout en redonnant à mon métabolisme la maturité de la jeunesse. La seconde fois, il s'est davantage agi de plastique, pour me rendre désirable. Pour *vous* séduire, monsieur.

— Au diable. Figure de singe, est-ce ton vrai visage ?

— Oui. On peut le changer si tu veux que je ressemble à autre chose.

— Oh, non ! Je ne suis pas du genre à vouloir à toute force la beauté du moment que le cœur est pur.

— Oh, espèce de...

— Mais puisque ton cœur n'est pas tellement pur, je suis heureux d'avoir la beauté.

— Tu ne vas pas t'en tirer à si bon compte.

— Okay, tu es superbe, sexy et mauvaise. Mais le « rajeunissement » n'explique pas tout. D'après ce que j'en sais, ça marche pour les vers de Terre mais pas pour quelque chose de plus élevé dans l'échelle de l'évolution.

— Richard, pour cela il faudra me croire sur parole; pour l'instant du moins. J'ai subi ce rajeunissement dans une clinique située à deux milliers d'années-lumière d'ici, et dans une autre dimension.

— Hum. On dirait un truc que j'aurais inventé quand j'écrivais de la science-fiction.

— N'est-ce pas ? Ce n'est guère convaincant. C'est simplement la vérité.

— Impossible de fouiller plus avant, donc. Je vais peut-être demander cette analyse de sang. Euh... Hazel Stone, Roger Stone... dans *Le Fléau de l'Espace* !

– Mon Dieu, mon passé m'a suivie ! Richard, tu as déjà regardé cela ?

– Tous les épisodes, sauf quand j'étais sévèrement puni. Le capitaine John Sterling a été le héros de mon enfance. Et c'est *toi* qui as écrit cela ?

– Mon fils Roger a commencé. Moi, je m'y suis mise en 2148 mais je ne l'ai signé que l'année suivante – c'est là que c'est devenu « Roger et Hazel Stone ».

– Je m'en souviens ! Mais je ne me souviens pas que Roger Stone ait écrit des épisodes tout seul.

– Oh, mais si, jusqu'à ce qu'il soit las de la poule aux œufs d'or. Je l'ai repris, avec l'intention d'arrêter cela…

– Mon chou, on n'arrête pas un feuilleton ! C'est anticonstitutionnel.

– Je le sais. Quoi qu'il en soit, on m'a brandi trop de gros billets sous le nez. Et nous avions besoin de cet argent : nous vivions dans l'espace à cette époque, et un vaisseau spatial, même un petit truc du genre familial, ça coûte cher.

– Jamais je n'ai eu le courage de me lancer dans un feuilleton à cause des délais à respecter. Oh, j'ai écrit des épisodes sur commande, avec une bible à feuilletons, mais pas tout seul, ni avec l'épée au-dessus de la tête.

– Nous n'utilisions pas de bible à scénarios; Buster et moi nous contentions de les inventer au fur et à mesure.

– Buster ?

– Mon petit-fils. Le chirurgien-chef de l'hôpital général de Cérès. Pendant onze ans nous avons écrit ensemble, désespérant le Seigneur de la Galaxie à chaque épisode…

– *Le Seigneur de la Galaxie !* Le plus attachant de tous les vilains des films à suspense. Chérie, je voudrais qu'il existe vraiment.

— Espèce de jeune freluquet, comment oses-tu douter de la réalité du Seigneur de la Galaxie ? Qu'est-ce que *tu* en sais ?

— Désolé. Excuse-moi. Il est tout aussi réel que Luna City. Sans quoi John Sterling n'aurait eu personne à rendre furieux... et je crois absolument en l'existence du capitaine John Sterling de la Patrouille des Étoiles.

— C'est mieux.

— Une fois, le capitaine Sterling était perdu dans la nébuleuse de la Tête de Cheval avec, à ses trousses, les vers à radiations : comment s'en est-il sorti ? C'est l'un des épisodes où j'étais puni et privé de télé.

— Pour autant que je m'en souvienne... attention, il y a des années de cela ! il me semble me souvenir qu'il a bricolé son radar Doppler pour les faire frire avec les rayons polarisés.

— Non. Ça, c'est ce qu'il a utilisé contre les entités spatiennes.

— Richard, tu es sûr ? Je ne crois pas qu'il ait rencontré les entités spatiennes *avant* de s'être sorti de la nébuleuse de la Tête de Cheval. Lorsqu'il a dû conclure une trêve provisoire avec le Seigneur pour sauver la Galaxie.

Je me mis à réfléchir. Quel âge avais-je à l'époque ? Dans quelle classe étais-je ?

— Mon chou, je crois que tu as raison. J'étais bouleversé qu'il puisse joindre ses forces à celles du Seigneur, fût-ce pour sauver la Galaxie. Je...

— Mais il le *devait,* Richard ! Il ne pouvait laisser des milliards de gens innocents mourir simplement pour ne pas se salir les mains dans une collaboration avec le Seigneur. Mais je comprends ton point de vue. Buster et moi nous sommes opposés à propos de cet épisode. Buster voulait profiter de la trêve provisoire pour coincer le Seigneur, une fois les entités spatiennes détruites...

– Non. Le capitaine Sterling ne faillit jamais à sa parole.

– Exact. Mais Buster se montrait toujours pragmatique. Sa solution, pour la plupart des problèmes, était de trancher la gorge de quelqu'un.

– Ma foi, c'est un argument convaincant.

– Mais, Richard, il faut y aller doucement avec la mort des personnages dans un feuilleton : il faut toujours garder quelque chose pour l'épisode suivant. À part ça, tu me dis que jamais tu n'as écrit une série entière tout seul ?...

– Exact, mais je connais les règles élémentaires; j'en ai assez regardé à l'époque. Hazel, pourquoi m'as-tu laissé te raconter tout un tas d'histoires sur la vie d'écrivain ?

– Tu m'as appelée Hazel !

– Mon chou – Hazel, ma chérie –, je me fiche et des groupes sanguins et des empreintes digitales. Tu es incontestablement l'auteur du plus grand feuilleton à suspense de l'histoire avec *Le Fléau de l'Espace*. Toutes les semaines, pendant toutes ces années, il était précisé : « Écrit par Hazel Stone ». Et puis, malheureusement, on a remplacé cela par : « D'après les personnages créés par Hazel Stone »...

– Vraiment ? On aurait dû citer également Roger; c'est lui qui a créé le feuilleton, pas moi. Ces espèces de faisans !

– Peu importe. Les personnages étaient devenus falots et ils sont morts. Sans toi, ce n'était plus ça, le feuilleton.

– Il m'a fallu arrêter; Buster avait grandi. Il inventait les intrigues, moi je fournissais l'hémoglobine. Parfois je faiblissais; Buster jamais.

– Hazel, pourquoi ne pas le faire revivre ? Nous imaginerons l'intrigue ensemble; toi tu écriras; moi je ferai la cuisine et le ménage. (Je m'arrêtai, la regardai.) Pourquoi diable pleures-tu ?

285

— Je pleurerai si j'ai envie de pleurer ! Tu m'as appelée « Hazel » : tu me crois !

— Je *dois* te croire. N'importe qui pourrait me rouler avec les groupes sanguins ou les empreintes digitales. Mais pas avec les feuilletons. Pas un vieux renard d'écrivain. C'est toi l'authentique McCoy, mon amour, l'authentique fléau de l'espace. Mais tu demeures toujours ma douce petite nymphomane. Peu m'importe que tu aies deux siècles d'âge.

— Mais je n'ai pas deux siècles ! Je ne les aurai pas avant des années et des années !

— Mais tu es toujours ma douce petite nymphomane.

— Si tu veux.

— Est-ce que j'ai voix au chapitre ? demandai-je en souriant. Déshabille-toi et allons travailler.

— Travailler ?

— On n'écrit jamais mieux qu'avec ses gonades, Hazel, ma solide épouse; tu ne le savais pas ? Alerte ! Voilà le Fléau de la Galaxie !

— Oh, Richard !

18

> « *Lorsqu'il s'agit de choisir entre la bonté et l'honnêteté, je choisis la bonté, toujours, que ce soit pour la dispenser ou pour la recevoir.* »
> Ira JOHNSON, 1854-1941.

— Hazel, ma chère vieille...

— Richard, tu veux que je te casse un bras ?

— Je ne pense pas que tu y arrives, maintenant.

— Tu paries ?

– *Ouille !* Arrête ! Ne recommence pas ou je te renvoie d'où tu viens et j'épouse Gretchen. Elle n'en est pas au troisième âge, elle.

– Vas-y, continue à me taquiner. Mon troisième mari était taquin. Tout le monde a remarqué combien il paraissait beau à son enterrement… et a déploré qu'il meure si jeune. (Hazel-Gwen me sourit.) Mais il est apparu qu'il avait une solide assurance, ce qui est réconfortant pour une veuve. C'est une bonne idée que tu as d'épouser Gretchen, chéri; je serais heureuse de faire son éducation. Je lui apprendrais à tirer, je l'aiderais pour son premier enfant, je lui enseignerais à manier le couteau, nous travaillerions les arts martiaux ensemble, toutes les qualités domestiques indispensables à une bonne épouse dans le monde moderne.

– Hum ! Ma chérie, tu es aussi petite et mignonne et jolie et inoffensive qu'un serpent corail. Je crois que Jinx a déjà bien dégrossi Gretchen.

– Ingrid, plutôt. Mais je pourrais toujours améliorer cela. Comme tu l'as fait observer, j'ai de l'expérience. Quelle expression as-tu employée ? « En être au troisième âge », c'est ça ?

– *Ouille !*

– Oh, ça ne fait pas mal. Tu es un douillet.

– Des clous. Je vais entrer au monastère.

– Dans Gretchen d'abord. C'est décidé, Richard; nous allons épouser Gretchen.

Je traitai cette déclaration avec tout le mépris qu'elle méritait : je me levai et sautillai jusqu'au rafraîchisseur.

Peu après elle m'y rejoignit. Je me recroquevillai.

– *Au secours !* Ne me frappe plus !

– Oh, je ne t'ai pas encore touché.

– Je me rends. Tu n'es pas vieille; bien

conservée seulement. Hazel, mon amour, qu'est-ce qui te rend si sanguinaire ?

– Je ne suis pas sanguinaire. Mais quand on est aussi petit que moi et qu'on est une femme, si l'on ne se défend pas, on est sûre d'être bousculée par de grands hommes velus et puants tout pleins d'illusions quant à leur supériorité de mâles. Ne braille pas, chéri; je ne t'ai pas fait mal, pas une seule fois. Je n'ai pas fait couler le sang, non ?

– J'ai peur de regarder. Ma mère ne m'a jamais dit que ça pouvait être ça, le mariage ! Chérie, tu allais me dire pourquoi il fallait que tu me séduises, que tu me recrutes et dans quel but, quand nous avons été distraits.

– Richard, me dit-elle après un long instant, tu as eu du mal à croire que j'avais deux fois ton âge.

– Tu m'as convaincu. Je ne comprends pas, mais je dois l'admettre.

– Tu vas trouver plus difficiles à admettre encore certaines choses que je vais te dire. Beaucoup plus difficiles !

– Dans ce cas, je ne les admettrai peut-être pas. Hazel-Gwen chérie, je ne suis pas un cas facile. Je ne crois pas aux tables tournantes, à l'astrologie, à l'immaculée conception…

– Ce n'est pas compliqué, l'immaculée conception.

– Jc l'cntends au sens théologique; je ne parle pas des laboratoires de génétique… à l'immaculée conception, à l'enfer au sens littéral, à la numérologie, à la magie, à la sorcellerie ni aux promesses de campagnes électorales. Je serai au moins aussi difficile à convaincre que pour la question de ton âge. Il te faudra au moins le Seigneur de la Galaxie comme témoin.

– Okay. Voyons voir ce coup-là. À un certain point de vue, je suis même plus âgée que tu ne le crois. J'ai plus de deux siècles.

– Un instant. Tu n'auras deux cents ans que pour Noël de l'an 2263. Ce qui laisse une bonne marge, comme tu l'as toi-même fait remarquer.

– Exact. Je ne t'ai pas parlé de ces années supplémentaires bien que je les aie vécues... parce que je les ai vécues à angles droits.

– Chérie, la bande son est soudain devenue muette.

– Mais, Richard, ce n'est pas difficile à croire. Où ai-je laissé tomber ma culotte ?

– Dans tout le Système Solaire, si l'on en croit tes mémoires.

– Tu es loin de la réalité. Dans le Système Solaire et à l'extérieur du Système Solaire, et même hors de cet univers... et, mon Dieu, ce que j'ai pu pêcher ! Je veux dire où l'ai-je laissée *aujourd'hui* ?

– Au pied du lit, je pense. Chérie, pourquoi te soucier de porter une culotte alors que tu la retires si souvent ?

– Parce que. Seules les catins se promènent sans dessous... et je te serais obligée d'être plus poli.

– Je n'ai pas dit un mot.

– J'ai entendu ce que tu pensais.

– Et je ne crois pas à la télépathie non plus.

– Tu n'y crois pas, hein ? Mon petit-fils, le Dr Lowell Stone, alias Buster, avait l'habitude de tricher aux échecs en lisant dans mes pensées. Dieu merci, il a perdu ce don vers son dixième anniversaire.

– Simple on-dit concernant un événement tout à fait improbable rapporté par une personne dont la sincérité n'a pas été établie. La note de fiabilité ne peut donc être supérieure à C-5 selon les normes des services de renseignements militaires.

– Tu me paieras ça !

– Vas-y, donne-lui toi-même une note. Tu as fait partie des services de renseignements. De la C.I.A., non ?

— Qui a dit cela ?

— Toi. Tu l'as laissé entendre plusieurs fois.

— Ce n'était pas la C.I.A. et je n'ai jamais été à McLean de ma vie et j'étais déguisée quand j'y étais et ce n'était pas moi; c'était le Seigneur de la Galaxie.

— Et moi je suis le capitaine John Sterling.

— Chouette, capitaine, je peux avoir un autographe ? Deux, ce serait mieux; je pourrais échanger deux des vôtres contre un de Rosie le Robot. Richard, passerons-nous près de la grande poste ?

— Il faut que nous y passions. Il faut que j'envoie un courrier au père Schultz. Pourquoi, chérie ?

— Si nous pouvions faire un saut chez Marcy, je ferais faire un paquet des vêtements et de la perruque de Naomi et je les expédierais. Ils pèsent sur ma conscience.

— Sur ta *quoi* ?

— Sur le système comptable qui m'en tient lieu. Richard, tu me rappelles de plus en plus mon troisième mari. C'était un homme très séduisant, comme toi. Il prenait grand soin de lui et il est mort en parfaite santé.

— Quand est-il mort ?

— Un mardi, si je me souviens bien. Ou était-ce un mercredi ? Peu importe, je n'y étais pas. Je me trouvais bien loin de là, blottie contre un beau mâle. Nous n'avons jamais su ce qui lui était arrivé. Apparemment, il s'est trouvé mal dans son bain et sa tête a glissé sous l'eau. Qu'est-ce que tu grommelles, Richard ? « Charlotte » qui ?

— Rien, rien du tout. Hazel… je n'ai *pas* d'assurance sur la vie.

— Il nous faudra donc bien veiller sur toi. Cesse de prendre des bains !

— Si je cesse, tu vas le regretter dans deux ou trois semaines.

— Oh, je m'arrêterai aussi pour compenser.

Richard, aurons-nous le temps, aujourd'hui, d'aller au Complexe Administratif ?

— Peut-être. Pourquoi ?

— Pour voir Adam Selene.

— Il y est enterré ?

— C'est ce qu'il me faut vérifier. Ta crédulité est-elle en forme ?

— Usée jusqu'à la corde. Plusieurs années à angles droits, hein ? Tu veux une équerre spatiale ?

— Merci; j'en ai une. Dans mon sac. Simple question de géométrie, ces années supplémentaires. Si tu t'en tiens à l'image conventionnelle de l'espace-temps avec un seul axe pour le temps, tu auras du mal à comprendre, bien sûr. Mais il existe au moins trois axes de temps tout comme il existe au moins trois axes — trois dimensions — pour l'espace... et j'ai vécu ces années-là sur d'autres axes. C'est clair ?

— Tout à fait clair, mon amour. Aussi évident que le transcendantalisme.

— Je savais que tu comprendrais. Le cas d'Adam Selene est plus complexe. Quand j'avais douze ans, je l'ai entendu parler plusieurs fois; il fut le leader qui a maintenu la cohésion de la Révolution. Et puis il a été tué; du moins à ce qu'on a dit. Ce n'est que plusieurs années plus tard que Maman Wyoh m'a confié, en grand secret, qu'Adam n'était pas un homme. Pas un être humain. Une autre sorte d'entité.

Je pris grand soin de ne rien dire.

— Eh bien ? Tu n'as rien à dire ? demanda Gwen-Hazel.

— Oh, bien sûr. Pas humain. Un extraterrestre. À peine un mètre de haut et vert. Et sa soucoupe volante s'est posée dans la mer des Crises, juste à côté de Loonie City. Où était le Seigneur de la Galaxie ?

— Tu n'arriveras pas à me mettre en colère en parlant ainsi, Richard, parce que je sais l'effet que peut produire une histoire ainsi insensée. J'ai manifesté le même scepticisme quand Maman Wyoh me l'a racontée. Sauf qu'il m'a bien fallu la croire, car Maman Wyoh ne m'aurait jamais menti. Mais Adam n'était *pas* un extraterrestre; c'était un enfant des hommes. Mais pas un enfant humain. Adam Selene était un ordinateur. Ou un complexe de programmes d'ordinateur. Mais c'était un ordinateur à autoprogrammation, ce qui revient au même. Alors ?

Je pris tout mon temps pour répondre.

– Je préfère les soucoupes volantes.

– Idiot ! J'ai bien envie de te remplacer par Marcy Choy-Mu.

– C'est la chose la plus intelligente que tu pourrais faire.

– Non, je vais te garder. Je suis habituée à tes petites manies. Mais je vais peut-être te garder en cage.

– Hazel, écoute-moi bien. Les ordinateurs ne pensent pas. Ils calculent à grande vitesse, selon les règles suivant lesquelles ils ont été construits. Du fait que nous-mêmes calculons en utilisant notre cerveau pour penser, cette capacité de calcul intégrée aux ordinateurs donne *l'impression* qu'ils pensent. Mais *ils ne pensent pas*. Ils font ce qu'ils font parce qu'ils doivent le faire; ils ont été conçus pour cela. Tu peux ajouter l'animisme à la liste des notions auxquelles je ne puis souscrire.

– Je suis heureuse que tu réagisses ainsi, Richard, parce que ce truc va être délicat, difficile. Il me faut tout ton scepticisme pour m'éviter de dérailler.

– Il va falloir que j'écrive cela et que je l'étudie attentivement.

– C'est cela, Richard. Maintenant, voici ce qui s'est passé en 2075 et 2076 : l'un de mes pères adoptifs, Manuel Garcia, était le technicien qui s'occupait du gros ordinateur de l'Administration.

Cet unique ordinateur s'occupait pratiquement de tout... il s'occupait de tous les services de cette ville et de la plupart des autres souterrains – sauf Kong; il faisait fonctionner la première catapulte, s'occupait des métros, de la banque, il imprimait le *Lunatic* : il faisait pratiquement tout. L'Administration jugeait plus économique d'élargir les fonctions de ce gros ordinateur unique que de répandre des ordinateurs dans tout Luna.

– Ce n'était ni efficace ni sage.

– Peut-être, mais c'était ainsi. Luna était une prison à l'époque; elle n'avait pas à être efficace ou sage. Il n'existait pas d'industrie de haute technologie à cette époque et il nous fallait bien accepter ce qu'on nous donnait. En fait, chéri, cet énorme et unique ordinateur est devenu de plus en plus gros... et il s'est réveillé.

(Vraiment, hein ? Pure imagination, ma douce... c'est là un cliché qu'ont utilisé tous les écrivains de science-fiction. Même la Tête de Cuivre de Roger Bacon est de la même veine. Et le monstre de Frankenstein. Et des tas d'histoires plus récentes et d'autres à venir. Et toutes des foutaises.)

– Continue, chérie. Et ensuite ? me contentai-je de dire.

– Richard, tu ne me crois pas.

– Je pensais que la question était réglée. Tu as dit que tu avais besoin de mon sain scepticisme.

– C'est vrai ! Vas-y donc. Critique ! Ne reste pas simplement assis là à prendre des airs supérieurs. Pendant des années, cet ordinateur a fonctionné à la voix, acceptant des programmes oraux, répondant par une voix synthétique ou par des listings, ou les deux.

– Fonctions intégrées. Des techniques vieilles de deux siècles.

– Pourquoi ton visage s'est-il fermé quand j'ai dit qu'il s'était « réveillé » ?

– Parce que c'est idiot, mon amour. Le réveil et le sommeil sont des fonctions d'êtres vivants. Une machine, quelles que soient sa puissance, sa souplesse et sa complexité, ne s'éveille ni ne s'endort. Elle est sous tension ou pas; c'est tout.

– D'accord, je vais présenter les choses autrement. Cet ordinateur est devenu conscient et a acquis un libre arbitre.

– Intéressant. Si c'est vrai. Je ne peux pas le croire. Impossible.

– Richard, je refuse de m'énerver. Tu es jeune et ignorant, c'est tout. Ce n'est pas ta faute.

– Oui, grand-mère. Je suis jeune et tu es ignorante. Tu es aussi insaisissable qu'une anguille.

– Ôte tes pattes lubriques de moi et *écoute*. Qu'est-ce qui explique la prise de conscience chez un homme ?

– Hein ? Il n'y a rien à expliquer; je la ressens.

– Exact. Mais la question n'est pas sans importance. Nous allons la traiter comme un problème et le délimiter. Es-tu conscient de ton existence ? Le suis-je ?

– Eh bien, *moi* je le suis, face de singe. Pour toi, je n'en suis pas certain.

– Idem, la réciproque est vraie.

– C'est marrant, ça aussi.

– Richard, ne nous éloignons pas du sujet. Les spermatozoïdes, dans le corps d'un homme, sont-ils conscients de leur existence ?

– J'espère bien que non.

– Ou l'ovocyte chez une femme ?

– C'est à toi de répondre à cette question, ma belle; je n'ai jamais été une femme.

– Et tu esquives les questions, simplement pour m'embêter. Un spermatozoïde n'est pas conscient de son existence, pas plus qu'un ovocyte. Et pas de remarque idiote; voilà une limite. Moi, en qualité de zygote humain adulte, j'ai conscience d'exister. Et toi aussi, même si c'est beaucoup moins vrai pour un mâle. Deuxième limite. Très bien, Richard; à quel instant, à partir de l'ovocyte fraîchement fécondé, et jusqu'au zygote ayant atteint sa maturité et devenu « Richard », la prise de conscience est-elle intervenue ? Réponds-moi. Pas de tergiversation et, je t'en prie, pas de remarques stupides.

Je persistais à penser que la question l'était bel et bien mais je tentai d'y apporter une réponse sérieuse.

— Parfait. J'ai *toujours* eu conscience d'exister.

— Une réponse sérieuse, s'il te plaît.

— Gwen-Hazel, elle est aussi sérieuse que possible. *Pour autant que je le sache,* j'ai toujours été vivant et j'en ai eu conscience tout le temps. Toute cette discussion sur des événements qui se sont déroulés avant 2133 – la prétendue année de ma prétendue naissance – ne constitue que des on-dit et n'est pas très convaincante. Je suis d'accord avec le fait qu'il faut éviter d'ennuyer les gens ou de subir leurs regards ironiques. Et quand j'entends des astronomes dire que le monde a été créé par un « big bang » huit, seize ou trente milliards d'années avant ma naissance – si j'étais né; je ne m'en souviens pas –, cela me fait marrer. Si je n'étais pas né il y a seize milliards d'années, rien n'existait. Pas même le vide. Rien. Zéro sans rien autour. L'univers dans lequel j'existe ne peut exister sans moi. Il est donc idiot de parler de l'époque à partir de laquelle j'ai pris conscience de mon existence; le temps a commencé avec moi, il s'arrêtera avec moi. C'est bien clair ? Ou veux-tu que je te fasse un dessin ?

— C'est clair pour la plupart des points, Richard. Mais tu te trompes quant à la date. Le temps n'a pas commencé en 2133. Il a commencé en 2063. À moins que l'un de nous ne soit un golem.

C'est chaque fois la même chose quand je me lance dans le solipsisme.

— Chérie, tu es bien mignonne. Mai tu n'es qu'une créature de mon imagination. *Aïe !* Je t'ai dit ne pas faire ça.

— Tu as une imagination très vivace, chéri. Merci pour m'avoir créée par la pensée. Veux-tu une autre preuve ? Jusqu'ici ce n'était qu'un jeu. Veux-tu que je brise l'un de tes os ? Un petit, simplement. Dis-moi lequel.

— Écoute, création de mon imagination, si tu me casses un os tu vas le regretter pendant un milliard d'années.

— Il s'agit simplement d'une démonstration logique, Richard. Il ne faut pas y voir de malice.

— Et une fois que j'aurai réparé l'os...

— Oh, je le réparerai moi-même, chéri.

— Sûrement pas ! Une fois l'os réparé, je téléphonerai à Xia pour lui demander de venir, de m'épouser et de me protéger des créations de mon imagination aux habitudes brutales.

— Tu veux divorcer ? me demanda-t-elle en me fixant de ses grands yeux.

— Oh non ! Simplement te rétrograder au rang d'épouse de deuxième classe et mettre Xia à ta place. Mais tu ne peux pas partir. Permission refusée. Tu es condamnée à perpétuité, que ce soit directement ou à angles droits. Je vais prendre un bâton et te battre jusqu'à ce que tu renonces à tes mauvaises manières.

— D'accord. Tant que je ne devrai pas partir.

— *Aïe !* Et ne mords pas. Ça fait mal.

— Richard, si je ne suis qu'une créature de ton imagination, c'est toi qui imagines que je te mords, ou que tu te mords toi-même, par quelque obscur masochisme. Si ce n'est pas le cas, eh bien, je dois exister consciemment et je ne suis pas le fruit de ton imagination.

— La logique du soit/soit n'a jamais rien prouvé. Mais tu es un exquis fruit de mon imagination. Je suis heureux d'avoir pensé à toi.

– Merci. Chéri, voici une question essentielle. Si tu y réponds sérieusement, je cesse de mordre.

– Pour toujours ?

– Euh...

– Ne te force pas, fruit de mon imagination. Si tu as une question sérieuse, j'essaierai d'y apporter une réponse sérieuse.

– Très bien, monsieur. Qu'est-ce qui explique la prise de conscience chez l'homme et que recèle cette situation ou ce processus, ou Dieu sait quoi, qui la rende impossible à une machine ? Notamment à un ordinateur. En particulier l'ordinateur géant qui administrait cette planète en 2076. Le Holmes IV.

Je résistai à la tentation de répondre à la légère. La prise de conscience ? Je sais qu'une école de psychologie soutient que la prise de conscience, si elle existe, n'est présente que comme un passage, sans affecter le comportement.

Ce genre d'inepties devrait être traité par trans-substantiation. Si c'est exact, c'est impossible à prouver.

Je suis bien conscient d'être moi-même conscient... et je crois qu'un honnête solipsiste ne peut aller plus loin.

– Gwen-Hazel, je n'en sais rien.

– Bien ! On progresse.

– Vraiment ?

– Oui, Richard. Le plus difficile, quand on veut assimiler une idée nouvelle, est de chasser l'idée fausse qui occupe la case. Tant que la case est occupée, l'évidence, la preuve et la démonstration logique ne mènent nulle part. Mais une fois la case libérée de son idée erronée, une fois que tu peux honnêtement avouer : « Je n'en sais rien », il devient possible d'accéder à la vérité.

– Chou, tu n'es pas seulement le fruit le plus mignon de mon imagination, tu es aussi le plus futé.

– Laisse tomber, flatteur. Écoute cette théorie. Et penses-y comme à une hypothèse de travail, pas comme à une vérité divine. Mon père adoptif, Papa Mannie, a rêvé de justifier le fait observé que cet ordinateur était né à la vie. Peut-être est-ce que ça explique quelque chose, peut-être pas; Maman Wyoh disait que Papa Mannie ne fut jamais certain. Maintenant suis-moi : un ovocyte humain fécondé se divise... et se redivise. Et encore, encore et encore. À un instant quelconque de la division – je ne sais quand – cette collection de millions de cellules vivantes prend conscience de son existence et du monde qui l'entoure. Un œuf fécondé n'a pas conscience d'être, mais un bébé, oui. Après que Papa Mannie eut découvert que son ordinateur était conscient, il a remarqué que cet ordinateur, qui avait pris une dimension extraordinaire au fur et à mesure qu'on lui confiait de nouvelles tâches, avait atteint un degré de complexité tel qu'il avait en lui davantage d'interconnexions qu'un cerveau humain. Papa Mannie a fait un considérable bond théorique : lorsque le nombre d'interconnexions d'un ordinateur atteint le même ordre que celui d'un cerveau humain, cet ordinateur peut s'éveiller et prendre conscience de son existence... et c'est probablement ce qu'il fait. Il n'était pas certain que cela se produise chaque fois, mais il a acquis la conviction que cela pouvait être, et pour la raison suivante : le nombre d'interconnexions. Richard, Papa Mannie n'est jamais allé plus loin. Ce n'était pas un théoricien de la science; c'était un technicien de maintenance et un réparateur. Mais le comportement de son ordinateur le tracassait; il avait essayé d'imaginer pourquoi il se comportait aussi bizarrement. Et il en a déduit cette théorie. Mais tu n'as pas à lui prêter attention; Papa Mannie ne l'a jamais testée.

– Hazel, qu'est-ce que c'était que ce comportement bizarre ?

– Oh, Maman Wyoh m'a dit que la première chose que Manuel avait remarquée c'était que Mike – je veux dire l'ordinateur – avait acquis le sens de l'humour.

– Oh, non !

– Eh si ! Maman Wyoh m'a dit que pour Mike – ou Michelle, ou Adam Selene, il a porté les trois noms, il était une trinité –, toute cette histoire de Révolution sur Luna, au cours de laquelle il y a eu des milliers de morts ici et des centaines de milliers sur la Terre, était une vaste blague. Une immense blague pratique inventée par un ordinateur à la puissance cérébrale d'un super-génie et au sens de l'humour d'un gamin. (Hazel grimaça puis sourit.) Un grand gamin costaud, grandi trop vite et à qui on aurait dû botter le cul.

– À t'entendre, on croirait que tu l'aurais fait avec plaisir.

– Vraiment ? Je ne devrais peut-être pas. Après tout, un ordinateur ne peut agir bien ou mal ni ressentir le bien ou le mal au sens humain de ces termes; il n'aurait aucun recul, aucun passé pour cela. Maman Wyoh m'a dit que le comportement humain de Mike tenait de l'imitation; il avait un nombre infini de modèles; il lisait tout, y compris la fiction. Mais sa seule véritable émotion, bien à lui, était une profonde solitude et un désir intense de compagnie, de camaraderie. C'est cela que fut notre Révolution pour Mike : une histoire de camaraderie… un jeu par lequel il a gagné l'attention de Prof et de Wyoh et surtout de Mannie. Richard, si une machine peut ressentir des émotions, des sentiments, eh bien, cet ordinateur aimait mon Papa Mannie. Qu'en dis-tu ?

J'étais tenté de dire que c'était stupide ou même d'employer un terme moins poli.

– Hazel, tu veux que je te dise la vérité toute nue – et cela va blesser tes sentiments. Pour moi c'est de la fiction. Sinon la tienne propre, du moins celle de ta mère adoptive, Wyoming Knott. Chérie, sortons-nous faire nos courses ? Ou allons-nous passer la journée à discuter d'une théorie pour laquelle ni toi ni moi n'avons aucune preuve ?

— Je suis habillée et prête, chéri. Encore un instant et je vais me taire. Tu juges cette histoire incroyable ?

— Tout à fait, dis-je d'un ton aussi neutre que possible.

— Qu'est-ce qui est incroyable ?

— Tout.

— Vraiment ? Ou le point le plus important est-il l'idée qu'un ordinateur puisse prendre conscience de son existence ? Si tu acceptes cela, est-ce que le reste devient plus facile à avaler ?

(J'essayai de me montrer honnête. Si cette absurdité ne me faisait plus rire, le reste serait-il acceptable ? Oh, certainement ! Comme les lunettes d'or de Joseph Smith, le fondateur de la religion mormone, comme les Tables remises à Moïse sur la montagne, comme la mutation rouge ou le Big Bang : une fois admis le postulat, le reste passe tout seul.)

— Gwen, si nous admettons un ordinateur conscient de son existence, manifestant des émotions et disposant de son libre arbitre, je ne reculerai devant aucune autre vérité, des fantômes aux petits hommes verts. Qu'a fait la Reine Rouge ? Elle a deviné sept impossibilités avant le petit déjeuner.

— La Reine Blanche.

— Non, la Reine Rouge.

— Tu es sûr, Richard ? C'était juste avant...

— Laisse tomber. Des pièces de jeu d'échecs qui parlent, c'est encore plus difficile à avaler qu'un ordinateur facétieux. Chérie, la seule preuve que tu proposes c'est une histoire que t'a racontée ta mère adoptive alors qu'elle était très âgée. C'est tout. Euh, sénile peut-être ?

— Non, monsieur. Mourante mais pas sénile. Un cancer. Pour avoir été exposée à une tempête solaire quand elle était très jeune. Du moins était-ce ce qu'elle pensait. Quoi qu'il en soit, ce n'était pas de la sénilité. Elle m'a raconté cela quand elle a su qu'elle allait mourir... parce qu'elle pensait que l'histoire ne serait pas complètement perdue.

— Tu te rends compte de la faiblesse de l'histoire, chérie ? Racontée sur un lit de mort. Pas d'autres précisions.

— Pas tout à fait, Richard.

— Comment ?

— Mon père adoptif, Manuel Davis, confirme les faits, et autre chose encore.

— Mais... tu as toujours parlé de lui au passé, je crois. Et il aurait... quel âge ? Il serait plus âgé que toi.

— Il est né en 2040, il aurait donc un siècle et demi maintenant... ce qui n'est pas possible pour un Lunien. Mais il est à la fois plus âgé et plus jeune que cela; pour les mêmes raisons que moi. Richard, si tu parlais à Manuel Davis et qu'il confirme ce que je t'ai dit, est-ce que tu le croirais ?

— Eh bien, dis-je en lui souriant, tu pourrais me contraindre à faire montre dans cette affaire du solide bon sens de l'ignorance et du préjugé.

— D'accord ! Mets ton pied, chéri, s'il te plaît. Je voudrais t'emmener acheter au moins quelques affaires avant notre départ; ton pantalon est criblé de taches. Je ne suis pas une bonne épouse.

— Oui, madame; tout de suite, madame. Où est ton Papa Mannie maintenant ?

— Tu ne vas pas le croire.

— Si tu n'y mêles pas le temps à angles droits et des ordinateurs qui s'ennuient, je te croirai.

— Je crois – cela fait un moment que je ne

m'en suis pas assurée – que Papa Mannie se trouve avec ton oncle Jock en Iowa.

– Tu as raison, dis-je en m'arrêtant, mon pied à la main; je ne te crois pas.

19

> « *La friponnerie a ses limites; pas la stupidité.* »
> Napoléon BONAPARTE, 1769-1821

Comment se disputer avec une femme qui ne le veut pas ? Je m'attendais que Gwen se mette à justifier sa folle allégation, me citant chapitre et verset pour tenter de me convaincre. Elle se contenta de me répondre tristement :

– Je savais que je ne pouvais espérer autre chose. Il va falloir que j'attende. Richard, est-ce que nous devons aller ailleurs que chez Marcy et à la grande poste avant de nous rendre au Complexe Administratif ?

– Il me faut ouvrir un nouveau compte chèques et y faire transférer celui de la Règle d'Or. Ce que j'ai en poche est plutôt léger. Anémique, même.

– Mais, mon chéri, j'ai essayé de te dire que l'argent n'est pas un problème.

Elle ouvrit son sac, en sortit une liasse de billets et en tira quelques-uns de cent couronnes qu'elle me tendit.

– Je passerai cela sur ma note de frais, bien sûr.

– Holà ! Garde tes sous, ma petite fille. C'est *moi* qui me charge de *t*'entretenir. Pas le contraire.

Je m'attendais à une réplique où il serait question de « macho » ou de « sale phallocrate » ou tout au moins « d'argent de la communauté ».

– Richard ? me demanda-t-elle. Ton compte bancaire à la Règle d'Or, est-ce un compte numéroté ? Sinon, à quel nom est-il ?

– Hein ? Non. « Richard Ames », bien sûr.

– Crois-tu que cela intéresserait M. Sethos ?

– Oh, notre charmant propriétaire. Mon chou, je suis heureux que tu sois là pour réfléchir à ma place.

J'aurais laissé là une piste tout aussi visible que des pas dans la neige... pour les sbires de Sethos avides de recueillir la récompense pour ma carcasse, mort ou vif. Certes, tous les enregistrements bancaires sont confidentiels, et pas seulement les comptes numérotés, mais « confidentiel » signifie une seule chose : il faut de l'argent ou de la puissance pour obtenir le renseignement. Et Sethos dispose de l'un comme de l'autre.

– Gwen, retournons lui piéger son système d'air conditionné. Mais cette fois à l'acide prussique au lieu du camembert.

– Parfait !

– J'aimerais que ce soit possible. Tu as raison. Je ne peux toucher à ce compte au nom de « Richard Ames » tant que la tempête menace. Nous utiliserons donc ton argent, disons que c'est un prêt. Tu tiendras les comptes...

– *Tu* tiendras les comptes ! Bon sang, Richard, je suis ta femme !

– On se disputera plus tard. Laisse la perruque et la robe de geisha ici; nous n'aurons pas le temps aujourd'hui... car je dois d'abord aller voir Rabbi Ezra. À moins que tu ne veuilles aller faire tes courses pendant que je ferai les miennes ?

– Mon grand, tu as la fièvre ? Je ne te quitte pas des yeux.

– Merci, c'est la réponse que j'attendais. Nous allons voir le Père Ezra et après cela, nous allons à la chasse aux ordinateurs vivants. Si nous avons le temps, nous nous occuperons du reste à notre retour.

Comme il n'était pas encore midi, nous allâmes à la recherche du Rabbi Ezra Ben David en nous rendant à la poissonnerie de son fils, en face de la bibliothèque de la ville. Le Rabbi habitait une petite pièce dans l'arrière-boutique. Il accepta de me présenter et de me servir de boîte aux lettres. Je lui expliquai l'arrangement de même nature conclu avec le Père Schultz et j'écrivis un mot à adresser à « Henrietta van Loon ». Le Rabbi Ezra accepta.

— Je vais le passer tout de suite depuis le terminal de mon fils; il devrait sortir sur la Règle d'Or dans dix minutes. Par porteur spécial ?

(Fallait-il attirer l'attention sur ce courrier ? Ou accepter qu'il parvienne moins vite à son destinataire ? Il se tramait quelque chose à la Règle d'Or; Hendrick Schultz pourrait savoir.)

— Par porteur spécial, s'il vous plaît.

— Très bien. Excusez-moi un moment. (Il sortit de la pièce, revint après un bref instant.) La Règle d'Or a accusé réception. Passons à autre chose maintenant : je vous attendais, docteur Ames. Ce jeune homme qui était avec vous hier, est-ce un de vos parents ? Ou un employé sous contrat ?

— Ni l'un ni l'autre.

— Intéressant. L'avez-vous envoyé me demander qui offrait une récompense pour votre capture et le montant de cette récompense ?

— Certainement pas ! Lui avez-vous dit quelque chose ?

— Mon cher monsieur ! Vous m'avez demandé les traditionnels Trois Jours.

— Je vous remercie.

— De rien. Du fait qu'il s'est donné la peine de venir me chercher ici au lieu d'attendre les heures d'ouverture, j'en ai conclu que c'était lui qui était pressé, pas vous. Je présume maintenant, sauf démenti de votre part, qu'il ne vous veut pas de bien.

Je fournis au Rabbi une version condensée de nos rapports avec Bill. Il hocha la tête.

— Vous savez ce que disait Mark Twain à cet égard ?

— Je ne crois pas.

— Il disait que si vous recueillez un chien abandonné, que vous le nourrissez et prenez soin de lui, il ne vous mordra pas. C'est là, selon lui, la différence essentielle entre un homme et un chien. Je ne suis pas tout à fait d'accord avec Twain. Mais il n'avait pas tort.

Je lui demandai combien il voulait de provision, payai sans discuter et ajoutai un petit quelque chose pour la chance.

Le Complexe Administratif (officiellement le « Centre Gouvernemental ») se trouve à l'ouest de Luna City, au milieu de la mer des Crises. Nous y arrivâmes vers midi; le métro n'est pas balistique mais il est assez rapide. Une fois à bord, nous y fûmes en vingt minutes.

Midi n'était pas la bonne heure. Le Complexe se compose de bureaux administratifs; tout est fermé pendant une heure pour le déjeuner. L'idée d'un déjeuner me parut bonne également; le petit déjeuner était déjà loin. Il existait de nombreux restaurants dans les tunnels du Complexe... tous bourrés de fonctionnaires ou de touristes en fez rouges. On faisait la queue devant Sloppy Joe, Mom's Diner et Antoine numéro deux.

— Hazel, j'aperçois des distributeurs automatiques, là-bas. Ça te dirait un Coke tiède et un sandwich froid ?

— Absolument pas. Il y a un terminal public juste un peu plus loin. Je vais passer quelques communications pendant que tu déjeuneras.

— Je n'ai pas tellement faim. Qui vas-tu appeler ?

– Xia. Et Ingrid. Je veux m'assurer que Gretchen est bien rentrée. Elle a pu être attaquée, tout comme nous. J'aurais dû appeler hier soir.

– Ce sera simplement pour te tranquilliser; ou Gretchen est rentrée saine et sauve chez elle hier soir... ou il est trop tard, et elle est morte.

– Richard !

– C'est ce qui t'inquiète ? Appelle Ingrid.

Ce fut Gretchen qui répondit et qui poussa un cri de joie en voyant Gwen-Hazel sur l'écran.

– Maman ! Viens vite ! C'est Mme Hardesty !

Nous raccrochâmes vingt minutes plus tard. Tout cela pour dire aux Henderson que nous étions au Raffles et qu'il fallait nous écrire aux bons soins de Rabbi Ezra. Mais ces dames adoraient se rendre visite et elles s'assurèrent mutuellement qu'elles n'y manqueraient pas dans un proche avenir. Elles s'embrassèrent par le truchement du terminal; ce qui, à mon sens, constitue un gaspillage de technologie. Et de baisers.

Ensuite, nous essayâmes d'appeler Xia... et apparut sur l'écran un homme que je ne reconnus pas; ce n'était pas l'employé de jour de la réception.

– Qu'est-ce que vous voulez ? me demanda-t-il.

– Je voudrais parler à Xia, je vous prie, dit Hazel.

– Pas ici. L'hôtel a été fermé par les services de l'Hygiène.

– Oh ! Pouvez-vous me dire où elle est ?

– Essayez chez le chef de la Sécurité Publique.

Le visage disparut de l'écran. Hazel se tourna vers moi, le regard inquiet.

– Richard, c'est injuste. L'hôtel de Xia est aussi net qu'elle l'est elle-même.

– Je crois en deviner la raison. Et toi aussi. Laisse-moi faire.

J'entrai dans la cabine, demandai le code et appelai le bureau du chef de la police à HKL.

Ce fut une vieille femme sergent qui me répondit.

— Gospazha, dis-je, j'essaie de joindre une citoyenne nommée Dong Xia; on m'a dit...

— Ouais, je l'ai arrêtée. Mais elle a été libérée sous caution il y a une heure. Elle n'est pas ici.

— Ah, bien. Merci, madame. Pouvez-vous me dire où je pourrais la joindre?

— Pas la moindre idée. Désolée.

— Merci, dis-je avant de raccrocher.

— Oh, mon Dieu!

— La lèpre, ma chérie. Nous l'avons; et quiconque nous approche l'attrape. Nom de Dieu.

— Richard, voilà la vérité toute nue : dans mon enfance, quand cette planète était une colonie pénitentiaire, on jouissait de davantage de liberté sous le Gouverneur que maintenant avec l'indépendance.

— Tu exagères peut-être un peu, mais je pense que Xia serait d'accord avec toi. (Je me mordis la lèvre, fronçai les sourcils.) Tu sais qui d'autre a attrapé notre lèpre. Choy-Mu.

— Tu crois?

— À sept contre deux.

— Je ne parie pas. Appelle-le.

Les renseignements me donnèrent le numéro de son domicile et j'appelai donc chez lui. J'eus un répondeur, sans aucune image.

— Ici Marcy Choy-Mu. Je ne sais quand je serai de retour mais je ne vais pas tarder à appeler pour voir si j'ai des messages. Parlez quand vous entendrez le gong.

Un gong retentit. Je réfléchis furieusement et dis :

— Ici le commandant Midnight. Nous sommes descendus au vieux Raffles. Un de nos amis commun a besoin d'aide. Appelez-moi au Raffles. Si je n'y suis pas, laissez-moi un message pour me dire quand et où je peux vous joindre.

– Chéri, tu ne lui as pas donné le code de Rabbi Ezra, fit observer Gwen.

– C'est exprès, ma petite Sadie. Pour que le code du Rabbi ne tombe pas dans les mains de Jefferson Mao; la ligne de Choy-Mu est peut-être sur écoute. Il fallait que je lui laisse un numéro où me rappeler... mais je ne peux risquer de griller la filière Rabbi Ezra; il faut la conserver pour le père Schultz. Paie, veux-tu; il faut que je demande le contrôle au sol de HKL.

– Contrôle au sol de Hong Kong de Luna. Vous appelez sur un terminal de service. Soyez bref, annonça une voix sans image.

– Puis-je parler au commandant Marcy?

– Absent. Je le remplace dans les cas d'urgence. Un message? Faites vite; je dois m'occuper du trafic dans quatre minutes.

– Ici le commandant Midnight. Dites-lui de me rappeler au vieux Raffles.

– Ne coupez pas! Le commandant Midnight?

– Il comprendra.

– Moi aussi, je comprends. Il est allé aux services municipaux pour verser la caution de qui vous savez. Vous comprenez?

– Xia?

– Exact! Il faut que je retourne à mes écrans mais je lui ferai la commission. Terminé!

– Et maintenant, Richard?

– On fonce dans toutes les directions.

– Sois sérieux, veux-tu!

– Tu as mieux à me proposer? Il n'y a plus la queue chez Mom's Diner; allons déjeuner.

– Aller manger quand nos amis sont en danger?

– Chérie, même si nous retournions à Kongville – se fourrer la tête dans la gueule du lion –, nous n'aurions aucun moyen de les trouver. Nous ne pouvons rien faire tant que Choy-Mu ne nous appelle pas. Cela peut durer cinq minutes, ou cinq heures. J'ai appris une chose à la guerre : ne jamais laisser passer une chance de manger, dormir ou faire pipi; cette chance ne se représentera peut-être pas de sitôt.

Je commandai la tarte aux cerises de chez Mom avec de la crème glacée. Hazel commanda la même chose, mais j'en étais déjà à la dernière cuillerée qu'elle avait à peine chipoté dans son assiette.

— Ma jeune dame, dis-je, vous ne bougerez pas d'ici avant d'avoir fini ce qui se trouve dans votre assiette.

— Richard, je ne peux pas.

— Je ne voudrais pas te battre en public...

— Eh bien, n'en parlons plus.

— D'accord. Mais je vais rester assis là jusqu'à ce que tu aies tout mangé, même si je dois passer la nuit sur cette chaise.

Hazel exprima de façon obscène ce qu'elle pensait de moi, de Jefferson Mao, de la tarte aux cerises, puis se décida à manger la tarte. Sur le coup d'une heure vingt, nous étions à la porte des services informatiques du Complexe. Au guichet, un jeune homme nous vendit deux billets pour deux couronnes quarante, nous annonça que la prochaine visite partait dans quelques minutes et nous introduisit dans une salle d'attente avec des bancs et des machines à sous. Dix ou douze touristes attendaient; la plupart des hommes portaient un fez.

Quand, enfin, nous nous mîmes en route, une heure plus tard, nous étions une vingtaine à suivre un guide en uniforme – ou un gardien; il portait un insigne de flic. Nous fîmes un long tour à pied de l'immense complexe, un tour bien morne et qui semblait ne jamais devoir finir. À chaque pause, notre guide nous servait son baratin appris par cœur; pas très bien, d'ailleurs, car j'y décelai quelques erreurs, bien que je ne sois pas un spécialiste en matière de communication.

Mais je ne les relevai pas. Je me montrai en revanche un véritable enquiquineur, compte tenu de ce que m'avait conseillé un peu plus tôt ma complice.

Le guide expliqua, à l'un de nos arrêts, que le contrôle technique était décentralisé sur tout Luna, à la fois géographiquement et selon les fonctions – l'air, les égouts, les communications, l'eau, les transports, etc. –, mais était contrôlé d'ici par les techniciens que l'on pouvait voir à ces consoles. Je l'interrompis.

– Mon brave, vous devez sans doute être nouveau. L'*Encyclopædia britannica* explique clairement comment un ordinateur géant s'occupe de tout sur la Lune. C'est cela que nous sommes venus voir. Pas les nuques d'employés subalternes assis devant des moniteurs. Allons-y donc. Voir l'ordinateur géant. Le Holmes IV.

Le sourire professionnel s'effaça du visage du guide qui me contempla avec, dans le regard, ce mépris naturel du Lunien pour un ver de Terre.

– On vous a mal informé. C'était vrai, mais vous retardez de plus de cinquante ans. Nous nous sommes modernisés et décentralisés.

– Jeune homme, voulez-vous dire que la *Britannica* se trompe ?

– Je vous dis simplement la vérité. Maintenant poursuivons et...

– Qu'est devenu cet ordinateur géant ? Puisqu'on ne l'utilise plus. Du moins à ce que vous prétendez.

– Hein ? Regardez derrière vous. Vous voyez cette porte ? Il est derrière.

– Eh bien, allons le voir ! C'est pour cela que nous avons payé.

– Pas question. C'est une antiquité historique, un symbole de notre grande histoire. Si vous voulez le voir, allez trouver le doyen de l'université Galilée et montrez-lui vos références. Il va vous envoyer au bain ! Maintenant, passons à la galerie suivante...

Hazel ne continua pas avec nous, mais (conformément aux instructions) j'avais toujours quelque chose à faire observer ou une question idiote à poser chaque fois que notre guide semblait avoir un moment pour jeter un coup d'œil alentour. Mais quand, enfin, nous eûmes bouclé le grand tour et fûmes de retour dans la salle d'attente, Hazel était là devant nous.

Je ne dis mot avant que nous soyons sortis du Complexe, à attendre à la station de métro. Nous nous éloignâmes alors pour qu'on ne nous entende pas et je demandai :

— Comment cela s'est-il passé ?

— Aucune difficulté. J'ai déjà eu affaire à ce genre de serrure. Merci de les avoir distraits pendant que je m'en occupais. Bien joué, mon amour !

— Tu as trouvé ce que tu cherchais ?

— Je le pense. J'en saurai davantage quand Papa Mannie aura regardé mes photos. Ce n'est qu'une grande salle abandonnée, Richard, bourrée de matériel électronique démodé. Je l'ai prise sous une vingtaine d'angles différents et passé chaque cliché en stéréo par courbure manuelle; ce n'est pas parfait, mais j'ai l'habitude.

— C'est tout ? Cette visite ?

— Oui. Enfin, presque.

Elle avait la voix étranglée; je la regardai et vis qu'elle avait les yeux pleins de larmes.

— Eh bien, chérie ! Qu'est-ce qui se passe ?

— Rr... rien.

— Dis-le-moi.

— Richard, il est là-dedans.

— Pardon ?

— Il est endormi là-dedans. Je le sais, je l'ai senti. Adam Selene.

À cet instant, la capsule du métro entra en trombe dans la station, à mon grand soulagement : il est des cas où les mots sont inutiles. La capsule était bourrée; nous ne pûmes échanger un mot pendant le trajet. Le temps d'arriver à Luna City, Gwen s'était calmée et je pus éviter le sujet. Et puis il n'était pas facile de parler, de toute façon, avec cette foule dans les couloirs. Il y a toujours du monde à Luna City; le samedi, la moitié des Luniens des autres souterrains viennent y faire leurs achats; ce samedi-là, la foule habituelle du week-end s'augmentait encore des Shriners et de leurs épouses venus de toute l'Amérique du Nord et d'ailleurs.

En descendant à la Station Ouest, anneau extérieur, nous étions juste en face de chez Sears Montgomery. J'allai tourner à gauche, vers la Chaussée, quand Hazel m'arrêta.

— Qu'est-ce qu'il y a, chérie ?

— Ton pantalon.

— Est-ce que ma braguette est ouverte ? Non, elle ne l'est pas.

— Nous allons le faire incinérer; il est trop tard pour l'enterrement. Et cette veste avec.

— Je croyais que tu étais pressée de rentrer au Raffles.

— Je le suis, mais ça ne prendra guère plus de cinq minutes pour te vêtir de neuf.

(C'était raisonnable. Mon pantalon était si sale que je commençais à constituer une menace pour l'hygiène publique. Et Hazel connaissait mes goûts en matière de vêtements de tous les jours, car je lui avais expliqué que je ne porterais pas de shorts même si tous les adultes mâles de Luna City en portaient, ce qui était en effet le cas de la plupart. Je ne suis pas gêné jusqu'à l'obsession par mon pied en moins... mais je souhaite absolument porter des pantalons longs pour cacher ma prothèse. Cela ne regarde que moi; je préfère ne pas l'exhiber.)

– D'accord, dis-je. Mais nous prendrons le premier venu.

Hazel régla la question en dix minutes, m'achetant trois costumes deux-pièces assez voyants et identiques, à la couleur près. Le prix était correct : elle l'avait d'abord fait baisser en marchandant puis elle l'avait joué à quitte ou double aux dés. Et elle avait gagné. Elle remercia le vendeur et lui laissa un pourboire avant de sortir, toute joyeuse.

– Tu es très élégant, chéri, me dit-elle.

Je partageais son avis. Ces trois costumes étaient vert jaune, rose foncé et lavande. J'avais choisi de mettre le lavande; je crois que ça convient à mon teint. J'avançais d'un bon pas, balançant ma canne, mon épouse favorite à mes côtés. Je me sentais merveilleusement bien.

Mais lorsque nous tournâmes pour emprunter la Chaussée, plus moyen de balancer la canne. Nous pouvions à peine avancer. Nous fîmes demi-tour, descendîmes à Bottom Alley pour traverser la ville puis remonter par les escaliers roulants jusqu'au Cinq As, au niveau six; c'est beaucoup plus long, mais plus rapide étant donné les circonstances.

Même le tunnel latéral menant au Raffles était plein de monde. Un groupe d'hommes coiffés de fez se trouvaient juste devant notre hôtel.

Je jetai un coup d'œil sur l'un d'entre eux puis regardai plus attentivement.

Je le frappai de ma canne, d'un revers entre les jambes. Au même instant, ou une fraction de seconde avant moi, Hazel balança son paquet (mes vêtements) dans la figure de l'homme le plus proche de mon adversaire et en cogna un autre avec son sac. Il s'écroula en même temps que le mien poussait un cri et le rejoignait. Je saisis ma canne à deux mains, la tenant horizontalement et jouai des deux bouts, à petits coups secs, comme lorsqu'on veut se frayer un chemin au milieu d'une foule d'émeutiers. Mais je visai davantage mes cibles, frappant l'un des hommes au ventre, l'autre dans les reins, assenant à chacun un coup de pied tandis qu'il s'écroulait, pour le faire tenir tranquille.

Hazel s'était occupée de l'homme dont elle avait ralenti l'action d'un coup de son paquet, je ne vis pas comment. Mais il était à terre, inanimé. Un (sixième ?) homme allait la descendre d'un coup de matraque et je le frappai en plein visage avec ma canne. Il l'empoigna : j'avançai pour l'empêcher de dégager le poignard tout en lui enfonçant trois doigts dans le plexus, de la main gauche. Je tombai sur lui.

Et l'on me ramassa et l'on me transporta au Raffles au petit trot, la tête en bas, traînant ma canne derrière moi.

Pour les quelques secondes qui suivirent, il me fallut faire le point plus tard, peut-être imparfaitement. Je ne vis pas Gretchen, debout au comptoir de la réception, mais elle était bien là, arrivant à peine. J'entendis Hazel lui lancer tout en se débarrassant de moi sur elle :

— Gretchen ! Chambre L, au bout à droite.

Sur Luna, je ne pèse que treize kilos, plus ou moins quelques grammes; ce qui n'est pas très lourd pour une fille de la campagne habituée à de rudes travaux. Mais je suis beaucoup plus volumineux que Gretchen et deux fois plus qu'Hazel : un gros paquet peu pratique. Je braillai pour qu'on me repose; Gretchen n'en tint aucun compte. Cet idiot d'employé de la réception gueulait tout son soûl mais on ne lui prêta pas davantage attention.

Notre porte s'ouvrit à l'instant où nous arrivâmes devant et j'entendis une autre voix familière s'exclamer :

– Bojemoi ! Il est *blessé.*

Et je me retrouvai à plat ventre sur mon lit tandis que Xia s'occupait de moi.

– Je ne suis pas blessé, lui dis-je. Simplement un peu sonné.

– Oui, bien sûr. Ne bougez pas pendant que je vous retire votre pantalon. L'un de vous a-t-il un couteau, messieurs ?

J'allais lui dire de ne pas couper mon pantalon neuf quand j'entendis un coup de feu. C'était ma femme, accroupie à l'intérieur, devant la porte ouverte, qui jetait un coup d'œil prudent sur la gauche, la tête au ras du sol. Elle tira une deuxième fois, recula dans la pièce, ferma la porte et la boucla. Elle jeta un regard circulaire et lança :

– Emmenez Richard dans le rafraîchisseur. Poussez contre la porte le lit et tout le reste; ils vont tirer ou l'enfoncer, ou les deux.

Elle s'assit par terre, me tournant le dos, ne prêtant aucune attention aux autres. Mais tout le monde bondit pour exécuter ses ordres.

Par « tout le monde », j'entends Gretchen, Xia, Choy-Mu, le père Schultz et le Rabbi Ezra. Je n'eus pas le temps de m'étonner, du fait, notamment, que Xia aidée de Gretchen me transportèrent dans le rafraîchisseur, me déposèrent par terre et s'employèrent de nouveau à retirer mon pantalon. Ce qui me surprit fut de découvrir que ma « bonne » jambe, avec son pied en chair et en os, saignait abondamment. Je le remarquai d'abord en voyant que Gretchen avait une grosse tache de sang sur l'épaule gauche de sa salopette. Et puis je vis d'où provenait le sang et la jambe commença à me faire mal.

Je n'aime pas le sang, surtout le mien. Je tournai donc la tête vers la porte du rafraîchisseur. Hazel était toujours assise par terre. Elle avait tiré de son sac quelque chose qui me parut plus gros que le sac lui-même. Elle parlait dedans.

– Q.G.T. ! Commandant Lipschitz appelle Q.G.T. ! Répondez, nom de Dieu ! Réveillez-vous ! Mayday, mayday ! *Hé, Rube !*

20

> « *Si quelqu'un met ma parole en doute, je ne peux que plaindre son manque de foi.* »
> Baron von MÜNCHHAUSEN, 1720-1797

– Gretchen, ajouta Xia, passez-moi une serviette propre. Nous allons nous contenter d'un pansement compressif pour le moment.
– Aïe !
– Désolée, Richard.
– Mayday, mayday ! Je vous salue, Mary. Je suis dans la mélasse ! *Répondez !*
– Nous vous recevons, commandant Lipschitz. Indiquez vos coordonnées : position, planète, système et univers.

C'était une voix artificielle avec ce ton monocorde caractéristique qui me fait grincer des dents.

– La procédure rigoureuse, maintenant.
– Au diable les procédures ! J'ai besoin d'un ramassage par changement T et *tout de suite* ! Vérifiez ma mission et la ferme ! Point de changement : « Un petit pas », pour Armstrong. Position : Hôtel Raffles, chambre L. Changez de faisceau temporel, maintenant !

Je continuai à regarder par la porte du rafraîchisseur pour éviter de voir toutes les choses désagréables que me faisaient Xia et Gretchen. J'entendais des gens crier, courir; quelque chose s'écrasa contre la porte du couloir. Et puis dans la paroi rocheuse, sur ma droite, une nouvelle porte se dilata.

Je dis « porte » faute d'un mot plus précis. Je vis un point circulaire gris argent, allant du sol au plafond et au-delà. À l'intérieur de ce point se trouvait une porte ordinaire, une porte de véhicule. Quelle sorte de véhicule, je n'en sais rien; je ne pouvais voir que sa porte.

Elle s'ouvrit brusquement; quelqu'un à l'intérieur, cria : « Grand-mère ! » au moment où cédait la porte du couloir et qu'un homme tombait dans la chambre. Hazel l'abattit. Un deuxième homme apparut juste derrière; elle l'abattit également. J'essayai d'atteindre ma canne, derrière Xia, bon Dieu !

— Passez-moi ma canne ! *Vite !*
— Allons, allons, recouchez-vous.
— Donnez-la-moi !

Il restait à Hazel une seule cartouche, ou peut-être même aucune. Et de toute façon il était temps que je l'aide.

J'entendis d'autres coups de feu et j'eus l'amère certitude qu'il ne me restait plus qu'à la venger. J'allongeai le bras, saisis ma canne et me retournai.

Plus de coups de feu : les derniers avaient été tirés par Rabbi Ezra. (Pourquoi est-ce que je fus surpris qu'un infirme en fauteuil roulant soit armé ?)

— Tout le monde à bord ! *En route !* cria Hazel.

C'est ce que nous fîmes. Et, de nouveau, je me sentis tout confus, car une foule de jeunes, garçons et filles, tous roux, jaillirent de ce véhicule et exécutèrent l'ordre d'Hazel. Deux d'entre eux emportèrent Rabbi Ezra à l'intérieur tandis qu'un troisième repliait son fauteuil roulant et le tendait à un quatrième. Choy-Mu et Gretchen furent embarqués en hâte, suivis par le père Schultz. Xia fut enfournée ensuite alors qu'elle insistait pour s'occuper de moi. Et puis deux rouquins, un homme et une femme, me transportèrent; on balança après moi mon pantalon taché de sang. Je m'agrippai à ma canne.

Je ne vis pas grand-chose du véhicule. Sa porte s'ouvrit sur un compartiment de quatre places, pour pilote et passagers, de ce qui pouvait être un engin spatial. Ou peut-être pas; les commandes étaient bizarres et je n'étais pas à même de voir comment il fonctionnait. On me glissa entre les sièges et on me fourra derrière, dans un compartiment à bagages, par-dessus le fauteuil roulant replié du Rabbi.

Est-ce qu'on allait me traiter comme un bagage ? Non, je n'y restai qu'un instant avant qu'on me fasse faire un quart de tour et qu'on me glisse par une porte plus large, qu'on me fasse faire un autre quart de tour et qu'on me dépose sur le sol.

Où je fus bien heureux de me retrouver !

Pour la première fois depuis des années, je me retrouvai pesant mon vrai poids, comme sur la Terre.

Rectification : j'avais ressenti la même chose quelques instants, la veille, dans le tube balistique, un peu plus longtemps dans l'appareil Budget Jet Dix-Sept, et environ une heure à la Ferme du Vieux MacDonald quatre jours plus tôt. Mais, cette fois, ce poids soudain me surprit et ne me lâcha pas. J'avais perdu du sang, j'avais du mal à respirer et la tête me tournait.

J'étais là à m'apitoyer sur mon sort quand je vis le visage de Gretchen; elle paraissait à la fois terrifiée et misérablement malade.

– Baissez la tête, mon chou, lui disait Xia. Allongez-vous à côté de Richard; c'est préférable. Richard, pouvez-vous vous pousser un peu ? Je voudrais m'étendre moi aussi; je ne me sens pas bien.

Je me retrouvai donc avec deux filles pelotonnées contre moi et je n'avais pas la moindre envie de pelotonner quoi que ce soit. Je suis censé posséder un entraînement au combat en un milieu où l'accélération peut atteindre deux g, douze fois celle de Luna. Mais cela remonte à des années et je venais de passer plus de cinq ans à mener une vie sédentaire et calme dans un milieu à faible gravité.

Il me parut certain que Xia, tout comme Gretchen, ne s'en ressentait pas davantage pour batifoler.

Ma bien-aimée arriva, portant notre érable miniature. Elle le posa sur une étagère, m'envoya un baiser et se mit à l'asperger d'eau.

– Xia, laissez-moi faire couler un bain chaud pour les deux Luniennes que vous êtes; vous pourrez vous y plonger toutes les deux.

Je fis le tour de la pièce du regard en entendant ce que disait Hazel. Nous nous trouvions dans une « salle de bains ». Non pas dans un rafraîchisseur conçu pour un vaisseau spatial à quatre places, pas davantage comme celui que nous avions au Raffles; cette pièce était une antiquité. Vous avez déjà vu du papier mural décoré de fées et de gnomes ? Et une baignoire géante sur pieds ? ou un water-closet avec une planche en bois et une chasse d'eau au-dessus ? La pièce sortait tout droit d'un musée d'anthropologie... où tout était cependant neuf et étincelant.

Je me demandai combien de sang j'avais pu perdre exactement.

– Merci, Gwen, mais je ne pense pas que cela nous tente. Gretchen, ça vous dit de flotter dans l'eau ?

– Je ne veux pas bouger !

– Ça ne va pas durer, assura Hazel. Gay nous a secoués deux fois pour éviter les obus, sans quoi nous aurions été descendus. Richard, comment te sens-tu ?

– Ça ira.

– Mais bien sûr, chéri. Je sens moi-même le poids après un an à la Règle d'Or. Mais pas beaucoup parce que je faisais chaque jour des exercices à un g. Chéri, es-tu sérieusement blessé ?

– Je ne sais pas.

– Xia ?

– Il a perdu beaucoup de sang et le muscle est atteint. Sur vingt ou vingt-cinq centimètres et assez profondément. Je ne pense pas que l'os ait été touché. Nous avons placé un pansement compressif bien serré sur la blessure. Si ce vaisseau a ce qu'il faut, je voudrais faire un travail plus sérieux et lui faire une piqûre d'antibiotique à large spectre.

– Vous avez fait du très bon travail. Nous allons bientôt atterrir et nous aurons tout ce qu'il faut en personnel et équipements spécialisés.

– Parfait, je ne me sens pas très faraud, je dois dire.

– Essaie de te reposer. Je vais laver ce pantalon plein de sang sinon les taches vont rester, dit Hazel.

– Utilisez de l'eau froide, conseilla vivement Gretchen qui se mit à rougir et ajouta d'une voix timide : C'est ce que dit maman.

– Ingrid a raison, chérie, dit Hazel en remplissant le lavabo. Richard, je dois avouer que j'ai perdu tes vêtements neufs dans la bagarre.

– On peut toujours racheter des vêtements. Moi, je croyais t'avoir perdue, toi.

– Brave Richard. Tiens, voilà ton portefeuille et diverses choses. Je t'ai fait les poches.

– Il vaut mieux que je les prenne. (Je fourrai le tout dans une poche de poitrine.) Où est Choy-Mu ? Je l'ai vu, ou est-ce que je me trompe ?

– Il est dans l'autre rafraîchisseur, avec le Père Schultz et le Père Ezra.

– Hein ? Est-ce que tu prétends que ce véhicule à quatre places possède *deux* rafraîchisseurs ? C'est *bien* un quatre-places, non ?

– C'est un quatre-places en effet. Mais attends de voir la roseraie. Et la piscine.

Je ravalai ce que j'allais dire. Je n'avais trouvé aucune formulation susceptible de demander si ma femme plaisantait ou disait l'incroyable vérité. Je fus sauvé d'une discussion idiote par l'arrivée d'une des rouquines, jeune, musclée, avec des taches de rousseur, féline, pleine de santé et de sensualité.

– Tante Hazel, nous avons atterri.

– Merci, Lor.

– Je suis Laz. Cas voudrait savoir qui reste ici, qui vient, et dans combien de temps on décolle. Gay voudrait savoir si nous allons être bombardés ou non et si elle peut se garer à un fuseau de là. Les bombardements la rendent nerveuse.

– Quelque chose ne va pas ici. Gay ne devrait pas poser la question directement, non ?

– Je crois qu'elle n'a pas tellement confiance dans le jugement de Cas.

– Elle a peut-être raison. Qui commande ?

– C'est moi.

– Oh ! Je te ferai savoir qui part et qui reste quand j'aurai parlé à papa et à oncle Jock. Dans quelques instants, je crois. Tu peux laisser Gay aller se garer dans une zone morte si tu veux, mais qu'elle reste sur ma fréquence; nous serons peut-être pressés. Pour l'instant, je voudrais faire descendre mon mari... mais il me faut d'abord demander à un autre de nos passagers de me prêter son fauteuil roulant.

Hazel se retourna, s'apprêtant à partir.

– Je n'ai pas besoin de fauteuil roulant, dis-je, mais elle n'entendit pas. Apparemment.

Deux rouquines me soulevèrent et m'installèrent dans le fauteuil d'Ezra, le dossier baissé, le repose-pieds relevé; l'une d'elles me drapa les jambes dans une immense serviette de bain.

– Merci, Laz, dis-je.

– Je suis Lor. Ne soyez pas surpris si cette serviette disparaît; jusque-là, nous n'avons jamais essayé de l'emporter à l'extérieur.

Elle remonta à bord et Hazel me conduisit jusque sous le nez de l'appareil, le long de son côté bâbord... ce qui me convenait tout à fait car j'avais vu immédiatement qu'il s'agissait d'une sorte de navette spatiale à fuselage portant et ailes escamotables, et j'étais curieux de voir comment le constructeur s'était débrouillé pour caser deux grands rafraîchisseurs sur bâbord. Aérodynamiquement parlant, cela semblait impossible.

Et c'était bel et bien impossible. Le côté bâbord ressemblait au côté tribord, lisse et mince. Pas de place pour des salles de bains.

Je n'eus pas le temps de réfléchir à la question. Quand nous avions pénétré dans le tunnel latéral du Raffles, quelques minutes plus tôt, mon Sonychron affichait juste dix-sept heures, heure de Greenwich ou de L-City... ce qui faisait onze heures du matin dans la zone six, sur la Terre.

Et c'était bien cela car nous nous trouvions bien dans la zone six, sur le pâturage nord de mon oncle Jock, près de Grinnell, Iowa. Il devenait donc manifeste que non seulement j'avais perdu beaucoup de sang mais encore que j'avais reçu un sérieux coup sur la tête, car même les appareils militaires les plus rapides mettent au moins deux heures pour faire le trajet Luna-Terra.

Devant nous s'étendait l'élégante maison victorienne restaurée de l'oncle Jock, avec son belvédère, ses vérandas, sa grande allée, et lui-même s'avançait vers nous, accompagné de deux autres hommes. L'oncle était plus alerte que jamais, le crâne toujours surmonté de ce toupet de cheveux blanc argenté qui le faisait ressembler au président Andrew Jackson. Je ne reconnus pas les deux autres, des hommes d'âge mûr, mais beaucoup plus jeunes que l'oncle Jock; ma foi, c'est le cas de presque tout le monde.

Hazel lâcha mon fauteuil et alla se jeter dans les bras de l'un d'eux, l'embrassant sur toutes les coutures. Mon oncle l'arracha des bras de l'homme, l'embrassa avec le même enthousiasme et l'abandonna au troisième qui la traita pareillement avant de la reposer sur ses pieds.

J'allais me sentir abandonné quand elle se tourna, prit le premier des hommes par la main gauche et lui dit :

— Papa, je voudrais te présenter mon mari, Richard Colin. Richard, je te présente mon papa Mannie, Manuel Garcia O'Kelly Davis.

— Bienvenue dans la famille, colonel, me dit-il en me tendant la main droite.

— Je vous remercie, monsieur.

— Et, Richard, voici... commença Hazel.

— ... le Dr Hubert, la coupa l'oncle Jock. Lafe, serrez la main de mon neveu, le colonel Colin Campbell. Bienvenue à la maison, Dickie. Qu'est-ce que tu fais dans cette poussette ?

— Simple paresse, je crois. Où est tante Cissy ?

— Bouclée, bien sûr; je savais que tu venais. Mais qu'est-ce que tu as fait ? On dirait que tu as oublié d'esquiver. Sadie, faudra vous y faire avec Dickie; il a toujours été un peu lent. Pas facile de lui apprendre à être propre, et il n'a jamais vraiment su faire des pâtés.

Je m'apprêtais à répondre à ce bobard de façon suffisamment injurieuse (je savais depuis bien longtemps comment traiter la honte de la famille) quand le sol trembla et que suivit un grand bruit d'explosion. Pas nucléaire, simplement d'un explosif à haute puissance. Mais inquiétant tout de même; ce n'est pas un jouet et il n'est pas plus agréable de mourir de cela que d'autre chose.

— Ne te fais pas pipi dessus, Dickie, dit l'oncle

Jock; ce n'est pas nous qu'ils visent. Lafe, vous voulez l'examiner ici ? Ou dedans ?

— Faites-moi voir vos pupilles, colonel, demanda le Dr Hubert.

Je le regardai donc et il me regarda. Lorsque Hazel s'était arrêtée de pousser mon fauteuil, l'appareil se trouvait là, sur ma gauche; mais au moment de l'explosion, il se trouva soudain ailleurs. Parti. Ce qui laisse à penser que, pour le moins, j'étais à côté de mes pompes.

Nul ne semblait avoir rien remarqué.

Je feignis donc de n'avoir rien remarqué non plus et regardai mon docteur... me demandant où j'avais bien pu le voir.

— Pas de traumatisme, je pense. Quel est le log naturel de pi ?

— Si je n'avais pas paumé une partie de mes billes, est-ce que je serais ici ? Écoutez, toubib, pas de devinettes, s'il vous plaît; je suis fatigué.

Un autre obus (ou une bombe) tomba tout près, encore plus près, si possible. Le Dr Hubert retira la serviette de ma jambe gauche et tapota le pansement placé par Xia.

— Est-ce que ça fait mal ?

— Bon Dieu, oui !

— Parfait. Hazel, mieux vaut l'emmener à la maison. Je ne peux sérieusement m'occuper de lui ici car nous sommes sur le point de passer à New Harbor, dans le Beulahland; les Angelenos ont pris Des Moines et avancent par ici. Il est assez bien pour un homme qui a été blessé... mais il faut le soigner sans tarder.

— Docteur, demandai-je, êtes-vous parent avec les jeunes filles rousses qui se trouvaient dans l'appareil avec lequel nous sommes arrivés ?

— Ce ne sont pas des jeunes filles mais des délinquantes juvéniles à la retraite. Quoi qu'elles aient pu vous raconter, je le nie formellement. Faites-leur mes amitiés.

– Mais il faut que j'aille faire mon rapport ! s'exclama Hazel.

Tout le monde parla à la fois jusqu'à ce que le Dr Hubert intervienne.

– Suffit ! Hazel va avec son mari et veillera à l'installer. Elle restera aussi longtemps qu'elle le jugera utile puis se rendra à New Harbor... Réglons le temps dès maintenant. Objections ? Exécution.

Ce fut plus déconcertant encore de voir réapparaître ce vaisseau spatial et je suis heureux de n'avoir pas regardé. Du moins pas beaucoup. Les deux rousses (il apparut qu'ils étaient quatre et non pas une foule) me conduisirent à l'intérieur avec mon fauteuil et Hazel vint avec moi dans ce curieux rafraîchisseur... Presque aussitôt, Laz (Lor ?) nous suivit à l'intérieur et annonça :

– Tante Hazel, nous sommes à la maison.

« À la maison » se révéla être le toit plat d'un immense bâtiment; l'après-midi était bien avancé, le soleil se couchait presque. Un vrai lutin, cet appareil. (En fait, il s'appelle Gay. Elle s'appelle Gay. Oh, peu importe !)

Le bâtiment était un hôpital. Lorsqu'on entre à l'hôpital, on doit d'abord attendre une heure et quarante minutes que l'on s'occupe de la paperasse. Après quoi on vous déshabille et on vous installe sur un lit à roulettes, sous une mince couverture, avec vos pieds nus exposés aux courants d'air et on vous fait poireauter devant la salle de la radio. Ensuite, on vous demande un échantillon d'urine dans un pistolet en plastique pendant qu'une jeune dame attend, fixant le plafond, l'air de s'ennuyer profondément. C'est bien ça ?

Ces gens imploraient le b.a.-ba de la bonne manière de faire fonctionner un hôpital. Nos compagnons infirmes (ceux qui n'avaient souffert que de l'accélération) étaient déjà en route, dans de superbes voitures de golf, quand on me souleva pour me placer sur une autre voiture de golf (brancard, fauteuil roulant, fauteuil flottant). Rabbi Ezra se trouvait dans son fauteuil roulant. Hazel nous accompagnait, portant Bonsaï-San et un paquet contenant l'attirail de Naomi. Le vaisseau spatial avait disparu; j'eus à peine le temps de dire à Laz (Lor?) que le Dr Hubert lui faisait ses amitiés.

— S'il croit qu'il va s'en sortir avec des mots doux, dit-elle en reniflant, il se trompe.

Mais je vis les pointes de ses seins se durcir et j'en conclus que cela lui faisait tout de même plaisir.

Quatre d'entre nous demeurèrent sur le toit, nous trois et un membre du personnel de l'hôpital, une petite bonne femme brune qui semblait incarner le meilleur de notre mère Ève et de Marie, sans étalage ostensible d'aucune de ces qualités. Hazel posa le paquet sur moi, passa le bonsaï à Rabbi Ezra et jeta les bras autour du cou de la femme.

— Tammy !

— Arli sool, m'temqa ! dit la maternelle créature en embrassant Hazel. Reksi, reksi : il y a si longtemps !

— Tammy, je te présente mon bien-aimé Richard.

Ce qui me valut un baiser sur la bouche. Tammy repoussa le paquet pour faire les choses correctement. Un homme embrassé par Tammy demeure embrassé pendant des heures, même s'il est blessé, même si cela n'a été que fugitif.

— Et voici notre cher ami, le Révérend Rabbi Ezra Ben David.

Il n'eut pas droit au même traitement. Tammy fit une profonde révérence puis lui baisa la main. J'étais donc nettement avantagé.

— Dedans je dois emmener vous tous les deux, dit Tammy (Tamara), pour que vite on puisse réparer Richard. Mais vont rester mes deux hôtes assez longtemps. Hazel ? La chambre de toi et Jubal, non ?

— Tammy, quelle bonne idée ! Parce que je vais devoir m'absenter quelque temps. Messieurs, voulez-vous partager la même chambre pendant que vous serez soignés ici ?

J'allais acquiescer quand Rabbi Ezra dit :

— Il y a un malentendu. Madame Gwendolyn, voulez-vous expliquer à cette bonne dame que je ne suis pas un malade, pas un candidat à l'hospitalisation. Je suis en parfaite santé. Pas le moindre rhume, pas même un ongle incarné.

Tamara parut surprise et pas troublée, non, mais profondément intéressée. Elle s'approcha de lui, toucha doucement son moignon gauche.

— Nous pas remettre les jambes à vous ?

— Je suis sûr que cela part d'un bon naturel, dit le Rabbi Ezra dont le sourire s'effaça. Mais je ne peux porter de prothèses. Vraiment.

Tamara se mit à parler dans une autre langue avec Hazel qui écouta puis expliqua :

— Père Ezra, Tamara parle de vraies jambes. En chair et en os. Ils peuvent le faire. De trois façons différentes.

Rabbi Ezra respira profondément, soupira aussi profondément, regarda Tamara.

— Ma fille, si vous pouvez me remettre mes jambes… allez-y ! Je vous en prie.

Et il ajouta quelque chose, en hébreu, je crois.

LIVRE TROIS

LA LUMIÈRE AU BOUT DU TUNNEL

21

> « *Dieu a créé la femme pour soumettre l'homme.* »
>
> VOLTAIRE, 1694-1778

Je m'éveillai lentement, laissant mon âme se remettre gentiment en place dans mon corps. Je gardai les yeux clos tout en replaçant bout à bout dans ma mémoire qui j'étais, où j'étais, et ce qui s'était passé.

– Oh, oui, j'avais épousé Gwen Novak ! De façon tout à fait inattendue, mais quelle délicieuse idée ! Après quoi, nous... Hé ! Ce n'était pas hier. Hier, tu...

Bon sang, j'avais eu une journée agitée, hier. De Luna City je m'étais trouvé projeté à Grinnell. Comment ? Peu importe « comment » pour l'instant. Accepte le fait. Après quoi tu t'étais retrouvé à... Comment Gwen avait-elle appelé ça ? Hé, attends ! Le vrai nom de Gwen, c'est Hazel. Vraiment ? Tu t'en inquiéteras plus tard. Hazel a appelé cela la « Troisième Terre » Tellus Tertius. Tammy l'a appelée autrement. Tammy ? Ah, oui, bien sûr, « Tamara ». Tout le monde connaît Tamara.

Tammy n'avait pas voulu les laisser s'occuper de ma jambe blessée alors que j'étais conscient.

Comment diable ai-je été blessé ? Deviendrais-je maladroit en prenant de l'âge ? Ou était-ce le fait d'avoir reconnu le visage de Bill parmi ces faux Shriners ? Si l'on est un vrai professionnel, rien ne doit vous surprendre ni ralentir vos réactions. Si votre propre grand-mère se présente au milieu de la bagarre, tirez dessus et continuez.

Comment as-tu deviné que ce n'étaient pas des Shriners ? Facile; les Shriners sont des gens d'âge mûr, avec de la brioche; ceux-là étaient jeunes et solides. Prêts au combat.

Oui, mais ça, c'est une analyse rationnelle à laquelle tu viens juste de te livrer. Et alors ? Quoi qu'il en soit, c'est exact. Mais tu n'as pas réfléchi à tout cela, hier. Bon Dieu, non, bien sûr; quand arrive la minute de vérité, on n'a pas le temps de réfléchir. On regarde un type et quelque chose vous crie : « Ennemi ! » Et on bondit pour l'avoir avant que ce ne soit lui qui vous ait. Si l'on se met à analyser les diverses impressions, en les triant, en les évaluant logiquement, on est mort ! Il faut *agir*, au contraire.

Hier, tu n'as pas agi assez vite.

Mais nous avons choisi le bon allié dans la bagarre, non ? Un petit serpent corail rapide appelé Hazel. Et on ne peut considérer comme une défaite une mêlée d'où l'on sort avec 37º de température.

Cesse de t'abuser. Tu en as eu combien ? Deux ? Et elle a eu le reste. *Et* il lui a fallu s'occuper de toi... sans quoi tu serais aussi mort qu'un gigot.

C'est peut-être le cas. Voyons voir. J'ouvris les yeux.

On se croirait vraiment au paradis, dans cette chambre ! Mais cela prouve que tu n'es *pas* mort, parce que le paradis n'est pas pour *toi*. En outre, tout le monde prétend que lorsqu'on meurt on traverse d'abord un long tunnel avec une lumière tout au bout, où vous attendent ceux qui vous aiment... et tu n'as pas connu cela. Pas de tunnel. Pas de lumière au bout du tunnel. Et pas d'Hazel, hélas !

Donc, je ne suis pas mort, et ce ne peut être le paradis, et je ne crois pas davantage que ce soit un hôpital. Aucun hôpital n'a jamais été si beau, n'a jamais senti aussi bon. Et on n'entend pas le bruit réglementaire des couloirs d'hôpitaux. Tout ce que j'entends, ce sont des oiseaux qui chantent et un trio à cordes quelque part au loin.

Hé, mais c'est Bonsaï-San !

Hazel doit donc se trouver dans les parages. Où es-tu, mon chou ? J'ai besoin d'aide. Trouve mon pied et passe-le-moi, s'il te plaît, veux-tu ? Je ne peux m'aventurer à sautiller avec cette gravité ; je manque d'entraînement et... bon sang, j'ai envie de pisser. Et une chose abominable ! J'ai les dents du fond qui flottent.

— Je vois que vous êtes réveillé, me dit une voix douce à hauteur de mon oreille droite.

Je tournais la tête pour voir qui c'était quand elle apparut devant moi, où je pouvais la voir plus facilement : une jeune femme, gracieuse, mince, la poitrine menue, de longs cheveux bruns. Elle me sourit quand je croisai son regard.

— Je m'appelle Minerva. Que prendrez-vous pour votre petit déjeuner ? Hazel m'a dit que vous aimiez les gaufres. Mais vous pouvez prendre ce que vous voulez.

— Ce que je veux ? Que diriez-vous d'un brontosaure rôti lentement au feu de bois.

— Oui, bien sûr. Mais ce sera un peu plus long à préparer que les gaufres, répondit-elle le plus sérieusement du monde. Quelques friandises, en attendant ?

— Je vous laisse faire. Avez-vous vu mon pied artificiel ? Avant de déjeuner, je voudrais aller au rafraîchisseur… et il me faut ma prothèse pour cela. Avec cette gravité, voyez-vous…

Minerva me dit sans ambages ce que je pouvais y faire.

– Ce lit possède un rafraîchisseur incorporé, et vous ne pouvez utiliser le rafraîchisseur normal car vous êtes immobilisé depuis la taille jusqu'en bas. Mais nos installations sont très efficaces, vraiment. Donc, vous pouvez y aller. Quoi que vous ayez envie de faire.

– Euh… je ne *peux* pas.

(C'est vrai, je ne peux pas. Quand on m'a coupé le pied, le personnel hospitalier a passé un sacré moment avec moi. Ils ont fini par me placer une sonde et un bassin jusqu'à ce que je puisse aller jusqu'aux gogues sur des béquilles.)

– Vous allez voir que si. Et cela se passera très bien.

– Euh… (Je ne pouvais bouger aucune des mes jambes, ni la plus courte ni la plus longue.) Minerva, ne pourrais-je avoir un urinal ordinaire ?

– Si vous voulez, dit-elle, l'air troublé. Mais il ne vous sera d'aucune utilité. Je vais en chercher un. Cela va me prendre un certain temps. Au moins dix minutes. Pas un instant de moins. Et je vais sceller votre porte pendant que je serai absente pour que personne ne vous dérange. Dix minutes, ajouta-t-elle en avançant vers un mur tout nu qui disparut de son chemin avant qu'elle disparaisse elle-même.

Immédiatement, je voulus rabattre mes draps pour voir ce qu'ils avaient fait à mon unique bonne jambe.

Le drap ne voulut pas se rabattre.

J'essayai de l'avoir subrepticement.

Il se montra plus malin que moi.

Je tentai donc de me montrer encore plus malin; après tout, un drap ne peut être aussi futé qu'un homme, non ?

Eh bien, si.

Je me dis finalement : Écoute, l'ami, on n'arrive à rien. Essayons de postuler que Minerva disait la vérité. Tu as là un lit avec plomberie incorporée, capable de s'acquitter du pire. Sur quoi je me mis à tenter de résoudre un ou deux problèmes de balistique dans ma tête : ce qu'on fait de mieux pour distraire un homme, même dans l'attente du couperet de la guillotine.

Et je me débarrassai d'un demi-litre, soupirai, libérai le demi-litre suivant. Non, le lit ne parut pas se mouiller.

— Très bien, *bébé*, me dit une douce voix féminine.

Je regardai vivement autour de moi. Aucune corde vocale pour aller avec la voix.

— Qui a parlé ? Et qui êtes-vous ?

— Je suis Teena, la sœur de Minerva. Je ne suis pas plus loin que votre coude... et cependant je me trouve à un kilomètre d'ici et deux cents mètres au-dessous. Si vous avez besoin de quoi que ce soit, appelez-moi. Ou nous l'avons, ou nous le fabriquons, ou nous le remplaçons. Les miracles, nous les accomplissons sur-le-champ; le reste encore plus vite. Exceptions : Les vierges constituent une commande particulière... il faut quatorze ans en moyenne. Pour une vierge reconstituée en usine, quatorze minutes.

— Qui voudrait d'une vierge, Bon Dieu ? Teena, vous croyez que c'est poli de me regarder faire pipi ?

— Jeune homme, vous n'allez pas apprendre à un vieux singe à faire les grimaces. L'une de mes tâches consiste à *tout* surveiller dans tous les départements de cette maison de plaisirs, et à rattraper les erreurs avant qu'elles se commettent. Deuxièmement : *Moi*, je suis vierge et je peux le prouver… et je vais vous faire regretter d'être né mâle et d'avoir eu des paroles désobligeantes à l'égard des vierges.

— Teena, je n'avais nullement l'intention de vous offenser. (Au diable !) J'étais simplement gêné, c'est tout. J'ai donc parlé un peu vite. Mais je demeure convaincu qu'en ce qui concerne les fonctions comme la miction et autre, cela devrait se faire rigoureusement en privé.

— Pas dans un hôpital, l'ami. Cela constitue un des aspects révélateurs du tableau clinique, toujours.

— Euh…

— Voilà ma sœur. Si vous ne me croyez pas, vous pouvez lui demander.

Deux secondes plus tard, le mur s'ouvrit et apparut Minerva, portant un urinal à la mode ancienne : pas de mécanisme automatique, pas de contrôles électroniques.

— Merci, dis-je. Mais je n'en ai plus besoin. Comme a dû vous le dire votre sœur.

— Oui, elle me l'a dit. Mais elle ne vous a certainement pas dit qu'elle l'avait fait.

— Non, je l'ai pensé tout seul. Est-il exact qu'elle se tient quelque part au sous-sol et fourre son nez dans tout ce que font les autres ? Elle ne trouve pas cela lassant ?

— Elle n'y fait pas vraiment attention à moins que ce ne soit indispensable. Elle a des milliers d'autres choses à faire, toutes plus intéressantes…

— Beaucoup plus intéressantes ! coupa la voix sans visage. Minnie, il n'aime pas les vierges. Je lui ai appris que je l'étais. Veux-tu le lui confirmer ? Je voudrais qu'il en soit bien convaincu.

— Teena, ne le taquine pas.

— Pourquoi pas ? C'est amusant de taquiner les hommes; ils gloussent tellement. Encore que je ne voie pas ce qu'Hazel a trouvé à celui-ci. C'est un bonnet de nuit.

— Teena ! Colonel, est-ce qu'Athene vous a dit qu'elle est un ordinateur ?

— Hein ? Vous voulez me répéter ça ?

— Athene est un ordinateur. C'est l'ordinateur qui supervise cette planète; nous avons d'autres ordinateurs qui ne sont que des machines. Sans aucune sensation ni sentiment. Athene s'occupe de tout. Tout comme Mycroft Holmes s'occupait de tout jadis sur Luna. Je sais qu'Hazel vous en a parlé. (Minerva me fit un gentil sourire.) C'est pourquoi Teena dit qu'elle est vierge. Théoriquement, c'est le cas, en ce sens qu'un ordinateur ne peut connaître la copulation charnelle...

— Mais je n'ignore rien de la question !

— Oui, sœurette... avec un mâle humain. D'autre part, quand elle se changera en un corps en chair et en os et deviendra humaine, toujours théoriquement elle ne sera plus vierge car son hymen se sera atrophié *in vitro* et on l'aura débarrassée de tous tissus vestigiels avant d'activer son corps. C'est ce qu'on a fait pour moi.

— Et tu as été idiote, Minnie, d'avaler ce qu'a raconté Ishtar; avec moi, ça ne marchera pas. J'ai décidé de décider moi-même. Une vraie virginité et la défloration à la fois rituelle et physique. Même une robe de mariée et une noce, si on peut s'en accommoder. Tu crois que nous pourrons faire avaler cela à Lazarus ?

— J'en doute. Et ce serait une erreur stupide de ta part. Une douleur inutile lors de la première copulation pourrait te faire prendre de mauvaises habitudes pour ce qui devrait toujours constituer une heureuse expérience. Sœurette, la sexualité est la raison la plus importante que nous ayons de devenir humaines. Ne la gâche pas.

— Tammy dit que ça ne fait pas tellement mal.

— Pourquoi faut-il que ça fasse mal le moins du monde ? De toute façon, tu n'obtiendras jamais l'accord de Lazarus pour un mariage dans les règles. Il t'a promis une place dans notre famille, mais rien d'autre.

— On devrait peut-être désigner le colonel Zéro, là, comme volontaire. Il va nous être redevable de bien des services d'ici là, et Maureen dit que personne ne remarque jamais le marié, de toute façon. Vous vous imaginez quel honneur ce serait d'être mon marié à une sacrée noce en juin ? Attention à ce que vous allez répondre.

J'avais les oreilles qui sifflaient et je sentais arriver la migraine. Si je fermais les yeux, est-ce que j'allais me retrouver dans ma piaule de célibataire à la Règle d'Or ?

J'essayai, puis rouvris les yeux.

— Répondez-moi, insista la voix désincarnée.

— Minerva, qui a changé mon petit érable de pot ?

— C'est moi. Tammy a fait observer qu'il n'avait pas de place pour respirer et moins encore pour grandir. Elle m'a demandé de trouver un pot plus grand. Je...

— C'est moi qui l'ai trouvé.

— Teena l'a trouvé et je l'ai replanté. Vous voyez comme il est heureux ? Il a poussé de plus de dix centimètres.

Je regardai le petit arbre. Je le regardai encore.

— Cela fait combien de jours que je suis dans cet hôpital ?

Soudain, le visage de Minerva perdit toute expression.

— Vous n'avez pas précisé la taille de votre brontosaure pour le petit déjeuner, dit la voix de Teena. Il vaut mieux un petit, non ? Les gros sont terriblement durs. C'est ce que tout le monde dit.

Dix centimètres ! Hazel m'avait dit qu'elle me verrait « dans la matinée ». La matinée de quel jour, chérie ? Il y a deux semaines. Davantage ?

— Les plus gros ne sont pas durs si on les pend

comme il faut. Mais je ne veux pas attendre que la viande soit rassie. Est-ce qu'il faudrait attendre autant pour des gaufres ?

– Oh, non, dit la voix de Teena. Ce n'est pas courant les gaufres par ici, mais Maureen n'ignore rien du sujet. Elle a grandi, dit-elle, à quelques kilomètres de l'endroit où vous avez été élevé vous-même, et presque à la même époque, plus ou moins un ou deux siècles. Elle connaît donc le genre de cuisine à laquelle vous êtes habitué. Elle m'a tout appris sur les moules à gaufres et je me suis entraînée jusqu'à ce qu'elles soient exactement comme elle les voulait. Combien de gaufres pouvez-vous avaler, mon gros ?

– Cinq cent sept.

– Minerva ? demanda Teena après un bref silence.

– Je ne sais pas.

Je poursuivis :

– Mais je suis au régime. Alors, disons trois.

– Je ne suis pas certaine de vouloir de vous comme marié.

– De toute façon vous n'avez pas consulté Hazel. Ma femme.

– Aucun obstacle; Hazel et moi sommes de vieilles amies. Depuis des années et des années. Elle vous décidera. Si je me décide moi-même. Je n'en suis pas certaine, mon petit Dickie.

– Mon petit Dickie, hein ? Vous connaissez mon oncle Jock ? Jock Campbell ?

– Le Renard Argenté ? Et comment, que je connais l'oncle Jock ! Nous ne l'inviterons pas, Dickie; il serait capable de réclamer le *jus primae noctis* : le « droit de cuissage ».

– Nous devons l'inviter, Teena; c'est mon plus proche parent. D'accord, je jouerai le rôle du marié et l'oncle Jock se chargera de déflorer la mariée. Marché conclu.

– Minerva ?

– Colonel Richard, je ne crois pas qu'Athene devrait faire cela. Je connais le Dr Jock Campbell depuis des années et il me connaît bien. Si Athene persiste dans son projet stupide, je pense qu'elle ne devrait pas se donner d'abord au Dr Campbell. Un ou deux ans plus tard, quand elle connaîtra... (Minerva haussa les épaules.) Il y a des hommes qui sont libres.

– Teena pourra arranger les choses avec Hazel et Jock; ce n'était pas mon idée. Quand ce crime doit-il avoir lieu ?

– Très bientôt; le clone d'Athene est presque prêt. Dans environ trois ou quatre ans.

– Oh. Je pensais que vous parliez de la semaine prochaine. Je ne vais plus m'inquiéter; d'ici là, les poules auront des dents.

– Quelles poules ?

– Un cauchemar. Et ces gaufres ? Minerva, voulez-vous prendre des gaufres avec moi ? Je ne peux supporter de vous voir saliver, déglutir et mourir de faim tandis que je me goinfre de gaufres.

– J'ai déjà pris mon petit déjeuner...

– Dommage.

– ... mais il y a déjà quelques heures et je voudrais bien goûter aux gaufres; Hazel comme Maureen en disent le plus grand bien. Merci; j'accepte.

– Vous ne *m*'avez pas invitée !

– Mais, Teena, ma chère future épouse, si vous mettez vos menaces à exécution, ma table sera la vôtre, cela va sans dire, et il est inutile de le dire car ce serait insultant. Maureen vous a-t-elle indiqué comment on sert les gaufres ? Avec du beurre fondu, du sirop d'érable et beaucoup de bacon bien croustillant... accompagnées de jus de fruits et de café. Le jus doit être glacé; le reste doit être bien chaud.

– Trois minutes, mon mignon.

J'allais répliquer quand le mur insubstantiel

s'ouvrit de nouveau et qu'entra Rabbi Ezra. Il *entra*. Il se servait de cannes anglaises mais il se tenait sur ses deux jambes.

Il me sourit, levant une canne pour me saluer.

– Docteur Ames ! Quelle joie de vous voir réveillé !

– Content de vous voir, Rabbi Ezra. Teena, voulez-vous prévoir le petit déjeuner pour trois personnes ?

– C'est déjà fait. Avec lox, *bagels* et confiture de fraises.

Ce fut un petit déjeuner jovial malgré les questions qui trottaient dans ma tête. La cuisine était délicieuse et j'avais faim; Minerva et Ezra – et Teena – constituaient une compagnie agréable. Je sauçai le sirop d'érable avec la dernière bouchée de ma première gaufre avant de demander :

– Rabbi Ezra, avez-vous vu Hazel ce matin ? Ma femme. J'avais espéré qu'elle serait ici.

Il parut hésiter. Ce fut Teena qui répondit.

– Elle viendra plus tard, Dickie. Elle ne peut pas rester à attendre que vous vous réveilliez; elle a autre chose à faire. Et d'autres hommes.

– Teena, cessez de plaisanter. Sans quoi je ne vous épouse pas, même si Hazel et Jock sont d'accord.

– Vous voulez parier ? Essayez de me plaquer, espèce de mufle, et je vous fiche dehors de cette planete. Vous ne trouverez rien à manger, les portes refuseront de s'ouvrir devant vous, les rafraîchisseurs vous ébouillanteront, les chiens vous mordront. Et vous aurez envie de vous *gratter*.

– Sœurette ?

– Oui, Minnie.

– Ne vous laissez pas faire par ma sœur, colonel, me dit Minerva. Elle vous taquine parce qu'elle veut qu'on s'occupe d'elle. Mais c'est un ordinateur fidèle à l'éthique et tout à fait fiable.

— Je n'en doute pas, madame Minerva. Mais elle ne peut à la fois me taquiner, me menacer et espérer que je vais la conduire devant le maire ou un prêtre, ou autre, et promettre de l'aimer, l'honorer et lui obéir. Je ne suis pas certain de vouloir lui obéir, de toute façon.

— Vous n'aurez pas à promettre de m'obéir, mon petit Dickie, dit l'ordinateur; je me chargerai du dressage. Des choses toutes simples. Au pied. Debout. Couché. Donner la patte. Je n'espère pas quelque chose de bien compliqué de la part d'un homme. À part jouer les étalons, bien sûr. Mais, en ce domaine, votre réputation vous a précédé.

— Qu'est-ce que vous entendez par là? demandai-je en jetant ma serviette. Tout est rompu! Plus de mariage.

— Ami Richard?

— Hein? Oui, Rabbi.

— Il ne faut pas vous inquiéter, pour Teena. Elle m'a proposé la même chose, et à vous, et au père Hendrik, et à Choy-Mu, et à bien d'autres sans doute. Son ambition est de faire de Cléopâtre une bonne sœur, à côté d'elle.

— Et Ninon de Lenclos, et Rangy Lil, et Marie-Antoinette, et Rabab, et Messaline, et toutes les autres. Je vais être la championne des nymphomanes du multivers, belle comme le péché et beaucoup plus désirable. Des hommes se battront en duel pour moi, se tueront devant ma porte et écriront des odes à mon petit doigt. Les femmes s'évanouiront en entendant ma voix. Tout le monde — hommes, femmes et enfants — m'adorera de loin et j'en aimerai autant que je pourrai en caser dans mon emploi du temps. Alors vous ne voulez pas devenir mon mari, hein? N'est-ce pas monstrueusement méchant et égoïste? Les foules furieuses vont vous mettre en pièces et s'abreuver de votre sang.

— Madame Teena, ce ne sont pas là des propos à tenir à table. Nous déjeunons.

— C'est vous qui avez commencé.

Je tentai de refaire le tour des enchères. Avait-je commencé ? Non, vraiment, elle...

— Laissez tomber, me murmura discrètement Rabbi Ezra. Vous n'aurez pas raison. Je le sais.

— Madame Teena, je suis désolé d'avoir commencé. Je n'aurais pas dû. C'était très vilain de ma part.

— Oh, je vous en prie, dit l'ordinateur qui paraissait ravi. Et il n'est pas indispensable de m'appeler « madame Teena »; ça ne se fait pas beaucoup par ici. Si vous donniez du « Docteur Long » à Minerva, elle se retournerait pour voir à qui vous vous adressez.

— D'accord, Teena, et je vous en prie appelez-moi Richard. Madame Minerva, vous avez un diplôme de docteur ? De docteur en médecine ?

— L'un de mes diplômes est un diplôme de médecine, oui. Mais ma sœur a raison; on ne donne pas souvent leurs titres aux gens, par ici. On n'entend jamais dire « madame »... sauf comme terme d'affection s'adressant à une femme qu'on a honorée de son amour charnel. Inutile donc de m'appeler Ma Dame Minerva... à moins que vous ne souhaitiez m'honorer de cette façon. Et quand vous le ferez. Si vous le faites.

Et voilà !

J'en restai abasourdi. Minerva paraissait si réservée, si douce, qu'elle me cueillit par surprise.

Teena me donna le temps de récupérer.

— Minnie, n'essaie pas de me le piquer alors que je suis dessus. Il est à moi.

— Tu ferais mieux de demander à Hazel. Ou mieux encore : à lui.

— Dickie chéri, dites-lui.

– Que voulez-vous que je lui dise, Teena ? Vous n'avez pas réglé cela avec Hazel et mon oncle Jock. Mais, en attendant... (Je m'inclinai à l'intention de Minerva, pour autant qu'on puisse le faire dans un lit et avec un plâtre.) Chère madame, c'est un grand honneur pour moi. Mais, comme vous le savez, je suis pour l'instant physiquement dans l'impossibilité de me livrer à de telles délices. Ne pourrions-nous nous contenter d'en accepter l'augure ?

– Je vous défends de l'appeler Ma Dame !

– Du calme, petite sœur. Monsieur, vous pouvez parfaitement m'appeler Ma Dame. Ou, comme vous le dites, nous pouvons en accepter l'augure et attendre des jours meilleurs. Vos soins sont loin d'être terminés.

– Ah, oui. Bien sûr. (Je jetai un regard sur mon petit érable, désormais plus si petit que ça.) Depuis combien de temps suis-je ici ? Ma facture doit déjà être passablement longue.

– Ne vous en inquiétez pas, me dit Minerva.

– Il *faut* que je m'en inquiète. Les factures sont faites pour être réglées. Et je n'ai même pas d'assurance maladie. (Je regardai le Rabbi.) Rabbi, comment avez-vous fait pour payer vos... greffes, c'est ça ? Votre banque est aussi loin que la mienne.

– Plus loin encore que vous ne le pensez. Et je n'ai désormais plus droit au titre de Rabbi : la Torah est inconnue là où nous nous trouvons. Je suis maintenant le deuxième classe Ezra Davidson, des Irréguliers du Corps du Temps. Ce qui règle mes factures. Je crois qu'il faudra quelque chose dans ce goût-là pour régler les vôtres. Teena, pouvez-vous – je veux dire « voulez-vous » – indiquer au Dr Ames le montant de sa facture ?

– Il faut qu'il le demande lui-même.

– Je vous le demande, Teena. Voulez-vous me le dire ?

– « Campbell, Colin », également connu sous le nom de « Ames Richard » : montant dû, tous départements, au compte spécial du Seigneur de la Galaxie. Ne vous excitez pas, mon chou; vous êtes considéré comme indigent, tout est à la charge de la maison. Bien sûr, ceux qui se trouvent dans ce cas ne font pas de vieux os.

– Athene !

– Mais, Minnie, c'est l'exacte vérité. En moyenne, ils font 1,3 mission, après quoi nous payons l'assurance décès. À moins qu'on ne l'affecte à une planque au QGT.

(Je n'écoutais pas vraiment. « Le Seigneur de la Galaxie », hein ! Une seule et unique personne aurait pu ouvrir un compte à un tel nom. L'espiègle petite chose. Bon Dieu, chérie ! *Où es-tu ?*)

De nouveau, cette sorte de mur pas-très-solide s'évanouit.

– Est-ce que j'arrive trop tard pour le petit déjeuner ? Ouf ! Bonjour, chéri !

C'était elle !

22

> *« En cas de doute, dites la vérité. »*
> Mark Twain, 1835-1910

– Richard, je suis venue te voir le lendemain matin, mais tu ne m'as pas vue.

– Mais bien sûr qu'elle est venue, mon petit Dickie, confirma Teena. Courant les plus grands risques pour sa santé. Vous pouvez être heureux d'être en vie. Vous ne l'étiez presque plus.

– C'est exact, convint Ezra. J'ai partagé votre chambre une partie de la nuit. Ensuite, on m'a changé de chambre et on vous a mis en quarantaine sévère et on m'a piqué pendant neuf jours ou quatre-vingt-dix jours. Mon frère, vous avez été malade à crever.

— Tétanisation, pus vert, fièvre suffocante, énuméra Hazel. La mort bleue, le typhus. Quoi encore, Minerva ?

— Infection systémique par staphylocoques dorés, herpès hépatique. Et, le pire de tout, une perte de la volonté de vivre. Mais Ishtar ne permet pas que meure une personne qui ne l'a pas demandé alors qu'elle était juridiquement considérée comme capable. Et Galahad non plus. Tamara ne vous a pas quitté un seul instant jusqu'à la fin de la crise.

— Pourquoi est-ce que je n'en ai aucun souvenir ?

— Vous pouvez en remercier le Ciel, dit Teena.

— Chéri, si tu n'avais pas été dans le meilleur hôpital de tous les univers connus, avec les meilleurs médecins, je serai de nouveau veuve. Et le noir ne me va pas.

— Si vous n'étiez bâti comme un bœuf, ajouta Ezra, vous ne vous en seriez pas sorti.

— Comme un taureau, Ezra, rectifia Teena. Pas comme un bœuf. Je le sais, je les ai vues. Très impressionnant.

Je ne savais s'il convenait de remercier Teena ou de décommander de nouveau la noce. Je choisis de ne rien dire.

— Ce que je ne comprends pas, c'est comment j'ai attrapé toutes ces maladies. J'ai été blessé, ça je le sais. Ce qui pourrait expliquer les staphylocoques dorés. Mais ces autres trucs ?

— Colonel, vous êtes un soldat de carrière, dit Ezra.

— Oui, soupirai-je. Je n'ai jamais mis en pratique cet aspect de la profession. Je ne m'y sens pas à l'aise. À côté de la guerre bactériologique, les bombes à fusion c'est propre et décent. Même

344

la guerre chimique paraît humaine à côté des armes biologiques. Bon, ce couteau – est-ce que c'était un couteau ? – a été préparé. Et vilainement.

– Oui, convint Ezra, quelqu'un voulait votre mort, et celle de Luna City par la même occasion.

– C'est idiot. Je ne suis pas un personnage si important.

– Si, Richard, vous êtes un personnage très important, dit tranquillement Minerva.

– Qu'est-ce qui vous le fait croire ?

– Lazarus me l'a dit.

– Lazarus ? (Teena avait déjà cité ce nom.) Qui est Lazarus ? Pourquoi son opinion a-t-elle tellement d'importance ?

– Richard, répondit Hazel, je t'ai dit que tu étais important et je t'ai dit pourquoi. Pour le sauvetage d'Adam Selene. Ce sont les mêmes qui ne souhaitent pas sa résurrection qui n'hésiteraient pas à détruire Luna City pour te tuer.

– Puisque tu le dis. J'aimerais savoir ce qui s'est passé là-bas. Luna City est mon pays d'adoption; il y a des gens très bien. Euh, votre fils, Ezra, entre autres.

– Oui, mon fils. Et d'autres. Luna City a été sauvée, Richard; on a arrêté l'épidémie.

– Parfait !

– En y mettant le prix. On a pu accéder à un changement de temps de référence pour venir à notre secours. Le nombre de secondes qu'il nous a fallu pour embarquer et nous tirer de là a été reconstitué par une soigneuse représentation, par nous tous et par un excellent acteur qui a joué votre rôle. Après quoi on a effectué une comparaison avec la mémoire de Gay pour savoir combien de temps cela avait duré et on a concilié les deux. Ensuite, on a envoyé une capsule espace-temps sur les coordonnées qui en ont résulté en y ajoutant quatre secondes et on a lâché une bombe à chaleur. Pas atomique, à chaleur, à chaleur stellaire; il n'est pas facile de se débarrasser de certains germes. Manifestement, il fallait endommager l'hôtel, avec une forte probabilité – non, une certitude – de pertes en vies humaines. La menace qui pesait sur Luna City a été écartée mais il a fallu le payer cher.

– Votre fils a été sauvé? demandai-je à Ezra qui semblait lugubre.

– Je le crois. Néanmoins, la question du sort de mon fils n'est pas intervenue dans cette décision et on ne m'a pas demandé mon avis. Il s'agissait d'une décision politique du Quartier Général du Temps. Le QGT ne s'occupe de secourir les individus que lorsque ces individus sont indispensables à une opération. Richard, si je comprends bien – attention, je ne suis qu'un soldat de deuxième classe en permission de maladie; je ne suis pas au courant des décisions de haute politique –, si je comprends bien, dis-je, admettre qu'une épidémie mortelle se répande sur Luna City à cet instant aurait gêné les plans du QGT pour autre chose. Peut-être pour la question à laquelle madame Gwendolyn – Hazel – a fait allusion. Je ne sais pas.

– C'était bien cela, et sur Tertius ne m'appelez pas « Ma Dame », Ezra, sauf si vous avez des intentions. Mais merci quand même. Richard, c'est l'immense répercussion de cette épidémie sur leurs plans qui a conduit le Quartier Général à agir aussi radicalement. Ils se sont montrés si précis, en faisant au plus juste, que toi, moi et les autres passagers de Gay sommes passés à un cheveu de la mort par cette bombe à chaleur quand nous nous sommes échappés.

(Là, je décelai un paradoxe, mais Hazel poursuivait :)

– Ils ne pouvaient prendre le risque d'attendre ne fût-ce que quelques secondes de plus; quelques-uns de ces germes mortels auraient pu passer dans les conduites d'air de la ville. Ils avaient réalisé une projection des répercussions possibles sur l'Opération Adam Selene : un désastre ! Ils ont donc agi. Mais le Corps du Temps ne va pas parcourir les Univers pour sauver la vie d'individus, ni même les vies de cités tout entières. Richard, ils pourraient sauver Herculanum et Pompéi aujourd'hui s'ils le voulaient... ou San Francisco, ou Paris. Ils ne le font pas. Ils ne le feront pas.

— Chérie, dis-je doucement, veux-tu dire que ce « Corps du Temps » pourrait empêcher l'anéantissement de Paris en 2002, bien que l'événement ait eu lieu il y a deux siècles ? Je t'en prie !

Hazel soupira. Ezra expliqua :

— Ami Richard, écoutez-moi attentivement. Ne refusez pas d'admettre ce que je vais vous dire.

— Okay. Allez-y !

— La destruction de Paris remonte à plus de deux mille ans, pas simplement à deux siècles.

— Mais il est manifeste...

— Selon le calendrier terrestre actuel, nous sommes en l'année grégorienne 4400, ou en l'an 8160 du calendrier juif. C'est là un fait que j'ai jugé tout à fait troublant mais que j'ai dû accepter. En outre, nous sommes ici et maintenant à plus de sept mille années-lumière de la Terre.

Et Hazel et Minerva me regardaient discrètement, attendant apparemment ma réaction. J'allai dire quelque chose, me ravisai, me décidai :

— Une dernière question encore. Teena ?

— Non, plus de gaufres.

— Il ne s'agit pas de gaufres, mon chou. Voici ma question. Puis-je avoir une autre tasse de café ? Avec de la crème cette fois. S'il vous plaît.

— Tenez, attrapez ! dit-elle, et ma commande apparut sur ma table de nuit.

— Richard, c'est vrai. Tout cela est vrai ! dit vivement Hazel.

– Merci Teena; c'est parfait, dis-je après avoir goûté à mon café. Hazel, mon amour, je ne discutais pas. Ce serait idiot de ma part de discuter de quelque chose que je ne comprends pas. Passons donc à un sujet plus simple. Malgré ces terribles maladies dont vous dites que j'ai été atteint, je me sens assez frais pour sauter du lit et aller fouetter les serfs. Minerva, pouvez-vous me dire combien de temps encore je dois demeurer paralysé. Vous êtes médecin, non ?

– Non, Richard, je suis...

– Ma sœur s'occupe de votre bonheur, coupa Teena. C'est plus important.

– Athene a plus ou moins raison...

– J'ai *toujours* raison !

– Mais elle exprime parfois les choses de façon curieuse. Tamara est chef du moral à la fois pour l'hôpital Ira Johnson et pour la clinique Howard... et Tamara était là quand vous aviez le plus besoin d'elle, elle vous a tenu dans ses bras. Mais elle a de nombreuses assistantes car le Directeur Général Ishtar considère le moral – disons le bonheur – comme essentiel, à la fois à la thérapeutique et au rajeunissement. C'est ainsi que je lui apporte ma collaboration, tout comme Maureen et Maggie que vous n'avez pas encore rencontrées. Et d'autres encore qui viennent nous aider quand nous avons de trop nombreux patients avec des troubles du bonheur – Libby et Deety, et même Laz et Lor qui font merveille quand on a besoin d'elles... ce qui n'a rien d'étonnant car ce sont les sœurs de Lazarus et les filles de Maureen. Et il y a Hilda, bien sûr.

– Doucement, s'il vous plaît. Je m'embrouille dans tous ces noms de personnes que je n'ai jamais vues. Cet hôpital a une équipe chargée de veiller au bonheur; j'ai compris au moins cela. Tous ces anges de bonheur sont des femmes. Exact ?

– Comment faire autrement ? demanda Teena, méprisante. Où pensez-vous trouver le bonheur ?

– Allons, Teena, dit Minerva d'un ton de reproche. Richard, nous les femmes nous occupons du moral des hommes... et Tamara a une équipe d'hommes talentueux qui se chargent des clientes et patientes. Il n'est pas absolument indispensable que ce soit un personnel de sexe différent de celui des malades qui s'occupe du moral, mais cela facilite bien les choses. Il nous faut moins d'opérateurs hommes pour s'occuper des femmes car celles-ci sont moins fréquemment malades. Pour ce qui est du rajeunissement, on compte à peu près autant d'hommes que de femmes, mais les femmes ne connaissent presque jamais la dépression lors des rajeunissements...

– Allons, allons ! intervint Hazel. Vous m'excitez avec ces histoires.

Elle me tapota la main et me fit un signe discret auquel je ne répondis pas, du fait de la présence des autres.

– ... tandis que les hommes font d'ordinaire une crise de dépression au moins au cours du rajeunissement. Mais vous avez posé une question à propos de votre plâtre. Teena.

– Je viens de l'appeler.

– Un instant, dit Hazel. Ezra, avez-vous montré à Richard vos nouvelles jambes ?

– Pas encore.

– Voulez-vous le faire, s'il vous plaît ? Cela ne vous gêne pas ?

– Je suis ravi de les exhiber, dit Ezra qui se leva, s'éloigna de la table, tourna, leva ses cannes et demeura debout sans aucune aide.

Je n'avais pas regardé ses jambes quand il était entré dans la pièce (je n'aime pas qu'on me regarde); et ensuite, quand il s'était assis à la table du petit déjeuner qu'on avait apportée après lui, je n'avais pu les voir. D'après le seul coup d'œil que j'avais jeté sur ses jambes, j'avais eu l'impression qu'il était en short et en chaussettes marron assorties qui lui montaient jusqu'aux mollets; et on apercevait ses genoux blancs et ossus entre le haut des chaussettes et le short.

Là, il retira ses chaussures et se tint debout, pieds nus; et brusquement je révisai mon jugement; ces « chaussettes marron » étaient des jambes et des pieds de chair brune qu'on lui avait greffés sur ses moignons.

– Il existe trois moyens, m'expliqua-t-il. On peut faire pousser un nouveau membre ou un nouveau n'importe quoi. On m'a dit que c'était long et que cela exigeait une grande précision. On peut aussi greffer un organe ou un membre d'un clone personnel, que l'on conserve en stase avec un cerveau délibérément non développé. On m'a dit que cette méthode est aussi simple que de mettre une pièce à un pantalon : aucun risque de rejet. Mais je n'ai pas de clone ici – du moins pas pour le moment –, alors on m'a trouvé quelque chose dans les pièces détachées.

– Au rayon « viande » des halles.

– Oui, Teena. Nous disposons de tas de parties du corps, avec inventaire en ordinateur...

– C'est moi qui l'ai fait.

– Oui, Teena. Pour les hétérogreffes, Teena choisit les pièces détachées ayant la plus grande compatibilité tissulaire... même groupe sanguin, bien sûr, mais pas seulement. Il faut également que les dimensions correspondent mais c'est le plus facile. Teena vérifie tout et va pêcher une pièce détachée que votre corps va confondre avec une des siennes. Ou presque.

– Ezra, dit l'ordinateur, vous en aurez pour dix ans au moins avec ces jambes; j'ai fait un très bon boulot sur vous. D'ici là, votre clone sera disponible. Si vous en avez besoin.

– Merci, Teena, c'était effectivement du beau

350

boulot. Mon bienfaiteur s'appelle Azrael Nkruma, Richard; nous sommes jumeaux, mis à part une question de mélanine qui n'a rien à y voir, dit Ezra avec un sourire.

— Ses pieds ne lui manquent-ils pas ? demandai-je.

— Il est mort, Richard, répondit Ezra soudain sérieux... mort de la cause la plus courante ici : d'accident. En faisant de l'escalade. Il est tombé sur la tête et s'est brisé le crâne; même Ishtar, avec toute son habileté, n'a pas pu le sauver. Et elle aura certainement fait tout son possible; le Dr Nkruma était chirurgien et faisait partie de son équipe. Mais ce ne sont pas là les pieds du Dr Nkruma; ce sont ceux de son clone... dont on n'a jamais eu besoin.

— Richard... commença Hazel.

— Oui, chérie ? Je voulais demander à Ezra...

— Richard, j'ai fait quelque chose sans te consulter.

— Quoi donc ? Va-t-il falloir que je te batte encore ?

— À toi de juger. Je voulais que tu voies les jambes d'Ezra... parce que, sans ton autorisation, je leur ai demandé de remplacer ton pied, dit Hazel qui paraissait effrayée.

Il devrait exister une loi limitant le nombre de chocs émotionnels auxquels un homme peut être soumis en une seule journée. J'ai subi tout l'entraînement militaire habituel pour ralentir le rythme cardiaque et faire baisser la tension, etc., en situation critique. Mais, d'ordinaire, la situation critique ne dure pas et ces foutus exercices ne sont pas tellement efficaces, de toute façon.

Cette fois, j'attendis simplement en ralentissant consciemment mon rythme respiratoire. Sur l'instant, je fus capable de dire, sans que ma voix se brise :

– Tout compte fait, je ne crois pas que cela mérite que je te batte.

J'essayai de remuer mon pied, de ce côté : j'ai toujours senti mon pied, bien qu'il ne soit plus là depuis des années.

– Tu n'as pas oublié de le leur faire mettre dans le bon sens ? demandai-je.

– Hein ? Que veux-tu dire, Richard ?

– J'aime bien avoir mes pieds prêts pour la marche. Et pas comme un mendiant de Bombay. (Est-ce que j'arrivais à le remuer ?) Minerva, est-ce que je peux jeter un coup d'œil sur le travail ? Ce drap me semble impossible à soulever.

– Teena ?

– J'arrive.

De nouveau ce mur inconsistant vacilla et je vis entrer le jeune homme le plus outrageusement séduisant que j'aie jamais vu. Et plus outrageant encore était le fait qu'il apparut dans ma chambre nu comme un ver. Pas le moindre vêtement. Le malotru ne portait pas même de chaussures. Il jeta un regard circulaire et sourit.

– Salut tout le monde ! On me demande ? J'étais en train de me bronzer...

– Vous dormiez. Pendant les heures de service.

– Teena, je peux me bronzer et dormir en même temps. Salut, colonel; content de voir que vous êtes réveillé. Vous nous avez donné un sacré boulot. On a cru un instant qu'il allait falloir tout jeter et recommencer.

– Le Dr Galahad est votre médecin, dit Minerva.

– Pas exactement, reprit-il en avançant vers moi, serrant l'épaule d'Ezra par-ci, pinçant la croupe de Minerva par-là et donnant, *en passant,* un baiser à mon épouse. C'est moi qui ai tiré la courte paille, c'est tout; c'est donc moi qu'il faut blâmer. Je reçois toutes les plaintes... mais je dois vous prévenir. Inutile d'essayer de me poursuivre. Ni de nous poursuivre. Les juges sont à notre dévotion. Voyons... (Il s'arrêta, les mains au-dessus de mon drap.) Voulez-vous rester seul ?

J'hésitai. Oui, je voulais rester seul. Ezra le comprit et se leva, après s'être rassis.

— À plus tard, ami Richard, dit-il.

— Non, ne partez pas. Vous m'avez montré les vôtres; maintenant, je vais vous montrer mon pied et nous pourrons comparer. Vous me donnerez votre avis car je ne connais rien aux greffes. Hazel reste, elle aussi, bien sûr. Minerva l'a déjà vu, non ?

— Oui, Richard, je l'ai déjà vu.

— Donc, vous pouvez rester. Rattrapez-moi si je me trouve mal. Teena... pas de blagues.

— *Moi ?* C'est injurieux pour ma conscience professionnelle !

— Non, mon chou. Pour vos manières d'alcôve. Qu'il va falloir réformer si vous voulez rivaliser avec Ninon de Lenclos. Ou même Rangy Lil. Okay, toubib, voyons voir.

Je comprimai mon diaphragme, retins ma respiration.

Pour le médecin, ce foutu drap céda facilement. Le lit était propre et sec. (Ce fut la première chose dont je m'assurai : aucune plomberie, à première vue.) Et deux grands pieds bien laids apparurent côte à côte, le plus beau spectacle qu'il m'ait été donné de voir.

Minerva me rattrapa au moment où je m'évanouis.

Teena ne se livra à aucune facétie.

Vingt minutes plus tard, il apparut que je pouvais mouvoir mon nouveau pied et mes orteils pour autant que je n'y pensais pas... encore qu'au cours d'un test mes mouvements fussent trop brutaux alors que je m'efforçais de faire ce que me demandait le Dr Galahad.

– Les résultats me satisfont, dit-il. S'ils vous satisfont aussi. Qu'en pensez-vous ?

– Comment vous expliquer ce que je ressens ? Des arcs-en-ciel ? Des cloches d'argent ? Des nuages en forme de champignon ? Ezra... pouvez-vous le lui dire ?

– J'ai essayé. C'est une nouvelle naissance. C'est si simple de marcher... jusqu'au moment où l'on ne peut plus.

– Oui. Docteur, c'est le pied de qui ? Ça fait un moment que je n'ai pas prié... mais, pour lui, je vais essayer.

– Il n'est pas mort.

– Pardon ?

– Et il ne lui manque pas un pied. C'est une circonstance particulière, colonel. Teena a eu du mal à trouver un pied droit dont la taille convienne et que votre système immunitaire ne rejetterait pas avant que vous ayez pu prononcer le mot « septicémie ». C'est alors qu'Ishtar – c'est mon patron – lui a demandé d'étendre les recherches... et Teena en a trouvé un. Celui-ci. C'est une partie du clone d'un client vivant. Jamais nous ne nous sommes trouvés dans une telle situation. Je... nous, l'équipe de l'hôpital, n'avons pas plus autorité pour nous servir d'un clone que pour vous couper l'autre pied. Mais le propriétaire de ce clone, quand nous lui en avons parlé, a accepté de vous céder son pied. Il a considéré qu'en quelques années, ce clone allait produire un nouveau pied; et, en attendant, il pouvait se passer de l'assurance qu'offre un clone complet.

– Qui est-ce ? Il faut que je trouve un moyen de le remercier.

(Comment remercier un homme pour ce genre de cadeau ? Peu importe, il fallait que je trouve.)

– Colonel, c'est la seule chose que nous ne vous dirons pas. Votre donneur a insisté pour garder l'anonymat. C'est la condition du don.

— Ils m'ont même forcée à effacer cela de ma mémoire, dit amèrement Teena. Comme si on ne pouvait se fier à ma conscience professionnelle. Je respecte pourtant le serment d'Hypocrite mieux que quiconque.

— Vous voulez dire d'« Hippocrate ».

— Vous croyez ça, Hazel ? Je connais cette bande mieux que vous.

— Mais bien sûr que je veux que vous commenciez à vous en servir, dit le Dr Galahad. Il vous faut également une rééducation après votre longue maladie. Sortez donc de ce lit ! Deux choses : je vous conseille de vous servir de votre canne jusqu'à ce que vous soyez certain de votre équilibre, et mieux vaut également qu'Hazel ou Minerva ou quelqu'un vous tienne la main pendant quelque temps, et vous dorlote; vous êtes encore faible. Asseyez-vous ou allongez-vous chaque fois que vous en aurez envie. Hum, vous savez nager ?

— Oui. Je n'ai pas nagé depuis quelque temps car je vivais dans un habitat spatial où rien n'était prévu pour cela. Mais j'aime nager.

— Vous avez tout ce qu'il vous faut par ici. Une piscine au sous-sol de ce bâtiment et une plus grande sur la terrasse. Et la plupart des maisons sont équipées d'une piscine ou d'un bassin. Donc, nagez. Vous ne pouvez marcher constamment; votre pied droit n'a pas la moindre callosité et il ne faut pas le bousculer. Et ne portez pas de chaussures tant que ce pied ne sait pas se comporter en pied. D'accord ? ajouta-t-il avec un sourire.

— Et comment !

Il me tapa sur l'épaule puis se pencha et m'embrassa. Juste au moment où ce rigolo commençait à m'être sympathique ! Je n'eus pas le temps d'esquiver.

Je me sentais extrêmement gêné et essayai de

ne pas le montrer. D'après ce que Hazel et les autres m'avaient dit, ce trop mignon pédé m'avait sauvé la vie... et plusieurs fois. Je ne pouvais me permettre de lui tenir rigueur de ce baiser à la Berkeley.

Nom de Dieu !

Il ne parut pas remarquer mon manque d'enthousiasme.

– Vous vous en tirerez très bien, me dit-il en me serrant l'épaule. Minerva, emmenez-le nager. Ou Hazel. Ou quelqu'un d'autre.

Et il disparut.

Les dames m'aidèrent donc à me sortir du lit et Hazel m'emmena nager. Hazel embrassa Minerva et je compris soudain que Minerva en attendait autant de moi. Je me livrai à une avance timide qui rencontra une entière coopération.

Un baiser de Minerva, c'est foutrement autre chose qu'être embrassé par un homme, si joli garçon soit-il. Avant de la lâcher, je la remerciai de tout ce qu'elle avait fait pour moi.

– Tout le plaisir fut pour moi, répondit-elle simplement.

Nous sortîmes, moi marchant avec précaution, appuyé sur ma canne. J'avais des fourmis dans mon nouveau pied. Une fois hors de la chambre – ce mur s'efface tout bonnement quand on s'en approche –, Hazel me dit :

– Chéri, je suis heureux que tu aies embrassé Minerva sans que j'aie eu à t'y encourager. C'est un chiot très caressant; tout témoignage d'affection physique représente bien davantage pour elle que des remerciements, ou qu'un présent matériel, si somptueux soit-il. Elle essaie de rattraper deux siècles d'existence comme ordinateur.

– C'était vraiment un ordinateur ?

– Vous avez intérêt à le croire, l'ami ! dit la voix de Teena derrière nous.

– Oui, Teena, mais laissez-moi lui expliquer.

Minerva n'est pas née d'une femme. Son corps a été fabriqué *in vitro* avec vingt-trois parents : elle possède l'ascendance la plus illustre qu'un humain ait jamais eue. Lorsque son corps a été prêt, elle y a transféré sa personnalité, ainsi que ses mémoires...

— Certaines de ses mémoires, corrigea Teena. Nous avons dupliqué les mémoires qu'elle voulait emporter avec elle et nous en avons conservé un jeu ainsi que toute la mémoire morte et la partie courante de la mémoire vive. Ce qui était censé faire de nous des jumelles identiques. Mais elle m'a caché quelque chose : elle a conservé certaines mémoires sans les partager avec moi, la petite garce ! C'est honnête ça ? Je vous le demande !

— Inutile de me poser la question, Teena ; je n'ai jamais été un ordinateur. Richard, as-tu jamais pris un tube à chute ?

— Je ne sais pas ce que c'est.

— Accroche-toi à moi et atterris sur ton ancien pied. Je crois que ça ira. Teena, voulez-vous nous aider ?

— Bien sûr, mon chou !

C'est drôlement amusant, un tube à chute ! Après mon premier saut, j'insistai pour monter et redescendre quatre fois « pour m'entraîner » (pour m'amuser, en réalité) et Hazel me laissa faire tandis que Teena veillait à ce que je ne me fasse pas mal à mon nouveau pied en atterrissant. Les escaliers représentent un risque pour un amputé ou du moins une pénible corvée. Les ascenseurs ont toujours été, pour tous, un ennuyeux expédient, aussi lugubre qu'un corset pour une grosse femme. Ça ressemble trop à une bétaillère.

Mais avec les tubes à chute, je ressentis la même griserie un peu vertigineuse que lorsque je sautai au bas d'une meule de paille à la ferme de mon oncle quand j'étais gosse, la poussière et la chaleur en moins. Youpee !

– Écoute, chéri, allons nager, me dit Hazel en finissant par m'arrêter.

– D'accord. Vous venez avec nous, Teena ?

– Comment faire autrement ?

– Vous nous avez collé des micros-espions, chérie ? Ou à l'un de nous ? demanda Hazel.

– Nous n'utilisons plus d'implants, Hazel. C'est trop grossier. Zeb et moi avons bricolé un bidule qui utilise une double triple pour maintenir les quatre axes et obtenir un aller retour de l'image. La couleur dérape un peu, mais nous y arrivons.

– Nous sommes donc espionnés.

– Je préfère appeler cela un « rayon subreptice »; ça sonne mieux. Okay, vous êtes espionnés.

– C'est bien ce que je pensais. Pouvons-nous avoir quelque intimité ? Je dois discuter de questions personnelles avec mon mari.

– Mais bien sûr, mon chou. Uniquement le monitoring médical. À part cela, aussi discrète que les trois petits singes.

– Merci, chérie.

– Service normal. Quand vous voudrez sortir de votre tanière, appelez-moi. Embrassez-le de ma part. À tout à l'heure !

– Nous sommes tout à fait dans l'intimité maintenant, Richard. Teena ne nous quitte pas un instant des yeux ni des oreilles mais de façon aussi impersonnelle qu'un voltmètre et sa mémoire n'intervient que pour enregistrer le pouls et le rythme respiratoire. On utilisait quelque chose dans ce genre pour éviter que tu te fasses mal pendant que tu étais si malade.

– Hein ? dis-je, répétant mon habituel et brillant commentaire.

Nous étions sortis du bâtiment central de l'hôpital et nous trouvions en face d'un petit parc flanqué de deux ailes, un bâtiment en forme de U.

L'endroit était plein de fleurs et de verdure et, au milieu, se trouvait une piscine dont la forme cadrait parfaitement avec les plates-bandes, allées et bosquets. Hazel s'arrêta près d'un banc faisant face à la piscine, à l'ombre d'un arbre. Nous nous assîmes, laissâmes le banc s'ajuster à nos corps et regardâmes les baigneurs : ce qui est presque aussi amusant que de se baigner soi-même.

— De quoi te rappelles-tu de ton arrivée ici ? me demanda Hazel.

— Pas grand-chose — je me sentais plutôt moche — cette blessure, tu vois. (« Cette blessure » n'était plus qu'une fine cicatrice, à peine perceptible : je crois que j'en fus déçu.) Elle — Tamara ? — me regardait dans les yeux et paraissait inquiète. Elle a dit quelque chose dans une langue inconnue...

— Du galacta. Tu l'apprendras; c'est facile...

— Ah ? Quoi qu'il en soit, elle m'a parlé et je ne me souviens plus de rien. Pour moi, c'était hier soir et je me suis réveillé ce matin, et voilà qu'on me dit que ce n'était pas hier mais Dieu sait quand, et que j'ai été dans le cirage pendant tout ce temps. Hazel, combien de temps ?

— Cela dépend. Pour toi, cela fait un mois environ.

— Ils m'ont gardé dans les vapes aussi longtemps ? C'est beaucoup, pour garder un homme sous sédation.

(Cela m'inquiétait. J'en ai vu passer en chirurgie, après le champ de bataille... et sortir de l'hôpital physiquement retapés... mais ne pouvant plus se passer d'analgésiques : morphine, demerol, sans-souci, méthadone, Dieu sait quoi !)

— Chéri, on ne t'a pas gardé dans les vapes.

— En play-back ?

— Un champ de « Lethe », pas de drogues. Le Lethe permet au patient de demeurer alerte et coopératif... mais il oublie la douleur dès qu'elle apparaît. Tu as souffert, chéri, mais chaque douleur constituait un événement séparé, aussitôt oublié. Jamais tu n'as eu à supporter cette intense fatigue due à une douleur qui ne veut pas cesser. Et maintenant tu n'as pas la gueule de bois et tu n'as pas à débarrasser ton organisme de plusieurs semaines de drogues auxquelles tu risquais de t'accoutumer. (Elle me sourit et ajouta :) Tu n'étais pas très passionnant comme compagnie, car un homme qui ne peut se souvenir de ce qui s'est passé deux secondes plus tôt est incapable de tenir une conversation cohérente. Mais tu paraissais aimer écouter de la musique. Et tu avais bon appétit, dans la mesure où quelqu'un te nourrissait.

— C'est toi qui m'as nourri ?

— Non. Je ne me suis pas mêlée du travail des professionnels. (Ma canne avait glissé sur l'herbe ; Hazel la ramassa et me la tendit.) Au fait, j'ai rechargé ta canne.

— Merci. Hé ! Elle *était* chargée. Complètement.

— Elle était chargée quand ils nous ont attaqués, et ce fut une chance. Sans quoi je serais morte. Toi aussi, je pense. Pour moi, c'est une certitude.

Au cours des dix minutes qui suivirent, chacun embrouilla les idées de l'autre à propos de ce qui s'était passé au Raffles. J'ai déjà raconté comment j'avais vu la scène. Voici maintenant, brièvement, ce que Hazel m'affirma avoir vu.

Elle me dit tout d'abord qu'elle ne s'était pas servie de son sac pour se défendre. (« Mais cela aurait été idiot, chéri. Trop lent et pas mortel. Tu en as eu deux d'un coup, ce qui m'a laissé le temps de saisir mon petit Mikayo. Après m'être servie de mon écharpe, du moins. »)

Selon elle, j'en avais abattu quatre tandis qu'elle finissait le travail, mettant hors de combat celui que j'avais raté. Jusqu'à ce qu'ils me descendent avec cette blessure à la cuisse (un couteau ? Elle

360

me dit que l'on avait retiré des débris de bambou de la plaie), et m'endorment avec une bombe aérosol : ce qui lui avait laissé le temps de se débarrasser de l'homme qui m'aspergeait.

— Je lui ai piétiné le visage, je t'ai empoigné et tiré de là. Non, je ne m'attendais pas à voir Gretchen. Mais je savais que je pouvais compter sur elle.

Sa version éclaire un peu mieux la façon dont nous avons pu vaincre... sauf que tout cela ne colle absolument pas avec mes souvenirs. Inutile d'insister; nous ne nous en sortirons pas.

— Comment Gretchen se trouvait-elle là ? La présence de Xia et de Choy-Mu n'a rien de mystérieux, du fait que nous leur avions laissé un message. De même pour Hendrick Shultz, s'il avait pris une navette dès qu'il avait eu de mes nouvelles. Mais Gretchen ? Tu lui as parlé juste avant le déjeuner. Elle était chez elle, à Dry Bones.

— À Dry Bones, avec le métro-tube le plus proche à Hong Kong de Luna, au sud. Comment est-elle donc arrivée si vite à L-City ? Pas par rolligon. Celui qui donne la bonne réponse ne gagne aucun prix.

— Par fusée.

— Évidemment. Avec une fusée de prospecteur. Tu te souviens que Jinx Henderson avait l'intention de renvoyer ce fez à son propriétaire en le confiant à un de ses amis qui allait faire un saut jusqu'à L-City.

— Oui, bien sûr.

— Gretchen est partie avec cet ami et a rapporté le fez elle-même. Elle l'a déposé aux objets trouvés du Vieux Dôme juste avant de venir nous rejoindre au Raffles.

— Je vois. Mais pourquoi ?

— Elle veut que tu lui donnes la fessée et que tu lui fasses les fesses toutes rouges.

– Ne dis pas de bêtises ! Je veux dire : pourquoi son père l'a-t-il laissée venir à L-City avec son voisin ? Elle est bien trop jeune.

– Toujours pour la même raison. Jinx est un bon gros *macho* qui ne sait pas résister aux câlineries de sa fille. Comme il ne peut pas satisfaire ses incestueux désirs refoulés, il la laisse faire tout ce qu'elle veut si elle le cajole assez longtemps.

– C'est ridicule. Et inexcusable. Le devoir d'un père à l'égard d'une fille, est de...

– Richard. Combien de filles as-tu ?

– Hein ? Aucune. Mais...

– Dans ce cas, ne parle pas de ce que tu ignores. Je ne sais ce que Jinx aurait dû faire, mais le fait est que Gretchen a quitté Dry Bones à peu près à l'heure où nous déjeunions. Avec le temps de vol, cela l'amène à la prise est à l'heure où nous quittions le Complexe du Gouverneur... et elle est arrivée au Raffles quelques secondes avant nous; et c'est heureux, cela aussi, sans quoi nous serions morts tous les deux, je crois.

– Elle a pris part à la bagarre ?

– Non, mais en te transportant elle m'a permis de couvrir notre retraite. Et tout cela parce qu'elle veut que tu lui donnes une fessée. Les desseins de Dieu sont bien mystérieux, chéri. Pour tout masochiste, il crée un sadique; les mariages sont fabriqués au paradis.

Va te laver la bouche au savon ! Je ne suis pas un sadique.

– Oui, chéri. Je me trompe peut-être sur les détails, mais pas sur l'ensemble du tableau. Gretchen s'est officiellement proposée et m'a demandé ta main.

– *Quoi ?*

– C'est exact. Elle y a réfléchi et en a discuté avec Ingrid. Elle voudrait que je lui permette de se joindre à notre famille au lieu de créer un

362

nouveau groupe familial toute seule. Je n'y ai rien vu de surprenant; je connais ton charme.

— Mon Dieu. Qu'est-ce que tu lui as dit ?

— Je lui ai dit que j'étais d'accord mais que tu étais malade. Donc qu'il fallait attendre. Et maintenant tu peux donner toi-même ta réponse... car là voilà, de l'autre côté de la piscine.

23

« Ne remettez pas au lendemain ce que vous pouvez faire le jour même pour vous faire plaisir. »
Josh BILLINGS, 1818-1885

— Je retourne dans ma chambre. Je ne me sens pas bien, dis-je en essayant de distinguer qui se trouvait de l'autre côté de l'eau où se reflétait le soleil. Je ne la vois pas.

— Juste en face, à droite du toboggan. Une blonde et une brune. Gretchen est la blonde.

— Je ne m'attendais pas à ce que ce soit la brune.

Je continuai à regarder; la brune nous fit un signe de la main; je reconnus Xia et lui fis signe à mon tour.

— Rejoignons-les, Richard. Laisse ta canne et tes affaires sur le banc; nul n'y touchera.

Hazel abandonna ses sandales et posa son sac à côté de ma canne.

— Une douche ? proposai-je.

— Tu es propre. Minerva t'a baigné ce matin. On plonge ? Ou on entre doucement ?

Nous plongeâmes ensemble. Hazel glissa dans l'eau comme un phoque; je fis un trou énorme en plongeant. Nous fîmes surface devant Xia et

Gretchen et l'on m'accueillit avec enthousiasme.

On m'a dit que, sur Tertius, on a réussi à vaincre le rhume banal, ainsi que la périodontite et autres affections bucco-pharyngées et, bien sûr, toutes les maladies que l'on qualifiait jadis de « vénériennes » et qui nécessitaient, pour être transmises, un contact intime et étroit.

C'est aussi bien ainsi. Sur Tertius.

La bouche de Xia a un goût épicé; celle de Gretchen une douceur de fillette, encore que (comme je le découvris) ce ne fût plus une petite fille. J'eus toute latitude de comparer les parfums; lorsque j'en lâchais une, l'autre s'accrochait à moi. Et cela de façon répétée.

Elles finirent par se lasser (moi pas), et nous avançâmes tous les quatre vers un coin peu profond où nous trouvâmes une table flottante libre, et Hazel commanda du thé : du thé et des calories : petits gâteaux, sandwiches et fruits sucrés de couleur orange, un peu comme des raisins sans pépins. Et j'attaquai :

– Gretchen, lorsque je vous ai rencontrée, il y a moins d'une semaine, vous alliez, si je me souviens bien « sur vos quatorze ans ». Comment se fait-il donc que vous ayez pris cinq centimètres, cinq kilos et au moins cinq ans ? Attention à ce que vous allez répondre, car tout ce que vous pourrez dire sera enregistré par Teena pour être éventuellement utilisé contre vous plus tard.

– Quelqu'un m'a appelée ? Salut, Gretchen ! Bienvenue !

– Salut, Teena. Contente d'être de retour !

– Vous aussi, dis-je à Xia. Vous avez rajeuni de cinq ans et il faudra expliquer cela.

– Il n'y a pas de mystère en ce qui me concerne. J'étudie la biologie moléculaire comme je le faisais sur Luna – mais ils en savent bien davantage ici – et je paie mes études en travaillant à la clinique Howard; je passe tous mes loisirs dans cette piscine. Richard, j'ai appris à nager ! Là-bas, sur Luna, je ne rencontrais personne qui connaissait quelqu'un qui savait nager. Et le soleil ! Et l'air pur ! À Kongville, je restais bouclée, avec de l'air en conserve et de la lumière artificielle. (Elle respira profondément, soulevant la poitrine au-delà du point critique et relâchant sa respiration.) Je vis, maintenant ! Rien de surprenant que je paraisse plus jeune.

— D'accord, vous êtes pardonnée. Mais que cela ne se renouvelle pas. Gretchen ?

— Grand-mère Hazel, est-ce qu'il me taquine ? On croirait entendre Lazarus.

— Il te taquine, mon chou. Dis-lui ce que tu as fait et pourquoi tu parais plus âgée.

— Eh bien... le matin de notre arrivée, j'ai demandé conseil à grand-mère Hazel...

— Inutile de m'appeler « grand-mère », chérie.

— Mais c'est comme ça que t'appellent Cas et Pol, et j'ai deux générations de moins. Ils veulent que je les appelle « oncle ».

— Je leur en ficherai, des « oncle » ! Ne fais pas attention à Castor et Pollux, Gretchen; ce ne sont pas des fréquentations recommandables.

— D'accord. Mais je les trouve gentils. Mais taquins. Monsieur Richard...

— Inutile de m'appeler « monsieur ».

— D'accord, monsieur. Hazel était occupée — vous étiez si malade ! — et elle m'a renvoyée à Maureen, qui m'a confiée à Deety, qui m'a fait commencer à apprendre le galacta. Elle m'a aussi donné des livres d'histoire à lire et m'a enseigné les rudiments de la théorie de l'espace-temps à six axes et le paradoxe littéraire. La métaphysique conceptuelle et...

— Doucement ! Vous êtes en train de m'égarer.

— Plus tard, Richard, dit Hazel.

— Eh bien, reprit Gretchen, l'idée de base c'est que Tertius et Luna — je veux dire notre Luna —

ne se situent pas sur le même faisceau temporel; elles se trouvent à quatre-vingt-dix degrés. J'ai donc décidé que je voulais rester ici : ce qui est assez facile quand on est en bonne santé; la plus grande partie de cette planète est encore sauvage; les immigrants sont les bienvenus. Mais restait la question de maman et papa; ils allaient me croire morte. Alors, Cas et Pol m'ont ramenée sur Luna – notre Luna; pas la Luna de ce faisceau temporel – et Deety est venue avec moi. À Dry Bones, je veux dire, au début de l'après-midi du cinq juillet, moins d'une heure après mon départ dans le tacot de Cyrus Thorn. Cela a surpris tout le monde. Heureusement que j'avais Deety avec moi pour tout expliquer, encore que nos combinaisons aient autant convaincu papa que le reste. Vous avez vu le genre de combinaisons pressurisées qu'ils portent, ici ?

– Gretchen, je n'ai vu qu'une chambre d'hôpital, un tube à chute et cette piscine. Je serais incapable d'aller jusqu'à la poste.

– Hum, oui. Peu importe. Les combinaisons, ici, ont deux mille ans d'avance par rapport à celles que nous avons sur Luna. Ce qui n'a rien de surprenant... mais qui a surpris papa, sans aucun doute. Finalement, Deety s'est arrangée en ce qui me concerne. Je pouvais rester sur Tertius... à condition d'aller leur rendre visite tous les ans ou tous les deux ans, si je trouvais quelqu'un pour m'accompagner. Et Deety a promis de s'en occuper. Maman a convaincu papa de donner son accord. Après tout, presque tout le monde, sur Luna, aimerait émigrer sur une planète comme Tertius si c'était possible... sauf ceux qui doivent demeurer en faible gravité. À propos, comment vous sentez-vous avec votre nouveau pied ?

– Je commence à m'y habituer. Mais avec deux pieds on se sent cent quatre-vingt-dix-sept fois mieux qu'avec un seul.

– Je crois que cela signifie que ça vous plaît. Donc, je suis revenue et je me suis engagée dans le Corps du Temps…

– Doucement ! On me parle sans arrêt du « Corps du Temps ». Rabbi Ezra me dit qu'il en fait partie. Cette coquine aux cheveux roux prétend en être le commandant. Et voilà que vous me dites que vous vous êtes engagée. À treize ans ? Ou à votre âge actuel ? Je m'y perds.

– Grand-mère ? Je veux dire « Hazel » ?

– On lui a permis de s'engager dans les « Cadettes », un service auxiliaire, car j'ai dit qu'elle n'avait pas l'âge. On l'a envoyée à l'école sur Paradox. Une fois diplômée, on l'a mutée au Deuxième Harpies où elle a subi l'entraînement de base, puis à l'école supérieure de guerre…

– Et quand nous avons sauté à Solis Lacus, sur le faisceau quatre du temps, pour modifier le cours des événements, j'ai été blessée – vous voyez cette cicatrice sur mes côtes ? – et j'ai été nommée caporal au feu. Et maintenant j'ai dix-neuf ans mais, officiellement, il faut vingt ans pour être promue au grade de sergent, après notre combat au Nouveau-Brunswick. Mais pas sur ce faisceau-temps.

– Gretchen est faite pour une carrière de soldat, dit tranquillement Hazel. Je le savais.

– Et on doit m'envoyer à l'école d'officiers, mais la décision est suspendue jusqu'à ce que j'aie ce bébé et…

– *Quel* bébé ? demandai-je en regardant son ventre qui, pour autant que je m'en souvienne, avait perdu son galbe un peu enfantin… il y avait de cela six ans, d'après l'histoire de fous qu'on m'avait raconté. Elle ne paraissait pas enceinte, à première vue. Et puis je regardai ses yeux et sous ses yeux. Ma foi, peut-être. Probablement, même.

– Ça ne se voit pas ? Hazel l'a tout de suite remarqué. Et Xia aussi.

– Pas moi. Non, ça ne se voit pas. (Richard, mon vieux, c'est le moment de lâcher la rampe; il va falloir changer tes projets. Elle est enceinte et si ce n'est pas de toi, ta présence a changé sa vie. Modifié son karma. Donc, il faut t'en occuper. Même si elle pince les lèvres et joue les braves, une gamine a besoin d'un mari quand s'annonce un bébé, sans quoi elle ne peut accueillir la chose avec sérénité. Elle ne peut être heureuse. Et il faut qu'une jeune mère soit heureuse. Bon Dieu, mon vieux, tu as écrit ce genre d'histoires une douzaine de fois dans tes livres-confessions; tu sais ce qui te reste à faire. Vas-y !)

– Écoutez-moi, Gretchen, vous ne pouvez vous en tirer aussi facilement. Mercredi dernier à Lucky Dragon... bon, pour moi c'était mercredi dernier, mais vous êtes allée courir le guilledou dans de curieux faisceaux temporels, et jeter votre bonnet par-dessus les moulins, apparemment. Mercredi dernier, selon mon calendrier, aux Doux Rêves du Dr Chan, à Lucky Dragon, vous avez promis de m'épouser... et si Hazel ne s'était pas réveillée, nous aurions mis ce bébé en chantier à cet instant. Comme nous le savons l'un et l'autre. Mais Hazel s'est réveillée et vous a fait passer de l'autre côté. (Je regardai Hazel et ajoutai :) Trouble-fête ! Mais je n'imagine pas une seconde que vous pourrez vous en tirer sans m'épouser, simplement en vous faisant engrosser pendant que je suis cloué au lit. Impossible. Dis-lui, Hazel. Elle ne peut y couper, non ?

– Non, elle ne peut pas. Gretchen, tu vas épouser Richard.

– Mais, grand-mère, je ne lui ai *pas* promis de l'épouser. Jamais de la vie !

– Richard dit que si. Il y a une chose dont je suis sûre : quand je me suis réveillée, vous alliez vous mettre à faire un bébé, tous les deux. J'aurais peut-être dû faire la morte. Mais pourquoi toute cette histoire, chérie ? J'ai déjà dit à Richard que tu t'étais proposée à moi pour lui... et que j'étais d'accord, et il vient de confirmer qu'il l'était aussi. Pourquoi refuses-tu Richard, maintenant ?

— Euh... dit Gretchen qui se ressaisit, ça, c'était quand j'avais treize ans. À l'époque, j'ignorais que tu étais mon arrière-arrière-arrière-grand-mère; je t'appelais « Gwen », tu te souviens ? Et je réagissais comme une Lunienne, aussi, de façon très conservatrice. Mais ici, sur Tertius, si une femme a un bébé et pas de mari, tout le monde s'en fiche. Au Deuxième Harpies, la plupart des poules ont des poussins mais seules quelques-unes sont mariées. Il y a trois mois, nous avons livré bataille aux Thermopyles pour nous assurer que les Grecs allaient gagner, cette fois, et c'est notre colonel adjoint qui nous a menées parce que notre colonel habituel allait pondre son œuf. C'est comme cela que nous faisons les choses, nous, les vieux pros : sans chichis. Nous avons notre propre crèche, à Barrelhouse, Richard, et nous nous en sortons toutes seules; vraiment.

— Gretchen, dit Hazel sèchement, mon arrière-arrière-arrière-arrière-petite-fille ne sera pas élevée dans une crèche. Bon Dieu, fillette, j'ai été élevée dans une crèche, moi; je ne vais pas te laisser faire ça à cet enfant. Si tu ne veux pas te marier avec nous, il faut au moins que tu nous laisses adopter ton enfant.

— *Non !*

— Eh bien, j'en discuterai avec Ingrid, dit Hazel, pinçant les lèvres.

— Non ! Ingrid n'est pas mon patron... ni vous. Grand-mère Hazel, quand j'ai quitté la maison, j'étais une enfant, vierge et timide, et j'ignorais tout du monde. Maintenant, je ne suis plus une enfant et cela fait des années que je ne suis plus vierge, et je suis un ancien combattant qui n'a peur de rien. (Elle me regarda bien dans les yeux et ajouta :) Je ne me servirai pas de cet enfant pour contraindre Richard au mariage.

— Mais, Gretchen, vous ne me contraignez pas; j'adore les enfants. Je *veux* vous épouser.

— Vraiment ? Pourquoi ? demanda-t-elle tristement.

Tout cela était trop sérieux; il nous fallait en sortir un moment.

— Pourquoi je veux vous épouser, mon chou ? Pour vous donner la fessée et voir vos fesses devenir toutes rouges.

Gretchen en demeura bouche bée. Puis sourit, révélant ses fossettes.

— C'est ridicule !

— Vraiment ? Il est possible que le fait d'attendre un enfant n'oblige pas à se marier, par ici, mais une fessée c'est une autre affaire. Si je donne une fessée à la femme d'un autre, cela va peut-être l'ennuyer, ou l'ennuyer elle, ou les deux. C'est un risque. On va peut-être jaser. Ou pire. Si je fessais une seule jeune fille, elle utiliserait peut-être cela pour me coincer alors que je ne l'aime pas et que je ne veux pas l'épouser, que je ne la fessais que *pour le sport*. Il vaut mieux que je vous épouse; vous avez l'habitude, vous aimez ça. Et vous avez un solide arrière-train qui peut le supporter, parce que je frappe *fort*. Brutalement.

— Oh, peuh ! Où êtes-vous allé prendre cette idée idiote que j'aimais ça ? (Pourquoi le bout de tes seins se dresse-t-il autant, mon chou ?) Hazel, est-ce qu'il frappe vraiment très fort ?

— Je ne sais pas, chérie. Je lui casserais le bras, et il le sait.

— Vous voyez où j'en suis, Gretchen ? Pas de petits plaisirs innocents; je suis brimé. À moins que vous ne m'épousiez.

— Mais je...

Soudain, Gretchen se redressa, renversant

presque la table flottante, se retourna et fila hors de la piscine, courant vers le sud, sortant du jardin intérieur.

Je la suivis des yeux jusqu'à la perdre de vue. Je ne crois pas que j'aurais pu la rattraper, même si je n'avais pas étrenné un pied tout neuf; elle filait comme un fantôme effrayé.

— Eh bien ! dis-je en me rasseyant avec un soupir, j'ai essayé : trop forte pour moi.

— Une autre fois, chéri. Elle veut bien. Elle acceptera.

— Richard, dit Xia, vous n'avez oublié qu'un seul mot. L'amour.

— Qu'est-ce que c'est que l'« amour », Xia ?

— C'est le mot qu'une femme veut entendre quand elle se marie.

— Ça ne me dit toujours pas ce que c'est.

— Eh bien, je connais une définition théorique. Euh... Hazel, vous connaissez Jubal Harshaw ? Un membre de la plus ancienne famille ?

— Depuis des années. Et à tous les sens du terme.

— Il a une définition...

— Oui, je sais.

— Une définition de l'amour qui autoriserait Richard à utiliser le mot en toute honnêteté en s'adressant à Gretchen. Le Dr Harshaw dit que le terme « amour » désigne un état subjectif dans lequel le bien-être et le bonheur d'un autre être sont essentiels au bonheur de l'individu. Richard, il me semble que vous avez montré qu'une telle relation vous unissait à Gretchen.

— *Moi ?* Femme, vous déraisonnez. Je veux simplement la mettre dans une situation désespérée telle que je puisse lui donner une fessée quand j'en aurai envie et voir ses fesses devenir toutes rouges. En frappant fort. Brutalement.

Je bombai le torse, essayant de prendre un air *macho*, sans que ce soit très convaincant; il me faudrait faire quelque chose pour cette brioche. Oui, bon, j'ai été malade.

— Oui, Richard. Hazel, je crois que notre thé est terminé. Voulez-vous venir chez moi ? Voilà trop longtemps que je ne vous ai pas vus tous les deux. Et je vais appeler Choy-Mu; je ne crois pas qu'il sache que Richard est maintenant libéré du champ de Lethe.

— Bonne idée. Et est-ce que le père Schultz est par là ? L'une de vous, mesdames, voudrait-elle aller chercher ma canne. Je pense que je serais capable de faire quelques pas pour aller la prendre... mais je ne suis pas sûr de devoir m'y risquer pour le moment.

— Je suis certaine que tu ne devrais pas le faire, dit fermement Hazel, et tu as assez marché. Teena...

— Où est-ce qu'on se bat ?

— Puis-je avoir un fauteuil ? Pour Richard.

— Pourquoi pas trois ?

— Un seul suffira.

— Okay. Richard, tenez bon; elle faiblit, notre guerrière enceinte.

— Oh, dit Hazel, surprise, j'oubliais que nous n'étions pas dans l'intimité. Teena !

— Ne vous tracassez pas pour ça; je suis votre amie. Vous le savez.

— Merci, Teena.

Nous nous levâmes tous pour quitter la piscine. Xia m'arrêta, me prit dans ses bras, me regarda et dit doucement mais suffisamment fort pour qu'Hazel entende :

— Richard, j'ai déjà vu de la noblesse chez un homme, mais pas souvent. Je ne suis pas enceinte; il n'est pas nécessaire de m'épouser, je n'ai pas besoin de mari et je n'en veux pas. Mais je vous invite à passer une lune de miel avec moi toutes les fois qu'Hazel n'aura pas besoin de vous. Ou mieux, venez tous les deux. Je crois que vous êtes un chevalier dans son armure étincelante. Et Gretchen le sait, ajouta-t-elle en m'embrassant de bon cœur.

— Ce n'est pas de la noblesse, Xia, dis-je quand je pus libérer ma bouche ; c'est simplement une méthode de séduction peu courante. Vous avez vu comme *vous* y avez cédé facilement ? Dis-lui, Hazel.

— Il est noble.

— Vous voyez ? triompha Xia.

— Et, comme un idiot, il a peur que quelqu'un ne le remarque.

— Oh, c'est stupide ! Laissez-moi vous raconter l'histoire de mon institutrice du cours moyen.

— Plus tard, Richard. Quand tu auras le temps de l'enjoliver. Richard raconte d'excellentes histoires d'alcôve.

— Quand je ne donne pas de fessées. Xia, est-ce que vos fesses deviennent toutes rouges ?

Il semble que j'aie pris le petit déjeuner je ne sais quand, après midi. Cette soirée fut très agréable, mais je n'en ai pas un souvenir très net. Je ne peux mettre cela sur le compte de l'alcool ; je n'ai pas bu tellement. Mais j'ai appris que le champ de Lethe a un léger effet secondaire qui peut être aggravé par l'alcool ; Lethe peut affecter la mémoire de façon capricieuse pendant quelque temps après que le patient n'est plus sous son effet. Ma foi, on n'a rien pour rien ! Quelques trous de mémoire sont moins graves que de succomber aux drogues dures.

Je me souviens que nous avons passé un bon moment : Hazel, moi, Choy-Mu, Xia, Ezra, le père Hendrik et (après que Teena l'eut retrouvée et qu'Hazel lui eut parlé) Gretchen. Tous ceux qui avaient fui le Raffles — même les deux paires de rouquins qui étaient venus à notre secours — passèrent avec nous une partie de la soirée. Cas

373

et Pol, Lor et Laz. De gentils gosses. Plus âgés que moi, devais-je apprendre plus tard, mais ça ne se voit pas. Sur Tertius, l'âge est un concept plutôt insaisissable.

Le logement de Xia était trop petit pour un si grand nombre, mais c'est tellement plus agréable quand on est nombreux.

Les rouquins nous quittèrent. Je me sentais fatigué et j'allai m'allonger sur le lit de Xia. Dans l'autre pièce se déroulait une bataille acharnée de cartes, avec des gages; Hazel parut être le grand vainqueur. Xia fut « ruinée » selon Dieu sait quelles règles de leur jeu et me rejoignit. Gretchen fit une grossière erreur à la donne suivante et vint s'installer de l'autre côté du lit. Elle prit mon épaule pour oreiller, Xia ayant déjà revendiqué la droite. J'entendis Hazel qui disait, depuis l'autre pièce :

– Je paie pour voir et je relance d'une galaxie.

– Vous êtes pigeonnée ! gloussa le père Hendrick. Big bang, ma chère, et triple gage. Payez.

Je ne me souviens de rien d'autre.

Quelque chose me chatouillait le menton. Lentement je me réveillai et lentement je réussis à ouvrir les yeux, et me retrouvai fixant le regard le plus bleu que j'aie jamais vu. Il appartenait à un chaton, de couleur orange vif mais ayant peut-être quelque ascendance siamoise. Il se tenait juché sur ma poitrine, juste au sud de ma pomme d'Adam. Il ronronna agréablement, me dit « Blert ? » et se remit à me lécher le menton; c'était sa petite langue râpeuse qui m'avait réveillé.

Je lui répondis « Blert », tentai de soulever une main pour le caresser et vis que je ne pouvais pas car j'avais encore une tête sur chaque épaule et un corps tiède de chaque côté de mon corps.

Je tournai la tête à droite pour m'adresser à

Xia – il me fallait me lever et aller au rafraîchisseur –
et constatai que ce n'était pas Xia mais Minerva
qui se trouvait sur mon épaule tribord.

Je tentai d'analyser rapidement la situation et
découvris que je manquais de données. Donc, au
lieu de rendre à Minerva un hommage qui aurait,
ou n'aurait pas, été pertinent, je me contentai de
l'embrasser. Ou me laissai embrasser après en
avoir exprimé le désir. Coincé de chaque côté et
avec un petit chat sur la poitrine, je me trouvais
presque aussi impuissant que Gulliver, à peine
capable de jouer un rôle actif dans un baiser.

Mais Minerva n'a nul besoin d'aide. Elle peut
se débrouiller seule. Le talent.

Quand elle m'eut libéré, embrassé pour de bon,
j'entendis une voix sur ma gauche.

– Et moi, je n'ai pas droit à un baiser ?

Gretchen a une voix de soprano; là, c'était un
ténor. Je tournai la tête.

Galahad.

Je me trouvais au lit avec mon docteur. Enfin…
avec mes deux docteurs.

Lorsque j'étais gamin, en Iowa, on m'a appris
que si jamais je me trouvais dans cette situation
ou une situation analogue, il convenait de filer
dans les collines en criant pour sauver mon « honneur », ou ce qui en tient lieu pour les hommes.
Une fille pouvait sacrifier son honneur, et la
plupart le faisaient. Mais, si elle se montrait suffisamment discrète à ce sujet et finissait par se
retrouver mariée sans autre bobo qu'un bébé pré-
maturé de sept mois, son « honneur » repoussait
bientôt, et on la créditait officiellement de s'être
mariée vierge, avec plein droit de jeter un regard
de mépris sur les pécheresses.

Mais l'« honneur », pour un garçon, c'était plus
délicat. S'il le perdait avec un autre mâle (c'est-à-
dire si on les surprenait) il pouvait, s'il avait de
la chance, faire carrière aux Affaires étrangères,

ou partir pour la Californie s'il n'avait pas de chance. Mais il ne pouvait demeurer en Iowa.

Cela traversa mon esprit en un éclair, et fut suivi par l'émergence d'un souvenir enfoui : une sortie avec les scouts quand j'étais en classe de troisième, une tente partagée avec l'adjoint au chef de troupe. Cette unique fois, au cœur de la nuit, et dans un silence que ne troublait que le hululement d'une chouette... Quelques semaines plus tard, ce chef scout partait pour Harvard... et donc, bien sûr, rien ne s'est jamais passé.

O tempora, o mores... il y a bien longtemps de cela. Trois ans plus tard, je m'engageai, réussis à devenir officier... et me montrai toujours extrêmement circonspect, car un officier qui ne peut résister à l'envie de jouer avec ses hommes ne peut maintenir la discipline. Jamais, jusqu'à l'affaire Walker Evans, je n'eus la moindre raison de craindre le chantage.

— Certainement, dis-je en tendant un peu mon bras gauche. Mais attention; je crois que j'ai un habitant.

Galahad fit attention; le chaton ne fut pas dérangé. Peut-être Galahad embrasse-t-il aussi bien que Minerva. Pas mieux. Mais aussi bien. Une fois décidé à prendre plaisir à l'inévitable, j'y pris plaisir. Tertius n'est pas l'Iowa et Boondock n'est pas Grinnell; il n'y avait désormais plus aucune raison de me trouver lié par les coutumes d'une tribu depuis longtemps disparue.

— Merci, dis-je, et bonjour. Pouvez-vous me déchater ? Si ce minet reste où il est, je pourrais bien le noyer.

— Voici Pixel, dit Galahad en prenant le chat de sa main gauche. Pixel, puis-je te présenter Richard ? Richard, nous avons l'honneur d'avoir la visite de Lord Pixel, cadet félin en résidence ici.

— Enchanté, Pixel.

— Blert.

– Merci. Et qu'est-il arrivé au rafraîchisseur ?
J'en ai besoin.

Minerva m'aida à me sortir du lit, je passai
mon bras droit autour de ses épaules et assurai
mon équilibre tandis que Galahad allait chercher
ma canne. Après quoi ils me conduisirent tous
les deux au rafraîchisseur. Nous n'étions pas chez
Xia; le rafraîchisseur se trouvait de l'autre côté
de la chambre et était aussi vaste que celle-ci.

Et j'appris autre chose à propos de Tertius :
l'installation, dans un rafraîchisseur, était d'une
complexité et d'une variété telles que le genre de
sanitaires auquel j'étais accoutumé sur la Règle
d'Or, Luna City et autres, en paraissait tout aussi
primitif que les pompes à eau que l'on trouve
encore dans les coins reculés de l'Iowa.

Ni Minerva ni Galahad ne permirent que je
paraisse embarrassé de n'avoir jamais vu de sanitaires tertiens. Alors que j'allais utiliser l'appareil
non approprié pour satisfaire mon besoin le plus
pressant, Minerva dit simplement :

– Galahad, il est préférable que tu fasses une
démonstration à Richard; moi, je ne suis pas
équipée pour cela.

Ce qu'il fit. Et force m'est de convenir que je
ne suis pas aussi bien équipé que l'est Galahad.
Imaginez le David de Michel-Ange (Galahad est
tout aussi séduisant) mais équipé d'un ustensile
faisant trois fois celui dont Michel-Ange a doté
David; vous aurez une idée de Galahad.

Je n'ai jamais compris pourquoi Michel-Ange
– compte tenu de ses goûts particuliers – dotait
toujours ses créatures mâles d'outils sous-dimen-
sionnés.

Lorsque nous en eûmes terminé tous les trois
avec notre rafraîchissement du lever, nous passâmes ensemble dans la chambre et de nouveau
je fus surpris – sans m'être donné la peine de
m'enquérir du lieu où nous nous trouvions – de

la manière dont nous y étions arrivés et de l'endroit où se trouvaient les autres, notamment de ma chère moitié qui, la dernière fois que je l'avais vue, balançait avec désinvolture des galaxies sur le tapis vert. Ou se livrait à d'autres jeux. Ou les deux.

Un mur avait disparu de cette chambre, le lit s'était changé en canapé, le mur manquant encadrait un splendide jardin et, assis sur le canapé, jouant avec le chaton, se trouvait un homme que j'avais brièvement rencontré en Iowa, il y avait de cela deux mille ans. Du moins à ce que tout le monde dit; je n'étais toujours pas très sûr de ce chiffre de deux mille ans; j'avais déjà assez de mal avec Gretchen qui avait vieilli de cinq ans. Ou six. Ou autre.

— Docteur Hubert.

— Salut, dit le Dr Hubert en déposant le chaton. Venez par ici. Montrez-moi ce pied.

— Hum... (Au diable son arrogance.) Il faut d'abord demander à mon médecin.

— Seigneur ! s'exclama-t-il en me regardant brusquement. On est à cheval sur le règlement, hein ? Très bien.

— Laissez-le examiner votre greffe, Richard. Si vous le voulez bien, dit doucement Galahad derrière moi.

— Puisque vous me le demandez.

Je levai mon pied tout neuf et le flanquai tout droit dans la figure d'Hubert, ne ratant son gros nez que de quelques centimètres.

Il ne broncha même pas. Un coup pour rien, donc. Sans hâte, il pencha la tête légèrement sur la gauche.

— Posez-le sur mon genou, si vous voulez. Ce sera plus commode pour nous deux.

— C'est bon, allez-y.

Appuyé sur ma canne, j'étais assez d'aplomb. Galahad et Minerva ne dirent mot, n'intervinrent pas pendant que le Dr Hubert examinait mon pied, de l'œil et du doigt, mais sans aucun geste qui révélât pour moi le professionnel. Je veux dire qu'il n'avait aucun instrument, se contentant de regarder et de palper à main nue, pinçant la peau, la frottant, regardant attentivement la cicatrice, grattant enfin la plante de ce pied, d'un geste soudain du pouce.

Était-ce le bon réflexe ? Les doigts de pied sont-ils censés se recroqueviller ou se redresser ? J'ai toujours pensé que les médecins faisaient cela par pure malveillance.

Le Dr Hubert souleva le pied, fit signe que je pouvais le reposer, ce que je fis.

— Beau travail, dit-il à Galahad.

— Merci, docteur.

— Asseyez-vous, colonel. Vous avez pris votre petit déjeuner, tous ? Moi oui, mais je continuerais volontiers. Minerva, voulez-vous appeler, s'il vous plaît ? Colonel, je voudrais que vous signiez sur-le-champ. Quel grade avez-vous ? Je voudrais vous faire observer que c'est sans importance car la paie est la même et que, quel que soit le grade choisi, Hazel aura le grade supérieur; je veux que ce soit elle qui dirige, pas le contraire.

— Un instant. Signer quoi ? Et qu'est-ce qui vous fait penser que je veuille signer quoi que ce soit ?

— Votre engagement dans le Corps du Temps, bien sûr. Comme votre femme. Dans le but de porter secours à l'ordinateur connu sous le nom d'« Adam Selene », bien sûr, là encore. Écoutez, colonel, ne soyez pas si foutrement borné; je sais qu'Hazel a discuté de la question avec vous; je sais que vous êtes décidé à l'aider. (Il montra mon pied et ajouta :) Pourquoi croyez-vous que nous ayons pratiqué cette greffe ? Maintenant que vous disposez de vos deux pieds, il faut passer à autre chose. Cours de recyclage. Entraînement avec des armes que vous ne connaissez pas. Rajeunissement. Et tout cela coûte cher, et la façon la plus simple de vous acquitter des frais est de vous engager. Le pied seul coûterait déjà trop cher pour un étranger venu d'une ère primitive... mais pas pour un membre du Corps. Vous vous en rendrez compte. Combien de temps vous faut-il pour en arriver à une aussi évidente conclusion ? Dix minutes ? Quinze ?

(Ce beau parleur devrait vendre de vieilles promesses de campagne électorale.)

– Pas tant. C'est tout réfléchi.

– Parfait, dit-il en souriant. Levez la main droite. Répétez après moi...

– Non.

– Non quoi ?

– Simplement non. Je n'ai pas demandé ce pied.

– Ah ? Mais votre femme si ! Vous ne croyez pas que vous devriez le payer ?

– Puisque je n'ai rien demandé et que je n'aime pas que vous me forciez la main... (De nouveau je lui brandis le pied au visage, ratant de peu son vilain nez.) ... Coupez-le.

– Hein ?

– Vous m'avez bien entendu. Coupez-le. Remettez-le dans le stock. Teena. Vous êtes là ?

– Bien sûr, Richard.

– Où est Hazel ? Comment puis-je la trouver ? Ou voulez-vous lui dire où je suis ?

– C'est fait. Elle a dit qu'elle allait venir.

– Merci, Teena.

Hubert et moi nous assîmes, en silence, nous ignorant réciproquement. Minerva avait disparu; Galahad faisait comme s'il était seul. Mais, quelques secondes plus tard, arriva en trombe ma petite chérie : heureusement que le mur était ouvert.

– Lazarus ! Que le diable vous emporte ! De quoi vous *mêlez-vous* ?

24

« *L'optimiste prétend que nous vivons dans le meilleur des mondes possibles, et le pessimiste craint que ce ne soit exact.* »

James Branch CABELL, 1879-1958

— Voyons, Hazel...

— Hazel mon cul ! Répondez-moi. Qu'est-ce qui vous prend de piétiner mes plates-bandes ? Je vous ai dit de ne pas vous en mêler, je vous ai prévenu. Je vous ai *dit* que c'était une négociation délicate. Mais dès que j'ai le dos tourné – le laissant en sécurité dans les bras de Minerva, avec Galahad pour l'aider –, que je pars faire une course... qu'est-ce que je trouve ? *Vous !* À venir mettre votre grain de sel, à jouer les éléphants dans un magasin de porcelaine, comme d'habitude, à saboter mon travail d'approche.

— Mais, Sadie...

— Nom de Dieu, Lazarus, qu'est-ce qui vous pousse à mentir et à tricher ? Pourquoi ne pouvez-vous vous montrer honnête ? Et cette sale manie de vous mêler de ce qui ne vous regarde pas ? Vous ne tenez pas ça de Maureen, c'est sûr ! Répondez-moi, bon Dieu ! Avant que je vous arrache la tête et que je vous l'enfonce dans la gorge !

— Gwen, j'essayais simplement de...

Elle le coupa sous un tel chapelet de jurons fleuris et imagés que je n'oserais tenter de les retranscrire, de crainte de ne pouvoir en rendre tout le lyrisme. Et elle les déversa en une mélopée qui me fit songer à quelque prêtresse païenne s'apprêtant au sacrifice… à un sacrifice humain dont la victime eût été le Dr Hubert.

Tandis qu'Hazel officiait, trois femmes entrèrent par le mur ouvert. (Quelques hommes jetèrent un coup d'œil mais battirent rapidement en retraite; je pense qu'ils ne souhaitaient pas se trouver là pendant que le Dr Hubert se faisait scalper.) Les trois femmes, superbes toutes les trois, étaient chacune d'une beauté différente.

L'une d'elles, blonde et aussi grande que moi ou peut-être plus, ressemblait à une déesse nordique d'une beauté si parfaite qu'elle en était irréelle. Elle écouta, hocha tristement la tête puis repassa dans le jardin et disparut. La seconde était rousse et je la pris tout d'abord pour Laz ou Lor avant de voir qu'elle était… non pas plus âgée, exactement, mais plus mûre. Elle affichait un visage impassible.

De nouveau je la regardai et fus confirmé dans mon idée : ce devait être la sœur aînée de Laz et Lor, et le Dr Hubert était leur père (ou leur frère ?)… ce qui expliquait qu'il fût ce « Lazarus » dont j'avais tant entendu parler sans l'avoir vu; sauf que je l'avais vu jadis, en Iowa.

La troisième était une petite poupée chinoise – genre porcelaine de Chine, pas le genre Xia – ne faisant guère plus d'un mètre cinquante et une quarantaine de kilos, avec cette beauté sans âge de la reine Néfertiti. Hazel s'arrêta pour souffler et ce petit elfe siffla bruyamment et applaudit.

– Bien joué, Hazel ! Je suis avec toi.

– Hilda, ne l'encourage pas, dit Hubert-Lazarus.

– Et pourquoi pas ? On vous a pris la main dans le sac, sans quoi Hazel ne fulminerait pas comme ça; c'est sûr. Je la connais, je vous connais : on parie ?

– Je n'ai rien fait. J'essayais simplement de

concrétiser une politique déjà décidée et pour laquelle Hazel avait besoin d'aide.

– Seigneur, pardonnez-lui; le voilà qui recommence, dit le bibelot chinois en se voilant la face.

– Woodrow, qu'as-tu fait exactement? demanda la rousse.

– Je n'ai rien fait.

– Woodrow.

– Je te l'ai dit, rien qui justifie cette diatribe. J'étais en train de discuter gentiment avec le colonel Campbell quand…

– Quand quoi, Woodrow?

– Nous n'avons pas été d'accord.

– Maureen, voulez-vous savoir pourquoi ils n'étaient pas d'accord? proposa l'ordinateur. Dois-je rediffuser cette prétendue « aimable discussion » ?

– Athene, dit Lazarus, vous n'avez pas à reproduire cela. Il s'agissait d'une conversation privée.

– Pas d'accord, dis-je vivement. Je crois qu'elle peut parfaitement répéter ce que j'ai dit.

– Non, Athene, c'est un ordre.

– Règle numéro un : je travaille pour Ira, pas pour vous, corrigea l'ordinateur. C'est vous-même qui avez prévu cela quand j'ai été activée. Dois-je demander à Ira d'en décider ? Ou dois-je répéter la seule partie de ce qu'a dit mon futur ?

– Votre *quoi* ? demanda Lazarus-Hubert, stupéfait.

– Mon fiancé, si vous préférez couper les cheveux en quatre. mais dans un avenir proche, quand je revêtirai mon corps ravissant, le colonel Campbell se présentera devant vous et échangera ses vœux avec moi pour notre mariage. Vous voyez, Lazarus, que vous étiez en train de bousculer mon promis tout autant que le mari d'Hazel. Nous ne pouvons le tolérer. Non, vraiment. Mieux vaut faire marche arrière et vous excuser… au lieu de tenter de vous en tirer en feignant la colère. Vous n'y arriverez pas, voyez-vous; vous êtes coincé. Non seulement j'ai entendu ce que vous disiez mais Hazel n'en a pas perdu un mot.

– Athene, dit Lazarus qui paraissait plus ennuyé encore, avez-vous relayé une conversation privée ?

– Vous n'avez pas demandé que ce soit privé. Hazel, au contraire, a fait placer un monitoring sur Richard. Tout cela est bel et bon, et il est inutile de m'imposer des règles après coup. Lazarus, écoutez les conseils d'une vieille amie que vous ne pouvez pas rouler et qui vous aime bien malgré vos vilaines manières : laissez tomber et excusez-vous gentiment. Faites les cent derniers mètres sur le ventre et peut-être Richard vous permettra-t-il de rejouer le coup. Il n'est pas difficile de s'entendre avec lui. Caressez-le et il va se mettre à ronronner, tout comme ce chaton.

(J'avais Pixel sur les genoux et je le caressais. Il avait grimpé sur ma vieille jambe, en s'aidant des griffes : j'avais perdu un peu de sang, mais pas assez pour justifier une transfusion.)

– Demandez à Minerva, continua l'ordinateur. Demandez à Galahad. Demandez à Gretchen ou à Xia. Demandez à *n'importe qui.*

(Je décidai de demander à Teena – en privé – de combler les trous de ma mémoire. Mais était-ce bien sage ?)

– Je n'ai jamais eu l'intention de vous offenser, colonel. Si j'ai été trop vif, je vous prie de m'excuser, dit Lazarus.

– Oubliez cela.

– On se serre la main ?

– D'accord.

Je lui tendis la main, il la serra vigoureusement mais sans tenter de jouer les hercules de foire. Il me regarda dans les yeux et je sentis sa chaleur. Pas facile à détester le bougre ! quand il s'y met.

– Attention à ton portefeuille, chéri, conseilla Hazel; je vais tout de même éclairer ta lanterne.

– Est-ce bien nécessaire ?

– Ça l'est. Tu es nouveau ici, chéri. Lazarus peut te piquer tes chaussettes sans te retirer tes chaussures, te les revendre et te persuader que tu fais une affaire; après quoi il te volera tes souliers pendant que tu remets tes chaussettes et tu finiras par le remercier.

– Voyons, Hazel... protesta Lazarus.

– La ferme. Mes amis et parents, Lazarus a tenté de contraindre Richard à s'engager aveuglément pour l'Opération Seigneur de la Galaxie en essayant de réveiller en lui un sentiment de culpabilité quant au remplacement de ce pied. Lazarus a laissé entendre que Richard était un parasite qui tentait de se soustraire à ses devoirs.

– Ce n'est pas ce que je voulais dire.

– Je vous ai dit de la fermer. C'est bien ce que vous vouliez dire. Amis et membres de la famille, dans la civilisation à laquelle appartient mon nouveau mari, une dette est sacrée. Leur devise est « Une Bouffe Gratuite, Ça N'Existe Pas ». Les initiales U.B.G.C.N.E.P. sont brodées sur leur drapeau. Sur Luna – la Luna de l'époque où vivait Richard; pas celle-ci – un homme pouvait vous trancher la gorge, mais il aurait préféré mourir que de se soustraire à une dette envers vous. Lazarus le *savait* et il est allé tout droit appuyer sur ce point sensible. Lazarus a utilisé ses deux millénaires d'expérience, sa vaste connaissance des cultures et des comportements humains contre un homme comptant moins d'un siècle d'expérience, et ce, dans le seul système solaire de sa seule époque. Le combat n'était pas loyal et Lazarus le savait. C'était grossièrement malhonnête. Tout autant que de lancer ce chaton contre un vieux matou.

J'étais assis à côté de Lazarus, étant demeuré assis après ce stupide examen du pied. J'avais la tête baissée, prétendument pour jouer avec le

385

chaton mais, en fait, pour éviter de regarder Lazarus – ou quiconque – car je trouvais quelque peu déplacée la manière insistante avec laquelle Hazel présentait les choses. Gênante, même.

Donc, j'avais les yeux baissés sur mes pieds et les siens. Ai-je déjà dit que Lazarus était pieds nus ? Je n'y avais guère prêté attention car on s'habitue vite, sur Tertius, à l'absence de contraintes quant à la façon de se vêtir. (Il se vend davantage de vêtements à Boondock que dans toute autre ville de même importance que la Terre – environ un million d'habitants –; en partie parce qu'on ne porte les vêtements qu'une seule fois, après quoi ils sont recyclés.)

Je veux dire que l'on n'est guère surpris plus de cinq minutes de voir des pieds ou des corps nus. Lazarus portait une sorte de jupe portefeuille, ou de kilt peut-être; je n'avais pas remarqué ses pieds avant de les regarder.

– Lazarus a si cruellement profité du point faible de Richard, poursuivit Hazel – de son horreur de devoir quelque chose –, que Richard a demandé qu'on l'ampute de son nouveau pied. Dans son besoin désespéré de laver son honneur, il a dit à Lazarus : « Coupez-le; remettez-le dans le stock ! »

– Allons, il n'a pas dit cela sérieusement. Et je ne l'ai pas pris au sérieux, dit Lazarus. Simple boutade. Pour montrer qu'il m'en voulait. Ce qui était bien normal. J'ai fait une erreur; je le reconnais.

– Effectivement, vous avez fait une erreur ! coupai-je. Une grave erreur. Car ce n'était *pas* une boutade. Je veux qu'on coupe ce pied. Je veux que vous repreniez votre pied. *Votre* pied ! Regardez ici, vous tous, et regardez là ! Regardez mon pied droit, et le sien ensuite.

Quiconque voulait bien regarder ne pouvait manquer de comprendre ce que je voulais dire.

Quatre pieds d'homme. Dont trois provenant manifestement des mêmes gènes : les deux pieds de Lazarus et mon pied tout neuf. Quant au quatrième, j'étais né avec; il ne ressemblait aux autres que par la taille, pas par la couleur ou le grain de la peau, la pilosité ou autre.

Quand Lazarus m'avait harcelé quant au coût de la greffe, j'en avais été offensé. Mais cette nouvelle découverte que je venais de faire, que Lazarus lui-même était le donneur anonyme et que je lui en étais involontairement redevable, rendait la chose plus intolérable encore. Je regardai Lazarus et lui lançai, tremblant de colère :

– Docteur, derrière mon dos et sans mon consentement, vous m'avez imposé une insupportable obligation. *Je ne le tolérerai pas !*

– Richard, Richard, je t'en prie, dit Hazel qui semblait au bord des larmes.

Et moi aussi. La femme rousse plus âgée se précipita vers moi, se pencha, prit ma tête sur sa poitrine maternelle.

– Non, Richard, non ! me dit-elle. Il ne faut pas vous mettre dans cet état.

Nous partîmes, plus tard, ce même jour. Mais après être restés dîner; nous ne filâmes pas en pleine colère.

Hazel et Maureen (la chère dame plus âgée qui m'avait réconforté) arrivèrent à me convaincre, à elles deux, que je n'avais nul souci à me faire pour les frais d'hospitalisation et de chirurgie, car Hazel avait un compte bien garni dans une banque locale – ce que Teena confirma – et qu'elle pourrait régler la facture si l'on jugeait utile de modifier le régime sous lequel j'avais été hospitalisé. (Je songeai à demander à ma chère épouse de le faire modifier immédiatement, par le truchement de Teena, mais décidai de ne pas l'ennuyer avec cela. Bon Dieu, « UBGCNEP » est une vérité première, mais il n'est pas moins vrai que « À cheval donné, on ne regarde pas les dents », et on m'avait donné un cheval. Position inconfortable pour discuter.)

Quant au pied lui-même, et selon une coutume locale solidement ancrée, on n'achetait ni ne·vendait les « pièces détachées » (mains, pieds, cœurs, reins, etc.). Il s'agissait là d'un service dont le coût était facturé avec celui de la chirurgie. Ce que me confirma Galahad :

– C'est pour éviter le marché noir. Je pourrais vous citer des planètes où existe effectivement un marché noir, où un foie compatible entraînerait un meurtre, mais pas ici. C'est Lazarus lui-même qui a édicté cette règle voilà plus d'un siècle. Nous achetons et nous vendons n'importe quoi... mais nous ne faisons pas le trafic d'êtres humains ou de pièces détachées d'êtres humains. Mais vous avez une autre raison de ne pas vous inquiéter, continua Galahad en souriant. Vous n'avez pas eu voix au chapitre quand une de nos équipes a fixé ce pied à votre moignon; tout le monde le sait. Mais chacun sait également que vous ne pouvez vous en débarrasser... à moins de vouloir le couper vous-même avec un couteau. Parce que moi je ne le ferai pas. Vous ne trouverez pas un seul chirurgien sur Tertius qui acceptera de le faire. La déontologie, voyez-vous, est la simple courtoisie professionnelle. Mais si vous décidez de vous amputer vous-même, faites-moi signe, voulez-vous; je voudrais voir cela.

Il me dit cela très calmement et Maureen le réprimanda. Je ne suis pas certain qu'il plaisantait.

Mais la détente impliquait un changement radical dans les projets d'Hazel. Lazarus avait eu raison de dire qu'il n'avait pas essayé de faire autre chose que de mettre à exécution un plan sur lequel tout le monde était d'accord. Mais il avait été en outre convenu que ce serait Hazel (et pas Lazarus) qui s'en chargerait.

Hazel aurait pu y parvenir, mais pas Lazarus. Lazarus n'aurait jamais pu me faire avaler ça car je jugeais toute cette affaire ridicule. Et, d'autre part, si Hazel veut vraiment obtenir quelque chose de moi, j'ai autant de chances de pouvoir y échapper que, disons, Jinx Henderson de pouvoir refuser quoi que ce soit à sa fille Gretchen.

Mais Lazarus ne pouvait s'en rendre compte.

Je crois que Lazarus souffre d'une irrésistible propension à vouloir être la plus grosse grenouille de toutes les mares. Il souhaite être le marié de toutes les noces, le défunt de tous les enterrements... tout en prétendant qu'il n'a pas la moindre ambition, qu'il n'est qu'un brave gars de la campagne avec de la paille dans les cheveux et du fumier entre les doigts de pied.

Si vous pensez que je ne déborde pas d'affection pour Lazarus Long, je ne vous chicanerai pas. Ce plan ressemblait beaucoup à ce qu'en avait dit Lazarus. Hazel avait espéré que je me joindrais à elle dans le Corps du Temps, et prévu que je passe au rajeunissement : une régression systémique à l'âge biologique de dix-huit ans; un rajeunissement plastique laissé à mon appréciation. Pendant ce temps, je devais apprendre le galacta, étudier l'histoire du multivers de plusieurs fuseaux temporaires au moins et, après le rajeunissement, subir diverses formes d'entraînement militaire jusqu'à devenir un vivant ange de la mort, avec ou sans armes.

Lorsqu'elle me jugerait prêt, elle avait projeté que nous mènerions à bien la phase Adam Selene de l'Opération Seigneur de la Galaxie.

Si nous nous sortions de là vivants, nous pourrions prendre notre retraite du Corps du Temps et finir nos jours avec une confortable pension sur la planète de notre choix, gras et heureux.

Ou encore, nous pourrions demeurer ensemble dans le Corps. Il me suffirait de me rengager pour cinquante ans, avec rajeunissement au bout de chaque période et la possibilité pour nous, en fin de compte, de devenir des patrons du Temps. Ce qui était censé constituer la récompense suprême, plus amusante que d'élever des chatons, plus excitante que les montagnes russes, plus gratifiante que de se retrouver amoureux à l'âge de dix-sept ans.

Pour mourir ou survivre, nous serions ensemble, jusqu'à ce qu'enfin l'un de nous attende l'autre au bout de ce tunnel.

Mais ce projet échoua parce que Lazarus y avait mis son nez et essayé de me tirer par le bras (ou le pied ?) pour me forcer à accepter.

Ma chère et tendre avait projeté quelque chose de plus pianissimo : vivre quelque temps sur Tertius (un lieu paradisiaque), me brancher sur l'histoire du multivers, sur la théorie des voyages à travers le temps, etc. Non pas me mettre l'épée dans les reins pour que je signe, mais compter sur le fait qu'elle-même, et Gretchen, et Ezra et les autres (l'oncle Jock, entre autres) faisaient partie du Corps... jusqu'à ce que je *demande* qu'on me permette de les y rejoindre.

Le coût de mon nouveau pied ne m'aurait pas ennuyé le moins du monde si : a) Hazel avait eu le temps de me convaincre que ce coût serait largement amorti par ma plus grande efficacité à l'épauler dans l'opération « Adam Selene » et que, par conséquent, le pied serait ainsi payé (vérité élémentaire – et Lazarus le savait); b) si Lazarus ne m'avait pas poussé à payer ma dette en faisant de ce pied un moyen de pression; c) si Lazarus n'était pas intervenu (ce qu'il ne devait pas faire) et ne m'avait pas permis de m'apercevoir que c'était lui le donneur anonyme, pieds nus ou pas pieds nus.

Je suppose que vous pourriez dire que rien de cela ne serait arrivé si Hazel n'avait essayé de me manipuler (ce qu'elle avait fait, continuait et continuerait à faire)... mais ce droit de la femme, fixé par la tradition, de manipuler son mari, demeure constant et imprescriptible et remonte au moins à Ève et à la Pomme. Je ne vais pas me mettre à critiquer une tradition sacrée.

Hazel ne renonça pas à son but; elle changea simplement de tactique. Elle décida de m'emmener au Quartier Général du Temps et de laisser les grosses légumes et les experts répondre à mes questions.

– Chéri, me dit-elle, tu sais que je veux sauver Adam Selene, tout comme mon papa Mannie. Mais ses raisons comme les miennes sont purement sentimentales et sont insuffisantes pour te faire risquer ta vie.

– Oh, ne dis pas cela, ma douce maîtresse ! Pour toi, je traverserais l'Hellespont à la nage. Par mer calme, veux-je dire, et avec toute une escorte de bateaux sur mes talons. Et un solide contrat. Avec droits commerciaux. Et droits annexes.

– Sois sérieux, chéri. Je n'avais pas l'intention de tenter de te persuader en t'expliquant les grands desseins, les répercussions sur le multivers... et je ne les comprends pas tout à fait moi-même. Je n'ai pas la bosse des maths et je ne suis pas Compagnon du Cercle : le Cercle des Ouroboros qui régit tous les changements cosmiques. Mais Lazarus a tout bouleversé en essayant de te bousculer. J'ai donc le sentiment que tu as le droit de savoir exactement pourquoi ce sauvetage est nécessaire et pourquoi on te demande d'y prendre part. Nous allons nous rendre au Quartier Général et les laisser essayer de te convaincre; je me lave les mains de cette partie de l'affaire. C'est le rayon des Compagnons, des huiles de la manipulation du temps. Je l'ai dit à Lazarus : lui est Compagnon du Cercle.

— Chérie, je préférerais t'écouter, toi. Lazarus aura du mal à me faire prendre des vessies pour des lanternes.

— C'est lui que ça regarde. Mais il ne représente qu'une seule voix, au Cercle, bien qu'il soit le doyen. Évidemment, il est toujours le doyen partout.

— Cette histoire selon laquelle Lazarus aurait deux mille ans...

— Plus que ça. Plus de deux mille quatre cents.

— Peu importe. Qui prétend qu'il a plus de deux millénaires ? Il a l'air plus jeune que moi.

— Il a subi plusieurs rajeunissements.

— Mais qui prétend qu'il a cet âge ? Excuse-moi, mon amour, mais tu ne peux le certifier. Même si nous admettons que tu es aussi vieille que tu le dis, il n'en aurait pas moins dix fois ton âge. Si c'est vrai. Je pose de nouveau la question : qui le prétend ?

— Euh... pas moi, c'est exact. Mais je n'ai jamais eu de raison d'en douter. Je crois que tu devrais parler à Justin Foote.

Hazel regarda autour d'elle. Nous nous trouvions dans ce charmant jardin intérieur qui se trouve juste devant la chambre dans laquelle je m'étais réveillé. (Sa chambre, comme je l'appris plus tard, ou sa chambre quand elle le souhaitait; tout cela est assez flou. Autres temps autres mœurs.) Nous nous trouvions dans ce jardin avec d'autres membres de la famille Long, des invités, des amis, à manger de délicieuses petites choses en barbotant tranquillement. Hazel appela un petit homme effacé, le genre de bonhomme qui est toujours élu trésorier de toutes les associations auxquelles il appartient.

– Justin ! Par ici, cher ami. Accordez-moi un instant.

Il se fraya un chemin jusqu'à nous, enjambant enfants et chiens et embrassant mon épouse de bon cœur, comme chaque fois qu'on l'embrasse.

– Ma petite souris, vous avez été trop longtemps absente, lui dit-il.

– Le travail, mon cher. Justin, je vous présente mon époux bien-aimé, Richard.

– Notre maison est la vôtre, dit-il en m'embrassant.

Ma foi, je m'y attendais; cela s'était si souvent produit. Ces gens s'embrassent aussi souvent que les premiers chrétiens. Mais là ce fut un baiser d'oncle.

– Merci, monsieur.

– Je vous prie de croire qu'il n'est pas dans nos habitudes de bousculer ainsi nos hôtes. Lazarus est un monument national mais il ne représente pas l'ensemble des habitants d'ici. (Justin Foote me sourit puis se tourna vers mon épouse.) Hazel, me permettez-vous d'obtenir d'Athene une copie, pour les Archives, de vos remontrances à Lazarus ?

– Pour quoi faire ? Je l'ai remis à sa place; c'est terminé.

– Cela représente un intérêt historique. Personne, pas même Ishtar, n'a jamais aussi sévèrement corrigé le Doyen que vous. On ne trouve guère de désapprobation d'aucune sorte de sa façon de faire dans les Archives. La plupart des gens considèrent qu'il est difficile de montrer ouvertement leur désaccord avec lui, même lorsqu'ils sont le moins d'accord. Il ne s'agit donc pas seulement d'un cas intéressant pour nos futurs chercheurs mais ce pourrait également être utile à Lazarus lui-même s'il consultait l'enregistrement. Il a tellement l'habitude de n'en faire qu'à sa guise qu'il serait bon qu'on lui rappelle, de temps à autre, qu'il n'est pas Dieu le Père. (Justin sourit.) Et c'est pour nous tous une bouffée d'air pur. En outre, Hazel chérie, sa qualité littéraire est remarquable et unique. Je le voudrais vraiment pour les Archives.

— Balivernes, mon cher. Voyez Lazarus. *Nihil obstat* en ce qui me concerne, mais il faut son autorisation.

— Considérez que c'est fait; je sais comment m'y prendre avec son orgueil borné. Le principe du porcelet. Il me suffit de lui proposer de le censurer, de ne pas l'archiver. En laissant entendre que je ne voudrais pas heurter sa sensibilité. Il ne manquera pas de faire la grimace et d'insister pour que cela figure aux Archives… non édité, non expurgé.

— Ma foi… d'accord s'il l'est aussi.

— Puis-je vous demander, ma chère, où vous êtes allée chercher certaines des expressions les plus scabreuses ?

— Non, vous ne le pouvez pas. Justin, Richard m'a posé une question à laquelle je ne peux répondre. Comment savons-nous que le Doyen est âgé de plus de deux mille ans ? Pour moi, c'est comme si l'on me demandait : « Comment savez-vous que le soleil va se lever demain ? » Je le sais, c'est tout.

— Non, c'est plutôt comme si l'on demandait : « Comment savez-vous que le soleil se levait bien avant votre naissance ? » La réponse est qu'on ne le *sait pas*. Intéressant. Je suis sûr, ajouta-t-il en me regardant, qu'une partie du problème est due au fait que vous venez d'un univers où ne s'est jamais produit le phénomène des Familles Howard.

— Je ne pense pas en avoir jamais entendu parler. De quoi s'agit-il ?

— C'est un nom de code pour des gens ayant une vie exceptionnellement longue. Mais il me faut d'abord commencer par le début. Les Compagnons du Cercle d'Ouroboros désignent les univers par des numéros de série... mais je crois qu'il est plus parlant, pour des Terriens, de demander quel fut le premier homme sur la Lune. Qui est-ce, dans votre monde ?

– Hein ? Un type qui s'appelait Neil Armstrong. Avec le colonel Buzz Aldrin.

– Exactement. Ce fut l'œuvre de la NASA, un organisme d'État, si je me souviens bien. Mais, dans cet univers, dans mon monde et celui de Lazarus Long, le premier voyage sur la Lune a été financé non pas par un gouvernement mais par une entreprise privée, à la tête de laquelle se trouvait un financier du nom de D.D. Harriman, et le premier homme à poser le pied sur la Lune fut Leslie LeCroix, un employé d'Harriman. Dans un autre univers encore, ce fut un projet militaire et le premier vol vers Luna fut effectué par l'appareil de l'armée de l'air *Kilroy y Était*. Dans un autre... peu importe; dans chaque univers, la naissance des voyages spatiaux a constitué un événement clé, qui a affecté tous les autres. Quant au Doyen, dans mon univers, il fut l'un des tout premiers pilotes de l'espace. Pendant de nombreuses années, j'ai été archiviste des Familles Howard... et, d'après ces archives, je peux prouver que Lazarus Long a été pilote de l'espace pendant plus de vingt-quatre siècles. Êtes-vous convaincu ?

– Non.

– C'est raisonnable, dit Justin Foote, hochant la tête. Lorsqu'un homme à l'esprit rationnel se trouve confronté à une affirmation qui heurte le bon sens, il ne l'admet pas – et ne doit pas l'admettre – sans preuve formelle. On ne vous a fourni aucune preuve formelle. Simplement des on-dit. Tout à fait respectables et exacts, en fait, mais des on-dit tout de même. Bizarre. Quant à moi, j'ai grandi avec; je suis le quarante-cinquième membre des Familles Howard à porter le nom de « Justin Foote », le premier ayant été un administrateur des Familles au début du vingtième siècle grégorien, quand Lazarus Long n'était qu'un bébé et Maureen une jeune femme...

Là, la conversation n'eut plus aucun sens. À l'idée que la charmante dame qui m'avait réconforté avait un fils âgé de vingt-quatre siècles... alors qu'elle-même n'était qu'une gamine d'un siècle et demi à peine. Bon Dieu, il y a des jours où ça ne vaut rien à un homme de sortir de son lit, truisme ayant cours en Iowa quand j'étais jeune et toujours valable sur Tertius, plus de deux mille ans plus tard (si c'était vrai !). Je m'étais senti parfaitement heureux avec Minerva sur une épaule, Galahad sur l'autre et Pixel sur ma poitrine. Hormis la pression sur ma vessie.

Maureen me rappela une autre contradiction.

— Justin, il y a autre chose qui me gêne. Vous dites que cette planète se situe bien loin de chez moi dans l'espace et le temps : plus de deux mille ans dans le temps et plus de sept mille années-lumière dans l'espace.

— Non, je ne dis pas cela, parce que je ne suis pas astro-physicien. Mais cela concorde avec ce qu'on m'a enseigné, oui.

— Cependant, ici même, aujourd'hui, j'entends parler anglais dans le dialecte de chez moi, à mon époque. Plus encore, on le parle avec l'accent du Middle West, râpeux comme une scie rouillée. Un accent pas très bon et impossible à confondre avec un autre. Vous pouvez m'expliquer ça ?

— Oh ! c'est étrange mais pas mystérieux. On parle anglais pour vous être agréable.

— À moi ?

— Oui. Athene pourrait se charger de la traduction simultanée, dans les deux sens, et nous pourrions parler en galacta. Mais, fort heureusement, grâce à une décision d'Ishtar remontant à bien des années, l'anglais a été adopté comme langue de travail de la clinique et de l'hôpital. Cela tient à des circonstances ayant entouré le dernier rajeunissement du Doyen. Quant à l'accent et l'idiome : l'accent est celui du Doyen lui-même, et il s'y ajoute le fait que sa mère parle ainsi et qu'Athene ne parle pas un autre anglais. Cela est également valable pour Minerva, car elle l'a appris alors qu'elle était encore un ordinateur. Mais nous ne sommes pas tous aussi à l'aise en anglais. Vous connaissez Tamara ?

— Pas aussi bien que je le souhaiterais.

— C'est probablement la personne la plus charmante et la plus adorable de la planète. Mais elle n'est pas douée pour les langues. Elle a appris l'anglais alors qu'elle avait plus de deux cents ans; je crois qu'elle parlera toujours petit nègre... bien qu'elle parle anglais tous les jours. Cela explique-t-il cette bizarrerie que l'on parle une langue morte à une réunion de famille sur une planète située bien loin de la vieille Terra ?

— Ma foi... ça l'explique. Mais ça ne me satisfait pas. Euh, Justin, j'ai le sentiment que l'on apportera une réponse à toute objection que je pourrai soulever... mais je ne serai pas convaincu pour autant.

— C'est raisonnable. Pourquoi ne pas attendre un peu ? Bientôt, sans effort, les faits que vous jugez difficiles à accepter vont se mettre en place.

Nous changeâmes donc de sujet.

— Chéri, dit Hazel, je ne t'ai pas dit pourquoi je devais aller faire une course... ni pourquoi j'étais en retard. Justin, avez-vous jamais été retardé au téléport descendant ?

— Plus souvent qu'à mon tour. J'espère que quelqu'un créera bientôt un service concurrent. Je réunirais le capital et je le ferais moi-même si je n'étais pas si confortablement paresseux.

— Il y a quelques heures, je suis allée faire des

courses pour Richard — des chaussures, chéri, mais il ne faudra pas les mettre avant que Galahad t'y autorise — et acheter des vêtements pour remplacer ceux que j'ai perdus dans la bagarre du Raffles. Je n'ai pu retrouver les mêmes couleurs et je me suis donc décidée pour cerise et vert jade.

— Un choix très heureux.

— Oui, cela t'ira très bien, je crois. J'avais terminé mes courses et je serais rentrée avant que tu te réveilles mais... Justin, il y avait la queue au téléport et j'ai dû attendre mon tour en soupirant... et un resquilleur, un touriste puant de Secundus, s'est glissé six places devant moi.

— Le salopard !

— Ça ne lui a pas porté bonheur. Le butor a été abattu. Raide mort.

— Hazel ?

— Moi ? Non, non, chéri. Je reconnais que j'ai été tentée. Mais, à mon avis, resquiller dans une queue ne mérite pas plus qu'un bras cassé. Non, ce n'est pas cela qui m'a retardée. Un tribunal s'est réuni immédiatement parmi les personnes présentes et j'ai failli être cooptée comme juré. Je n'ai pu y couper qu'en reconnaissant que j'étais témoin. Ça n'a pas été tellement heureux car le procès a duré près d'une demi-heure.

— On l'a pendu ? demanda Justin.

— Non, le verdict a été « homicide dans l'intérêt public », on a libéré la femme et je suis rentrée à la maison. Mais pas assez vite. Lazarus, que le diable l'emporte, s'était attaqué à Richard, lui avait fait des misères et avait ruiné mes plans. J'ai donc fait des misères à Lazarus. Comme vous le savez.

— Comme nous le savons tous. Est-ce que le défunt touriste était accompagné ?

— Je ne sais pas. Je m'en fiche. Je ne pense pas qu'il ait été trop sévère de le tuer. Mais j'ai toujours été un peu chiffe molle et je le suis encore. Jadis quand quelqu'un essayait de passer devant moi dans une file d'attente, je le laissais toujours s'en tirer avec un minimum de bobos. Mais on ne devrait jamais laisser faire ce genre de choses. Ça ne fait qu'encourager les butors. Richard, je t'ai acheté des chaussures parce que je savais que tu ne pourrais pas mettre à ton nouveau pied le soulier droit que tu portais en arrivant ici.

– Exact.

(Depuis mon amputation, j'ai toujours dû faire faire cette chaussure sur mesure pour aller avec ma prothèse. On ne pourrait y mettre un pied normal.)

– Je ne suis pas allée chez un marchand de chaussures mais dans une fabrique qui dispose d'un pantographe spécial et je leur ai fourni une chaussure gauche pour la copier en l'inversant. Elle devrait être identique à l'autre.

– Merci !

– J'espère qu'elle ira. Si ce foutu resquilleur ne s'était pas fait tuer pratiquement dans mes bras, je serais rentrée à temps.

– Hein ? Me voilà de nouveau bien surpris. Comment est gouverné ce pays ? C'est l'anarchie ?

Hazel haussa les épaules. Justin Foote se borna à dire, l'air songeur :

– Oh, non. Ce n'est pas si bien organisé.

Nous partîmes aussitôt après dîner dans ce vaisseau spatial à quatre places. Hazel et moi, un petit géant nommé Zeb, Hilda, la beauté en modèle réduit, Lazarus, le Dr Jacob Burroughs, le Dr Jubal Harshaw, encore une petite rousse – disons une blonde vénitienne – du nom de Deety, et une autre encore qui n'était pas sa jumelle mais qui aurait pu l'être, une charmante fille nommée Elizabeth et qu'on appelait Libby. Je regardai les deux dernières et murmurai à Hazel :

– Encore des descendantes de Lazarus ? Ou de toi ?

– Non, je ne crois pas. Pour Lazarus, du moins. Je sais que nous ne sommes pas parentes; et moi je ne suis pas aussi désinvolte. L'une vient d'un autre univers et l'autre a plus de mille ans de plus que moi. Tu peux t'en prendre à qui tu voudras. Euh… au cours du dîner, tu as remarqué une fillette, une autre poil-de-carotte, qui barbotait dans la fontaine ?

– Oui. Très mignonne.

– Elle… (Nous commençâmes à embarquer, tous les neuf, dans cet appareil à quatre places, et Hazel me dit :) Je t'en parlerai plus tard.

Elle embarqua, j'allais suivre quand le petit géant me prit fermement par le bras, ce qui m'arrêta car il faisait quarante kilos de plus que moi.

– Nous n'avons pas été présentés. Je suis Zeb Carter.

– Moi Richard Ames Campbell, Zeb. Très heureux.

– Et voici ma maman, Hilda Mae, ajouta-t-il en montrant la poupée chinoise.

Je n'eus guère le temps de réfléchir au caractère peu vraisemblable de cette affirmation.

– Je suis sa belle-mère adoptive, précisa Hilda, son épouse à temps partiel et parfois sa maîtresse, Richard; Zebbie n'a pas toujours les yeux en face des trous, mais c'est un charmant garçon. Et vous appartenez à Hazel, ce qui vous donne droit aux clés de la ville.

Elle se souleva sur la pointe des pieds, posa les mains sur mes épaules et m'embrassa. D'un baiser rapide mais chaud et pas tout à fait sec qui me laissa tout songeur.

– Si vous avez besoin de quelque chose, demandez. Zebbie s'en chargera.

Il me parut qu'ils étaient cinq dans cette famille (ou cette sous-famille; tous faisaient partie de la lignée des Long, mais je ne débrouillais pas leurs liens clairement) : Zeb et sa femme Deety – la première blonde vénitienne à peine entrevue – et son père Jake Burroughs, dont l'épouse, Hilda, n'était pas la mère de Deety, et la cinquième était Gay.

– Et Gay, bien sûr, avait dit Zeb. Vous voyez qui je veux dire.

– Qui est Gay ?

– Pas moi. Ou comme passe-temps seulement. Gay, c'est notre appareil.

– C'est moi, Gay, dit une voix de contralto. Salut, Richard, vous êtes déjà entré chez moi mais je ne crois pas que vous vous en souveniez.

Ce champ de Lethe avait vraiment des effets secondaires désagréables. Si j'étais, un jour ou l'autre, entré dans une femme (c'est elle qui a employé l'expression, pas moi) possédant une voix aussi mélodieuse et que je ne parvenais pas à m'en souvenir... ma foi, il était temps de m'en remettre à la sagesse du tribunal; j'étais dépassé.

– Excusez-moi, je ne la vois pas. La dame qui s'appelle Gay.

– Ce n'est pas une dame, c'est une garce.

– Zebbie, tu vas le regretter. Il veut dire que je ne suis pas une femme, Richard; je suis cet appareil dans lequel vous allez monter; et dans lequel vous êtes déjà monté, mais vous étiez blessé et malade. Je ne vous en veux donc pas de ne pas vous souvenir de moi...

– Oh, mais je m'en souviens !

– Vraiment ? C'est gentil. Quoi qu'il en soit, je suis Gay Deceiver. Bienvenue à bord.

Je grimpai et me glissai à travers la porte du compartiment marchandises derrière les sièges. Hilda me retint.

– N'allez pas par là. Votre femme s'y trouve avec deux hommes. Laissez-lui une chance.

— Et avec Lib, ajouta Deety. Ne le taquine pas, tante Sharpie. Asseyez-vous, Richard.

Je pris place entre elles : un privilège, sauf que je voulais voir cette salle de bains située hors du temps. Si elle existait. Si ce n'était pas un rêve dû au champ de Lethe.

— Votre première impression de Lazarus n'a pas été très bonne, Richard, dit Hilda en se blottissant contre moi comme un chat; je ne voudrais pas qu'elle subsiste.

Je voulus bien admettre que, noté sur dix, il ne dépasserait pas trois avec moi.

— J'espère que cela va changer. Deety ?

— L'un dans l'autre, Lazarus se situerait plutôt autour de neuf, Richard. Vous verrez.

— Richard, poursuivit Hilda, malgré ce que j'ai pu vous dire, je n'ai pas mauvaise opinion de Lazarus. J'ai eu un enfant de lui… et je ne vais jusque-là qu'avec les hommes que je respecte. Mais Lazarus a ses petites manies; il faut le corriger de temps en temps. Quoi qu'il en soit, je l'aime.

— Moi aussi, convint Deety. J'ai eu une petite fille de Lazarus, ce qui signifie que je l'aime et que je le respecte, sans quoi cela ne se serait pas produit. Exact, Zebadiah ?

— Comment le saurais-je ? « L'amour, ô l'amour irréfléchi ! » Patronne, allons-nous quelque part ? Gay voudrait le savoir.

— Annoncez quand nous serons prêts.

— Porte tribord fermée.

— Porte bâbord fermée, ceintures attachées, tous les systèmes O.K.

— Quartier Général du Temps via Alpha et Bêta. Quand vous voudrez, chef pilote.

— Bien, commandant. Gay Deceiver, Point de Contrôle Alpha. Exécution.

— Oui, monsieur. Bien monsieur.

Le soleil brillant et la verte pelouse voisine de

la maison Long s'éclipsèrent au milieu du noir et des étoiles. Nous étions en apesanteur.

— Point de contrôle Alpha, probablement, dit Zeb. Gay, voyez-vous le QGT ?

— Point de contrôle Alpha droit devant, répondit l'appareil. QG du Corps du Temps droit devant. Zeb, il vous faut des lunettes.

— Point de contrôle Bêta, exécution.

De nouveau le ciel s'effaça. Cette fois je pus le repérer. Ce n'était pas une planète mais un habitat, à dix klicks de là peut-être, ou peut-être à mille klicks, dans l'espace, avec un objet étrange, je ne pouvais savoir exactement.

— Quartier Général du Corps du Temps, ex... *Gay, file !*

Une bombe nova éclata devant nous.

25

Le chat de Schrödinger.

— Dieu du Ciel ! gémit l'appareil. J'ai eu chaud aux plumes ! Hilda, rentrons. *Je vous en prie !*

La bombe nova se trouvait maintenant bien loin mais elle brûlait encore avec une intense lueur blanche, ressemblant à Sol vu des environs de Pluton.

— Commandant ? demanda Zeb.

— Affirmatif, répondit calmement Hilda.

Mais elle s'accrochait à moi et tremblait.

— Gay, Maureen, exécution !

Et, de nouveau, nous étions sur le terrain de la maison romaine de Lazarus Long et de sa tribu.

— Chef pilote, voulez-vous appeler Oz annexe et leur dire de débarquer; nous n'irons nulle part de sitôt. Richard, si vous voulez bien glisser sur

403

votre droite dès que Jake aura dégagé le passage, cela permettra à nos compagnons de descendre.

Ce que je fis dès que le Dr Burroughs eut dégagé le passage. J'entendis, derrière moi, la voix de Lazarus Long qui tonnait :

— Hilda ! Pourquoi avoir ordonné que nous quittions l'appareil ? Pourquoi ne sommes-nous pas au Quartier Général ?

Son ton me rappela celui d'un adjudant qui me faisait faire l'exercice, il y avait dix mille ans.

— J'ai oublié mon tricot, Woodie, il m'a fallu retourner le chercher.

— La ferme. Pourquoi n'avons-nous pas commencé ? Pourquoi débarquons-nous ?

— Attention à votre tension artérielle, Lazarus. Gay vient de nous prouver qu'elle n'était pas seulement une petite sotte un peu nerveuse quand elle m'a demandé de couper notre voyage habituel au QGT en trois bonds. Si j'avais fait comme d'habitude, nous serions tous des points brillants dans le noir.

— J'ai la peau qui me gratte, pleurnicha Gay. Je parie que je ferais crépiter un compteur Geiger comme une averse de grêle sur un toit de tôle.

— Zebbie verra cela plus tard, mon chou, dit Hilda d'une voix apaisante avant de se tourner vers Lazarus : je ne crois pas que Gay ait été sérieusement touchée; ni aucun de nous. Parce que Zeb a reçu un de ses flashes annonçant de mauvaises nouvelles et nous a sortis de là en vitesse, presque en avant des photons. Mais j'ai le regret de vous faire connaître que le QG n'existe plus. Qu'il repose en paix.

— Hilda, c'est une blague ? insista Long.

— Commandant Long, quand vous me parlez ainsi il convient de m'appeler « commodore ».

— Excusez-moi. Que s'est-il passé ?

— Lazarus, dit Zeb, laissez-moi finir le débarquement et je vous ramènerai pour vous le montrer. Juste vous et moi.

– Oui, juste vous deux, dit l'appareil. Mais pas moi ! Je n'irai pas ! Je ne me suis pas engagée pour les campagnes de guerre. Je ne vous laisserai pas fermer mes portes; ce qui signifie que vous ne pourrez pas me boucler hermétiquement et que vous ne pourrez pas me bouger. Je fais la grève.

– Mutinerie, dit Lazarus. Qu'on la fonde et qu'on la transforme en ferraille.

– Zeb, vous avez entendu ça ? dit l'appareil après avoir poussé un cri. Vous avez entendu ce qu'il a dit ? Hilda, vous l'avez entendu ? Lazarus, je ne vous appartiens pas et je ne vous ai jamais appartenu ! Dites-lui, Hilda ! Posez un seul doigt sur moi et je me fâche et je vous arrache la main. Et j'entraîne avec moi tout le comté de Boondock.

– Mathématiquement impossible, observa Lazarus.

– Lazarus, dit Hilda, n'employez pas si vite le mot « impossible » en parlant de Gay. Quoi qu'il en soit, ne croyez-vous pas que vous en avez assez fait pour aujourd'hui ? Si vous montez Gay contre vous, elle va le dire à Dora, qui le dira à Teena, qui le dira à Minerva, qui le dira à Ishtar et à Maureen et à Tamara, et vous aurez de la chance si vous trouvez quelque chose à manger et si vous pouvez dormir ou aller quelque part.

– Je suis coincé. Gay, je m'excuse. Si je vous lis deux chapitres de *Tik-Tok* ce soir, vous me pardonnerez ?

– Trois.

– Marché conclu. Voulez-vous, je vous prie, dire à Teena de demander aux mathématiciens qui travaillent à l'opération Seigneur de la Galaxie de venir me retrouver immédiatement à mes quartiers de Dora. Dites aussi à tous ceux qui participent à l'opération qu'on leur demande de rejoindre Dora, de manger et de dormir à bord. Je ne sais pas quand nous partirons. Peut-être dans une semaine, mais peut-être n'importe quand, et sans même dix minutes de préavis. État de guerre. Alerte rouge.

– C'est fait pour Dora; elle retransmet. Que fait-on pour Boondock ?

– Qu'est-ce que ça veut dire : « Que fait-on pour Boondock ? »

– Voulez-vous qu'on évacue la ville ?

– Gay, je ne savais pas que vous vous en souciiez, dit Lazarus qui parut surpris.

– Moi, me soucier de ce qui peut arriver à ces insectes rampants ? Je ne fais que relayer Ira.

– Oh, j'ai cru un instant que vous faisiez montre d'un peu de compassion.

– Dieu m'en garde !

– Me voilà rassuré. Votre fieffé égoïsme est un havre de stabilité dans un monde en perpétuel changement.

– Trêve de compliments; vous me devez toujours trois chapitres.

– Certainement, Gay; c'est promis. Voulez-vous dire à Ira que, pour autant que je le sache, Boondock est tout autant en sécurité que le reste de ce monde… ce qui ne signifie pas grand-chose… tandis que toute tentative d'évacuer cette fourmilière se traduirait, à mon avis, par un grand nombre de villes perdues et davantage encore de biens perdus. Mais cela vaudrait peut-être la peine de risquer le coup, simplement pour secouer leur métabolisme de paresseux. Pour moi, Boondock aujourd'hui, c'est gras, stupide et irréfléchi. Demandez-lui d'accuser réception.

– Ira dit : « Allez vous faire foutre. »

– Roger, vous de même; wilco, ils font une belle équipe. Colonel Campbell, je suis désolé. Voulez-vous venir avec moi ? Vous serez peut-être intéressé de voir comment nous montons une manipulation du temps en urgence. Hazel, c'est d'accord ? Ou est-ce que je piétine encore vos plates-bandes ?

– C'est d'accord, Lazarus, et ce ne sont plus mes plates-bandes. Ce sont les vôtres et celles des autres Compagnons.

– Vous êtes dure, Sadie.

– Qu'est-ce que vous croyez, Lazarus ? Luna est une rude école. C'est en son sein que j'ai appris mes leçons. Puis-je me joindre à vous ?

– On compte sur vous; vous faites toujours partie de l'opération, non ?

Nous traversâmes cinquante mètres de pelouse pour nous rendre jusqu'à l'endroit où se trouvait garée la plus grande et la plus bizarre des soucoupes volantes que le plus fana des amateurs d'OVNI ait jamais prétendu avoir vue. J'appris qu'il s'agissait de « Dora », c'est-à-dire à la fois l'engin et l'ordinateur qui faisait marcher l'appareil. J'appris également que Dora était le yacht privé du Doyen, que c'était le navire amiral d'Hilda, et que c'était un vaisseau pirate commandé par Lorelei Lee et/ou Lapis-Lazuli et avec pour équipage Castor et Pollux qui étaient, soit leurs maris, soit leurs esclaves, ou les deux.

– Les deux, me dit Hazel plus tard. Et Dora est les trois à la fois. Laz et Lor ont gagné soixante ans d'esclavage à Cas et Pol aux cartes après les avoir épousés. Laz et Lor communiquent par télépathie et ils trichent. Mes petits-fils sont malins comme des singes et aussi prétentieux que des diplômés de Harvard, et ils essaient toujours de tricher. J'ai tenté de les faire renoncer à leurs mauvaises habitudes, quand ils étaient encore trop jeunes pour courir les filles, en utilisant un jeu biseauté. Ça n'a pas marché; ils ont repéré mes marques. Mais leur échec a été dû au fait que Laz et Lor sont plus futées qu'eux et encore plus fourbes.

Hazel hocha tristement sa tête rousse et poursuivit :

– Ce monde est pourri. On pourrait penser

qu'un jeune homme formé par mes soins se méfie-
rait aussitôt en voyant dans son jeu trois as et
un roi... mais Cas était gourmand. Il a suivi alors
qu'il n'en avait pas les moyens et il a dû engager
un contrat qui le liait au vainqueur en cas de
perte afin de pouvoir « relancer ». Et puis, pas
même un jour plus tard, Pol s'est laissé avoir par
un piège encore plus transparent; il était certain
de connaître la carte qui allait être tirée parce
qu'il l'avait repérée à une petite tache de café.
Or, le dix était marqué de la même tache que le
huit. Pol avait un neuf, mais il ne se sentait pas,
moralement, dans une excellente position. Ma foi,
il est probablement préférable, pour les garçons,
d'avoir à effectuer toutes les corvées à bord, plus
les shampooings et les ongles de leurs femmes
que de vendre Laz et Lor sur les marchés aux
esclaves d'Iskander, ce qu'ils n'auraient pas hésité
à faire s'ils avaient réussi dans leurs tricheries.

Le Dora est encore plus grand à l'intérieur que
vu de dehors. On y compte autant de cabines de
luxe qu'on peut le souhaiter. C'était naguère un
vaisseau spatial hyperphotonique luxueux mais des
plus traditionnels. Mais on l'a doté (le vaisseau,
pas Dora l'ordinateur) d'un système Burroughs
de navigation par aberrations (système magique
qui permet à Gay Deceiver de voltiger autour
des étoiles en un rien de temps). Un corollaire
aux équations de Burroughs qui téléportent Gay
peut s'appliquer aux déformations de l'espace for-
mel. C'est ainsi qu'on a réimprovisé les espaces
de Dora réservés aux passagers et à la cargaison;
ce qui permet à Dora de disposer d'un nombre
infini de compartiments repliés sur eux-mêmes
jusqu'au moment où elle en a besoin.

(Il ne s'agit pas là du même système que celui
qui permet à Gay d'enfourner dans son espace
bâbord deux salles de bains du dix-neuvième siè-

cle. Ou peut-être que si. Ma foi, je ne crois pas. Il faudra que je le demande. Ou peut-être vaut-il mieux ne pas réveiller le chat qui dort. Peut-être, en effet.)

Un sabord s'ouvrit sur le côté du vaisseau; une passerelle en sortit et je suivis Lazarus à l'intérieur, Hazel dans mes bras. Au moment où il arrivait à bord, une musique se mit à jouer « Il n'en est pas forcément ainsi », tiré de l'immortel *Porgy and Bess* de George Gershwin. L'air « Une vie intense », depuis longtemps oublié, racontait qu'il était impossible à un homme de l'âge de Mathusalem de persuader une femme de coucher avec lui.

– Dora !

– Je suis dans mon bain, répondit la douce voix d'une très jeune fille. Rappelez plus tard.

– Dora, coupez-moi cette chanson idiote !

– Il me faut consulter le commandant du jour, monsieur.

– Consultez-le et allez au diable ! Mais arrêtez ça.

Une autre voix vint remplacer celle du vaisseau.

– Ici le commandant Lor, mon petit pote. Vous avez des ennuis ?

– Oui. Faites cesser ce bruit !

– Mon pote, si vous parlez de la musique classique qu'on entend en ce moment et qui salue votre arrivée, je dois vous dire que vous avez toujours aussi mauvais goût. De toute façon, je ne peux absolument pas le couper car il s'agit du nouveau protocole fixé par le commodore Hilda. Je ne peux le modifier sans son autorisation.

– Je suis coincé, fuma Lazarus. Je ne peux même pas monter à bord de mon propre vaisseau sans être insulté. Je jure par Allah qu'une fois débarrassé de l'opération Seigneur de la Galaxie, je vais m'offrir un buggy Burroughs, spécial « Jeune Homme », équipé d'un cérébrateur

Minsky, et prendre de longues vacances sans femmes à bord.

– Lazarus, pourquoi dire d'aussi affreuses choses ? demanda une voix derrière nous, que je n'eus aucune peine à identifier comme étant le chaud contralto d'Hilda.

– Oh, vous êtes là, Hilda ! dit Lazarus après s'être retourné. Voulez-vous faire cesser ce foutu raffut ?

– Lazarus, vous pouvez le faire vous-même...

– J'ai essayé. Ils sont ravis de me faire enrager. Tous les trois. Vous aussi.

– ... simplement en avançant de trois pas à l'intérieur. Si vous préférez une autre musique pour vous saluer, je vous en prie, dites-le. Dora et moi essayons de trouver l'air qui convient pour chacun, dans la famille, et un autre air pour accueillir nos hôtes.

– Ridicule.

– Dora aime beaucoup cela. Moi aussi. C'est une coutume très aimable, comme de manger avec une fourchette et non avec les doigts.

– On a inventé les doigts avant les fourchettes.

– Et les vers de terre avant les êtres humains. Ce qui ne les rend pas supérieurs aux hommes. Avancez, Woodie, et laissez Gershwin se reposer.

Il grogna, avança et Gershwin s'arrêta. Hazel et moi suivîmes et une autre musique se fit entendre : cornemuses et tambours jouaient une marche que je n'avais plus entendue depuis le jour maudit où j'avais perdu mon pied... et mon commandement... et mon honneur : « Les Campbell arrivent. »

Cela m'émut jusqu'aux tripes et lança en moi la puissante décharge d'adrénaline que provoque toujours cette ancienne rodomontade avant la bataille. J'étais si bouleversé que je dus me contraindre à garder un visage impassible, tout en priant que personne ne m'adresse la parole avant que je puisse de nouveau maîtriser ma voix.

Hazel me serra le bras mais sans dire un mot; je crois qu'elle sait lire dans mes sentiments et émotions : elle sait toujours ce dont j'ai besoin. J'avançai tout raide, le corps tout droit, m'appuyant à peine sur ma canne, incapable de voir l'intérieur du vaisseau. Les cornemuses se turent et je pus de nouveau respirer.

Derrière nous arrivait Hilda. Je crois qu'elle avait ralenti pour que les saluts de la musique soient bien séparés. Pour elle, ce fut un air léger, aérien, que je ne pus reconnaître; il semblait interprété par des cloches d'argent, ou peut-être un célesta. Hazel me dit que le titre en était « Jézabel » mais je ne pus le situer.

Les quartiers de Lazarus étaient si somptueux que je me demandai à quoi pouvait ressembler le luxe de la cabine du commodore Hilda. Hazel s'y installa comme si elle était chez elle. Mais je ne restai pas là; une cloison s'évanouit et Lazarus me fit entrer. Au-delà s'étendait une salle de conférences assez vaste pour accueillir un conseil d'administration : immense table, fauteuils rembourrés pour chacun, sous-main, papier, eau glacée, terminal avec imprimante, écran, clavier, micro et insonorisation; et je dois ajouter que je ne vis guère fonctionner tout cela; Dora rendit inutile cette débauche de matériel, se montrant parfaite secrétaire pour nous tous, tout en proposant et en servant des rafraîchissements.

(Jamais je ne pus me défaire de l'impression que quelque part se trouvait une Dora en chair et en os. Mais jamais un être de chair et de sang n'aurait pu s'acquitter de toutes les tâches de Dora.)

– Asseyez-vous n'importe où, dit Lazarus. On s'installe sans aucun protocole, ici. Et n'hésitez pas à poser des questions et à donner votre avis. Si vous vous rendez ridicule, nul ne s'en souciera et vous ne serez pas le premier. Vous connaissez Lib ?

– Nous n'avons pas été présentés.

C'était l'autre blonde vénitienne, pas Deety.

– Eh bien, voilà qui est fait : colonel Richard Colin Ames Campbell... Dr Elizabeth Andrew Jackson Libby Long.

– Très honoré, docteur Long.

Elle m'embrassa. Je m'y attendais, ayant appris en moins de deux jours que la seule échappatoire aux baisers amicaux était de battre en retraite... mais mieux valait se détendre et apprécier. Ce que je fis. Le Dr Long est très agréable à regarder; elle ne portait pas grand-chose, sentait bon et avait bon goût... et elle se tint tout contre moi trois secondes de plus que nécessaire, me tapota la joue et déclara :

– Hazel a bon goût. Je suis heureuse qu'elle ait fait de vous un membre de la famille.

Je rougis comme un hallebardier de la garde royale. Nul ne s'en soucia. Je crois.

– Lib est ma femme, et également mon associé depuis le vingt et unième siècle grégorien, poursuivit Lazarus. Nous avons connu de sacrés moments. C'était un homme, alors, commandant en retraite des forces armées de Terra. Mais, en ce temps-là, comme maintenant, homme ou femme, le plus grand mathématicien qui ait jamais vécu.

– Sottises, Lazarus, dit Elizabeth qui se tourna et lui caressa le bras. Jake est meilleur mathématicien que moi, et c'est un géomètre plus créatif que je ne le serai jamais; il peut visualiser davantage de dimensions sans se perdre. Je...

– Allons, Lib, pas de fausse modestie, ça me rend malade, dit le Jacob Burroughs d'Hilda qui nous avait suivis.

– Eh bien, soyez malade si cela vous chante, mais pas sur le tapis. Jacob, ni votre opinion ni la mienne – ni celle de Lazarus – n'ont d'importance; nous sommes ce que nous sommes, les uns et les autres, et je crois que nous avons du travail. Lazarus, que s'est-il passé ?

– Attends Deety et les garçons, ainsi nous n'aurons pas à nous répéter. Où est Jane Libby ?

– Ici, oncle Woodie, dit une jeune femme qui entrait à cet instant, nue, et qui ressemblait…

Bon, je vais cesser de parler ressemblances, cheveux roux ou autres, et de vêtements et de nudité. Sur Tertius, du fait du climat et des coutumes, les vêtements étaient facultatifs, d'ordinaire portés en public, parfois à la maison. Dans la famille de Lazarus Long, les hommes étaient plus fréquemment vêtus que les femmes, mais il n'existait pas de règles que je puisse définir.

Les cheveux roux étaient courants sur Tertius, et davantage encore dans la famille Long; un effet « bélier de concours » (comme disent les éleveurs) imputable à Lazarus; il existait d'autres souches dans cette famille, sans parenté avec Lazarus et sans parenté entre elles : Elizabeth Andrew Jackson Libby Long et Dejah Thoris (Deety) Burroughs Carter Long, et une autre encore, que j'ignorais à cet instant.

Les tenants de la théorie de Gilgamesh ont remarqué que l'on retrouve d'ordinaire des groupes de roux. Par exemple à Rome, au Liban, en Irlande du Sud… et même, de façon plus marquée, dans l'histoire, de Jésus à Jefferson, de Barberousse à Henry VIII.

Il était difficile de définir les origines des ressemblances dans la famille Long, sans l'aide du Dr Ishtar, le généticien de la famille : Ishtar elle-même ne ressemblait pas du tout à sa fille Lapis-Lazuli… ce qui n'était guère surprenant quand on savait qu'elle n'avait aucune parenté génétique avec sa propre fille… dont la mère génétique était Maureen.

Je n'appris que plus tard certains de ces détails; et si j'en parle maintenant, c'est pour ne plus revenir dessus.

Le groupe de mathématiciens se composait de Libby Long, Jake Burroughs, Jane Libby Burroughs Long, Deety Burroughs Carter Long, Minerva Long Weatheral Long – Pete et Archie – l'un né de Deety et l'autre de Libby, ces deux femmes étant les uniques géniteurs des deux jeunes hommes, Deety étant la mère génétique de l'un et de l'autre et Elizabeth le père génétique... et je me refuse de tenter d'expliquer ce dernier point : laissons cela comme exercice pour les étudiants. Je préfère vous en présenter un autre : Maxwell Burroughs-Burroughs Long, et conclure en disant que toutes ces bizarres combinaisons étaient supervisées par le généticien de la famille pour renforcer au maximum le génie mathématique, et éviter que ne se renforcent les caractères récessifs nuisibles.

On ressentait, en voyant ces génies au travail, un peu de cette excitation soporifique que l'on éprouve à regarder une partie d'échecs, mais pas tout à fait. Lazarus demanda d'abord le témoignage de Gay Deceiver, qui se fit entendre par les circuits de Dora. Ils écoutèrent Gay, examinèrent les projections de ses enregistrements, images et sons, appelèrent Zebadiah, recueillirent son témoignage, appelèrent Hilda et lui demandèrent d'estimer au mieux le temps d'anticipation de la bombe par Zebadiah.

– Ça se situe quelque part entre un tremblement et un éclair. Vous savez tous que je ne peux faire mieux, dit Hilda.

Le Dr Jake préféra ne pas donner son avis.

– Je ne regardais pas. Comme d'habitude, j'appuyais les ordres oraux par la mise en place des contrôles verniers. L'avant-dernier ordre – ficher le camp – a fait avorter la manœuvre, et nous sommes rentrés. Je n'avais pas mis les verniers en place, de sorte que rien n'est enregistré sur mes bandes. Désolé.

Le témoignage de Deety fut presque aussi maigre.

— L'ordre de ficher le camp a précédé l'explosion à la milliseconde près.

Pressée de préciser davantage, elle refusa. Burroughs insista et invoqua son « horloge incorporée ». Deety lui tira la langue.

Le jeune homme appelé Pete (à peine un adolescent) déclara :

— Je vote « données insuffisantes ». Il nous faut placer une rosace de mouchards autour du site pour savoir ce qui s'est passé avant de pouvoir décider jusqu'où nous pouvons nous approcher de l'instant pour envoyer les secours.

— Après la fuite, la bombe nova était-elle déjà visible depuis le nouveau point ou est-ce qu'elle est apparue après la translation de Gay ? demanda Jane Libby. Et, en tout état de cause, comment est-ce que cela colle avec le timing au point de contrôle de Bêta ? Question : a-t-on expérimentalement établi que le transport hors du temps est instantané, que sa durée de transit est absolument nulle… ou s'agit-il d'une simple supposition fondée sur une preuve incomplète et un succès empirique ?

— Dans quoi te lances-tu comme ça, J.L. chérie ? demanda Deety.

Moi, je me trouvais assis entre les deux et leur échange se passait comme si je n'étais pas là ; manifestement, elles n'attendaient pas que je donne mon avis, bien que j'aie été témoin de la scène.

— Nous essayons de déterminer l'instant optimal pour l'évacuation du QGT, non ?

— Vraiment ? Pourquoi ne pas préformuler l'évacuation, en calculer l'instant et commencer

à évacuer à moins H heures plus trente secondes ?
Cela permettrait de ramener tout le monde ici en
gagnant beaucoup de temps.

— Deety, tu établis ainsi un paradoxe qui te
laisse cul par-dessus tête, constata Burroughs.

— Papa, ce que tu dis est inconvenant, grossier
et vulgaire.

— Mais exact, ma stupide petite fille chérie.
Maintenant, trouve un moyen de te sortir du piège.

— Facile. Je parlais simplement de l'aspect danger, pas de l'aspect sécurité. Nous terminons le
sauvetage avec trente minutes devant nous, après
quoi nous passons dans un quelconque espace
vide d'un quelconque univers — disons sur cette
orbite autour de Mars que nous avons si souvent
utilisée —, et nous faisons demi-tour pour rentrer
dans cet univers une minute après avoir lancé
l'opération de sauvetage.

— Pas très élégant, mais efficace.

— J'aime les programmations simples.

— Moi aussi. Mais personne ne voit-il rien qui
cloche en prenant tout le temps dont nous avons
besoin ?

— Bon Dieu, oui !

— Eh bien, Archie ?

— Parce que la probabilité d'un piège est de
plus de neuf cent quatre-vingt-dix-sept pour mille.
Quant à la nature du piège, ça dépend. Qui est
notre adversaire ? La Bête ? Le Seigneur de la
Galaxie ? Boskone ? Ou s'agit-il d'une action
directe menée par un autre groupe qui souhaite
changer le cours de l'histoire, que nous ayons
signé un traité avec lui ou pas ? Ou encore — ne
riez pas — nous trouvons-nous confrontés à un
Auteur, cette fois ? Notre timing doit être adapté
à notre tactique et notre tactique à notre adversaire. Il nous faut donc attendre que les grosses
têtes d'à côté nous disent contre qui nous luttons.

— Non, dit Libby Long.

– Qu'est-ce qui cloche, maman ? demanda le garçon.

– Nous allons envisager *toutes* les combinaisons possibles, chéri, et les résoudre simultanément, après quoi nous entrerons la réponse numérique appropriée dans le scénario que vont nous donner les écrivains.

– Non, Lib, ce serait toujours risquer deux cents vies environ sur la certitude que les grosses têtes ont raison, objecta Lazarus. Ce qui n'est pas certain. Nous allons rester ici jusqu'à ce que nous trouvions une réponse plus sûre, même si ça doit prendre dix ans. Mesdames et messieurs, c'est de nos *collègues* qu'il s'agit. On ne peut les sacrifier. Bon Dieu, trouvez donc la bonne solution !

J'étais là à me sentir idiot, à me mettre doucement dans la tête qu'ils étaient en train de discuter sérieusement de la manière de sauver tous ces gens – et les enregistrements et le matériel – d'un habitat que j'avais vu se changer en vapeur une heure plus tôt. Et de sauver tout aussi facilement l'habitat lui-même, en le sortant de cet espace avant qu'il soit bombardé. Je les entendais discuter de la manière de procéder, de régler le temps. Mais ils rejetèrent cette solution. Cet habitat avait dû coûter un nombre incalculable de milliards de couronnes... et ils renonçaient cependant à le sauver. Non, non ! Que l'ennemi soit la Bête de l'Apocalypse, le Seigneur de l'Espace (je m'en étranglais !) ou Dieu sait qui, on devait le laisser croire qu'il avait réussi; il ne devait pas soupçonner que le nid était vide et l'oiseau envolé.

Je ressentis sur ma jambe gauche une sensation familière : Lord Pixel tentait de nouveau l'ascension de la face nord. De plus, il enfonçait un nouveau jeu de pitons et je préférai le saisir et le poser sur la table.

– Pixel, comment es-tu arrivé ici ?

– Blert !

– Oui, bien sûr. Tu es passé dans le jardin, tu as traversé le jardin – ou as-tu fait le tour ? –, tu as traversé la pelouse, tu as traversé la paroi d'un vaisseau spatial, ou la passerelle était-elle baissée ? Peu importe, comment m'as-tu retrouvé ?

– Blert.

– C'est le chat de Schrödinger, dit Jane Libby.

– Dans ce cas, Schrödinger ferait mieux de venir le récupérer avant qu'il se perde. Ou qu'on lui fasse mal.

– Non, non, Pixel n'appartient pas à Schrödinger; Pixel n'a pas encore choisi son humain; à moins qu'il ne vous ait choisi ?

– Non, je ne crois pas. Ma foi, peut-être.

– Je crois que oui. Je l'ai vu grimper sur vos genoux, à midi. Et voilà qu'il fait tout un long chemin pour vous retrouver. Je crois qu'il vous a piégé. Êtes-vous chat ?

– Oh, oui ! Si Hazel veut bien que je le garde.

– Elle le voudra. Elle est très chat.

– Je l'espère. (Pixel était assis sur mon sous-main, en train de se faire la toilette et de se livrer à la louable activité consistant à se nettoyer le derrière des oreilles.) Pixel, est-ce que je suis ton homme ?

Il s'arrêta assez longtemps pour dire, d'un ton convaincu :

– *Blert !*

– D'accord, marché conclu. Solde de soldat et allocations. Couverture maladie. Un mercredi après-midi sur deux de libre, sous réserve de bonne conduite. Jane Libby, qu'est-ce que cette histoire de Schrödinger ? Comment est-il arrivé ici ? Dites-lui que Pixel est adopté.

– Schrödinger n'est pas ici; il est mort voilà deux douzaines de siècles. Il faisait partie de ce groupe d'anciens philosophes allemands naturalistes qui se trompaient si brillamment sur tout ce qu'ils étudiaient – Schrödinger et Einstein et Heisenberg et... – à moins que ces philosophes n'aient fait partie de votre univers ? Je sais qu'on ne les trouvait pas partout dans l'omnivers, mais l'histoire parallèle n'est pas mon point fort. (Elle me fit un sourire contrit et poursuivit :) Je crois que je ne suis vraiment bonne que dans la théorie des nombres. Et je cuisine pas mal.

– Et pour frotter le dos, comment vous en tirez-vous ?

– Je suis la meilleure frotteuse de dos de tout Boondock !

– Tu perds ton temps, J.L., lui dit Deety. Hazel le tient toujours en laisse.

– Mais, tante Deety, je n'essayais pas de coucher avec lui.

– Vraiment ? Alors cesse de lui faire perdre son temps. En arrière, et laisse-le-moi. Richard, avez-vous quelque chose contre les femmes mariées ? Nous sommes toutes mariées.

– Euh... Cinquième Amendement ! Il autorise l'accusé à ne pas répondre.

– J'avais compris, mais on n'en a jamais entendu parler à Boondock. Ces mathématiciens allemands, ils ne sont pas de votre monde ?

– Voyons si nous parlons des mêmes. Erwin Schrödinger, Albert Einstein, Werner Heisenberg...

– C'est bien eux. Ils étaient friands de ce qu'ils appelaient « les expériences de pensée ». Comme si on pouvait apprendre quelque chose avec ça ! Des théologiens ! Jane Libby allait vous parler du « chat de Schrödinger », une expérience de pensée qui était censée révéler quelque chose de la réalité. J.L. ?

– C'était idiot, monsieur. Boucler un chat dans une boîte. Et voir s'il était tué par la désintégration d'un isotope ayant une demi-vie d'une heure. L'heure écoulée, le chat serait-il vivant ou mort ?

Schrödinger prétendait que selon les probabilités statistiques de ce qu'on pensait être une science à cette époque, le chat n'était ni vivant ni mort tant que personne n'ouvrait la boîte; il n'existait qu'en tant que nuage de probabilités, expliqua Jane Libby avec un haussement d'épaules qui déplaça les courbes d'une dynamique surprenante.

— Blert ?

— Est-ce que quelqu'un a pensé à poser la question au chat ?

— Blasphème, dit Deety. Richard, il s'agit de « science », au sens où l'entendaient les philosophes allemands. Vous n'êtes pas censé recourir à des expédients aussi grossiers. Quoi qu'il en soit, on appelle Pixel le « chat de Schrödinger » parce qu'il passe à travers les murs.

— Comment fait-il ?

— C'est impossible, admit Jane Libby, mais il est si jeune qu'il ne le sait pas. Et il le fait donc. Par conséquent, on ne sait jamais où il va apparaître. Je crois qu'il vous cherchait. Dora ?

— Que voulez-vous, J.L. ? demanda le vaisseau.

— Avez-vous vu, par hasard, comment ce chaton est monté à bord ?

— Rien ne m'échappe. Il ne s'est pas soucié de prendre la passerelle; il a tout simplement traversé ma peau. Ça m'a fait des chatouilles. Est-ce qu'il a faim ?

— Probablement.

— Je vais lui préparer quelque chose. Est-il assez âgé pour une alimentation solide ?

— Oui. Mais pas de morceaux. Des aliments pour bébé.

— Chop chop.

— Mesdames, dis-je, Jane Libby a utilisé l'expression « se trompaient brillamment » à propos de ces physiciens allemands. Vous n'incluez certainement pas Albert Einstein ?

– Mais certainement ! dit Deety d'un ton convaincu.

– Cela me surprend. Dans mon monde, Einstein est auréolé d'un grand prestige.

– Dans le mien, on le brûle en effigie. Albert Einstein était un pacifiste, mais pas un pacifiste honnête. Quand on est venu piétiner sa propre pelouse, il a totalement oublié ses principes pacifistes et utilisé son influence politique pour lancer le projet qui devait conduire à la production de la première bombe susceptible de détruire une ville. Ses travaux théoriques n'ont jamais été bien brillants et la plupart se sont révélés faux. Mais il demeurera marqué du sceau de l'infamie : le pacifiste devenu assassin. Je le méprise !

26

« *Le succès consiste à atteindre le sommet de la chaîne alimentaire.* »
J. HARSHAW, 1906-

C'est à peu près à cet instant qu'apparut la nourriture de bébé pour Pixel, dans une soucoupe qui sortit de la table, je crois. Mais je n'en jurerai pas, car elle est simplement apparue. Je pus réfléchir un moment pendant que le chaton mangeait. La véhémence de Deety m'avait surpris. Ces physiciens allemands vivaient et travaillaient dans la première moitié du XXe siècle : ce qui ne faisait pas si longtemps selon ma notion de l'histoire, mais si ce que ces Tertiens voulaient me faire croire était exact – et fort improbable ! – très longtemps pour eux. « Deux douzaines de siècles », avait dit Jane Libby.

Comment le Dr Deety, une jeune femme accommodante, pouvait-elle s'enflammer à propos de pontifes allemands depuis longtemps disparus ? Je ne connais qu'un seul événement, qui s'est passé il y a deux mille ans ou plus, qui ait autant enflammé les esprits... et celui-ci ne s'est jamais produit.

J'avais commencé à dresser mentalement la liste de tout ce qui ne collait pas : l'âge prétendu de Lazarus, la longue liste des maladies mortelles dont j'avais prétendument souffert, une demi-douzaine d'événements bizarres sur Luna, et tout particulièrement Tertius lui-même. S'agissait-il vraiment d'une étrange planète située bien loin de la terre à la fois dans l'espace et dans le temps ? Ou était-ce un village de vacances d'une île du Pacifique Sud ? Ou même de la Californie du Sud ? Je n'avais pas vu la ville qu'on appelait Boondock (environ un million d'habitants, disaient-ils); j'avais peut-être vu cinquante personnes en tout. Les autres n'existaient-elles que comme décor mémorisé et extratemporel pour jouer les rôles qu'on attendait qu'elles jouent ?

(Attention, Richard ! Voilà que tu replonges dans la paranoïa.)

Quelle intensité de Lethe faut-il pour altérer le cerveau ?

– Deety, vous semblez en vouloir beaucoup au Dr Einstein.

– J'ai de bonnes raisons !

– Mais il a vécu il y a si longtemps. « Deux douzaines de siècles », a dit Jane Libby.

– Longtemps pour *elle,* pas pour moi !

– Colonel Campbell, dit le Dr Burroughs, je crois que vous nous prenez pour des natifs de Tertius. Ce n'est pas le cas. Nous sommes des réfugiés du XXe siècle, tout comme vous. Lorsque je dis « nous », j'entends Hilda et moi et Zebadiah et ma fille : ma fille Deety, pas ma fille Jane Libby. J.L. est née ici.

– Tu as déplacé la maison, papa, lui dit Deety.

– À peine, ajouta Jane Libby.

– Mais il a touché à la maison. Tu ne peux lui enlever cela, chérie.

– Je n'en ai pas l'intention. Tel qu'il est, papa est tout à fait supportable.

Je n'essayai pas de comprendre; j'étais en train d'acquérir la conviction que tous les Tertiens étaient complètement fous, selon les normes en vigueur en Iowa.

– Docteur Burroughs, je ne viens pas du XXᵉ siècle. Je suis né en Iowa en 2133.

– C'est assez proche, à cette distance. D'autres fuseaux temporels, je crois – des univers différents –, mais vous et moi parlons le même dialecte avec le même accent, utilisant le même vocabulaire; la cuspide qui vous a placé dans un monde et moi dans l'autre ne doit pas se situer bien loin dans notre passé. Qui s'est posé le premier sur la Lune et en quelle année ?

– Neil Armstrong, 1969.

– Oh, ce monde-*là*. Vous avez eu votre lot d'ennuis. Mais nous aussi. Pour nous, le premier atterrissage sur la Lune a eu lieu en 1952, avec le HMAAFS *Pinks Kaola*, commandant Balox O'Malley. (Le Dr Burroughs regarda en l'air, autour de lui.) Oui, Lazarus. Quelque chose vous ennuie ? Les mouches ? Des abeilles ?

– Si vous et vos filles ne voulez pas travailler, je suggère que vous alliez bavarder ailleurs. À côté, peut-être, les écrivains et les historiens aiment les histoires. Colonel Campbell, je crois qu'il serait plus commode pour vous aussi d'aller donner à manger à votre chat ailleurs. Je suggère le rafraîchisseur qui se trouve dans le sens direct par rapport à mon salon.

– Oh, flûte, Lazarus ! dit Deety. Vous êtes un vieux ronchon. Rien ne dérange un mathématicien en train de travailler. Regardez Lib : on pourrait allumer un pétard sous sa chaise qu'elle ne sour- cillerait même pas. (Elle se leva et ajouta :) Woo- die, mon chou, ce qu'il vous faut, c'est un nouveau rajeunissement. Vous devenez grincheux en vieil- lissant. Viens, J.L.

– Si vous voulez bien m'excuser, dit le Dr Bur- roughs en se levant, s'inclinant et sortant sans un regard pour Lazarus.

On sentait les deux hommes à cran, comme deux vieux taureaux qu'il valait mieux séparer avant qu'ils en viennent aux cornes.

Ou même trois : il ne faudrait pas m'oublier. Il était tout à fait déplacé de me vider à cause du chat; pour la troisième fois de la journée, je me sentais furieux contre Lazarus. Ce n'était pas moi qui avais fait entrer le chat, et c'était son ordinateur qui avait suggéré qu'on lui donne à manger et qui avait fourni la nourriture.

Je me levai, pris Pixel dans le creux d'une main, ramassai son assiette de l'autre et me rendis compte qu'il me fallait ma canne. Jane Libby comprit, elle prit le chaton contre sa poitrine. Je la suivis, appuyé sur ma canne et portant l'assiette. J'évitai de regarder Lazarus.

En passant au salon, nous vîmes Hazel et Hilda. Hazel me fit un signe et tapota le siège à côté d'elle; je secouai la tête et continuai. Elle se leva et nous suivit; tout comme Hilda. Nous passâmes, sans déranger la réunion, dans le salon. Le Dr Har- shaw faisait une conférence; on nous remarqua à peine.

Les rafraîchisseurs de Tertius constituent un des aspects délicieux, décadents, sybaritiques de la qualité de la vie des habitants, si l'on peut appeler cela des rafraîchisseurs. Sans essayer de décrire les divers appareils bizarres pour moi, je vais tenter de vous donner une idée de ce que peut être un rafraîchisseur de luxe chez un riche

Tertien (et j'avais la certitude que Lazarus était l'homme le plus riche du coin) en définissant ce rafraîchisseur en termes de fonction :

Commencez par votre bar ou bistrot favori

Ajoutez un sauna finlandais

Maintenant, que diriez-vous d'un bain à la japonaise ?

Votre bain chaud, vous l'aimez avec ou sans agitateur ?

Est-ce que le distributeur de soda à la crème glacée a fait partie de votre enfance ?

Aimez-vous la compagnie quand vous vous baignez ?

Ajoutons, à portée de main, un buffet bien garni, froid ou chaud.

Aimez-vous la musique ? La télévision en 3-D ? Les livres, magazines et bandes magnétiques ?

Les exercices ? Massages ? Lampes solaires ? Brises parfumées ?

Les endroits bien doux et moelleux où se blottir et faire un petit somme, seul ou en compagnie ?

Prenez tous les ingrédients ci-dessus indiqués, agitez et installez dans une vaste et somptueuse pièce bien éclairée. Cette liste n'épuise pas les charmes du rafraîchisseur pour invités de Lazarus Long, et ne tient pas compte de sa caractéristique la plus importante :

Dora.

S'il existait un seul caprice que l'ordinateur du vaisseau ne pouvait satisfaire, je dus manquer de temps pour le découvrir.

Je ne goûtai pas immédiatement à ces délices; je devais m'occuper d'un chat. Je m'assis à une table ronde de dimension moyenne, du genre qu'on utilise pour prendre un verre avec trois amis, j'y posai la soucoupe du chaton. Jane L. y déposa Pixel et Burroughs se joignit à nous.

Le chat renifla la nourriture qu'il avait avalée avec gourmandise quelques instants plus tôt et se livra à une démonstration très inspirée pour signifier à Jane L. qu'il était outré qu'on puisse lui proposer quelque chose qui convînt aussi peu à un chat.

— Dora, je crois qu'il a soif, dit Jane L.

— Annoncez. Mais n'oubliez pas que la direction ne me permet pas de servir des boissons alcoolisées à des mineurs, sauf dans un but de séduction.

— Assez de fanfaronner, Dora; le colonel Campbell pourrait vous croire. Nous allons offrir au bébé à la fois de l'eau et du lait complet, séparément. Et à la température du corps, c'est-à-dire, pour les petits chats...

— Trente-huit degrés virgule huit. Je vous amène ça pronto.

Hilda appela depuis un bassin, non, un salon-baignoire, je crois, à quelques mètres de là.

— J.L. ! Viens faire trempette, chérie. Deety a quelques bons potins.

— Euh... (J.L. sembla hésiter.) Colonel Campbell, voulez-vous vous occuper de Pixel ? Il aime lécher le lait ou l'eau sur le doigt. C'est la seule façon de le faire boire suffisamment.

— C'est ce que je vais faire.

Effectivement, le chat aimait boire de cette façon... encore que j'aille certainement mourir de vieillesse, pensai-je, avant de lui faire avaler plus de dix millilitres. Mais le chaton n'était pas pressé. Hazel sortit du salon-baignoire et nous rejoignit, toute dégoulinante.

— Tu vas tremper ce fauteuil, dis-je en l'embrassant avec précaution.

— Le fauteuil n'en souffrira pas. Qu'est-ce que cette nouvelle histoire avec Lazarus ?

— Cet enfant de...

— Simple image, dans son cas. Que s'est-il passé ?

– Euh… j'ai peut-être réagi un peu trop vivement. Mieux vaut demander au Dr Burroughs.

– Jacob ?

– Non, Richard n'a pas exagéré. Lazarus est
sorti de ses gonds et s'est montré offensant avec
nous quatre. D'abord, Lazarus n'a pas à tenter
de superviser la section mathématiques; ce n'est
pas un mathématicien au sens professionnel du
terme, et il n'a donc pas qualité pour diriger. En
second lieu, chacun de nous, au sein de la section,
connaît les manies des autres; jamais personne
ne se mêle du travail du voisin. Mais Lazarus m'a
vidé, et il a viré Deety et Jane Libby pour avoir
osé bavarder quelques instants d'un sujet ne figu-
rant pas à l'ordre du jour… sans se rendre compte,
ou du moins sans se soucier du fait que mes deux
filles et moi utilisons une méthode de méditation
à deux niveaux. Hazel, je suis resté très calme.
Vraiment, ma chérie. Vous auriez été fière de moi.

– J'ai toujours été fière de vous, Jacob. Moi,
je n'aurais pas gardé mon calme. Lorsqu'on traite
avec Lazarus, il faut suivre le conseil de Sir
Winston Churchill et lui marcher sur les pieds
jusqu'à ce qu'il s'excuse. Lazarus ne sait pas apprécier les bonnes manières. Mais qu'a-t-il fait à
Richard ?

– Il lui a demandé de ne pas nourrir son chat
à la table de conférences. Ridicule ! Comme si
ça pouvait provoquer le moindre dommage à son
époustouflante table si ce chaton avait, par hasard,
fait pipi dessus.

Hazel hocha la tête et prit un air rébarbatif,
ce qui ne lui convient guère.

– Lazarus a toujours été un taureau mal
dégrossi, mais depuis cette campagne – je parle
de l'opération Seigneur de la Galaxie – il se
montre de plus en plus insupportable. Jacob, est-ce
que votre section lui a fait part de vos lugubres
prédictions ?

– De quelques-unes. Mais la véritable difficulté tient au fait que nos projections à long terme demeurent vagues. Cela peut être assommant, je le sais, car lorsqu'une ville est détruite, la tragédie n'a rien de *vague;* elle est cuisante, révoltante. Si nous changeons le cours de l'histoire, nous ne détruisons pas vraiment cette ville, nous ne faisons que lancer un nouveau fuseau temporel. Il nous faut des projections qui nous permettront de modifier le cours de l'histoire *avant* que cette ville soit détruite. (Jacob me regarda et ajouta :) C'est pourquoi il est si important de sauver Adam Selene.

– Pour que Lazarus ait meilleur caractère ? demandai-je, l'air stupide : mon meilleur rôle.

– Indirectement, oui. Il nous faut un ordinateur central qui puisse diriger, programmer, monitorer d'autres gros ordinateurs qui créeront des projections dans le multivers. Le plus gros ordinateur central que nous connaissions est celui de cette planète, Athene ou Teena, et sa jumelle de Secundus. Mais il s'agit là d'un travail de projection *beaucoup* plus important. Les services publics sur Tertius sont pour la plupart automatisés et à l'abri de toute erreur; Teena n'intervient que comme expert en cas de pépins. Mais le Holmes IV – Adam Selene ou Mike – s'est mis à croître, à croître et à croître encore, du fait d'un ensemble de circonstances bizarres, sans que, apparemment, nul tente de le cantonner à une taille optimale... après quoi son autoprogrammation a tendu vers un but unique : régenter la Révolution sur Luna. Colonel, je ne pense pas qu'aucun cerveau humain, ou qu'aucun groupe de cerveaux humains, aurait pu écrire les programmes que Holmes IV a auto-créés pour lui permettre de s'occuper de tous les détails de cette Révolution. Ma fille aînée, Deety, est une grande spécialiste de la programmation; elle prétend qu'un cerveau humain n'aurait pu le faire et que, selon elle, une intelligence artificielle n'aurait pu le concevoir que comme l'a fait le Holmes IV – en se trouvant confronté à la nécessité d'y parvenir, à un cas de « Chercher, Trouver ou Périr ». Nous avons donc besoin d'Adam Selene – ou de son essence –, de ces programmes qu'il a écrits en se créant. Parce que *nous* ne savons pas le faire.

– Je parierais que Deety le pourrait. S'il le fallait, dit Hazel en jetant un regard en direction de la piscine.

– Merci, ma chérie, au nom de ma fille. Mais elle n'est pas portée à la fausse modestie. Si Deety pouvait le faire, ou si elle pensait qu'elle a la moindre chance d'y parvenir, elle s'y serait déjà attaquée. En fait, elle fait ce qu'elle peut; elle se livre à un rude travail d'assemblage de la banque d'ordinateurs que nous possédons.

– Jacob, je suis désolée de dire cela... (Hazel hésita.) Peut-être ne devrais-je pas.

– Dans ce cas, taisez-vous.

– Il faut que je sorte ce que j'ai sur le cœur. Mon papa Mannie n'est pas optimiste quant aux résultats, même si nous réussissons pleinement à sauver toutes les banques de mémoire et les programmes qui constituent l'essentiel d'Adam Selene – ou de « Mike », comme l'appelle papa. Il pense que son ami a été si gravement touché au cours de la dernière attaque – je m'en souviens encore; c'était horrible – qu'il s'est plongé dans une catatonie informatique dont il ne sortira jamais. Pendant des années, papa a tenté de le réveiller, après la Révolution, alors qu'il avait libre accès au Complexe du Gouverneur. Il ne voit pas comment nous y parviendrons en ramenant ici les mémoires et les programmes. Oh, il veut bien essayer, il brûle de le faire, il adore Mike. Mais il n'a guère d'espoir.

– Quand vous verrez Manuel, vous pourrez lui

dire de se réjouir; Deety a envisagé une solution.

— Vraiment ? Oh, j'en serais si heureuse !

— Deety va doter Teena d'un grand nombre de capacités supplémentaires, à la fois en ce qui concerne la mémoire et la manipulation des symboles de la pensée, après quoi elle va fourrer Mike au lit avec Teena. Si cela ne ramène pas Mike à la vie, rien ne l'y ramènera.

— Oui, je crois que cela devrait coller, dit Hazel après un instant de surprise et un petit rire.

Elle retourna à la piscine et j'appris par Jacob Burroughs pourquoi sa fille Deety s'enflammait autant en parlant du père de la Bombe Atomique : elle avait été, ils avaient été tous les quatre ainsi que leur maison balayés par une bombe atomique; une bombe à fission, pensai-je, mais Jake ne le précisa pas.

— Colonel, lire une manchette dans un journal ou entendre une nouvelle, c'est une chose; c'en est une autre de voir que c'est votre maison qui se trouve recouverte par le champignon. Nous sommes dépossédés, nous ne pourrons jamais rentrer chez nous. En fait, nous avons été totalement effacés de l'ardoise. Dans notre fuseau temporel, il ne reste rien qui indique que nous quatre – Hilda, Deety, Zeb et moi-même – avons jamais existé. Les maisons dans lesquelles nous avons vécu ne sont plus, n'ont jamais existé, la terre s'est refermée sur elles sans aucune cicatrice.

Il parut aussi seul que l'Odyssée puis poursuivit :

— Lazarus a envoyé quelqu'un du Corps du Temps... Dora ? Puis-je parler à Elizabeth ?

— Allez-y.

— Lib, mon chou, place cette rosace dont parlait Pete, ou était-ce Archie ? Repère la date de surveillance la plus proche. Remonte de trois ans. Fais évacuer.

— Paradoxe, Jacob.

– Oui. Place ces trois ans dans une boucle, fais-les disparaître, balance-les. Vérifie.

– Je vérifie, mon chéri. Autre chose ?

– Non. Terminé.

– ... a envoyé quelqu'un du Corps du Temps, poursuivit Burroughs, sur notre fuseau temporel pour tenter de nous retrouver, quelque part dans la fourchette entre ma naissance et la nuit où nous avons tenté d'échapper à la catastrophe. Nous n'existions pas du tout. Nous n'étions jamais nés. Et Zeb et moi-même avions connu des carrières militaires et fait des études universitaires; nous ne figurons ni dans les archives militaires ni dans celles de l'université. Il existe un enregistrement de mes parents... mais ils ne *m'ont* jamais eu. Colonel, parmi les douzaines, les centaines d'enregistrements où étaient répertoriés les citoyens du XXᵉ siècle aux États-Unis d'Amérique, on n'a trouvé aucune trace prouvant que nous ayons jamais existé. Gay Deceiver n'a pas seulement sauvé nos vies cette nuit-là, dit Burroughs avec un soupir; elle a sauvé notre existence même. Elle a décidé de fuir si vite que la Bête a perdu la piste. Qu'y a-t-il, chérie ?

Jane Libby se tenait devant nous, ruisselante, les yeux ronds.

– Papa ?

– Vas-y, mon chou.

– Il nous faut ces données pythagoriciennes, mais en remontant beaucoup plus loin. Oh, dix ans ou plus. Après quoi, une fois repéré l'instant où le Seigneur de la Galaxie, ou qui que ce soit, a commencé à surveiller le QGT, il faudra reculer un peu et évacuer. On fait une boucle, on colle une pièce et ils ne se douteront jamais que nous avons déjoué leurs manœuvres. J'en ai parlé à Deety, elle pense que ça pourrait marcher. Qu'en dis-tu ?

– Je pense que ça marchera. Je rappelle ta

mère et nous allons le lui dire. Dora, repassez-moi Elizabeth, s'il vous plaît.

(Rien, sur son visage ou dans sa manière de se comporter, n'indiquait qu'il venait juste de parler à Lib Long pour lui proposer le même plan. Pour autant que j'en puisse juger.)

— Elizabeth ? Un message de notre championne de tennis de table. Jane Libby suggère de placer la rosace à moins dix ans, de repérer la première surveillance, de remonter de… disons trois ans, de faire évacuer, de faire sauter la boucle et de mettre une pièce. Deety et moi pensons que ça va marcher. Veux-tu soumettre ce plan à l'assemblée, en créditer Jane L. et indiquer que je vote pour, ainsi que Deety.

— Et moi.

— Vous avez des enfants très doués, chère madame.

— Parce que j'ai choisi des pères doués, monsieur. Et bons. Bons époux et bons pères. Terminé ?

— Terminé, dit Burroughs. (Il ajouta à l'intention de sa fille :) Tes parents sont fiers de toi, Janie. Je te prédis l'unanimité de la section des mathématiciens dans quelques minutes. Tu as répondu à l'objection soulevée par Lazarus — objection toute légitime — en trouvant une solution qui permet de ne guère se soucier de savoir qui nous fait cela; nous pouvons parfaitement nous arranger sans connaître l'auteur. Mais as-tu remarqué que ta méthode pourrait bien, également, révéler le coupable ? Avec un peu de chance.

On aurait dit que Jane Libby venait juste de recevoir le prix Nobel.

— J'ai remarqué. Mais le problème était d'en arriver à une évacuation de tout le monde sain et sauf. Le reste n'est que le fait du hasard.

— C'est une autre façon de qualifier l'intelligence. Veux-tu dîner ? Ou retourner au bouillon ? Ou les deux ? Pourquoi ne pas y balancer le colonel Campbell tout habillé ? Deety et Hilda t'aideront, j'en suis sûr, et Hazel pourrait bien se joindre à elles.

— Hé, une minute ! protestai-je.

— Poule mouillée !

— Colonel, on ne vous ferait pas ça ! Papa plaisante.

— Pas le moins du monde.

— Balancez votre papa d'abord, à titre d'entraînement. S'il n'en souffre pas, je me laisserai faire bien sagement.

— *Blert !*

— Toi, reste en dehors de ça !

— Janie, mon chou ?

— Oui, papa.

— Demande qui veut du lait malté à la fraise et des hot dogs ou des ersatz peu convaincants. Pendant ce temps, je vais pendre mes vêtements au sec dans l'armoire, et si le colonel est malin, il fera comme moi; colonel, nous avons là une sacrée bande de chahuteuses, notamment avec l'exacte combinaison suivante : Hilda, Deety, Hazel et Janie. Explosive. Qui s'occupe du chat ?

Une heure plus tard, Dora (une petite lumière bleue) nous conduisit dans notre cabine; Hazel portait le chaton et une soucoupe, je portais nos vêtements, l'autre soucoupe, ma canne et son sac. J'étais agréablement fatigué et il me tardait d'aller me coucher avec ma femme. Depuis trop longtemps nous n'avions pas couché ensemble. Selon moi, nous avions sauté deux nuits... ce qui n'est pas trop long pour de vieux mariés mais beaucoup trop pour une lune de miel. La morale de l'histoire est donc la suivante : ne vous laissez pas agresser pendant votre lune de miel.

Pour elle, notre séparation avait duré... un mois ?

— Combien de temps, Hazel ? Ce champ de Lethe a complètement bouleversé ma notion du temps.

— Trente-sept jours tertiens, dit Hazel après une hésitation. Mais tu devrais avoir l'impression que ça n'a pas duré plus d'une nuit. Deux nuits, en fait... car le temps que je vienne me coucher hier soir, tu ronflais. Je suis désolée. Tu peux m'en vouloir, mais pas trop. Voici notre mignon petit nid d'amour.

(Un « petit nid d'amour », vraiment ! Il était plus vaste que ma suite de luxe sur la Règle d'Or et beaucoup plus somptueux... avec un lit plus grand et meilleur.)

— Femme, nous nous sommes baignés au Taj Mahal de Lazarus. Je n'ai plus à retirer ma jambe de bois et tout le reste a déjà été fait dans ce Taj Mahal. Si tu as quelque chose à faire, fais-le. Mais fais-le vite ! Je suis pressé.

— Je n'ai rien à faire. Mais il faut que je m'occupe de Pixel.

— Nous mettrons ses soucoupes dans le rafraîchisseur, nous l'y enfermerons et nous le ferons sortir plus tard.

C'est ce que nous fîmes, et nous allâmes au lit, et ce fut merveilleux, et les détails ne vous regardent pas.

— Nous avons été rejoints, me dit Hazel un peu plus tard.

— Nous le sommes toujours.

— Je veux dire « nous avons de la compagnie ».

— J'ai remarqué. Il a grimpé sur mes épaules il y a un moment, mais j'étais occupé et il ne pèse pas grand-chose. Je n'en ai donc rien dit. Veux-tu le prendre et l'empêcher de se faire rouler et écraser pendant que nous nous séparons ?

— Oui. Rien ne presse. Richard, tu es un brave garçon. Pixel et moi avons décidé de te garder.

— Essaie de te débarrasser de moi ! Tu n'y arriveras pas. Chérie, tu as dit quelque chose de bizarre. Tu as dit : « trente-sept jours tertiens ».

– Ça a été plus long que cela pour moi, Richard, me dit-elle calmement.

– Je me demandais. Combien de temps ?

– Environ deux ans. Deux années terrestres.

– Sacré nom de Dieu !

– Mais, chéri, je suis venue tous les jours pendant ta maladie. Trente-sept fois, je suis venue dans ta chambre d'hôpital, le matin, comme je te l'avais promis. Et chaque fois tu m'as reconnue, tu m'as souri et tu semblais heureux de me voir. Mais, bien sûr, le champ de Lethe provoquait l'oubli instantané. Tous les soirs je repartais et je revenais plus tard, mon absence durant en moyenne trois semaines chaque fois. Pour moi, ce n'était pas difficile, mais Gay Deceiver faisait deux voyages tous les soirs, soit avec les deux paires de jumeaux, soit avec l'équipage d'Hilda. Lâche-moi, maintenant. J'ai attrapé le chat.

– Où allais-tu au cours de tous ces voyages ?

– Faire de la recherche historique sur le terrain, pour le Corps du Temps.

– Je crois que je ne comprends toujours pas ce que fait le Corps du Temps. N'aurais-tu pas pu attendre un mois, après quoi nous aurions pu le faire tous les deux ensemble ? Ou est-ce que j'ai la tête à l'envers ?

– Oui et non. J'ai demandé la mission. Richard, j'ai essayé de retracer ce qui nous est arrivé après que toi et moi nous sommes lancés dans le sauvetage d'Adam Selene. Mike l'ordinateur.

– Et qu'as-tu appris ?

– Rien. Pas un seul foutu détail. On ne trouve que deux fuseaux temporels avec cet événement. C'est un événement cuspide; toi et moi avons créé les deux avenirs. J'ai remonté les quatre siècles suivants, sur les deux fuseaux : sur Luna, la Terre, plusieurs colonies et habitats. Dans tous les cas, cela révèle que nous avons réussi… ou que nous avons essayé et que nous sommes

435

morts... ou on ne parle pas de nous du tout. C'est le cas le plus fréquent; la plupart des historiens ne croient pas qu'Adam Selene était un ordinateur.

– Eh bien... nous ne sommes pas plus mal lotis que nous l'étions avant, non ?

– Non. Mais il fallait que je cherche. Et je voulais trouver avant que tu te réveilles. Que tu sortes du champ de Lethe, je veux dire.

– Sais-tu, petite personne, que je pense beaucoup de bien de toi. Tu es très gentille pour ton mari. Et pour les chats. Et pour d'autres personnes. Euh... non, ça ne me regarde pas.

– Parle, mon amour, ou je te fais des chatouilles.

– Ne me menace pas, sans quoi je te bats.

– À tes risques et périls : je mords. Écoute, Richard, j'attendais la question. C'est la première fois que nous sommes seuls. Veux-tu savoir comment cette petite nympho d'Hazel a fait pour demeurer fidèle et chaste pendant deux douloureuses années ? Ou est-ce que tu n'en crois rien et que tu es trop poli pour le dire ?

– Oh, va au diable ! Écoute, mon chou, je suis un Lunien, avec un sens des valeurs tout lunien. Ce sont nos femmes qui décident pour l'amour et le sexe; et nous, les hommes, nous acceptons leurs décisions. C'est la seule solution harmonieuse. Si tu souhaites fanfaronner, vas-y ! Sinon, parlons d'autre chose. Mais ne m'accuse pas des vices des Terriens.

– Richard, c'est quand tu es le plus raisonnable que tu es le plus horripilant.

– Est-ce que tu *souhaiterais* que je te presse de questions ?

– Ce serait plus poli.

– Cite-moi trois exemples.

– Je vais te citer trois exemples et ce que je vais te dire est la vérité vraie.

436

– Tu as regardé la solution. D'accord, j'abandonne la poursuite. Tu fais partie de la famille Long, non ?

– Qu'est-ce qui te fait dire cela ?

– Je ne sais pas. Vraiment. Il y a trop de petites choses dont aucune ne signifiait rien et que je n'ai pas gardées en tête. Mais, à un moment donné, ce soir, alors que je partais avec Jake, j'ai découvert que je tenais cela pour acquis. Est-ce que je me trompe ?

– Non, tu as raison, soupira-t-elle. Mais je n'avais pas l'intention de t'accabler avec cela pour le moment. Vois-tu, je suis en congé d'absence, je ne suis pas membre de la Famille en ce moment. Et c'est là ce que j'avais l'intention de t'avouer.

– Un instant. Jake est l'un de tes maris.

– Oui. Mais souviens-toi, je suis en congé.

– Combien de temps ?

– Jusqu'à ce que la mort nous sépare ! C'est ce que je t'ai promis à la Règle d'Or. Richard, les histoires montrent que toi et moi étions mariés à l'époque de l'événement cuspide… et j'ai donc demandé le divorce à la Famille… ainsi qu'une permission d'absence. Mais cela pourrait tout aussi bien être définitif : ils le savent et je le sais. Richard, j'étais là tous les soirs, tous les soirs terticns du moins; trente-sept fois… mais je n'ai jamais couché avec la Famille. Je… d'ordinaire je couchais avec Xia et Choy-Mu. Ils ont été bons pour moi. Mais jamais avec un Long. Avec aucun d'entre eux, homme ou femme. Je t'ai été fidèle, à ma manière.

– Je ne vois pas pourquoi il a fallu que tu te prives. Ainsi, tu es l'une des femmes de Lazarus Long, toi aussi. En congé, mais sa femme. Ce vieux malfaisant ! Hé ! Est-ce qu'il ne serait pas jaloux de moi ? Bon Dieu, oui, c'est non seulement possible mais probable. Certain ! Ce n'est pas un Lunien; il n'est guère accoutumé à accepter « le

Choix de la Dame ». Et il vient d'une civilisation où la jalousie est le plus banal des troubles mentaux. Bien sûr ! Quel cornichon !

— Non, Richard.

— Mon œil !

— Richard, Lazarus s'est débarrassé de toute jalousie depuis bien des générations... et j'ai eu toute possibilité d'en juger car nous avons été mariés treize ans. Non, chéri, il est inquiet. Il est inquiet pour moi et pour toi – il sait combien tout cela est dangereux –, et il est inquiet pour toute la Famille et pour Tertius. Parce qu'il sait combien le multivers est dangereux. Il consacre sa vie et toute sa fortune à essayer d'assurer la sécurité des siens.

— Eh bien... j'aimerais qu'il y parvienne en se montrant plus urbain. Courtois. Poli.

— Moi aussi. Tiens, prends le chat; il faut que j'aille aux toilettes. Ensuite, je vote pour un bon sommeil.

— Moi aussi. Bon sang, que c'est bon de sortir du lit et d'aller tranquillement aux toilettes sans avoir à sautiller.

Nous étions blottis l'un contre l'autre, dans le noir, sa tête sur mon épaule et le chaton qui se promenait quelque part sur le lit. Nous allions nous endormir quand elle murmura :

— Richard. J'ai oublié... Ezra...

— Oublié quoi ?

— Ses jambes. Quand... la première fois qu'il a marché avec... avec des béquilles. Il y a trois jours, je crois... environ trois mois pour moi. Xia et moi avons félicité Ezra... horizontalement.

— C'est la meilleure façon.

— On l'a emmené au lit. On l'a épuisé.

— Braves filles. Et à part ça, quoi de neuf ?

Elle paraissait s'être endormie. Et puis elle murmura à peine :

– Wyoming.

– Quoi, chérie ?

– Wyoh, ma fille. La petite fille qui jouait dans la fontaine... tu te souviens ?

– Oui, oui ! C'est la tienne ? Oh, c'est magnifique !

– Je l'ai rencontrée ce matin. Je lui ai donné... le nom de maman Wyoh. Lazarus...

– C'est une fille de Lazarus ?

– Je crois. C'est ce que dit Ishtar. Il y a... toutes les chances.

J'essayai de me souvenir du visage de l'enfant. Un petit lutin aux cheveux roux.

– C'est surtout à toi qu'elle ressemble.

Hazel ne répondit pas. Sa respiration était lente, régulière.

Je sentis des pattes sur ma poitrine et on me chatouilla le menton.

– *Blert ?*

– Tais-toi, bébé; maman dort.

Le chaton s'installa et s'endormit lui aussi. La journée se termina donc pour moi comme elle avait commencé, avec un chaton endormi sur la poitrine.

Une journée fertile en événements.

27

« C'est une bien pauvre mémoire que celle qui ne fonctionne qu'à l'envers. »
Charles Lutwidge DODGSON, 1832-1898

– Gwendolyn, mon amour.

– Oui, Richard, dit Hazel qui s'arrêta, surprise, une brosse à dents à la main.

— C'est notre premier anniversaire. Il faut fêter cela.

— Tout à fait d'accord pour fêter cela, mais je ne vois pas comment tu calcules. Et fêter cela comment ? Avec un somptueux petit déjeuner ? Ou en retournant au lit ?

— Les deux. Plus quelque chose de spécial. Mais déjeunons d'abord. Quant à ma façon de calculer, suis-moi : c'est notre anniversaire parce qu'il y a exactement une semaine que nous sommes mariés. Oui, je suis parfaitement conscient que pour toi cela fait deux ans...

— Mais non ! Ça ne compte pas. Comme le temps passé à Brooklyn.

— Et tu me dis que cela fait trente-sept, trente-huit, trente-neuf jours à peu près que je suis ici. Mais pour moi cela ne fait pas trente-neuf jours, Gwen-Hazel, car Allah ne va pas soustraire du temps qui m'est alloué ces jours que j'ai passés dans le champ de Lethe, donc je ne les compte pas. Bon sang, je n'y croirais pas si je n'avais pas deux pieds, maintenant.

— Tu t'en plains ?

— Oh, non ! Sauf qu'il va me falloir me couper deux fois plus d'ongles...

— *Blert !*

— Qu'en sais-tu ? Tu n'as pas d'ongles aux pattes; tu as des griffes. Et tu m'as griffé pendant la nuit. Oui, parfaitement : ne prends pas cet air innocent. Lundi soir, le 30 juin... de l'an 2188 – je ne sais pas exactement à quelle année cela correspond ici – nous sommes allés au Halifax Ballet Theater voir Luanna Pauline dans le rôle de Titania.

— Oui. N'est-elle pas charmante ?

— N'était-elle pas ! Parle au passé, ma chère. Si ce que l'on m'a dit est vrai, sa beauté éthérée n'est que poussière depuis plus de deux mille ans. Qu'elle repose en paix. Après quoi nous sommes allés au Rainbow's End pour souper et un total inconnu a eu le mauvais goût de se faire tuer brusquement à notre table. Sur quoi, tu m'as violé.

– Pas à table !

– Non, dans mon appartement de célibataire.

– Et ce n'était pas un viol.

– Inutile d'en discuter puisque, avant midi le lendemain, tu as sauvé ma réputation bien entachée. Le jour de notre mariage, mon amour. Mme Gwendolyn Novak et le Dr Richard Ames ont annoncé leur mariage le mardi 1er juillet 2188. Souviens-toi de la date.

– Je ne suis pas près de l'oublier !

– Moi non plus. Ce soir-là, nous avons filé de la ville avec les sbires du shérif à nos trousses. Nous avons dormi à Dry Bones Pressure. Exact ?

– Exact, jusque-là.

– Le lendemain, mercredi 2, Gretchen nous a conduits à Lucky Dragon Pressure. Nous avons dormi chez le Dr Chan ce soir-là. Le lendemain, mercredi 3, tantine voulait nous conduire à Hong Kong de Luna, mais elle n'est pas arrivée jusqu'au bout car nous avons rencontré ces ardents partisans de la réforme agraire. C'est toi qui as conduit le reste du chemin et nous sommes arrivés si tard à l'hôtel de Xia que ça ne valait guère la peine d'aller au lit. Mais c'est ce que nous avons fait. Ce qui nous amène au vendredi 4 juillet, jour de la Fête de l'Indépendance. D'accord ?

– D'accord.

– Nous avons été réveillés – *j'ai* été réveillé; toi, tu étais déjà levée – beaucoup plus tôt ce vendredi matin... pour apprendre qu'on ne m'aimait guère à la mairie. Mais tantine et toi m'avez tiré de là... et nous avons filé si vite pour Luna City que ma perruque en est restée en l'air.

– Tu ne portes pas de perruque.

– Plus maintenant; elle est toujours en l'air, là-bas. Nous sommes arrivés à L-City vers 16 : 00

ce même vendredi. Toi et moi avons eu une petite querelle…

— Richard ! *Je t'en prie,* ne va pas exhumer mes péchés passés.

— … mais tout s'est arrangé car j'ai reconnu mon erreur et demandé pardon. Nous avons passé la nuit au Raffles; nous étions encore le vendredi 4 juillet quand nous sommes allés nous coucher. Nous avions commencé la journée à plusieurs klicks à l'ouest de la ville avec des combattants de la liberté qui faisaient joujou avec des armes. Tu me suis toujours ?

— Oui. Mais, dans mon souvenir, cela paraît beaucoup plus long.

— Une lune de miel n'est jamais trop longue et la nôtre est agitée. Le lendemain matin, samedi 5, nous avons versé une provision à Ezra et nous nous sommes rendus au Complexe du Gouverneur… nous sommes revenus et nous avons été agressés à l'entrée du Raffles. Nous avons donc quitté le Raffles en toute hâte, au milieu d'un monceau de cadavres, grâce à l'amabilité de Gay Deceiver et du Corps du Temps. Nous sommes brièvement passés sur les lieux de ma jeunesse innocente, en Iowa où pousse le plus beau maïs. Et sur Tertius en un éclair. Mon amour, à partir de là mon calendrier de ver de Terre devient inutile. Nous avons quitté Luna le samedi 5 au soir; nous sommes arrivés sur Tertius quelques minutes plus tard et, pour plus de commodités, je dis que le jour tertien de notre arrivée correspond au samedi 5 juillet 2188. Peu importe ce qu'en disent les citoyens tertiens; cela ne pourrait que m'embrouiller. Tu me suis toujours ?

— Eh bien… oui.

— Merci. Je me suis réveillé le lendemain matin – dimanche 6 juillet – avec deux pieds. Sur Tertius, je veux bien l'admettre, il s'était écoulé trente-sept jours. Tu me dis que pour toi cela fait environ deux ans, ce qui est tout à fait invraisemblable. Je préfère encore croire aux licornes et aux vierges. Pour Gretchen, cela faisait cinq ou six ans, ce qu'il me faut mentionner car elle a maintenant dix-huit ou dix-neuf ans et qu'elle est enceinte. Mais pour moi, ça n'a fait qu'un peu plus d'une nuit, de samedi à dimanche. Cette nuit de « dimanche », j'ai couché avec Xia, Gretchen, Minerva, Galahad, Pixel et peut-être Tom, Dick et Harry et leurs sheilas Agnes, Mabel et Becky.

– Qui est-ce ? Les filles, je veux dire; les garçons, je les connais. Trop bien.

– Pauvre douce et innocente enfant; tu es trop jeune pour les connaître. Chose surprenante, j'ai bien dormi. Ce qui nous amène à hier, que j'appelle lundi 7 juillet. La nuit dernière nous l'avons passée à rattraper notre lune de miel… et je t'en remercie, chère madame.

– À votre service, monsieur. Mais le plaisir était partagé. Je comprends maintenant comment tu en es arrivé à cette date. À la fois pour le calendrier terrien et pour ton horloge biologique – l'horloge de base, comme le savent tous les voyageurs du temps –, nous sommes aujourd'hui le mardi 8 juillet. Heureux anniversaire, chéri !

Nous nous arrêtâmes pour échanger un peu de salive et Hazel pleura et j'eus les yeux humides.

Excellent petit déjeuner. C'est tout ce que je puis en dire car Gwen-Hazel avait décidé de me faire goûter la cuisine tertienne. Elle s'en était discrètement entretenue avec Dora et je mangeai donc ce qu'on m'apporta, comme l'avait fait graver sur sa tombe un fermier de l'Iowa. Et Pixel fit comme moi et se régala de spécialités qui, pour moi, paraissaient être des ordures mais qui, à le voir avaler cela, avaient pour lui le goût de l'ambroisie.

Nous venions de terminer notre seconde tasse

de… – non, ce n'était pas du café – et nous allions nous rendre à la résidence Long où je devais avoir le « plaisir tout particulier » de rencontrer ma nouvelle fille, Wyoming Long, quand Dora annonça :

– Avis concernant le fuseau temporel, la date, le lieu et l'heure. Officiel. Veuillez vous préparer à régler vos chronos au top.

Hazel, surprise, saisit vivement son sac, fouilla dedans et en tira un truc que je n'avais jamais vu. Appelons cela un chronomètre.

– Nous sommes en orbite stationnaire autour de Tellus, Sol III, fuseau temporel trois, codé « Neil Armstrong », poursuivit Dora. La date est mardi 1er juillet…

– Mon Dieu ! Nous voilà revenus au point de départ ! Au jour de notre mariage !

– Silence, chéri, s'il te plaît !

– … du calendrier grégorien. Je répète : fuseau temporel trois, Sol III, 1er juillet 2177 du calendrier grégorien. Au top, il sera zone cinq, zéro neuf quarante-cinq. *Top !* Ceux qui sont équipés pour recevoir la correction sonique doivent attendre la tonalité…

Cela commença par une note très basse pour grimper dans l'aigu jusqu'à me vriller les oreilles.

– Dans cinq minutes vous seront donnés un nouveau top et une nouvelle correction sonique, heure du vaisseau ou fuseau temporel cinq de Tellus, maintenant réglée comme heure locale légale appelée « heure de jour » pour point d'interception sur ce fuseau temporel. Hazel, mon chou, un message personnel.

– Oui, Dora.

– Voici les chaussures de Richard… (Bang, elles tombèrent sur le lit. Jaillies de nulle part.)… et ses deux autres costumes… (Plop.)… et j'y ai ajouté la lingerie et les bas. Dois-je y mettre également une paire de combinaisons ? J'ai pris les mesures de Richard pendant que vous dormiez. Elles ne sont pas lavables; c'est du tissu Hercule, les taches ne partent pas.

— Oui, Dora, et merci, chérie. C'est très judicieux de votre part. Je ne lui avais acheté que des vêtements de ville pour le moment.

— J'avais remarqué. (Plop : un autre paquet.) Nous avons passé la nuit à embarquer et débarquer. Le dernier traînard est parti à zéro neuf cents, mais j'ai parlé au commandant Laz de votre petit déjeuner d'anniversaire et elle a refusé que Lazarus vienne vous déranger. Message de Lazarus : si c'est un effet de votre bonté, voulez-vous avoir l'obligeance de vous tirer des toiles l'un et l'autre et de vous présenter au QGT. Fin du message. Transmission en direct depuis la passerelle.

— Hazel ? Ici le commandant Laz. Pouvez-vous quitter le vaisseau tous les deux à dix heures ? J'ai dit à mon empoisonneur de frère qu'il pouvait compter que nous partirions à dix heures.

— Oui, soupira Hazel. Nous partons immédiatement pour le sas de l'appareil.

— Parfait. Félicitations à tous les deux de la part de Lor, Dora et moi. Puissiez-vous fêter cela de nombreuses fois ! Nous avons eu grand plaisir à vous avoir à bord.

Nous arrivâmes dans le sas avec deux minutes d'avance, moi portant les paquets et le chat, et m'habituant à mes chaussures neuves, enfin, une vieille et une neuve. J'appris que par « sas de l'appareil » il fallait entendre notre vieille amie Gay Deceiver; l'extrémité d'un étroit passage donnait sur sa porte tribord. De nouveau, je ne pus voir ces salles de bains situées hors du temps; les petits-fils d'Hazel nous accompagnèrent et on nous dit de nous installer dans les sièges arrière. Pol sortit pour nous permettre d'entrer.

– Salut, grand-mère ! Bonjour, monsieur.

Je leur dis bonjour et Hazel embrassa ses deux petits-fils en passant, sans perdre une seconde. Nous nous assîmes et bouclâmes nos ceintures.

– Ceintures ? demanda Cas.

– Ceintures des passagers attachées, répondit Hazel.

– Passerelle ! Prêt pour le lancement.

– Lancement quand vous voudrez, répondit Laz.

Instantanément, nous nous retrouvâmes en plein ciel et en apesanteur. Pixel commença à s'agiter; je le retins dans mes deux mains. Je crois que c'est l'apcsanteur qui le surprit... mais comment aurait-il pu le dire ? D'abord, il ne pesait rien.

Nous apercevions la Terre sur tribord, pleine apparemment, encore qu'on ne puisse le préciser à une aussi faible distance. Nous nous trouvions juste en face du milieu de l'Amérique du Nord, ce qui indiquait que Laz était un pilote plus que compétent; si nous nous étions retrouvés sur l'habituelle orbite de vingt-quatre heures, concentriquement parallèle à l'équateur terrestre, nous aurions été au-dessus de l'équateur à quatre-vingt-dix ouest, au-dessus des îles Galapagos. Je pense qu'elle avait choisi une orbite inclinée à environ quarante degrés et réglée sur dix heures, heure du vaisseau; et je me dis que je vérifierais plus tard, si j'avais l'occasion de jeter un coup d'œil sur le livre de bord.

(Un pilote ne peut s'empêcher de tenter de deviner les manœuvres des autres pilotes; c'est une déformation professionnelle. Désolé.)

Et, soudain, nous nous retrouvâmes dans l'atmosphère, à trente-six mille klicks d'un seul coup. Gay déploya ses ailes, Cas lui fit baisser le nez puis amorça le vol en palier, et ce fut de nouveau la pesanteur, à un g; et Pixel apprécia encore moins. Hazel le prit dans ses bras, l'apaisa;

il se calma. Je crois qu'il se sentait davantage en sécurité avec elle.

Avec ses ailes repliées pour le vol hypersonique – je ne l'avais jamais vue autrement – Gay est surtout une masse en mouvement. Avec ses ailes déployées, elle a beaucoup de portance et plane merveilleusement. Nous étions à mille mètres d'altitude environ, au-dessus de la campagne par une belle journée d'été, claire, à part quelques cumulus çà et là, à l'horizon. Superbe ! Une journée à se sentir rajeuni.

– J'espère que cette translation ne vous a pas incommodés, dit Cas. Si j'avais laissé faire Gay, elle nous aurait emmenés au sol en un seul bond; les défenses antiaériennes la rendent nerveuse.

– *Pas* nerveuse. Rationnellement prudente.

– Et c'est très bien, Gay. Elle a effectivement raison de se montrer prudente. La liste des précautions à prendre par les Pilotes pour cette planète en cette année de ce fuseau temporel prévoit des défenses antiaériennes autour de toutes les grandes villes. Et Gay glisse donc sous la couverture des radars antiaériens.

– On peut l'espérer, dit l'appareil.

– … et c'est ainsi que nous apparaîtrons comme un simple appareil subsonique privé sur les écrans des contrôles radar, s'il y en a. Et là où nous nous trouvons il n'y en a pas.

– Optimiste, ricana l'appareil.

– Cesse de râler. As-tu repéré ton terrain ?

– Depuis longtemps. Si vous arrêtez de jacasser et m'y autorisez, j'y vais.

– C'est bon, Gay.

– Hazel, dis-je, j'avais espéré rencontrer ma nouvelle fille. Wyoming.

– Ne t'inquiète pas, chéri; elle ne saura jamais que nous sommes partis. C'est ainsi qu'il faut procéder jusqu'à ce que l'enfant soit en âge de comprendre.

– Elle ne le saura pas, mais moi, oui. Je suis déçu. C'est bon, n'en parlons plus.

De nouveau, le paysage vacilla et nous fûmes au sol.

– Vérifiez que vous n'oubliez rien, dit Cas.

Au moment où nous sortions, Gay Deceiver disparut. Je fixais l'espace où s'était trouvé l'appareil. La maison de mon oncle Jock se trouvait à deux cents mètres de là.

– Hazel, quel jour sommes-nous, d'après Dora ?

– Mardi 1er juillet 2177.

– C'est bien ce que je pensais avoir entendu. Mais en y réfléchissant je me suis dit que j'avais dû me tromper. Je vois maintenant qu'elle ne blaguait pas : '77. Onze ans dans le passé. Mon chou, cette vieille grange se dresse là où nous avons atterri samedi dernier, il y a trois jours. Tu m'as poussé jusqu'à la maison dans le fauteuil roulant d'Ezra. Chérie, cette grange que nous voyons là a été démolie voilà des années; ce n'est que son fantôme. Dommage.

– Ne t'inquiète pas, Richard. C'est toujours ce qu'on ressent quand on voyage dans le temps, la première fois qu'on se trouve mêlé à une boucle.

– J'ai déjà vécu l'an 2177 ! Je n'aime pas les paradoxes.

– Richard, considère cela comme un autre lieu à une autre époque. Personne ne remarquera le paradoxe, alors ignore-le toi-même. La chance d'être reconnu quand on vit paradoxalement est nulle pour toute époque extérieure à ta durée de vie normale… mais elle est d'ordinaire d'une sur un million même si tu tombes, à travers le temps, tout près de chez toi. Tu as quitté cette région alors que tu étais bien jeune, non ?

– J'avais dix-sept ans : en 2150.

– Eh bien, oublie ça. On ne peut te reconnaître.

– L'oncle Jock va me reconnaître. Je suis revenu le voir plusieurs fois. Bien que pas récemment. À moins que l'on ne compte notre rapide visite d'il y a trois jours.

– Il ne se souviendra pas de notre visite d'il y a trois jours...

– Vraiment ? Bien sûr, il a cent six ans. Ou il les aura dans onze ans. Mais il n'est pas sénile.

– Tu as raison; il n'est certainement pas sénile. Et l'oncle Jock a l'habitude des boucles temporelles. Comme tu l'auras deviné, il fait partie du Corps et c'est un ancien. En fait, c'est lui le chef de station pour l'Amérique du Nord dans le fuseau trois. L'évacuation du QGT de la nuit dernière s'est faite à cette station. Tu n'avais pas compris ?

– Hazel, je ne suis même pas rentré placé. Il y a vingt minutes je me trouvais dans ta cabine – Dora était garée au sol sur Tertius, à ce que je croyais – et je me demandais si j'allais prendre une autre tasse ou retourner au lit avec toi. Depuis, j'ai couru aussi vite que possible pour essayer de rattraper mon erreur. Sans succès. Je ne suis qu'un vieux soldat et un inoffensif écrivain d'occasion; je ne suis pas habitué à de telles aventures. Bon, allons-y. Je voudrais te présenter à ma tante Cissy.

Gay nous avait débarqués de l'autre côté de la route, en face de chez l'oncle Jock. Nous marchâmes un peu, moi portant les paquets et balançant ma canne, Hazel avec son sac et le chat. Il y a quelques années, l'oncle Jock avait entouré sa ferme d'une barrière bien plus solide qu'il n'était coutume de le faire en Iowa à cette époque. Elle n'existait pas encore quand j'avais quitté la maison pour m'engager, en 2150; elle était en place lors de ma visite en... 2161 ? C'est à peu près cela.

Cette barrière était en solide grillage métallique, de deux mètres de haut, et surmontée de six rangs de fil de fer barbelé. Je crois qu'on a rajouté le barbelé plus tard; je ne m'en souviens plus.

À l'intérieur du rouleau de barbelé courait un fil de cuivre avec des isolateurs en céramique. Tous les vingt mètres, environ, une pancarte disait :

DANGER !!!
Ne pas toucher la grille sans couper
le courant à l'aide de l'interrupteur nº 12

À la grille, une autre pancarte, plus grande, annonçait :

AGENCE DE LIAISON INTERBUREAUX
Division de la Recherche bio-écologique
Bureau de District
LIVRAISON DES DÉCHETS RADIOACTIFS
À LA GRILLE nº 4 LE MERCREDI SEULEMENT
7-D-92-10-3 sc
VOILÀ À QUOI PASSENT VOS IMPÔTS

— Richard, dit Hazel, songeuse, on dirait que ton oncle Jock n'habite pas ici cette année. Ou on s'est trompé de maison et Gay a raté ses repères. Il faut peut-être que je demande de l'aide.

— C'est la bonne maison et l'oncle Jock vivait... vit ici cette année. Si l'on est bien en 2177 et je m'en souviens. C'est tout à fait le style de l'oncle Jock cette pancarte; il a toujours eu des idées curieuses quant à la propriété privée. Une année, c'étaient des piranhas et des fossés.

Je repérai un bouton à droite de la grille et sonnai. Une voix métallique, si artificielle que ce devait être celle d'un comédien annonça :

— Tenez-vous à cinquante mètres du micro. Montrez votre insigne. Présentez-vous de face. Faites un quart de tour et présentez-vous de profil. La propriété est gardée par des chiens, protégée par des gaz et des tireurs d'élite.

— Est-ce que Jock Campbell est chez lui ?

– Qui êtes-vous ?

– Son neveu Colin Campbell. Dites-lui que le père de la fille a tout découvert !

Une voix que je connaissais bien remplaça la voix métallique.

– Dickie, tu as encore des ennuis ?

– Non, oncle Jock. Je voudrais simplement entrer. Je pensais que tu m'attendais.

– Il y a quelqu'un avec toi ?

– Ma femme.

– Son prénom ?

– Va au diable !

– Plus tard, rien ne presse. Il me faut son prénom.

– Et moi je n'ai pas envie de jouer; on s'en va. Si tu vois Lazarus Long – ou le Dr Hubert – dis-lui que je suis fatigué de ces jeux de gamins et que je ne joue plus. Au revoir, mon oncle.

– Attends ! Ne bouge pas; tu es dans ma ligne de mire.

Je tournai les talons sans répondre et dis à Hazel :

– Allons-y, chérie. La ville est assez loin mais il va sûrement passer quelqu'un qui nous prendra. Les gens du coin sont très gentils.

– Je peux appeler pour demander de l'aide. Comme je l'ai fait au Raffles, dit Hazel en prenant son sac.

– Vraiment ? Est-ce que l'appel ne serait pas relayé et renvoyé à cette maison, quels que soient le lieu, la date et le fuseau temporel ? Ou n'ai-je rien compris ? Allons-y pedibus. C'est mon tour de prendre ce féroce animal.

– D'accord.

Hazel ne paraissait pas gênée de notre échec de n'avoir pu pénétrer chez l'oncle Jock, ou dans le Quartier Général du Temps, peu importe. Quant à moi, j'étais heureux, joyeux. J'avais une femme belle et adorable. Je n'étais plus infirme et je me sentais plusieurs années plus jeune que mon âge officiel. Si j'avais un âge officiel. Le temps était radieux, comme seul peut l'être le temps en Iowa. Oh, il allait faire chaud plus tard dans la journée (il faut beaucoup de soleil pour avoir du beau maïs) mais maintenant, à environ 10 h 30, il faisait encore doux; le temps que ça se réchauffe, ma femme et le chat seraient à l'abri. Dussions-nous nous arrêter à la prochaine ferme. Voyons... chez les Tanguay ? Ou le vieux bonhomme avait-il vendu en 2177 ? Peu importait.

Je ne m'inquiétais pas de ne pas avoir d'argent local ou autre. Il n'y a pas de place pour les soucis par une belle journée d'été en Iowa. Je pourrais travailler, j'allais travailler : à répandre du fumier si c'était le genre de travail que je trouvais. Et bientôt j'allais répandre un fumier d'un autre genre, à distiller de la mauvaise littérature le soir et le dimanche. En 2177, Evelyn Fingerhut n'avait pas encore pris sa retraite. J'allais donc m'inventer un nouveau nom de plume et lui vendre la vieille salade. Les mêmes histoires... après avoir seulement changé les noms.

Changer les noms, modifier l'intrigue, passer un coup de peinture fraîche et c'est vendu ! C'est là le secret du succès littéraire. Les éditeurs prétendent toujours être à la recherche de nouvelles histoires mais ils ne les achètent pas; ils achètent « toujours la même salade ». Parce que le cochon de lecteur veut qu'on le distraie, pas qu'on l'étonne, ni qu'on l'instruise, ni qu'on lui fasse peur.

Si les gens recherchaient vraiment la nouveauté, le base-ball serait mort depuis deux siècles... au lieu d'être toujours aussi populaire. Que voulez-vous qu'il se passe dans un match de base-ball que tout le monde n'a pas déjà vu de nombreuses fois ? Malgré cela, les gens aiment regarder le base-ball; bon sang, j'aimerais bien voir un match, maintenant, avec hot dogs et bière.

— Hazel, aimes-tu le base-ball ?

— Jamais eu l'occasion de le savoir. Quand les médicaments contre l'accélération sont sortis, je suis allée sur la Terre pour faire mon droit mais je n'ai jamais trouvé le temps de regarder un match de base-ball, même à la télé. J'avais trop de travail avec la fac ! J'étais Sadie Lipschitz, alors.

— Pourquoi ? Tu as dit que tu n'aimais pas ce nom.

— Tu es sûr de vouloir le savoir ? La réponse à un « pourquoi » est toujours « l'argent ».

— Si tu veux me le dire, dis-le-moi.

— Vaurien ! C'était juste après la mort de Slim Lemke Stone et... qu'est-ce que c'est que ce boucan ?

— Ça, c'est une automobile.

Je cherchai l'origine du bruit. Aux environs de l'année 2150 ou un peu avant (j'ai vu ma première voiture l'année où je me suis engagé), le fin du fin en matière d'esbroufe pour un fermier de l'Iowa était d'avoir et de conduire une réplique d'un véhicule personnel « automobile » du XXe siècle. Pas un véhicule mû par un moteur à combustion interne, bien sûr, ou par un dérivé du pétrole : même la République Populaire d'Afrique du Sud avait des lois interdisant la pollution de l'air. Mais avec son moteur Shipstone camouflé et un enregistrement pour produire le bruit d'un prétendu moteur à explosion, on ne pouvait vraiment faire la différence entre une copie en ordre de marche et une véritable « automobile ».

Celle qui apparut était la plus époustouflante de toutes les répliques, une Lizzy, une « Ford modèle T de 1914 », aussi digne que la reine Victoria, à laquelle elle ressemblait. Et elle appartenait à l'oncle Jock... comme je m'en étais douté en entendant ce bruit infernal.

— Tiens, prends Pixel et calme-le, dis-je à Hazel; il n'a certainement jamais rien entendu de pareil.

Et colle-toi bien au ras du fossé ; ces engins sont capricieux.

La voiture arriva à notre hauteur et s'arrêta.

– Voulez-vous que je vous dépose, les amis ? demanda l'oncle Jock par-dessus le bruit infernal.

Je me retournai, lui souris et lui répondis en mâchouillant soigneusement chaque mot pour qu'on ne puisse les comprendre.

– Depuis quarante-sept ans, je vire, je tourne et j'erre.

– Voulez me répéter ça ?

– Les billards ne remplaceront jamais l'amour, ni même les tomates.

L'oncle Jock se pencha et coupa le son.

– Merci, mon oncle. Le bruit faisait peur au chat. C'est gentil de ta part de l'avoir arrêté. Qu'est-ce que tu disais ? Je n'ai pas entendu, avec le bruit du moteur.

– Je t'ai demandé si vous vouliez que je vous dépose.

– Oui, merci. Tu vas à Grinnell ?

– J'avais l'intention de vous ramener à la maison. Pourquoi êtes-vous partis ?

– Tu le sais bien. C'est le Dr Hubert, ou Lazarus Long, ou quel que soit son nom cette semaine, qui t'a poussé à le faire ? Et dans ce cas, pourquoi ?

– Présente-moi d'abord, veux-tu ? Et excusez-moi de ne pas descendre, madame ; ce coursier est ombrageux.

– Jock Campbell, espèce de vieux bouc, ne faites pas semblant de ne pas me connaître ! Ou je transforme vos trucs en castagnettes. Croyez-moi !

Pour la première fois, à ma connaissance, l'oncle Jock parut choqué et déconcerté.

– Madame ?

Hazel remarqua son expression et se hâta de préciser :

– Sommes-nous en inversion ? Désolée. Je suis

le commandant Sadie Lipschitz, du Corps du Temps, affectée à l'opération « Seigneur ». Je vous ai rencontré à Boondock il y a environ dix de mes années subjectives. Vous m'avez invitée à vous rendre visite ici et je l'ai fait, en 2186 si je me souviens bien. Top ?

— Top, il y avait bien inversion. Commandant, très heureux de vous voir. Et plus encore d'apprendre que je vous reverrai. Ce sera avec grand plaisir.

— Nous nous sommes bien amusés, je peux vous en assurer. Je suis mariée à votre neveu maintenant... mais vous êtes toujours un vieux bouc. Descendez de ce jouet et venez m'embrasser comme vous en avez envie.

Vivement, l'oncle débraya son rotor et descendit; Hazel me passa Pixel, ce qui lui sauva la vie.

— Non, je ne vous ai jamais rencontrée, dit le vieux bouc au bout d'un instant. Je n'aurais pu l'oublier.

— Mais si, je vous ai rencontré; et je ne l'oublierai jamais. Bon sang, quelle joie de vous retrouver, Jock. Vous n'avez pas changé. À quand remonte votre dernier rajeunissement ?

— À cinq années subjectives; juste assez longtemps pour mariner. Mais je n'ai pas voulu qu'ils touchent à mon visage. Et vous ?

— La même chose, environ. Ce n'était pas encore le moment mais j'avais besoin d'un peu de maquillage, car j'avais l'intention d'épouser votre neveu. Et j'en ai profité pour me faire faire une retouche. Il s'est trouvé que j'en avais besoin; c'est un bouc, lui aussi.

— Je le sais. Dickie a dû s'engager parce qu'il était cerné de toutes parts (un fieffé mensonge !). Mais vous êtes sûre de bien vous appeler Sadie ? Ce n'est pas le nom que m'a donné Lazarus comme mot de passe.

— Je m'appelle comme bon me chante, tout

comme Lazarus. Bon Dieu, je suis contente qu'on ait déplacé le QGT chez vous hier soir ! Embrassez-moi encore.

C'est ce qu'il fit et je finis par leur dire, gentiment :

— Pas sur la route, les amis, pas dans le comté de Poweshiek. On n'est pas à Boondock.

— Occupe-toi de tes oignons, mon neveu. Sadie, on n'a pas déplacé le QGT ici hier soir; on l'a fait voilà trois ans.

28

« La majorité n'a jamais raison. »
L. LONG, 1912-

Nous rentrâmes à la maison, Hazel montant devant avec l'oncle Jock, Pixel et moi derrière avec les bagages. Pour être agréable à Pixel, la réplique de la Ford T avançait aussi silencieusement qu'un fantôme. (Les fantômes se déplacent-ils vraiment en silence ? Quelle est l'origine de ce genre de clichés ?) La grille s'ouvrit à la voix de l'oncle Jock et aucune défense ne se déclencha. S'il y en avait vraiment. Comme je connaissais l'oncle Jock, je pense qu'il y en avait, mais pas celle qu'on annonçait sur la pancarte.

Tante Til et tante Cissy nous accueillirent sous la véranda. Tandis que l'oncle Jock entrait, mes tantes souhaitaient la bienvenue à ma femme dans la famille avec toute la chaleur des habitudes campagnardes. Après quoi je passai le chat à Hazel et l'on m'accueillit tout aussi chaleureusement qu'Hazel l'avait été par mon oncle mais sans aucune boucle temporelle pour venir perturber nos souvenirs. Sacré bon sang, que c'était bon de se retrouver chez soi ! Malgré une adolescence parfois tumultueuse, les souvenirs les plus heureux de ma vie étaient associés à cette maison.

Tante Cissy paraissait plus âgée aujourd'hui, en 2177, que la dernière fois que je l'avais vue en... était-ce en 2183 ? Était-ce là la raison pour laquelle tante Til paraissait toujours avoir le même âge ? À l'occasion, un petit voyage à Boondock pourrait faire merveille.

Est-ce qu'ils tiraient tous les trois – non, tous les quatre avec tante Belden – des engagements de cinquante ans, avec droit à la Fontaine de Jouvence comme avantage annexe ?

L'oncle Jock avait-il métaboliquement la trentaine tout en conservant un visage, un cou et des mains de vieillard afin de donner crédit à une fable ? (Ça ne te regarde pas, Richard !)

– Où est tante Belden ?

– Partie passer la journée à Des Moines, répondit tante Til. Elle sera de retour pour dîner. Richard, je te croyais sur Mars.

– J'y suis, si l'on y réfléchit bien, dis-je en consultant mentalement mon calendrier.

– Est-ce que tu es dans une boucle ? demanda tante Til en me dévisageant.

L'oncle Jock ressortit juste à temps pour la mettre en garde :

– Arrête ! Il est interdit de parler de ça. Vous le savez tous; vous devez tous obéir au Code.

– Je ne suis soumis à aucun code, quel qu'il soit, dis-je vivement. Oui, tante Til, je me trouve bouclé. Retour de 2188.

– Richard Colin, qu'est-ce que c'est que ces manières ? dit l'oncle Jock avec ce regard qui me terrorisait quand j'avais dix ou douze ans. Le Dr Hubert m'a laissé entendre que tu avais ordre de te présenter au Quartier Général du Temps. Je viens à l'instant de lui annoncer ton arrivée.

Mais nul ne peut pénétrer au Quartier Général s'il n'a prêté serment et n'obéit pas au Code. S'il y pénétrait tout de même, il n'en ressortirait pas. Tu m'as dit que tu n'avais pas d'ennuis mais tu peux cesser de me mentir et me dire la vérité maintenant. Je t'aiderai, si je le peux; le sang est plus épais que l'eau. Alors, raconte.

– Je n'ai pas d'ennuis, à ma connaissance, mon oncle, mais le Dr Hubert essaie sans cesse de m'en créer. Est-ce que tu prétends sérieusement que si je me présentais au Quartier Général du Temps je n'en sortirais pas vivant ? Je ne fais pas partie du Corps du Temps, je n'ai pas prêté serment et je ne dois obéir à aucun code. Si tu parles sérieusement, il ne faut *pas* que je me présente au Quartier Général du Temps. Tante Til, est-ce que nous pouvons passer la nuit ici ? Ou est-ce que cela te gênerait ? Ou l'oncle Jock ?

– Bien sûr que tu vas rester, Richard, dit tante Til sans même consulter Jock du regard. Toi et ta charmante épouse êtes les bienvenus, pour la nuit, pour tout le temps que vous voudrez et chaque fois que vous viendrez. Tu es chez toi et tu l'as toujours été.

L'oncle haussa les épaules et ne dit rien.

– Merci ! Où puis-je déposer ces paquets ? Dans ma chambre ? Et il me faut diverses choses pour ce terrible fauve. Y a-t-il un bac à sable dans les environs ? Et, bien que Pixel ait pris son petit déjeuner, je crois qu'il accepterait volontiers du lait.

– Til, je m'occupe du chat, dit tante Cissy. Ce qu'il est mignon !

– Richard, nous avons un hôte dans ta chambre, un certain M. Davis. Hum, comme on est en juillet, je crois que la chambre du deuxième étage, exposée au nord, serait plus confortable pour Hazel et toi...

– Hazel ! coupa l'oncle Jock. Voilà le mot de

passe que m'avait donné le Dr Hubert. Commandant Sadie, est-ce l'un de vos noms ?

— Oui. Hazel Davis Stone. Hazel Stone Campbell, maintenant.

— Hazel Davis Stone, dit tante Til. Êtes-vous la petite-fille de M. Davis ?

— Cela dépend. Il y a bien longtemps j'étais Hazel Davis. Votre hôte est-il « Manuel Davis » ? Manuel Garcia O'Kelly Davis ?

— Oui.

— Mon papa ! Il est *ici* ?

— Il sera là pour dîner. Je l'espère. Mais... ma foi, il a à faire...

— Je sais. Voilà quarante-cinq années subjectives que je fais partie du Corps, à peu près comme papa, je crois. Nous ne nous voyons donc pas souvent, le Corps étant ce qu'il est. Oh, Seigneur ! Richard, je vais pleurer. Empêchem'en !

— Moi ? Madame, je ne fais qu'attendre le bus. Mais vous pouvez utiliser mon mouchoir, dis-je en le lui tendant.

— Brute, dit-elle en se tamponnant les yeux. Tante Til, vous auriez dû le fesser plus souvent.

— Vous vous trompez de tante, ma chérie. C'était tante Abigail, aujourd'hui disparue.

— Tante Abby frappait dur, dis-je. Elle utilisait une baguette de pommier.

— Elle aurait dû utiliser un gourdin. Tante Til, il me tarde tant de voir papa Mannie. Cela fait si longtemps.

— Hazel, tu l'as vu ici – *là,* dis-je en montrant un point à mi-chemin de la grange – il y a trois jours à peine. (J'hésitai.) Ou trente-sept jours ? Trente-neuf ?

— Non, non, Richard. Rien de tout cela. Cela fait plus de deux ans pour moi, en années subjectives. (Hazel ajouta, à l'intention des autres :) Tout cela est encore nouveau pour Richard. Il n'a été recruté que la semaine dernière, selon son temps subjectif.

— Mais je n'ai pas été recruté. C'est pourquoi nous sommes ici.

— Nous verrons, chéri. Oncle Jock, cela me rappelle... il faut que je vous dise quelque chose et il me faut un peu violer le Code pour ça. Ce qui ne me gêne pas; je suis Lunienne et je n'obéis jamais aux lois qui ne me conviennent pas. Mais êtes-vous jugulaire-jugulaire au point de ne pas écouter ce qui va arriver ?

— Ma foi... dit l'oncle Jock lentement. (Tante Til gloussa. L'oncle Jock se tourna vers elle et lui demanda :) Femme, pourquoi ris-tu ?

— Moi ? Je ne riais pas.

— Hum. Commandant Sadie, de par mes devoirs et responsabilités, je dois faire preuve d'une certaine souplesse dans l'interprétation du Code. S'agit-il de quelque chose que je dois savoir ?

— Selon moi, oui.

— Votre avis officiel ?

— Ma foi, si vous le prenez ainsi...

— Peu importe. Mieux vaut peut-être me le dire pour que je puisse en juger.

— Bien, chef. Le samedi 5 juillet 2188, dans onze ans, le QGT sera transféré à New Harbor, sur le faisceau temporel cinq. Vous irez. Toute votre famille, je pense.

— C'est exactement le genre d'information dérivée d'une boucle temporelle que le Code prévoit de ne pas donner. Car cela peut trop facilement provoquer une rétroaction positive et se traduire par des ondes amplificatrices et une éventuelle panique, dit l'oncle Jock en hochant la tête. Mais je peux prendre cela calmement et en faire bon usage. Euh... puis-je demander pourquoi ce déménagement ? Car il me semble peu probable que je m'y joigne, et sûrement pas ma famille. Nous sommes ici dans une ferme, malgré ce qu'elle peut cacher.

– Mon oncle, coupai-je, moi je ne suis lié par aucun code. Ces excités de la Côte Ouest ont finalement cessé de parler pour agir et ils ont fait sécession.

– Non ! Vraiment ? Je ne pensais pas qu'ils sortiraient jamais de la marmite.

– Ils l'ont fait. Le 1er mai 88. Le jour où nous sommes passés ici, Hazel et moi, le samedi 5 juillet, les Phalanges d'Angelenos venaient de prendre Des Moines. Des hommes tombaient partout aux alentours. Tu peux parfaitement croire – aujourd'hui – que tu ne partirais pas. Mais je sais que tu t'apprêtais à le faire; j'y étais. J'y serai. Demande au Dr Hubert, Lazarus Long. *Lui* pensait que le coin était trop dangereux pour s'y attarder. Demande-lui.

– Colonel Campbell !

Je connaissais cette voix; je me tournai.

– Salut, Lazarus !

– Ce genre de conversation est strictement interdit. Compris ?

– Il n'apprendra jamais, dis-je à Hazel en soupirant. (Je me tournai vers Lazarus et ajoutai :) Doc, vous essayez de me faire mettre au garde-à-vous depuis notre première rencontre. Ça ne marche pas. Vous ne pouvez pas vous mettre ça dans la tête ?

Quelque part, à une certaine époque, Lazarus Long avait subi un entraînement sérieux au contrôle de ses émotions. Je me rendis parfaitement compte qu'il s'y raccrochait. Il lui fallut environ trois secondes pour parvenir à se maîtriser, après quoi il dit calmement, d'une voix plus basse :

– Je voudrais tenter de vous expliquer. Ce genre de bavardages est dangereux pour la personne à laquelle vous vous adressez. C'est un fait parfaitement reconnu que, toujours, c'est un mauvais service à rendre à l'intéressé que de lui dévoiler une partie de son avenir que vous avez pu apprendre dans votre passé. Quant à la raison pour laquelle c'est nocif, je vous suggère de consulter l'un des mathématiciens qui traitent du temps : le Dr Jacob Burroughs, ou le Dr Elizabeth Long, ou qui vous voudrez de l'équipe des mathématiciens du Corps. Et vous devriez consulter le conseil des historiens pour qu'ils vous donnent des exemples du genre de dommages que cela peut provoquer. Ou vous pourriez jeter un coup d'œil dans la bibliothèque du Q.G., sous la référence « Cassandre » et « Ides de Mars », pour commencer, et « Nostradamus » ensuite. Jock, poursuivit Long en se tournant vers l'oncle, je suis désolé. J'espère que vous ne laisserez pas les événements de 88 attrister votre maisonnée jusqu'à ce qu'ils arrivent. Jamais je n'ai eu l'intention d'amener votre neveu ici sans qu'il soit entraîné aux disciplines du Temps; je n'ai jamais eu l'intention de l'amener ici du tout. Nous avons besoin de lui, effectivement, mais j'espérais le recruter à Boondock sans qu'il soit utile de le faire venir au quartier général. Mais il a refusé de s'engager. Voulez-vous essayer de le faire changer d'avis ?

– Je ne crois pas avoir la moindre influence sur lui, Lafe. Qu'est-ce que tu en penses, Dickie ? Tu veux que je te dise quelle bonne affaire représente une carrière dans le Corps du Temps ? On pourrait te dire que le Corps du Temps s'est chargé de t'élever pendant toute ton enfance : on pourrait le dire parce que c'est vrai. Le shérif était sur le point de nous enlever cette ferme pour la vendre aux enchères... quand je me suis engagé. Tu n'étais qu'un môme... mais tu te souviens peut-être d'une époque où l'on mangeait du pain de maïs et pas grand-chose d'autre. Après quoi la situation s'est améliorée et elle est restée meilleure, tu te souviens ? Tu avais environ six ans.

– Oui, je me souviens, dis-je après un long

instant de réflexion. Je crois que je me souviens. Mon oncle, je ne suis pas opposé à un engagement. Tu en fais partie, ma femme en fait partie, et plusieurs de mes amis aussi. Mais Lazarus a essayé de me vendre chat en poche. Il faut que je sache ce qu'on attend de moi et pourquoi. Ils disent qu'ils ont besoin de moi pour un boulot où j'aurai cinquante chances sur cent de m'en sortir vivant. A ce niveau, inutile de parler de la retraite. Je ne veux pas qu'un quelconque rond-de-cuir du Quartier Général se montre aussi désinvolte avec ma peau. Il faut que je sache que cette histoire tient debout avant d'en accepter les risques.

— Lafe, qu'est-ce que c'est que ce boulot que vous avez pour le gamin ?

— Il s'agit de l'intervention spéciale Adam Selene dans l'opération Seigneur de la Galaxie.

— Je ne crois pas en avoir entendu parler.

— Et maintenant il va falloir l'oublier, car vous n'êtes pas dans le coup et qu'elle n'a pas encore été montée.

— Difficile de conseiller son neveu, dans ce cas. Est-ce qu'on ne devrait pas me mettre au courant ?

— Lazarus ! ça suffit ! coupa Hazel.

— Commandant, je suis en train de discuter service avec le chef de station du QGT.

— Des clous ! Vous essayez encore de harceler Richard pour qu'il risque sa vie sans savoir pourquoi. Lorsque je suis tombée d'accord, je n'avais pas encore rencontré Richard. Maintenant que je le connais – et que je l'admire; il est *sans peur et sans reproche* – j'ai honte d'avoir essayé. Mais j'ai essayé... et j'ai presque réussi. Mais vous êtes intervenu avec vos gros sabots... et vous avez tout gâché, comme c'était prévisible. Je vous ai dit, alors, que le Cercle devrait le convaincre, je vous l'ai dit ! Et voilà maintenant que vous essayez de pousser le plus proche parent de Richard –

son père, pour ainsi dire — à faire pression sur lui à votre place. Quelle honte ! Amenez Richard au Cercle. Que ce soit *eux* qui lui expliquent... ou laissez-le rentrer chez lui ! Assez d'atermoiements ! Faites-le !

Il apparut que ce que j'avais toujours pris pour un placard dans l'antre de l'oncle Jock ressemblait, en fait, à un ascenseur. Lazarus Long et moi y pénétrâmes ensemble; il referma la porte et je vis qu'à la place des touches habituelles indiquant les étages se trouvaient des symboles allumés, que je pris d'abord pour des signes du Zodiaque avant de réviser mon jugement, car il n'y a pas de chauve-souris dans le Zodiaque, ni d'araignée veuve noire, et certainement pas de stégosaure.

Au-dessous, tout seul, se trouvait un serpent qui se mordait la queue : le serpent du monde, Ouroborus. Un symbole pour le moins dégoûtant.

Lazarus posa la main dessus.

Le placard, ou l'ascenseur, ou la petite pièce, changea. Comment, je ne saurais le préciser. En un clin d'œil il fut différent.

— Par ici, dit Lazarus en ouvrant une porte à l'autre bout.

Au-delà de cette porte s'étendait un long couloir qui n'aurait jamais pu tenir dans la maison de mon oncle. Mais les paysages que j'apercevais par les fenêtres qui se trouvaient tout le long de ce long couloir n'avaient rien à voir avec la ferme non plus. Ça ressemblait à l'Iowa, certes, mais un Iowa où jamais n'était passée la charrue, jamais défriché pour des besoins agricoles.

Nous nous engageâmes dans le couloir et fûmes aussitôt au bout.

— Par ici, dit Lazarus avec un geste de la main.

Un passage voûté apparut dans un mur de pierre. Au-delà, un couloir sombre. Je cherchai Lazarus des yeux; il avait disparu.

Lazarus, je t'ai déjà dit de ne pas jouer à ces petits jeux avec moi, pensai-je, en faisant demi-tour pour emprunter le long couloir, retourner vers l'antre de l'oncle Jock, retrouver Hazel et filer. J'en avais ma claque de ses fantaisies.

Plus de couloir derrière moi.

Je me promis de corriger Lazarus et suivis la seule voie possible, toujours aussi sombre mais avec une lumière un peu plus loin. Environ cinq minutes plus tard, j'aboutis à un petit salon confortable, bien éclairé, de nulle part apparemment.

– Asseyez-vous, je vous prie. On vous appellera, dit une voix métallique, neutre.

Je m'installai dans un fauteuil et posai ma canne à côté. Sur une petite table toute proche se trouvaient des magazines et un journal. J'y jetai un coup d'œil, à la recherche d'anachronismes que je ne trouvai pas. Tous les périodiques faisaient partie de ceux que je me souvenais avoir vus en Iowa dans les années soixante-dix et portaient la date de juillet 2177 ou une date antérieure. Le journal, le *Grinnell Herald-Register* portait la date du vendredi 22 juin 2177.

J'allai le reposer car le *Herald-Register* n'est pas d'une lecture particulièrement passionnante. L'oncle était abonné à un quotidien de Des Moines et, bien sûr au *Kansas City Star,* mais notre journal local ne comportait que des nouvelles scolaires, des potins locaux et le genre de « nouvelles » et « événements » dont on parle surtout pour citer autant de noms que possible des habitants du cru.

Mais mon œil fut attiré par une annonce : Le samedi 20 juillet, pour une unique soirée, à l'opéra municipal de Des Moines, le Halifax Ballet Theater donnera une représentation du *Songe d'une nuit d'été,* avec l'étonnante nouvelle étoile Luanna Pauline dans le rôle de Titania.

Je la lus deux fois... et me promis d'y amener Hazel. Ce serait un anniversaire tout particulier :

J'avais rencontré Mme Gwendolyn Novak au Bal du Premier Jour de la Règle d'Or, pour la fête de Neil Armstrong, le 20 juillet de l'an dernier (au diable cette stupide boucle temporelle), et cela constituerait une délicieuse reprise de la soirée de gala de notre mariage (sans, cette fois, un malotru pour venir s'immiscer dans nos affaires et mourir à notre table).

Allions-nous être déçus par un spectacle à une gravité de un g après avoir vu la Reine des Fées dans ses entrechats aériens ? Non, cela n'avait pas d'importance, la question était purement sentimentale. En outre, Luanna Pauline s'était taillé sa réputation (ou elle se la taillerait, ou elle se la taillera) en dansant à un g : le contraste serait fascinant. Nous pourrions aller la voir dans sa loge et lui dire que nous l'avions vue danser Titania à un tiers de gravité dans la Circus Room de la Règle d'Or. Oui, bien sûr, alors que la Règle d'Or n'existera pas avant trois ans ! Je commençais à comprendre pourquoi le Code limitait les bavardages inconsidérés.

Peu importait. Pour la fête de Neil Armstrong j'allais offrir à ma merveilleuse épouse ce sentimental souvenir.

Pendant que je regardais le *Herald-Register,* un dessin abstrait, sur le mur, se changea en un slogan en lettres lumineuses :

UN POINT À TEMPS EN VAUT NEUF MILLIARDS

De nouveau, alors que je regardais, il se changea en :

ON PEUT TOUJOURS PARADOXER UN PARADOXE

Puis en :

LE VER PRIMITIF A UN DÉSIR DE MORT

Suivi par :

N'ESSAYEZ PAS TROP, VOUS POURRIEZ RÉUSSIR

J'étais en train de tenter de comprendre ce dernier slogan quand il se changea soudain en : « Pourquoi regardez-vous un mur blanc ? », et ce fut un mur blanc que je fixai. Et puis apparut, énorme, le Serpent du Monde, et, à l'intérieur du cercle qu'il formait par sa dégoûtante façon de manger, des lettres se bousculèrent puis se stabilisèrent sur une ligne :

L'ORDRE SORTANT DU CHAOS

Et, au-dessous :

LE
CERCLE
D'OUROBOROS

qui céda la place à un autre passage voûté.

— Entrez, je vous prie, dit la voix métallique.

Je pris ma canne, passai la voûte et me retrouvai par translation au centre d'une vaste salle circulaire. L'abondance de biens existe effectivement.

Il y avait environ une douzaine d'individus assis autour de la salle sur une estrade d'un mètre de haut à peu près : un théâtre en rond avec moi dans le rôle principal... dans la mesure où un insecte épinglé sous le microscope est la vedette du spectacle.

— Déclinez vos nom et prénoms, dit cette voix métallique.

— Richard Colin Ames Campbell. Qu'est-ce que c'est ? Un procès ?

— Oui, en un sens.

— Vous pouvez suspendre l'audience immédiatement; il n'y a pas de procès. Si quelqu'un doit comparaître, c'est vous *tous*, car je n'attends rien de vous alors que vous semblez me vouloir quelque chose. C'est à *vous* de *me* convaincre, pas le contraire. Que ce soit clair.

Je fis lentement le tour de mes juges du regard. J'y trouvai un visage ami, Hilda Burroughs, et je me sentis beaucoup mieux. Elle m'envoya un baiser que j'attrapai et gardai. Mais j'étais également très surpris. Je me serais attendu à trouver cette minuscule beauté à une réunion où se seraient mélées l'élégance et la grâce... mais pas au milieu d'un groupe dont on m'avait dit qu'il représentait le conseil le plus puissant de toute l'histoire et de tous les univers.

Et puis je reconnus un autre visage : Lazarus. Il me fit un signe de tête que je lui retournai.

— Ne soyez pas impatient, je vous prie, colonel. Laissez le protocole se dérouler.

— Ou le protocole est utile, ou il faut l'abolir. Je suis là, debout, et vous êtes tous assis. C'est un protocole qui établit une domination. Et vous pouvez le garder ! Si je n'ai pas un siège dans dix secondes, je m'en vais. *Votre* siège fera l'affaire.

L'invisible robot à la voix métallique me glissa un fauteuil sous les genoux avec une rapidité telle que je n'avais plus d'excuse pour me retirer. Je m'y installai et posai ma canne sur mes genoux.

— Vous êtes bien ? demanda Lazarus.

— Oui, merci.

— Parfait. Nous continuons avec le protocole : les présentations. Je pense que vous n'y verrez pas d'objection.

La voix métallique reprit, annonçant le nom des « Compagnons » du Cercle d'Ouroboros, assemblée souveraine de l'omniversel Corps du Temps. Chaque fois que l'un d'eux était nommé, mon fauteuil faisait face à ce compagnon. Mais je ne ressentis aucun mouvement.

— Maître Mobyas Toras, de Barsoom, fuseau temporel un, code : « John Carter ».

Barsoom ? Billevesée ! Mais je me retrouvai debout et m'inclinant en réponse à un aimable sourire et à un geste qui pouvait être une bénédiction. Il était très âgé et n'avait que la peau sur les os. Il portait une épée dont j'étais bien certain qu'il ne l'avait pas maniée depuis des générations. Il était drapé dans un lourd vêtement de soie, assez semblable à celui que portent les prêtres bouddhistes. Sa peau, couleur d'acajou poli, était beaucoup plus rouge que celle des Peaux-Rouges d'Amérique du Nord; bref, il collait parfaitement avec les descriptions – pure fiction – des contes de Barsoom... résultat qu'on pouvait facilement obtenir avec un maquillage, deux mètres de tissu et une longue épée.

Dans ce cas, pourquoi me retrouvai-je debout ?

(Parce que tante Abby m'avait cinglé les mollets pour tout manquement à la politesse due à mes aînés ?

Mais non. Je sus qu'il était tout à fait authentique dès que je posai les yeux sur lui. Le fait que ma conclusion fût absurde ne changeait rien à la chose.)

– Sa Sérénité Star, Arbitre des Quatre-vingt-dix Univers, fuseaux temporels composites, code : « Cyrano ».

Sa Sérénité me sourit et je frétillai comme un chiot. Je ne connais pas grand-chose à la sérénité, mais je suis convaincu que les individus de sexe masculin ayant une tension artérielle élevée et des ennuis cardio-vasculaires devraient en être loin. Star, Mme Gordon, est aussi grande ou plus grande et plus lourde que moi, et tout en muscles, à l'exception de la poitrine et de ces galbes qui adoucissent une silhouette féminine. Elle était trop peu vêtue pour le comté de Poweshiek, beaucoup pour Boondock.

Star n'est peut-être pas la femme la plus belle de ses nombreux univers mais elle est sans doute la plus sexy, à la façon sensuelle de certaines girl-scouts. Il leur suffit de traverser une pièce pour changer un gamin en homme.

– Woodrow Wilson Smith, Doyen des Familles Howard, fuseau temporel deux, code : « Leslie LeCroix ».

Lazarus et moi échangeâmes un salut de la tête.

– Dr Jubal Harshaw, fuseau temporel trois, code : « Neil Armstrong ».

Le Dr Harshaw leva la main en un demi-salut et sourit; je répondis de la même façon – et pris note de le coincer, à notre retour à Boondock peut-être, pour lui poser des questions à propos des nombreuses légendes concernant « L'homme de Mars ». Qu'y avait-il de vrai, qu'y avait-il de faux ?

– Dr Hilda Mae Burroughs, fuseau temporel quatre, code : « Ballox O'Malley ».

Hilda et moi échangeâmes un sourire.

– Commandant Ted Smith, fuseau temporel cinq, code : « DuQuesne ».

Le commandant Smith était un athlète à la mâchoire carrée et aux yeux bleus, vêtu d'un uniforme gris sans insignes ni galons, et il portait une arme de poing dans un étui et un lourd bracelet de bijoux.

– Capitaine John Sterling, fuseau temporel six, code : « Neil Armstrong fuseau temporel alterné ».

Je regardai le héros de mon enfance et songeai que je pouvais être en train de dormir et de rêver. Hazel m'avait dit et redit que le héros de son feuilleton existait bien… mais même la répétition de la phrase code « Opération Seigneur de la Galaxie » ne m'avait pas convaincu… et voilà qu'il se trouvait ici : l'ennemi juré du Seigneur.

Mais était-ce bien lui ? Quelle preuve en avais-je ?

– Maréchal du Ciel Samuel Beaux, fuseau temporel sept, code : « Fairacre ».

Il faisait plus de deux mètres et au moins cent dix kilos, tout en muscles et en peau de rhinocéros. Vêtu d'un uniforme bleu nuit, l'air renfrogné, il était aussi beau qu'une panthère noire. Il me fixa d'un regard perçant.

– Le quorum est atteint. Le Cercle est fermé.

La parole est au Dr Hilda Burroughs, au nom du Cercle, annonça Lazarus.

— Colonel Campbell, me dit Hilda avec un sourire, on m'a chargée de vous exposer nos buts et un nombre suffisant de nos méthodes pour vous permettre de juger en quoi la tâche qui vous a été assignée s'insère dans le plan principal, et pourquoi elle doit être menée à bien. N'hésitez pas à m'interrompre, à poser des questions, à demander des détails. Nous pouvons suivre cette discussion jusqu'au déjeuner. Ou pendant dix ans. Ou suffisamment longtemps. Aussi longtemps que nécessaire.

— Parlez pour vous, madame Burroughs, coupa le Maréchal du Ciel Beaux. Moi je pars dans trente minutes.

— Sambo, vous devriez vous adresser au président, dit Hilda. Je ne peux vous laisser partir avant que vous ayez pris la parole. Mais si vous devez partir, vous pouvez parler maintenant. Voulez-vous nous expliquer ce que vous faites et pourquoi.

— Pourquoi chouchoute-t-on cet homme ? Jamais encore on ne m'a demandé d'exposer mon rôle à un bleu. C'est ridicule.

— Je vous demande néanmoins de le faire.

Le Maréchal du Ciel s'enfonça dans son fauteuil et se tut.

— Sambo, dit Lazarus, je sais que ceci est sans précédent, mais tous les Compagnons, y compris les trois qui sont absents, sont convenus que l'intervention Adam Selene est essentielle à l'opération Seigneur de la Galaxie, que l'opération Seigneur est essentielle à la Campagne Boskone, que Boskone est essentiel à notre Plan Longue Échéance... et que le colonel Campbell est indispensable à l'intervention Adam Selene. Le cercle est fermé à ce sujet, sans discussion. Nous avons besoin des services de Campbell, totalement et de son plein gré. Nous devons donc le convaincre. Il n'est pas indispensable que vous parliez le premier… mais si vous voulez que le Cercle vous excuse dans trente minutes, mieux vaut que vous parliez.

– Et si je ne le souhaite pas ?

– C'est votre affaire. Vous êtes libre de vous démettre; comme nous tous, à tout instant. Et le Cercle est libre de vous liquider.

– Est-ce que vous me menacez ?

– Non, dit Lazarus qui jeta un coup d'œil à son poignet et précisa : voilà quatre minutes de perdues contre la décision unanime du Cercle. Le temps presse si vous voulez vous conformer à cette décision.

– Bon, très bien. Campbell, je suis le commandant des forces armées du Corps du Temps…

– Rectification, coupa Lazarus Long. Le Maréchal du Ciel Beaux est chef d'état-major général de…

– C'est la même chose !

– Ce n'est pas du tout la même chose et je savais parfaitement ce que je faisais en réglant la question de cette façon. Colonel Campbell, le Corps du Temps intervient parfois dans les batailles clés de l'histoire. Des histoires. Le conseil des historiens du Corps cherche à déterminer des cuspides où l'usage judicieux de la force pourrait permettre, selon notre sagesse limitée, de modifier le cours de l'histoire de façon plus heureuse pour l'humanité; et cette politique, ajouterais-je, dépend en grande partie de l'opération Adam Selene. Si le Cercle se referme sur une recommandation des historiens, une action militaire est décidée et un commandant en chef choisi par le Cercle pour cette opération.

Lazarus se tourna, regardant Beaux, et ajouta :

– Le Maréchal du Ciel Beaux est un chef militaire de grand talent, le plus talentueux de toute l'histoire, peut-être. C'est lui qu'on choisit d'ordinaire. Mais le Cercle choisit le commandant de chacune des forces d'intervention. Cette politique permet de ne pas dépendre des chefs militaires pour les ultimes décisions. Je dois préciser que le chef d'état-major général n'a pas voix délibérative ; il n'est pas Compagnon du Cercle. Sambo, avez-vous quelque chose à ajouter ?

— Il semble que vous ayez tout dit à ma place.

— Parce que vous étiez en train de perdre du temps. Vous avez toute latitude de modifier, rectifier, préciser.

— Oh, peu importe ! Vous devriez vous faire professeur d'éloquence.

— Voulez-vous qu'on vous excuse ?

— Est-ce que vous me chassez ?

— Non.

— Je vais rester un instant pour voir ce que vous voulez faire de ce type. Pourquoi ne pas l'avoir simplement enrôlé et affecté à l'opération Adam Selene ? Il est manifestement du type criminel ; regardez ce crâne, notez son attitude à l'égard de l'autorité. Sur ma planète, jamais nous ne prenons comme volontaire un bonhomme aussi mal fichu et aussi peu fiable... et nous n'avons aucun criminel car nous les incorporons dans les forces armées dès qu'ils montrent le bout du nez. Il n'y a pas de meilleurs combattants que les criminels si on les prend jeunes, qu'on leur impose une discipline de fer et si on s'arrange pour qu'ils craignent davantage leur sergent que l'ennemi.

— Cela suffit, Sambo. Voulez-vous ne pas exprimer d'opinion personnelle sans y être invité ?

— Je pensais que vous étiez le grand champion de la liberté de parole.

— Exact, mais on n'a rien pour rien. Si vous voulez faire un discours, vous pouvez louer une salle ; celle-ci est payée par le Cercle. Hilda, à vous, ma chère.

– Parfait. Voyez-vous, Richard, la plupart des interventions conseillées par nos historiens et mathématiciens n'impliquent pas la force brutale mais des actions beaucoup plus subtiles, menées par des agents individuels… comme votre chère Hazel, qui est un vrai renard quand il s'agit de piller un poulailler. Vous savez ce que nous essayons de faire avec l'opération Adam Selene ; vous ne savez pas pourquoi, je crois. Nos méthodes d'évaluation des résultats d'un changement apporté à l'histoire sont rien moins que parfaites. Qu'il s'agisse d'intervenir aux côtés de l'une des parties dans une bataille clé ou simplement de munir un lycéen d'un préservatif un jour à minuit pour éviter la naissance d'un Hitler ou d'un Napoléon, nous ne pouvons jamais prédire le résultat avec toute la précision souhaitée. D'ordinaire, il nous faut agir et envoyer ensuite un agent sur le terrain dans ce nouveau fuseau temporel pour qu'il nous indique les changements intervenus.

– Hilda, dit Lazarus, puis-je donner un exemple horrible ?

– Certainement, Woodie. Mais vite. J'ai l'intention de terminer avant le déjeuner.

– Colonel Campbell, je viens d'un monde identique au vôtre jusqu'en 1939 environ. La divergence, comme toujours, s'est manifestée plus précisément au début des vols spatiaux. Votre monde et le mien ont témoigné d'une tendance à l'hystérie religieuse. Dans le mien, elle a atteint son apogée avec un évangéliste de télévision du nom de Nehemiah Scudder. Et son déchaînement – feu, flammes et soufre contre un bouc émissaire – les Juifs, bien sûr – a atteint sa plus grande intensité au moment où le chômage était le plus important, la dette publique et l'inflation incontrôlables ; ce qui s'est traduit par la dictature religieuse, le gouvernement totalitaire le plus brutal que mon monde ait jamais connu. C'est ainsi que le Cercle a monté une opération pour se débarrasser de Nehemiah Scudder. Rien d'aussi grossier qu'un assassinat; on a utilisé la méthode spécifique dont parlait Hilda. On a fourni un préservatif à un lycéen qui n'en avait pas, et le petit salopard qu'était Nehemiah Scudder n'a jamais vu le jour. Ainsi a été scindé le fuseau temporel deux – le mien – et a été créé le fuseau temporel onze, tout à fait identique, mais sans Nehemiah Scudder le Prophète. Ce devait être mieux, non ?

– Non. Dans mon fuseau temporel, la Troisième Guerre mondiale, la guerre nucléaire, qu'on appelle parfois autrement, a sévèrement ravagé l'Europe mais ne s'est pas propagée; l'Amérique du Nord du Prophète avait décidé de se désintéresser des affaires internationales. Sur le fuseau temporel onze, la guerre a éclaté un peu plus tôt, au Moyen-Orient et s'est étendue au monde entier dans la journée... et cent ans plus tard, il était toujours impossible de trouver une forme de vie supérieure aux cafards sur ce qui avait été naguère les vertes collines de la Terre. À vous de jouer, Hilda !

– Vous êtes trop bon ! Lazarus me laisse sur les bras une planète qui luit dans l'obscurité pour montrer pourquoi il nous faut de meilleures méthodes de prédiction. Nous espérons utiliser Adam Selene – l'ordinateur central Holmes IV connu sous le nom de « Mike » – avec les programmes et les mémoires qui en font quelque chose d'unique, pour rassembler et lier les meilleurs ordinateurs de Tertius et de quelques autres planètes en un gigantesque logiciel qui pourra donner une projection exacte des résultats d'une modification définie de l'histoire... de telle sorte que nous n'ayons pas à échanger Nehemiah Scudder – dont on peut s'accommoder – contre une planète en ruine tout à fait intolérable. Lazarus, dois-je parler du supersnooperscope ?

– Vous venez de le faire, autant continuer.

– Richard, je nage complètement; je ne suis qu'une simple mère de famille...

Des murmures s'élevèrent. Peut-être lancés par Lazarus, mais qui semblaient être repris par tous.

– ... qui manque de connaissances technologiques suffisantes. Mais je sais que le progrès technique dépend de la précision des instruments, et que la précision des instruments dépend depuis le XXe siècle – mon siècle – des progrès de l'électronique. Mon mari numéro un, Jack Burroughs, ainsi que le Dr Libby Long et le Dr Deety Carter sont en train de mettre sur pied un petit truc combinant l'appareil de distorsion de l'espace-temps de Jack avec la télévision et le snooperscope ordinaire. Grâce à cet appareil, vous pourrez non seulement surveiller ce que fait votre femme pendant votre absence de la soirée, mais encore voir ce qu'elle fera dans dix ans. Ou cinquante. Ou cinq cents. Ou encore il permettra au Cercle d'Ouroboros de voir quels seraient les résultats d'une intervention avant qu'il ne soit trop tard pour s'en abstenir. Peut-être. Avec la puissance unique du Holmes IV, sans doute. Nous verrons. Mais nous sommes aussi certains qu'on peut l'être dans ce monde de sables mouvants que Mike Holmes IV peut immensément améliorer les possibilités du Cercle d'Ouroboros, même si le super-snooperscope ne voit jamais le jour. Étant donné que nous faisons tout notre possible pour rendre le monde meilleur, plus décent, plus heureux pour tous, j'espère que vous vous rendez compte que l'opération Adam Selene vaut d'être tentée. Avez-vous des questions ?

– J'en ai une, Hilda.

– Oui, Jubal ?

– Est-ce qu'on a parlé à notre ami Richard du concept du Monde conçu comme un Mythe ?

– J'ai à peine abordé la question, une fois, en lui racontant comment nous avons, tous les quatre – Zeb, Deety, Jake et moi –, été chassés de notre planète et complètement effacés du tableau. Je crois qu'Hazel a fait mieux. Richard ?

– Rien de précis. Rien qui ait un sens. Et – pardonnez-moi, Hilda – j'ai trouvé votre histoire difficile à avaler.

– Évidemment, cher ami; je n'y crois pas moi-même. Sauf dans la nuit, tard. Jubal, mieux vaut que vous poursuiviez.

– Très bien, dit Harshaw. Le Monde en tant que Mythe est un concept subtil. On l'a parfois appelé solipsisme multipersonnel, malgré l'illogisme de l'expression. Mais l'illogisme peut se révéler nécessaire, car le concept dénie toute logique. Pendant des siècles, la religion a eu le quasi-monopole de l'explication de l'univers, ou du multivers. Les religions révélées différaient formidablement dans les détails mais demeuraient essentiellement identiques : quelque part dans le ciel – ou sur la terre – ou à l'intérieur d'un volcan – en quelque lieu inaccessible – un vieux bonhomme en chemise de nuit était là, qui avait tout, était tout-puissant, créait tout, récompensait les uns et punissait les autres… et on pouvait le soudoyer. Parfois, ce Tout-Puissant était femme, mais pas souvent, car les mâles humains sont généralement plus grands, plus forts et plus agressifs; Dieu a été créé à l'image de Papa. L'idée du Dieu Tout-Puissant a été attaquée car elle n'expliquait rien; elle repoussait simplement toutes les explications d'un degré. Au XIXe siècle, le positivisme athée a commencé à remplacer la notion du Dieu Tout-Puissant parmi la minorité de la population qui prenait régulièrement des bains. L'athéisme n'a cependant connu qu'un succès limité car lui non plus n'explique rien, se contentant d'être un déisme à l'envers. Le positivisme logique se fondait sur la science physique du XIXe siècle dont les physiciens de l'époque croyaient, en toute honnêteté, qu'elle expliquait totalement l'univers en faisant un mécanisme d'horlogerie. Les physiciens du XXe siècle firent un sort à cette idée. La mécanique des quanta et le chat de Schrödinger rejetèrent le monde-mécanisme d'horlogerie de 1890 pour le remplacer par un flou de probabilités dans lequel tout pouvait arriver. Bien entendu, les intellectuels restèrent des décennies sans rien remarquer car un intellectuel est un individu hautement cultivé qui ne peut faire d'arithmétique avec ses chaussures aux pieds et qui est fier de ses lacunes. Quoi qu'il en soit, avec la mort du positivisme, le Déisme et le Créationnisme resurgirent plus forts que jamais. Vers la fin du XXe siècle – reprenez-moi si je me trompe, Hilda – Hilda et sa famille furent chassés de la Terre par un démon qu'on appelait « la Bête ». Ils s'enfuirent à bord d'un véhicule que vous connaissez, Gay Deceiver, et, dans leur quête pour la sécurité, ils visitèrent de nombreuses dimensions, de nombreux univers... et Hilda fit la plus grande découverte philosophique de tous les temps.

– Je parie que vous dites cela à toutes les femmes !

– Silence, ma chérie. Entre autres lieux, ils visitèrent le Pays d'Oz...

Je sursautai sur mon siège. Je n'avais pas beaucoup dormi la nuit dernière et le cours du Dr Harshaw était soporifique.

– Vous avez dit « Oz » ?

– Je vous le dis et je vous le répète. Oz, Oz, Oz. Ils visitèrent effectivement le pays féerique rêvé par L. Frank Baum. Et le Pays des Merveilles inventé par le révérend Dodgson pour être agréable à Alice. Et d'autres lieux connus par la seule fiction. Hilda découvrit ce qu'aucun de nous n'avait remarqué parce que nous nous trouvions à l'intérieur : le Monde *est* un Mythe. Nous le créons nous-mêmes... et nous le changeons nous-mêmes. Un authentique et formidable créateur de mythe, comme Homère, comme Baum, comme le créateur de Tarzan, crée des mondes solides et durables... tandis que les menteurs et affabulateurs qui bricolent sans aucune imagination ne créent rien de nouveau, et l'on oublie leurs rêves ennuyeux. C'est sur ce fait observé, Richard – il ne s'agit pas de religion mais d'un fait vérifiable –, que se fonde le travail du Cercle d'Ouroboros. Hilda ?

– Quelques instants et nous allons aller déjeuner. Richard, qu'en pensez-vous maintenant ?

– Ça ne va pas vous plaire.

– Allez-y, crachez-le, dit Lazarus.

– Non seulement je ne vais pas risquer ma vie dans ces inepties verbeuses mais je vais, en outre, faire tout ce qui est en mon pouvoir pour en sortir Hazel. Si vraiment vous voulez les programmes et mémoires de cet ordinateur lunaire dépassé, si vous en avez besoin, il y a au moins deux bons moyens de les obtenir.

– Allons, continuez.

– Premier moyen tout simple : l'argent. Mettez sur pied une organisation bidon. Inondez l'université Galilée de subventions, entrez dans la salle de l'ordinateur par la grande porte et prenez ce que vous voulez. L'autre moyen consiste à utiliser une force suffisante pour parvenir au résultat. Pas à expédier un couple de vieux mariés pour tenter d'en sortir. Mes chers bienfaiteurs cosmiques, vous ne m'avez pas convaincu.

– Annoncez votre couleur !

C'était Sambo, le Petit Noir, le Maréchal du Ciel.

– Quelle couleur ?

– Celle qui vous autorise à sonder l'insondable.

Faites voir. Vous n'êtes qu'un poltron, un trouillard, trop lâche pour faire son devoir.

– Vraiment ? Qui vous a fait Dieu ? L'ami, je suis particulièrement heureux que nous ayons la même couleur de peau.

– Pourquoi ça ?

– Parce que si ce n'était pas le cas, on me traiterait de raciste du fait de l'intensité du mépris que je vous porte.

Je le vis tirer son arme, mais ma canne – nom de Dieu ! – avait glissé à terre. Je mettais la main dessus quand son éclair me frappa, sur le côté gauche, en bas.

Et qu'il était atteint en trois endroits à la fois, deux coups au cœur, un à la tête, par John Sterling, par Lazarus et par le commandant Smith : trois tireurs d'élite là où un seul aurait suffi.

Je ne souffrais pas encore. Mais je savais que j'étais touché au ventre, salement, mortellement salement, si l'on ne me portait pas rapidement secours.

Mais quelque chose était en train d'arriver à Samuel Beaux. Il se pencha en avant et tomba de son siège, aussi mort que le roi Charles, et son corps commença à disparaître. Il ne s'estompa pas ; il disparut à grands traits, le milieu d'abord, puis le visage, comme si quelqu'un passait un chiffon sur un tableau noir. Et il n'en resta plus rien ; pas même du sang. Même son fauteuil n'était plus là.

Et je n'eus plus aucune blessure au ventre.

29

*« Peut-être viendra-t-il un temps où le
lion et l'agneau s'allongeront côte à côte,
mais je parie toujours sur le lion. »*
Henry Wheeler SHAW, 1818-1885

— Ne serait-il pas préférable, objectai-je, que
j'arrache une épée d'un rocher ? Si vous voulez
vraiment vendre le produit ? Tout le plan est
absurde !

Nous étions assis à une table de pique-nique
dans le verger est, Mannie Davis, le capitaine
John Sterling, l'oncle Jock, Jubal Harshaw et moi,
et un certain professeur Rufo, un vieux bonhomme
chauve comme un œuf qu'on me présenta comme
aide de camp de Sa Sérénité et (impossible !) son
petit-fils. (Mais après avoir vu de mes propres
yeux injectés de sang certains des résultats des
talents de sorcier du Dr Ishtar, je n'utilisais plus
le mot « impossible » avec autant de liberté que
la semaine passée.)

Pixel était également avec nous mais, ayant
depuis longtemps fini de déjeuner, il courait dans
l'herbe, à essayer d'attraper un papillon. Le
combat était équilibré mais le papillon menait aux
points.

Le ciel pur et sans nuages promettait une température de trente-huit à quarante vers le milieu
de l'après-midi; mes tantes avaient choisi de
déjeuner dans leur cuisine à air conditionné. Mais
il soufflait une légère brise et il faisait assez frais
sous les arbres : belle journée, parfaite pour un
pique-nique; cela me rappela notre conférence

avec le père Hendrick Schultz dans le verger de la Ferme du Vieux MacDonald, à peine une semaine plus tôt (et dans onze ans).

Sauf qu'Hazel n'était pas avec moi.

Ce qui m'ennuyait, mais j'essayais de ne pas le montrer. Quand le Cercle s'était ouvert pour le déjeuner, tante Til m'avait transmis un message :

— Hazel est partie avec Lafe il y a quelques minutes. Elle m'a demandé de vous dire qu'elle ne serait pas là pour le déjeuner mais qu'elle pensait vous voir plus tard dans l'après-midi... et qu'elle sera là, sans faute, au dîner.

Plutôt maigre comme message ! J'avais besoin de discuter avec Hazel de tout ce que j'avais vu et entendu dans le Cercle fermé. Bon Dieu, comment décider quoi que ce soit si je n'avais pas l'occasion d'en parler avec ma femme ?

Les femmes et les chats font ce qu'il leur plaît; un homme n'y peut rien.

— Je vais vous vendre une épée fichée dans un rocher, dit le professeur Rufo. Pas cher. Comme neuve. Utilisée une seule fois, par le roi Arthur. En fin de compte, ça ne lui a pas tellement porté bonheur, et je ne garantis pas que cela vous aidera... mais je veux bien en tirer quelque profit.

— Rufo, vous vendriez des billets pour vos propres obsèques, dit mon oncle.

— Je ne « vendrais » pas. J'ai vendu. Et je me suis fait une pelote suffisante pour m'acheter une perruque dont j'avais le plus urgent besoin... car tant de gens voulaient être certains de ma mort.

— Vous les avez donc escroqués ?

— Pas du tout. Les billets ne précisaient pas que j'étais mort; ils donnaient simplement le « droit au porteur » d'assister à mes obsèques. Et ce furent de belles obsèques, les plus belles que j'aie jamais eues... notamment à leur point d'orgue, quand je me dressai dans mon cercueil pour chanter l'oratorio de la *Mort de Jesse James*, interprétant moi-même toutes les partitions. Personne ne demanda à être remboursé. Certains sont même partis avant que j'en arrive à ma note la plus haute. Quelle grossièreté ! Assistez à vos obsèques et vous verrez qui sont vos vrais amis. (Rufo se tourna vers moi.) Vous voulez cette épée et ce rocher ? Pas cher, mais payable comptant. Je ne peux vous faire crédit. Votre espérance de vie n'est pas tellement bonne. Disons six cent mille dollars impériaux en petites coupures. Pas de coupures de plus de dix mille.

– Professeur, je ne veux pas d'une épée dans un rocher; c'est seulement que toute cette stupide histoire ressemble par trop aux absurdités du « vrai prince » des romans à l'eau de rose de l'époque pré-armstrongienne. On ne peut le faire au grand jour avec de l'argent, on ne peut le faire en toute sécurité avec des forces suffisantes pour réduire les pertes à un niveau voisin de zéro, il faut que ce soit ma femme et moi, avec, en tout et pour tout, un couteau de scout. C'est une intrigue minable; on ne l'accepterait même pas pour un bouquin de confidences. C'est logiquement impossible.

– Cinq cent cinquante mille et je prends la TVA à ma charge.

– Richard, dit Jubal Harshaw, c'est la logique qui est impossible. Pendant des millénaires, des philosophes et des saints ont tenté, par la raison, de trouver un schéma logique à l'univers... jusqu'à ce que Hilda intervienne et démontre que l'univers n'est pas logique mais fantasque, sa structure ne dépendant que des rêves et cauchemars de rêveurs illogiques. (Il haussa les épaules, manquant de renverser sa Tuborg.) Si nos grands cerveaux n'avaient été obnubilés par leur conviction partagée que l'univers doit se composer d'une structure conséquente et logique, susceptible d'être découverte par une analyse et une synthèse appliquées, ils auraient remarqué le fait aveuglant que l'univers – le multivers – ne comprend ni logique ni justice, sauf là où nous, ou d'autres tels que nous, imposons ces qualités à un monde chaotique et cruel.

– Cinq cent mille, c'est mon dernier prix.

– Dans ce cas, pourquoi Hazel et moi risquerions-nous notre vie ? Pixel, laisse cet insecte tranquille !

– Les papillons ne sont pas des insectes, dit tranquillement le capitaine John Sterling. Ce sont des fleurs à autopropulsion. C'est ce que m'a appris Dame Hazel, voilà de nombreuses années. (Il se baissa et ramassa doucement Pixel.) Comment le faisiez-vous boire ?

Je le lui montrai, mouillant le bout de mon doigt. Et Sterling améliora la méthode, offrant au chaton un peu d'eau dans le creux de sa main. L'animal la lécha puis se mit à laper comme doit le faire un chat, plongeant sa langue délicate dans la cuillerée d'eau.

Sterling m'intriguait. Je savais d'où il venait, ou du moins je le croyais, et j'avais donc du mal à croire à sa réalité alors même que je bavardais avec lui. Mais il est impossible de ne pas croire à la réalité d'un homme que vous voyez, que vous *entendez* croquer du céleri et des chips.

Cependant, il paraissait bidimensionnel. Jamais il ne souriait ni ne riait. Il était toujours d'une parfaite politesse, mais toujours imperturbablement sérieux. J'avais essayé de le remercier de m'avoir sauvé la vie en abattant machin-truc, Sterling m'avait arrêté.

– C'était mon devoir. On pouvait le remplacer; pas vous.

– Quatre cent mille. Colonel, est-ce qu'il reste des œufs à la diable ?

Je passai les œufs fourrés à Rufo.

– Voulez-vous que je vous dise ce que vous

pouvez faire d'une épée fichée dans un roc ? D'abord, vous dégagez l'épée et ensuite...

— Pas de grossièretés. Trois cent cinquante mille.

— Professeur, je n'en voudrais pas, pour rien. Ce n'était qu'une suggestion.

— Vous devriez au moins prendre une option; vous en aurez besoin pour le premier gag, quand on donnera l'histoire en stéréo-feuilleton.

— Pas de publicité. C'est une des conditions qu'on m'a imposées. Si je le fais.

— Pas de publicité *avant*. Ensuite, il en faut. Ça doit figurer dans les manuels d'histoire. Mannie, dites-leur pourquoi vous n'avez jamais publié vos *Mémoires* de la Révolution.

— Mike dort, répondit M. Davis. Faut pas le déranger. Niet.

— Manuel, demanda l'oncle Jock, vous avez écrit une autobiographie inédite ?

— Nécessaire, dit mon beau-père adoptif. Prof mort, Wyoming morte, Mike mort peut-être. Moi dernier témoin de histoire vraie de Révolution lunienne. Mensonges, beaucoup mensonges, par gens pas témoins.

Il se gratta le menton de la main gauche, celle que je savais être artificielle. Du moins à ce que j'avais entendu dire. Cette main ressemblait tout à fait à la droite. Une greffe ? Il poursuivit :

— Rangée avec Mike avant départ pour astéroïdes. Nous secourons Mike : après, je publie, peut-être. (Il se tourna vers moi :) Voulez connaître comment j'ai rencontré ma fille Hazel ?

— Oui, bien sûr, dis-je, et Sterling approuva vivement.

— C'était lundi 13 mai 2075 à L-City. Bavardages à Stilyagi Hall pour savoir comment combattre gouverneur. Pas révolution, juste bavardages stupides, gens malheureux. Petite fille maigre assise par terre devant. Cheveux orange, pas de poitrine. Dix ans, peut-être onze. Écoute chaque mot, applaudit, très sérieuse. Les Tuniques Jaunes arrivent, flics du gouverneur, commencent le massacre. Trop occupés pour voir quoi faire petite fille maigre, les Tuniques tuent meilleur ami à moi... quand on voit elle en action. Elle se lance en l'air, roulée en boule, frappe Tunique Jaune dans genoux, il tombe. Je casse sa mâchoire avec main gauche — pas cette main; numéro deux — et je saute par-dessus, tirant ma femme Wyoming — pas femme, alors — avec moi. Petite rouquine partie, pas vue pendant quelques semaines. Mais, camarades, vérité vraie. Hazel petite fille se battre si fort et si malin qu'elle sauve papa Mannie et sa maman Wyoh des flics du gouverneur longtemps avant qu'elle sait qu'elle est à nous. (Manuel Davis eut un sourire mélancolique et poursuivit :) Nous la trouver, famille Davis l'adopter : fille, pas femme. Encore enfant. Mais pas enfant quand il faut ! Travaillé dur pour libérer Luna, tous les jours, toutes les heures, toutes les minutes. Danger jamais l'arrêter. Juillet 4,2076, Hazel Meade Davis plus jeune camarade à signer Déclaration d'Indépendance. Aucun camarade mérite plus qu'elle !

M. Davis avait les larmes aux yeux. Et moi aussi.

— Monsieur Davis, dit le capitaine Sterling en se levant, je suis fier et plein d'humilité d'avoir entendu cette histoire. Monsieur Campbell, merci de votre hospitalité. Colonel Campbell, j'espère que vous vous déciderez à vous joindre à nous. Et maintenant, si vous voulez bien m'excuser, je dois prendre congé. Puisque le Seigneur de la Galaxie ne s'attarde pas à table, il me faut faire de même.

— Bon Dieu, John, vous avez droit à quelque repos de temps en temps, dit l'oncle Jock. Retournons à la chasse au dinosaure ensemble. Le temps passé au mésozoïque ne gênera pas votre quête; le Seigneur ne saura jamais que vous n'êtes pas là. C'est ce qu'il y a de plus merveilleux dans les voyages à travers le temps.

– *Moi*, je saurai que je ne suis pas là. Mais je vous remercie. J'ai pris beaucoup de plaisir à cette chasse, dit Sterling qui s'inclina et partit.

– C'est cela la vraie noblesse, dit le Dr Harshaw. Quand enfin il détruira le Seigneur, il sera effacé. Il le sait. Cela ne l'arrête pas.

– Pourquoi doit-il être effacé ? demandai-je.

– Hein ? Colonel, je sais que cela est nouveau pour vous... mais vous êtes, ou vous avez été écrivain, n'est-ce pas ?

– Je le suis toujours, pour autant que je le sache. J'ai terminé un long bouquin que j'ai expédié à mon agent voilà à peine dix jours. Il faut que je me remette bientôt au travail. J'ai une femme à nourrir.

– Vous savez donc que, pour les besoins de l'intrigue, notamment dans les romans d'aventures, les héros et les méchants vont par paires complémentaires. Chacun est nécessaire à l'autre.

– Oui, mais... dites-moi la vérité. Cet homme qui vient de partir est-il vraiment le personnage qu'Hazel et son fils Roger Stone ont créé pour leur série *Le Fléau de l'espace* ?

– Oui, Hazel et son fils l'ont bien créé. Sterling le sait. Écoutez, colonel, nous sommes tous des personnages de fiction, les rêves de quelque écrivain. Mais, d'ordinaire, nous ne le savons pas. Sterling le sait, et il est assez fort pour le supporter. Il connaît son rôle et sa destinée; il l'accepte.

– Il n'est pas nécessaire qu'on l'efface.

– Mais vous êtes écrivain, dit le Dr Harshaw qui parut surpris. Euh... vous faites de la littérature peut-être ? Sans intrigue ?

– Moi ? Je ne sais pas écrire de littérature, j'écris des histoires. Pour des scénarios, la 3-D, ou même des bouquins, mais de toute nature. Péché, souffrance et repentir. Westerns, aventures dans l'espace. Guerre. Policiers. Espionnage. Aventures maritimes. Tout ! Hazel et moi allons faire revivre sa série classique, avec le capitaine Sterling dans le rôle principal. Comme toujours. Qu'est-ce que c'est donc que cette histoire d'« effaçage » ?

– Vous n'allez pas le laisser détruire le Seigneur de la Galaxie ? Vous le devriez, vous le *devez*, car le Seigneur est tout aussi nocif, mauvais, que Boskone.

– Oh, certainement ! Les treize premières semaines. Cela aurait dû être fait voilà des années.

– Mais ce n'était *pas possible*. On a abandonné la série alors que le héros et le méchant étaient toujours vivants. Depuis lors, Sterling a été contraint de ne mener qu'une lutte de diversion.

– Oh, bon, nous arrangerons cela. *Le Seigneur delenda est* !

– Dans ce cas, que devient Sterling ?

J'allais répondre et je compris soudain que la question n'était que pure rhétorique. À bon chat, bon rat. Pour un héros de la stature de Sterling, il faut un méchant aussi fort que lui. Si nous tuons le Seigneur, il nous faut imaginer le Fils du Seigneur, avec autant de culot, des dents aussi longues, un esprit tout aussi vil, et la fumée lui sortant par les oreilles.

– Je ne sais pas. Nous trouverons quelque chose. Nous le ferons vieillir, peut-être, et nous lui trouverons une sinécure comme directeur de l'école de la Patrouille des Étoiles. Quelque chose comme ça. Inutile de le faire disparaître. Dans ce cas, il serait inutile d'avoir un méchant aussi horrible que le Seigneur.

– Vous croyez ? demanda tranquillement Harshaw.

– Euh... vous aimeriez peut-être reprendre la série ?

– Pas moi. Je suis presque à la retraite. Tout ce que j'ai, maintenant, c'est la *Famille Stonebender,* une série strictement humoristique, sans véritable méchant. Maintenant que je connais la vérité du Monde comme un Mythe, je ne créerai plus jamais de vrai méchant... et je remercie Klono de ne l'avoir jamais fait, pas vraiment, car je ne crois pas tout à fait à la méchanceté.

— Ma foi, je ne peux répondre sans Hazel, de toute façon; je suis l'assistant écrivain, chargé de la ponctuation, de la description du temps et des décors; c'est elle qui s'occupe de l'intrigue. Donc, passons à un autre sujet. Oncle Jock, qu'est-ce que tu disais au capitaine Sterling à propos de chasse au dinosaure? C'est une de tes blagues? Comme la fois où tu as taillé dix klicks carrés du glacier Ross et que tu l'as remorqué jusqu'à Singapour, en nageant la brasse indienne?

— Pas l'indienne sur tout le parcours, ce n'est pas possible.

— Allons, au fait. Les dinosaures.

— Qu'est-ce qu'ils ont, les dinosaures? J'aime bien les chasser. J'ai amené John Sterling avec moi, une fois; il a eu un tyrannosaure rex vraiment magnifique. Ça te plairait d'essayer?

— Tu es sérieux? Mon oncle, tu sais que je ne chasse pas. Je n'aime pas tirer sur quelque chose qui ne peut pas riposter.

— Oh! tu m'as mal compris, mon neveu. Nous ne tuons pas les pauvres bêtes. Tuer un dinosaure est à peu près aussi excitant que d'abattre une vache. Et la viande est moins bonne. Un dinosaure de plus d'un an est dur et insipide. J'ai essayé, il y a des années, quand on songeait à utiliser de la viande de dinosaure pour lutter contre la famine sur le fuseau temporel sept. Mais la logistique était horrible et, quand on y réfléchit bien, ce n'est pas très équitable de tuer de stupides lézards pour nourrir de stupides gens, ils n'avaient pas volé leur famine. Mais un safari-photo de dinosaures, ça c'est amusant. Ça devient même du sport si, à la recherche de grands carnivores, on lève un mâle qui, lui-même, chasse la femelle : ça améliore ta pointe de vitesse. Ou autre chose. Dickie, je connais un endroit près de Wichita où je peux te promettre des tricératops, plusieurs sortes de ptérodactyles, des ornithorynques, des lézards monstrueux et, peut-être, un stégosaure mâle, le tout dans la même journée. Une fois cette histoire terminée, nous prendrons une journée de congé et nous le ferons. Qu'est-ce que tu en dis ?

— C'est aussi facile que ça ?

— Avec l'équipement que nous possédons, le mésozoïque n'est guère plus éloigné que ne l'est le QGT à Boondock. Le temps et l'espace sont des illusions; le système d'aberrations Burroughs va te plonger en plein au milieu d'un troupeau de balivernes en train de brouter et de forniquer avant que tu aies pu prononcer les mots « soixante-cinq millions d'années ».

— À ta façon de présenter l'invitation, on pourrait croire que tu ne doutes pas que je vais me lancer dans l'opération Adam Selene.

— Dickie, le matériel appartient effectivement au Corps du Temps... et il coûte cher, nous ne parlerons pas du prix. Il a été conçu pour le Plan Longue Échéance; il ne sert qu'incidemment au divertissement. Mais, oui, c'est ce que j'ai voulu dire. Tu ne vas pas le faire ?

Mannie Davis me fixa, le regard vide. Rufo se leva.

— Faut que j'y aille, dit-il. Star a une corvée pour moi. Merci, et merci pour la dernière fois, Jock. Heureux d'avoir fait votre connaissance, colonel.

Il partit rapidement. Harshaw ne pipa mot.

— Mon oncle, dis-je avec un gros soupir, je le ferai peut-être, si Hazel insiste. Mais je vais tenter de l'en dissuader. Personne n'a pu me convaincre que j'avais tort en proposant les deux autres solutions. L'une et l'autre me paraissent plus sensées pour récupérer les programmes et mémoires que renferme Holmes IV ou Mike.... et j'admets bien volontiers qu'il faudrait les récupérer. Mais mes méthodes sont plus logiques.

— Il ne s'agit pas de logique, colonel, dit Harshaw.

— C'est ma peau que je risque, docteur. Mais en fin de compte je ferai ce qu'Hazel veut que nous fassions... je crois. C'est seulement que...

— Que quoi, Dickie ?

— Je déteste me lancer dans l'action sans disposer de solides renseignements ! J'ai toujours été comme ça. Mon oncle, depuis une semaine ou dix jours – difficile à dire, à la façon dont j'ai été secoué –, je me trouve plongé dans des absurdités inexpliquées et, eh bien, *dangereuses*. Est-ce que le Seigneur dont vous parlez est à mes trousses ? Ou est-ce que je tourne à la paranoïa ?

— Je ne sais pas. Raconte-moi ça.

Ce que je fis. Harshaw tira un calepin de sa poche et se mit à prendre des notes. J'essayai de ne rien oublier : Enrico Schultz et sa bizarre remarque à propos de Tolliver et le fait qu'il ait mentionné Walker Evans. Sa mort. S'il était bien mort. Bill. Le curieux comportement de la direction de la Règle d'Or. Ces rolligons et les tueurs à bord de l'un et l'autre. Jefferson Mao. Les agresseurs au Raffles.

— C'est tout ?

— Ça ne suffit pas ? Non, ce n'est pas tout. Qu'est-ce que transportait tantine ? Comment avons-nous été contraints de voler dans un appareil qui a bien failli nous tuer ? Que faisaient Lady Diana et ses idiots de maris, là-bas, dans les immensités désertiques ? Si j'en avais les moyens, je dépenserais une fortune en détectives pour découvrir ce qui se passe, ce qu'on me voulait vraiment, quelle était la part de mon imagination, la part des simples coïncidences.

– Il n'y a pas de coïncidences, dit Harshaw.
L'un des points pour lesquels le Monde-Mythe
est beaucoup plus simple que la téléologie antérieure, c'est tout simplement qu'il n'y a *pas* de
hasards, pas de coïncidences.

– Jubal ? dit l'oncle Jock. Je n'ai pas l'autorité.

– Moi oui. Oui. (Il se leva). Tous les deux, je
crois.

– Mon petit Dickie, dit mon oncle en se levant
lui aussi, tu vas rester ici; nous n'en avons que
pour cinq minutes environ. Une course à faire.

Davis se leva au moment où ils partaient.

– Vous m'excusez, s'il vous plaît ? Besoin de
changer mon bras.

– Bien sûr, papa Mannie. Non, non, Pixel ! Ce
n'est pas pour les chatons, la bière.

Ils s'absentèrent sept minutes, d'après mon
sonychron. Mais tout à fait une autre durée, dans
leur temps à eux. L'oncle portait la barbe. Harshaw avait une cicatrice nouvelle, provoquée par
un couteau, sur la joue gauche.

– Les fantômes des Noëls passés ! dis-je. Qu'est-
il arrivé ?

– Tout. Est-ce qu'il reste de la bière, Cissy ?
demanda-t-il du même ton égal. Pourrait-on avoir
de la bière ? Et Jubal et moi n'avons pas mangé
depuis un certain temps. Des heures. Des jours
peut-être.

– Tout de suite, répondit la voix désincarnée
de tante Cissy. Chéri ? Je crois que tu devrais
faire un somme.

– Plus tard.

– Dès que tu auras mangé. Quarante minutes.

– Cesse de me harceler. Est-ce que je pourrais
avoir de la soupe à la tomate ? Pour Jubal, aussi.

– Je vais te chercher de la soupe et autre chose
pour ton pique-nique. Dans quarante-cinq minutes
ton petit somme. C'est ce que dit Til.

— Rappelle-moi de te battre.

— Oui, chéri. Mais pas aujourd'hui; tu es épuisé.

— Très bien, dit l'oncle Jock qui se tourna vers moi. Voyons, de quoi veux-tu qu'on parle d'abord ? De ces rolligons ? Ton ami Hendrik Schultz s'en est occupé; et à fond, tu peux en être sûr. Il se trouve qu'il est allé enquêter sur place. Il ne s'agit pas de paranoïa pour ce coup, Dickie. Il y avait deux ennemis : les Lords du Temps et les Transformateurs des Lieux... et les uns et les autres après toi, et se battant entre eux également. Tu mènes une vie pleine de charme, fiston, né pour être pendu.

— Que veux-tu dire avec les Lords du Temps et les Transformateurs des Lieux ? Et pourquoi moi ?

— Ce n'est peut-être pas ainsi qu'eux-mêmes s'appellent. Les Lords et les Transformateurs sont des groupes qui font ce que fait le Cercle... mais nous ne voyons pas les choses de la même façon. Dickie, tu ne crois tout de même pas que, dans tous les univers, jusqu'au Nombre de la Bête ou davantage encore, nous serions les seuls à appréhender la vérité et à tenter d'y faire quelque chose, non ?

— J'ignore tout de la question.

— Colonel, dit Harshaw, l'un des défauts importants du Monde en tant que Mythe est que nous nous trouvons aux prises... et que nous perdons souvent... avec trois sortes d'ennemis : les méchants par destination comme le Seigneur de la Galaxie, des groupes comme le nôtre mais animés d'intentions différentes – mauvaises selon nous, peut-être bonnes selon eux – et enfin, les troisièmes et les plus puissants, les fabricants de mythes eux-mêmes : les Homère, les Twain, les Shakespeare, les Baum, les Swift et autres appartiennent au panthéon. Mais pas ceux que je viens de citer. Leurs corps sont morts; ils ne vivent que par l'immortelle œuvre mythique que chacun d'eux a créée... laquelle ne change pas et n'est donc pas dangereuse pour nous. Mais il existe des créateurs de mythes qui vivent, et tous sont dangereux, tous modifient ou suppriment un personnage avec la plus grande désinvolture. (Harshaw eut un sourire sardonique.) La seule façon de vivre avec la connaissance est de se rendre compte, tout d'abord, qu'il n'en existe pas d'autre et, en second lieu, que ça ne fait aucun mal. D'être effacé. Rayé de l'histoire.

— Comment savez-vous que ça ne fait aucun mal ?

— Parce que je refuse d'accorder crédit à toute autre théorie ! Est-ce qu'on poursuit notre rapport ?

— Dickie, mon garçon, tu as demandé « Pourquoi moi ? » Pour la même raison que Jubal et moi avons abandonné un agréable déjeuner pour nous décarcasser et nous livrer à de délicates et dangereuses enquêtes sur plusieurs faisceaux temporels. À cause de l'opération Adam Selene et de ton rôle clé dans cette opération. Pour autant que nous puissions le dire, les Lords veulent enlever Mike tandis que les Transformateurs veulent le détruire. Mais les uns et les autres veulent ta mort; tu constitues une menace pour leurs projets.

— Mais, à cette époque, je n'avais pas même entendu parler de Mike l'ordinateur.

— C'est le meilleur moment pour se débarrasser de toi, non ? Cissy, tu n'es pas seulement belle, tu es également agréable dans le paysage. Outre tes talents cachés. Pose cela; nous nous servirons.

— *Blagueur et gros menteur.* Tu dois toujours faire un somme. Message de Til : Tu ne seras pas admis à table tant que tu n'auras pas rasé cette barbe.

— Dis à cette souris que je préfère crever de

faim plutôt que de lui laisser porter la culotte.

— Bien, monsieur. Et je partage son avis.

— Paix, femme.

— Je suis donc volontaire pour te raser. Et te couper les cheveux.

— J'accepte.

— Tout de suite après ton somme.

— Disparais ! Jubal, avez-vous pris de cette salade en gelée ? Til la réussit remarquablement... encore que mes trois femmes soient d'excellentes cuisinières.

— Tu mettrais cela par écrit ?

— Je t'ai dit de disparaître. Jubal, il faut une grande force d'âme pour vivre avec trois femmes.

— Je sais. Je l'ai fait pendant de nombreuses années. De la force d'âme et un caractère angélique. Et l'envie de vivre paresseusement. Mais le mariage de groupe, comme nous le pratiquons dans la Famille Long, combine les avantages du célibat, de la monogamie et de la polygamie sans aucun des inconvénients.

— Je n'en discuterai pas, mais je demeurerai avec mes Trois Grâces tant qu'elles me laisseront traîner par ici. Bon, continuons : Enrico Schultz. Il n'a jamais existé.

— Vraiment ? Il a laissé d'horribles taches sur ma nappe.

— Il avait donc un autre nom. Mais tu le savais. L'hypothèse la plus plausible, c'est qu'il appartenait à la même bande que ton ami Bill... qui était un horrible vilain souriant, si tant est qu'un vilain puisse sourire jamais, en même temps qu'un acteur consommé. Nous les appelons les Révisionnistes. Son but devait être Adam Selene. Pas Walker Evans.

— Pourquoi a-t-il parlé de Walker Evans ?

— Pour te secouer, peut-être. Dickie, je ne connaissais pas le général Evans avant que tu en parles, car cette débâcle se situe toujours dans mon futur. Mon futur normal. Je vois bien à quel point ça te pèse sur la conscience. Souviens-toi, j'ignorais que tu avais été réformé pour blessure des Croisés Contractuels Andorrans avant que tu me le dises. Quoi qu'il en soit, tous les « Amis de Walker Evans » sont morts, à part toi et l'un d'entre eux qui est parti pour les Astéroïdes et sur lequel on ne peut mettre la main. Cela au 10 juillet 2188, c'est-à-dire dans onze ans. À moins que tu ne veuilles parler à l'un quelconque d'entre eux vivant à une date antérieure.

– Je n'en vois pas la nécessité.

– C'est ce qu'il nous semblait. Maintenant, Walker Evans lui-même. Lazarus s'en est occupé... ainsi que d'un spot de changement de face du monde, un peu pour te montrer ce qu'on peut faire. Nous n'avons pas tenté de modifier l'issue de la bataille. Ce serait difficile, en 2177, de modifier une bataille qui doit se dérouler en 2178 sans bouleverser ta vie. Ou te faire mourir cette année, ou ne pas perdre ta jambe et rester en activité; oui, je suis maintenant au courant pour ta jambe, bien que ce soit dans l'avenir pour moi. Dans les deux cas, tu ne vas pas à la Règle d'Or, tu n'épouses pas Hazel... et nous ne sommes pas assis là en train d'en parler. C'est délicat, un changement de face du monde, Dickie. Mieux vaut prendre cela à doses homéopathiques. Lazarus a deux messages pour toi. Il dit que tu ne devrais pas te sentir personnellement responsable de cette débâcle. Ce serait aussi idiot que si l'un des hommes de Custer se sentait responsable de Little Big Horn... à quoi il ajoute que Custer fut un général beaucoup plus brillant que ne le fut jamais Evans. Et Lazarus sait ce qu'il dit pour être passé par tous les grades, de deuxième classe à commandant en chef, à travers plusieurs siècles d'expérience et dix-sept guerres. Voilà pour le premier message. Voici le suivant :

Dites à votre neveu que, eh bien, oui, cela fait horreur aux gens bien. Mais ça arrive. Seuls ceux qui vont au-delà des lampadaires et des rues pavées savent comment de telles choses peuvent se produire. Il se dit certain que Walker Evans ne retiendrait pas cela contre toi. Dickie, de quoi parle-t-il ?

— S'il avait voulu que tu le saches, il te l'aurait dit.

— Ça me semble raisonnable. Est-ce que le général Evans était un homme de bon goût ?

— Quoi ? (Je regardai mon oncle, puis répondis à regret :) Ma foi, non, je ne dirais pas cela. Je l'ai trouvé dur et un peu filandreux.

— Maintenant c'est clair...

— Oui, bon Dieu !

— ... et je peux te parler du reste, du changement de face du monde. Un de nos agents a caché deux boîtes de rations sous le corps du général. Lorsque tu as bougé le corps, tu les as trouvées... et cela a suffi pour qu'aucun des amis de Walker Evans n'en arrive jamais au degré de fringale nécessaire pour violer le tabou. Donc, cela n'est jamais arrivé.

— Dans ce cas, pourquoi est-ce que je m'en souviens ?

— Tu t'en souviens ?

— Eh bien...

— Tu te souviens d'avoir trouvé des rations de campagne abandonnées sous le cadavre. Et de ta joie !

— Mon oncle, c'est idiot !

— C'est cela le changement de face du monde. Pendant un temps, tu te souviens. Ensuite, tu n'as plus que le vague souvenir d'un souvenir. Et puis plus rien. Ça n'est jamais arrivé, Dickie. Tu es passé par un foutu moment et tu as perdu une jambe. Mais tu n'as pas mangé ton commandant.

— Jubal, poursuivit mon oncle, qu'avez-vous

oublié d'important ? Dickie, tu ne peux espérer avoir une réponse à toutes tes questions, aucun homme ne peut espérer une telle chose. Hum, oh oui, ces maladies : tu en as eu deux; le reste était simulé. Tu as été guéri en trois jours environ; après quoi on t'a gardé dans un champ à mémoire contrôlé et on t'a mis une nouvelle jambe... et on t'a fait autre chose. Tu ne te sens pas mieux depuis quelque temps ? Plus vif ? Avec davantage d'énergie ?

– Eh bien... oui. Mais cela remonte à mon mariage avec Hazel, pas à Boondock.

– Les deux, probablement. Pendant le mois où elle t'a eu sous la main, le Dr Ishtar t'a administré un survolteur. J'ai appris que l'on t'avait ramené de la clinique de rajeunissement à l'hôpital la veille de ton réveil. Oh, ils t'ont bien roulé, gamin; ils t'ont remis une nouvelle jambe et ils t'ont rajeuni de trente ans. Je crois que tu devrais les poursuivre.

– Oh, laisse tomber. Et la bombe à chaleur ? Encore une simulation ?

– Peut-être bien que oui, peut-être bien que non. Rien de décidé encore. Le top temporel est suspendu. En fait...

– Richard, coupa Harshaw, nous pensons maintenant pouvoir mener à bien l'opération Adam Selene avant qu'il faille recourir à une bombe à chaleur. Des projets existent. Le sort de la bombe à chaleur est donc le même que celui du chat de Schrödinger. L'issue dépend de l'Opération Adam Selene. Et vice versa. Nous verrons.

– Ces projets, vous présumez que j'en serai ?

– Non. Nous présumons que vous n'en serez pas.

– Hum... si vous pensez que je n'en serai pas, pourquoi vous soucier de me raconter tout cela, tous les deux ?

– Mon petit Dickie, dit l'oncle d'une voix lasse,

des milliers et des milliers d'heures-hommes ont été consacrées à satisfaire ton désir puéril de soulever le voile de l'inconnu. Tu penses que nous allons tout simplement brûler les résultats ? Assieds-toi et écoute. Hum, évite Luna City et la Règle d'Or après juin 2188; tu es recherché pour huit meurtres.

– Huit ! Qui ?

– Hum, Tolliver, Enrico Schultz, Johnson, Oswald Progant, Rasmussen...

– Rasmussen !

– Tu le connais ?

– J'ai porté son fez pendant dix minutes; je ne l'ai jamais vu.

– Inutile de perdre du temps avec ces accusations de meurtre. Elles signifient seulement qu'on te recherche, à la fois à L-City et à la Règle d'Or. Avec trois groupes de voyageurs du temps après toi, rien d'étonnant. Si tu veux qu'on tire cela au clair, on le fera. Si nécessaire. Sinon, contente-toi d'aller sur Tertius et oublie tout ça. Oh, oui, ce message codé. Ce n'était pas un message mais simplement un truc pour te faire ouvrir la porte. Mais tu ne t'es pas laissé tranquillement tuer comme tu étais censé le faire. Dickie, tu es un enquiquineur.

– Oh, désolé.

– D'autres questions ?

– Va faire un somme.

– Pas encore. Jubal. Maintenant ?

– Certainement, dit le Dr Harshaw qui se leva et partit.

– Dickie.

– Oui, mon oncle.

– Elle t'aime, mon petit; elle t'aime vraiment. Dieu sait pourquoi. Mais cela ne signifie pas qu'elle va te dire la vérité ou toujours agir dans ton intérêt. Tu es prévenu.

– Oncle Jock, il n'est jamais bon de prévenir

un homme à propos de sa femme. Est-ce que tu accepterais un conseil de moi à propos de Cissy ?

— Bien sûr que non. Mais je suis plus vieux que toi et j'ai beaucoup plus d'expérience.

— Réponds-moi.

— Changeons plutôt de sujet. Tu n'aimes pas Lazarus Long.

— La seule chose qui me persuade qu'il est aussi vieux qu'il est censé l'être, c'est qu'il faudrait beaucoup plus longtemps qu'une simple vie ordinaire pour devenir aussi acariâtre et difficile à vivre. Il me prend toujours à rebrousse-poil. Et le salopard rend les choses pires encore en faisant de moi son débiteur. Ce pied vient de son clone, tu le savais ? Et cet accrochage auquel tu as assisté ce matin. Lazarus a abattu ce type, machin-truc, qui a essayé de me tuer. Mais le capitaine Sterling et le commandant Smith en ont fait autant, et probablement plus vite. Ou peut-être pas. Quoi qu'il en soit, il m'a fallu les remercier tous les trois. Bon Dieu, j'aimerais lui sauver la vie, juste une fois, pour rétablir l'équilibre. Le bâtard !

— Ne dis pas cela, Dickie. Abby t'aurait rossé.

— D'accord. Je le retire.

— En outre... tes parents n'ont jamais été mariés.

— C'est ce qu'on m'a souvent dit. Très original.

— Je veux dire réellement. Ta mère était ma sœur préférée. Beaucoup plus jeune que moi. Jolie fille. Je lui ai appris à marcher. J'ai joué avec elle quand elle a grandi, je l'ai gâtée autant que j'ai pu. Tout naturellement, donc, quand elle a eu ce qu'on appelle « des ennuis », elle est venue trouver son grand frère. Et ta tante Abby. Dickie, ce n'était pas que ton père avait fichu le camp; c'était que ton grand-père ne l'aimait pas, il le détestait autant que... que tu détestes Lazarus Long. Je ne parle pas de M. Ames. Tu portes son nom, mais il a rencontré et épousé Wendy après ta naissance. Et nous t'avons recueilli et élevé. Ta mère devait venir te chercher, au bout d'un an – elle disait qu'Ames méritait au moins cela – mais elle n'a pas vécu jusque-là. C'est donc Abby qui a été ta mère, en tout, sauf par le sang.

– Mon oncle, tante Abby a été la meilleure mère que puisse souhaiter un fils. Écoute, je méritais bien ces badines de pêcher. Je le sais.

– Heureux de te l'entendre dire. Dickie, j'aime toutes tes tantes... mais jamais il n'y aura une autre Abby. Hazel me fait penser à elle. Dickie, tu t'es décidé ?

– Mon oncle, j'irai jusqu'au bout. Comment laisser ma femme risquer sa vie dans une aventure où elle a cinquante chances sur cent d'y rester ? Notamment quand personne n'a même essayé de me prouver que mes chances sont meilleures.

– Simple question. Les mathématiciens sont en train d'essayer une autre équipe, puisque tu ne veux pas. Nous verrons. Ton père était têtu et ton grand-père aussi; rien d'étonnant que tu sois têtu. Ton grand-père – mon père – disait calmement qu'il préférait avoir un bâtard dans la famille que Lazarus Long. Il a donc eu un bâtard. Toi. Et Lazarus est parti et il n'a jamais entendu parler de toi. Rien d'étonnant que ton père et toi ne vous entendiez pas; vous vous ressemblez trop. Et maintenant il va prendre ta place, dans l'équipe de l'opération Adam Selene.

30

« Nos festivités sont maintenant terminées. »
William SHAKESPEARE, 1564-1616

Il n'est pas difficile de mourir. Même un chaton peut le faire.

Je suis assis le dos au mur de la vieille salle de l'ordinateur du Complexe du Gouverneur à Luna. Pixel est blotti au creux de mon bras gauche. Hazel gît sur le sol, à côté de nous. Je ne suis pas certain que Pixel soit mort. Peut-être dort-il. Mais je ne vais pas le déranger pour m'en assurer; au mieux, c'est un chaton sévèrement touché.

Je sais qu'Hazel vit encore parce que je surveille sa respiration. Mais son état n'est pas brillant. J'aimerais qu'ils se dépêchent.

Je ne peux pas faire grand-chose, ni pour l'une ni pour l'autre, car je n'ai rien et je ne peux pas beaucoup bouger. Il me manque une jambe et je n'ai pas de prothèse. Oui, la même jambe droite – la jambe de Lazarus – taillée par une brûlure à peu près à la hauteur de la greffe. Je crois que je ne devrais pas râler; puisque c'est consécutif à une brûlure, c'est cautérisé, il n'y a pas beaucoup de sang. Ça n'a pas vraiment commencé à faire mal, non plus. Pas de cette intense douleur, comme un lance-flammes. Ce sera pour plus tard.

Je me demande si Lazarus sait qu'il est mon père. Est-ce que l'oncle lui a jamais dit ?

Hé, cela fait de Maureen, cette créature merveilleusement belle, ma *grand-mère* !

Et… Il faudrait peut-être remonter un peu plus loin.

J'ai la tête qui me tourne légèrement.

Je ne suis même pas certain que ceci soit enregistré. Je porte un enregistreur de combat, mais c'est un petit appareil tertien que je ne connais pas très bien. Ou bien il était branché et je l'ai débranché, ou le contraire. Je ne suis pas sûr que Pixel soit mort. Est-ce que je l'ai déjà dit ? Il faudrait peut-être remonter un peu plus loin.

C'était une bonne équipe, la meilleure, avec assez de puissance de feu pour que je juge nos chances assez bonnes. Avec Hazel comme chef, bien sûr.

Le commandant Sadie Lipschitz, chef de la force de frappe.

Le capitaine Richard Campbell, commandant adjoint.

L'aspirant Gretchen Henderson, officier adjoint.

Le sergent Ezra Davidson.

Le caporal Ted Bronson, alias W.W.Smith alias Lazarus Long alias Lafayette Hubert, médecin du groupe.

Manuel Davis, agent spécial civil.

Lazarus avait insisté pour se faire appeler Ted Bronson quand il fut nommé caporal de cette force spéciale. Une blague pour initiés, je crois; je n'étais pas dans le secret.

L'aspirant Henderson avait repris du service plusieurs mois après avoir eu son bébé, un garçon. Elle était mince, solide, bronzée et superbe, et les rubans des médailles, sur sa jolie poitrine, étaient tout à fait à leur place. Le sergent Ezra avait toujours l'air d'un soldat depuis qu'il avait des jambes, comme l'indiquaient ses décorations, aussi. Une bonne équipe.

Pourquoi m'avait-on nommé capitaine ? Je posai la question dès qu'Hazel reçut mon serment d'admission dans le Corps, et obtins une réponse idiote ou raisonnable, selon le point de vue. Parce que (dit Hazel) dans tous les livres d'histoire où l'on en parlait, j'avais été l'officier en second. Les livres d'histoire n'en citaient pas d'autres, mais ils ne disaient pas que nous avions agi seuls et nous nous décidâmes donc pour une plus grande puissance de feu et choisîmes son équipe. (Ce fut elle qui décida. Elle qui choisit. Pas Lazarus. Pas quelques grosses têtes du QGT. Cela me convenait.)

Gay Deceiver fut pilotée par son premier équipage, également : Hilda, commandant; Deety, adjoint et astrogateur; Zeb Carter, chef pilote; Jake Burroughs, copilote et chargé des aberrations, et Gay Deceiver elle-même, consciente, sensible, capable de se piloter seule... ce qui n'est le cas d'aucun autre appareil à aberrations à l'exception de Dora (trop vaste pour ce travail).

Le commandant de l'appareil, Hilda, était placée sous l'autorité du chef de la force de frappe. On aurait pu s'attendre à un accroc, là... mais Hilda l'avait elle-même proposé.

– Hazel, il faut qu'il en soit ainsi. Tout le monde doit savoir qui est le patron. Quand on se trouve dans la mouscaille, on ne peut s'empêcher de causer.

Une bonne équipe. Nous ne nous étions pas entraînés ensemble mais nous étions des professionnels, et notre chef avait rendu les choses si parfaitement claires que nous n'eûmes pas besoin d'entraînement.

– Voici les ordres. Le but de cette opération est de s'emparer de ce qu'aura choisi Davis, et de ramener Davis et le matériel sur Tertius. *C'est le seul et unique but.* Si nous n'avons pas de pertes, parfait. Mais si nous sommes tous tués et que Davis et le matériel rentrent à Tertius, notre mission sera remplie. Voici le plan. Hilda nous emmène au mur nord, côté tribord, au top, après que le QGT nous aura avisés que la distorsion va intervenir. On quitte l'appareil dans l'ordre suivant : Lipschitz, Campbell, Henderson, Davidson, Bronson, Davis. Placez-vous sur l'avant et l'arrière dans les salles de bains pour sortir dans cet ordre. La salle de l'ordinateur est carrée. Lipschitz à l'angle sud-est, Henderson à l'angle sud-ouest, Campbell à l'angle nord-ouest, Davidson à l'angle nord-est. Les équipes de deux, en diagonale, couvrent les quatre murs, de façon que deux équipes de deux couvrent doublement tous les murs. Bronson est le garde du corps de Davis, sans poste fixe. Pendant que Davis agira, les boîtes pleines seront chargées dans l'appareil. Henderson et Davidson emporteront le matériel dans l'appareil comme indiqué par Davis et seront aidés à l'intérieur par Deety. Le commandant de l'appareil et les pilotes demeureront prêts à filer et n'aideront qu'à passer le matériel. Bronson ne transportera rien, je répète : *rien;* sa seule mission est d'être le garde du corps de Davis. Lorsque Davis me dira que le travail est terminé, nous regagnerons l'appareil à toute vitesse dans l'ordre inverse : Davis, Bronson, Davidson, Henderson, Campbell, Lipschitz. Hilda, vous serez prête à donner l'ordre de filer à tout instant, dès que Davis et le matériel qu'il est venu chercher seront à bord, selon l'évolution de la situation tactique. En cas de pépin, n'attendez personne. À vous de juger, mais votre jugement doit vous faire obligation de sauver Mannie et son matériel sans considération de qui on laisse derrière. Des questions ?

Cela fait combien de temps que je suis dans les vapes ? Mon sonychron a été un des premiers touchés. L'équipe qu'Hazel a choisie se composait de… Non, ça je l'ai dit. Je crois.

Qu'est-ce qui est arrivé à Bonsaï-San ?

Le top temporel choisi se situait juste après la sortie d'Hazel de la salle de l'ordinateur, le samedi 5 juillet. Le groupe qui prenait le top faisait comme s'ils attendaient notre arrivée au Raffles, afin que l'ennemi (Les Lords du Temps ?) ne nous recherchent pas dans la salle de l'ordinateur. Impossible de prendre les choses en main plus tôt; Hazel avait indiqué qu'« Adam Selene » se trouvait dans la salle de l'ordinateur quand elle y était passée.

Nous avons calculé drôlement juste, presque trop juste; alors qu'Hazel était en train de sortir de Gay, elle s'arrêta brutalement, avec moi juste derrière elle; elle attendit un bref instant et poursuivit.

Elle s'arrêta car elle se vit elle-même, de dos, qui quittait la pièce.

Il faut que je signale à tante Til qu'Hazel et moi ne pourrons être à la maison pour dîner.

J'ai mal à la tête et mes yeux me donnent du souci.

Je ne sais pas comment Pixel est monté à bord de Gay. Comment ce chaton arrive-t-il à se déplacer ?

Jubal Harshaw dit que : « La seule constante dans ces mondes changeants, dans ce féerique échiquier, c'est l'amour humain. » C'est suffisant.

Pixel a bougé un peu.

Ç'a été agréable d'avoir mes deux pieds pendant quelques jours.

— Richard ?
— Oui, ma chérie.
— Le bébé de Gretchen. C'est toi le père.
— *Hein ?*
— Elle me l'a dit voilà des mois.
— Je ne comprends pas.
— Paradoxe.

Je me mis à la questionner; elle s'était rendormie. La compresse que j'avais placée sur sa blessure suintait. Mais je n'avais rien d'autre et je n'y touchai donc pas.

Je ne verrai pas tante Belden à ce voyage. Dommage.

Qu'est-il arrivé à mes dossiers ? Toujours dans mon autre pied ?

Hé ! C'est demain, le jour où « nous serons tous morts » si Tolliver ne l'est pas.

La première heure se déroula sans aucun incident. Mannie travaillait sans arrêt. Il changea de bras une fois, commença à emplir des boîtes. Gretchen et Ezra les transportèrent jusqu'à l'appareil, les passèrent à l'intérieur, reprirent leurs postes entre deux voyages. Cela semblait être des programmes, pour la plupart, que Mannie transférait dans ses boîtes, utilisant un matériel qu'il avait apporté. Je ne pouvais pas voir. Et puis il se mit à emplir des boîtes plus rapidement, avec des cylindres. Les *Mémoires* d'Adam Selene ? Je n'en sais rien. J'ai peut-être trop regardé.

Mannie se releva et annonça :

– Ça y est ! C'est fait !

– *Blert !* entendis-je en réponse.

Et ils nous touchèrent.

Je fus aussitôt abattu, le bas de ma jambe taillé. Je vis Mannie s'écrouler. J'entendis Hazel crier : « Bronson ! Transportez-le à bord ! Henderson, Davidson, ces deux dernières boîtes ! » Je n'entendis pas la suite, car je ripostai à leur tir. Tout le mur était ouvert; je le traversai, mon foudroyeur crachant. Quelqu'un d'autre tirait, de notre côté, je crois.

Et puis, le silence.

– Rich'r' ?

– Oui, chérie.

– On... s'bien amusés.

– Oui, chérie ! Tout le temps.

– Rich'r' ?... cette lumière... bout du tunnel.

– Oui ?

— J'attendrai... là.
— Chérie, tu m'enterreras.
— Cherche-moi. Je...

Quand le mur s'ouvrit, je crus apercevoir machin-truc. Le type qui l'avait effacé pouvait-il le recréer dans l'histoire ? Pour nous flinguer ?

Qui écrivait *notre* histoire ? Allait-il nous laisser vivre ?

Celui qui est capable de tuer un chaton est un être cruel, immonde. Qui que tu sois, je te hais. Je te *méprise* !

J'arrivai à me tirer de mon sommeil, me rendis compte que je m'étais endormi alors que j'étais de garde ! Il fallait que je me reprenne car ils pourraient revenir. Ou, Dieu soit loué ! Gay Deceiver allait revenir. Je ne parvenais pas à comprendre pourquoi Gay n'était pas de retour. Des ennuis pour retrouver le bon top temporel ? Ce pouvait être n'importe quoi. Mais ils n'allaient pas tout simplement nous laisser là.

Nous avons sauvé Mannie et les trucs qu'il a pris. Nous avons *gagné,* nom de Dieu !

Il fallait que je voie ce qu'il nous restait comme armes, comme munitions. Il ne me restait rien. Mon foudroyeur à rayons était vide, je le savais. Mais mon arme de poing ? Je ne me souviens pas de m'en être servi. Partis, tous. Faut que je cherche.

— Chéri ?
— Oui, Hazel.
(Elle va me demander de l'eau et je n'en ai pas !)
— Désolée, les gens étaient en train de dîner.
— Quoi ?
— Il fallait que je le tue; il était là pour t'abattre.

Je déposai le petit chat sur Hazel. Peut-être remua-t-il, peut-être pas; peut-être étaient-ils morts tous les deux. Je parvins à me hisser sur mon pied, en m'accrochant à l'ordinateur, puis je me laissai retomber. Malgré ma longue habitude de sautiller à un sixième de g, je n'étais pas assez solide et mon équilibre laissait à désirer, et je n'avais pas ma canne, pour la première fois depuis des années. Elle se trouvait, pensai-je, dans la salle de bains avant de Gay.

Je rampai donc, faisant attention à ma jambe droite. Elle commençait à me faire mal. Je ne trouvai aucune arme chargée. Je parvins, péniblement, à revenir à côté de Gwen et de Pixel. Aucun des deux ne bougea. Je n'en étais pas sûr.

Une semaine, ce n'est pas long pour une lune de miel, et c'est horriblement court pour un mariage.

Je fouillai dans son sac, ce que j'aurais dû faire plus tôt. Pendant tout le temps, elle l'avait eu avec elle, sur une épaule ou à la hanche, même pendant la bataille.

Ce sac était beaucoup plus grand à l'intérieur qu'à l'extérieur. J'y trouvai douze barres chocolatées. J'y trouvai son petit appareil photo. J'y trouvai son mortel pistolet de dame, ce Mikayo complètement chargé, huit balles dans le chargeur, une dans la chambre.

Et, tout à fait au fond, je trouvai le lance-projectiles qui devait s'y trouver. Je faillis le manquer, on l'avait camouflé en trousse de toilette. Il y avait encore quatre projectiles dedans.

S'ils reviennent – eux ou une autre bande, peu importe –, je vais m'en payer treize à la douzaine.

Épouvante

Depuis Edgar Poe, il a toujours existé un genre littéraire qui cherche à susciter la peur sinon la terreur, chez le lecteur. Il a été illustré au cinéma par des films tels que Shining, L'exorciste, Carrie, La malédiction. Ce sont les livres qui ont inspiré ces films, et d'autres ouvrages du même genre, que vous présente cette collection.

ANDREWS Virginia C.	Ma douce Audrina	1578 ★★★★
BLATTY William Peter	L'exorciste	630 ★★★★
CAMPBELL Ramsey	La poupée qui dévora sa mère	1998 ★★★
	Le Parasite	2058 ★★★★
COYNE John	L'enfant qui grognait	2121 ★★★
FARADAY M.M.	La possédée	2059 ★★★★
FARRIS John	Écailles	2225 ★★★★
GRANT Charles L.	La force hideuse	2290 ★★★★ (déc.87)
HERBERT James	Le Sombre	2056 ★★★★
JETER K.W.	Les âmes dévorées	2136 ★★★★
KAHN James	Poltergeist I	1394 ★★★
	Poltergeist II	2091 ★★
KAYE & GODWIN	Lumière froide	1964 ★★★
KING Stephen	Carrie	835 ★★★
	Shining	1197 ★★★★
	Danse macabre	1355 ★★★★
	Cujo	1590 ★★★★
	Christine	1866 ★★★★
	Charlie	2089 ★★★★★
	Simetierre	2266 ★★★★★★ (nov.87)
KOENIG Laird	Le disciple	1965 ★★★
KOONTZ Dean R.	Spectres	1963 ★★★★
	Le rideau de ténèbres	2057 ★★★
	Le visage de la peur	2166 ★★★
MATHESON Richard	La maison des damnés	612 ★★★★
MONTELEONE Thomas	L'horreur du métro	2152 ★★★★
NICHOLS Leigh	L'antre du tonnerre	1966 ★★★
	L'heure des chauves-souris	2263 ★★★★★ (oct.87)
RUSSO John	Panthère noire	2233 ★★★
SELTZER David	La malédiction	796 ★★
STRAUB Peter	Shadowland	2249 ★★★★★★
TONKIN Peter	Le Journal d'Edwin Underhill	2195 ★★★
TUTTLE Lisa	Le couteau sacrificiel	2181 ★★★

J'ai lu BD

La bande dessinée est aujourd'hui admise partout. On l'enseigne même à la Sorbonne. La série J'ai lu BD est la première collection de poche consacrée à ce genre. Elle réédite les bandes dessinées françaises et étrangères les plus célèbres. Les dessins ne sont pas ou peu réduits mais remontés au format ; ainsi un album de 48 pages donne 160 pages dans J'ai lu, et le papier est d'une qualité supérieure afin de permettre la reproduction des couleurs. J'ai lu BD est le panorama de la bande dessinée d'aujourd'hui.

ABULI, TOTH, BERNET   *Torpedo-1* BD25 (2 ★)

AUTHEMAN   *Vic Valence-1* BD41 (4 ★ c., nov. 87, Alfred 87)

BARBE   *Cinémas et autres choses* BD30 (2 ★)

BEAUNEZ   *Mes partouzes* BD24 (3 ★)

BINET   *Les Bidochon-1* BD4 (3 ★)

     Kador-1 BD27 (3 ★)

BOUCQ   *Les pionniers de l'aventure humaine* BD34
     (6 ★ couleur, sept 87)

BRETÉCHER   *Les Gnangnan* BD5 (2 ★)

BRUNEL   *Pastiches-1* BD46 (5 ★ couleur, déc. 87)

COMÈS   *Silence* BD12 (5 ★)

DERMAUT & BARDET   *Les chemins de Malefosse-1* BD19 (5 ★ couleur)

ÉDIKA   *Débiloff profondicoum* BD38 (3 ★ , oct. 87)

FRANQUIN   *Idées noires* BD1 (3 ★)

     Gaston-1/Gala de gaffes BD17 (3 ★ couleur)

     Gaston-2/Gaffes à gogo BD39 (3 ★ c., nov. 87)

GIARDINO   *Sam Pezzo-1* BD15 (3 ★)

GOTLIB   *Pervers Pépère* BD8 (3 ★)

     Rhâa Lovely-1 BD21 (3 ★)

(avec LOB & ALEXIS)   *Superdupont* BD33 (3 ★ , sept. 87)

     Gai-Luron-1 BD43 (3 ★ , déc. 87)

LAUZIER   *Zizi et Peter Panpan* BD23 (5 ★ couleur)

LELONG   *Carmen Cru-1* BD14 (3 ★)

LELOUP   *Yoko Tsuno* BD37 (5 ★ couleur, oct. 87)

LIBERATORE   *RanXerox à New York* BD3 (5 ★ couleur)

MALLET   *Les petits hommes verts* BD44 (4 ★ c., déc. 87)

MANARA   *HP et Giuseppe Bergman* BD20 (5 ★)

     Le déclic BD31 (4 ★ , sept. 87)

MORCHOISNE, MULATIER, RICORD   *Ces Grandes Gueules...* BD16 (4 ★ c.)

Photocomposition Communication à Champforgeuil
Impression Brodard et Taupin à La Flèche (Sarthe)
le 19 août 1987
6565-5 Dépôt légal août 1987. ISBN 2-277-22248-8
Imprimé en France

Editions J'ai lu
27, rue Cassette, 75006 Paris
diffusion France et étranger : Flammarion

2248